Laoteng Zuopin Diancang
Beidi

老藤作品典藏
北　地

APGTIME
时代出版传媒股份有限公司
安徽文艺出版社

老　藤——著

老藤，本名滕贞甫，山东即墨人，中国人民政治协商会议第十四届全国委员会委员，中国作家协会第十届全国委员会主席团委员，文化名家暨"四个一批"人才，现任辽宁省作家协会党组书记、主席。出版长篇小说《战国红》《刀兵过》《北地》《北障》《北爱》《铜行里》《腊头驿》《鼓掌》《樱花之旅》《苍穹之眼》等10部，小说集《黑画眉》《熬鹰》《没有乌鸦的城市》等8部，文化随笔集《儒学笔记》《孔子另说》等3部。作品多次被《小说选刊》《中篇小说选刊》《长篇小说选刊》《新华文摘》《小说月报》等选刊转载，多次进入各种年选和排行榜。曾获东北文学奖、辽宁文学奖、《小说选刊》年度大奖、《北京文学》奖、《湘江文艺》双年奖、丁玲文学奖、百花文学奖、中国作家出版集团奖·优秀作家贡献奖等。长篇小说《战国红》《铜行里》分别荣获第十五届、第十六届中宣部精神文明建设"五个一工程"奖，长篇小说《北地》获2021年度"中国好书"。作品以英、德、法、俄等10种文字被译介到国外。

Laoteng Zuopin Diancang
Beidi

北地

老藤作品典藏

老藤——著

时代出版传媒股份有限公司
安徽文艺出版社

图书在版编目（ＣＩＰ）数据

北地/老藤著. —合肥：安徽文艺出版社,2023.6
（老藤作品典藏）
ISBN 978-7-5396-6807-9

Ⅰ．①北… Ⅱ．①老… Ⅲ．①长篇小说－中国－当代
Ⅳ．①I247.5

中国国家版本馆 CIP 数据核字(2023)第 052390 号

出 版 人：姚　巍
策　划：朱寒冬　姚　巍　　　统　筹：张妍妍　姚爱云
责任编辑：张妍妍　段　婧　　　装帧设计：张诚鑫
....
出版发行　安徽文艺出版社　　www.awpub.com
地　　址：合肥市翡翠路 1118 号　　邮政编码：230071
营 销 部：(0551)63533889
印　　制：安徽新华印刷股份有限公司　　(0551)65859551
....
开本：880×1230　1/32　印张：14.375　字数：390 千字
版次：2023 年 6 月第 1 版
印次：2023 年 6 月第 1 次印刷
定价：58.00 元
....
（如发现印装质量问题，影响阅读，请与出版社联系调换）

自序:"无用"抑或"有用"

　　人间事物若从实用角度看,可分"有用""无用"两类。文学应属于后者,正因如此,清代诗人黄景仁才有了"十有九人堪白眼,百无一用是书生"的慨叹。爱上文学伊始,我对这一诗句颇有同感,但在经历了诸多世事之后回头看,又觉得这种两分法过于简单粗暴,事实上很多时候看似"有用"的东西恰恰无处可用,而那些"无用"的东西却能支起脑颅里的帐篷,让你的灵魂有了自由活动的空间。比如说,诗和远方有什么用? 好像无用。但这个"无用"会像潮汐一样一波波激荡你的心扉,让你血脉暗涌,不时蹦出打起行囊奔赴远方的冲动。

　　不得不承认,我喜欢"无用"的东西,这当然与受庄子"无用之用"思想的影响有关,但归根结底还是对文学的痴迷使然。有"无用"的文学相伴,我热衷于钩沉稽古、发微抉隐,也喜欢静处发呆、冥思遐想。在这个"无用"的世界里我可以随心所欲、直情径行,活成真实的自我。此时的"无用"转化成了实实在在的"有用",它给我原本安分的心灵搭建起一座不安分的房子。

　　我是20世纪70年代末期开始喜欢上文学的。那时我读初中,写作成了我生活中的一个秘密,让我的中学时代充实而富有期待。拥有秘密的人如怀揣美玉,会产生一种富裕感。秘密是身价的砝码,也是自信的底气,那时,哪怕身上穿着空心袄,走过冰雪覆盖的操场时我也会高昂着头。不明真相的同学肯定猜想:老藤有什么可神气的? 对了,我在中学时就被人称为"老藤",我后来之所以确定用"老藤"这个笔名,多少有些水到渠成。当时只是写,没想过投稿发表,写满一本就锁进抽屉,偶尔拿出来自我欣赏一番,仅此而已。知道马克思年轻时也有类似的习惯后,我心里暗自发笑,连伟人都不能免俗,看来许多文学爱好者的写作最初都是一种自娱。马克思是雪莱的粉丝,热衷于写诗,给恋人燕妮写了好几本情诗,给父亲也写了一本,但当时也只是锁进抽屉没有出版。马克思一生发表的诗作只有寥寥几首,但这位哲人最初的梦想确确实实是"无用"的文学。

　　对于我来说,"无用"变得"有用"是在1985年,那时大学毕业生由国家负责分配,个人可以填报分配志愿。我当时面临三种选择,举棋不定时一位忘年交文友建议我去新成立的五大连池市。他当时在该市担任文教局局长,给出的理由是新组建的城市百业待举,是一片尚未开垦的处女地。这让我想起了肖洛霍夫的作品《被开垦的处女地》。我欣然听从了他的意见,在分配志愿里填写了五大连池市并被顺利分到了那里。五大连池是个县级市,规模不大,文化、教育在一个局,我被分到文教局后不久就当了一个中国最小的官——股长。教育股长虽小,却管理全市的中小学。股里有中教视导员马老师、小教视导员赵老师,还有招生干事吴老师、培训干事刘老师,四人都在五十岁以上。开始,我担心无法领导这些工作经验丰富的资深干部,让我感动的是,他们给了我这个毛头小股长以极大的支持,因为他们知道我是一个经常在报刊上发表作品的年轻人。我心里清楚,与其说他们尊重我,毋宁说他们高看文学,因为那是一个属于文学的年代,这是文学给我的加持。接收我的文教局局长大我二十余岁,是位多才多艺的业余作家,文学素养极高,不仅发表文学作品,而且精通中医,擅长地方戏曲吟唱。局长退休后离开了黑龙江,在北京一个部队医院开中医专家门诊,找他看病需预约。老局长虽然已经过世,但他的名字深深镌刻在我的心里,他叫刘锡顺,黑龙江嫩江人。

20世纪90年代初期,我产生了离开机关的想法。这一想法没有变成现实还是因为"无用"的文学。当时,我特别想从事影视编剧工作,便在朋友的介绍下从五大连池市调到了大连,但在广电系统仅仅工作了三个月又调到了机关。我曾经有过写机关文学的想法,我对自己说:你不是想写机关吗?要想写好机关,就应该把机关坐遍、坐透、坐穿。这样一想,内心便有些释然,于是收起当编剧的小心思,专心从事组织、宣传、纪检和其他机关工作。我在山东、黑龙江、辽宁三省学习、工作过,这些经历为我积累了丰富的创作素材,怎么写都不会有枯竭感,这也是我能顺利完成《北地》《刀兵过》《北障》等长篇小说的原因所在。

从 1985 年到 2016 年,我一直在大连的区、市党政机关工作,无论岗位如何变化、工作多么繁忙,文学的灯火一直摇曳在心底,没有什么风能把它吹灭。这个时期,我的创作基本与工作体验密切相关,比如在负责宣传工作期间,写了文旅题材的长篇小说《樱花之旅》;在负责纪检工作期间,写了反腐题材的长篇小说《鼓掌》;在负责扶贫工作期间,写了农村题材的长篇小说《战国红》。记得我离开区委到市委工作时,一位市级老领导对我说:"别写了,好好当你的官儿。"我知道老领导是好意,但我无法照办,因为我觉得当干部与写作并非是对立的关系,领导干部有点文学爱好不是坏事,文学作为塑造灵魂的事业,从某种意义上说它会让冷漠的行政管理多一些人性化的温情,让管理者的内心变得柔软而富有弹性,历史和现实的经验都能证明这一点。在机关工作时我虽然没有放弃文学,但不敢本末倒置,毕竟做好本职工作是第一位的，所以作品量不是很大。对此，我没有烦躁、焦虑，文学创作不可能是全过程的井喷潮涌、大河浩荡，有时它也会是泉水叮咚、浅池深潭，只要心中留一线清水流淌的缝隙，就不愁遇不到柳暗花明的桃源。

"无用"的文学在 2016 年秋天再次改变了我的人生轨迹——因为辽宁省作协面临换届，我被省委安排到了省作协任职，我不得不从海滨城市大连来到了省会沈阳。省作协工作虽然运行程序与党政机关没有较大差别，但毕竟文学成为主业，我因此有更多的时间来写作，这便有了《苍穹之眼》《北爱》《铜行里》等六部长篇小说和许多中短篇小说。这个时期也被许多批评家称为我创作的"井喷期"。

如果需要阐释一下文学观的话，那么在文学的世界里我是一个彻头彻尾的理想主义者，我希望通过笔下的故事和人物更多地透出现实生活中的曙光和彩虹。对于大多数有追求的普通人来说，生活不易，人生路上充满艰辛与坎坷，带着伤疤的跋涉者比比皆是。我不想在作品中放大这种悲催，而是选择温情的剖面来描述和解析，更多地诠释人性中闪光的元素，目的不是掩饰，而是给人以生的热望。文学自身是具有神性的，但这种神性带有何种光环则取决于作家。文学缺少神圣性，就像古玉少了沁色，品读的味道会变得寡淡。我在写作时感情很投入，作品中的人物甚至会活跃在我的梦境里。我的作品中恶人很少，尽管生活中从来不乏恶人，但我内心里有一种屏蔽恶人的本能。尼采那句话对我影响很大："当你凝视深渊时，深渊也在凝视你。"我笔下的恶人，往往也有良心未泯的一面。我的大部分写作时间是在夜晚，夜深人静，打开电脑在键盘上敲打，仿佛在与作品中的人物对话，这个时候，多写一些向善、向美的东西，自己的心情才不会差，梦境也会少些骚扰。

我在写作中比较注意对人物内心纹理的刻画，努力让人物的心理活动符合生活逻辑，因此我很少去写怪异、离奇的故事。对那些违反生活逻辑却又有艺术价值的素材我会进行加工，把它们纳入逻辑的轨道，就像厨师烹调河豚一样，去除毒素，留下美味。我不反对文学要书写"生活中的不可能"，但我也坚持一个"笨"原则，那就是你写的东西读者是否认为可信，如果写出来的东西不令人信服，读者就不会读，读者不读，就谈不上产生影响力。其实，万物都循道而行，文学作品的道就是逻辑，是真理的逻辑、社会的逻辑、情感的逻辑和自然的逻辑。作家应该替读者去发现那些不知晓的东西，而不是去杜撰一些不符合逻辑的故事。当然，这是属于我自己的一个创作原则，并不适用于其他写作者。

我在创作中很少用"上帝的视角"，不是说这种视角不好，主要是考虑到作品的可信度问题。我喜欢用作品中人物的视角来叙事,让作品中的某个人物担当探秘的导游,带着读者走进一个属于文学的迷宫。比如《北地》是用主人公儿子和自传作者的视角,走进主人公曾经工作过的三十个地方,在回望中寻找答案;《北障》用的是当事猎人的视角,表现一个昔日的猎杀者对猎物、对禁猎者、对朋友、对大森林的那种纠结、不甘和人性复苏的复杂心理;而《北爱》则是从女大学生苗青的视角,也就是从一个逆行者的站位,来发现东北的质感,感受东北人文,最终靠静默和永不言弃,实现了父女两代人设计飞机的计划。

文学创作永远在路上,没有终点可言;既然在路上,就会面临许多道路的选择和各种要通过的"榆关""柳边"。我英语不好,无法阅读英文原著,这就导致学习和借鉴上存在障碍。我读翻译作品时总有些怀疑,担心原作者是不是这样表达的——这不是一个好习惯,是我在读了鲁迅先生翻译的《死魂灵》和满涛等人翻译的《死魂灵》之后形成的印象。当然,现在去学习外语已经没有必要,对于重要的外国名著,我会尽量多选择几个译本对比着阅读。我写作没有压力,也没有负担,是心里有东西想写才去写。当然,写作中也存在一些难题,比如对历史题材的处理、对民俗信仰层面的深度挖掘、对人类精神结构的多层次剖析等等,还需要不断提高脑力、笔力。

这套典藏收集了我 2022 年以前所创作作品的大约八成,理论和诗歌部分没有收入。长篇小说《北爱》因为于 2023 年 2 月出版,也没有收入。在此,我要感谢安徽文艺出版社,感谢安徽出版集团总编辑朱寒冬先生和为文集辛勤付出的编辑们,他们为文集的出版付出了许多心血,因为三十年前的作品没有电子版,扫描、校对是一件很辛苦的事。我还要感谢我的夫人赵蓉,她是我的大学同学,更是我所有作品的第一读者和首席批评者,没有她的支持和保障,我的文学之路不会顺畅。虽然不知读者评价如何,但我敝帚自珍,特别珍视这套典藏,因为它是我创作中的一个阶段性总结,它的问世也让我有了新的起点,我会更加努力地在"无用"的文学里徜徉。

题记:谷穗回顾根部,不仅仅是致谢大地。

第一章　引子

榻上呓语:我是一条快要风干的鱼,躺在龟裂的湖底,能听到地下河哗哗的响声,我和流水间隔着板结的大地。如果时光能够倒流,鱼将改写历史。

不可否认,有些名垂青史的思想家竟是阿尔茨海默病患者。也许一个人健康时所有的言论都不足为奇,甚至废话连篇,当他患上了阿尔茨海默病而且病入膏肓时却语出惊人,能道出许多离奇的观点,这种人应该是大器晚成的哲学家。

病榻上的常克勋就属于这个行列,尽管他在位时的讲话、报告车载斗量,但编写那些文字都像做制服一般属于成衣裁剪,他自己都免不了有些审美疲劳。晚年的常克勋不仅患上了阿尔茨海默病,而且并发帕金森病,诊断结果一出来,常克勋波澜不惊地掂了掂诊断书,道:能"连中两元"也是本事,这一回毕克功又要望尘莫及了。

被家人和部下习惯称为老爷子的常克勋毅力非凡,从患病住院始,没有发过一声呻吟,总是嘴唇紧抿,似乎张开嘴就会有什么从嘴中掉出来。他也从不打听病情,把一切都交给了医生和护士。他每天打针吃药,关心电视新闻,看只有学龄前儿童才喜欢的动画片。这种状况让常寒松一度担心老爷子语言功能会弱化。后来的情况证明常寒松的担心实属多余,因为在某一日午后,当阳光从西窗照进病房时,假寐的老爷子突然开口说话了,而且侃侃而谈。老爷子并不需要倾吐对象,完全是在一种极其投入的状态下自言自语,时而目光散淡,时而仰望天花板,进入一种记忆回放模式。话说到动情处,会有两滴并不清澈的泪珠挂在眼角,黏黏的,迟迟不肯流下去。

开始,常寒松觉得老爷子这是病态中说胡话,出现这种现象并不奇怪,医学对此有解释,属于一种精神障碍症。听了几天后,常寒松觉得这些话绝非没来由,尽管前言不搭后语,甚至有点云山雾罩,但这些话很值得琢磨,有一定的哲学色彩。去咨询医生,医生说:"有位叫卡尔·雅斯贝尔斯的德国哲学家说,世俗的人只看见世界的表象与实利,只有伟大的精神分裂症患者才看得见世界的本原。令尊所患两种疾病后期都会产生幻视、幻觉、幻听,比方说我们看到病房里没人,但在病人眼里可能是满屋子熟人,他会和这些人交谈。"

常寒松觉得不管这些话指向什么,都应该记下来作为资料留存。于是,他用手机做了录音,然后整理誊写到一个绿皮本上。老爷子说话并不连篇累牍,很多话是反复说,颇有点偈语禅意。常寒松去青藏高原摄影时结识了一个专注精修的朋友,朋友为人和善,就是话特少,常寒松说十句,他往往只是回复三言两语。常寒松问他为何如此吝啬话语,朋友说偈语无须多,多言数穷。整理完毕,常寒松在绿皮本扉页上很工整地题写了四个字:榻上呓语。

"榻上呓语"不会是空穴来风,后来好友任多秋的看法也印证了他当初的感觉。

相对于哥哥常寒柏,常寒松对老爷子晚年的心事知道得略多一些。

人老了喜欢回望,尤其那些走过千山万水的成功人士,如果不与别人分享自己的经历,就好像手中握有一块美玉却无处示人。老爷子从部长高位上退下来就谋划写一本自传,上下两卷本,六十万字。这是一项工程,老爷子对儿子寒柏、寒松说,完成了这项工程,此生就可以画上一个圆满的句号。自传提纲三易其稿,常寒松经常看到老爷子背着手在书房里来回踱步,说明每次落笔都经过了慎重思考。可惜的是,老爷子在写出两万五千字的自传提纲后就一病不起,这项浩大工程面临烂尾。

一定要帮老爷子完成这桩心愿。常寒松想，兄弟俩不会舞文弄墨，此事只能请自己的好友、名满京城的大笔杆子任多秋操刀。

任多秋刚从一家著名报社理论部主任位置上退下来，他天生忧郁，头发稀疏，一张忧国忧民的脸，鼻梁上架着副玳瑁框高度近视镜，典型的知识分子形象。退下来的任多秋想学摄影，便给常寒松打电话询问买个什么牌子的单反相机好。任多秋是著名新闻评论家和专栏作家，著作等身，学摄影主要想讨个清闲。常寒松说："我正要找你帮忙呢，老爷子自己写不成自传了，他这最后一桩心愿不了，我们兄弟俩咋交代呀？你帮帮这个忙吧。"任多秋熟悉老爷子，在电话里毫不犹豫地表态说这个忙一定帮，老爷子一生叱咤风云，不写他写谁？再说写名人传记相当于做学问，是研究历史的一种方式。常寒松说："你真够交情，我替老爷子谢你了。"常寒松知道任多秋有化腐朽为神奇的文字功力，四六不通的文章经他一番剪裁润色立马就咳唾成珠，光芒四射，传记由他执笔，没著一字就等于成功一半。常寒松与任多秋是惺惺相惜的好友，用北地小酒馆女老板的话说是能尿到一个壶里的兄弟。常寒松的摄影作品经常见诸报端，深得任多秋赞许。常寒松对任多秋的文章不感冒，但对任多秋渊博的知识十分佩服，在任多秋肚子里有听不完的闾巷风俗、奇闻逸事。

大事敲定，饭不能不吃。常寒松约任多秋到北地小酒馆小酌，特意带了记有"榻上呓语"的绿皮本和那份自传提纲，这些资料对任多秋写传记有用。

北地小酒馆就在常寒松所住小区门外，两人闲暇之时到这里喝小烧，吃炖菜，一坐就是小半天。任多秋正式退休那天，常寒松请他到这里小聚，微醺的任多秋盯着小酒盅说："兄弟，我不如你！我写的那些东西都是花拳绣腿，哪像你的摄影作品，好不好不敢说，至少不假。"常寒松谦虚地摆摆手："得嘞，你别挤对我，你的文章别人当文件读，多展耀！"任多秋摘下眼镜往镜片上哈口气，用拇指擦拭了一下道："展耀完

3

事呢？嘚瑟过后就是消停。"趴在收银台上双手撑着下颏的女老板眯着眼睛嘀咕："老哥儿俩真好，两杯小烧下去能穿一条裤子。"

绿皮本上有常寒松整理出的"榻上呓语"。"呓语"开头一句不难理解："如果时光能够倒流，鱼将改写历史。"常寒松知道老爷子在为过往的某些事情遗憾，也许原本能做得更好的事没有做好吧，人不可能做事尽善尽美，有点瑕疵很正常。但接下来的"呓语"有些听不懂了，感到云山雾罩，深奥微妙。不知什么原因，老爷子的连连呓语突然间刹车了，结束语很文言："归以谢施，推以配天，子子孙孙，福禄永延。"然后便一连三遍说，"北地招魂，北地招魂，北地招魂。"至于招什么魂、怎么招，没有下文。

北地小酒馆的女老板骨骼开阔，眉清目朗，一双眼睛总是含着蜜一般的笑。任多秋曾私下说，女老板的这双眼睛救了她的身材。北地小酒馆门脸不大，里面却颇有点曲径通幽的味道，卡座设计隐蔽，池座间有茂盛的幸福树和大盆绿萝。常寒松点了壶烫过的小烧、锅包肉、尖椒干豆腐、熘肥肠和地三鲜，很快，酒菜就由女老板亲自端上桌。女老板虽胖，但不难看，所有的肉都长在该长的地方。

女老板说："你俩真地道，会喝。"

任多秋问："咋叫地道呢?"

女老板笑了笑，眼中的蜜似乎要溢出来。她说："夏天喝烧酒还要烫，这就是地道，夏天胃里瘀寒需热酒来化，冬天胃里聚热需冰镇降温，有些人大热天坐下就猛灌冰镇扎啤，一看就不地道。"

两人不约而同地点点头。这话不无道理，女老板说话土豆青椒一般新鲜，听起来颇有新意。

常寒松拿出老爷子手写的自传提纲递给任多秋。提纲书写工整，段落之间留白很宽。任多秋大致浏览了一遍，说有这个提纲，传记就有了框架，时间逻辑也就没了问题。

常寒松又把绿皮本递给任多秋。

"这是啥?"任多秋接过绿皮本问。

"'榻上呓语',"常寒松说,"说白了就是老爷子在病床上所说的胡话,我都整理出来给你做个参考。老爷子这些话听起来毫无头绪,你学问大,横竖都能讲出理来,还是你来解释吧。"

任多秋翻开绿皮本埋头看起来,看得很仔细,不时点点头,看完抬头问:"这都是老爷子说的?"

"是的,"常寒松点点头,"有段时间老爷子在床上说胡话,我用手机录下,事后整理出这三十条。"

任多秋又埋头重读了一遍,他的脸与绿皮本几乎贴在一起,一直看完才从绿皮本中拔出脑袋,激动地说:"了不得,了不得,一部简约版的忏悔录!"

常寒松觉得任多秋有点夸张了,一个阿尔茨海默病患者的榻上呓语怎么会是忏悔录? 常寒松问:"真有那么重要?"

"这些呓语是老爷子与另一个自己的对话,是灵魂中的自己对现实中自己的深层次拷问。"任多秋说。

"难怪我看得云山雾罩。"常寒松恍然大悟。

"老爷子在结束语之前说的这几句话意味深长啊,'归以谢施,推以配天,子子孙孙,福禄永延',这说明老人家深谋远虑啊!"任多秋表情有些凝重。

常家住的家属院里的人对这位老部长都喜欢称老爷子,一般鲜有称呼职务的,更没人称呼名姓,这种称呼的好处是自然亲近。老爷子官至正部,因病已在医院住了两年。阿尔茨海默病仿佛格式化了这位八旬老人的大脑,过去的一切基本归零,对所有的熟人都视同陌路。家人试图重启老爷子的记忆,给他看老照片,播放老歌,还给他包爱吃的酸菜馅饺子,但一切都是徒劳,老爷子似乎进入了一个专属频道,屏蔽了所有不属于这个频道的信号。

老爷子育有两子,长子常寒柏在北地农垦系统九五集团任董事长,常寒松是老二,与老爷子住在一起。尽管按老爷子的行政级别有特护,但常寒松还是每天来医院陪伴父亲。作为摄影家,常寒松用镜头记录了父母的很多生活细节,包括母亲去世、父亲患病,生活中微不足道的琐事在他的镜头里都是故事。常寒松曾和任多秋说,留住父辈的影像就等于留住了时光,照片胜过史书,因为照片是凝固的记忆,是纯粹的客观,而史书有立场局限,主观因素是无法置换的涂改液。任多秋则说,时代不同了,照片也可以 P(用图像处理软件处理图片),有些图片都是 P 出来的。常寒松说,那是科技消极的一面,他不用,假东西看着反胃。

老爷子原名常怀仁,中学毕业时部队到学校招兵,他和同学毕克功响应号召,一同参军报效国家。接兵的是个戴圆片眼镜的政工干部,登记时夸毕克功名字好,一听就能提起精神来。同样也戴着眼镜的毕克功微笑不语。登记到老爷子时,圆镜片摇摇头说,"怀仁"叫白了不就是"坏人"吗?还是改一改好。老爷子说:"您看改什么好呢?"圆镜片说:"前面这个同学叫克功,你叫克勋好了,听老师说你俩学习上不分伯仲,部队也是一所大课堂,可以比着建功立勋嘛。"老爷子说那就改吧,服从革命需要。就这样,老爷子自参军始正式改名"常克勋"。两人入伍后穿上新军装特意在母校门前照了张合影,上面写了一行字:"克功、克勋入伍纪念。"两人故意省去姓氏,看上去像是兄弟一样。后来,"常克勋"这个名字让毕克功几乎纠结了一辈子,毕克功认为,"王功曰勋","勋"字比"功"字厉害,转业到地方后常克勋进步比他快就验证了这一点。

坐在北地小酒馆菜香浓郁的雅座里,常寒松向任多秋介绍了老爷子的病情,总体来说不容乐观。他说春节寒柏回京向医生询问病情,医生说老爷子恐怕来日不多,想做的事家里抓紧做。"寒柏对我说,想以老爷子的名义在农垦系统搞个奖项,但这件事需要报批。我说除此之外最好为老爷子做点别的。寒柏说老爷子功成名就,也没啥未了的心愿。我忽然就想起老爷子一直想写部回忆录的事,而且已经写了两万五千字的自传提纲,我说把这件事办了吧。寒柏说:'这是个好主意,不过咱俩也写不了啊。'我就提到了你,说任主任刚退下来,这个忙他一定会帮。寒柏说:'那就这么办,费用我来出,人你负责请。'我说虽然任主任不会在意酬劳,但稿酬一定要有。"

任多秋道:"我是给好兄弟帮忙,不是当枪手。"

"这件事只能靠你,"常寒松说,"我只会摆弄相机,看文字都头疼,别说写了。"

任多秋道:"用一本传记来尽孝绝对高大上,古人讲君子有三立:立功、立德、立言。出传记就是再标准不过的立言呀!"

常寒松问:"你说老爷子说的'北地招魂'是何意?"

"老爷子说这句话的情形你还记得吗?"

"记得。老爷子停止喃喃自语那天恰好是六一儿童节,电视屏幕上一群少先队员在行队礼、看升旗,升旗仪式结束,画面切换到北海公园儿童游湖,配乐是那首人人熟悉的《让我们荡起双桨》。老爷子忽然声音很清晰地吟出了那四句诗,接下来就说了'北地招魂',而且连说了三遍。电视画面切换到蓝天白云和群山江河,老爷子不再吭声。我打电话问过寒柏,寒柏说病人说几句胡话别太在意,可我觉得没这么简单。"

任多秋没有马上表态,品了一口小烧,酒尚热,眼镜片蒙上了一层酒气,遮住了他的瞳孔。任多秋说:"由孩子产生的联想,一定关乎未来。"

常寒松道:"虽然有的科学家晚年皈依宗教,但打死我也不相信老爷子会变成有神论者,他的信仰始终铁石一块,这一点毫无疑问。"

"民间的确有招魂一说。"任多秋歪着脑袋做思考状,"老爷子的魂在北地,人死魂散,老爷子拒绝与死神握手,最简单的想法是不要失魂,把魂找回来。"

北地是老爷子深耕过的白河地区,老爷子担任副省长之前长期在白河工作,在那里摸爬滚打了三十二载。那也是常寒松青少年时期生活过的地方。他说:"老爷子说的'北地'应该特指白河。"

"老爷子不会让你到一个陌生的地方招魂,"任多秋说,"说不定老爷子想招的魂就蜷缩在北地的某个脚窝里。"

常寒松明白了,要想找到老爷子的魂,只能去北地走一遭,便建议道:"那咱俩就去北地做次采访,毕竟百闻不如一见。"

任多秋招招手叫来女老板,问她北地有没有给活人招魂的风俗。

因为熟悉,女老板伸手摸了摸任多秋的脑门:"不热。没高吧,大哥?"

任多秋道:"我哪回高了?"

女老板说:"没高你怎么问这么瘆人的事?"

任多秋朝常寒松努努嘴:"是他家老爷子要招魂。"

女老板认识老爷子,住院前老爷子喜欢来这里吃酥白肉,一次能吃半盘。女老板摇摇头道:"在北地招魂是有说道的,要在夜深人静的时候找到掉魂的地方,画圈、烧纸、呼唤乳名,才能让丢掉的魂重新附体。"

常寒松肩膀抖动了一下,他听说过这个法子,主要用于受到惊吓的蒙童。他便问:"在城里找个十字路口如此操作一番行不?"

"那恐怕不成。"任多秋望了一眼女老板说,"老爷子说的是北地,不是北京。"

女老板用赞许的目光看了一眼任多秋说:"还是任大哥说话在理儿。你在菜市口叫魂,叫来的不知道是谁的魂呢,叫错了会惹上大麻烦,魂一旦附体是抖不掉的。"

常寒松道:"你说说看,咋抖不掉?"

女老板说:"我们村有个妇女到讷谟尔河边洗衣服,被一条水蛇吓掉了魂,回家恍恍惚惚总是睡不醒。丈夫找人去河边给她叫魂,误叫在一个黄鼠狼洞前,结果妇女病情加重,整天胡言乱语,喝酒吃肉,有个鸡蛋大的气包浑身乱窜,后来请了个会扎针的乡医来家扎针,才抖掉了这个包袱。"

常寒松打了个寒战,老爷子本来就是阿尔茨海默病,若再招错了魂,那还了得!

"一定去趟北地,"任多秋说,"算是替老爷子重走白河路。"

常寒松点点头:"去北地除了找老爷子的魂,我还有个心愿,就是去嘎仙洞拍照,老爷子曾说嘎仙洞是北地命穴,命穴不能不拍。"

两人为这一决定干了一个满杯。常寒松放下酒盅道:"采访提纲你来拟,一切由你主导,我只负责拍照。"

任多秋指了指桌上的自传提纲和绿皮本:"这就是现成的采访提纲呀。"

常寒松问:"自传提纲好理解,绿皮本怎么也成了提纲?"

任多秋微笑着道:"人在无意识时所说的话最为真实,几十条'榻上呓语'看起来互不相关,其实有内在逻辑,这一点很让我吃惊。有的阿尔茨海默病会形成间断性思维浪潮,也可能是思维旋涡,对此我们无法理解,正所谓'子非鱼,安知鱼之乐'。"

"那我马上联系启程事宜。"常寒松说,"家里私事劳你大驾,谢啦。"

"你错了,这不是私事。"任多秋信心满满地说,"今晚我就研究这份提纲和这个绿皮本,这是一个视角全新的课题,意义非同寻常。说好了,老爷子的传记我负责文字,你负责配图,我俩分工合作,争取老爷子在世时付梓。"

在吧台看手机的女老板好像听到了什么,走过来好奇地问:"你们要去北地?"

两人都点了点头。

"去了别后悔。"女老板说。

"怎么会后悔呢?"常寒松问。

"北地已经不是你家老爷子在时的北地了,人口像退潮一样,大人孩子都往外流,我家那个村已经十户九空了。"女老板说。

第二章　格拉秋山

榻上呓语：我看到了你在雪地里伫立的身影，你和风雪融化为一体，你拯救了我，我却在你的皮褥上安寝。

在地图上确定一个位置很容易，也许是微不足道的一个小圆点，但到达这样一个目的地需要长途跋涉。飞机、高铁、长途汽车，经过一天一夜的鞍马劳顿，常寒松和任多秋来到了北地的首站——格拉秋农场。任多秋确定了此次采访的主题：找到老爷子对狍子产生这么深感情的原因。因为老爷子在自传提纲中提到狍子，两人查阅了关于狍子的资料，知道这是一种类似梅花鹿的动物，它们普遍长着一个白腚，用臀部特征来区别于其他同类。

常寒松和任多秋都没有见过狍子，也不知道狍子为什么会有白腚。许多碎片资料构成了下列印象：

狍子是北大荒真正的土著，"棒打狍子瓢舀鱼"的谚语妇孺皆知，如果没有狍子，也就没有了当年的北大荒。很多人义无反顾地奔赴这片苦寒之地，很大一个诱因是这片黑土地物产富饶，没有饥馑之虞。狍子有着鹿一样的身姿，却没有鹿那般的名气。应该说狍子是对迁徙者最友好的野生动物，最初，它们遇到人会停止奔跑，站下来撅着白腚傻呵呵地望着人们，没有敌意，也没有戒备，哪怕是同伴被射中，它们也会跑跑停停，用白腚作为自己的盾牌。它们疑惑地望着狩猎者，似乎不理解人们为什么要杀它们，它们从不对别的生灵形成威胁，除了地上的草，没有什么会恨它们。格拉秋山下的人家没有一户炕上不铺狍皮褥，狍皮褥隔潮御寒，让人免遭风湿病和克山病的困扰。这些看上去愚钝的生灵为远来的拓荒者奉献了皮肉和生命，但没有谁感恩它们。

从北地区域性中心城市北安通往格拉秋山的公路虽不宽却平坦，路两旁的农作物皆是绿油油的玉米和大豆。任多秋从来没有见过如此广袤的沃野，眼睛一直盯着窗外。任多秋是贵州人，那里的山区难得找到一块平整耕地，用任多秋的话说："腚大点的地方也会种几株苞谷。"常寒松因为出生在北地，又经常来北地拍照，对窗外的景色司空见惯，便闭着双眼假寐，他可不是来游山玩水的，此行使命关乎对老爷子的盖棺论定。

两人住进格拉秋山下的莲池旅馆。旅馆两层，每层十几个房间，走廊里铺着绿色化纤地毯。客房窗明几净，洗漱用具和拖鞋都是一次性用品。让人不解的是门厅里摆着两棵假棕榈树，北地多林区，各种树木不难找，为什么要摆两棵假树呢？任多秋想，摆放假树是缺少自信的体现，他记得沈阳一个偌大的高铁站里也竖着两棵高高的假棕榈树，假树难道比美人松、雪松、黑松都好吗？不知道设计者为何丢掉玛瑙却捡了鹅卵石。

格拉秋农场是老爷子1958年转业后的第一站，和北地其他农场一样，当时都是白手起家。如今这里已经是个现代化农场，生活区满是整齐的楼房，墙体皆为柠檬色，楼顶加了起脊的红色铁皮瓦，明快并富有暖意。生活区有一条主道、两条辅路。北地铺路多用水泥，据说水泥路春季不易翻浆，而沥青路到了冰雪融化的春天会变成一条浑身溃疡的蟒蛇，令人无法行走。旅馆门前的花坛里开满扫帚梅，任多秋低头嗅了嗅花香，然后抬头说，这花没有味道，没有味道的地方才是播种味道的处女地，老爷子当年转业找了块立命安魂的好地方。

常寒松有些不解："什么叫没有味道呢？"

任多秋指了指扫帚梅道："你闻闻。"常寒松低头闻了闻，这种花确实没有任何味道。

任多秋说："张载的'横渠四句'说出了一个道理，立心、立命都离

11

不开魂。我认为魂是没有味道的,有了味道的魂是不洁之魂,老爷子来到一个扫帚梅绽放的地方安置灵魂,等于在一个没有味道的地方种下了自己的味道。"

常寒松似懂非懂,他想老爷子在此会留下什么味道呢?

历史就在那里坐着,如同一个沉默寡言的老人,不管你重视还是忽视,不管你赞美还是批判,他就在那里冷冷地看着你。任多秋抬头看了看远处的格拉秋山,接着说:"对历史失去尊重,对未来就会漫不经心。"

"接下来我们干什么?"常寒松问。

任多秋说:"寻找知情者。"

常寒松说:"两眼一抹黑,找谁呢?"

作为新闻单位大佬,任多秋有借船出海的本事,他委托报社同事给当地农场宣传科打电话,沟通采访事宜,他相信自家报社的影响力。

任多秋所在报社是响当当的国字号,小小的农场宣传科自然不敢怠慢,一会儿就有人打来电话,能听出来语气紧张,先是表示欢迎,然后询问是不是有群众反映动迁和土地承包的事,这些事农场组织了专门力量正在逐项解决。宣传科的同志猜测记者是来做负面报道的,一再请求高抬贵手、笔下留情。在任多秋说了此行与监督报道无关,主要想了解一下建场之初的一些情况后,对方语气轻快了很多,说建场之初这里可是名人荟萃,省部级干部就出了好几个,接着便建议说:"给你们介绍一个人,这人叫褚三禄,大伙都叫他三禄叔,50 年代就在场部工作,是农场'活字典',陈芝麻烂谷子尽在他肚子里沤着呢。"

常寒松心里暗喜,从时间分析褚三禄一定认识老爷子。

任多秋说:"太好了,我们就采访褚三禄。"

宣传科的同志歉意地说,三禄叔腿脚不便,他们只能到家里去采访,说他马上联系,联系好了会派车来接。

常寒松说:"这个地方的人真好,一个电话就成了老朋友。"

"这要感谢老爷子,"任多秋道,"开疆拓土第一茬人非常重要,播下什么味道就会形成什么遗风。"

首站顺风顺水让任多秋很是得意,他背着手在房间里来回踱步。大型采访就怕出师不利,开头顺,就会事事顺,看来北地之行来对了。

常寒松说:"我一直在想一个问题:怎样衡量是否找到魂了呢?魂魄这个东西又不是物质,看不见、拍不到,无法量化。"

"这是个难以回答的问题。"任多秋说,"魂魄也许就是一股子气,无形无味。"

"没有验收标准的工作难做。"常寒松拍拍胸前的照相机,"要是能抓拍到就好了。"

任多秋摇摇头说:"几十年爬格子的经验告诉我,看到的、拍到的、读到的未必就真实,就像一个人在笑,文字可以写他高兴,拍照可以摆个角度让他灿烂,但实际接触后,你才感觉到他在冷笑,冰一般的敌意和蔑视都隐藏在笑容里。所以说当魂魄真的出现在你眼前时,也未必就是原形。"

常寒松道:"别的不敢说,真正的摄影家是有良心的,不会把冷笑拍得很灿烂。"

任多秋笑了:"所以我才想拜你为师学摄影。"

"你成摄影家我就失业了,还是不跨界好,腰里有一把匣子枪就够了,还真想当双枪将?"常寒松开了个玩笑。

"写完这本传记我就封笔,专心致志跟你学摄影。"

常寒松提示说:"我们是否需要拟定个采访提纲?和老年人唠嗑容易跑题。老爷子没病的时候和我一聊就是半宿,我困得眼皮像抹了502胶水,可又不敢不听。肚子里多故事的人都喜欢倾诉,而且不分对象。"

任多秋笑着说:"我可是老记者,什么样的人没采访过?不会让采访对象牵着鼻子走呢。"

13

不知为什么，常寒松对去见褚三禄心里有些忐忑，采访 50 年代老职工，等于在翻老爷子旧账，若真有些青葱旧事晒出来，自己跟着尴尬事小，坏了老爷子一世英名便是造孽了。来东北前，他打电话征求了寒柏的意见，寒柏说采访要拿捏好分寸，千万别像互联网上那样人肉搜索，把老爷子的"背心裤衩"给扒出来。寒柏还打了个比方，说："老爷子就像孔雀，平时总是正面开屏给别人看，你这次是要带着记者转到后面去瞧，你知道该咋办。"很显然寒柏对去北地采访有顾虑，但也没明确反对，只是提醒把握分寸。寒松理解寒柏内心里的矛盾，毕竟去北地招魂这道题是老爷子出的，出了题总得有人解答。

农场宣传科来电话了，说话底气不是很足，问写传记是写谁，三禄叔说问明白了才决定是否接受采访。任多秋捂着电话对常寒松道："这就看老爷子的人缘了，人缘好人家会答应，人缘差就是一顿闭门羹。"常寒松点点头说："实话实说吧，我相信老爷子的人品。"任多秋报了老爷子的大名，对方说再打电话问问。不一会儿，电话来了，说老人家同意接受采访，场里派的车已在莲池旅馆门前等候，抓紧下楼出发吧。两人一刻没耽误，匆匆上车去见褚三禄。

褚三禄住在一栋居民楼一楼，房子很大，仅客厅就三十多平方米。老人的孙女在楼前等候。进到楼道，房门上贴的春联吸引了任多秋。因为没有风吹雨淋，春联像新贴的一般，上联是"不忘初心格秋山"，下联是"牢记使命连池水"，横批是"春回大地"。任多秋指着春联说，看看，看看，这才是境界！

格拉秋山是北地一座休眠期活火山，山顶有一泓碧水，以火山喻初心，心胸炽热；"连池水"是指五大连池的水，举世闻名的优质矿泉水，用流水喻使命，奔腾不息。看得出老人对家乡有多热爱。屋门虚掩，一个满头银发的老人坐在沙发上戴着花镜在看书，老人腿上覆着一块红格子方毯，翻开的书就摊在方毯上。两人走进客厅，老人合上书摘下花镜道："贵且来了，请坐。"北地方言称"客"为"且"，听起来充满乡情味。

常寒松注意到老人看的是一本美国人写的书,名字叫《叫魂:1768年中国妖术大恐慌》。常寒松很奇怪,一个老人在哪里弄到这样一本书?这本书特小众,很多知识界人士都没读过,看来这个三禄叔不简单。

"你们来了解克勋兄我很高兴,我和他很熟。"褚三禄主动说。

对方以"克勋兄"称呼老爷子,让两人颇感意外,在常寒松记忆中还没有谁这样称呼父亲,看来这个褚三禄和老爷子关系非同寻常。

任多秋做了自我介绍后,指着常寒松道:"这位是常克勋的儿子,摄影家,一会儿让他给您老拍几张照片。"常寒松上前与褚三禄握了握手,老人的手很软,有点凉,老年人凉比热好。从进到屋内开始,褚三禄的目光一直在常寒松身上,上下打量个没完。待两人在沙发上坐下,老人指了指烟缸上一盒未启封的牡丹烟,意思是可以吸烟。任多秋和常寒松都不吸烟,烟缸很干净,看来老人也不吸,上烟是待客之礼。

"我昨晚做了个梦,梦到了克勋兄,早晨我还纳闷儿,怎么就会梦到克勋兄呢?克勋兄可是省部级大干部。正犯寻思,场部来电话说你们要来,我想若不是克勋兄的事我就不见了,我懒得回忆其他人,因为他们大都做了鬼。"

任多秋见老人直奔主题,就不再铺垫,直告来意:"病中的常克勋给孩子出了道难题,到北地招魂,这'魂'是什么?该怎么'招'?我们是一头雾水啊。"

褚三禄问:"克勋兄病了?"

"是的,"常寒松说,"是阿尔茨海默病并发帕金森,医生说不容乐观。"

老人扭动了一下身子,腿上那块叠起来的毯子滑落下去,两人这才发现老人两个裤管是空的,也就是说老人膝盖以下的小腿没有了。老人的孙女端来两杯茶,对大人谈话不感兴趣,回自己房间了。

"克勋兄够本了,"老人眯着眼说,"死了也值。"

常寒松和任多秋相互看了一眼,不知三禄叔为什么要这样说。

"我和克勋兄是生死之交。"老人将毛毯再次盖到膝盖上，"我比克勋兄小几岁，在厂办当文书。我这个文书实际上还兼任秘书，克勋兄会议上的讲话都由我来记，然后整理出来，或存档，或下发。我整理的文稿克勋兄非常满意，夸我不愧是高中生。那个年代高中生可谓凤毛麟角，不像现在满大街都是研究生。

"克勋兄和我差点命丧狼口，你们知道是什么救了我俩吗？是狍子，克勋兄和我的命是狍子用血肉之躯换来的。"

三禄叔忽然提到狍子，让任多秋心里喜出望外，这才是得来全不费工夫，提哪壶哪壶开。

"农历十月初一是北地的寒衣节，这一天家家户户要上坟给故人送寒衣。格拉秋农场是 1955 年新建的劳改农场，没有坟，也就没地方送寒衣。但克勋兄念旧，他到农场一上任，就将自己收藏的十八枚志愿军胸章拿出来，让后勤科打了个油松棺材，在格拉秋山一块朝阳缓坡上筑了盔坟，并做出决定，将来这里要规划成农场烈士陵园。克勋兄告诉我，这十八枚胸章都是他在朝鲜战场牺牲的战友的，胸章是白布做的，正面是'中国人民志愿军'字样，背面是姓名、职别、军种和编号。这十八个名字就刻在坟前墓碑的后面，正面刻着'十八烈士墓'五个字，墓碑没有落款，也没刻时间，克勋兄特意嘱咐这样做。墓碑是我联系石匠制作的，当时也没有大理石，更不用说汉白玉了，就用药泉山下的青石做的，青石发酥，容易风化，克勋兄就说，将来条件好了要换一块汉白玉的。这话我一直记着，不知道克勋兄还记不记得，他当了那么大的官，也许不会记着这等小事。"

常寒松咽了口唾液，插话道："这不是小事，许诺就该践诺。"

"寒衣节那天天格外冷，从头天夜里开始飘雪，连续下了一夜，从场部南望几乎看不到格拉秋山。节前那天下午，克勋兄把我叫到办公室对我说：'三禄呀，去场部供销社买十八件红线衣，再买一瓶卜奎大曲，明早陪我上山送寒衣。'我刚要走，克勋兄又放低了声音说，'此事保密,对谁也不能说.'我当然知道这话是冲谁说的,是当时的政委毕克功啊。对了,我们虽然是农场,但按支队编制管理,设有政委一职。毕政委反对搞封建迷信,要是知道克勋兄买了线衣到山上烧掉,会在生活会上剋人的。”

“送寒衣不都是扎些纸的吗?怎么还来真的?”任多秋问。

“我也问过克勋兄为啥不用纸来扎。没想到这一问把克勋兄眼圈问红了。他说:‘三禄呀,你知道这十八个战友是怎么牺牲的吗?他们不是死于飞机轰炸,也不是死于敌人的子弹,他们是冻死的啊!1950年冬天的长津湖零下四十多摄氏度,我们穿的都是空心袄啊,如果他们里面有一件线衣,也许就不会牺牲,我当时棉袄里面有一件秋衣,才侥幸活下来。这些埋伏在雪地里的战友就冻死在战位上,死了还保持着战斗的姿势,我这带兵的心里难受呀!所以这寒衣我要送,送就送线衣,而且必须送真的,送纸糊的寒衣对不住牺牲的战友。’”

“空心棉袄?”常寒松打了个哆嗦,“零下四十多摄氏度的严寒,穿空心袄怎么行?”

任多秋点了点头,心想,那场严寒一直有冰凌结在老爷子心里。

褚三禄没有被插话打断思路,依然抑扬顿挫地往下说。

“吃过早饭,我俩冒着大雪上山。雪很厚,深可没膝,我俩各挂着一根锹把,费了九牛二虎之力才来到烈士墓前。克勋兄要过那瓶卜奎大曲,用牙咬开铁盖,来回将酒醇在墓碑前的雪地上,然后将十八件线衣裹在一起划火柴点燃。那个时候还没有什么腈纶涤纶,线衣都是棉线的,燃烧很慢,在大雪弥漫的清晨,这团火格外耀眼。就在克勋兄用锹把拨弄火团时,我发现不远处有一些亮点,就捅了捅蹲着的克勋兄。克勋兄抬头看了看,说是几只狍子,可惜没带枪,若是带枪就打两只拖回去打牙祭。这几只狍子离我们并不远,大概几十步远的样子,发现人和火光却不跑,就那么傻呵呵地站着。克勋兄嘀咕,这狍子反常呀,好像想跟我们走一样。我说天太冷,大概想过来烤火。线衣烧尽,雪地上一堆灰烬。克勋兄用手拢拢雪把灰烬盖住,冬季防火是大事,一旦带火的灰烬被吹到林子里会引发山火。这时雪停了,眼前的山峦和旷野一片洁白,不远处那几只狍子雪遁一样不见了。"

老人咳了几声,孙女过来续了水,有点责怪地道:"耳朵都听出茧子了,也不嫌累。"

常寒松和任多秋再次相互看了一眼,看来狍子换命的事老人不是第一次讲。

孙女回到了里屋,老人接着讲下去。

"不幸之事往往是突发,搞得你措手不及,但突发有突发的规律,就是在你抱有侥幸心理时,它会蹦出来与你撞个满怀。本来上山前克勋兄和我都想到了带枪,带枪的目的是保命。冬天山上狼多,条条饿得眼睛发蓝,见什么撕什么,要是遭遇狼群,有枪好应对。我们是劳改农场,但劳改犯的监舍没有拦铁丝网,只有一圈木杖子,为啥?就是这里荒凉,劳改犯若是逃跑,不用我们追,十有八九会喂了野狼。我俩走到武器库门前又折回来了,克勋兄说,算了,领武器要登记,一登记毕政委就会刨根问底,麻烦!我们抱有侥幸心理,结果恰恰遭遇了狼群。

"格拉秋山下的狼比别处的凶猛,而且成群觅食,狼群甚至敢攻击有人看守的羊群,围追装满冻肉的卡车。当地方圆数百里,野狼伤人性命的事时有发生,地方政府甚至出台文件,打一只狼奖励一百斤黄豆。我俩遭遇的狼群有十几只的样子,数量虽不多,但没有老弱病残,都是些脊背发青的成年狼,可以断定这是一个颇有战斗力的狼群,属于大型狼群的尖兵。

"我们发现了虎视眈眈的狼群,克勋兄习惯性地伸手到后腔摸枪,摸空后恨恨地骂了声,对我说,往后靠,用墓碑掩护身后。我是真害怕了,哆哆嗦嗦地说:'完了场长,咱俩要喂狼了。'克勋兄是上过战场的,遇事稳得住,他说:'别怕,咱俩背靠石碑,站马步,双手握紧锹把,狼一扑上来,就横着抡锹把打狼腿。狼是铜头铁腰麻秆腿,只要腿受伤,就

18

不敢再往上扑。'我俩在雪地里蹲着马步做好战斗准备。狼群不紧不慢地围上来,克勋兄的目光一直与头狼对视,他知道狼的组织纪律性很强,狼群进攻需要得到头狼发出信号,而头狼是根据对方眼神来做决定的,眼神不能伪装,怕还是不怕全在眼神里。克勋兄深知与头狼对视是生死攸关的对决,目光须臾不可离开,目光稍有躲闪,就等于把胆怯告诉对方。"

两人身体前倾屏紧呼吸,尽管这是在讲述一个甲子前的历险,但听起来还是有种莫名的紧张。群狼围住两个手无寸铁的人意味着什么,似乎没什么悬念,如果认为凭两根锹把就能打退群狼攻击那就太小看狼性了。狼是北地最残忍的杀手,它们的韧性、耐力和协同作战能力没有任何猛兽可以比拟,所以北地有"好虎架不住一群狼"的说法。

"这时,不可思议的一幕出现了,刚才观看我们烧线衣的几只狍子出现在不远处,它们像观众一样观看即将发生的人狼大战。我不知道狍子为什么会出现,狍子嗅到狼的味道会逃得远远的,狼身上有一种腥味,是血腥,这种味道会让食草动物惊惧远离,但这几只狍子自己送上了狼口,到今天我都无法理解这件事。

"头狼马上发现了狍子,狍子也是有味道的,是一种与羊和鹿相似的膻味。头狼看见狍子后,不再与克勋兄对视,低吼一声便冲向那些狍子,于是,雪地上爆发了一场狼和狍子的追逐战。我俩自然不能观战,趁着这个时机,克勋兄拉起我疯也似的往山下跑。我俩跟头把式地跑到公路上,感觉心都要从喉咙里蹦出来一样。狼群没有追来,应该是那几只狍子已经足够它们饱餐,食肉动物有个共性,饱餐之后不滥杀。回到场部,克勋兄让保卫科集合,带上武器跟他走。毕克功闻讯赶到,问是不是发现了敌情。克勋兄说是狼情,格拉秋山下发现狼群,对过往群众生命形成极大危险。毕克功高度近视,连枪的准星都看不清楚,自然无法参加这样的战斗,但毕克功是个按规矩办事的领导,说:'你带着武装干部上山打狼不符合规定,这种情况只有在出现劳改犯逃跑的情况下才可以行动。'克勋兄说狼情紧急,特殊情况特殊办。毕克功坚持要打电话请示省厅,等打完电话,时间已经过去近一个小时。得到上级同意后,毕克功同保卫科十二个全副武装的干部——握手,说等待同志们凯旋,握到克勋兄时,克勋兄大手一挥,喊了声'出发',便带人踏进白茫茫的雪地。克勋兄有性子,愣是没和毕克功握手。

"克勋兄带人赶到格拉秋山下的时候,狼群已经不见了,雪地上满是血迹,能看出狼群进行了一场狍肉大餐。雪地上到处都是沾满血迹的碎皮、带着筋肉的骨头,但五只狍子的头颅很完整,而且相隔不是很远。五只狍子都长了角,也就是说全是公的,虽然死去近两个钟头,狍子的眼睛却都圆睁着,望着前来收尸的人们。克勋兄让人把这五只头颅收好,装入一个麻袋,然后背到十八烈士墓前,挖了一个雪窝,筑起一盎雪墓。克勋兄说等明年开春积雪融化,要筑盎土坟立块碑,刻上'狍冢'两字。克勋兄特意说:'三禄你是秀才,这俩字你来写,要写篆书。'我用心记住了克勋兄的话。

"次年年初,上级一纸调令把克勋兄调走了,据说是因为场长、政委之间工作不协调做的调整。我没忘记克勋兄的交代,开春后就扛着铁锹上山去埋了那五只狍子头,后来立了一块青石碑,碑上'狍冢'那两个字也是我题的。我觉得克勋兄肯定会回来检查工作,若是不办好这件事,没法和克勋兄交代。"

三禄叔讲到这里便打住了,端起水杯开始喝水。屋子里很静,能听到孙女房间传出的打游戏的合成音。三禄叔思维如此清晰,讲述极有条理,让两人很是吃惊,老爷子有这样一位同事,为什么没听他说起过?"狍冢"是多么好的故事,老爷子也只字未提,难道老爷子对格拉秋农场还有什么伤心事?

任多秋接下来的提问也正是常寒松要问的问题。

"为什么要筑狍冢?"

三禄叔未加思索回答说:"没有那五只狍子,坟里埋的就是克勋兄

20

和我。"

"常克勋调走是否与这次打猎有关？"任多秋觉得这是个问题。

"这个我说不好，那次遭遇狼群后克勋兄和我聊过，说他和毕克功两人没有私仇，从小就暗中较劲，总是把对方视为对手。他和毕克功都是宾县人，在同一所中学同一个班上学，学习成绩都出类拔萃，谁也不服谁。后来两人同时参军，同年提干，在部队交替上升。转业前，两人在同一个军一个师，克勋兄是一团团长，毕克功是二团政委；转到劳改农场后两人开始搭班子，一个是场长兼支队长，一个是政委，工作上两人意见常常相左，但没有伤筋动骨的争斗。那次克勋兄工作调整，按理说应该与毕克功有关。我觉得克勋兄那次拒绝握手有些过头，毕竟是当着十二个干部的面拒绝的，毕政委被闪了面子，自然会对打狼的前因后果做调查，送寒衣的事就瞒不住了。

"克勋兄调走前把我叫到办公室，对我说了三句话。第一句话：'我知道政委找你谈话了，你没有提十八件线衣的事，那十八件线衣和一瓶卜奎大曲的收据你也没报销，我要感谢你。'说完把装有十八件线衣和酒钱的信封给了我。第二句话：'看好十八烈士墓，别忘了十月初一送寒衣。'第三句话：'你陪我一起闯过了生死线，以后你叫我克勋兄，我叫你三禄，啥时候这个称呼都不变。'"

常寒松和任多秋明白了，为什么褚三禄一口一个"克勋兄"地叫，原来这是半个多世纪前的约定。

"后来你们见过面吗？"任多秋问。

"没有。"褚三禄笑了笑道，"格拉秋山是克勋兄的滑铁卢，他是个内心刚硬的军人，怎么能回来呢？我理解克勋兄，能拿得起放得下，忘掉格拉秋山就对了，要不怎么能当部长？"

可是，老爷子没有忘，还记着那几只被狼吃掉的狍子。常寒松心里想说却没有说，褚三禄对老爷子的感情历久弥深，那么多细节都记得一清二楚，这才是最珍贵的友谊。看来，友谊之舟的价值不在于平时往来如何频繁,而在于关键之时能渡你抵达想去的彼岸。

褚三禄说:"你们既然来给克勋兄招魂,就去十八烈士墓招吧,克勋兄要是魂归格拉秋山,只能落在那里。"

离开褚三禄家的时候,常寒松为老人拍了几张照片。按动过快门后,常寒松问:"三禄叔,您这腿是怎样落下残疾的,能告诉我们吗?"

褚三禄摆摆手道:"这个嘛就不说了,我要学习克勋兄,拿得起放得下。"

褚三禄不想说,常寒松就不能再问。两人离开褚家后,司机问还要去哪里,任多秋说去十八烈士墓。司机摇摇头,说没听说有个十八烈士墓,农场公墓在西边一道山岗上。常寒松说:"我们去狍冢。"司机说,狍冢啊,在格拉秋山上,那个景点虽然偏,去的人却不少,很多知青回来都愿意到那里参观。

通往格拉秋山已经修了一条六米宽的水泥路,路两旁种满了扫帚梅,花开得散淡,却富有生机。行驶在这条乡路上丝毫感受不到北地的旷达,倒有一种花径般的惬意。水泥路的尽头是一个小广场,立着格拉秋山景区的牌子,有崭新的踏步台阶通往山顶。上山是要买门票的,司机得到了场里的指示,跟验票的打了个招呼,让两人过了闸门。

山坡很缓,台阶一律是青石,石缝间长满了苣荬菜,开着白色的小花。常寒松数着脚下的台阶,在数到一百的时候,见到了狍冢。狍冢用青砖围起来,封丘上寸草不生,应该是用炉灰渣锤成的。青石碑风化严重,隐隐约约可以看出篆书"狍冢"两个阴刻大字,碑前放着几束花,不知是谁顺手在来路上采的扫帚梅。狍冢旁一个导游正在讲解狍冢的来历,两人听了听,与褚三禄所讲出入甚大,年代也提前到了清朝光绪年间。

两人几乎同时注意到了另一座坟墓,那一定是埋葬着志愿军胸章的十八烈士墓。墓碑是汉白玉的,碑上字迹十分清晰。常寒松走近墓碑,发现在"十八烈士墓"五字的左下侧,有一竖排小字——"战友克勋嘱立"。与狍冢不同的是,烈士墓的坟丘依然是土封,上面长满了酸木浆,这种蓼科植物是可以吃的,酸甜可口,不知什么原因没人采。

"该怎样给老爷子招魂呢?"常寒松问。

任多秋四处看了看:"是啊,忘记问问褚三禄了,他肯定知道仪式。"

两人不知该怎样做动作,也不知怎样祈祷,便并排站在烈士墓前,深深三鞠躬。

回返路上,常寒松问司机知不知道褚三禄的腿是怎么残的。司机说他听父母说过这件事,有年寒衣节,三禄叔去山上上坟,那年冬天雪稀,山上燥,三禄叔上坟跑了火,扑火队上山扑火,发现三禄叔两腿被烧伤,当时医疗条件差,耽误了治疗,结果不得不截肢。

常寒松和任多秋谁也没有说话,水泥路很平坦,车开得也稳,但两人都感到如同在马背上一样颠簸。

第三章　红花尔基

榻上呓语:我知道大甸里的钢笔水花能够燃烧,蓝色是火焰燃烧的最高境界。不要因为喜爱就去掐钢笔水花,否则,烧伤的是手,留痕的却是心。如果侥幸掐到了,那么你的手一辈子都别想洗干净。

从格拉秋农场到红花尔基,虽然平调交流,但在老爷子看来这种大场调小场的安排是一种彻头彻尾的谪迁。老爷子曾对常寒松说过,自己一生有三次谪迁,红花尔基是头一次。

红花尔基不仅名字美,而且自然环境得天独厚,森林、湿地和玉带般的河流,如果从摄影视角看,都是取景框里的优质素材。当然,红花尔基最有名的是樟子松和钢笔水花。

樟子松是大小兴安岭林区的名品树种,高大伟岸,四季常绿,很难想象如果没有樟子松的装点,大兴安岭的冬天会多么单调。据说从红花尔基再往北去,那个叫加格达奇的地方就是因樟子松而得名。在红花尔基,与樟子松齐名的另一样东西是蓝甸里的钢笔水花。蓝甸是一条带状湿地,东起于讷谟尔河流域,西北至红花尔基。在红花尔基一带,方圆百里的蓝甸是多条河流的缓冲带,因而湿地中布满了大大小小的泡子,盛产品种繁多的淡水鱼,三花五罗十八子样样俱全。蓝甸因有连片的钢笔水花而得名。素有"鸢尾花"之称的钢笔水花似乎格外钟情红花尔基,她们用蓝色的花朵给湿地大大小小的水泡子镶嵌了花边儿。盛夏季节,钢笔水花竞相怒放,大甸仿佛被浸染过,呈现出满眼的靛蓝,令人痴迷,让人心醉。

这些是来红花尔基前两人从资料上得知的。

常寒松曾在伊春林区拍过湿地照片,那里也有钢笔水花,一簇簇间或点缀在水泽边缘,站在远处平望很难发现钢笔水花的韵致,只有在高处俯瞰,方能见识这蓝焰之美。蓝甸的钢笔水花美在壮观,整个大甸恍若一个钢笔水花的大花园,无论身处蓝甸何处,都能呼吸到钢笔水花海的大气、大美和酣畅淋漓!

蓝色是一种具有致幻作用的色彩,代表着冷艳、神秘。两人来红花尔基要寻找的人与这种蓝色相关联,这个人叫蓝水瑶。

蓝水瑶是北地女名人。

来红花尔基前,任多秋查阅了蓝水瑶的相关资料,所有资料都显示,这是一位成功女士。老爷子谪守红花尔基,把这样一个女人写进自传提纲应该有写进去的道理。在自传提纲中老爷子对蓝水瑶的评价是:"她酿的酒足以醉仙。"

任多秋知道老爷子的酒量非一般人可比,而蓝水瑶又是酿酒师,一定是酒把两人联系在了一起。

老爷子曾对常寒松说过,能写进自传的人,就等于进入了一个人的历史,成了这个人生命的一部分。这句话常寒松和任多秋交流过,任多秋感觉蓝水瑶是老爷子谪迁红花尔基遇到的"琵琶女"。

来红花尔基之前,常寒松给褚三禄打了个电话,一是表示谢意,再是说准备到红花尔基去采访,问能否介绍一个了解当时情况的熟人。褚三禄说他们去红花尔基可去找张大志,张大志是个报告文学作家,写过红花尔基建场历史,对当地风土人情颇有研究。张大志是红花尔基农场中心小学教导主任,是个热心肠。

两人早就商议好,此次北地之行尽量不与官方接触,将采访变成一种纯粹民间行为,这样做既是考虑到老爷子的身份,也不想兴师动众闹出不良影响。

作家心细,相信这个张大志能提供一些有价值的情况。任多秋说,他有个感觉,如果说老爷子在格拉秋山的魂与动物有关,那么在红花尔基的魂应该与植物有关,这个植物就是钢笔水花。

常寒松心想,与钢笔水花有关没问题,只要别和那个蓝水瑶有关就好。

红花尔基有点小巧玲珑,街面、楼房、路灯都如新漆过一样,白色灯柱上纤尘不染,公益广告做成了灯笼串状。任多秋说,这是靠近湿地的好处,再污浊的空气经过湿地也会被滤干净。

两人找了一家叫四季通的宾馆住下,每人吃了一大碗松蘑肉丝卤的手擀面,看看正是下午学生上课时间,便直奔中心小学找张大志。

中心小学是一长栋红砖平房,操场上铺着绿色橡胶跑道,为数不多的学生在做体育活动。两人来到教导主任办公室,发现一个中年男教师正在批评两个违反校规的学生。两个小学生低着头,见有人进来,偷偷做了个鬼脸,大概以为可以解放了。但中年老师并没放他们走,而是让学生脸朝墙站着,然后再和客人搭话。中年教师便是张大志,红花尔基中心小学教导主任兼历史教师。张大志个儿不高,梳寸头,戴黑框眼镜,看上去一副不苟言笑的样子。张大志问明了两人的来意,答应接受采访,但说先要解决两个孩子的违纪问题,不能坐下长聊,说晚上请两人到蓝水瑶酒家边吃边聊,他做东。

蓝水瑶酒家?两人吃了一惊,蓝水瑶已经去世十年,怎么还会有以她的名字命名的酒家?两人没有多问,约好吃饭时间便离开了中心小学。

从学校出来,任多秋说:"咱俩先到蓝水瑶酒家看看如何,说不定这个酒家是一座故事富矿呢。"常寒松说:"我也这么想,我们去订个包间,不能让张老师破费。"两人一路打听,找到了蓝水瑶酒家。酒店是幢二层老建筑楼房,青砖灰瓦,木质的立式窗户很窄,一看就是民国时期北地建筑。20世纪二三十年代,北地土匪多如牛毛,只要有杆洋枪,谁都可以拉起绺子打家劫舍。为避匪患,有钱人家就把房子窗户设计成一窄溜,让房子变成碉堡,窄窗的好处是可以隐蔽向外打枪,土匪无法破窗而入。两人觉得新鲜的是,蓝水瑶酒家在大门处挂了四个带流苏的圆筒红幌,像四只灯笼。任多秋说,饭店挂幌子的习俗快消失了,没想到在红花尔基还能看到。常寒松看牌匾上"蓝水瑶酒家"几个榜书有点眼熟,一时想不起在哪里见过,便打开相机拍了下来。

进到前厅,一个穿中式白衬衫的男人迎上来,让座、倒茶,待客很有礼貌。常寒松说:"我们晚上想订个包房吃饭,请给安排一下。"男人五十多岁,印堂发红,脸型饱满,有点京剧演员的气质。常寒松觉着有点面熟,却想不起在哪里见过。老板说包房没问题,不知有几位客人。常寒松说不多,就三位,房间不用太大,大了浪费。老板伸出大拇指,说:"别人订包间尽管人少也要大的,大的气派呀,像您这样特意点小房间的不多。你们去 208 吧,那个包间可以坐六个人。"

任多秋问:"您是老板吧,这店名讲究呀,挺文雅的,'蓝水瑶'有什么含义吗?"

老板给两人续茶,然后在对面坐下来,打量了一下任多秋道:"听口音您是北京来的,蓝水瑶是我母亲,北地人都知道。"

两人心中暗喜,无意中遇见了蓝水瑶的儿子!这家饭店来对了,花钱请客也值。

"原来是令堂的名字。"任多秋说,"令堂在餐饮界名气很大吧?"

"不能说名气大,是影响大,她创办了蓝水瑶连锁酒店嘛。"老板说,"红花尔基的是第一家,哈尔滨、齐齐哈尔、黑河、扎兰屯都有分店,效益也好。不夸张地说,红花尔基就是靠'蓝水瑶'这个招牌走向了全省,在外地你提'红花尔基',人家不知道,如果提'蓝水瑶酒店',很多人都耳熟能详。"

任多秋扶了扶眼镜:"开办连锁酒家了不起,令堂是烹饪大师?"

"不是,我母亲是酿酒大师。"老板指了指吧台酒柜上各式各样的都柿酒说,"这些蓝焰牌都柿酒是我母亲的发明。你们知道都柿吗?就是蓝甸里生长的野生蓝莓,酿的酒比葡萄酒还好喝,现在专利还在我们蓝家,用的是鄂伦春族古酿法。"

"女性一般不喝酒,酿酒师更少。"任多秋说,"令堂会喝酒?"

"当然,我母亲的酒量非一般人能比,是名副其实的酒神。母亲当年在农场副业连果酒厂当技术员,喝酒就像喝凉水,从来没醉过。"

常寒松暗暗咋舌,他领教过都柿酒的酒力,记得家里有北地朋友送的都柿酒,虽说甜丝丝入口绵软,但后劲蛮大,自己有次喝了半瓶,竟在饭桌上哼起小曲来,哼了刚刚学会的京韵小曲《探清水河》。自己从来没有失态过,那次全是都柿酒惹的祸,让老婆孩子有了调侃的猛料。

"令堂酒量大,是和谁比过吗? 酒神的桂冠可不是随便封的。"任多秋的提问都是关键口。

"当然比过了。"老板两眼一亮,"家母和当年的场长比试过。场长是谁呀? 那是曾参加过抗美援朝的志愿军团长,战功赫赫,据说喝酒也是海量。场长人没到红花尔基,各种传说先过来了,说他曾经徒手对峙过狼群,人也英俊挺拔。我妈当时还没有结婚,听说来了这样一个战功赫赫的场长,就想见识一下。恰好有一天场长到副业连检查工作,赶上饭时在果酒厂食堂吃饭,待工人们都吃完离开后,我妈端了一瓢都柿酒过去,对刚坐下的场长说:'听说你喝酒从来没醉过,这瓢酒敢不敢喝?'场长愣了一下,问:'你是谁?'副业连长说这是果酒厂技术员蓝水瑶,有'都柿酒女神'之称。场长问这一瓢酒卖多少钱,连长报了价,场长从上衣兜里掏出钱放到饭桌上,然后说:'我可以喝,但不能白喝,喝酒前我想问问,为什么要让我喝?'母亲说:'我是鄂伦春族,最瞧不上胡吹六哨的男人。你人没到,大话先到了,什么徒手对狼群,什么喝酒千杯不醉,是骡子是马牵出来遛遛就知道了。'副业连长赶忙打圆场,说:'鄂伦春族女人都是直肠子,有啥说啥,场长你别在意。蓝水瑶是劳动模范,人品好,没啥恶意。'场长并没生气,说:'好呀,你这是想和我比试一下酒量,我接受你的挑战。'结果两人各喝了三瓢都柿酒,把副业连长几乎要吓哭了。那次比酒母亲和场长打了个平手,母亲后来对那次拼酒很是后悔,说当时太年轻,因为讨厌吹牛装相的男人,才闹出了那么大个洋相。"

"三瓢是多少?"任多秋问。

"少说也有六斤。"老板伸出右手拇指和小指,样子很夸张。

"这个场长姓什么?"常寒松已经猜出是老爷子,但还是要确认。

"常克勋,后来在北京当大官。"老板说,"提起这个常部长可谓一言难尽,我虽然没见过他,但我总觉得他就像一只掰苞米的黑熊在红花尔基的昨天游荡,掰一路丢一路。家母在世的时候常提起他,家母提起他的时候就大杯大杯喝都柿酒。"

任多秋还想多问,常寒松截住话道:"老板您给介绍一下,晚上我们吃点啥好?既然是令堂创下的品牌店,总会有招牌菜吧。"常寒松想既然是一言难尽,说明其中必有难言之隐,他不想在蓝水瑶的儿子面前暴露身份,免得引起不快。

"当然是吃鱼,我们这儿三花五罗十八子样样不缺,想吃啥点啥。"

常寒松要过菜单,发现店里的菜价都不高,一份炖嘎牙子才四十元,这个价格不会有多大利。任多秋却对刚才提及的都柿酒产生了兴趣,问有没有当时比酒喝的那种酒。老板说蓝焰都柿酒是蓝水瑶酒家标配,少啥也不能少了蓝焰都柿酒,十几个品种都有。

按照约定时间,三人相聚在蓝水瑶酒家。常寒松已经点好了菜,都柿酒也上了桌,张大志说:"两位远道而来,今天我请客,你俩莫争。"紧接着对任多秋说,"学校订了你们的报纸,不过主要看副刊。"任多秋有些尴尬,说自己是理论部主任,不管副刊。

"是褚三禄先生介绍我们来找您的,"常寒松说,"我们想了解一下常克勋在这里当场长时的情况,比如说有什么值得写写的,政声人去后,常克勋离开红花尔基一个甲子,后人的评价应该不会掺水。"

张大志有点警惕地问:"你们为啥要了解这些?"

"是这样的,"任多秋接过话说,"常克勋先生已经患病在床,我们想给他出一本传记，算是对他的一生做个总结吧。"任多秋这样说，目的是想与对方找到共振点，对方是个报告文学作家，这样谈下去会轻松一些，若是常寒松暴露了身份，对方会有顾虑。

"原来是这样。"张大志点了点头。

"我研究过常克勋，如果写传记，有些事可以写进去。"任多秋打开手机录音，因为是边吃边聊，他无法做记录。

"你们看到红花尔基山上有许多樟子松了吗？那可是原始森林。樟子松寿命可达两百多年，那些树都是老树、古树，珍贵难得。这些樟子松能保住，完全是常克勋的功劳。当时各地都在大炼钢铁，红花尔基也办起了小烘炉，没有煤烧，就有人打起了樟子松的主意。樟子松油性大，好燃烧，摇起鼓风机来吹，确实能燃起高温。与红花尔基相邻的北兴农场，砍光了三个山头用来大炼钢铁，结果钢铁没炼出来，山却成了'疤癞头'。那么好的樟子松烧掉多可惜！好在上级派来了常克勋，这个军人出身的场长不信邪、有韬略，他通过部队农场弄些煤炭炼钢，保住了红花尔基的大片樟子松，凭保护樟子松这份功德，足以遮盖他生活中的各种瑕疵。现在，这里建起了红花尔基樟子松国家森林公园，除了大火，再没谁能毁掉这些树。"

"常克勋用几车煤就能保住樟子松？当时可是大炼钢铁，煤烧光了还得砍树。"任多秋问。

"以风顶风，就会刮旋风。"张大志说，"我研究过这段历史，毕竟过去的年头不多，很多人还健在。现在来看，常克勋耍了个心眼，他把全农场的职工都组织起来，按照战斗序列实行三班倒，都到蓝甸里去修水库。他做了一个谁也不敢反驳的决定：学习北京大修十三陵水库，在红花尔基蓝甸修一座七星泡水库。所谓七星泡，就是将蓝甸中七个大的泡子连起来，在流往下游的地方建起一道大坝。这个项目上级没给一分钱，全是农场自己建。动员的时候常克勋亲自讲话，说：'毛主席、周总理、朱德委员长等中央领导都到十三陵参加义务劳动，我们修七星泡水库要向中央领导学,人不分男女老幼,能出力的出力,不能出力的出声,大战九个月,建成七星泡水库!'大家都来修水库,就没有余力上山伐木炼钢铁,上级来检查,对修水库的理由也不敢否定,就这样避开了伐木炼钢的狂热期。"

常寒松和任多秋频频点头,这真是一着妙棋,炼钢铁和修水库都是上级布置的任务,谁也不敢否定哪一个,只要你做成一件,有了交代自然也就能交差。这一刻,常寒松觉得老爷子特有智慧,这个办法简直是神来之笔。

任多秋道:"常克勋很有智慧,他是为了保护樟子松才决定修水库的,那么,修水库就没人反对?红花尔基到处是湿地,根本不缺水。"

张大志笑了笑:"常克勋力排众议,他用大帽子一压,别人就不敢再反对了。想想看,把七星泡水库的建设同十三陵水库联系起来,谁敢说二话?不过,七星泡水库是蓝甸的噩梦,就像女人完整的裙子被裁去了一截,总之红花尔基有得也有失。"

任多秋睁大了眼睛问:"七星泡水库不是大河截流,无非是将七个独立的泡子连起来,然后修一道坝,应该不会大范围影响生态。"

"是这样的,七星泡水库最大的泡子叫黑鱼泡,大小不下千亩,里面生长着一种蛇纹黑鱼。黑鱼泡有很多传说,当地居民称其为'秃尾巴老李窝',据说盛夏里秃尾巴老李会到此处避暑。泡子周围有三处泉眼,泉水甘洌清纯,喝了能治疗筋骨病。端午节前后,方圆数十里的汉、满、鄂伦春、达斡尔、鄂温克等各族民众会赶着牛马车,带着帐篷、渔具和炊具,聚集到黑鱼泡边安营扎寨,饮水钓鱼,祈福祛病。一般会热闹三天三夜。钓到的鱼多是黑鱼,炖出的黑鱼鱼肉像豆腐一样嫩,熬成的鱼汤像乳汁一般白,身子虚弱的男人喝上几日黑鱼汤便会满血复活,产后缺奶的女人喝上几回黑鱼汤则乳水不断。因为这个,黑鱼泡一带的草地,几乎成了端午节远近民众狂欢的舞场。想想看,泡子里波光粼粼,地上草长莺飞,蓝色的钢笔水花成片绽放,垂钓的人群、白色的帐篷、红色的篝火、飘着鱼肉鲜香的吊锅,这是一幅多么美妙的图画! 但随着黑鱼泡的消失,这个节日自然消失了,只留在了老年人的记忆里。"

常寒松心里觉得有些滑稽,便问:"难道建成了七星泡水库,黑鱼就会绝迹?"

"蓝甸黑鱼的消失是一个生态之谜,肯定与水库修建有关。"张大志说,"做任何事情都要有成本,保护樟子松的成本就是蓝甸做出牺牲。当然,牺牲最大的是那些曾惠及周边百姓的黑鱼,因为它们可能在本地已绝迹。"

任多秋被逗笑了,这个张大志还蛮风趣的,修水库黑鱼牺牲最大,又一想,作家嘛,不能总是一本正经。

"我写过一篇散文,叫《黑鱼泡的消失》,发表在《白河日报》上。在此文中我表达了这样一个观点:地球上再丑陋的生命的灭绝都是悲剧,再美丽的生命的出现都不会永恒。人要日渐老去,鲜花终会凋谢,希望生命长存是不现实的,只要该奉献的时候没有吝啬,该耕耘的时候没有懒惰,该大笑的时候没有哭泣,就是对得起生命了。我提到了森林公园的这片樟子松,它虽然受到了保护,但谁能保证没有无妄之灾的降临?比如雷火,比如虫害。死死生生应该是一种常态,只要活着的人能记住它曾经的好,就像人们记得黑鱼泡的黑鱼并把它变成传说一样,生命的价值就算得到了实现。"

任多秋点点头道:"这篇文章充满思辨性,你可以发给我。"

常寒松有些不解:"据我所知黑鱼的生命力非同寻常,难道黑鱼不能在水库里存活?"

"黑鱼泡的黑鱼是一个有特质的品种,应该与现在广泛饲养的黑鱼不同,就像火山天池里有倒鳞鱼一样,离开了天池,倒鳞鱼活不成。"

常寒松明白了,黑鱼泡里的黑鱼不是广义上的黑鱼,心中不免感慨,想扼杀一个物种原来如此简单,只需毁掉它生长的环境。

任多秋要把握采访节奏,他从黑鱼泡转回正题,问:"北地人大都认为人是有魂魄的,一个领导任职一方,或多或少会把自己的魂魄像种子一样留下来,您说樟子松和七星泡水库哪一个最能代表常克勋的魂魄呢?换句话说,如果现在想给常克勋招魂,应该上山还是去水库?"

"人家常克勋不是健在吗?"张大志觉得这个提问很怪。

"不是我们不敬,是常克勋自己的意愿,'北地招魂'是他本人出的题目,我们只是答卷人。"

"原来如此。"张大志点点头,"如果想为常克勋招魂,该去蓝甸,在大甸之上找一簇盛开的钢笔水花,对着花祈祷一番就可以了。我想常老先生若是有一缕魂魄种在红花尔基,一定依附在那些年年盛开不败的钢笔水花上。"

"钢笔水花?老爷子与钢笔水花会有什么故事?"常寒松脱口问。

"这就涉及一件私事了。"张大志压低了声音,"本不该说,因为都是坊间传言,不足信但又不可不信,毕竟无风不起浪。"张大志在说话时,眼角扫了扫房门。包间门是厚重的实木门,赭红色,上面雕着钢笔水花。

常寒松不明白,谈论一个五十多年前任职的老场长,张大志为什么还会如此谨慎?中青年有谁还会记得"常克勋"这个名字?

"这件私事与老板的母亲有关,就是大名鼎鼎的蓝水瑶女士。"

常寒松脑袋轰的一声似气球崩裂。担心的事果然出现了,老爷子有了绯闻!常寒松低下头,给自己倒上一杯蓝焰都柿酒,酒的颜色很深,像山楂汁,他端起杯道:"来,张老师,我们边喝边聊。"

三个人喝了口酒,各自将杯放下。张大志掏出手机,打开屏幕划了划,找到一张照片递过来:"你们看,这里有张照片。"

常寒松接过手机,任多秋也凑过来,手机里是一幅年轻姑娘的黑白照,方脸,细眉,一双眼梢上翘的丹凤眼,五官和谐,粗黑的辫子具有鲜明的时代特征。女孩子穿一件格子列宁装,端庄大气,颇有艺术气质。常寒松想这一定是蓝水瑶了,这么漂亮的姑娘,对年轻时的老爷子是个大考。

"好漂亮的姑娘!"任多秋夸奖道。

"这就是大名鼎鼎的蓝水瑶。"张大志关掉手机,意味深长地说,"鄂伦春族的姑娘一般都是高颧骨、圆脸盘、单眼皮,像蓝水瑶这种形象特征的不多。如果有导演拍一部反映鄂伦春族生活的电影,蓝水瑶完全可以本色出演。"

"蓝水瑶和常克勋之间还有什么故事吗? 他们除了比试过酒量,难道还有别的什么瓜葛?"任多秋不顾常寒松的感受,直接提问了。

"你知道比试酒量的事?"张大志很惊讶。

"是酒店老板说的。"任多秋知道自己说走嘴了。

"我再次声明,我说的事没有根据,无非是一些街谈巷议的转述而已,当然,人们也不是无缘由地八卦。我问过几位老职工,他们都表达了这样一个想法,常克勋和蓝水瑶有故事才对,没有故事倒不正常了,因为蓝水瑶除了常克勋不会爱上别人,英雄美人,自古就是天造地设。那次比酒之后,蓝水瑶对常克勋产生了爱慕之情。也难怪,在蓝水瑶有限的视野和交际中,从没有遇到过像常克勋这样出色的男人。蓝水瑶是个为了爱可以不顾一切的姑娘,她上班的路正好经过常克勋宿舍。常克勋宿舍是栋木刻楞①独院,没有夹杖子,门口有两棵丁香树,据说一个俄国女铁路工程师在此住过。窗外有很宽的窗台,窗台上养着两盆月季花。蓝水瑶将一个酒厂的玻璃烧杯放到两盆月季中间,每天清早都会到蓝甸里采一束钢笔水花插到烧杯里。这个做法持续了一个花期。常克勋怎样对待此事无证可考,但他没有拿掉烧杯这是肯定的,也就是说常克勋十分喜爱烧杯里的钢笔水花,如果不喜欢,他只要拿走烧杯就可以了。我查过资料,1959 年常克勋已经结婚成家,但家在北安,他单身住在红花尔基。常克勋和蓝水瑶的关系发展到什么地步无法猜

---

① 木刻楞:俄罗斯族典型的民居,主要用木头和手斧刻出来,有棱有角,整齐规范,由此得名。

测,有人私下议论说蓝水瑶的长子有点像常克勋。"

任多秋"哦"了一声,连忙捂住嘴。

常寒松猛然就想到了饭店老板,此人就是蓝水瑶的长子吗?

"蓝水瑶的长子在哪里? 做什么工作?"常寒松觉得既然帷幕已经拉开,就没有必要再装作看不见,他相信老爷子不会在遥远的红花尔基有个私生子,更何况一个大活人怎么会隐藏半个多世纪?

张大志朝屋门指了指,低声道:"就是酒店老板,非常和蔼仁义的一个人。"

任多秋问:"这种事不能凭空猜测,总该有点蛛丝马迹吧?"

"当然有了,你们看看蓝水瑶给儿子起了个什么名字? 蓝永常。蓝水瑶的其他两个儿子都随丈夫姓,只有长子随她姓,她的解释是父母没有儿子,需要有一个姓蓝的来接蓝家户口簿。知情人却不这样说,鄂伦春族从游牧到定居,很多姓氏都是后起的,蓝水瑶的说法有点牵强,有可能是通过长子的姓名来寄托对常克勋的一往情深。所以我说呀,你们若想为常克勋招魂,应该去蓝甸找一片钢笔水花,常克勋和蓝水瑶因为钢笔水花才有了一段说不清的感情故事。"

整顿晚饭,都是张大志在说,张大志的述说不夸张也不渲染,给人的感觉中肯可信。他还讲了蓝水瑶后来的发展,因为餐饮连锁店经营出色,蓝焰都柿酒畅销,蓝水瑶以少数民族身份被选为省人大代表,有年五一劳动节还进京参加了劳模表彰大会。这是个传奇女子,一个谜一样的女人,她去世后没有葬到公墓里,留下遗言把自己埋在蓝甸湿地的一簇钢笔水花下,不立碑,也不堆坟,不让人找到,后代想祭奠她,只要找一簇钢笔水花就可以了,每一簇盛开的钢笔水花,都是她的微笑。

任多秋眼圈湿润了,真是一个奇女子!

离开蓝水瑶酒家时,常寒松忍不住多看了看站在大厅招待客人的蓝永常几眼,这一看,心里不觉吃了一惊,蓝永常的眉宇和老爷子真有点相似。蓝永常送他们出来,常寒松回头望了望门楣上的黑底金字牌匾,问牌匾是谁题的字,怎么没有落款。

蓝永常不无骄傲地说:"这是常部长题的,那年我母亲进京办事,常部长招待我母亲在贵宾楼吃饭,特意题了店名。现在蓝水瑶的七家连锁酒店,都是一样的牌匾。"

常寒松举起相机,找好角度对准牌匾拍了几张照片,其间趁大家不注意,特意拍了一张蓝永常的特写。

蓝甸离四季通宾馆不远,像一床无边的被子和小镇亲切地依偎在一起,小镇的每一条街道都通向蓝甸,要么是起点,要么是尽头。次日一早,两人吃过早餐,便迎着朝晖来到蓝甸寻找钢笔水花。

7月的蓝甸像丰满的少妇,身体的每一处都向人们展现出掩饰不住的兴奋。连串的泡子边,各种不知名的野花竞相开放,尽情渲染着各自的芳姿。几只垂头吃草的黄牛悠闲自在,尾巴甩来甩去,把倒影清晰地映在没有一丝涟漪的水面上。不远处偶尔有早起的野鸭扑腾腾飞起,笨笨地在蓝天上划了个不大不小的弧线,又落回刚才起飞的草丛,想必那里是孵蛋的窝了。蓝甸东侧有条小河,河水悠悠地流淌过来,像饱食后的白蟒,一心想钻进蓝甸酣睡。那应该是讷谟尔河,河水有高高的芦苇和蒲草护航,如同水彩画装裱过一般齐整。几只白头鹳在河水与蓝甸交汇处觅食,不时发出悠长的叫声。

简直是世外桃源,任多秋想,我愿在此安度晚年,哪怕没有蓝水瑶那样的姑娘出现。

常寒松边举着相机边说:"帮我找找钢笔水花。"

水边有个晨钓的老汉,任多秋上前询问,老汉指指西南方向道:"这一带原来有不少,但这种花会'搬家',都'搬'到水库那边了。"

沿着环湿地木栈道,两人绕到了七星泡水库边,顿时,一道道蓝色的"火焰"燃烧在面前,这是一种冷艳的热烈,是冰与火的重叠。蓝甸里的钢笔水花似乎格外喜水,真的都"搬"到水库边来聚居了。为了近距离拍摄,常寒松脱掉鞋子挽起裤腿,赤脚走进草丛。草地边缘是茂盛的小叶樟和能形成塔头的三叶草,再走便是茂盛的钢笔水花了。任多秋因为近视,远看看不清,也脱了鞋袜跟过来。在常寒松躬身对准一簇钢笔水花拍特写时,任多秋伸手想摘一朵花,常寒松急忙制止他:"不能摘!"常寒松声音很大,把任多秋吓了一跳,他忙缩回手,问:"咋的了?"

常寒松说:"你忘了老爷子说的话了?若是掐了,你的手一辈子都洗不干净。"

任多秋点点头,蹲下身仔细看钢笔水花的模样,看了好一会儿,站起来长舒一口气道:"我知道钢笔水花是什么花了。"

"什么花?"常寒松停下拍照问。

"就是古代孔子最喜爱的兰花。"任多秋说,"老爷子喜爱这花没错,有品位啊!"

常寒松找了一簇长势喜人的花丛,对任多秋说:"我俩朝着花丛鞠一躬吧,算是给老爷子招魂了,不过说句什么好呢?你是大秀才,你措辞。"

任多秋想了想:"我俩就默念屈原《离骚》中的几句诗吧,如果老爷子真把魂种于此处,相信会有感应。"

"哪几句诗?《离骚》在中学时背过,早忘了,需要你提词。"常寒松说。

"朝饮木兰之坠露兮,夕餐秋菊之落英;苟余情其信姱以练要兮,长顑颔亦何伤。"任多秋背诵了这样四句。

常寒松问:"前两句谁都懂,后两句怎样理解?念起来挺拗口。"

"这四句诗大意是这样:清晨饮下木兰坠落的朝露啊,黄昏以秋菊洒落的花瓣果腹;我若寄情于汲取美的精髓啊,面黄肌瘦又有何妨!"

常寒松说:"好,我俩就站在这丛钢笔水花前,诵读一遍屈子的这四句诗。容我将相机设为自拍模式,定格湿地招魂这一刻。"

"应该请人写一首歌,"任多秋说,"歌名就叫《蓝焰蓝水瑶》,找个女中音来唱。"

第四章　墨尔根

榻上呓语：我看天地为逆旅，天地视我为过客，同为过客，珍视友谊，把友谊当作一把锉刀，彼此间的毛刺就不成障碍。

墨尔根坐落在嫩江之阴，是座始建于康熙二十四年（1685）的古城。《盛京通志》记载，墨尔根"北负群山，南临沃野，江河襟带，上下要枢"，这一介绍把古城的战略要冲地位勾勒一清，墨尔根能跻身边外七镇行列，并非虚传。

老爷子的自传提纲中关于墨尔根的一段文字明显有些晦暗，几乎没有欢快的词汇，这是因为在墨尔根，他的老同学加战友毕克功成了他的上级。他是墨尔根分管农业的副县长，而毕克功是主管农村农业工作的县委副书记。

任多秋对来墨尔根采访并不乐观："在县里担任副职很难有所作为，因为你只是决策参与者，用老百姓的话说只能随帮唱影，驾不了辕。"

"不能不去墨尔根。"常寒松说，"老爷子用三百多字写墨尔根，笔墨不算少，墨尔根在将来的传记中不能缺位。另外墨尔根江景不错，可以顺便拍些照片。"

任多秋道："去墨尔根找谁呢？毕克功远在省城。"两人都知道，毕克功与老爷子一样，也是每个驿站的匆匆过客，想找到他只能去省会。来北地前常寒松通过朋友联系过毕克功，毕克功的家人答复老人在医院调理身体，不会客。

常寒松想起一个人，是当地专门拍鸟的女摄影家冯英，在一次影展上两人相识。那次影展自己是评委，很坚定地投了冯英的一幅叫《长脖老等》的摄影作品一票，结果该作品获了银奖。常寒松说："我联系冯老师，虽然只有一面之交，求人有点冒昧，但也只能硬着头皮问一下试试，说不准她能帮上忙。"常寒松有冯英的微信，微信发出，对方几乎是秒回复，说："常大师来墨尔根也不早打招呼，快把车次发给我，我开车去车站接你。"

任多秋很惊讶，真是同气相求，看来摄影这个行当不错，一面之交就能成为好朋友。任多秋颇有感触地说："你的专业能把不同的人往一个框里拉，我的专业则会把一个框里的人使劲往外推，这就是区别。"

常寒松说："摇摆的理论容易让一个群体走向分裂，包容的艺术可以让一个群体趋于团结。"

任多秋说："摇摆是理论发展的必然，你看德国古典哲学，哪一个不是学生否定老师，后者否定前者？这就是所谓的否定之否定。"

常寒松知道自己不能和一个大笔杆子谈哲学，就说："传记付梓之后，咱俩一起搞摄影吧，你具备摄影大师的潜质。"

任多秋笑了笑说："你先帮我选好相机，要选个优质的徕卡镜头。"

常寒松笑了，道："最好的镜头是自己的双眼。"

两人乘火车来到墨尔根。

墨尔根整洁、宁静，空气明亮。此次北地之行虽然才走到第三站，但对北地的印象已经十分清晰，尤其通透而不含杂质的空气，让人有种仿佛置身高原的感觉。北地的空气才是真正的空气，任多秋说，如果一个在大城市生活的孩子初次来北地，一定会颠覆对空气的认识，会觉得以前呼吸的都是混合物。

阳光穿过空气照在车站广场的杨树叶上，亮晶晶的，如同镀了一层银，不含丝毫暧昧。火车站不大，很老旧，估计是 20 世纪二三十年代的建筑。车站广场上有一黄色原石，没经任何雕琢，上面刻着一个大大的"驿"字。任多秋觉得这个字颜色有点问题，不该是红字，换成绿字会更有寓意。

常寒松正站在广场上四处张望，一个穿黑色百褶裙、戴着太阳镜的中年女子走过来道："常老师好！"

常寒松戴一顶长檐白色棒球帽，穿着有众多口袋的绿坎肩，脖子上挂着相机，这副打扮具有明显的职业特征，让冯英女士远远就认出来了。常寒松打过招呼，把冯英介绍给任多秋，然后两人坐冯英的车去宾馆。

车上，冯英问常寒松来墨尔根是不是想拍古驿路。常寒松说："家父60年代初在这里当过副县长，这次来主要是了解家父在此工作时的一些往事。当然，这次来也想拍拍嫩江江景，您上次获银奖的那幅《长脖老等》我印象深刻，希望能有幸拍到这种水禽。"

"令尊在这里当过副县长？这事我一点不知道。"冯英说。

"是啊，那时您还没有出生呢，怎么会知道？"常寒松道。

任多秋说："最好能帮我们找个了解当时情况的人，我们想知道老爷子在墨尔根有何建树。"

冯英说："我联系一下试试，墨尔根不大，应该能找到。"

冯英将两人拉到县政府招待所，说上级领导来都住这里，住着放心。

任多秋就想，看来在墨尔根计划经济的东西很难改变，对官办的招待所依然情有独钟，其实就服务业来看，民营宾馆的服务可能更到位。

办好入住手续，冯英说："你们到街上随便走走，晚上我找几个朋友一起吃个饭。"

常寒松想推辞，冯英道："我找几个了解情况的人来陪你们，这样，吃饭就变成了工作。"说完冯英下楼开车走了，没说晚餐时间和地点。

时间是下午三时，任多秋建议到新华书店转转，看看有没有地方志出售，县志里会找到有用的线索。两人出门打了出租车去新华书店。新华书店离招待所不远，店面其貌不扬，如果没有伟人的那四个风格独特的招牌大字,很难想象这里是个卖书的地方。书店有两层。一层有一半地方卖学生读物,一半地方卖眼镜,这种搭配很有意思,一般来说都是书店搭配眼镜出售,也许经营者认为书读多了自然就会近视,所以才这么混搭。二楼是大众读物,大致分三类:一类是电子影像产品,一类是悬疑、盗墓、穿越类读物,再一类就是名人传记、心灵鸡汤和精英课堂。任多秋直接叫来服务员问有没有县志出售。服务员很诚实,说过去摆过,没人买就下架了。两人很失望,离开书店步行回招待所。

"我们去江边看看?"常寒松带着相机,总惦记拍照。

任多秋有些疲倦,说回去歇歇算了,晚上还有酒局,没听说北地人喝酒厉害吗?

"我们告饶就是了,喝酒也可以缴枪不杀。"常寒松不以为然。

"看看,你就不如老爷子,老爷子连喝三大瓢都不说熊话,你可好,没喝先告饶。"

常寒松嘿嘿笑了笑,道:"很多东西不能遗传,包括酒量、运气、能力,老爷子能当部级干部,我不过是一个摄影师。"

"搞艺术和当官是两回事,我就挺羡慕你们摄影的,照一张是一张,都是真东西。"任多秋确实对常寒松高看一眼,常寒松虽然搞摄影,但从不摆拍,也不 P 图,所有拿出来的照片都那么真实自然又耐人寻味。自己写的那些文章就不好说了,去年发在报纸一版的文章,今年再看就会脸红。他害怕翻以往的报纸,也怕好事的网友翻阅对比,担心自己打自己耳光。实在没办法,他就频繁地更换笔名,从业三十年,用过多少笔名他自己都记不住。

回到招待所,冯英已经在大厅等候了,还带了三个朋友。冯英将三个朋友一一做了介绍:县档案馆副馆长刘丽,一个眉清目秀的年轻姑娘,摄影发烧友。县文联主席老蓝,省摄影家协会会员,五十多岁,留着一脸络腮胡子。第三个人与摄影无关,是不公开发行的县报的总编,叫吴跃进。吴跃进已经退休,因为办报有一套,被返聘继续当总编。任多秋一看这阵容就明白了,刘丽和老蓝是来陪常寒松的,这个吴跃进是来陪自己的。

晚饭安排在招待所二楼的一个包间。包间没有名字,只有房号,冯英安排的是203房间。包房装修很好,弥漫着一种松木的清香。冯英解释说这是果松原木的香味,因为不刷油漆,果松的清香会保持很多年,这味道对人体有益。

任多秋对新鲜事物感兴趣,就问果松味道对人体有何益处。

吴跃进替冯英回答说:"领导洗过桑拿吧?桑拿房里为什么大都用松木?就是因为松木的气味能去秽怡神。"

任多秋觉得这个回答不错,就接上说,看来在果松的香气里喝酒酒量也会大增。

大家都笑了,气氛变得活跃起来。

冯英对晚餐做了精心安排,酒是地方名酒嫩江春,菜以肉为主,肘子肉、木樨肉、氽白肉、软炸肉等等,几乎全是硬菜,尤其桌子中央那道鱼,是香味扑鼻的酱焖野生嘎牙子。冯英说嘎牙子是嫩江特产,肉质与河豚有一拼,算是地方名菜。常寒松有些过意不去,在主人提过三杯酒后,主动举杯发言,说:"用我家老爷子的话说,今天是酒好、菜硬、人对路,难得难得。感谢冯老师盛情,感谢三位好友作陪,我敬各位一杯,欢迎各位到北京做客。"大家都喝了杯中酒,放下酒杯后吴跃进问:"您家老爷子怎么会唠东北嗑呢?"

"人家老爷子在墨尔根当过副县长,"冯英说,"不过那个时候咱们都没出生呢,是半个世纪前的事。"

"您家老爷子叫常克勋?"吴跃进睁大了眼睛问。

"是啊,您怎么知道?"常寒松感到意外,以吴跃进的年纪不应该知道父亲的名字。

"我当然知道,我最近受朋友之托在写一本传记,里面有很多事和您家老爷子有关,我还想找个机会去采访老爷子呢,就怕老爷子官大不搭理我。"吴跃进很兴奋,没想到这顿晚饭会有意外收获。

"您写的这个人物是哪位?"任多秋也很兴奋,吴跃进写的这个人物肯定与墨尔根有关,而且值得挖掘,说不定和老爷子有交集。

"毕克功。"吴跃进说,"在墨尔根担任过副书记,在省政协副主席职位上退下来的。"

任多秋觉得心中有扇窗被吹开,一股清风扑面而来,太巧了,毕克功是老爷子传记绕不开的人物,通过毕克功这个视角可以深度了解老爷子。他主动倒了一杯酒敬吴跃进道:"首先说明,您收集的资料我不会剽窃,您写毕克功,我写常克勋,这两位领导之间关系非同一般,相关资料我俩可以相互分享,怎样?"

吴跃进是个豪爽之人,端起酒说:"别说分享,就是把资料都给您也没问题,谁让您是冯姐的朋友呢?"说完,一仰脖把酒干了。

常寒松看看冯英再看看吴跃进:"您怎么称冯老师冯姐?冯老师可比您小。"

一直没说话的老蓝说:"我们圈儿里不论老少都叫冯英冯姐,墨尔根摄影圈能有声有色全仰仗冯姐,冯姐名下有煤矿,是名副其实的大老板。"

常寒松很惊讶,没想到冯英还是煤老板,这一点在微信里冯英从没提起过,可见冯英多么低调。

冯英摆摆手:"我虽然是煤老板,但我一不黑,二不土,我是一个摄影超级发烧友。"

众人鼓起掌来。

这一晚,大家酒喝得很嗨,常寒松没把握住,忘了下午说的告饶一事。任多秋也喝了不少,坐在那里一直傻傻地笑。他是被刘丽和老蓝灌多的。任多秋因为和吴跃进约好明天上午交流,就多敬了吴跃进几杯酒,结果刘丽和老蓝不让了:"这是干啥?瞧不起人吗?任主任怎么眼里只有吴主编,我俩白给呀?"刘丽一通话把任多秋叫住了,任多秋想想是自己失礼在前，只能说自己不胜酒力。刘丽却不饶人，说："墨尔根酒桌上有几句话领导想不想听？"任多秋说当然想听了。刘丽说："墨尔根男人若在酒桌上说不行，那就成了秧子，因为有这样三句话人人皆知：'早上喝酒迎朝阳，中午喝酒斗志昂，晚上喝酒睡觉香。'有三大好处，凭啥不喝？"任多秋说那就喝吧，大不了醉一回。刘丽说这就对了，喝酒的时候要把酒当情人待，洒一滴都是态度问题。刘丽敬了三杯，接下来轮到老蓝，老蓝话更硬，说："主编有权，美女有颜，我是弱势群体，一脸胡子还在文联，我敬酒你若不喝，我没处搁这张老脸。"说完，双手端酒来敬。任多秋知道北地酒桌上宁落一群不落一人的礼数，只好起身喝酒。几个回合下来，任多秋的脸上便只剩下笑容了。

常寒松和冯英私下聊了许多，当然也就提到了北地招魂一事。冯英是个说话富有哲理的人，说招魂这样的事没遇过，给一个活人盖棺论定是不是早了？有些事需要沉淀，过早地翻出来不见得就成型。比如说树木吧，埋进土里上万年才会变成硅化木，才有可能出现玛瑙、琥珀，至少也会变成煤，一旦过早挖出来就啥也不是，只能是一堆烂土。冯英的话让常寒松陷入了沉思，是啊，老爷子所说的魂肯定是精神层面的结晶，尚未结晶之时就抖搂出来是不是合适？但他又觉得老爷子来日不多，如果北地招魂真是老爷子的心愿，不来招一回没法对老爷子交代。更何况任多秋将老爷子当成一个典型案例在研究，这样的老干部不在少数，研究此类人生有重要社会价值。

他对冯英说："你知道我是搞摄影的，我只相信眼睛和镜头，这种通过他人之嘴来评价是非功过的做法我并不感兴趣，可是老爷子的话不能当耳旁风，请任主任写传记是作为儿子的一种尽孝方式。"

冯英点了点头："是啊，人总要有个交代，对他人，也对自己。"

冯英透露，毕克功曾是她公司的顾问，前几年才退出，吴主编给他写传记就是她介绍的，开始毕克功不同意，后来周围几个老干部都在写自传，他便答应了此事。毕克功是个很好玩的老人，人们背后叫他"老愤青"。

"毕克功和我家老爷子是同学、战友加同事,但两人多有龃龉,分分合合几十年。"常寒松道出了实情。

冯英说:"看来这两个耄耋老者要在各自的传记里相互再战了。"

饭后,任多秋的兴奋一直持续到子夜,自己在房间比比画画地唱程派京剧《春闺梦》。好在招待所没几人入住,任多秋又是局级干部,服务员也就忍住了没来敲门。

次日早晨,任多秋却起不了床,打电话让常寒松自己去嫩江边拍照,他觉得头大,要再睡一会儿。

常寒松只好带上相机一个人去江边。

嫩江之美与众不同,江水不嫩,给人的感觉很老、很黏稠,像一江豆油在东流。一般来说,穷水稀,富水稠,嫩江之水预示着这里是一片富庶之地。早晨江上鸥鸟少,鲜有几只飞过。鸟儿不会贪睡,在理应觅食的清晨没有鸥鸟翔集说明什么呢? 也许是头天夜里像任多秋一样吃得过饱吧,"福地多倦鸟"这句话在嫩江找到了佐证。江边晨练的人很多,江堤虽宽,晨练的人一多便显得有些狭窄,跑步的、练拳的、跳街舞的,整条江堤成了一个流水席般的舞台。常寒松拍照时几次被人碰到,他并不恼,这种喧闹的场面在北地并不多,至少无凋敝之象。他记得2003 年"非典"疫情肆虐时,他拍了一张北京二环路上空荡荡的街道照片,照片上街道两旁的楼宇似乎要从两侧张开仰过去,那是一种因为空旷而产生的撕裂感。当时他就想,最能体现安居乐业的是什么? 就是人流鼎沸的街景啊! 街道上门可罗雀绝对是恐怖之日! 从此,再出门遇到堵车他都能等闲视之,他会对比着思考问题,当大街上真的空无一人的时候,那景象与坟场无异。

他拍了一组江上日出的照片,红日出浴,水面因晨曦而变得更加黏稠。

他又拍了一组绿植的照片。北地绿化树少,以榆柳和杨树居多,江

45

堤上没有山中常见的松树和桦树。一棵老榆树树干上有个陈年创口,蜜一样的液体从里面流出,形成了一道泪痕。他盯着创口看了许久,创口周边已经出现环状的树瘤,但仍流泪不止。不知是谁在何时伤害了这棵树,伤口还在默默流泪。树这般脆弱,人又何尝不是如此呢?他选了几个不同角度,拍了些老榆树流泪的照片。

他还拍了一组市民晨练的照片。其中一个练太极拳的老者引起了他的注意。他也喜欢太极,对陈式、杨式、武式等诸派有些了解,但搞不清老者这套太极拳法出自何门。老者蓄长须,穿白色绸衫绸裤、圆口黑布鞋,很是仙风道骨。他等到老者打完一套拳法,上前打了个招呼,问老者所打是哪一种哪一式。老者摇摇头道,这是他自编的一套筋骨操。

从江边回来,任多秋已经洗漱完,眼皮有些厚,一脸倦意。

"这个刘丽太伶牙俐齿了,哪里是档案馆副馆长?我看像接待处处长。"任多秋说,"我昨晚做梦还在诚惶诚恐地敬酒,生怕再落了谁。"

常寒松说:"你真落了一个,冯英你没单独敬。"看任多秋张着嘴巴愣在那里,常寒松道,"没人挑理了,去吃早餐吧,一会儿吴主编还要来。"

任多秋"哦"了一声,感慨道:"酒桌上的学问比写文章还多。"

吴跃进如约而来,带着厚厚一个档案袋。因为房间里尚有未散的酒气,任多秋把交流地点改在接待大厅的茶座。

吴跃进问:"领导是不是比我大?我该称您老哥吧?"

任多秋说:"您肯定是 1958 年的,名字里带有'跃进'嘛。我是1957 年的,比您大一岁。"

吴跃进说:"'跃进'这个名字太有时代感,本来想改,但改名麻烦,就保留下来了。"

任多秋说:"名字就是个符号,我这名字也不好,不是有个成语叫'多事之秋'吗?我出生那年,家里房屋漏雨,口粮不足,父亲就给起了这样一个名字。"

常寒松第一次听任多秋说起名字的来历,觉得从名字切入是一个好角度,就问吴跃进,毕克功这名字很有气派,能使人联想到"毕其功于一役"这句话,这名字就像传记的主题。

吴跃进点点头:"毕克功是个精神头儿特足的人,做什么都不甘落后。"

"都退休了,还那么要强?"任多秋问。

"是的,我和他长谈过三次,我觉得毕克功是一个为对手活着的人,他一生都在制造对手,然后和对手斗争,直到打败对手,一旦没了对手他就失去了动力。"吴跃进从档案袋里拿出一个本子,翻开事先做好标记的一页看了几眼,然后抬起头来说,"毕克功活到今天,他自己总结真正的对手只有一人,那就是常克勋。除此之外,还有苏木和黎开,不过这两人和常克勋不可同日而语。"

吴跃进翻看着本子,开始逐一介绍。

"苏木是个作家,作家嘛,大都认为自己最棒,以对抗和批评常规为能耐。毕克功是苏木的领导,苏木是一本杂志的主编,毕克功开会批评苏木编的杂志有倾向性问题,苏木不服,两人顶起牛来。苏木是个文人,能利用的武器只有一支笔,便写了一篇杂谈,在文章中含沙射影地批评毕克功,意思是外行领导内行,话说得挺狠,其中有一句是'太监讲节育'。这篇文章在毕克功看来是战书,他自然要进行反击,他亲自找来苏木发表过的所有作品,一点点加以研究,最后列出十七个为什么来质疑苏木。辩论是在会议上公开进行的,备战充分的毕克功让苏木猝不及防,苏木当时就语无伦次了。事后,缓过神来的苏木想回应,但他的回应已经没有平台和机会,这种批评永远不会对称,苏木的境遇可想而知,一生再也没有写出有影响的作品。可以说苏木这个对手完全被毕克功打败了,苏木后来发誓不再写作,成了一个研究西红柿的专家,毕克功说苏木终于成了一个对社会有用的人。

"第二个对手是老年大学书画班学习委员黎开。黎开不知道老年大学是藏龙卧虎的深潭,更不知道有人视自己为对手,张扬的性格让他目中无人,口无遮拦。毕克功离休后就参加了老年大学书法绘画班,他的书法和绘画水平都不错,在同学中出类拔萃,身边聚拢了一大批老年妇女崇拜者。但黎开参加了这个班之后,毕克功的老年女粉丝被吸走了。黎开懂文学,会朗诵,班里有什么活动,黎开都会上台朗诵,很快成了老年明星。女学员争着送他礼物,只要黎开一进教室,女学员就会蝴蝶一般围过来,帮他挂大衣、帽子、嘘寒问暖不停嘴。

"黎开虽然是正厅级,但经历丰富,走过十七个工作单位,他在班里高调宣布,自己准备出一本自传,说他丰富的工作经历不写出来奉献社会是一大损失,应该把自己的人生感悟留给读者,传之后人。别的老同志听了鼓掌,毕克功听了心里颇为不平,一个厅级干部,工作经历能有多丰富?自己这个省级干部还没有考虑写自传呢,你小小的黎开却要抢先搞。他和冯姐说起此事,冯姐说:'该出自传的是您呀,您要是同意,我介绍吴跃进来写。'毕克功先是犹豫,说领导干部出传记需要报批,冯英说报批的工作她来做,毕克功想到黎开的嚣张,心一横就同意了,于是冯姐就把我介绍给了毕克功。毕克功相当配合,他只有一个要求:一定要在黎开出书前把自传出版。我问过省内有关出版社,知道黎开的自传还没报选题,八字还没一撇,而毕克功的自传选题已经审批通过,出版社也列入计划,黎开输定了。

"苏木和黎开不在话下,因为毕克功从来就没有重视他们,真正让他纠结的对手是常克勋。我问过毕克功:'你和常克勋一个是副书记,一个是副县长,各司其职,能有什么矛盾?怎么就成了对手?'毕克功说常克勋这个对手是无害对手,就像跑马拉松一前一后两个运动员,焦点是个名次问题。他们之间有些摩擦,但不是私人恩怨,都是观点问题,上升到红线的微乎其微。毕克功觉得在每一场具体斗争中自己都是胜利者,但在大趋势上,常克勋却占了上风,常克勋官至正部,而他却是副省,虽然也享受正省级医疗待遇,但毕竟级别没有常克勋高。他认为与常克勋这个对手的博弈还没有完,因为两人还都活着。他暗中一直关注常克勋,只是从不明说,他知道常克勋的病情,甚至托人打听是不是有治疗阿尔茨海默病的秘方。当得知此病治疗不可逆之后,他难过了好几天,因为他不希望这个一辈子的老对手因病离世,他说如果没有了常克勋,自己也就失去了活着的价值。"

吴跃进在讲述时,常寒松和任多秋谁也没有插话,只是静静地倾听。吴跃进说:"对手是一面镜子,可以折射出自己的面孔,毕克功这样说,我就好写了,避免陷入简单的两分法。"

吴跃进暂停讲述,端杯喝茶,常寒松这才插话问:"毕克功以什么方式关注老爷子呢? 他们二人没有沟通呀。"

"默默地关注呗,你想惦记一个人,总会打听到他的情况,做到这一点并不难。"吴跃进说,"毕克功通过对口省厅老干部处长一直关注常克勋,常克勋退下来的生活健康情况他一清二楚。当他得知常克勋患病住院后,他主动到医院加了一次全面体检,尽管保健委半年前才安排过一次体检。"

常寒松长叹一口气:"这俩老人真是葫芦搅茄子搞不清。"

"今早我打电话把你们来墨尔根的情况和毕克功汇报了,你们猜他咋说? 他说常克勋就是想通过记者的笔把过去的错误修正一番,说他患阿尔茨海默病并发帕金森病谁信呢?"

"毕克功疑心太重了。"任多秋说,"如果怀疑,到北京看看不就明白了? 为什么要这样猜来猜去?"

"这个不奇怪。"吴跃进说,"毕克功从来不否定自己怀疑一切的态度,他认为怀疑很有必要,很多事情都证明了他的感觉是对的,怀疑的事情也最后得到了证实。他认为常克勋的病情没有情报中说的那么严重。"

任多秋问:"常克勋和毕克功在墨尔根工作期间,两人因为什么产生了分歧? 同事之间,不可能无缘无故相互对立。"

"我问过这个问题。"吴跃进接着说,"毕克功认为常克勋眼里没有他,瞧不起他,而他则认为常克勋不讲政治,甚至存在作风方面的问题。毕克功从农场调到农垦局工作时曾经到红花尔基调查过常克勋,因为有群众反映常克勋和一个鄂伦春族姑娘之间关系暧昧。这件事最后不了了之,因为那个鄂伦春族姑娘死不承认。据说毕克功在谈话时声调大了些,拍桌子瞪眼想吓唬人家,结果遇到了硬茬儿,那姑娘火了,站起来把毕克功臭骂一顿,说他侮辱抹黑少数民族女性,是严重的民族歧视,要到中央控告毕克功。那个姑娘是个劳动模范,中央领导都接见过,如果以破坏民族团结的名义去告毕克功,毕克功麻烦就大了。毕克功只能收手,调查的结论是说少数民族在对待婚恋问题上有自己的习俗,不能简单以作风问题对待,这话显然是找台阶下。毕克功怀疑那个姑娘的表现是常克勋导演的,否则姑娘不会有去北京告状这个反杀招数。"

　　任多秋问:"常克勋在墨尔根有过让毕克功嫉妒的政绩吗?"

　　"这个问题我没有深入了解,从我掌握的情况看,两人在墨尔根那几年,就是相互斗智斗勇了,谁也没斗倒谁,谁也没占着大便宜。毕克功说他在墨尔根有件工作没做好,现在想想很后悔,因为他除了分管农村农业外,还兼管文教工作,他曾主张建个驿站博物馆。当时墨尔根地区民间驿站遗留文物很多,有驿牌、马鞍、弓箭、龙旗、酒幌、乌拉等驿站专用物品,这些东西可以建个博物馆留起来。这件事政治上没问题,驿站人是社会底层,属于劳动阶级,建劳动人民的博物馆不是给帝王将相树碑立传,不会犯错误。谁知这件事让常克勋给搅黄了。常克勋分管农业生产,跟文化教育不贴边,但研究这事时他像程咬金一样横插一杠子,说现在自然灾害这么严重,老百姓肚子吃不饱,应该把粮食生产放到第一位,建什么大清朝的驿站博物馆呢? 至少是不合时宜。毕克功很清楚常克勋这是故意找碴儿,但也没办法,当时确实是三年困难时期,吃饭是头等大事。常克勋明确反对之后,县里主要领导不敢拍板,驿站博物馆胎死腹中。"

"这件事老爷子做得欠考虑。"常寒松说,"如果当时建馆,现在就是一大政绩。"

"但这个政绩只能属于毕克功。"吴跃进说,"我估摸着如果博物馆这个事由常克勋提出来,毕克功也会以同样的理由反对。历史就是这样,公说公有道,婆说婆有理。"

交流进行了将近一个上午才结束,两人谢过吴跃进,和这位热心人合了影,才回房间休息。任多秋很疲惫,觉得老爷子在墨尔根没有魂魄可言,等于白在墨尔根工作了一回。常寒松却觉得事情不会像吴跃进说的那么简单,老爷子和毕克功是有矛盾,但矛盾不足以导致工作上一事无成。

中午,冯英给常寒松打来电话,说下午过来,关于招魂一事她有个小建议。

听说冯英下午来,任多秋顿时来了精神,说冯英肯定回去动了一番脑筋,这个女老板不是一般人,和毕克功能成为朋友说明她道行很深。

下午冯英来了,长长的遮阳帽帽檐下是一副大墨镜,脖子上挂着一部小型徕卡相机,户外装扮颇有戎装感。

"我带你们去个地方。"冯英说,"我昨天反复琢磨常老师说的事,怎样才能给常县长招魂,今早我想出了一个办法,到了那里你们就明白了。"

冯英开车,在墨尔根街道上拐了两个弯,来到一处崭新的大楼前。这是一座坐落在江畔广场的四层楼中西合璧式建筑,乍一看造型有点像牌坊。冯英说:"就是这儿了,驿站博物馆。"

"新建的?"任多秋问。

"是的,建成没几年。走,我们进去瞅瞅。"

博物馆不是很大,但布展很有层次,历朝历代的驿站情况都有介绍。解说员介绍,清代北地驿站主要有两条。一条从墨尔根到额尔古纳河东岸西口子,共设 25 站。康熙二十五年(1686)五月二十日清军取得雅克萨大捷后,派人快马向皇帝奏捷就是走的这一条,5000余里仅用11天,后人称这条驿路为"奏捷之驿"。

光绪十三年(1887),朝廷为了开发漠河金矿,输送淘金工人和押运黄金,重开了墨尔根驿路,在原有25个驿站的基础上,又向漠河老金沟方向增设5站,向额尔古纳河东岸的西口子方向延设3站,共计33站,后人称之为"黄金之路"。

展区最后一个板块,是介绍历届县领导对驿站工作的关怀和重视,里面提到了很多领导干部的名字,这些名字虽陌生,但为驿站做的事情记录得很清楚。常寒松将这段文字看了两遍,发现了毕克功的名字,却没有找到"常克勋"三字。

从博物馆出来,常寒松眉头紧锁,沉默不语。

"我觉得这里是为常县长招魂的最佳地点。"冯英站在广场中心点上说,"为什么这么说呢? 当年若是常县长不反对,古驿站博物馆就建成了,馆陈肯定比现在丰富得多。现在上下都重视文化建设,常县长不可能不知道,他一定为当年阻止建驿站博物馆而后悔自责,你们在已经建成的博物馆前为他招魂,就等于招回了他的遗憾,让他感到欣慰。魂这个东西虽然虚无缥缈,但肯定寄居于七情之中,你们说是不是?"

常寒松认为冯英说得有道理,从现在掌握的资料看,老爷子自传提纲中关于墨尔根的那几百字之所以晦暗,落笔时肯定带着诸多遗憾。

"安置灵魂应该可以子代父过吧?"常寒松问。

冯英说:"既然有父债子还,当然也可以子代父过。"

常寒松面朝博物馆双手合十,闭目默念了几句,然后睁开眼大声喊道:"奏捷之驿、黄金之路的先人们,我代表父亲常克勋向你们说一声对不住了!"说完,弯腰深深鞠了一躬。

声音很大,甚至从对面传出了回音,广场上几个遛弯儿的老人停下脚步,静静地看着广场中心这三个人。

冯英和任多秋都发现,此刻的常寒松已经泪流满面。

第五章　八里桥·五间房

榻上呓语:我觉得脚下的土地在松动,蚯蚓和蝼蛄爬上柞树避险,雨后径流是兴安岭滂沱的眼泪,流淌不止,汇成了横扫一切的泥石流。贪高不顾坡陡,失去的往往是根基。

老爷子在自传提纲中提到了北地八里桥。

常寒松记忆中北京城外有个八里桥,那里发生过一场恶战。京郊八里桥东距通州八里,西距京城三十里,乃运河上一座石料单孔桥,扼守通州入京咽喉,第二次鸦片战争期间大清将领僧格林沁率军在此与入侵联军激战,此桥因而知名。

老爷子提到的北地八里桥也与一场恶仗有关。

北地八里桥位于大岭至牙达气公路上,属于一处军事要地,这里曾长期设有武警执勤的边防检查站。资料显示,1900 年这里也发生过一场激战,沙俄哥萨克骑兵越过黑龙江制造了"瑷珲惨案"后,长驱直入逼临墨尔根。在八里桥,清军与侵略者进行了一场恶战,清军兵勇、民团、鄂伦春族猎手,以低劣之装备重创沙俄骑兵。尽管此战未捷,但在庚子年抗击列强斗争中,北地八里桥有着浓墨重彩的一笔。

那么,老爷子自传提纲中提到的八里桥现在是个什么样子? 带着几分好奇,两人驱车直奔大岭。

老爷子自传提纲中有这样一句话:"八里桥五间房让我懂得一个常识,山坡超过十五度,就应该停下垦荒的犁。"20 世纪 60 年代初期,地县领导干部都要下乡蹲点,老爷子选的是八里桥公社五间房大队,关于垦荒的体会就获于此地。

任多秋事先通过县民政局了解到,八里桥乡五间房村是个富裕村,人民公社时期该村有三个自然村,也就分成三个生产队,靠近公路的两队已经连为一体,另一个队在三里外的塔头沟里。人民公社撤销后,已经没有大队、生产队之分,统一叫五间房村,村委会主任叫侯宪启,六十开外,是个脑子十分活络的村干部。民政局的同志建议,去五间房采访最好找侯宪启,村书记是上级派的,刚去时间不长,对五间房的历史知道得不多,找侯宪启啥事都能整明白。常寒松问任多秋:"到底该叫村主任还是叫村长?我到农村去,很多老百姓都叫村长。"任多秋解释说,正确的说法是主任,村长是老百姓对村主任的俗称。常寒松道:"主任听起来像个有身份的干部,村长怎么叫也是农民。"

五间房原一队、二队两个自然屯坐落在一片开阔地里,站在地势较高的公路上,可以俯瞰两屯全貌。两个自然屯呈哑铃状,中间最窄的连接处只有一个院落。这家院子不仅柴垛大,而且还竖着一根高高的索伦杆①。任多秋粗略数了数,沟里民房有两百余栋,每一户都有木杖子围成的院子,院子里都有一个很大的柴垛。

遇到一个刚从木耳养殖大棚里出来的妇女,妇女穿着部队作训服式样的衣服。任多秋上前问路,女人一边擦汗一边指着竖有索伦杆的院子说,侯主任家好找,找旗杆就是了。

任多秋心里笑了,这哪里是旗杆,虽然上面有一面小红旗,但这是货真价实的索伦杆。过去,为了让鸟类不至于因大雪封山而饿死,当地崇尚萨满的居民会用小木船盛满粮食,高高吊于竖起的木杆顶端,喂食过往的飞鸟,为了吸引飞鸟,人们往往在木杆顶端扎上松枝,让索伦杆远远看去如同一棵树。这个习俗始于何年无从查考,今天看来,这是人与自然十分和谐的一幕。常寒松用相机拍下了这根高高的索伦杆,心

---

① 索伦杆:又名"索摩杆",汉语意为"神杆",为满族祭天所用。木杆下端镶在夹杆石中,上端有一个碗状的锡斗。祭天时,锡斗里盛放碎米和切碎的猪内脏,供乌鸦、喜鹊享用。

想,身为村主任的侯宪启能带头传承这种古老的爱鸟习俗,值得点赞。

侯家院子里有一条大黑狗,未拴,见院外来了生人汪汪叫了几声。一个面色黧黑、剃着平头的老汉推门出来,先对黑狗喝了一声,然后过来打开了院门。院门是铁艺的,刷了绿漆,这样的门多大的山风也不会刮倒。

任多秋说了来意,尤其说了县民政局对侯主任的介绍,并夸赞八里桥景色美,院子像院子,路像路,路上还看到了一处公厕,很有新农村的样子。

"这些事都是上面要求干的,"侯主任说,"上面要求干的,马虎不得。走吧,我们去村委会。"说完径自在前面带路往村委会走。

侯主任走路很快,边走边兀自说:"你们这是搞突然袭击呢,来检查工作也不先打个招呼。"

任多秋道:"我们来采访,不是检查工作。"

侯主任说:"五间房三年没来过领导了,现在啥事都靠手机,有大事就微信视频,方便是方便,想见一回面却像牛郎织女那样不易。"

侯主任显然对手机办公不太适应,这是很多年纪偏大者的共识。过去大家聚到一起开会,且不管会议内容如何,单会议创造的碰面机会就很好,可以相互热闹一下,不时还会轮流做东喝上几盅,现在不中了,一部手机让村干部们变得既近又远,聚会成了奢望。

任多秋一直以为当下交通发达,干部下乡入户应该比过去容易,没想到原来是这个样子,不来八里桥,还真没意识到这个新情况。当然,网上办公有优势,乡村之事多不涉密,一个群发比发文快得多。乡干部有要事,干脆来一个网上视频,与面对面交谈没什么两样,但在侯宪启看来,见面和视频是两码事。

村委会办公室与侯家相隔只有三户,是一个套了矮砖墙的院子,一排连脊红砖房,铝合金门窗,看上去十分敞亮。院子里还有个篮球架、一个升旗台。任多秋问:"村委会怎么有点像学校?"

55

侯主任笑了:"不愧是大记者,有眼力。这里原来是五间房小学,一到五年级十个班,后来上面搞撤点并校,把村小学给整没了,孩子都到七里外的八里桥中心小学住宿上学,七八岁的孩子就开始独立生活了。"

"孩子读寄宿学校不好吗?"任多秋问。

"怎么说呢? 孩子和父母的感情是靠一个窝里滚出来的,不管这个窝是热是冷,终归是家,那么小就'分槽饲养',亲情就淡了,为了所谓的教学质量早早就把脐带斩断,分数换不来亲情。"

任多秋觉得侯宪启思考问题挺深。

村委会办公室桌椅摆放十分整齐,白瓷砖地面上纤尘不染,墙壁上挂满了各种规章制度和领导小组名单,侯主任的照片也挂在上面。照片上的侯主任穿浅色西装,系一条鲜红的领带,与黧黑的肤色不是很搭。侯主任是个聪明人,解释说:"照片是乡里统一安排照的,要求穿西装扎领带。说实话这张照片我怎么看怎么不舒服,像个拎包卖耗子药的。"

坐下后,任多秋介绍了自己所在的报社。侯主任说:"你们的报纸我太熟悉了,每年订报都是一件大活儿。订的报纸也不浪费,加工木耳菌棒可以做包装用。"

常寒松开了个玩笑:"任兄大作可以催生木耳了,意想不到啊。"

提到木耳,侯主任开始侃侃而谈。五间房老百姓能致富要感谢木耳产业,五间房养木耳不下百年,从没间断过,即使在动乱年代,养木耳也没停,在五间房谁不让养木耳,谁等于断村民的生路。

任多秋想,那个年代养木耳不是件简单事,老爷子来此调研时会持什么态度呢? 他没有直接问,而是迂回问了个问题:"五间房是否遇到过挫折? 历史上那么多风风雨雨,五间房不可能是世外桃源。"

"当然有,五间房的挫折就在养木耳上。"侯主任并不回避。

常寒松道:"养木耳怎么会是挫折?"

侯主任说："这话说起来很远了,当年五间房恨一个人也感激一个人,这俩人一个给五间房带来阴天,一个带来晴天,村民至今还有个顺口溜。"

"还有顺口溜?"任多秋好奇地问。顺口溜其实就是民谣,在城市叫段子,在农村叫顺口溜,在汉代以前朝廷专门派人收集这些顺口溜,叫采诗官。

"这个顺口溜现在还有孩子会说:'两人八个兜,一分一背头,分头吃木耳,背头喝豆油。'"

任多秋和常寒松面面相觑,这顺口溜啥意思愣没听出来。任多秋请侯主任解释一下。

"'两人八个兜',是指上级来的两个蹲点干部,中山装不是四个兜吗?四个兜代表干部身份。这俩人一个姓常,一个姓毕。'一分一背头'是说这两个人一个梳分头,一个梳背头,姓常的梳分头,姓毕的梳背头。'分头吃木耳'是说姓常的主张种木耳,也就是鼓励社员搞副业。'背头喝豆油'是说那个梳背头的主张种粮食,尤其是主张种大豆,大豆可以榨油,社员多分豆油吃。"

任多秋问:"那么,常、毕二人谁对谁错呢?"

侯主任道:"不能简单说谁对谁错,要是从发展特色经济来看常县长是对的,要是从贯彻'以粮为纲'方针来看毕书记又是对的,所以这个段子也客观——一个吃木耳,一个喝豆油。"

常寒松觉得侯主任是个很公道的村干部,想问题看问题很客观,就插话问:"两个领导两个令,大队执行哪一个呢?"

"五间房人自有办法,当时大队领导就想出了个主意,化整为零,分别对待,具体就是一、二小队种大豆,三小队养木耳,毕书记来下乡的时候就去一队、二队,常县长来的时候就去三队,五间房是两位县领导抓的点。"

"全县这么多公社大队,毕书记和常县长为什么都选五间房做调研点?"任多秋想,领导干部在选点上最忌讳重叠,两头叫驴无法拴到一个槽子上。

"这个我不太清楚,听八里桥公社领导说,是常县长先选了五间房,五间房大队离八里桥驻军近,常县长是军转干部,喜欢和部队官兵打交道,才选了五间房蹲点。毕书记不知道常县长选在五间房蹲点,他是在听取八里桥公社工作汇报时,知道了常县长在该社五间房蹲点抓养木耳,就决定也到五间房来。

"公社领导给常县长和毕书记排下乡时间时,尽量错开时间。可是领导活动随机性很大,公社无法掌握县里的安排,结果有一天两位领导差点在五间房顶牛。那天是八一建军节,常县长没打招呼就驱车来到八里桥。公社书记见常县长驾到,脸立马就绿了,因为毕书记正在五间房检查工作。公社书记和八里桥驻军关系密切,灵机一动,就叫话务员接通了部队首长的电话,说县领导想到部队慰问,看看是否方便。部队首长当然很高兴,说今天是八一,欢迎地方领导和驻军官兵一起过节。公社书记心里有了数,赶紧吩咐管'双拥'的干部做些准备,然后跑到会议室来见常县长。常县长正在会议室里踱步,样子有点不耐烦,就问公社书记:'你们谁有空陪我去五间房走走?'公社书记说:'县长呀,去五间房的事能不能等等?咱自己家的事啥时候去都成,今天可是八一啊,刚才八里桥驻军来电话,说欢迎地方领导与他们一同过节,我们无论从军民鱼水情,还是从'双拥'共建方面考虑,都该去部队慰问一下。'常县长说好呀,那就快去吧。要上车的时候常县长问公社书记,去部队慰问总不能空手吧。书记指了指车后一辆马车道,准备了些木耳,还有一头猪、一只羊。常县长很高兴,说部队官兵戍边辛苦,一定要好好慰问。

"那次慰问部队给常县长留下了深刻印象,关键是记住了三麻袋木耳。于是常县长萌发了在五间房大力发展木耳养殖的念头。常县长认为,墨尔根有棉纺厂,棉纺职工可以定期配发木耳做劳保用品。

"常县长抓木耳生产实行目标管理，也就是说对五间房大队每年生产木耳有产量要求。完成了，评先进；完不成，做检查。那个时候不搞物质刺激，但常县长还是动了一番脑筋，他通过部队关系搞到一些老款军装，向全大队宣布：只要完成任务，大队基干民兵每人发一套军装。这个奖励在当时太有吸引力了，五间房三个队，主要劳力都用在了养殖木耳上。"

任多秋明白当时的政策要求，虽然强调"以粮为纲"，但后面还跟着一句"农林牧副渔全面发展"，提倡养殖木耳，大的方针没问题。

侯主任说："五间房是个移民村，都是闯关东来的山东人，最初来这里的只有三户人家，都姓侯，三户人家就是靠夏季上山采木耳为生，后迁来的人家也都喜欢上山狩猎，采木耳、榛子和榛蘑，当地也种，但收成不好，加之无霜期短，又多坡地，常遇到颗粒无收的年份。环境逼人想活路，村民在采集野生木耳的时候，就想能不能把生木耳的木头砍回家放到院子里，看着它生长，省去上山的辛苦。有人真这么做了，把山上生长木耳的柞树砍回来，截成木耳段，一根根摆好，然后定时往木耳段上浇水，木耳还真的像蘑菇一样长出来了。后来有了木耳菌，做成菌棒，养木耳就变得容易了。"

任多秋说："看来常县长抓木耳抓到了点子上。"

"养木耳也不是顺风顺水。"侯主任说，"对这件事毕书记有不同意见。"

"这件事毕书记没有反对的理由呀。"任多秋觉得老爷子这项工作得人心，毕书记想反对也找不到合适的理由。

侯主任道："毕书记没有明说反对养木耳，知道反对养木耳会触犯众怒，但毕书记对五间房下达了一个新任务，要求开荒种大豆，并规定了开荒和种植的亩数。毕书记给五间房做了个三年计划：第一年，要发扬南泥湾精神，全力以赴向荒坡开战，把五间房建成全县第一个大豆村；第二年，交够公粮后的大豆由大队油坊全部榨油，除了留足积累外，油和豆饼一律分给社员;第三年,实现五间房社员豆油随便吃,想喝豆油也管够。这就是'背头喝豆油'的来处。"

"三年计划想法不错,"任多秋说,"毕书记还是有点为民情怀的,想着让老百姓喝上豆油,这在三两油的年代多么鼓舞人心。"

"是啊,社员们胃口都被吊起来了。你想想,以往只有过年才能烙一回油饼吃,一想到豆油随便喝,这与实现共产主义差不多。"

"有经验的领导总是善于用目标来凝聚人心,"任多秋说,"毕书记有政治家的素质,难怪能走上高级干部岗位。"

"当时的大队干部却为难了,"侯主任摊开两手道,"又要开荒种大豆,又要养殖木耳。你可知道那个年代社员是集体出工,按人头记工分,要是像现在分田单干也好办,当时可不行,社员出工干一不干二,没法分身啊。"

"是啊,上面一条缝儿,下面就是一道沟,两个喇叭响,不知道听谁的。"任多秋也觉得这事大队干部不好办。

侯主任狡黠地笑了笑,他的笑让人感到话里还有话。

"五间房人都是闯关东来的,大鼻子小鼻子见多了,这点事难不住。大队干部一商量,决定把三队开荒种大豆的任务由一、二队扛起来,木耳养殖专门由三队负责,三队实际上成了副业队,三个队各自记账,年底分配由大队统一核算,这样问题就解决了。"

"还是群众主意多,"常寒松说,"很多发明创造其实是逼出来的。"

任多秋的关注点在老爷子和毕克功的关系上,他问:"在五间房两位领导没碰上过?"

"碰上了,还不止一次。"侯主任在说这个问题时没有笑,表情变得沉重,"五间房一、二队社员全力以赴开荒,当时没有大型机械,只能用牛马拉犁来开,好在山坡上是腐殖土,石头少,社员们先烧荒,再开垦,一片片新地开出来了。有一天常县长来了,看到山坡上的开荒地,问大队领导:'你们查过水文资料吗?'大队领导说没有。常县长又问:'你们测量过坡度吗?'大队领导说就是目测。常县长说现在这个坡度很危险,一旦下大雨会出问题。大队领导觉得常县长说得有道理,就向毕书记汇报,如何在新开垦的耕地上解决排水问题。那天,两位领导意外在村里碰面了。毕书记说:'克勋你担心得不是没道理,如果下雨一连几天不停,遇到山洪暴发,别说耕地,就是五间房全村也不安全。五间房四面环山,整个在一个山坳里,大水漫灌,全村就会灌包。'毕书记话里有话,意思是你这是杞人忧天,什么雨会连续几天下个不停?如果真那样,只能靠大禹来治了。常县长平时说话有点声高,和毕书记说话却柔和了许多。他说:'老天爷的事谁也保不齐,我们能做的就是未雨绸缪。当年在朝鲜战场,部队穿插到长津湖潜伏,准备阻击后撤敌人,因为任务紧急,御寒装备差,军需股长就提建议向预备队借点棉大衣,说夜里潜伏温度太低。有人说温度再低能低到哪里去?长津湖又不是北极。结果潜伏那夜遇到了极寒天气,温度降到零下四十多摄氏度,很多战士被冻伤,有的甚至冻死在战位上。这个教训提示我,什么事都是人在做、天在看,大自然是惹不起的。'

"两位领导对话都是含而不露,说完也就各自忙去了。但毕书记抓垦荒一直没停。

"两人第二次在五间房碰头是一场水灾过后。事情果然如常县长所料,7月,大岭一带下了场急雨,如果是下他几天几夜还好办,至少村里能有个准备,但这场雨太急了,半天时间降雨超过300毫米,几乎是百年不遇的特大暴雨。降雨形成山洪,民房损失不大,问题是新开垦的耕地被山上形成的径流冲刷严重,露出大面积石质山体,地,全废了。在大队部,两位亲临救灾一线的领导碰面了。毕书记面如死灰,听大队干部汇报灾情。听完汇报后,毕书记先让八里桥公社领导讲讲,公社领导检讨说他们准备不足,缺少预判,回去就向县里写检查。毕书记又让常县长讲讲,常县长没有翻小肠,他讲了三点:第一,这场水灾是不可抗拒的自然灾害,非人力所能抵御;第二,八里桥公社和五间房大队不用写检讨,倒是应该表扬他们在抗灾中的表现,这么大的山洪暴发没有死一人,这是了不起的成绩;第三,被冲毁的耕地,灾后抓紧组织社员在石头缝隙中刨树坑,栽植黑松,绿化山体。常县长讲话时,毕书记的脸色一直很难看,却没有插话。常县长讲完,毕书记说:'要奋斗就会有牺牲,我们要坚定人定胜天的信心和决心,困难不可怕,可怕的是胆怯气馁。我知道三队的木耳段也被洪水冲走许多,三队的社员没有被吓倒,他们已经开始截取新的木耳段,这就是一种不屈的抗洪精神。'这次碰面没有剑拔弩张,不了解内情和背景的人听不出子丑寅卯。"

任多秋问:"事情过去了这么多年,你又没亲身经历,你怎么知道得这么详细?"

侯主任笑了笑道:"不瞒你们说,我父亲是当时的大队书记,见证了这些场面。父亲在世时每次和我说起往事总会这样感慨:最有力量的人不是莽撞易怒之辈,而是那些绵里藏针之人,能把批评当表扬来说,绝对是桩本事。父亲对两位领导很尊重,一直念叨他们的好,夸两位领导有涵养。可惜的是两位领导离开墨尔根后再也没有回来,父亲每次在电视上看到他们,会说分头不分了,背头也秃顶了,翻来覆去只说两位领导的头发。我想,大概是那个顺口溜让父亲无法忘掉两位的发型吧。"

原来是这样,任多秋很惊讶,难怪侯主任知道得这么多,在农村,老子卸任儿子继续干的例子很多。他问:"你怎么不当书记,却当了主任呢?"

侯主任无奈地摇摇头:"主任也是村民硬要选我当的,现在村干部难当,书记上级可以派,主任只能在本村选,大伙瞧得起我,我也就干吧,至少不能给老父亲丢脸。老父亲对我说:'老侯家到啥时候都应该是五间房的主心骨,这是你爷爷的托付。'"

任多秋有些疑惑:"托付?此话怎讲?"

"我们三户姓侯的是五间房最早的住户,又是本家,爷爷那辈来自蓬莱潮水。在八里桥一带落脚后，老家那些讨生活的亲友纷纷扑奔而来。爷爷说老侯家在五间房就是三个土豆母子，土豆母子就要舍得自己、催生新苗。所以后来闯关东的老乡只要到五间房，就会得到侯家接济，侯家口碑自然就好。我爹是土改时入党的，后来当了大队书记，一干四十年，经历了从集体到单干的过程，酸甜苦辣尝了个遍。父亲说当村干部不易，明晃晃说出的话还得学会咽回去，破了的鼓非要擂出响，瘦驴拉硬屎，破车揽重载，到最后能赚个好名声就算没白干。我理解父亲，也体会到父亲的辛苦，父亲一辈子就是为了名誉活着。小时候常常看到父亲蹲在门槛前抽烟。父亲不抽烟袋，自己卷烟抽，他把报纸裁成两指宽的纸条，放入旱烟卷起来抽，所以大队每年都订报，看过的报纸也不浪费。当地产的旱烟劲足辣眼，但父亲一抽就是连着三根。父亲卸任后有个本家叔叔接着干，干了几年全家进城了，乡里就动员我当书记，被我婉拒。我想自己建大棚养木耳，再说了，当时村里年轻人都出去打工，剩下些老弱病残，很难把人组织起来做事，就不想抻头来当这个书记。没想到换届时村民硬是选我当主任，我就想，人还得识抬举，五间房毕竟是自己的家乡，自己不待见谁待见？这样我就干了。上任那天我在自己院子里竖起一根索伦杆，每天出门都会看一眼这根高高的杆子，目的就是长长志气。啊呀对不起，我有点扯远了，怎么唠起自家的事了？"

任多秋正听得仔细，没想到侯主任突然打住了，就问："你当主任也很多年了，主要精力投放在养木耳上吗？"

"我这个人不喜欢标新立异，今天一个口号，明天一个举措，一天一个想法，村民怎么受得了？我就想，还是把老祖宗留下的宝贝给弄好，别瞎折腾。所以我上来就抓住木耳养殖不放，一手抓养殖，一手抓销售。现在五间房的木耳就像杏花村的酒、五常的大米一样，已经成了国家地理品牌。"

"现在村民是不是很感谢常县长？"常寒松问。

"大多数村民都不知道常县长了,人们只知道那个顺口溜。说来也挺有意思的,历史有时候就在顺口溜里。有些事不能下结论太早,就说毕书记吧,他没有把五间房建成大豆村,现在整个墨尔根却成了大豆县,这说明毕书记当时的想法并不错,错就错在了天时上。父亲以四十年大队书记的经验告诉我:错误的东西放到正确的时间,错误就成了正确;正确的东西放在错误的时间,正确就变成了错误。这句话我琢磨了半辈子,过了六十岁我才想明白,父亲是在告诉我一种工作方法:审时度势。"

两人为侯主任的深刻而吃惊,这哪里是一个村主任说出的话?但很快任多秋就想开了,在自媒体洪水泛滥般的当下,这一点不奇怪,媒体话语权已经不再属于少数人,因为一部手机就是无数张报纸、无数台电视。

"那么,你养殖木耳有何体会?"任多秋总是不自觉回归记者角色,一个接一个连续提问。

"也没啥体会,就是通过养殖木耳悟出一些零零碎碎的道理。"侯主任很谦虚地说,"人不一定都能做大官做大事,十几亿人天天都想着做大官做大事那是国家的灾难。身为村主任,能牛屎里栽黄花、羊粪里种韭菜,把人生这个圆圈儿画圆也就行了。木耳长在朽木上,废物出美食,等于化腐朽为神奇,坏和好总是像陀螺在转。我爷爷说过,知府头上的虱子捉不得,名树枝上的木耳不能吃,这个道理我服。比如说枫木上的木耳吃了会要命的,知府头上有虱子一定要装看不见,否则会惹祸上身。五间房木耳多是椴木耳、柞木耳,出在春、伏、秋三季,品质以春、秋两季的为佳,道理很简单:春、秋两季木耳生长慢,木耳肉质厚,尤其是秋木耳,你用开水泡上二十分钟,然后蘸着青酱吃,能吃出牛百叶的味道。不好吃的是伏耳,原因是长得太快、速生,肉薄味寡。由此我的体会是,农村工作不要短平快,切忌急于求成,饭要一口一口去吃,肉要一点一点去长,想一口吃个胖子,当年大水毁地的悲剧就会重演。"

任多秋站起身,双手握着侯主任的手道:"侯主任,你给我上了一课,我终于明白为什么说高贵者最愚蠢、卑贱者最聪明,原来最高深的理论一直在老百姓这里,我们这些自命不凡的所谓学者不过是小学生!"

"我是瞎说,哪有啥理论?"侯主任有些腼腆。

常寒松建议到当年的三队去看看,想拍几张木耳养殖的照片。其实常寒松已经意识到,在五间房给老爷子招魂只能去三队。

三人步行去三队。路上,看到了山坡上连片的黑松林,侯主任说这就是当年开荒被大水冲掉土壤的坡地,黑松长势不错,但只能绿化景观,成不了经济林。侯主任叹了口气说:"当年社员在这里流下无法计算的汗水,无非是为了能喝上豆油,为了一套绿军装。过去这么多年,五间房没人抱怨这事,倒是有些老年人至今还在津津有味地唠叨当年垦荒会战的情形,可见五间房的村民有多实诚。"

来到三队,这个靠养殖木耳富裕起来的自然屯竟然没有一处木耳大棚。家家户户的木耳段都整齐排列在房前屋后,木耳段被横木垫起有三寸高,肥硕的蒲公英和苣荬菜从缝隙里探出长长的花茎,点缀在黑色的木耳段间。这是真正的田园景观,没有混凝土,没有沥青,绿植随处可生,蚱蜢随地可蹦,摄入镜头就是一幅久违的油画。

三队村民坚持不用大棚养殖木耳。侯主任用赞许的口吻道:"养殖户都认为好木耳一定要吸取天地日月之精华、雨露百草之灵气,大棚里养出的木耳,品质会打折扣。"

"三队出产的木耳价格肯定高吧?"常寒松问。

"当然,市场上难得一见,每年都被预订一空,但他们不扩大生产,不搞萝卜快了不洗泥那一套。曾经有个上级领导来视察,要求三队把木耳品牌做强做大,不能局限于小打小闹。领导的话我们当然重视,在商量怎么落实时,三队村民组长老胡举了一个例子,这事便搁下了。"

"老胡举了个什么例子?"任多秋很感兴趣。

"老胡女儿在法国留学,应该是女儿回来说给他的,否则他一个农民不可能举出洋例子来。老胡举了法国著名红酒罗曼尼·康帝酒庄的例子。罗曼尼·康帝酒产量极低,年产量控制在 2500 升,以这款酒的市场和价格来看,按照国内一些人的思维完全可以快速扩张、做强做大,但人家没那么干,酒庄年产就是 6000 瓶,所以品质得以保证,市场上一支难求。我们三队的木耳也是这个道理,要是贷款建大棚,扩大规模,产量肯定上去了,可那还是三队木耳吗?"

任多秋点了点头:"农民能拒绝暴富想法的真不多,五间房是个例外。"

路边一片木耳段区,每截木头上都长满黑黝黝的"小耳朵",肥嘟嘟的,很可爱。任多秋不禁想起一位古人写的诗句:"木耳有才持紫橐,楮皮无计换青趺。"他对常寒松说:"在这里给我和侯主任拍张照片,我今天认识了一位老师。"

拍照后,任多秋向侯主任介绍了常寒松的身份,说这位摄影家就是常县长的儿子,他回来是替老爷子招魂,老爷子说自己的魂落在了北地。

侯主任听后先是惊诧,然后拥抱了常寒松,说:"我父亲去世前留过话,要是常县长能来五间房,一定要送他两袋三队木耳。您来了,正好了却我一桩心事。"侯主任有些激动,深情地望着常寒松说,"当地有种说法,木耳是树木朽后树魂所生,能听懂人言、辨明兽语,收木耳之前,有经验的耳农会在前一晚到木耳段前祷告几句,次日收获时木耳便会弹性十足,若是少了这一环,有些耳子就会无缘无故变干巴。你带回木耳,就等于招回了树木之魂,我猜想,病床上的常县长一定想吃三队木耳。"

回程的车上,常寒松把两袋三队木耳紧紧抱在怀里,心里一直在想侯主任刚才说的话。

第六章　奇克

楣上呓语:多么希望有一支银针刺向我的中指,把骨缝里的积液挤出来,再救我一命。谁拥有低洼处的朋友,谁就不会有深渊。

从墨尔根到奇克,就如同从格拉秋山到红花尔基一样,这种工作安排像抛物线后半程,基本是一路向下,因而被老爷子称为又一次谪迁。

老爷子未病之时谈起这次谪迁,强作欢颜地说自己与毕克功同时调离墨尔根,毕克功去了地委大院,担任组织部分管干部工作的副部长,他则到更加偏远的奇克担任副县长。奇克是一个边陲小县,全境只有一条险峻的沙石盘山路与外界相通,到那里工作面临两大难题:一是长时间不能回安置在北安的家;另一个是要经常走那条危险的山路去白河开会,要知道,大雪纷飞的冬季开车在山路上行驶非常危险,遇有险情根本无法刹车,当地因公殉职的干部绝大多数因为车祸。

老爷子的自传提纲在奇克一段提到了一个叫莫家全的中医。老爷子对这个中医评价不低,可以断定两人关系非同寻常。老爷子说正是受莫家全影响他才笃信中医,去医院看病,每每是西医下过医嘱,再去找熟悉的中医号脉把诊,然后开一串中药拎回家熬制汤药,老爷子戏称之中西医结合。常寒松知道给老爷子看病的那些中医都是京城名家,经常在媒体上做节目,能成为朋友理所当然,但晚年还能惦记着远在北地乡下的莫家全,其中必有缘故。常寒松估算了一下,莫家全若健在,也应是耄耋老人了。

去奇克,一定要找到莫家全,只要他还活着。

奇克是老爷子的人生低谷,低谷是人自身弱点集中暴露期,任多秋

67

认为去奇克探秘会有别样收获。老爷子在奇克郁郁不得志，这一点他自己毫不隐晦，失意之时最佳姿态是蛰伏，就别说有什么建树了。任多秋查阅奇克县志，老爷子在奇克任职的两年，除了抓地方病防治，其他找不到可圈可点之处。

"在奇克老爷子肯定会总结自己，像蹲仓的黑熊或冬眠的蟒蛇，至少会做春天的梦，这个时候容易有思想上的收获。"常寒松说。

"奇克应该是老爷子的思想沉淀地。"任多秋也这样认为。

尽管是第一次来奇克，两人看到的却是一座似曾相识的县城。与全国其他地方一样，这个边陲县城也是方格式街道规划，街道旁的楼房大都"穿靴戴帽"，像列队的士兵一般。县城主街两旁的路灯很大气，细看竟然是京城长安街路灯的微缩版。任多秋说，奇克有临江之地利，完全可以规划成一个放射状城市，用江畔半月形广场连起大大小小诸多广场，街道一条条向外发散，每一条街道都能看到广场。果真那样的话，在空中俯瞰城市就像半轮江月照亮串串珍珠，城市就有了特色。

"其实，这件事老爷子那个时代可以做，因为那时县城不会有几座楼，如果老爷子真的那么做了，这部作品毫无疑问会载入史册。"常寒松说，"我们这算不算马后炮呢？"

"有点事后诸葛亮。"任多秋笑着说，"现在所见真不是我想象中的边城奇克，虽然城市管理很到位，街上蛮干净，但总觉得少了点什么。在报社我常听有同事感慨，说无论东南西北，只要你走过一个县城，就等于到了全国一半以上的县，因为县城几乎千篇一律，让人难以区分。对于同事所说我也有同感，只能说我们的规划师太缺少想象力。"

"问题是规划师只有建议权。"常寒松觉得城市的雷同不该让规划师来背锅。

"总之都是缺乏创意和想象。"任多秋说，"我们过于注重模仿，忽视了最重要的差异，结果所有的孩子都是多胞胎或者克隆羊，文化色彩渐渐被淡化。"

常寒松说:"你的这些观点多好,为什么不写出来登在报上呢?我注意到你当主任时写的社评也是'穿靴戴帽',哪句话都毫无瑕疵,哪句话又都不是你的话,和那些方格式规划差不多。"

任多秋摆摆手道:"所以我才感同身受。"

常寒松是个摄影家,喜欢实话实说,任多秋尽管尴尬,却不会怪他。

常寒松接着说:"我估计老爷子想建也没钱,那个时候县里穷,现在有钱了却不知道该怎么建,模仿抄袭就来了,谁能想象有个地方竟然搞了个山寨版的天安门?想想都觉得可笑。"

两人入住一家快捷酒店。酒店虽为快捷,房间却不小,设施也全。来奇克之前两人已经约定,此行还是不与官方打招呼,直接寻找莫家全。任多秋在网上查到当地果然有莫家全中医诊所,正常的话找到这家诊所也就找到了老中医莫家全。

来北地走了几个地方后,任多秋非常渴望能再采访到一个褚三禄那样的与老爷子共事的人,那种采访才过瘾,比二手资料好得多。他很清楚,无论是谁的话,都可能在传递过程中发生改变,或断章取义,或添枝加叶,有的甚至会与原来表达的意思相反,很多大理论家就是吃了道听途说的亏,所以现场亲历者是采访的瑰宝。

奇克主街叫通江街,顾名思义,就是直通江畔的一条大道。莫家全中医诊所在通江街 17 号,门面不大,一块白色的广告牌上喷涂着"祖传秘方专治各种疑难杂症",这样的广告词与城市规划一样,不仅毫无创意,而且因为相互雷同,容易令人起疑心,但几乎所有的中医广告都还在沿用这个俗套,疑难杂症是那么容易治的吗?任多秋觉得唯一有特色的是牌匾上喷涂了一个老人头像,老人微胖,颧骨突兀,银须飘飘,戴灰色呢子礼帽,穿一件蓝色立领袍子,一副少数民族装束。照片下方有关于老人的介绍:鄂医名家莫家全。

"怎么是鄂医?"任多秋说,"还没听说有这么一个医派。"

常寒松说:"应该是中医的分支吧,莫家全是鄂伦春族医生。"

两人很兴奋,看来莫家全健在。任多秋说:"我们这次采访有点抢救的性质,毕竟老人年过八旬,是熟透的瓜。"常寒松觉得莫家全能长寿与他本身是中医有关,中医在养生方面的确有一套,而且得到了验证。顺利的话这次可以把老爷子的病情与莫老先生说说,说不定莫老先生会有什么灵丹妙药呢。

　　常寒松觉得来奇克是来对了,不是说高手在民间吗?但愿这个莫家全是身怀绝技的高手。

　　进到屋内,一个穿白大褂的胖子正在给一个女患者看病,转过脸说了声坐,然后继续诊脉。胖子五十多岁,面庞红润,有点谢顶。两人在靠近门口的候诊的长条椅上坐下,怕打扰了胖子诊脉,没有说话。看病的妇女一脸愁容,唉声叹气,唠叨说整宿睡不着觉,白天打盹,晚上精神。胖子问一句,她就答一大堆家长里短,能听出来她丈夫好吃懒做,还整夜赌博,日子过得很糟糕。任多秋想,这是一个难症,再有水平的医生也治不了,因为这纯粹是心病,他想听听胖医生是如何来治这种病的。

　　胖子的治法让任多秋很吃惊,因为胖子说了个闻所未闻的偏方。胖子说:"你这是肝郁气滞,只能疏肝理气。不要抓药吃,经络不通,药力不逮,吃药也是白吃。回去每日睡前用热水擦身,然后用带叶的苕条抽打全身,不要抽破皮肉,抽到全身泛起檩条红为止,然后涂上爽身粉上床睡觉。"

　　女患者将信将疑:"这就行?"

　　"试试吧,"胖子不把话说满,"试后三天不能奏效,你再来诊所找我。"

　　"自己抽打自己?"女患者又问。女患者虽是病态,身上却有不少赘肉,侧面看上去像装满粮食的麻袋。

　　"自己的病还是自己来抽,别人不知道轻重。"胖子起身送客,没给女患者开药,也没有收取诊费。

女患者走后,胖子起身问:"二位哪里不舒服?"

任多秋觉得这句话问得好,有些医生当头会问来看什么病,如果患者知道自己得了什么病还用看吗?直接买药就行了。任多秋站起身,说他俩来见一个人,就是门口牌子上那位莫家全老先生。胖子愣了一下,说:"我是莫家全的儿子,家父年事已高,早就不出诊了。二位找家父何事?"

任多秋灵机一动,说是老先生在北京的一位故交委托他俩来的。

胖子说父亲在新鄂乡下,二位想见的话需要去乡下,路不是很好。

任多秋说,他们可以去,只是不知路咋走。

胖子说他要坐诊,脱不开身,让儿子带他俩去,儿子开出租,车也方便。胖子办事沙楞,丝毫不拖泥带水,一个电话便把儿子叫了回来,嘱咐儿子拉两位客人去新鄂看爷爷,并说两位是爷爷的客人,不收车费。儿子二十左右,穿着时尚,嘴里嚼着口香糖,眼睛黑玛瑙一样亮,父亲说话他只是应着,并不插话。任多秋很奇怪,儿子应该子承父业才对,怎么开起出租车了?胖子吩咐完,儿子说请上车吧,路上要一个多钟头呢。两人握别胖子,才想起没问人家姓名。

上了车常寒松说:"真顺利,莫老先生一家三代都齐了。"

捷达轿车驶出县城,平坦宽阔的水泥路上鲜有车辆,路两边开满了扫帚梅,未加修剪,一副原生态的样子。坐在副驾驶位置上的任多秋问:"小伙子,我们怎么称呼你和你爸爸?"

"我爸爸叫莫少华,我叫莫秋,两位叔叔就叫我秋子吧。"小伙子很懂事,为了称呼方便,把绰号也告诉了他们。

"你爷爷为啥不搬到县城来?在农村生活多不方便!"任多秋问。

"不习惯呗,"秋子说,"新鄂都是鄂伦春族,到县里就难得遇上一个了。县里上百台出租车,鄂伦春族司机就我一个。"

任多秋明白了,老人是不习惯县城生活,才回到鄂伦春族群去养老。常寒松在白河地区生活过,对这一带有些了解,鄂伦春族是1949

年后才定居的游猎民族，老爷子能深交一个鄂伦春族朋友十分难得。

任多秋问秋子："你怎么不学医呢?"

秋子摇摇头："学医没意思，一坐就是一天，不自在。"

"那将来莫家诊所谁接班呢?"任多秋为所谓鄂医的未来担忧。

"我妹妹。"秋子说，"我妹妹莫愁白河卫校毕业，在县医院当药剂师，到时候她会辞职接班。"

驶出县城四十多分钟，然后南拐，通过一座水泥桥跨过逊毕拉河，再行驶二十几分钟就到了新鄂。新鄂是乡，但实际规模就是一个大村，1953年政府动员鄂伦春族人结束游猎生活，下山在此定居。新鄂与北地众多村屯无异，足够宽阔的村街、门窗朝南的砖瓦民居、木杖子套成的院落、露天里或方或圆的苞米囤，一幅典型的北地农村图景。

莫家房子显然是翻修过的，蓝色铁皮瓦，咖啡色铝合金门窗，很有现代气息。院子里拴着两条白狗，见到生人并不叫，朝着秋子使劲摇尾巴。一个身材矮胖、戴着灰色礼帽、穿厚布黄格子衬衣的老人从屋里走出来。秋子把父亲交代他的话重复了一遍，然后对老人说他去河崴子里挂鱼，午饭好下酒。老人从仓房里拎出几片挂网，对秋子说去吧，运气好的话或许能挂着虫虫。

虫虫是北地一种冷水鱼，肉质鲜美，常寒松在伊春吃过这种鱼，没想到逊毕拉河也有虫虫。

屋内没有客厅，从厨房进来就是南北两铺大炕，炕梢各有一个炕琴，炕琴上有手绘的牡丹和蝴蝶，上面则是一条条叠起来的白里花面被褥。老人请他俩在北炕沿上落座，顺手推过一个苔条编的烟笸箩，里面有旱烟、火柴，还有一包没开封的红双喜香烟，然后脱下鞋子，回到南炕盘腿坐下。南炕也有一个烟笸箩，只是简陋了一些，是个铁皮糖果盒。老人和女儿家一起生活，女儿是小学教师，周末没课，在西屋泡好了五味子茶端过来，茶中加了几粒刺玫果，看起来红绿有致。

老人说："是克勋让你俩来的吧?"

两人很惊讶,老人怎么一下子就会猜准呢?

"我在北京没熟人,"老人停顿了一下道,"刚才孙子说你们从北京来,脑子就开始过电影,没过上一遍就想起了常克勋,听说他在北京做大官,是他派的人没错。"老人思维敏捷,没有明显老态。

"是啊,常先生经常提起您。"任多秋不愧是记者出身,组织语言张口即来,而且听起来那么可信。他说:"常先生向您问好呢,希望您有机会到北京,说要请您到全聚德吃烤鸭。"

老人微笑着点点头,模样如同欢喜佛。他的目光投向墙上挂的一个大相框,说:"克勋念旧,是个有情有义的官。"

常寒松觉得脸上有条小虫在爬,说实话,作为和父亲一起生活的儿子,还真没听老爷子说起奇克,也从没听老爷子提过莫家全这个名字,如果不是这份自传提纲,自己不会跑到这么偏远的山区来,所以老人说父亲念旧,他觉得有些过誉。

"是啊,人一老就怀旧,总是回忆以前的事。常先生有些记忆减退,只是强调说你俩是莫逆之交,您还帮助过他,这次我俩来就想请您讲讲当年你们经历过的那些故事。"任多秋依然在打圆场。

"不是故事,"老人说,"故事是编出来的,我和克勋之间的事都实实在在,没假。"

任多秋忙说:"对对,是经历,不是故事。"

老人卷起一支烟,划着火柴慢慢点燃,一连吸了几口,屋内顿时充满一种带有焦香的烟味儿。回忆似乎需要烟的衬托,轻烟笼罩下,人的回忆容易进入一种穿越状态。任多秋和常寒松都不吸烟,但此刻一点也不排斥老人营造的烟味儿,任多秋甚至产生了也想卷一支来抽的念头。

伴随着一缕青烟,老人穿针引线的讲述将半个世纪前的图景拼接起来,形成了一幅清晰的连环画。

莫家全能认识老爷子其实很偶然,如果老爷子不到学校检查工作,

73

也不会认识这个肌肉结实的小伙子。当时，严重自然灾害导致粮食收成不好，大田亩产不到一百斤，农民面临饿肚皮的危险。老爷子没有去看农业生产，老天不稀罕你，任你再怎么忙也是白费。老爷子之所以来新鄂，是因为新鄂没有饿肚皮问题，一来国家照顾，二来鄂伦春族兄弟由猎变农定居下来后，打猎本领犹在，数百年的生活方式尚未彻底转型，种地打粮对于他们来说并不是生存的唯一手段。国家对少数民族教育格外重视，定额拨款，老爷子想到学校看看这些扶持是不是真正落地。在新鄂小学，老爷子看到六年级教室最后一排一个二十多岁的大人在坐着听课，而且还挺认真地做笔记，就问校长这是怎么回事，是一位听课老师吗。校长说这人叫莫家全，祖父和父亲都是鄂伦春族大夫，他来学校是听语文课，因为当医生，需要补习语文。校长说莫家全医术不错，给新鄂很多病人看过病。

下课后，老爷子叫来莫家全。在长满灰菜的校园操场上，两人边走边聊，聊了许多，聊过鄂医后又从猎鹿聊到修建撮罗子①，再聊到桦树皮摇篮，以及伪满时期的鄂伦春武装，莫家全有问必答，没什么顾忌。莫家全不知道和他聊天的是副县长，也不问对方为什么要问这些，他觉得说话这人挺和蔼，穿着干部服却没有干部的大架子。当然，老爷子问这些也没什么来由，主要是出于好奇。莫家全也是见过世面的人，没有丝毫惧生，新鄂这个地方，国家、省、市大领导常来。

如果不是莫家全多说了一句话，两人的关系也许就停步在一面之缘上，莫家全无意中的一句话像鱼钩一样钓住了老爷子。在告别时莫家全忽然说："你肝不好，领导，要顺顺。"老爷子愣了一下，自己从来没有肝不好，莫家全是怎么看出来的呢？莫家全说："你面庞呈酸木浆色，鼻梁一抹达子香，可见是肝不好。"老爷子问"鼻梁一抹达子香"是什么意思。莫家全说："鼻梁有肝象，这抹达子香说明你体内的肝在燃

---

① 撮罗子：又称"斜仁柱"或"撮罗昂库"，是鄂伦春族、鄂温克族、赫哲族等东北狩猎和游牧民族的一种圆锥形房子。

烧。"老爷子暗吃一惊,来奇克报到之日起就觉得右肋发胀,没想到是肝火问题。他说:"你能不能出个方子帮我调理一下?"莫家全说:"你跟我来家吧,让我父亲给你瞅瞅。"

常克勋安排好工作后,跟莫家全来到莫家。莫家全父亲是个眼有玻璃花的老人,头发很长,披散着,干草一般缺少光泽,从五官上很难看出老人的年龄。老人盘腿坐在炕上抽烟,炕上没有铺炕席,而是铺了几张特大的狍子皮。老人身上散发着一股酒气,他一边抽烟一边用狍子嘎拉哈①摆一种奇怪的图案。老人不会说普通话,莫家全用鄂温克语和他说了一番,老人抬起头,仔细打量起老爷子。老爷子从没有被一个玻璃花眼如此近距离打量,这双奇怪的瞳孔里似乎有一个神秘纷纭的世界。老人看过后和莫家全嘀咕了几句,莫家全将父亲的话翻译给常克勋:一天一壶五味子,要南山上的老藤五味子;三天一锅炖泥鳅,要莲花泡的活泥鳅。南山,是新鄂人定居前狩猎的群山;莲花泡是逊毕拉河旁一块湿地,因为夏季满泡子长满莲花而得名。莫家全说五味子家里有,活泥鳅却要去莲花泡下须笼。老爷子想了想,说:"我先回奇克安排一下,然后到新鄂来调理两个星期。"

老爷子再来新鄂,特意买了两箱老白干送给老人。老人看到高度老白干后,两眼中的玻璃花瞬间绽放起来,连说唉么唉么唉么。"唉么"是好的意思。晚饭前老人特意下炕,倒了一小碗老白干朝南山方向拜了拜,将酒酹于地上。莫家全说父亲这是在敬山神,是南山养育了世世代代的鄂伦春族人,这么好的酒不能独享,一定先恭奉山神。常克勋很喜欢这个嗜酒的老人。老人虽嗜酒如命,却从不借酒发作,喝醉了会倚在墙上酣睡,睡梦中老人的嘴唇不时会嚅动,好像在说什么,又好像在吃什么美味,不时还会发出梦呓。莫家全说此时父亲是到另一个场景去了,父亲心里有另外一个世界,父亲说过,他喝酒之后会回到很

---

① 嘎拉哈:满语、锡伯语、鄂温克语音译,指猪、羊、狍子等动物后腿中间连接大腿骨的那块骨头。

久很久的过去,那些已经离世的伙伴会向他打听很多事。

老爷子通过莫家全和老人交谈,问老人鄂医都有哪些讲究。老人说世上没什么鄂医,鄂伦春族没有独立的医派,鄂医其实就是中医。他从小腿部受伤,不能骑马打猎,被家人送到山下一个萨满家里学徒,给萨满当二神儿。鄂伦春族笃信萨满,也敬重跳神的人。他无法骑马打猎,总要有个吃饭的营生做。萨满师父是个医术不错的中医,没只让他学跳神,因为跳神是个力气活,腿有残疾会影响跳神仪式感,就教他学医。但萨满有个要求,学成后必须回南山,不许在霍尔果津一带和师父抢饭吃。他学成后就回了南山,专给鄂伦春族人看病。因为悟性强,喜欢动脑,他的医术越来越精,名气也越来越大,可惜不识字,医术秘方只能记在脑子里,加之害了眼疾,一辈子再也没有下山。霍尔果津那个萨满过世后,家里无人坐堂,师父家人进山找到他,希望他下山撑门面,他这才下山。正是这次下山出了意外,南山鄂伦春族猎人出于义愤将两个进山祸害人的日本特务给收拾了,关东军疯狂报复,进山抓了四五十人,他所在的鄂伦春族猎人大都被害,他因为在霍尔果津坐诊幸免于难,但族人遭害让他一股火上来,加重了眼疾。

带着老白干来新鄂这次,老爷子没有调理成,县里有重要会议临时把他叫回去了,这次一别竟与老人错过一生。

老人是在一个月圆之夜走的,走得很安详。

这一天老人喝了酒,对莫家全说要到南山棠棣沟去一趟,莫家全牵马驮着父亲就去了棠棣沟。棠棣沟是条坡度平缓的山沟,沟底有一条清澈的小河,坡地上长满棠棣树和柞树,莫家的茔地就在沟里一处坡地上,这里是 1949 年前鄂伦春族人实行风葬的地方,后来实行土葬也没换地方。茔地没有墓碑,标记物是一棵大柞树,树枝上挂满了褪色的兽皮博如坎——画在兽皮上的祖先画像。老人很看重这棵大树,称其为"阿娇如博如坎",意思是祖先像这棵树一样在这里活着。老人来到茔地跪在树下,说他连续几天梦见列祖列宗,祖宗有事要找他问话,他不日就会来此。老人告诉莫家全,所有的树都是长着眼睛的。你行善,在它眼里;你作恶,也在它眼里。从棠棣沟回来当夜,老人喝了半斤白干,吃了一小碗鹿肉,然后上炕睡觉,睡前对家人说:"不要叫醒我。"莫家全认为父亲是预料到了自己的大限,否则不会到棠棣沟神树下去报到。第二天早晨,老人去世了,走得很安详。葬礼老爷子没赶上,但烧头七他陪莫家全去了。回来后老爷子对莫家全说,棠棣沟有一种说不出来的气场,站在老柞树下就像站在舞台中央,能感觉到四面八方有观众,观众的目光狐疑、冷漠,甚至带有敌意,自己没有得罪这些死去的人啊,他们为什么会这样看自己?莫家全说:"你若祷告几句就好了,因为你是陌生人。"老爷子对莫家全说,如果老人能将绝世医术记录下来,对于中医会是一大贡献,中医的很多瑰宝就这样被带进了坟墓,实在可惜。

再来新鄂,给老爷子调理身体的担子就落在了莫家全身上,好在有老人给出的方子,老爷子只需按照方子去做就行。

白天,两人到莲花泡下须笼捉泥鳅。这种用柳条编的须笼实际上是个能进不能出的鱼囤,在进口处抹上鱼食,沉到水中,过一段时间拉上来,会有许多柳根儿、湖萝子、黄泥鳅等瓮在里面。莫家全将鱼倒进水桶里,只留下黄泥鳅,其他的都扔回去,逮够了泥鳅便回来炖一锅给老爷子吃。夜晚,两人躺在炕上长谈,话题除了鄂伦春族风俗之外,就是老爷子的肝病。莫家全认为这场肝病有来由,而且是躲不开的来由,老爷子体内有瘀滞之气,不舒滞化瘀,迟早出麻烦。老爷子说了实话,自己是有些情志压抑,工作憋气窝火。莫家全就用鄂伦春族猎熊的道理来开导他。鄂伦春族原本是不猎熊的,认为熊有灵性,后来这个习俗有所改变,也开始猎熊,但猎到熊后要说熊可怜我了,要把熊头高高挂在树权上,让其像风葬一样风干。吃熊肉的时候要人人有份,并发出悲伤的声音。这样做了之后,熊就不会怪罪人们,南山一带几十年来没有发生过熊伤人的事情。

莫家全的意思很清楚,就是在敬着对手中吃掉对手。

莫家全的话让老爷子陷入了沉思,如何处理好与毕克功的关系一直困扰着他,毕克功像个足球守门员一样卡住了自己禁区进球的机会,他甚至无法正面起脚射门。他觉得自己不能无所作为,应该寻找一个角球的机会。

可是这个角球是什么呢?开始,他选择了教育,但教育难出成绩。莫家全给他出了一个主意,现在全县攻心翻大流行,死人不少,去抓防治攻心翻!

攻心翻就是克山病。奇克一带在 1949 年 2 月流行过克山病,当时死了很多人,提起克山病,人们浑身直打哆嗦。从 1959 年秋季开始全县又流行起克山病,疫情覆盖全县,已经死了很多人,这件事确实值得抓。但老爷子有顾虑,克山病可不是好抓的,一旦抓不好责任就大了。莫家全说,再怎么说也是救人的事,做这种善事大柞树在看着,不要在乎别人怎么说。老爷子觉得莫家全说得在理,救人的事怎么做都不为过。当时全县已经死亡过百,如果能遏制病死增势,把死亡数量降下来,至少是件善事。

他向县主要领导提出了去抓防疫的请求,县主要领导差点流下泪来,说:"克勋啊,你不愧是带兵打仗的出身,专拣硬骨头啃,越是艰险越向前。从去年开始这克山病把我们祸祸毁了,主管副县长都得眩晕症了,我正愁得没咒念呢,这时候你主动请缨来为县委分忧,为百姓解难,你放心,这件事我记着,我会向地委领导如实反映。"很快县里调整了领导分工,农业由别的领导分管,老爷子主抓卫生和民政工作。主要领导特意找来老爷子说:"若防治克山病大获全胜,县委向地委给你请功!"

老爷子主动请缨,莫家全自然成了他的编外顾问。莫家全建议,县里可以办一个土法治疗攻心翻速成班,他负责教两个简易治疗方法,一是中指挑刺,二是肛门挑刺,这两个办法容易操作,一学就会。老爷子

78

采纳了这个建议,在县里举办了公社、大队两级卫生员速成班,速成班只办两天,一天由县医院医生讲克山病病理,一天由莫家全教土法治疗。两天后速成班的学员返回各自公社大队开展土法治疗,这招儿果然奏效,克山病死亡率直线下降,这种中西医结合的治疗方法受到地区行署通报表扬。

老爷子在和莫家全的交往中学到了许多医学知识,比如鄂伦春族人土法治翻病。中医疑难杂症有"七十二翻"之说,这些病不仅名称奇特,症状也颇怪异。比如兔子翻,患上这种病会在草地上狂走不止,就像《阿甘正传》里那个只知道奔跑的主人公一样,脚步无法停下。再比如麻杀翻,表现为周身麻木,没有感觉,好像皮肉不属于自己,抽一鞭子也不知道疼。还有一种刮刀翻,症状为两手不停地抓嘴中唾液,似嘴中有扯不净的黏涎一般。这些疑难杂症西医很少有人研究,但北地农村又常常发病,而治疗都靠名不见经传的土法。这让常克勋产生了浓厚兴趣,他便一翻一翻地研究。莫家全认为,老爷子这种学习不是简单地学医术,而是想把治疗七十二翻的经验用于工作,因为工作中遇到的疑难杂症何止七十二翻?莫家全听老爷子说过一件工作上的事。县委缺任一位副书记,地委负责同志想让他担任,结果却外派了一个。这位负责同志也是个军转干部,和他熟悉,一次开会碰头,负责同志皱着眉头说:"克勋呀,你要好好表现,考核基本合格就等于不合格呀。"他一听就明白了,便没解释什么,领导不会管得那么细,他只能反思自己,到奇克任职后确实存在躲避思想,他想通了,遇上攻心翻,最好的办法是研究翻。

两人探讨过克山病的来由。克山病是一种发病原因不明的地方病,主要损害人的心肌,致死率极高。民间称这种病为攻心翻。在鄂伦春族人眼里,攻心翻多因潮湿寒冷引发,是一种湿毒在经络中乱窜,只有用针扎住,然后放血挤出来,湿毒病人才会痊愈。老爷子认可这种解释和治疗,西医理论认为这是胡说八道,但现实中这种办法确实大大降低了死亡率。老爷子觉得鄂医作为中医很小的分支值得研究,比如说在湿冷的北地,几乎所有的杂症、传染病都带个"翻"字,老百姓称之为"起翻","七十二翻"这个"翻"其实带有传染和暴发的意思。抓住"翻"字,就等于抓住了传染病的七寸。"攻心翻"这个名称要比"克山病"更准确,更何况以县名来命名传染病本身容易产生地域歧视。从资料来看,此病首见于北地克山县,并因此而得名。但在莫家全看来,攻心翻不是1935年才有的,就像美洲大陆,不是哥伦布发现才有的,印第安人在那块土地上已经生活了数千年。至于在克山发现的那一例,只不过被记在了西医档案里,也就有了这样一个名字。

莫家全说鄂伦春族人一百多年前就知道这种病,只不过叫它"臭翻"——患病之人肛门长满水疱无法排便,最终会活活憋死,因而叫臭翻。有经验的老者会用箭镞刺破患者肛门周边的水疱来挽救病人。老爷子查过资料,很多专家认为攻心翻的发病与硒有关,但仅仅也是怀疑,从患者的居住环境来看,虽然与湿冷密不可分,但也有的患者仅仅是大吃一顿野猪肉就会急性发作,这个病因到底是什么呢?

莫家全很诚实,说自己没有弄明白攻心翻病因,湿毒来自何处父亲没有告诉他。对此,老爷子却有心得,他认为攻心翻的病因在一个"心"字上。他让县卫生局做了统计,数据发现所有克山病患者中没有一个是性格开朗的。他又让人了解了一下克山病多发村屯,那些没患病的人很多都是嘻嘻哈哈心大之人,这就说明,心里有疙瘩才是患攻心翻的主因。

令人意想不到的是,主抓地方病防治的老爷子竟然患上了克山病。老爷子到逊河公社下乡,因为住处潮湿和烟囱反烟有些感冒,硬扛一天后出现了恶心呕吐、烦躁不安症状,很像克山病急性发作。老爷子知道,急性克山病如果严重,病人甚至只有几个小时抢救时间。当时的治疗方案有两个,一是找车赶回奇克,二是就地施治。第一个方案是车难找,当时没有小车,套上马车需要跑大半天。这个方案被常克勋否定了,因为躺在马车上回奇克,等于把命交待在了路上。他选了就地施治。公社领导说本地有个土医生,是当地有名的接生婆,1949年前跳过神儿,看家本领是治小儿惊厥。老爷子摇摇头,让公社赶快派人去新鄂接莫家全。公社领导很吃惊,说:"县长你怎么能找一个没有大夫身份的人来看病呢?看坏了谁负责?"老爷子说:"别耽误时间了,这个人给速成班讲过课,是土专家,你们快骑上马去接吧。"后来人们不得不佩服,老爷子即使在脑子一团乱麻的时候大事也不糊涂,能确定由莫家全来治病,这是一个无比正确的选择。亲历者提起此事,都觉得老爷子简直有先知先觉一样,如果选接生婆来,那可能就转世投胎了。尽管莫家全没有行医证,但救命要紧,搞烦琐哲学看起来像那么回事,实际上往往耽误事。

公社马上派人骑马去新鄂将莫家全接到逊河,莫家全赶到时老爷子已经进入似醒非醒的半昏迷状态。莫家全扒开眼睑看了看,再看看胸口和两手,十分肯定地说:"攻心翻!"

莫家全的治疗方法也再简单不过,在常克勋两只手上用力撸,一直撸到手指肿胀般泛出达子香红,再用银针在两手中指骨缝中刺挑,挤出一些黄白液体来,然后要来紫皮独头蒜捣碎,糊住肚脐眼儿,治疗就此完成。

莫家全成了老爷子的救命恩人,这是当初结交莫家全时没有料到的。

莫家全老人讲完了这些陈年往事,常寒松和任多秋都感到很遗憾,老爷子应该回来看看这位救命恩人才对,为什么这么多年只字不提呢?

任多秋忍不住就问了一句:"常县长调离奇克时来和您告过别吗?"

"没有,"莫家全老人摇了摇头说,"但他托一位公社领导送来一样东西,我至今还留着呢。"说完,老人下地来到东墙壁边的柜子前,掏出钥匙打开柜子,翻到最底层,拿出一个黄绸包放到炕上,一层层打开,露出一枚金光闪闪的三级解放勋章。勋章没有盒子和证书，老人说："盒子和证书在克勋那里，他把勋章给了我，捎话说将来两个要像信物一样合起来。克勋离开白河到省里上任之前我们见过面，我带了这枚勋章想还给他，他没有要，说等老了再说。我一直等着克勋回来，好把这枚勋章装到他的盒子里。这个礼物太珍贵了，公社领导说这是 1955 年国家颁发给参加解放战争的团营职军官的。"

常寒松端起相机，仔细将勋章拍了照，然后拿起来放在手心端详。老爷子有许多勋章，单单缺少这枚，原来是赠给了救命恩人莫家全，老爷子用他最心爱的礼物报答救命之恩。

秋子去逊毕拉河下网回来了，果真挂了几条虫虫。莫家全说："能挂到虫虫，说明你们是贵客，虫虫不是什么人都能吃到的。前些年，有个老板来新鄂想投资办个一次性筷子厂，胃口不好，找我来看，看过后提出想吃虫虫，我让人去河崴子里下网，结果一条也没挂到。我就告诉他还是别来办厂了，虫虫不上网说明此事不顺，我们鄂伦春族人做事图个吉祥。"老人这么一说，那个筷子厂老板就打消了办厂念头，南山上的桦树林也就得以保全。

常寒松觉得不能再隐瞒自己的身份，就告诉了老人自己是常克勋的儿子，老爷子现在身体不是很好，患了阿尔茨海默病并发帕金森，但老爷子一直没忘北地，希望他们来北地给他招魂。莫家全老人并不惊讶，说自己一开始就从常寒松脸上看出了常克勋的影子。他告诉两人，常克勋的记忆是能唤醒的，但唤醒预后不会很好。至于克勋要找的魂，他认为就是这枚解放勋章，常克勋一向将荣誉看得高过天，能忘记所有的事，这枚解放勋章是不会忘的，因为这是他最值得骄傲的荣誉。老人把那枚勋章仔细包起来递给常寒松：

"完璧归赵吧，我也了却一桩心事。"

常寒松接过带有老人体温的黄绸包，泪水顿时模糊了双眼。

回奇克的路上，常寒松说："我忽然想起来秋子爸爸给那位女患者治病开的方子,这个办法要是用在老爷子身上会不会管用呢?"

"你想用苕条蘸水抽打老爷子?"

常寒松扭头望着车窗外连绵不断的群山,停顿了好一会儿才说:"莫老先生不是说了吗? 老爷子的记忆是能唤醒的,但他没给开药。"

第七章　无名一寒村

楣上呓语:我对自己说,你可以逾越一寸,逾越一尺,但你很难逾越一丈。达子香不能错过,错过等于辜负了春天。我辜负了春天,一辈子都在酷夏里煎熬。

　　孙武是一个县,一个弄不清因什么而得名的县,连专家对此都莫衷一是。说法最多的是因当地有孙、武两姓人家而得名,但这个说法有点望文生义,缺乏文化含量和传奇色彩,当地人不愿意接受。再说孙家和武家来自哪里? 后人在哪儿? 没人能说清楚。还有一种说法来自侵占东北的日本关东军,当年关东军沿"龙逊官道"勘察屯兵之地时,先到了胡家堡,然后沿逊毕拉河南行至逊河设治局五号驿站,简称之"逊五",后来误传成"孙武"。史料记载,1932 年以前,孙武称"无名一寒村",1937 年伪满在此设县并建立县公署。

　　孙武出名因为两件事:一件是当年关东军在此重兵布防,屯兵多达十万,建有设施齐全的军事及配套设施,意在抗衡苏军;另一件是以孙武命名的一种鼠疫,叫"孙武热"。两件事让北地的这个小县有些灰头土脸,因外夷屯兵和传染病而出名,无论怎么说都不好听。

　　孙武热又叫"出血热",是一种死亡率颇高的传染病,在黑龙江流域多发、频发,给驻军和平民造成极大伤害。

　　老爷子在自传中有这样一段话:

　　　　三年困难时期,受命于危难之时,奔赴孙武防控出血热,在极其艰难困苦的条件下打赢了这场阻击战。所有的胜利都需要付出代价,县卫生局女干部齐思思的死,让我痛心疾首! 齐思思完全可以不死。齐思思留下个一岁的女儿小哲,应该长大成人。抗疫中还有个姓李的干部也染病殒命。我阻止了毕克功建议的表彰活动,庆祝用生命换来的胜利是一件很残忍的举动,通过灾难来博取利益是可耻的。

老爷子写到的"受命于危难之时",正是他仕途再次遭遇坎坷之际。

奇克攻心翻防疫战落幕后,县委主要领导果真没有食言,向地委正式推荐了常克勋。县委的报告写得有理有据,奇克这场跨年疫情得到有效控制,全县死亡人数止步在一百二十三人,主管卫生工作的副县长常克勋功不可没,是常克勋同志果断采取了中西医相结合的防治办法才扭转了防疫形势。报告打上去,地委很重视,让组织部来奇克考核,结果考核出了点问题,原来分管卫生工作的副县长提了些不同想法,因防疫不力受到常克勋通报批评的几个中层干部也颇有意见,说常县长工作中时有军阀作风,说奇克能打赢克山病防疫阻击战是群策群力的结果,不是哪一个人的成绩。考核组回去汇报后,毕克功给常克勋打来电话,说克勋啊,地方不同于部队,工作要注意一下方法。

毕克功当然是善意,能打来电话也说明他对老同学、老战友的关心。考核有不同意见,提拔就容易搁浅,恰逢孙武发生大范围流行性出血热,局面有点失控,地委领导说,既然常克勋同志抓卫生防疫工作很有办法,就让他去行署卫生局担任副局长吧。找常克勋谈话的正是毕克功。谈话场面有些尴尬,毕克功说:"老常啊,这次任用是对你在奇克工作的肯定,希望你不辜负组织培养,尽快打赢抗击孙武出血热这场战役。"

老爷子是怎么想的没人知晓,这个经过是地委办公室干部朗连平说的。朗连平后来担任地委副秘书长,为老爷子鞍前马后服务多年,和常家人都熟。去孙武之前常寒松给早已退休的朗连平打电话，朗连平介绍了以上这些情况。朗连平说当时白河、奇克两地很多人认为这样安排常书记不妥，为常书记鸣不平，当时奇克县长空缺，常书记是最合适人选，没想到一纸调令就去了卫生局，而卫生局那位副局长则来奇克当了县长，这是拿出力的当盾牌，哪里有枪眼往哪里塞。

这次履新实际上是老爷子仕途上第三次谪迁。

来孙武要找的关键人物是小哲，老爷子提到的那个当时只有一岁的小女孩。

齐思思是烈士，烈士的女儿应该不难找。两人坐早班公共汽车，从奇克赶到无名一寒村。

尽管是夏季，无名一寒村却清冷如秋。任多秋没有北地生活经验，没带长袖衣服，下了车便缩脖抱膀，一副乞丐模样。常寒松平常到处跑，喜欢穿长袖衬衣外套马甲，走起来自然就舒展。两人在街上转了一圈，太阳渐渐升起，身上的暖意被唤醒，任多秋的脑袋这才从脖腔里抻出来，左顾右盼个不停。有在墨尔根住宿的经验，两人找到县政府招待所住下，草草用过早餐，便赶往卫生局打听小哲。

卫生局干部刚上班，在人事科，任多秋向一个中年女干部说明来意。女干部很热情："齐思思的女儿呀，那是我们房局长，刚退休没几年，你们到家里找吧。"女干部写了地址给常寒松，抬头奇怪地问，"看样子你俩不比房局长大多少，怎么叫房局小哲呢？"

两人相顾一笑，是啊，小哲是老爷子叫的，他俩不该这样叫。

县城不大，按照地址很快就找到了房哲家。常寒松说："我们不能空手，上次见莫先生没带礼物有点不好意思，北地人讲究，空手登门失礼。"两人就近找了个水果店，买了些杧果、橙子拎着。

叩响房哲家门，开门的是一个笑眯眯的中年女人。

"你们从北京来？"中年女人说，"人事科打来电话，说北京来的客人找我有事。"任多秋想，这一定就是房哲了，退休了还保养得这么好，头发依然乌黑发亮,脸上皮肤也少有褶皱。

任多秋介绍了常寒松和自己,一再说事先没约,有点冒昧。

"我叫房哲,请进来坐吧。"房哲很开朗,让座、沏茶,动作麻利。

房哲家房子不是很大,客厅兼做书房,两排橡木书柜很是阔气。任多秋对书有一种超级观察力,只扫了一眼,就发现藏书颇有档次,因为书柜第二层摆满德国古典哲学家的著作,其中有一本是费希特《全部知识学的基础》,而且有些毛边,看来主人没少思考自我和非我这一哲学问题。

房哲坐下后,任多秋问:"房局长喜爱哲学?"

"我是学中文的,"房哲说,"但很喜欢哲学,仅仅是喜欢,不专业。"

"我也喜欢哲学,工作职位就在报社理论部,现在退下来了,我想我们有共同爱好。"任多秋聊天很会找共鸣点。

房哲笑了笑,嘴角现出两个深深的酒窝,微笑停止时,酒窝变戏法一般又不见了。

任多秋和房哲对话的时候,常寒松注意到书柜里有一张镶框的黑白照片,照片上有三男两女五个人,都很年轻。C位那个女人梳着齐耳短发,眼窝有点凹陷,嘴角用力抿着。另一个女孩大概十八九岁的样子,梳着两条长辫。最中间的是一位穿浅色中山装的男人,戴着墨镜,背着手,胸膛高高挺起,常寒松隐隐约约觉着这人脸部轮廓有些面熟。另外两个男人穿着白大褂,一副医生打扮。

"你们找我有何事?"房哲问,"我已经退下两年,工作上的事就不要找我了。"

任多秋刚才介绍时没有透露常寒松的身份,便回答说是受常克勋家人委托,来这里了解当年常克勋在孙武抓防治出血热的工作情况,目的是给常克勋写传记。

奇怪的是,在任多秋提到常克勋时,房哲表现十分平静,没有明显反应。他心里感到有些不妙,看来老爷子的自传提纲里写到的这个小哲似乎对老爷子没什么记忆。

"在医院里治病的常克勋说'北地招魂',我们搞不清老先生想招什么魂。"任多秋直话直说。

房哲淡淡道:"原来是了解常克勋的情况,知道一些。"

"常克勋在自传提纲中提到了您,当时您才一岁。"任多秋提示说。

"是吗?"房哲说,"一个一岁的孩子连妈妈的模样都不记得,不瞒你们说,我对妈妈的印象就是一张照片,喏,就是书柜里那张合影。"说完,房哲起身过去,将那张黑白照片拿过来,用纸巾轻轻擦了擦上面的浮尘,指着照片中那位梳短发的女人说,"这就是我妈妈齐思思,当时是在县卫生局负责防疫,不幸因公殉职,妈妈是带着遗憾走的,死不瞑目。"

"其他几位都是谁?"常寒松插话问。

"中间这位戴墨镜的就是常克勋,因为有墨镜,看不到他的眼神。穿白大褂的男人,一个是县卫生局局长康捷,一个是地区卫生局干部小范。最年轻的小姑娘叫金菊,是个护士。"房哲道,"照片里的人都不在了。时间就是这样,无论人世如何嵯峨,最终总会归于一平。"

房哲怎么会说老爷子不在了呢?常寒松觉得她一定是听信了讹传,便问:"您听谁说常克勋已经不在人世?"

"没有谁说,是我估计的,对于我来说他即或活着也和不在一样。"

"您对常克勋好像有些成见。"任多秋说,"这是怎么回事,可以说说吗?"

"这事说起话长,"房哲不想深入这个话题,很歉意地笑了笑说,"年轻时情感上的纠葛现在再看不免幼稚,但生与死的痕迹在记忆里是填不平的沟壑。"

"您当时才一岁,不可能知道大人的事。"任多秋身子向前倾了倾,心里很兴奋,觉着挖到了一处故事富矿,眼前这个优雅的女人一定知道老爷子某些不为人知的秘密。

"是姨妈告诉了我许多实情。"房哲说,"我是姨妈带大的,姨妈认为常局长为了前程不惜辜负一个垂死的女人,是个薄情的伪君子。我长大后看过他给我妈妈回的一封信,不长,官话连篇,像又酸又硬的列巴,所以觉得姨妈的评价很客观。"

"常局长怎么会给您妈妈写信?"常寒松越发不解。

"这您要问他了。"房哲道,"那个时代的事,今天人们无法理解,什么事都遮遮掩掩,明明可以当面表白的,却还要写信。对了,二位要问常克勋什么事情呢? 这个大人物是不是想忏悔过往,就像托尔斯泰笔下的聂赫留朵夫,让自我和非我统一起来,想实现一种良心的复活?"任多秋很惊讶房哲对费希特哲学理论的运用,看来无名一寒村也是藏龙卧虎之地。

"不是的。"任多秋马上否定了房哲的猜测,他觉得在一个有哲学思维的女人面前,应该摒弃任何谎言,省得被对方所戳穿,"常克勋这两年身体不好,几乎卧床不起,记忆严重衰退,病中总会自言自语,断断续续地说些不着边际的话。他说的一句'北地招魂'让我们特别在意,或许说的是招魂,觉得他在北地或许有一份牵挂,我们便来实地寻访,想找到答案。"

房哲站起身去厨房给茶壶续水,去的时间稍长,她在等水壶的水烧开,然后端着茶壶回来续茶,手微微有些抖动。

"民间一般是给孩子招魂,大人招魂不多,给一个八十多岁的老人招魂还没听说过。"房哲说,"如果常克勋真的说过有什么牵挂在无名一寒村,我倒是想到了这样一句古话:'鸟之将死,其鸣也哀;人之将死,其言也善。'"

常寒松感到极不自在,房哲这句话已经透露出她对老爷子心存怨恨,这是为什么呢? 老爷子无非是在这里抓抗疫,是造福当地,一个当年尚在襁褓中的孩子,为何对老爷子芥蒂如此之深?

"听您的话,我感觉常克勋在此抗疫做得不是很好吧?"任多秋问。

这是一个关键问题,如果老爷子来此抓抗疫却尸位素餐,未拯救斯民于汹汹疫情,那么当地百姓有理由恨他,这样的干部能一路提升更是时代的悲哀。

"那倒不是,"房哲说,"常克勋抓抗疫还是尽心竭力的,工作是工作,情感是情感,两者不能混淆。"

"听说有个叫李宝库的干部殉职在抗疫一线,是怎么一回事呢?"任多秋想从外围再切入核心,先把李宝库殉职的事提了出来。

房哲介绍了李宝库因公殉职的情况。李宝库是个公社干部,三十出头,有一半俄罗斯血统,他带常克勋一行去曾家堡检查疫情,因为曾家堡一夜之间出现了多个出血热患者,常克勋分析这是食物遭到黑线鼠污染的结果,带队直接到村里察看。曾家堡有个日伪时期的飞机场,废弃后被大队用来做场院,大队的黄豆、谷垛就在场院上。场院边有一处老房子是大队的豆腐坊,社员谁家吃豆腐就来这里用黄豆换。常克勋察看过现场,认为问题出在豆腐上,是老鼠污染了豆腐,社员吃了凉拌豆腐导致患上出血热。应该说常克勋的这个发现是有道理的,有了曾家堡的教训,县里专门下发一个 7 号通知,要求城乡居民不要吃凉拌豆腐,大豆腐和干豆腐一定要熟吃。

那天下乡,常克勋和几个干部在一户社员家吃派饭,李宝库和另外几个随从在另一户社员家吃派饭。李宝库吃饭这家没有什么菜,就用大酱拌了一盆豆腐。就是这顿饭,让熊一样强壮的李宝库患上了出血热。出血热专门欺负身体好的人,尤其喜欢欺负身强力壮的年轻人。等李宝库发作时浑身已经布满出血点,医生也回天乏术了。李宝库的死成了落实 7 号文件最好的反面例子,从这一点看,李宝库没有白白牺牲。

"当时条件太差,如果村里有食堂,不吃派饭,李宝库就不会染病。"房哲提起半个世纪前的事,依然心有遗憾。

"当时吃饭的人那么多,为什么偏偏李宝库感染了呢?"任多秋有些不解。

"传染病毒这个东西很怪,我们搞卫生的人甚至怀疑它长有一双眼睛,指向性极明确,也就是说它在攻击目标上不是盲目的,专门去打击那些轻视它的人。李宝库就是一个自恃身强力壮、对防疫措施满不在乎的人,结果一桌人吃饭,病毒专门撂倒了他。"

"李宝库后事安排怎样?他陪领导下乡感染,属于因公殉职。"任多秋说。

"后事安排没有问题,这种事常克勋还是很会做的,李宝库以最快的时间被定为因公殉职,这是常克勋争取的结果。在李宝库殉职这件事上,实事求是地讲不能怪常克勋,因为他已经明确指示不要吃凉拌豆腐,可惜李宝库是在另一户人家吃派饭。"房哲思考问题不偏不倚,没有因为这件事迁怒于常克勋。

"那么,令堂的殉职是不是和常克勋有关?"任多秋开始切入正题。

房哲犹豫了一下,道:"也好,你们给常克勋写传记,如果把我妈妈写进去,对九泉之下的妈妈也是一个交代,妈妈临死都没有听到她想听的话。

"据姨妈讲,常克勋是个很有男人味的干部,刚毅果断、知识渊博,口才也好。妈妈有什么事都和姨妈讲,妈妈说她从见到常克勋第一刻起就被这个男人深深吸引住了。常克勋来无名一寒村抓抗疫,县卫生局康捷局长让妈妈陪同,妈妈的任务是记录常克勋在各种防疫会议上讲的话,传达常克勋提出的工作要求。妈妈是个对工作高度负责的人,常克勋在无名一寒村的所有讲话妈妈都记了下来,然后编发工作简报,那段时间妈妈实际上承担了常克勋秘书的角色。妈妈学医出身,不会速记,就经常把记录本送给常克勋审阅,这是一个必要的工作程序,目的是防止出现差错。

"一次,常克勋在腰屯公社抗疫现场会上讲了一个土方子,说这个方子是一个鄂伦春族医生告诉他的,大家可以一试。什么土方子呢?

就是回家找一些生锈的铁钉,与马鞭草一道熬水喝,有病没病都可以喝。这个土方子简便易操作,大家都记住了,回去肯定会用上。妈妈懂医,防疫经验还是有一些的,她觉得领导在近百人的会议上推荐这样一个土方子有些不妥,至少缺少科学精神。妈妈犹豫再三,觉得还是该提醒常克勋。午休时妈妈敲开了常克勋的房门。妈妈从不隐晦自己的看法,喜欢开门见山。常克勋问她何事,她就说:'我给您提个意见,我觉得您作为地区卫生领导,不应该在公开会议上推荐那些属于巫医神汉的伎俩,这有损您的形象。'常克勋说:'秘方怎么就是巫医神汉的伎俩?这是谁说的?'常克勋误会了,认为有人在诋毁自己。妈妈不过多解释,说:'我是为您负责才越级向您提建议,您听不进去就算我没说好了。'常克勋没有重视妈妈的意见,嘻嘻哈哈就过去了。那天夜里,妈妈辗转反侧,无法入睡,就起来给常克勋写了一封信,夹在会议记录里送给了他。信很长,表达了三个方面的意思:一是因为尊重您,敬爱您,才会向您提建议;二是防疫是一门科学,要凭科学根据说话,推荐偏方、秘方要谨慎;三是如果哪里冒犯了您,请千万别在意,思思无非是'两处闲愁'罢了。妈妈信里表达出一种很隐晦的情思,这一点相信常克勋不会不懂,谁都知道李清照那首《一剪梅》的词,那首词我背得滚瓜烂熟。

"这里妈妈用了'一种相思,两处闲愁'中的后半句,想表达的意思再清楚不过了。常克勋却装聋作哑,一句话没说就把信退给了妈妈,好在他还有一点人性,没把信转给康局长,但这件事让妈妈暗自流了不少眼泪。"

常寒松忍不住插话问:"对不起,房局长,我想问一下,你妈妈当时是婚姻存续状态吗?"

"不是,我爸爸是林业干部,不幸在一次扑救山火中牺牲,我是个遗腹子。"房哲苦笑一声说,"一个家庭,父母都是烈士,老天真是开眼了。"

不幸,太不幸了。任多秋注视着房哲想,厄运为什么如此"眷顾"一个可怜的小女孩?她爱上哲学是不是想自我解答这个宿命问题?

"常克勋当时应该是有家室的人了,不敢再接受异性的橄榄枝。"常寒松不是问,而是用陈述句表达了一个结论。

"可是,妈妈并没有要怎么样呀,妈妈只是想表达一种爱慕之情。要知道,爱是不应该受谴责的,谁都有爱的权利,更何况爱是一种高尚的情感。但是常克勋太能装了,他明明喜欢我妈妈,嘴上却不敢承认,这对于一个女性来说是莫大的伤害。"

常克勋喜欢齐思思?常寒松觉得不可思议,老爷子一定是有什么事让对方产生了误会。

"我妈妈是个人见人爱的漂亮女人,你看照片,是不是有点像电影明星白杨?我姨妈说,爸爸牺牲后,跟在妈妈身后的追求者能有一卡车,但妈妈毫不动心,妈妈是个清高的人,她欣赏的男人必须果敢、刚毅、有才华,她认为常克勋具备这些品质。小时候我就想,妈妈为什么会这样,非要在一棵树上吊死?长大后我才明白,是无名一寒村限制了妈妈的选择余地,常克勋这样有资历、有知识、有气质、形象又好的男人一出现,便像磁铁一样吸引了妈妈。常克勋也是个男人,当时又那么年轻,对一个漂亮的单身女人不可能无动于衷。有一次下乡,妈妈头上不知怎么粘上了一截干草,当时常克勋和妈妈站在村口,他抬手摘下了妈妈头上的干草说:'知道头上插草是什么意思吗?'妈妈说不知道。常克勋说:'那是穷苦人家在街上出卖自己啊,旧社会常有的事。'妈妈开玩笑说:'那我就把自己卖了吧。'常克勋说:'那我砸锅卖铁也要把你买回来,这么好的女人,谁能忍心让你流落街头?'也许是说者无心,听者有意吧,妈妈当时就哭了,一下子扑在常克勋怀里说:'有您这句话我满足了。'常克勋吓了一跳,急忙推开妈妈,四下张望,担心被人看到。结果妈妈破涕为笑,说:'亏您还是打过仗的团长呢,连一个弱女子都怕。'"

"你说得对,常克勋确实喜欢你妈妈,只是受身份限制,不敢明说而已。"任多秋肯定了房哲的判断,因为老爷子那句"砸锅卖铁也要把你买回来"的话已经说明问题。

"仅仅是这些,还不足以让您生常克勋那么大的气吧。"常寒松说,"我觉得常克勋的做法没什么不妥。"

"如果仅仅是这些,我不会恨常克勋,但后来他俩的关系发生了质变,性质不一样了。我姨妈说常克勋和妈妈之间的事仿佛就是老天故意安排的,一切都那么顺理成章。对此我并不生气,两情相悦,食色性也嘛。我生气的是两人的关系到了那么一种程度,妈妈临终前一点小小的要求都不能得到满足,这无论怎么说都是常克勋不对了。当时我姨妈在现场,心里埋怨姐姐爱错了人。"

"这到底是怎么回事?"常寒松心跳有些加快,故事一波三折、时松时紧,他的心都提到了嗓子眼,如果再出现红花尔基蓝水瑶那样的故事,老爷子的人设就彻底垮塌了,自己北地之行无疑就成了罪过。

"一切都出在那辆破吉普车上。"房哲说,"那是一辆美国车,从抗美援朝前线回来的,你想想车会有多少岁。那天,司机拉着常克勋、康捷和妈妈去辰清检查疫情防治,看看天色已晚,司机就选择了一条山路近道,没想到走到半路两只轮胎先后爆胎,四个人困在了林中路上。这时天也黑了下来,只能派人去寻求救援。司机提出自己步行到公路上截车,然后搭车去找救援。那个时候山上野兽多,司机一人穿越森林相当危险,常克勋就让康捷陪司机去,他和妈妈在车里等待救援。常克勋配有手枪,为了司机和康局长的安全,他把枪给了康捷,以防路上遇到野狼。常克勋说车的马达不能熄,一旦有狼群出现,可以打开车灯把狼吓跑,狼惧光,车灯一开,狼不敢靠前。去寻求救援的康捷和司机到凌晨才回来,这一晚狼群没出现,车灯也没开,但车里该发生的事都发生了。妈妈对姨妈说是自己情愿的,常克勋没有一丝一毫的强迫。妈妈说常克勋很会疼女人,她感谢这辆破车,吉普车连爆两胎很少见,可见这是天作之合。这一晚妈妈在常克勋怀里睡了一个甜美的好觉,妈妈说这是她三十年来睡得最美的一觉,她做梦了,梦见自己化成一片云在天上飞。

"这次下乡回去后,常克勋给妈妈写了一封表达歉意的信,这封信让我对他更加耿耿于怀。当一个女人把自己献给了你的时候,你应该感到幸福而不是自责,因为只有感到幸福,女人才会觉得自己的奉献有价值,而你若感到自责,女人会觉得自己的奉献成了罪恶。我能体会到妈妈内心的纠结所在。"

难以置信,常寒松感到嗓子发干,像吞了一口不上不下的干炒面,端杯喝了口茶,却呛着了气管,一连咳了好几声。

"有点匪夷所思,"任多秋摇了一下头,"这故事太艺术化了,像电影。"

"我觉得很正常,"房哲说,"激情势同山火,降临之时无法阻挡。在那样一个几乎与世隔绝的环境,周围有群狼环伺,林涛阵阵,一对相互喜爱的人在狭窄的空间里发生一点事情很正常。有位哲人说过,当末日来临之时,道德的约束力会自然宽松。他们两个是特定条件下一种本能释放,这也恰恰说明这是两个正常人。我说了,我对常克勋有看法不在那一夜他们之间发生了什么,而在于发生后常克勋的态度。"

"妈妈的不幸还在后面,"房哲接着说,"妈妈感谢过的那辆旧吉普后来出了大事。"

"大事?"任多秋和常寒松不约而同地重复道。

"今天看来,那应该是一辆报废车。"房哲说,"抗美援朝时的吉普车,已经超过了使用寿命,当时国家穷,汽车少,报废车也只能凑合着开。

"这辆车当时拉着照片上这五个人,去位于黑龙江畔的奋斗乡,那里靠近一个国营农场,国防公路比较平坦。一般来说,路况好的时候司机忍不住就会开快车。司机在平坦的沙石路上油门踩得狠了点,快速行驶中,突然从路旁桦树林里跑出一群狍子。狍子有个特点,惊慌时会停下来回头张望,就因为这个特点才有'傻狍子'一说。狍子群跑上公路突然停下了,纷纷扭头望着开过来的吉普车。司机没有处理过这种险情,要是一两只狍子,他会毫不犹豫地撞上去,可这是一群狍子,有十几只,撞上去会像撞墙一样把吉普车撞碎。司机只能打方向盘,结果吉普冲上路旁的沙堆,弹起来翻进了沟里,四轮朝天倒扣在泥水中。常克勋左肩脱臼,腿上有擦伤;康捷额头划了道口子;小范腰椎损伤;金菊脚踝扭断;妈妈伤得最重,是内伤,呼吸十分困难。车上的人除司机外,都不同程度地受了伤。好在车祸地点离农场场部不远,农场派车将伤者拉到场部医院治疗。常克勋、康捷无大碍,小范和金菊需要住院观察,只有妈妈因为内伤不明处于危险状态。医生会诊后认为伤到了肝脾,转院路上太颠簸不行,需要到北安接专家来手术。县里接到农场电话后派人赶到农场,姨妈也去了,姨妈是抱着我去的,因为农场方面说了妈妈病情十分严重,但我太小了,对那天的事情没有任何记忆。我们赶到农场医院时妈妈已经不行了。因为头部没伤,妈妈离世前一直清醒。

"姨妈告诉我,在农场医院她看到了人性自私的一面,这种自私是不可饶恕的,多年以后姨妈说到妈妈去世的情景时仍然义愤填膺。人怎么可以这样呢?别说有过肌肤之亲,就是普通同志也不至于这样无情。姨妈从此发下毒誓,就是一辈子嫁不出去也不嫁给官员。姨妈做到了,姨夫是水文站的工程师。我也做到了,我的丈夫是企业会计。这都是常克勋带来的负面影响,其实官员中不乏优秀的男人。"

"常克勋又做了什么?"常寒松几乎要哭了,老爷子什么样的绝情之举会把小哲姨妈得罪得如此之深?他对老爷子在那样一个吉普车之夜与齐思思发生的事已经不能理解,如果在一个即将离世的女人面前再有不当之举,那就不可原谅了。

"妈妈在弥留之际,面对病床边的人,目光一直在两个人身上不肯离开,姨妈说这两个人一个是我,另一个就是常克勋。谁也没有料到,弥留之际的妈妈向常克勋提出了两个要求。妈妈用微弱的声音说,想请常克勋做小哲的干爸,小哲太可怜了,父母都不在人世,总该有个人称呼爸爸,免得受人欺负。常克勋没有说话,转身抚摸了一下我的头,据姨妈说,常克勋的眼圈红了。接下来妈妈又说:'小哲的干爸,你能吻我一下吗? 就一下。'姨妈看到常克勋犹豫了,在妈妈恳切的目光中,他俯下身,在妈妈挂着滴流的右手背上吻了一下。姨妈能看出妈妈刹那间的失望,瞳孔里原本微弱的烛光一下子被风吹灭了,瞬间变得空洞、呆滞。只见妈妈用尽全身力气抬起被常克勋吻过的右手,努力想把手背靠近自己嘴唇,就在要贴上的时候,右手突然垂下了,像忽然折断的翅膀,耷拉在床边。妈妈就是带着这样的遗憾走了,那个农场叫红色边疆农场,我一辈子的伤心地。"

任多秋和常寒松都流下了眼泪。房哲的述说很有感染力,情景描述特有代入感。

老爷子太过理智了,任多秋想,特殊情形不应该顾忌那么多,毕竟齐思思已经进入生命倒计时,让她没有遗憾地离开这个世界对她是莫大的安慰。

常寒松则想,是当时那种政治环境让老爷子迟疑不前,担心有人做文章,因为在红花尔基已经有过这方面的议论,一朝被蛇咬,十年怕井绳,按理说这种处理方式不符合老爷子的处事风格,处于谪迁期的老爷子肯定有难言之隐。

"以常克勋的身份不能没有顾虑啊,"任多秋说,"真要是来一次死亡之吻,白河政坛足可以发生一场地震。"

"这就是某些政客不可爱的原因。"房哲说,"还有下文呢,如果是常克勋顾虑太多,不敢去吻就要离世的妈妈,那么后来他的做法就让人寒心了。"

他又做了什么? 常寒松觉得自己快要崩溃了,这次造访简直就是一场对老爷子的控诉,而控诉的内容又无法辩解,想找个理由都难。

"这件事是我的亲身经历。应该说妈妈去世后,一直有人每个月寄给我五块钱,后来是十块、二十块,一直到我上了卫校享受到国家助学金,我也满了十八岁,这个钱才停下来。姨妈问过,得到的答复是行署卫生局给的。姨妈再没多问,作为烈士后代,政府有照顾,我的生活没有问题,行署卫生局给这个钱也是可以理解的,妈妈毕竟是陪卫生局领导下乡才牺牲的。

　　"我即将从卫校毕业,面临分配,同学们都在找关系,我就想起自己还有一个当专员的干爸,就想去行署大院见见这个干爸,请他帮助拿个主意。刚才说了,这是妈妈临终托付的事情。姨妈若知道,不会让我去,我是瞒着姨妈偷偷去的。去的路上我还想,妈妈太伟大了,她知道女儿长大后需要有一个活人叫爸爸,才在临终前提出了那样一个要求。我当时特别想对一个德高望重的男人叫一声'爸爸',我想好了,只要常克勋能认我这个干女儿,我会用足力气喊一声'爸爸'。我去行署大院,门卫不让我进去,我说我找常克勋,门卫奇怪地问:'你找常专员干什么?'我说:'常专员是我干爸。'然而没想到我会碰一鼻子灰。门卫问了我的姓名,打电话向办公室做了通报。不一会儿,大楼里出来个穿半袖衫的年轻人,表情十分严肃地说:'哪里来的小丫头?该去哪儿去哪儿。知道这是什么地方吗?不要在这无理取闹。常专员说了,他根本没有什么干女儿。'我一听就明白了,人家是不想认。"

　　"是不是下面工作人员没有通报呢?"常寒松觉得此事颇有疑点。

　　"应该不会,我向门卫说了自己是卫校马上要毕业的学生,来自无名一寒村,名字叫房哲,如果不是故意装睡,这些信息足够唤醒他。当然,故意装睡的人你是无法唤醒的。"

　　"老爷子真是邪门了,为什么要这样对待你?他帮助你也就是举手之劳呀,卫校毕业,正好给你分配个可心的单位,这对你妈妈也是个交代。"任多秋有些愤愤不平起来。

　　"常克勋也不是没有帮助我,我担任卫生局局长之后,了解到当年行署卫生局每个月给我钱的事,计财科长说这些钱不是单位出的,都是常局长从自己工资中扣的,他调离卫生局后,这钱他也仍然没忘。这一点我要感谢他,我想过,如果有机会见到他,我会连本带利把这些钱还给他。另外,常克勋抓出血热防治还是很有成绩的,这一点我姨妈也认同。当时被我妈妈说是巫医神汉伎俩的那个土方子,竟然大大降低了农村人口的感染率,这可能也是我妈妈更加崇拜他的一个因素吧,女人总是喜欢有本事的男人。自那次防治后,无名一寒村这个长期被地方病困扰的欠发达小县,再没发生过大面积流行性出血热。"

"难得您能这么看问题。"任多秋夸奖说。

房哲谦虚地笑了笑,两个酒窝又浮现出来:"我喜欢哲学,懂得什么都要一分为二。"

"我想,其中肯定有误会。"常寒松摇摇头,"我不相信常克勋会这样对待一个准备写进自传的干女儿。"

房哲笑了,道:"不管怎样,一切已经过去了,时间是最好的疗伤剂,所有的伤口都会随着时间退隐慢慢愈合。我今天说这些,是除了姨妈之外第一次对外人讲,你们不来,我也不会讲。如果用一句话总结的话,一切都将过去,唯有伤疤永存。"

常寒松问:"我能翻拍一下这张合影吗?"

房哲说:"可以,你们如果将来出版《常克勋传》的话,希望能把这张照片用上。"

告别房哲,走在空旷的街道上,任多秋忽然觉得身后常寒松没跟上来,回头一看,发现常寒松正驻足回头仰望房哲家的窗子,房哲站在窗前默默地望着他们。任多秋也回步过来,说:"走吧,老爷子留在无名一寒村的魂已经被你翻拍到了。"

"我想,房哲已经认出了我的身份,她只是不想说破而已。"常寒松这样说。

第八章　稗子沟

榻上呓语：梦中常常出现一口井，井口长满了稗草，没有围挡，有人在井下掘土，我变成一只螳螂，想用臂膀挡住滚向井口的碎石。尽管我身单力薄，有筋断骨裂的恐惧，但我清楚，每拦下一块落石，井下就能保住一条人命。

北地叫稗子沟的地方不少，但像白河稗子沟这般有名气的不多。白河稗子沟虽然叫沟，但其实是一片开阔的山间谷地，里面有生产队，有驻军，最主要的是有很大一座监狱，因为监狱，稗子沟成了一个雾锁云罩的地方。

稗子是一种野稻，抽穗前混迹于稻田滥竽充数，很难与稻子区分，当年缺少经验的知青在田里拔稗草时经常误薅了稻子。稗草的进化超乎任何一种庄稼，同样和稻谷在一起，它更能吸收土壤里的养分，故稗子有"害草"恶名。

常寒松听老爷子说过，职务由实变虚那几年，他倒做成了几件小事。如果说前几次工作调整是谪迁，那么这次就是被贬了，三谪一贬，人生倒霉透顶的时候能做成几件小事，这就是危中有机，难里藏福。

20 世纪 60 年代中后期，稗子沟一带流行疟疾，先是在农村，不知什么原因就传到了监狱里，服刑犯人都是集体生活，控制疫情成了新组建的革委会必须面对的难题。稗子沟某个生产大队已经贴出大字报，要求革委会像当年余杭消灭血吸虫病一样抓疟疾、送瘟神。在这种情况下，卫生局副局长常克勋被抽调到地区革委会政法组工作。抽调他的原因是他在奇克、孙武有抓抗疫实战经验，也很有成效。与他谈话的还是毕克功,此时的毕克功是政工组组长,执掌干部升降大权。两人谈话很正式,有两个工作人员记录。毕克功说:"克勋呀,稗子沟正流行疟疾,考虑到你的具体情况,把你抽调到政法组,这是为了响应人民群众的呼声,到稗子沟防疟疾、送瘟神。"毕克功还说,现在公检法的权力都集中在政法组,这次抽调虽然没有实职,但实际是重用。常克勋表态说了六个字:坚决服从分配。就这样,常克勋从卫生局来到了革委会政法组,在组长领导下开展工作。幸运的是,政法组组长是军分区政治部主任,现役团职军人,常克勋1958年就是团长转业,而且是名牌野战军,这资历让年轻的组长心生敬意。部队有部队的伦理,重资格,看出身,组长在和常克勋交谈了两个夜晚后,私下里就悄悄称常克勋为首长,有些重要工作就派常克勋放手去做,这是毕克功万万没想到的。环境决定心情,因为领导信任,常克勋尽管是虚职,施展拳脚的舞台却不小。

稗子沟监狱疟疾疫情加重,抗疫之事自然由常克勋来组织实施,这便有了老爷子的自传提纲里写的一句话:

在稗子沟,我发现稗子这种害草就是一本哲学书,让我悟出了辩证法。

任多秋认为北地之行必须去稗子沟,稗子沟有老爷子的哲学发现。

常寒松说,对监狱里的事知之甚少,去看看也好。

任多秋认为,历史上许多伟大的理论皆出自拘厄放逐,所以有人把监狱比喻成大课堂,只是这课堂一般人承受不了,因为这课堂只有两种结果:要么毕业重生,要么一蹶不振。

常寒松想,关于稗子沟老爷子没有提任何人的名字,去找谁呢?一点线索也没有,自传提纲中除了一句感悟性的话语,再无其他。

"去找稗子,"任多秋说,"我还没有见过稗子,很好奇老爷子为什么会对稗子感兴趣,要知道,老爷子本来是去抗疫的,自传提纲中却没有提疟疾,只提这种害草,这不是有戏吗?"

"啥戏?"常寒松问。

"也许这稗子上就附有老爷子要招之魂,"任多秋说,"第六感告诉我,稗子沟有戏!"

常寒松被任多秋吊起了胃口,说:"你通过报社驻省记者站联系一下,否则监狱这样的保密单位不会接待我们。"其实,稗子沟离白河很近,常寒松也有熟人可找,但为了低调采访,他不能惊动当地官方。任多秋也觉得私下到监狱采访行不通,便打电话通过报社联系了一下,结果也巧,报社驻本省记者站的站长田彬正在白河采访,接到通知亲自开车来宾馆找任多秋。

田彬是个龙睛虎眼的资深记者,一进门就埋怨任多秋:"多秋主任,你到我的辖区来也不通报一声,我可是挑理呢,你若没退我公事公办,你退了我必须高规格接待,否则我在圈子里怎么混? 正常来说,你这级别的理论大家来此,当地主要领导要宴请的,别忘了你和白河地区一把手是平级。"

任多秋摆摆手:"什么级不级的,退了就是一介平民,劳驾你给安排一下去稗子沟的事就行。"

"您放心,我不仅安排,还要亲自开车陪你们去。"田彬站长很热情,身上有股亦文亦匪的江湖气。

任多秋介绍了常寒松,田彬很惊讶:"怎么,令尊在白河当过主官?我真是孤陋寡闻,一点都不晓得。"

"被遗忘是很正常的事,"常寒松说,"那么多叱咤风云的大人物都被人忘了,何况老爷子这样政绩平平的地方官。"常寒松虽然是搞摄影的,但有些话能戳中焦点。

"时间像 84 消毒液,对过去只能漂白,不会显影,遗忘应该是常态。"田彬对常寒松的说法表示赞同。

任多秋说："我们接下来要在白河待一段时间，再去几个老爷子工作过的地方，此行是私事，不想惊动当地官方，还请田主任保密。"

田彬站长满口应允，开玩笑说他可以签保密协议。

晚上，田彬请两人吃俄式西餐。在江畔一家俄罗斯餐厅，三人找了个临江的位子坐下，点了香肠、土豆泥、马哈鱼和红汤，还点了俄罗斯啤酒。任多秋对红汤感兴趣，夸汤好吃，比韩料大酱汤味足。田彬说红汤就是罗宋汤，原本是乌克兰的一道菜，现在成了俄餐招牌汤，可见饮食这个领域保护知识产权有难度。

任多秋说，其实最难保护产权的是理论和思想，发明者无名无利无收益。

常寒松望着滔滔流淌的黑龙江水出神，江水平缓，像脚下的大地在流动，对岸是俄罗斯阿穆尔州首府布拉戈维申斯克。常寒松去过那座城市，城中一个民俗博物馆给他留下了深刻印象，博物馆中许多原住民照片和农猎器物都带有鲜明的北地少数民族特征，根本不属于黄发蓝眼的白人。他知道，那里原本叫江东六十四屯，曾发生过一场大屠杀的惨剧。

田彬问："常老师在想什么呢？"

常寒松回过头说："我在想这条大江带走了多少故事，老爷子在北地主政过那么长时间，会发生多少事情，没想到这一切像一页书，轻轻一翻就过去了，连您这个名报记者都不知道，老百姓更不会在意了。在位当领导的应该明白一个道理，想留下点政绩很难。"

"是啊，人们都羡慕领导，其实领导不是那么好当的，德不配位，就是灾难。"田彬点了点头。

任多秋说："老爷子已经不错了，至少还有人爱有人恨，被忽视或无视最可怕。"

江面上有游江的轮船驶过，轮船高达四层，像一栋白色楼房，虽然逆流，但速度不慢，能看出马力很大。田彬介绍说当地政府正在设计建一座跨江大桥,大桥建成之后,两岸开展边贸会十分便利。

"建桥就能搞好贸易?"任多秋说,"贸易的核心不在桥和路,而在规则和精神。有好的规则和精神,沙漠戈壁也挡不住丝绸贸易;缺少了规则和精神,近在咫尺也做不成生意。"

"您是理论大家,说说这规则和精神具体是什么?"田彬对这个话题很敏感。

任多秋想了想道:"打个比方吧,如果正常的贸易是良田,规则和精神要做的就是剪刈稗子。"

田彬和常寒松没有接话,没想到任多秋在这里用上了稗子。

三人约定,次日一早去稗子沟。

稗子沟清晨的景色具有典型的北地色彩,满目肆意的绿,山林、田畴、河谷,好像被绿色浸染过一夜,将田野间飞翔的白鹭衬得越加洁白。田彬开车,任多秋坐在副驾驶上,不时问一些经过的地名。常寒松在思考一个问题:绿色固然好,但若满世界只有绿色,会不会也是一种单调?摄影需要的是层次和色差。

田彬直接把车开到了稗子沟监狱威严的大铁门前,一个身穿制服的小伙子在门口迎候。田彬摇下车窗对等候的人说:"小吴,咱们不进去,另找个地方聊吧。"小伙子是监狱宣传干事,姓吴。小吴说:"那好,你们跟我走。"说完骑上警用摩托,带他们来到不远处一个工艺品销售部。下车后,田彬问怎么拉到工艺品商店来了。小吴说:"您在电话里不是说要采访 20 世纪 60 年代监狱的一些事吗? 这个店的老板应该是知情者。"

店里摆满了根雕、套娃、烫画、桦树皮工艺品等等,工艺品不是很精致,但创意不错,有一种朴拙美。店铺西墙壁上悬挂的一幅书法引起了任多秋的注意,这是一幅镶着酸枝木框的横幅行书,写着"嘉谷如焚稗草青"七个字,落款是"酒叟"。任多秋平时也好书法,这七个瘦金体却让他有触动感,觉得每一笔都屈铁断金,力道十足。商店老板叫郭富万,年近七旬,留灰白长发,蓄短须,上下一身唐装,一看就是民间艺术家打扮。老郭很热情,把三人让到里间的书房兼工作室就座。工作室布置很满,书架、茶台、书画长案,还有半成品根雕,显得有些拥挤。大家围坐茶台,老郭亲自给大家泡茶,茶是陈年老茶头,茶碗是红心枣木车成的,喝起来感觉茶汤格外醇厚。老郭泡茶筛茶动作娴熟,任多秋注意到老郭在筛茶时左手抿着右臂宽大的衣袖,姿态极为雅致。

"请用茶。"老郭说,"苦寒之地,无以待客,喝杯老茶头清清燥热。"

小吴说:"郭老板的老茶头一般不给人喝,我每次来就是一壶生普洱,今天是沾田站长的光了。"

田彬说:"我算什么贵客?这两位才是大人物。任多秋主任是国宝级笔杆子、理论大家,我们到北京开会只有在台下为他鼓掌的份儿,哪里有机会同桌品茶?这位常老师是著名摄影家、高干子弟,他家老爷子曾主政北地,在过去就是赫赫有名的封疆大吏。"

小吴有点诚惶诚恐,起身说:"望各位'大咖'体谅基层难处,笔下留情。笔下留情,我们监狱长说了,辛辛苦苦干多年,曝光回到解放前。你们这次来,我们监狱长非常重视,要我千万不许慢待,中午监狱长要自己掏腰包请大家吃狗鱼饺子呢。"

田彬解释说,秤子沟有个水库出产狗鱼,这种凶猛的鱼牙齿锋利,蒜瓣肉,适合做馅包饺子,是冷水鱼中的上品。

任多秋知道小吴误会了,就解释说:"别担心小吴,我们此次来不是报道监狱工作的,只是做一个调查,了解60年代秤子沟一带暴发疟疾的情况,你可以让监狱长把心放在肚子里,狗鱼饺子我们自己付钱吃就是了。"

任多秋判断以老郭的年龄也许会认识常克勋,便从外面那幅书法开始聊起:"刚才看到外面挂着一幅书法,似乎只有半句,落款是'酒叟',郭老板能介绍一下这幅书法作品吗?"

提到书法老郭来了精神,眼里闪现出漆一般的亮光。他点点头说:

"领导有眼力！这是我岳父留下的，现在成了镇店之宝，这店里好东西不少，我最看重的是这幅字。当然，说到这段历史，话可能就长了些。"

老郭看了看小吴，小吴正在翻看手机，没在意他说话，注意力全在手机上。

"我是刑满释放人员，这事小吴知道，我和岳父柳五岳都是稗子沟监狱改造服刑人员的成功范例，为此我还上过当地的报纸。"

任多秋心里一震，道："太巧了，我正想了解一下那段时期监狱的情况，您就给介绍一下吧。"

小吴抬头说："70年代末老郭在监狱服刑，无论在监狱还是出狱后都表现不错，监狱让他给犯人做过报告呢，这件事上了省法制报。"

老郭说："领导想听，我就翻晒一下这些陈芝麻烂谷子，你们不烦就成。"

任多秋道："我们求之不得。"

老郭说："我从小喜欢做根雕，为了赚点钱花，偷偷进山挖老树树根，然后加工成根雕作品出售，赚钱不多，更多赚了些名气。我的根雕作品都是动物题材，摆在家里上档次，但搞根雕费时费力，一件好作品要费时十天半个月，很多有头有脸的人上门要根雕，我没办法应付，便立下一个规矩：不管谁来讨根雕，一律收费，面子大的可以打半折。这样上门白要的虽然少了，但嫉恨我的人多起来，有人就告我盗伐山林。本来罪证坐不实，但该我倒霉，有次发生山火，恰巧我扛着树根从山上下来，被护林的逮住，从衣兜里翻出一盒火柴，就怀疑是我引发了山火。山火很大，烧死三个救火队员，我是唯一的嫌疑人。审判时我不认罪，审判长问我：'你抽烟吗？'我说不抽。审判长又问不抽烟进山揣盒火柴干什么，进山的路口明明写着'防火期严禁携带火种进山'。我被问住了，最后被判刑送进了稗子沟。我入狱后父母相继过世，他们是因为我上火病故的，对此我愧疚万分。

"在监狱里，我遇到了一生的贵人柳五岳。柳五岳刑期将满，他和管教关系不错，也受犯人敬重，他几乎给每个不识字的犯人都代写过家信。柳五岳看我颓废的样子，就主动劝我说，遇事要往宽处想，摊上事了要和摊上更大事的人去比，这样你会少些憋屈。他说：'你判六年算啥事？六年不长，熬熬就过去了。'

"我觉得柳五岳说得有道理，护林员抓自己也不是没原因，我扛着树根从山上下来，身后却着起大火，何况我兜里还有用过的火柴，不怀疑我怀疑谁？柳五岳对我开导很及时，我开始振作起来，改造表现也开始卖力，管教还让我当了小组长。

"我和柳五岳成了忘年交，各自说了家里的情况。与我孤身一人不同，柳五岳家里有老婆和闺女，在一个叫伊拉哈的地方生活。柳五岳是伊拉哈人，会用电烙铁作画。他犯大罪像投胎一样，纯粹是撞上的。他在公社文化站工作，有一天心血来潮，把图书室里存放的一块很大的木板宣传画扛到家里，用刨子铲去上面的领袖画像，想用电烙铁创作一幅《嫩江之春》。他产生这个想法并不是想把画板占为己有，他是觉得这幅宣传画画得十分蹩脚，比例失调不说，领袖画得也不像。但毕竟画的是领袖，一旦画成，别人就不敢说什么。公社领导也知道这画不像，便没有急着挂，就暂放在图书室里。图书室归柳五岳管，他每次见到这幅画都有一种想重新创作的冲动，这一天忍不住就把画扛回了家。他还没有进行创作就被逮了现行，那幅宣传画虽然水平一般，但画板极珍贵，是一户大地主家的祖宗榜牌，真正的海南黄花梨木拼成的，土改时被没收用来张贴土改条例，后来就成了公社财产。当时定他现行反革命罪和盗窃公共财物罪，判了二十年。上级领导来监狱检查工作，了解到这起案子，领导觉得第一条罪名过于牵强，就让监狱提出重审重判建议。当时法治不健全，这样的事情本来与监狱方无关，但在那个特殊时期，监狱的权力还是蛮大的。重审后柳五岳的罪名只留下盗窃一项，比原来少判了五年。但这件事对柳五岳并非有利，如果保留第一个罪名，1978 年之后他可能会平反出狱，因为没有了这一条，他只能服满刑期。

"柳五岳特有才,喜欢书法,尤其擅长写瘦金体,平时就拿把刷帚蘸水在地上写。我曾对他说:'你怎么爱上这种字体呢? 学王羲之、颜真卿多好。'他说:'小伙子你不懂,瘦金体是宋朝皇帝赵佶的发明,这种字体有讲究。赵佶就是宋徽宗,被金人掳到五国城坐井观天,没事干就天天写字,写的就是这种瘦金体。瘦金体看起来不起眼,实际上每一笔每一画都有锋芒,不信你仔细看看,这撇像不像磨过的柳叶刀? 这钩像不像锋利的鱼钩?'柳五岳这么一说,再看瘦金体,果然就多了些内容。

"柳五岳对我说,他在这里十多年了,对秤子沟有感情,出去后想把老婆孩子在伊拉哈的小卖店兑出去,来秤子沟开个小店。柳五岳特意嘱咐我:'你这个人有正事,在里面好好改造,将来路长着呢。'

"我说秤子沟每到探视日,监狱门口像赶集一样,开店会有生意。那时国家对个体经营已经放开,小饭店、小卖部像蒲公英一样遍地开花,柳五岳家人在伊拉哈就靠开小卖店为生。柳五岳出狱前对我说,记住,这个世界饿不死瞎眼家雀,只要你有翅膀。

"柳五岳出狱后在秤子沟开了个食杂兼售工艺品的小店,买卖不错。监狱方面很支持,觉得柳五岳这个典型值得树,上面来人视察调研就往店里领,还经常来买工艺品作为礼物赠送客人。我没出狱前就跟管教来买过东西。柳五岳对我很好,一再嘱咐我要好好低头做事。那次,我见到了柳五岳的女儿柳娜。柳娜不漂亮,却很有女人味,她帮助父亲打理商店,话语不多,两手喜欢插在前兜里。我没想到柳娜后来会成为我的妻子,这一切都是柳五岳安排的,柳五岳给女儿的建议是,如果在嘉谷和稗草之间选择,最好选择后者。

"我出狱那天,来监狱大门口接我的是柳五岳和柳娜。我已经没有亲人,正掂量着出去该去哪。刑满释放者在熟人圈里如同脸上刺了字,到哪里都会遭白眼。白眼比白刃厉害,白刃可以防,白眼却挡不住,唯一的办法就是躲。柳五岳之所以不回伊拉哈,很大程度上是躲白眼。

那么上哪里去呢？身无分文，连打张车票的钱都没有。柳五岳来接我那一刻，我当时就哭了，就在监狱大门前，我单腿跪地向柳五岳行了一个大礼。我这一生除了父母外，没有给任何人行过这种大礼，但当时我不由自主地跪下去，因为我觉得眼前这位老人就是我的亲人。

"柳五岳收留了我。后来，柳娜成了我的妻子，柳五岳成了我的岳父，再后来，我成了稗子沟工艺品经销部的法人，这似乎是上帝安排好的，所以我特别相信一句话：'命运取决于你遇到什么样的人。'您提到的这幅字是我岳父柳五岳写的，是写给柳娜的，我把字挂在店里，既是对自己的勉励，也是对岳父的怀念。"

"这幅字有什么特别含意吗？"任多秋不忘正题。

"当然，这七个字是有寓意的。岳父的意思是告诫柳娜和我，要向稗子学习，不去贪恋稻谷的丰美，做一株稗子会更有生命力。"

"稗子会比稻谷好？"任多秋疑惑地看着老郭，老郭的艺术家气质很有范儿，不骄不躁，沉稳扎实，不得不说柳五岳很有眼光，继承人没选错。

"稗子是野生，生命力极顽强，当庄稼都因干旱变成枯草可以烧火时，稗子却会依然青绿，疯长不止，直到稗米成熟。"老郭说，"究竟是谁把劳改农场和监狱选在了稗子沟？我特别佩服选择者的聪明和智慧，监狱里那些犯人像什么？就像满沟的稗子，他们成不了稻谷，但他们也是有用途的饲料。当然，这些话不是我的发明，是岳父大人说的，岳父大人也是听一位领导说的。"

"您岳父说的这个领导叫什么名字？"常寒松急切地问。

"我不知道，那是'文革'时期的事情。"老郭道，"岳父在世时常说'直木先伐，甘井先竭，嘉谷易食尽，稗草常生存'，我常常思考这些话，我们这个小店就是秉持这样一个理念才经营到现在。"

任多秋明白了，这幅书法是柳五岳留下来的座右铭。他问："60 年代后期稗子沟监狱流行疟疾，您岳父一定提起过此事吧，他在里面十五年，应该赶上了这场疟疾。"

"谈起过，我岳父说犯人把那场疟疾称作'跑酱杆稀'。"老郭记得很清楚。

"老人家说过具体情况吗？"

老郭点点头，说："老岳父是个在专业上喜欢较真的人，别看他劝我低头做事，有些时候他自己也搂不住火。流行跑酱杆稀时，监狱安排了一场卫生报告，做报告的是一个戴眼镜、穿白大褂的中年人。岳父说不要以为穿上白大褂就成了医生，穿白大褂预防感染，不是标志身份。白大褂讲了很长时间，讲了防蚊子叮咬、注意个人卫生、不要喝凉水等等，就是没讲最关键的问题：营养。我岳父认为蚊虫叮咬肯定是疟疾传播途径，但为什么有人被叮咬没事，而有人被叮咬后就会发病？在白大褂做完报告之后，他回到监区向管教汇报了自己的想法，管教觉得这个问题问得好，就汇报上去了。当时上面有个领导来检查，觉得挺有意思，一个服刑犯人还能质疑专家讲座，就提出要见见这个犯人。"

说到这里老郭颇有感慨，道："这次谈话的经过我岳父记得很清晰，许多对话都能复述出来。谈话地点在会议室，领导一班人坐在对面，我岳父一个人坐在另一边，身边坐着那个陪他进来的管教。我岳父注意到领导身后的墙上是一句领袖语录，上面写着：'草医草药要重视起来。'他觉得这句话特好，像稗子沟这地方，不重视草医草药就根治不了疟疾，因为到处是湿地田野，想灭尽蚊子是不可能的。

"领导问：'你说专家讲的预防疟疾举措不全面，差在哪里呢？'

"我岳父说：'差在营养上。'

"'根据是什么？'

"'根据是身体好的人很少患疟疾，被疟疾撂倒的多是身体底子薄的，举个例子说，领导和管教患疟疾的就少。当年，伪满时期搞部落制，部落里疟疾横行，而部落外的人就没事。不是蚊子不叮富人，而是叮了也未必传染上，而部落里的老百姓都吃了上顿没下顿，一叮一个准儿。'

"'现在犯人吃饱没问题,三年困难时期已经过了,这和营养关系好像不大吧。'领导说。

"'营养问题医生可以检查,别的不好说,相当一部分疟疾患者贫血是能看出来的。'我岳父说,'我并不是说要给犯人提高伙食标准,我是想应该将背后墙上那句语录落到地面上,而不是高高挂起来。'

"众人回头看了看那句语录,没人接话。

"我岳父说:'我们这里叫稗子沟,顾名思义是稗子多,稗子就是难得的草药呀,应当重视起来。你们发没发现,这里的牛马羊不得疟疾,牛马羊也被蚊子、瞎虻(牛虻——编者注)叮咬呀,那些大瞎虻吸一次血,肚子圆得像水饺,但是牛马羊不打摆子,也不跑酱杆稀,原因在哪里?'

"众人都齐刷刷看皮影一般等着下文。

"'原因就在稗子上。牛马羊的主要饲料是稗子,青苗稗子、干草稗子,有时候还能吃上稗米,我虽然没做过调查研究,但我觉得这里面有奥秘。很早以前我读《本草纲目》,就知道人们所讨厌的稗子还叫'乌禾',用它煮水浇地可以杀死蝼蚁。我觉得疟疾这种疾病是一种我们看不见的微生虫在作怪,用稗米熬粥吃,或许可以杀虫。吃稗米,是从营养的角度来预防,在身体内支起蚊帐。当然,我没有理论依据,只是猜测。'

"我岳父的话让对面一排人沉默不语。那个做报告的白大褂也在场,谁也没想到一个犯人有这等见识。岳父的建议得到采纳,监狱里用稗草根熬水喝,用稗米做粥喝,反正这么做也没有害处,倒省下了小米。很快,上级派的医疗队也进入稗子沟,灭'四害'工作变得深入起来,疟疾暴发的势头渐渐平息。

"如果说在狱中的谈话都是审问的话,那么这次谈话是一次难得的交流,我岳父不加保留地说出了自己的思考,而且是说给一个上级来的大领导,这是多么难得的事。我说起这件事,小吴总是怀疑它的真实性,认为是我岳父杜撰的。小吴说现在上级领导来视察,都是预演过,有的要彩排几次,说什么、怎么说都是有布置的,你一个犯人能进到会议室夸夸其谈,这本身就很滑稽。"

小吴听老郭提到自己,停下在手机屏幕上忙碌的双手,抬起头说:"我参加工作也十一年了,老郭说的这种情况闻所未闻,那种随机性谈话方式万万不可取,万一问了不该问的问题,岂不是让领导下不来台?另外我查了过去的大事记,确实有流行疟疾的记载,是在监狱科学的防治之下得到了控制,患者死亡率降到了最低。"说完,继续低头玩手机。

"很可惜,你岳父没能记住这位领导的名字。"任多秋很遗憾,他想到了这位领导可能是常克勋,但缺少佐证。

"这个可以理解。"老郭说,"犯人在监狱里没有名字只有号,称呼领导也只能叫'政府',打听名字、直呼其名是违规的,所以不可能知道领导的名字。"

时间到了饭时,小吴接到监狱长打来的电话,说中午请客人去水库边吃狗鱼馅饺子,监狱长已经在那里等候了。任多秋觉得老郭这人不错,讲述也认真,就提出请他一起去。小吴说老郭和他们监狱长是朋友,就一起去吧。老郭没有推辞,打开酒柜,拿出两瓶陈年西凤酒说,他带两瓶酒。田彬说人家监狱长不缺酒,据他所知,监狱还生产苞米酒呢。老郭说:他属于稗子,带酒不犯病;公务员是稻谷,公款喝酒是个事儿。任多秋觉得老郭挺有智慧,把纪律问题研究得一清二楚。

确切地说,稗子沟水库是一个不错的旅游景区,植被葱郁,水质清澈,这样的水面养殖业不可能不跟进,有了养殖业,水库边的农家乐就火起来了。监狱长请客是在一个门面不大的鲜鱼馆,里面按当年知青生活风格装修,服务员也穿着红花被面做的衣服,戴花头巾,一副伪村姑模样。常寒松在摄影中发现,鉴别真假村姑的办法是看肤色,真正的村姑肤色像国光苹果,而伪村姑的肤色多似大白梨。

监狱长已经在等候,点好了菜,都是水库产的淡水鱼,狗鱼馅饺子自然不会少。监狱长姓姜,是个五大三粗的汉子,北地塔河人,说话粗门大嗓。他没有拒绝老郭的西凤酒,对田彬说已经安排好了两件事:一是找好了代驾,避免酒后驾车;二是他已经和政委请了假,下午由政委带班,他可以喝酒。政委很支持,记者是无冕之王,千万不可慢待,单位的事有他盯着,让姜监狱长放开整。姜监狱长把话说到这个份儿上,谁也不好意思装假。任多秋觉得和北地人相处很容易,没那些弯弯绕,啥事都可以一二三喊号子。炖鱼上桌,西凤满上,监狱长说的祝酒词格外精彩。

监狱长说:"京城的老师能到这穷乡僻壤,是稗子沟的荣幸。稗子沟虽然属于苦寒之地,但来到这里的人能感受到温暖。一个国家是不是文明,看监狱;一个政府是不是清廉,看监狱;一个人是不是有人性,看监狱。《水浒传》里大宋朝的监狱那是人间地狱,我们的监狱怎样?我可以给大家举个例子,就是在法治不健全的那个年代,我们还秉持了对犯人高度负责的精神,曾向审判机构建议对三起案件进行重审,这些案件虽然没公开报道,但一直记在我们监狱的大事记上。不要以为狱警个个都凶神恶煞,不要以为监狱就是手铐脚镣,可以毫不夸张地说,稗子沟就是一所改造人的学校!"

监狱长这段话说得慷慨激昂,没有谁能拒绝这杯酒。老郭道:"此言不虚,鄙人深有体会。"

放下酒杯,任多秋问:"监狱长说的那三宗由监狱建议的重审案件,可以介绍一下吗?"

监狱长说:"这个早就解密了,说说也无妨。是这样的,大家都知道当时法治不是很健全,判案依据是一纸《条例》,各县的案件最后由当地革委会政法组拍板。依惯例,监狱对接纳入狱的犯人要进行核查,监狱在核查中发现了三个犯人有疑点,便向来稗子沟检查疫情工作的领导做了汇报。领导了解有关情况后,让监狱和案发县联系,建议他们重审，案件得以适度纠偏。这三个幸运的犯人中就有老郭的岳父柳五岳。"

监狱长说："第一个幸运者是一个跳大神的妇女。她专给那些惊吓掉魂的小孩招魂，招魂后会接受人家一只公鸡做回报。案发统计共收过三十只公鸡。当地以搞封建迷信活动、骗人钱财为由给判了两年。我们觉得判重了，在地区领导来的时候就做了汇报。领导问这些鸡是索要的还是人家主动给的，结论当然是主动给的。领导又问吓丢了魂的孩子后来好没好，结论当然是好了，不好的话人家也不会白送一只大公鸡。领导再问此人在当地是不是有民愤，回答也是否定的，很多老百姓找大队干部理论，说：'你们把她抓了，再有孩子丢魂找谁招？'这些问题都清楚后，领导定了调儿，这是人们内部矛盾，而不是敌我矛盾，要学好领袖选集，正确处理人民内部矛盾。

"第二个幸运者是个初中教师，因猥亵女学生罪被判了八年。卷宗里没有物证、旁证，只有女生一个人举报。老师进来天天喊冤，说是在课堂上批评了这个女学生，女学生心生怨恨，才这样害他。这个戴着近视镜的老师文文静静，会说日语，整天愁眉苦脸，几次绝食想自杀，管教就觉得蹊跷，按理说八年不算长，不至于这样要死要活的。我们向那位领导做了汇报后，领导要来卷宗材料仔细看了一遍。领导就是领导，当时就发现了问题，说这个女学生说了假话，案件有问题。案件中有这样一段供述，说老师把她叫到办公室后关了灯，在她身上乱摸，夏天穿衣服少，全身让老师摸了个遍，她不敢出声，等她挣脱开老师离开办公室时，放学铃声也响了，她就回教室背上书包回家了。领导说当地夏天几点黑天？人们说应该是六七点。那么农村中学几点放学？大家说不会超过四点，因为下午都是两节课。那么问题就来了，大白天老师去关什么灯？与县里沟通后，这宗案子被接回去了，后来怎样也没有反馈，应该是改判了。

"老郭的岳父柳五岳运气好。监狱排查犯人时他没有申诉，结果那次关于疟疾的对话让领导注意到了他,领导就把他的卷宗调来看,看过后觉得定罪不准。"

"那个对话的领导是地区政法组的?"任多秋心中惊喜。

"是的,"监狱长说,"领导是来检查防治疟疾的,顺便听取了排查汇报。

"领导找来柳五岳谈话,问:'柳五岳,你铲掉木板上的领袖像想做什么?'柳五岳说:'我想画一幅《嫩江之春》,草图都勾好了,主题是伟大领袖站在茫茫兴安岭上指点江山,铲掉重画的原因是原画不像,看着别扭。'领导又问:'你的草图给办案人员了吗?'柳五岳说:'给了,他们说草图就是个轮廓,人物没鼻子没脸,怎么敢说是伟大领袖?'领导说:'你把草图构思写下来给管教。'领导在案发县工作过,与当地政法组的人也熟,便亲自打了个电话,说定反革命罪不恰当,建议当地重审。就这样,柳五岳经过重审罪名减去一条,刑期由二十年改为十五年。"

监狱长说完三起案子,田彬先点了点头说:"这才是实事求是的司法精神,可惜错过了时效,要不我会写个长篇新闻报道,题目可以叫《法治阳光照耀稗子沟》。"

狗鱼水饺端上桌,任多秋趁热吃了一个,果然味道不俗。任多秋看了没有动筷的常寒松一眼,发现常寒松正在那里发呆。"怎么不吃呀?"他问。常寒松回过神来,拿起筷子,看着监狱长问:"您还能记得那位领导叫什么名字吗?"

监狱长看了看小吴,小吴摇摇头。监狱长歉意地说,那个时候记录不规范,记录本上只是写了"首长说",然后就是说话内容,首长具体是谁却没有记。老郭说,领导的名字虽然没记住,但领导有句话被他岳父写进了文章里,而且用这句话做了文章标题,文章发在《白河日报》副刊上,文章题目叫《在井口接住每一块落下的落石》。

常寒松眼圈红了。他倒上一杯酒,起身对大家说:"我要代表老爷子敬在座的各位,敬稗子沟一杯酒,感谢你们还记得我父亲做过的事。"

115

众人都望着他,不懂这番话何意。

任多秋深深点了点头,对大家说:"常老师就是你们提到的那位领导的儿子,那位领导叫常克勋。"

第九章　五大连池

榻上呓语：我素来怕蛇，却总梦到自己孵出了许多小蛇，它们扭动着身体在梦里追我，像影子一样无法甩掉。多少回，我发现这些小蛇如同缆绳般扭在一起，变成了吞云吐雾的巨蟒。

五大连池是个可以全方位入画的地方，被称为"天然火山博物馆"，并被联合国列入世界自然遗产名录。从地图上看，五大连池如同北地的一颗明珠，镶嵌在小兴安岭西麓、松嫩平原东南。

任多秋很感谢老爷子在自传提纲中写到了五大连池，这是他十分向往的地方。老爷子在文中提到的人物是赵玉林，当地一个机关干部。

常寒松多次来五大连池风景区摄影，对这里可谓轻车熟路。不用导航，他指挥出租车从白河出发，经过沾五公路到达欢欣岭，然后一路下坡，径直来到药泉山下一家属于铁路系统的疗养院。在前台开好房间，放下行李，看看时间尚早，常寒松就带任多秋去爬药泉山。药泉山不高，相对高度不足百米，站在山脚朝山上望去，山腰以下全是矮草，山的上半部才有密集的柞树林，看上去很像一个硕大的莫西干青皮发型。

这山太矮了，圆乎乎的，像个大馒头。任多秋显然没有瞧得起这座毫无棱角的馒头山，指着上山的台阶说，踏步明晃晃的，缺少幽静感，若是中午爬山，会被阳光晒爆头。

常寒松道："山不在高，有寺则名嘛，登上去就会有新发现。山顶火山口里有一座钟灵古寺颇有名气，挂单和尚都排队，据说寺里许愿十分灵验，初一、十五来上香的香客摩肩接踵。"

一听说山上有寺庙，任多秋立马来了精神，说："我们走了这么多地方,还是第一次遇到寺庙,快上去看看,说不定会有启发。"任多秋在信仰问题上不盲目,外出旅游对自己会先立个规矩:进庙可以,烧香不行。他认为烧香拜佛值得商榷,佛教东渐之初哪里有烧香一说?

沿着登山踏步拾级而上,山风习习,鸟声唧啾,澄明的天空有团团絮状的白云,像挂着的棉花糖。上到山顶,任多秋竟然没有出汗,倒是常寒松有些汗津津的。任多秋羡慕地说,他也想出点汗,可惜出不来。

山顶是约十步宽的环状地带,已被游人踏出路来。火山口直径百米许,深不足十丈,口中地势平坦,经年累月的泥土把漏斗形的火山口生生填平了。山坳里果然有一座朱墙黄瓦的寺庙稳坐正中。从山上俯瞰,寺庙建筑群错落有致,气派的山门朝向西方,过了山门便是宽敞的庭院,庭院里植了不少塔松。这种树生长慢,造型却好,特别适合做圣诞树。庭院里有铸铁的香炉,两座钟鼓楼相对而建,像两尊巨大的护法,北侧有厢房,是僧人信众居住的地方。大雄宝殿颇有气势,藏经阁后面高高的佛塔似乎建成不久,尚有剩余的砖瓦留在塔下。

任多秋说:"这不是古寺。"

常寒松竖起大拇指道:"名人就是眼毒,一看便知新旧。"

任多秋说,这不难,古寺虽讲对称布局,但很少如此规范,因为古时建寺大都是和尚化缘所为,化足一笔修建一处,是一点点攒出来的。再看这座钟灵寺,大部分建筑一气呵成,规划严丝合缝,肯定有官方背景。

两人进到寺院,在大雄宝殿前恰遇一个穿白衣白裤的中年人,拎一只大号保温瓶从山下汲水归来。

常寒松愣了一下,这不是释云心吗?他迎上去打招呼:"释老师好!又见面了。"

"是常先生啊,又来摄影?"释云心放下水壶,双手合十施了个礼。

任多秋感到奇怪,身穿一套白色练功服的人为什么要行佛门之礼?常寒松介绍:"这位释先生是省城佛学院的教师,著名佛学专家,每年暑期都来钟灵寺研学。"常寒松指了指任多秋说,"这位任先生也是学者,是著述等身的专栏作家。"常寒松没有介绍任多秋所在的报社。

释云心问:"来旅游?"

任多秋摇摇头说:"有个写作任务,陪寒松来这里翻翻老皇历,采访点素材,顺便也研究几个问题。"

"做研究就是行善事,"释云心说,"加、行、精、进离不开研究义理。"他弯腰拎起水壶道,"我在这里会有些时日,常老师若有事吩咐就是,老朋友不必客气。"

任多秋接过话说:"释老师何时有空?我很想和您一叙。"

释云心道:"今晚有功课,不能奉陪,明晚请两位来寒舍一叙吧。"他指了指北面那排客舍说,"客舍二楼第一间便是,我有明前狮峰龙井,可以品茶。我有个新发现,用八十度二龙眼泉水泡明前龙井,能喝出灵隐寺的米香来。"说完笑了笑,拎着水壶告辞了。

任多秋不解地问:"泡龙井为什么要用二龙眼泉水?"

常寒松道,五大连池有四处名泉:南北两处泉水不能烧熟,只可冷饮;翻花泉水冷热均不可饮,专门用来洗浴;想泡茶唯有用二龙眼泉水。二龙眼水质极佳,是山脚下两处并排的泉眼,似含有珍珠汩汩而出,看上去如沸水一般,四季不竭。释老师刚才下山所汲就是此泉。

任多秋觉得有点遗憾,南北饮泉名闻遐迩,却不能泡茶,倒是名不见经传的二龙眼泉水成了泡茶上品。

常寒松问:"你要向释老师请教何事?"

任多秋笑了笑:"还没想好,我觉得既然释老师态度诚恳,还是采访一下为好。"

常寒松笑着说:"我是属狗皮膏药的,能贴就贴。"

两人逛过了寺院,沿另一条小路下山。路上常寒松说:"你已经和那个赵玉林通了电话,估计今晚他会到疗养院来见面。"任多秋说:"今晚会赵,明晚见释,两不冲突。"

老爷子在自传提纲中提到赵玉林是因为一起命案。老爷子说他在

1968年到五大连池处理过一起命案,因为当时公检法处于瘫痪状态,此案最后不了了之。老爷子担任专员期间,接到过死者儿子赵玉林的申冤信,提出要严惩凶手,老爷子觉得此事处理宜粗不宜细,便在上访信上圈阅了一下,没做任何批示。但因是一桩命案,印象不可不深,申诉人赵玉林这个名字他一直没有忘记。

任多秋是在白河和赵玉林通的电话,知道对方曾是公务员,在正科级岗位上退休。电话里赵玉林说自己生命不息、申冤不止,到死也要弄个水落石出,给含冤而死的老父亲一个交代。任多秋觉得这个案子应该深挖一下,当然,这个深挖不是处理案件,是觉得这个案件能勾画出老爷子的灵魂轮廓。他告诉赵玉林自己马上就去五大连池,自己没有平反错案的权力,但将来可以在著作中列举这起案例。能听出电话里赵玉林的激动,他说:"你们媒体能来太好了,许多冤案都是靠媒体报道出现了转机,你们一到我就去看你,只要良心在,谁都能看出这是冤案,除非装聋作哑。"

晚饭后,考虑到赵玉林要来,两人就没有出去散步。窗外有一只蝴蝶样的飞虫不时在碰撞纱窗,本来很小的声音被周围的静谧放大了,窗外有蟋蟀的声音响起,偶尔能听到不远处钟灵寺悠长的钟声。任多秋说,这里的傍晚真安静,连汽车喇叭声都没有,时间好像停滞了。

常寒松还没回答,有人敲门,知道是赵玉林来了。

赵玉林发疏面黄,穿一件褐色半袖衬衫,两只大大的招风耳很是惹眼。他进门来就"谢"字不断,说三十多年来,都是他找别人,从来没有别人找他,他们能来,觉得此案要有出头之日了。任多秋再次告诉他,他们不是来处理信访的,也不是负责信访的干部,无权平反冤假错案,此行就是想了解一下当时的案情,积累一点写作素材。赵玉林说,现实中讨不回的公道,在书里能讨回也行,有时候文人之笔比法槌还有力量,法院判决书只会装进档案袋,文学作品却能在社会上广泛流传。

赵玉林这个观点倒是有点意思,任多秋想,看来文学的作用不可低估。

赵玉林坐下后,先是夸赞了一番任多秋所在的报社,说报社评论写得好,好在写人话、写真话、写实话,有些评论文章他剪报成册,经常翻阅。赵玉林这样一说,任多秋却脸红了,退休后他最怕人提及他写的评论,希望把那些官样文章都一股脑翻过去,没想到在北地药泉山下却遇到了坚持剪报的粉丝。常寒松插话道:"你剪的那些文章大都是任老师操刀,任老师是他们报社第一笔。"赵玉林说:"这真是缘分了,任老师关于法治精神的文章写得非常棒,鼓舞人心、振聋发聩,可惜这些文字落不了地。我赵玉林要是生活在任老师的文章里,杀父之仇早就报了。"

任多秋听出对方的话已经超出文章范畴,就打住话头,问:"你介绍一下令尊遇害的情况好吗?"

赵玉林十指相叉紧紧抱住膝盖,眼睛盯着水磨石地面,两只招风耳轻轻抖动着,语调低沉地讲述了他父亲的故事。

赵玉林的父亲叫赵复生,是个参加过抗联的老干部,新中国成立后在农场担任场长。赵复生言行习惯明显带有军人作风,喜欢训斥下属,办事不讲情面,这样就得罪了一些人,得罪最深的有两个,一个姓董,一个姓薛,这两人很像《水浒传》里押解林冲的董超、薛霸。用赵玉林的话说,董、薛二人是十足的恶人、好吃懒做之辈。父亲一向讨厌不三不四之人,平时对这俩职工没少处罚。运动来了之后,像赵复生这种作风霸气的干部就倒了大霉,遭到揪斗,被关入"牛棚"。赵复生性子火暴,在"牛棚"里也不服管束,尤其是看管他的都是平时表现不好的几个职工,其中就有董、薛二人。那几个心怀仇恨之人自然不会放过报复的机会,一天夜里,他们先将赵复生打昏,然后抬出去扔进附近一口井中,造成投井自杀的假象。哪知道赵复生被扔到井中后,受凉水一激就醒过来了,站在齐腰深的井水里呻吟。一个路过井边的妇女听到井里有人,就跑到队部报告说有人坠井,队长带人赶到井口,发现井底确实有人。

这时，负责看管赵复生的董、薛二人赶来报告，说赵复生从"牛棚"里逃跑了，不知去了哪里。队长说井里会不会是赵复生。姓董的主动要求下井看看，然后就腰上拴着绳子，让人顺着辘轳把他放下去了。姓董的在水里忙活了一会，在下面喊："是赵复生跳井，你们先把他摇上去，然后再摇我。"赵复生被摇上来，谁能想到这个姓董的把绳子像绞索一样套在赵复生脖子上，这样往上吊人无异于实施绞刑。赵复生被吊上来就没有一点气息了，农场做出的结论是畏罪投井自杀，那个姓董的凶手不仅没被追究，还立了功。

"事情就这样。"赵玉林说，"姓董的下去前父亲还在井下呻吟，他下去把人的脖子套住往上吊，这明明就是谋杀！这么多年，每当我路过有水井的地方，仿佛就听到父亲在井里呻吟，每当看到影片中出现绞刑镜头时，我的心就会揪紧，仿佛看到父亲正痛苦地挣扎在井绳上。"

任多秋和常寒松第一次听到这种事情，怔怔地看着赵玉林，也难怪，如此不明不白的死亡，总该给个说法。

"事后怎样做的结论？"任多秋问。

"人后来是平反了，也恢复了名誉，问题是凶手没有得到应有的惩罚，这说明正义并没完全到位，正义有时候也会和稀泥。"赵玉林不时冒出几句有思想的警句，可见平日思考不浅。

"这件事上级调查过吗？"常寒松马上就想到老爷子，老爷子当时应该介入了此事，否则自传里不会提到赵玉林。

"那个时候我还小，母亲去白河喊冤过。"赵玉林说，"母亲喊冤不敢说被关'牛棚'的事，那是政策问题，讲不清楚，母亲就说下井的那个人是故意害人，这个人平时出工不出力，总是磨洋工，被父亲处分过，便怀恨在心趁机报复。母亲也有证据，当时农场医院给的死亡结论不是淹死，而是颈椎折断死亡。当时很乱，医生能做出这个结论说明医生有良心。我母亲去了几次，地区来人了，是个姓常的领导带队，来调查了三天，口头给我母亲三条答复：第一条，投井也会造成颈椎折断；第二条,因被关'牛棚'一时想不开而自杀者不仅仅是赵复生一人;第三条,指控下井救人的董某某谋杀没有足够证据。因为下井救人,董某某患上了严重的风湿性关节炎,下不了炕,为此农场给他评定工伤。对这个答复我母亲不服,那位领导说,自古以来就有屈死鬼,五大连池不是有个秃尾巴老李的传说吗?秃尾巴老李冤不冤,被他爹一刀砍去了尾巴?我母亲说:'领导是想让我就这么认了?'那位领导说,认和不认就是一个放下放不下的问题,人生有很多偶然性,并不是滚了钉板就能讨来说法,因为有些说法是没法给的。我母亲哭着说:'人命关天,怎么就不能给个说法?'那位领导说:'猜测不能成为当庭证据,那个姓董的坚决不承认,这个说法该怎么给?'我母亲当时急火攻心,一口鲜血就喷出来,栽倒在农场招待所会议室里。母亲醒来的时候已经被人送进医院,听医生说那位领导留下话,要好好治疗这个妇女,不许难为她,不许收医药费,治疗情况要向他报告。尽管这位领导没解决我家的诉求,但是我母亲并不埋怨他,在那个年代,领导有领导的难处。"

"这两个看守后来怎么样?"任多秋觉得赵玉林把董、薛二人比作押送林教头的董超、薛霸很形象,董超、薛霸回汴京向高俅复命见了阎王,那么这两个所谓的恶人会是什么结局呢?

赵玉林摇摇头道:"这俩人也没得好。那个姓薛的虽然混成了农场中层干部,但瘫痪在床多年,几年前患脑梗死了。那个姓董的还活着,但几个子女都不孝,一年到头衣裳也不给洗,夏天有人看到他经常蹲在门口,光膀子用牙咬衣缝里的虱子。后来住进了龙泉养老院,那是一家福利养老院,条件一般,听说这个人整天坐着破轮椅,成了睁眼瞎。我几次想去找他理论一下当年的事,想想自己的身份就没有去,我担心一见到这个杀父凶手,会一脚将他踹下轮椅去。"

任多秋打了个激灵,都啥时代了,怎么身上还长虱子?他忽然生出想去见见这个人的念头。

赵玉林走后,任多秋躺在床上,两手托着后脑勺望着天花板出神。

常寒松倒了一杯水，房间暖瓶里装的是冷矿泉水，含气，倒进玻璃杯里像汽水一样泛着气泡，喝一口，凉牙。他想，赵复生冬天被扔到井里一定很凉，一个死前经受彻骨寒凉的人会是什么心情？他问任多秋："老爷子当时是否有能力像纠正稗子沟犯人那样纠正这个错案，还赵复生一个公道呢？"

"老爷子没有做错。"任多秋说，"这本身不是一起刑事案，没法翻。要想翻的话只有一种可能，就是看守自己良心发现坦白交代，但这是不可能的。"

常寒松仔细琢磨了老爷子答复的三条意见，觉得表述清楚，没有丝毫拖泥带水，那么为什么过去这么多年，老爷子会有丝丝遗憾呢？结论只能是一个：老爷子看出了这是一起谋杀案，遗憾的是无力改变现状。是啊，明明知道是错的，却要当对的去办，这会让人产生负疚感，更何况这是一起命案。

"有些结是死结，永远不会解开。"任多秋意味深长地说，"比方《铡美案》里那个陈世美，历史上此人原本是清官，因为慢待了同乡同窗，被人编排成戏曲来骂他杀妻灭子毫无人性，结果遗臭万年，想想看，谁能给陈世美平反呢？"

"不管怎么说，我替老爷子感到遗憾，如果能翻了这起案子，无疑是老爷子在政法组工作的又一光彩之笔。"常寒松心里感到惋惜，在稗子沟纠偏三起判决的好事没在五大连池续演。

任多秋坐起来，起身在房间里踱了几步，背着手道："你注意到了没有？老爷子在稗子沟翻的那三起案子都不是政治犯，稗子沟不可能没有在政治上蒙冤的犯人，但老爷子没有管，他管的是经济和刑事犯，这说明什么？说明老爷子忌讳触碰政治。而这个赵复生，虽然他妻子上告不涉及政治，但归根结底还是政治问题，换句话说，赵复生在政治上有没有问题当时谁能说得清？"

常寒松觉得任多秋所言有理，一个领导干部到任何时候政治上都不能出问题,也出不起问题,这一点老爷子把握得一向很到位。

次日,因为与释云心约见,二人没吃晚饭就早早来到钟灵寺。常寒松本来想去吃矿泉鱼,被任多秋拦住了。任多秋说佛家讲过午不食,释云心虽然不是出家人,但肯定会守些出家人的戒律,他俩打着饱嗝去见人家这不公平。常寒松道:"没想到你来一趟北地开始换位思考了,在报社写文章时可不这样。"任多秋说:"此一时,彼一时,我们还是空腹去见释云心吧。"

释云心住的是套房,内间卧室门关着,外间是会客室,一组榆木沙发,榆木茶几,西面墙壁上挂着一幅唐卡,有些旧痕,但色彩依然鲜艳,能看出是手工绘制。

用二龙眼泉水泡出的龙井茶的确香味浓郁。翠绿的茶芽在玻璃杯里直立着,依然在生长一般。一盘新鲜草莓和一盘无花果摆放在茶几上,诱惑着两人的食欲,这应该是释云心为了待客特意下山所购。任多秋心里很感动,一个向佛之人却能关心俗事,可见这是一个进得去出得来的学者。释云心没有更多寒暄,坐下后就问任多秋:"任老师有何事要探讨呢?"

任多秋向前欠了欠身道:"不瞒您说,我和寒松此行不是游山玩水,是为一位老领导招魂而来。老领导卧病在床意识不清,絮絮叨叨常发呓语,某一日发出最后一句呓语——北地招魂,忽然再也不说了。'北地招魂'这句话我和寒松虽有些揣摩,但一直不敢确定,招魂还是找魂?为什么要招魂?老领导官至正部,可谓功成名就,还要招什么魂呢?对此想请释老师解读。"

"病入膏肓之时,地狱之门虚掩,恐惧地狱之苦,唯有招魂还身。"释云心道,"老领导并非意识不清,相反,他心里在回放记忆的幻灯,所谓招魂,无非赎往昔业障,榻上呓语也不是胡话,须用心记住才是。"释云心并不虚与委蛇,而是坦诚相告,"招魂或许是老爷子在人生黄昏对离窍灵魂的呼唤。"

任多秋问："那么怎样才能回答这一呼唤？"

释云心说出了两个令人意外的字："眼泪。"

"眼泪为什么能回答对离窍灵魂的呼唤？"任多秋请释云心解释一下，"眼泪应该代表悔恨才对。"

释云心说："佛陀三滴眼泪，震动三千世界，不要小觑眼泪，如果眼泪发自本愿，便能洗去往昔业障。"

任多秋似懂非懂，但又不好再深入，人人会流眼泪，这个问题回去自己慢慢悟吧。他又问："一个人如果做了一件错事却能心安理得，该如何去评论？"

释云心说："如果真有这样的人，那么他一定是解脱了。"

释云心回答问题简明扼要，一点也不故弄玄虚，也不套用高深的佛经绕来绕去，给人的解释清楚明晰。任多秋很喜欢这种做学问的人，不管他信仰什么，至少对自己的理论毫不怀疑，每一句话都充满自信。

任多秋不好意思再问了，一时也想不起该问的问题，便看了一眼常寒松，常寒松和释云心是朋友，他希望常寒松能提点北地之行相关问题。常寒松自然心领神会，便提出一个十分直接的问题："我俩北地之行等于重走家父走过的路，要寻访几十个地方，目的是写一本能留得住的传记。您是研究社会学的，见识多广，可否给我们提点建议？"

"不为虚浮所惑，追求诸事真相。"释云心的回答极为简单，每问都是答过即止，绝无赘言。

常寒松又问了些摄影方面的事，比如拍摄花草如何体现禅意，鸟兽的灵性集中在羽翼还是目喙，从佛法的角度如何来理解透视，等等。释云心讲了佛家的"五眼"之说，肉眼、天眼、慧眼、法眼和佛眼，虽境界不同，但相互有精神贯通，这种精神就是对生命的无限放大。

释云心建议："重走前辈之路，如果亦步亦趋，走上一千遍也是白走。"

释云心送二人至山门，十分谦虚地对任多秋道："方才班门弄斧

126

了,我说的并非佛法,都是些俗世常理,仅供参考而已,但愿不影响两位既定大事。"

任多秋连声道谢,说离开此地前会再来拜见。

下山之路坡度不陡,两人却总有踏空的担心,不像上坡走得那么踏实,步子便迈得特别谨慎。路两旁的柞树呈现出神秘的黛色,有松鼠或石鼠急速从面前跑过,发出吱吱的叫声。常寒松问:"我俩这是深山问道吗?"任多秋说:"是火山问道,你刚才应该拍张照片。"常寒松说:"想拍,怕不礼貌。你觉得释老师说得怎样?"任多秋仰面看了看星空:"好像刚剥开一个硕大的波罗蜜,我正在一口口吃。"

回到住处,赵玉林在大厅等候,他拎来一袋西红柿,西红柿都是绿的,未熟,不知他拎来做什么。

打过招呼,赵玉林说:"我来是想告诉你们,我没经济方面的诉求,为父亲讨公道不是为了钱,就是想把自杀改为他杀。"

赵玉林把那袋西红柿递给任多秋,道:"自家院里的矿泉柿子,你们尝个鲜。这柿子看着绿,实际已经熟了,叫'贼不偷'。"

常寒松拿出一个看了看:"绿皮是假,里面才有真相。"

这一夜,任多秋没有睡好,他在想如何安慰赵玉林,赵玉林举止明显有抑郁的成分,需要想个法子把他从仇恨中拯救出来。他觉得释老师讲的诸事真相不仅是历史真相,也包括当下的真相,真相会破除迷雾,这一点他深信不疑。他无法入睡,就披上外衣去敲开常寒松的房门。常寒松说他也没睡,老爷子为什么要把这件事写进自传提纲?老爷子一生经历了那么多大事,有的竟然不着一字,对这起自杀案却大发感慨,其中是不是有什么隐情?

任多秋说:"老爷子知道真相却又不能说破真相,他是为此感到自责。"

"其实,老爷子那三条说得够清楚了。"常寒松觉得除了那三条,其他无法表态,毕竟有个时代局限问题。

"很多时候,想法和说法无法统一,"任多秋说,"这方面真佩服你们搞摄影的,所拍的照片至少是某个角度的本相。当然,现在有了新技术,本相也可以合成,不知道这是进步还是倒退。"

常寒松道:"我从来不 P 图。"

任多秋说:"明天我们去一趟龙泉养老院,见见那个所谓的董超,应该叫上赵玉林,只要赵玉林不对姓董的动粗。"

"应该不会,如果想打人不会等到今天。"

"那好,我们明天就去。"任多秋说完回到房间睡觉,睡前吃了一个赵玉林带来的绿柿子,"贼不偷"甜酸可口,与其他西红柿相比多了一股难以描述的异香。夜里,他做了个奇怪的梦,梦到老爷子从病床上下来,站在窗前大声背诵一首李白的诗:

行路难,行路难,多歧路,今安在?
长风破浪会有时,直挂云帆济沧海。

老爷子中气十足,像某个大运河电视纪录片中的解说员一样,鹤发童颜,声若钟磬,抑扬顿挫掌握得恰到好处。他不禁为老爷子鼓起掌来,惊呼:老爷子魂体相依啦! 早晨醒来,觉得这个梦好奇怪,药泉山神奇,梦境亦奇诡,难道是吃了赵玉林的"贼不偷"所致?

龙泉养老院是一排红砖瓦房,青灰院墙,螺纹钢焊成的大门猪狗都能钻出钻入,可见是个摆设。院子里大部分是菜地,有硬覆盖的地方安放着几样健身器材。院里老人不多,大都是鳏寡孤独老无所养者。养老院管事的是个染着黄头发的中年妇女,听说有人来看老董,神情很是怪异,说:"老董在这里一年到头也没个猫狗来看他,你们是他什么亲戚?"赵玉林说,他们不是他亲戚,这两位是北京来的记者,来采访老董。黄头发更是惊诧了:"采访老董? 老董是啥人物? 就像一只被人弃养的瘫驴,有口气而已,有啥可采访的?"任多秋觉得黄头发这样形容老人有些过分,就说:"你咋把老董比喻成瘫驴呢? 他毕竟是个人嘛。"黄头发说,比作瘫驴是抬举他,其实他更像一摊驴屎! 接着,黄头发的嘴像机关枪一样抖搂了一件事:老董欠院里钱,却把自己的养老金塞在床下棉鞋里,结果棉鞋被耗子絮窝,钱都变成了碎片片。院里也没办法,总不能把他推到大街上吧。能看得出来,黄头发对老董很有意见。

任多秋一行来到老董的房间,看到轮椅上侧歪着一个木乃伊般的老头,手里拿着半个苹果,像宝贝一样抱在胸前,苹果被咬掉的部位很不规则,能看出是牙齿不全所致,果肉已经氧化变成了褐色。黄头发说苹果是早餐配发的,老董每天最看重这个苹果,估计是小时候没吃过苹果。

房间里有股来苏水的味道,窗台上用空罐头瓶养着几头蒜,蒜苗已经揪过一茬,发出来的新苗参差不齐。

看到房间里来了这么多人,老董表情有些怪,把怀里的苹果抱得更紧了,生怕别人抢了去。黄头发说老董眼睛不行,视物不清,但耳朵还可以,大声说话能听到。任多秋大声道:"你好啊,我们来看看你!"

老董点点头,没有回话。

"能听到我说话吗?"任多秋大声说。

老董缓慢地点点头,目光却在赵玉林脸上。

"过去的事还记着吗?"任多秋又问。

老董这回没点头,昏花的眼睛露出惊恐,嘴唇哆嗦着说:"赵大耳朵,赵大耳朵活了。"

赵玉林小声对任多秋说:"'赵大耳朵'是家父的绰号,这家伙是把我当成了死去的父亲。"

"不是我吊死你的,赵大耳朵你别来找我算账,我只是用板凳腿打了你,踢了你几脚。你不该装死,装得忒像了,我和薛六子以为你真死了。"老董进入一种混沌状态,哆哆嗦嗦地说,"也是你该死,我下井拴你脖子时,你也不吭一声,你要是吭一声我就拴你腰了。"

129

赵玉林眼泪哗地下来了,脸部肌肉扭曲着。

"你不是赵大耳朵?你是谁?为啥来吓唬我?"老董睁大了布满玻璃花的眼睛望着赵玉林,嘴角流着一条蚯蚓般的黏涎。

赵玉林没有回应,扭头出去了,任多秋知道,赵玉林担心自己无法控制自己。黄头发有些发愣,不知道发生了什么情况,疑惑地看着任多秋和常寒松。常寒松端起相机,嚓嚓嚓拍了老董几张照片,他觉得眼前这个老人一点也不值得可怜,已经站在地狱门口了还在推卸责任。

"你后悔吗?"任多秋大声问,"你们害死了赵大耳朵,得到了什么?"

"后啥悔?是赵大耳朵该死,我和薛六子在他眼里还不如只耗子,薛六子被他游过街,我让他罚去淘了半年大粪。"

"赵大耳朵为啥要收拾你俩?"任多秋问。

"我俩铲地时在地头下了盘五子棋,叫赵大耳朵抓着了,他得理不饶人。"老董揉了揉眼睛,怀里的苹果掉在了地上,他惊慌地想弯腰去摸,任多秋捡起苹果递给他,他又紧紧地将苹果抱在怀里,接着说,"我常常梦见赵大耳朵来找我算账,罚我没完没了地挑大粪。"

任多秋觉得已经看到了此事的真相。

这时,赵玉林回到屋里,老董嘴唇又开始哆嗦。任多秋问:"你喜欢吃苹果呀?"

"我想吃鱼,吃三池子的老头鱼,"老董说,"他们不给我吃。"

黄头发说,老头鱼在当地稀烂贱,养老院也常买这种鱼,但厨房做了也不能给他吃,怕他喉咙里卡鱼刺,这头瘫驴从小在五大连池池子边蹦跶,到老还惦记着老头鱼,这不是馋,这是找死。黄头发说话好凶,看来对老董讨厌至极。

走出老董满是来苏水味的房间,大家站在院子里,看着院子有一池老韭菜,开满了白色的韭菜花,韭菜池旁边是一口压水井,旁边是半盆待洗的小鱼。任多秋问:"这是什么鱼?怎么从来没见过?"

赵玉林说这就是老头鱼,又叫山胖头,五大连池一带的泡子、沟汊里很多,据说头部有寄生虫,讲究的人很少吃,吃也会把头剁掉。

"一个要死的人,想吃一口老头鱼都实现不了,"任多秋说,"这样活着和死了有什么两样?"

赵玉林长叹一口气道,真希望他不是这个熊样,哪怕年轻一点也好,那样的话自己宁可挨处分也要扑上去捶他一顿,打他个鼻青脸肿。

清晨,去北安的出租车已经来到疗养院,任多秋说:"我们还是去钟灵寺与释老师告个别,你这个朋友很好,像从古代穿越来的士大夫。"本来,出租车可以开上山,一直开到山门前,但任多秋执意要爬台阶。任多秋认为登山要有拜谒之心,不要偷懒节省力气,不仅在药泉山,就是在其他景区,他也反对坐索道,这一点和常寒松很相似,能成为好友,志同道合是前提。

释云心刚刚做完早课,见到两人微微一笑,问:"今日启程吗?"

常寒松点点头:"五大连池是个好地方,本想多住几天,因为急着去下一站,不能久留了。"

"为什么说五大连池是个好地方?"释云心问。

"风景好呀,火山岩溶地貌,世界自然遗产,还有优质矿泉水,最重要的是有一座钟灵寺,梵音美景,令人忘返。"任多秋说了一堆好话。

"您说的都不错,但在我看来五大连池是个随时都有危险的地方。比如这座寺庙,是建在火山口里,这周边十四座山峰尽管山山秀美,但从地质上看都是休眠期活火山,休眠意味着什么? 意味着随时都会苏醒,而醒来的时间大概只有佛祖知道吧。所以人切切不要陶醉于宁静,宁静很多时候都是假象。"

任多秋心里的小得意顿时消失得无影无踪,自己哪里弄明白了真相? 那个老董说的就是真相吗? 忽然他觉得浑身在发热,头和脖子竟然冒出汗来。

告别释云心,两人离开了五大连池。车行至一个叫双泉的村镇,任

131

多秋接到了赵玉林的电话,赵玉林说他昨天用手机录了音,连夜整理出来一份材料,准备寄给有关部门,问任多秋需不需要,若是需要,他可以发来一份。

任多秋手持电话停顿了许久,才说:"还要告有意义吗？为什么不能宽恕一头垂死瘫驴?"

赵玉林沉默了片刻,语气很坚定地说:"宽恕是有底线的,对于那些毫无悔意的人,宽恕便是助纣为虐。"

第十章　锦河

榻上呓语：不知名的野兽在前面的柞树林中咆哮。我拔出匕首，匕首却钝如瓦刀；我掏出手枪，手枪却卡壳无法上膛。我把匕首和枪藏进草丛，准备赤手肉搏的时候，林中的野兽却忽然销声匿迹。农夫死于毒蛇之口，他毕竟是个善良的农夫；屠夫无论装得多么伪善，他还是嗜血的屠夫。

1968 年的锦河还是解放军黑龙江生产建设兵团的一个团，不在地方序列，但老爷子的自传提纲中两次提及该地。一次是到锦河"五七干校"调查毕克功，一次是作为学员在锦河"五七干校"学习劳动六个月。

"五七干校"虽发明于部队，但真正兴起在北地的柳河，锦河不过是复制了柳河的经验。"五七干校"学员成分比较复杂，有轮训的机关干部，有犯了错误的各级领导，有接受改造的专家学者，还有部分下乡知青，老爷子在锦河"五七干校"与前两种身份有关。

锦河境内有一条 U 字形大峡谷，峡谷内山青水碧，草肥树密，一派原生态风光。不得不说，当年"五七干校"选址者颇有审美眼光，把干校选在风景优美的地方，至少会让枯燥的学习劳动生活多些趣味。那些靠边站的领导干部和需要改造的专家学者，到干校来大都带有一种沮丧的情绪，而寄情山水是古人惯用的排遣方式，正所谓佳地可消怨气，美人能化烦恼，那些运交华盖的人在这里耕读些时日，避开你死我活的纷争未尝不是件好事。锦河"五七干校"春夏秋三季最好，冬天却难熬，零下四十摄氏度的严寒、肆虐的大烟泡和成群游荡的野狼，让这

133

里堪称死亡之地。资料显示,附近农场职工冬季因迷路冻毙,或遭逢狼群遇害之事时有发生,这种环境让学员不免产生恍若置身西伯利亚的流放感。

常克勋在 1968 年夏天初次到锦河干校,任务是调查在此学习劳动的毕克功。

仕途顺达的毕克功在 1968 年 4 月遭遇了仕途唯一一次滑铁卢。当时,毕克功已经从地委组织部副部长下派为白河核心区任革委会主任。运动推向高潮时,省革委会主任到白河检查运动开展情况,在听取了毕克功的汇报后,这个主任很不满意,认为毕克功抓运动犯了右倾错误,当场就拿下了雄心勃勃的毕克功。刚刚主政一方、志得意满的毕克功遭此变故,心中苦不堪言,尽管白河地区的领导对他有所保护,但省领导已经定了调子,白河爱莫能助。一撸到底的毕克功被送到锦河干校学习劳动,据说他是带着情绪走的,把他定为右倾他心里不服,毕克功什么错误都可能犯,就是不会犯右倾错误。

毕克功的问题被转到了地区革委会政法组,负责政法组的那位军人拿着毕克功的卷宗往常克勋案头一扔,面无表情地道:"毕克功的事你了解一下吧,他是你战友,你要做做他的思想工作,胳膊是拧不过大腿的,把检查写得深刻一点不吃亏。"这位现役军人的组长是军管会重要成员,他对把毕克功定性为右倾也觉得不对头,毕克功军人出身,工作一向宁左勿右,怎么就成了右倾? 这些情况是常寒松听老爷子说的。老爷子退休后偶尔会和常寒松闲聊,聊得最多的就是毕克功,可见老爷子非常在意毕克功。常寒松还记得老爷子提到毕克功时那复杂的表情,激动而又无奈。"争来争去图什么呢?"老爷子说这话时还没有患阿尔茨海默病,"这个毕克功啊,啥事都要和我争高下,好像命里相克一样。"

老爷子当年在闲谈时还提到过一个叫白猛的小伙子,当时只有十八岁,从兵团抽来负责管理这些"五七"战士,小伙子挺仁义,和老爷子成了忘年交。白猛不仅对老爷子言听计从，还处处照顾老爷子，他悄悄给老爷子的薄褥子下面铺了张狼皮，还给他一条皮裤，老爷子对此心存感激。老爷子在自传提纲里写了这样一句话：

棉裤套皮裤，里面有缘故。

白猛自尊心很强，不会钻营，老爷子当了专员后他也没上门拉关系。但老爷子没忘白猛，与农垦方面过了话，白猛后来担任了农场副场长。

常寒松说："到锦河就找白猛，白猛作为当时的学员管理员，一定熟悉当时情况。"

从白河至锦河，约一个钟头车程，年过半百的出租车司机很热情，说回去打不到车可以给他打电话，他来接他们。任多秋问当地没有出租车吗。司机说，来锦河旅游的大都是回访的老人，一般会带车来。出租车来到锦河居民区中央一个小广场，下车后，任多秋环顾一番周边苍翠的山峦说，锦河过去叫什锦河，可以想象金秋时节这里会多么五彩斑斓、秋色尽染，奇怪的是老爷子在自传提纲中却对锦河风光没有任何溢美之词。

常寒松道："闹心之时再美的景色也会视而不见，在老爷子心里锦河那段日子毕竟不堪回首。"

"是啊，人生低谷，绿水青山也枉然。"任多秋深有同感。

常寒松说："我觉得被流放的人很难超脱，那种人在江湖、心还在庙堂者是做文章给别人看的，其实并不然。"

"也不能这么武断地下结论，诗人郭小川有一首《团泊洼的秋天》就是在静海'五七干校'写的，写得很投入。当然多数人不愿意提及失意之事，像诗人那样激情四射的毕竟是少数，作家丁玲也在北大荒'五七干校'生活过，那段日子好像没有什么大作品，可能再也没有创作

135

《太阳照在桑干河上》的那种激情了。"

白猛属于农场在册老干部,联系并不难。任多秋打通电话说明来意,白猛很热情,说:"你们来了解老常找我就对了,我和他是老铁。这样吧,你们不用来我家,你们不是住农场招待所吗？我马上过去找你们。"

"一听声音就是个热情奔放的老人。"常寒松说,"老爷子看来没走眼。"

白猛步履匆匆地来到两人入住的招待所,手里拎着个黑色文件包,像是来开会一样。白猛戴一顶灰色遮阳帽,面色红润,一件半袖军用夏常服穿在身上,显得十分精神。彼此做了介绍后,白猛到走廊里喊了一声,一个女服务员快步跑过来,白猛让她开一间会议室。女服务员认识白猛,一口一个白场长地叫着,很快就打开了本楼层会议室,并端来泡好的红茶。常寒松想,退下这么多年了说话还管用,可见白猛在当地颇有威信。

在宽敞的会议室落座后,白猛问:"老常还好吧？"

"还好,老爷子说起过您,是您铺的狼皮让他没患上风湿病,据说当时很多干校学员都得了关节炎。"常寒松话里透出感激。

任多秋道:"不瞒您说,老爷子现在身体不是很好,有点魔怔了,惦念着在北地工作过的每一个地方,说要到北地招魂。我们也搞不清他招的魂是什么,就只能来拜访像您这样与他共事过的老同志,了解一下当时详情。"

"人到了晚年都会像老牛一样反刍。"白猛说,"我有时也魔怔,现在的事记不住,过去的事忘不了,老常对我有恩,我常常梦见他。对了,我叫老常你们不会在意吧？当年在干校不允许叫职务,都是直呼学员姓名。"

常寒松道:"这么叫亲切,说明你俩关系不一般。"

任多秋说:"除了老爷子外,我们还想了解一个叫毕克功的,当年被省革委会领导点名打倒的干部,据说老爷子和毕克功当年都归你管。"

白猛摆摆手:"我当年一个毛头小伙子,哪能管得了人家?只是带他们出操、劳动、点点名而已。"

白猛是个很健谈的人,稍加交流之后就开始讲述他眼里的两个大干部。

"老常是个知恩图报的人,我没为他做什么,他当了行署专员还记着我,暗中帮助我,让我既感激又钦佩。我本来想当面去感谢他,怕污了这份友谊的清白就没去,我想'君子之交淡如水'这句话用在老常和我之间再恰当不过了。"

任多秋觉得白猛说得有道理,有些东西保持原生态可能更好,比如人和人最初的交往、对朋友的美好印象,一旦走近了,这种感觉就会异化,路怕远,人怕近。

"老常两度来锦河,第一回时间短,是来调查毕克功的。毕克功在干校接受审查,老常代表军管小组来找他谈话,之前谈了些什么我不清楚,但有一回老常带来的人有事回白河了,谈话必须两人谈,干校就让我来凑数,陪老常和毕克功谈话。

"那一回和毕克功谈了三次,我觉得两人谈话很融洽,像唠家常,不像是审案子。第一次老常问话不多,倒是毕克功话特多,反复解释自己绝不是右倾,说自己是个坚定的革命派,是组织误会了自己。毕克功口才不错,像是给老常上课一样,说起来就滔滔不绝。老常很谦虚,总是耐心听对方每一句话。谈话进行了一个下午,把毕克功送回宿舍后我回来问老常,我说:'这哪里是你找人谈话?明明是人家把你谈了嘛。'老常说:'我和他是老同学、老战友、老同事,他有牢骚不和我发还能和谁发?有些话憋在心里会闹病的,说出来对学习劳动有好处。'

"第二次谈话老常要他端正对组织决定的态度,既然组织已经决定了,指出的问题一定要照单全收才是。毕克功说:'这不实事求是,我认为省领导被蒙蔽了,对白河情况不了解,也不知道我毕克功。'老常说:'克功你别胡乱猜忌,说话要有根据。'毕克功说:'事情是可以推理的,我在锦河晚上睡不着,白天黑夜都在思考一个问题,是谁在害我?我做干部工作得罪的人不少,有诉求达不到目的都会恨我。就说你老常吧,也保不齐会恨我,让你到奇克、卫生局那些条件差、任务重的单位任职,你肯定不会满意,可是站在我的位置上想想看,能端碗吃肉的就那么几把交椅,我无法让每个人都满意。'老常说自己没有因为去奇克和卫生局就心里不满,这样的岗位对自己也是历练。毕克功说:'老常你能力强我知道,你是在战场上见过生死的,也许会轻看这些升迁问题,而有的人不这样,会把这些事看得比天还大。'这次谈话后毕克功接受了老常的建议,向组织写了一份检查,表示正确对待省革委会的处理决定。这份检查由老常直接带回了地区。现在想想看,这份检查是毕克功得以解放的重要因素,所以说人一定能跳龙门,也能钻狗洞,识时务者为俊杰。

"第三次谈话两人谈了些过去的事,说到了格拉秋农场,说到了红花尔基,两人谈得很投机,也都很动情。我印象深的是两人谈到了一个叫蓝水瑶的鄂伦春族姑娘。毕克功说这个姑娘嘴严,豪爽侠义,令人敬佩。老常说:'克功你对她评价不错,当时为啥怀疑她作风有问题呢?'毕克功说:'不是我怀疑,是有群众写信反映,不过我没难为她,因为这件事牵扯到你,我不得不把握好一个度。'老常说写匿名信的人好卑鄙,对一个未婚女子下死手。毕克功说:'老常你不用多说了,我毕克功虽然高度近视但感觉没毛病,我相信自己的第六感觉,只不过没有证据不能瞎说。但我也明白,蓝水瑶这件事如果是真的,也不是你主动,这一点我相信你。'我听两人这次谈话才知道他们之间有过节儿,老常是想通过谈话化掉两人间的隔阂。

"应该说老常做到了,谈话回去不久,毕克功便重新出来工作,当然,那个打倒毕克功的领导先被上级免职。我统计了一下,毕克功是干校恢复职务最快的一个,其中很重要的原因在于调查他的人是老常。

"毕克功这个人做事很古怪,他接到回白河的通知后,从宿舍拎出一个麻袋,里面鼓鼓囊囊不知装了些什么,独自来到院外的垃圾沟,像扔掉一头死猪一样把麻袋扔到了沟里。这一幕恰好被我遇见,我就说:'老毕你这是扔什么呀?'老毕说都是在这里用过的旧东西,拖鞋、茶缸、洗脸盆,还有牙刷、毛巾和香皂盒。我说扔掉有点可惜,都能用的。老毕不这么看,说他不想留下任何关于锦河的记忆,因为锦河代表着耻辱,代表着自己的滑铁卢。老毕并没有防备我这个小伙子,如果在别的学员或老师面前,他不会说这些话,这些话在当时有严重的政治问题。老毕信任我,因为在他眼里我就是个不谙世事的小伙子,加之老常和他谈话我在场,和我也就近了些。老毕这个人干活不行,违反劳动纪律情况时有发生。学员到黄豆地拔稗草,他竟然连草带苗一起拔,我指出他的问题,他说自己高度近视,胜任不了拔草任务。为了照顾他,我就派他到伙房给炊事员打下手。老毕走的时候我去车站送他,我帮他背着打好的行李,拎着一个军用书包。长途客车停下时,上车前他把行李塞给我,说:'小白你留着这套被子吧,被子是新里新面新棉花,锦河冬季湿冷,多盖条被子没坏处。'不容我说话老毕就上了车,也没和我握手就走了。我望着远去的客车心里还纳闷,老毕丢下了行李回去盖什么?现在想想挺可笑的,人家那么大个干部还差床被子吗?被子在那个时候是贵重物品,老毕能送给我,算得上是一份厚礼。我把被子背回来交给了校领导,校领导专门开会研究,把这床被子给了干校收发室的老大爷,因为收发室没有被子,只有一件军用棉大衣。

"生活有时像变戏法一样,老毕和老常两人你方唱罢我登场,老毕回去,到了秋天老常就来了。老常来干校的原因是有人写信向省里反映他的情况,其中就涉及来锦河'五七干校'调查干部不讲原则。信怎么写的不知道,但反映的问题很清楚,我听干校领导私下说,这封信署名毕克功,我当时就蒙了,老毕怎么能这么做呢?老常待你不薄呀,我接待过很多来干校谈话的专案组,吹胡子瞪眼,简直就是审讯呀,哪里有老常这样心平气和唠家常的? 由此,我就觉得老毕这个人挺复杂,怎么能写信告帮助自己的人呢? 你被撤职不是老常撤的,但你官复原职是老常帮的忙,这不是恩将仇报吗? 当然,老毕写信这件事是传言,也许是别人冒名,至少老常来锦河学习劳动时没有提这事。

"老常来学习并没看出多么沮丧。他见到我,第一句就说:'这下好了,你可以教我下猎套了。'老常上次来我俩交流过,知道我有下猎套逮兔子的本事,就想和我学一手。我说:'好呀,等山上下了雪我带你进山套兔子。'说来也巧,下半年老常那个班正好由我来带,我几乎天天和老常在一起。我们一起探讨如何下猎套,老常极聪明,对我下的猎套在材料上做了改进,发明了钢丝套,这种猎套不能套大动物,只能套兔子。我说套狍子多过瘾,十只兔子不抵一只狍子,但老常不让我套狍子,什么原因他也没说。

"在琢磨猎套这件事上老常给我讲了一个道理,让我受益终生。老常说人生就是个不断设套、被套和解套的过程,谁都是猎物,谁也都在狩猎,能解套的人才是聪明人,那些被套牢最终勒死的人,是脑子不会拐弯。老常说一个人想躲清净不成,世上根本就没有清净的地方,你不去打猎,自己就会成为猎物,无辜中枪的人数不胜数,所以说,不要在设套、被套上伤脑筋,功夫应该下在解套上,能及时解套的人才会保护自己。"

常寒松觉得很新鲜,老爷子从来没有对他说起这套理论。

白猛接着说:"老常是个智慧之人,他仕途通达、官至正部也许正是善于解套的原因。

"老常在锦河六个月,我印象深的有几件事,想忘也忘不掉。一件是改进了干校的学习。当时学员都有写大批判稿的硬任务,每周要把作业贴在学习园地里,但很多学员是工农干部出身,文化水平低,宁可去铲一垄地,也不愿写一页纸。老常就提了个建议,到建设兵团一师请部队文化教员来给学员上写作课。干校领导觉得这个办法好，就委托老常去联系，老常和部队熟，一办就成。写作课受到学员欢迎，加上授课者是解放军，想反对的人也不敢提意见。写作课开讲了十多次，学员写东西就上道儿了。

"另一件是老常向学校建议，学习南泥湾自己动手丰衣足食，组建一个狩猎小组，上山打猎来改善食堂伙食。狩猎小组由我当队长，他和一个姓高的学员当队员，专门上山逮兔子。狩猎方式是下猎套，不用枪，锦河靠近边境，武器管理严，再说学员成分复杂，不敢发武器。老高是临江县公安局的，因为被群众揭发有历史问题，正在接受专案组调查，派他来干校有点调虎离山的意思。老常带上老高，主要考虑他是干公安的，又参加抗联打过仗，有山林战斗经验。入冬后，我们三人就进山下套，然后每天早晨去遛套，那个时候山上东西多，每天都会用爬犁拉回几十只野兔，冬季食堂里的兔子肉变着花样吃。很多年以后，还有人念叨这个狩猎小组的故事。狩猎小组打的兔肉给食堂，兔皮都卖给了当地供销社。我毕竟管点事，看到很多学员都得了关节炎，就留了兔皮让我娘缝了条皮裤给老常穿上，还把家里的一整张狼皮给他铺在褥子底下，这件事只有我和老常知道，其他学员不知情。

"我们这个小组后来出了差池，问题在老高身上。老高在县公安局当副职，虽然干公安，胆子却不大。他知道老常在地区军管会政法组，对专案工作有经验，就向老常说了自己的事，问会是个什么结果。老高当年在抗联第三路军第三支队，主要活动在朝阳山一带，离伪满克山县城比较近。克山是日本人吹嘘的伪满洲国'模范县'，三路军指挥部就决定寻机攻打克山县，灭灭小鬼子的气焰。为了实施这一计划，年轻的老高受部队领导指派打入了克山县公署，摸清了县城里的情况。抗联三支队、九支队根据老高的情报制订了偷袭克山县城的计划，并在当年9月25日实施了偷袭并取得大捷。偷袭成功后老高按原定计划留在了县公署，并没有归队，目的是继续刺探情报。这个打入敌人内部的计划只有支队的两个主要领导知情，新中国成立后老高进入公安局，一切顺理成章。谁知这次运动深挖，有人把他在伪满县公署当差的事给挖了出来。能做证的两个领导一个已经牺牲，另一个姓陈的当了省领导，本来可以做证，但这位陈姓省领导也给关进了'牛棚'。老常听了老高的情况后说：'如果没有有效证言，你这事会很麻烦，因为伪满警署职员名册、档案里都有你，这是板上钉钉的事。'老高说那结果会怎样，老常说就看能不能挖出与他有关的血债来。老高说克山是伪满'模范县'，铁杆汉奸多，杀害爱国抗日人士也多，如果硬联系，怕是说不清楚。老常说：'这事只能看那位省领导了。他要是没事，你的问题就大不了；他要是自身难保，你就后果难料。'老高说那位省领导运动一来就进去了，肯定不会有好结果。老常劝他说，政治上的事要有耐心，不能急。

　　"谁也没想到老高会出问题，按理说他参加过抗联，做过地下斗争，又是县公安局领导，心理承受能力应该很强，但他听了老常的分析后思想有了压力，竟然砸开刚刚封冻的石金河自尽了。那天晚上下着清雪，学员都在文化室看电影版的新闻简报，然后看一部黑白片子，好像是一部阿尔巴尼亚影片，刚看上老高就找我请假，说他跑肚子要去厕所，然后回去躺一会儿。我同意了，看着他捂着肚子出去了。电影散场后发现宿舍里没有老高，大家出来找，见雪地上有脚印通向农具房，然后再通向干校东门，一直到平时打水的石金河。在河边，发现了一件棉袄、一把镐头，河面上有个锅盖大的冰窟窿。大家这才觉得不好，老高一定寻短见了。

　　"这件事让老常心情很坏，他认为是自己的分析吓坏了老高，才导致老高投河自杀。老高跳河后，因为河水寒冷，无法砸开冰面打捞尸体，人就只能在冰面下泡着。干校领导分析，以石金河的水流判断，老高的尸体应该被冲到大峡谷拐弯处才会淤住，决定明年开春再找。老常私下对我说：'老高是冤枉的，老高对抗日、对民族是有贡献的，我俩

142

给他立个衣冠冢吧。'冬天刨坑很费力气，我和老常悄悄将垃圾桶里那件棉袄找出来，在老高跳河的河边刨出一个不到两尺深的树坑，将那件黄棉袄埋了，为了有个记号，老常到河边找了块黑色大石头压在坟上。"

任多秋插话："还能找到这座衣冠冢吗？如果能找到，寒松你可以拍张照片。"

白猛摇摇头："半个世纪了，石金河今非昔比，已经成了旅游区，哪里会留个小坟包？

"老常在干校遇到一个难缠的人——老袁。老袁是搞过勘探的科级干部，四十多岁，额上三道抬头纹像刀刻的一样醒目。此人疑心重，看什么总拧着眉头，好像别人都欠他的钱。老高出事后，老袁向干校领导反映，说这件事不那么简单，应该深挖。领导问他深挖什么，冰窟窿就在河面上，难道这数九寒天还要派人下去捞人？老袁说这件事很可能是个阴谋，问题就出在狩猎小组上，他认为是狩猎小组利用上山下套的便利摸清了出逃苏修的路线，然后再利用全干校组织看电影的机会，去河面上砸了个冰窟窿，给人一个跳河自杀的假象，事实上老高已经从林子里跑了，跑到了对岸。

"干校领导被老袁的分析惊呆了，如果真是这样，三人狩猎小组就是一个反革命集团了。干校领导找我谈话，问老高上山狩猎时有没有逃跑迹象。我说老高虽然干公安，但胆子不大，他会往哪儿跑？学校领导还是信任我的，我根正苗红，18岁入党，前途一片光明，总不会干傻事吧？干校领导说了老袁反映的问题，我说我问问老常，他是政法组的，对这种事情有经验，看他怎么说。领导说：'你自己别找，我们一起找老常谈谈。'

"谈话那天气氛挺严肃，干校领导、保卫科长和我坐在会议室一边，老常自己坐一边。干校领导开门见山，问老高狩猎期间有没有反常言行，是不是有出逃苏修的迹象。老常很淡定，说老高提过自己在抗联时打入敌人内部的事，他很苦恼，因为能证明他身份的那位领导被打成

143

了历史反革命,一直在'牛棚'里,即使做了证也不管用,这种情况落到谁头上都会想不开,就像一个人掉进井里,唯一可以抓住的绳子又被抽了上去,落井的人不苦恼才是怪事。领导又问,怎么看老袁的怀疑。老常的回答让我感到意外,他说老袁的怀疑可以理解,老袁是搞勘探的,勘探需要用锤子把一块好石头敲碎了来分析,在老袁眼里,石头不是石头,是铁矿、铜矿或锰矿。老袁看老高的死也是这样,老高的死说明他是罪人、叛徒、特务,这三种人会简单地投河吗?当然不会,那么就只有一种可能:逃跑。往哪里跑?只能是对岸。所以说老袁是活在怀疑一切的逻辑里,他不怀疑才不正常。

"老常这段话我当时体会不深,后来我也做了领导,才觉得这话简直是真理。在一个单位里,那些总是怀疑别人搞小圈子的人,其实自己正是小圈子的获益者,所以他们懂得小圈子的厉害,而那些蒙在鼓里的人根本就不知道小圈子为何物。他们总是用怀疑而不是信任的眼光对待同事,得出的结论必然是洪洞县里没好人。"

任多秋问:"这个老袁为什么和老爷子过不去呢?他们之间有矛盾?"

"两人根本不搭界。"白猛说,"老袁认为三人狩猎小组这个团队本身就有问题,他是搞勘探的,进山狩猎应该非他莫属,但偏偏小组里没有他。老常说得对,老袁有怀疑的理由,他主动向干校领导反映情况是一种政治责任,当时干校也要求学员要有上纲上线意识,相互检举揭发,包括生活上的琐事。老袁向学校反映情况后,我和老袁交谈过一次。那是一场大雪过后,学员出来扫雪,清扫结束往回走的时候,走在后面的老袁脚下一滑,一腚坐在地上,我听到声音回头把他扶起来。没想到老袁说:'你年轻,别上当。'我说啥事别上当。老袁说:'就是老高的事,老高失踪是个大阴谋,骗得过别人却骗不了我,我连石头都能看穿,还看不透他们那层皮肉?'我说:'老袁你疑心太重,我和老常凭啥要帮老高逃跑?你这样胡乱猜疑是要出大问题的。'老袁表情古怪地看了我一眼然后说:'老高演技太假,那天从早到晚都吃的高粱米饭就咸菜疙瘩,没啥油水,大伙都便秘,怎么老高会拉稀?再说了,哪有跳河自尽把棉袄脱下来的?光着身子走不吉利,这个举动更值得怀疑。'我把老袁的话告诉老常,老常半天没出声,也许他觉得老袁的话不值得评论,他这样说:'老高干公安可惜,老袁不干公安可惜,他俩要是换换位置就好了。'

"老袁这个人挺不幸的,学习班结束后,回去没有得到安置,全家被下放到一个叫坤河的地方,不会喝酒的他开始饮酒,而且逢酒必醉,醉了就提着把羊角锤上山,东敲西砸,然后背一筐碎石头回家,他家的院子里堆满了碎石头,弄得像碎石场一样。再后来,他酒后进山,失足从石崖上摔下去伤重不治。老袁属于政策性下放,没有定性错误,后来也就没有平反问题。

"不过,后来发生的事情却证明老袁的怀疑是正确的。因为老高根本没跳冰窟窿,他使了个障眼法,故意在平时汲水的薄冰处刨出冰窟窿,然后丢下棉袄,从山林里拿出早就藏好的皮袄,穿越人迹罕见的密林去了黑龙江对岸。老高抗联时在远东受过训,会说俄语,偷渡成功后就在对岸住了下来。改革开放之后,对当初那些在特殊时代虽然偷渡却没有严重损害国家利益的人,政府不再追究,在海参崴做边贸生意的老高得以回乡探亲。据说老高回来后特别想见老常,传话过去,老常传回话说工作忙,没时间见面。"

"如果老高不走会怎么样?"常寒松关心的是老高冒险偷渡值不值,据他所知,能证明老高身份的那位省领导后来不仅官复原职,而且还当了省长。

"不走的话后果难以预料,十有八九会以混进革命队伍中的历史反革命遭到判决,因为伪满克山县公署残害了大批抗日志士,不会放过一个漏网分子。那位能证明老高身份的省领导 1976 年才从监狱出来,等那个时候做证只能证明个名分了。

"老高跳河自尽的事通报给他所在单位,他们单位正要来干校带人,说审查已经有了结论,可见老高走得恰是当口。"

"老爷子在干校的这段经历的确复杂,"任多秋说,"老高的事太危险了,很容易被追究责任,现在想想都后怕。那么,您认为老爷子对老高的偷渡是不是知情?真是老高骗了他?"

"我说不好。"白猛摇摇头,"到底怎么回事,恐怕只能问当事人,而有时候当事人也不一定说实话。后来我倒是见到了老高,估计是怀旧吧,他回锦河到干校参观。那时兵团建制取消了,我在农场当副场长,老高特意来见我,还给我带了一件俄罗斯呢子军大衣。我见到老高觉得自己像做梦一样,没想到这个跳冰窟窿的人会活过来。老高没有多说逃跑的经过,只是感谢我组建了狩猎小组,让他了解了地形和路线。我说:'我们都看错你了,包括老常也被你糊弄了,我和老常还在石金河边给你埋了个衣冠冢呢。'老高提出非要到河边去看看,我就陪他去了。那个时候还没有大面积搞开发,石金河一带依然保持原貌,我费了很大劲才找到那块压坟的黑色圆石头。我觉得老常办事就是有长远眼光,当初他要不是从河边选一块黑色圆石头上来,这个衣冠冢是无法找到的,因为坟包已经不在,到处长满野草。老高说他相信自己当年的把戏瞒不过老常,但老常装作不知道。"

"只是可惜了那个老袁。"常寒松心里觉得惋惜。

任多秋问:"毕克功回来过吗?"

"没有,"白猛说,"毕克功是个很决绝的人,从不婆婆妈妈,原则在他手上就是新磨的铡刀,甚至可以砍自己。我原来想,老常在干校参加学习班,复出的毕克功会来看看,他的复出毕竟有老常的一份功劳,而且老常因为他的事受到了牵连,但他没有来。我问过老常毕克功会不会来,老常说老毕这个人只能大踏步朝前走,不会回头看。"

任多秋又问:"您说如果老爷子此地有魂,这个魂应该依托何处何物?"

"石金河，"白猛毫不犹豫地说，"就是石金河拐出 U 形的那个大峡谷。"

"为什么会是那里？"任多秋和常寒松几乎同时问。

"当年我们进山下套、遛套，每次都到大峡谷，老常站在高处望着峡谷出神，有一次我就问他为什么总看这个地方，不就是个簸箕湾吗？老常说：'人之善在曲，河之美在湾，流直不成河，耿直临祸端。'老常这四句话我记得很清楚，每次琢磨都有些不同体会。我想他若有魂留在锦河，肯定就在那道湾上。"

"我们这就去拍照，"常寒松说，"您的话让我想到了延川黄河的乾坤湾。"

任多秋说："我们先去'五七干校'原址看看，看看老爷子当年住过的宿舍还在不在。"

白猛摇摇头："别去了，那个院子卖给了私人，现在是一家养貂场，味大。"

第十一章　双河

榻上呓语:我看到一群乌鸦在聒噪锦鸡,乌鸦尽管比锦鸡聪明,但永远没有锦鸡美丽。去拿生命与一根木头比长短的人是自私的,好比用算盘去核算人生价值,三下五除二,除掉的往往是道义。

双河是个村,在省级地图上连个小黑点都不是,然而老爷子在自传提纲里却足足写了一个自然段,原因是这里淹死了一个知青,一个曾经影响无数青少年的好知青。

在那段文字中老爷子引用了一句伟人的话:现代的命运,取决于青年人崇高而奔放的激情。任多秋在这句话下面画了道波浪线,是啊,一旦青年人失去激情,时代会多么悲催! 青年人没了血性,社会就会阳痿。

常寒松说:"去双河,除了长眠在那里的知青烈士,再没有可以联系的人了,老爷子的提纲里没有其他线索。"

任多秋道:"去拜谒一下知青烈士墓也好,研究死者比研究活人往往更接近真相,因为活人会表演,而死人是客观的,无法伪饰,也不会表演,死亡让一切有了定论。"

常寒松问:"研究死者对于给老爷子招魂有什么意义呢? 死人身上难道会有老爷子活的灵魂?"

任多秋道:"古人讲慎终追远,研究死人归根结底还是为了活人。"

"有道理,"常寒松说,"老爷子难忘这个地方自然会有原因。"

双河之所以得名,是因为它地处逊河与沾河交汇处。逊河和沾河在枯水期像森林中两条慵懒的巨蟒,懒得扭动一下身子;汛期来临,两条巨蟒就会性情大变,顷刻间成了狂躁的蛟龙,在山林中撒野翻滚,所经之处,浊浪滔天。老爷子提到的烈士就是被这条狂躁的蛟龙所吞噬。死者是一位上海下乡知青,来双河时间不长,因跳进洪水抢救被冲走的电线杆不幸遇难。知青的名字叫徐华,是个才华横溢的热心青年。

老爷子在自传提纲里提到,在宣传徐华问题上他与主管宣传工作的毕克功观点相左。他的观点是适度,不搞无边界的上纲上线,因为徐华从大城市到边疆时间很短,缺少事迹细节可挖。毕克功却不这么看,认为这个典型有很重要的时代意义,必须大张旗鼓地宣传,要由县到地,由地到省,由省到全国,树起一面鲜红的旗帜来。老爷子认为烈士肯定是英雄,但即使宣传英雄也不能把话说过头,一过头容易假,不能利用牺牲来获益。老爷子在自传提纲中提出了一个疑问:徐华牺牲,谁最获益?这句话说明老爷子当时已经在思考后续问题,这也是双河之行任多秋想深入了解的问题。

绿野中的双河宁静安详,走进这个阳光照耀的村庄,你想不到这里曾经发生过的喧嚣与洪流。农家杖子上爬满的豆角秧尚有紫色的小花在静静地开着,向日葵已经结籽,花瓣变得枯萎。路旁有一棵长蔓倭瓜结了很大一只瓜,瓜呈金黄色,像只蜷缩在叶子下的肥硕橘猫。瓜秧周围是成片的龙葵和一丈红,龙葵已经成熟,一串串果实如黑玛瑙般诱人。

任多秋对司机说直接去徐华烈士墓。

出租车司机是个年轻人,戴一顶白色棒球帽,说话北地口音极重。他不知道徐华是谁,更不知道徐华墓在何处,便打开导航,输入目的地后跟着林志玲的声音走。走了一段,任多秋发现不对,汽车怎么开始走回头路?他让司机停车,自己下车去问路旁一个放鸭子的老农。老农听说要找徐华墓,表情木然地说那个知青淹死后就埋在河边朝阳的山坡上,大概1995年前后迁走了。任多秋问:"原来的墓平掉了?"老农说:"平是平了,不过不知谁又给堆起来了,最近听说当年跟徐华一起下乡的一个女知青答应出钱重修,看来还是女人重情分。"老农说完,目光转向草甸子里的鸭群,鸭群里有几百只鸭,看上去像一片棉花田。

任多秋问老农是否认识当年的徐华。老农说认识,挺仁义的一个小伙子,可惜了。任多秋又问村里人是不是还常提起他,老农说岁数大的还能记得,年轻人大都出去了,留在村里的也不会关心这些事,和他们说也不会理解。现在别说几根电线杆,就是保险柜叫大水冲跑也不会有人再下水去救了,生命是第一位的,下水送命那不是傻子吗?任多秋心里一颤,老农的话虽糙,却说在了要害上。

任多秋问村里谁能介绍一下当年下乡知青的情况。老农说大勺和国梅。大勺当年在知青点做饭,算个厨子;国梅嗓子好,被选到大队宣传队,整天和知青在一起唱歌跳舞。老农很热情,指点了大勺和国梅两家住处后,才赶着鸭子转场去了河边。常寒松端起相机,抓拍了几张老农牧鸭的照片。蓝天白云之下,满目碧绿的草甸,一群雪白的红嘴鸭,一个戴着草帽的老汉,这情景极富田园情调。

两人决定让出租车在村口等候,他们先去墓地,然后回村再找大勺和国梅。

根据老农的指点,两人来到河边朝阳的那块坡地。爬至半坡处,果然看到了一块墓地,两人很惊诧,这哪里是一处烈士墓!水泥墓碑上的字已经脱落不清,平塌塌的坟包被杂草覆盖,周围几棵碗口粗的山榆树正害着炭疽病,许多树叶成了白网状,不远处几只乌鸦在草地里觅食,也不怕人,不时叫上几声。这是一盏无人打理的荒冢,可见今年清明无人祭扫,连个花圈的骨架都没有。常寒松拍了一张照片,对神情黯淡的任多秋说:"别伤感了,这是残坟遗址,真正的烈士墓不是迁到县城烈士陵园了吗?"

任多秋摇摇头:"这里毕竟是徐华殒命之处,如果人真有灵魂的话,徐华的魂应该在这一带游荡,这处墓地才是英魂的归宿。"

常寒松没想到眼前这个理论大家经过几天北地之行竟变得多愁善

感起来，便安慰说："不是有女知青答应出资重修墓地了吗？也许明年这里就会改观。"

任多秋心里却在想，徐华是当年一面旗帜，尽管时过境迁，但坐标意义还在，如此被遗忘，受伤的肯定不会是徐华，这也难怪为什么年轻人视下水抢救电线杆的人是傻子了。他似乎明白老爷子为什么不同意毕克功刻意拔高宣传的做法，老爷子一定预料到了盛宴之后人们面对的将是什么。

从山坡下来，有条土路直通村子，根据牧鸭老农的指点，两人先找到了国梅家。国梅家是三间红砖瓦房，院子很大，不下两亩地，种着各种菜蔬，最多的是毛葱，成垄栽种，绿油油的，长势喜人。国梅头发花白，皮肤黑红，身材有些发福，正在院子里捣大酱。她左手扶着酱缸，右手提着酱杵躬身一下一下捣着，像蒙古族女人捣制奶酪。任多秋打了个招呼，说："您就是国梅吧，我们是从北京来的记者，想采访一下您，好吗？"国梅停下手，酱杵子也不拔，用一块白布罩住酱缸，然后用毛巾擦擦手道："哦，稀客，屋里坐。"

国梅家收拾得很利索，地面铺着乳白色防滑地砖，墙壁刮了大白，火炕上铺着白色的地板革，进到屋内，像进入石灰窑一样四周一片白。正面墙壁上挂着两个大镜框，镜框里镶着一些大大小小的照片，有黑白照，也有彩照。

两人坐下，国梅倒了两杯开水放到炕沿上，笑眯眯地道："来找我的都是为了徐华，你们也是，对吧？"

任多秋点点头，真是个聪明的女人："是啊，如果没有徐华，京城的人跑到这里来干什么？"国梅拖过条板凳在两人对面坐下，敛起笑容说："不过这些年没人来了，不像一开始，那些城市里的记者像下雪天的苏雀儿一样，天天围着我，渐渐地就越来越稀，再后来，就像被拧死的水龙头，断流儿了。"

"看来您很有与媒体打交道的经验呀，"任多秋说，"很多人晕镜头、晕话筒、晕录音笔,您不是,一看就见过世面。"

国梅挥手在脸前拂了拂,像要驱散烟雾一样,微笑着道:"不瞒你们说,我儿子就是记者,大学毕业去了一家电视台。我对他选择这个职业不感冒,说最好别当记者,妈见过许多记者,你和他们说一箩筐,他们只用里面两根葱。儿子不听我的,说他不是要笔杆子的记者,他是扛摄像机录的,摄像机拍的东西再怎么剪也是原样,最大的出入就是美颜一下。儿子大了不由娘,他要干就干吧,我就告诉他一句话——别忽悠人就行。"

任多秋和常寒松互看了一眼,心想,国梅为什么对记者如此有成见?难道有记者得罪过她?常寒松说:"记者是个庞大的群体,不排除有的记者会投机取巧,您是不是和个别记者有过节儿?"

"那倒不是,记者喜欢按着自己的套路走,不管你咋说都会着他们的道儿。"国梅说,"徐华牺牲后,就有记者来写文章,我实话实说,他们却不感兴趣,非要按照他们的门道儿去写,登到报纸上我一看,哪里有这么回事?这不是胡编乱造吗?有记者就嘱咐我:'国梅同志,以后你就按照报纸上写的说。'我觉得挺对不起徐华的,人家徐华是个好小伙,人和蔼,对人态度也好,我会识乐谱就是徐华教的。徐华到双河不久就组建了宣传队,他到县里买回乐器,组织年轻人排练节目。徐华唱歌也地道,绵绵的,有韵味,同样的歌经他一唱特受听。那批知青来到双河把当地青年人的卫生习惯改变了,年轻人开始刷牙,夏天不再光膀子,村子里有了歌声,这些都是实实在在的。可是有些记者对这些不满意,非要弄些大帽子给徐华戴,大帽子戴多了,连我们这些屯子人都不认识徐华了。"

国梅不愧在宣传队待过,说话字正腔圆,任多秋不时跟着点头。

见国梅停下来喝水,任多秋问:"您说徐华这个榜样当年树错了吗?"

"谁说树错了?不错,不树这样的榜样树啥榜样?不瞒你们说,我现在晚上做梦还常常梦到徐华,梦见他在大队部里用笛子演奏那首《天上布满星》,那首歌挺悲凉的,我却听出了甜味来。我听得入迷,醒来的时候枕头就湿了。我就对老伴说我梦到徐华了,梦到他吹笛子。老伴也认识徐华,说:‘这是徐华对你有意见,谁让你对那些记者胡诌八扯了,不说人话。’我就觉得委屈,那些话不是我想说的,都是人家编好了来借我这张嘴,我也没办法。老伴说:‘你找个日子去给徐华上上坟,对他叨咕叨咕。’我觉得老伴说得有点道理,每年农历八月十五这天,我就去给徐华坟前摆几个豆包叨咕叨咕。我记得徐华说过他老家是慈溪的,那里的黏糕特好吃,我说咱这黏豆包也好吃,徐华就说:‘等秋天有黏豆包了,我就吃一盖帘。’谁知道,大黄米和饭豆子还没下来徐华却走了。农历八月十五是徐华走的日子,我每年买回月份牌就会把这一张折起来,怕给忘了。”

任多秋眼眶有些湿润,国梅的讲述饱含一种朴素的感情,可见徐华对她的影响有多么深。

国梅接着说:“我对记者有意见,是他们把徐华写得不像徐华了,他们写的徐华和我心里的徐华不是一个人。就像这位老师照相,明明拍的是马,洗出来却是一头骆驼,这怎么行呢?”

常寒松点点头:“现在摄影软件也有这种功能,不过内行一看就能看出来,骗骗外行还可以。”

“为啥要骗别人呢?该是啥就是啥多好。徐华水性好,他没想到自己会淹死,看到电线杆被冲走,跳下去想往岸边推,别人喊危险,他说自己水性好没问题,就这么简单。当时跳下水的还有几个人。谁想到那天水太急,又有旋涡,徐华就被卷走了。徐华热爱集体,愿意做好事,看着电线杆冲走不去管那就不是徐华了。村里有一个姓马的五保户,家里烟熏火燎、屎尿味、酸臭味直呛鼻子,徐华带着几个知青花了好几天工夫才将马家里外打扫干净。徐华还经常到村里一个姓张的孤寡老人家陪老太太唠嗑。这样的人心善、人好、乐和,做人做成这样就够了,别整些花里胡哨的高帽子戴,那么戴帽子,好人也成小丑了。"

任多秋觉得眼前这个农村妇女看问题是条直线,喜欢什么、反感什么表达得相当清楚。徐华是个好人,这就足够了,宣传一个好人没有谁会质疑,如果在脸上涂上过多油彩,好人也会变成演戏的。

任多秋问:"这些年徐华似乎被遗忘了,刚才我们去瞻仰了徐华烈士墓,那里杂草丛生挺荒凉的,您怎么看?"

"这是没法子的事,不是有那么一首歌吗?我们在宣传队排练过表演唱:'公社是棵常青藤,社员都是藤上的瓜,瓜儿连着藤,藤儿牵着瓜,藤儿越肥瓜越甜,藤儿越壮瓜越大。'你想想,徐华好比是公社这根藤上结的瓜,藤没有了,瓜怎么会存在?现在村民都单干,有空闲就外出打工赚钱,没谁去想与己无关的事。"

任多秋感到奇怪,国梅的想法十分接近老爷子在自传提纲中的观点,便问她宣传队结束后是不是参加了工作,后来都做什么营生。国梅说,70年代她一直做民办教师教音乐,后来因为没学历被辞退了,回家后就种毛葱,院子里种,责任田里也种,靠种毛葱有了积蓄。现在日子吃穿不愁,就是觉得没意思,村里越来越没人气,等这茬人不在了,村子估计就黄了。

国梅的话里流露出一种深深的无奈,能看出她对这个村子是有感情的,面对乡村凋敝的大趋势,一个村妇除了叹息也别无选择。

任多秋想和国梅合张影,常寒松提议到院子里照,用那只酱缸做道具,酱缸太有生活气息了。国梅微微笑了,说这位老师会说话,是的,对于老百姓来说,酱香是世上最诱人的香味,只要有大酱可蘸,日子就有滋味。

任多秋说还想去见见大勺。国梅说:"我送你们过去吧,大勺有糖尿病,行动不方便,但脑子还没变成糖稀。你们今年来对了,村医说他来日不多,估计明年他就去那边给徐华做饭了。"国梅这玩笑开得有点过,但这也看出她与大勺关系很到位。

国梅引两人来到大勺家。大勺家院子也很大，杖子有些参差不齐，院子里几乎全种的土豆，满院紫色的土豆花开得正旺。大勺在炕上独自用扑克"摆别扭"，样子很投入，来人都站在里屋门口了他也没发现。"摆别扭"是扑克牌一个人的玩法，能接龙摆开说明运气好，接不上摆不开说明诸事不顺，很多北地人喜欢这种游戏。大勺恰好摆开一局，哈哈傻笑中发现国梅带人站在门口，便张开缺了两颗门牙的厚唇说："国梅啊，快进来坐。这俩谁呀？"

国梅做了介绍，嘱咐道："人家是记者，别慢待。"然后便说要急着回去捣酱，说酱里好像长了白菌。大勺说，生白菌的酱鲜，白菌不是坏东西。

国梅走后，两人在炕沿坐下，大勺推过烟笸箩说："好多年没见记者了，上次见记者好像是1995年呢。"

任多秋接着话问："上次记者问您什么了？"

大勺道："我是个厨子，当然问我徐华吃喝上的事，我讲了那么多，也没见哪张报纸登出来，看来记者也会泡人。"

"您当年给徐华做饭？"任多秋问。

"不是给徐华一人，是给三十二个知青做饭，他们都是些中学生，馒头不会蒸，面条不会擀，只会熬大糨子，大队就让我给青年点做饭，记整劳力工分。我做饭知青们爱吃，我能粗粮细作，知青们对我老好了。"

"徐华很讲究吃吗？"任多秋找到一条线索。

"有啥讲究的？他特勤快，我做饭时他没事就来帮厨，坐在灶坑边烧火，给我讲杭邦菜，讲小海鲜，很多菜名我是第一次听说。知青当中我俩接触最多，也是最要好的朋友。徐华牺牲最难过的是我，我悄悄跑到河边转悠了好几回，真希望能在蒲草窠里找到他。当然国梅也难过，国梅喜欢徐华却不敢说，她给徐华送一碗都柿还让我帮忙。徐华牺牲后第十三天，遗体才被找到，那天天上炸了个响雷，徐华尸体就在江边浮上来了。徐华活不见人死不见尸那些天，我顿顿给他留饭、热饭，就是想

155

他若活着回来好吃上口热饭。"大勺有点动情,用衣袖擦了擦眼角。

"你和徐华是好朋友,你应该知道徐华最大的长处是什么。"

"当然知道,徐华最听话,听上级的话,读到报纸上的一篇文章就能激动得睡不着。现在看好像有点一根筋,报上的东西也是人写的,有些人整天瞎写,长没长心都不知道,有啥可激动的?可是那时候不行,那时候没电视、电脑、没手机,家里连电灯都没有,就是收音机里一个调调儿,再就是邮局一星期送三回报纸,不信报上的文章信啥?我觉得吧,徐华真像一张白纸,写啥是啥,谁先写就属于谁。"

这是一个奇怪的比喻,但很有新意。任多秋想,现存的材料的确可以证明徐华可塑性很强,他若活着,发展前途一定不可限量。

"你们之间有没有办过比较具体的事情?大队其他人机会可能不多,徐华从来双河到牺牲毕竟只有短短几个月。"任多秋总想把话题具体一些,他深知调研的口诀:一具体,就深入。

"我俩上山采过一回猴头,是我出的主意。当时有个女知青不服水土,胃肠不舒服,我就对徐华说有个偏方,猴头菇可以治胃肠病。徐华就陪我进山去采。我俩是上午去的,采到了好几对猴头。猴头这东西怪,都是成双成对地生长,你发现一个,在它对面不远的树上肯定有另一个。我们在找最后一对猴头时耽误了时间,等回来时快到开午饭时间了,大家都是年轻人,肚子里没油水,看到灶冷锅凉便开始叽叽喳喳发议论。徐华召集大家说明情况,并把责任揽到自己身上,那个胃肠不好的女知青当时就哭了,大家又开始对我恢复了笑脸。

"还有一次,食堂买了十个鸡蛋,原本想做蛋花汤,却被徐华拿走了三个。我上厕所回来远远看到了,他和另外三个知青从食堂出来,还四下张望。他们走后,我回食堂一看,发现少了三个鸡蛋,我就想,真是知人知面不知心啊,徐华怎么能干这种事?但我不想把这件事说破,徐华是知青的头头儿,总该给他留点面子。我坐在门槛上抽烟,不一会儿徐华回来了,对我说:'大勺呀,晚上做蛋花汤?'我没吭声,心想鸡蛋少了三个,做出来的汤也会寡淡。徐华说:'对了,刚才来找你,你不在,我们拿了三个鸡蛋去看张大娘了,张大娘病了,给她补补身子。'我一听才明白,刚才徐华四处张望是在找我。张大娘叫张淑德,是个孤寡老人,徐华经常带知青去看望她。我说没事,蛋花汤多个蛋少个蛋不碍事。"

大勺说完,拾起炕上的扑克牌道:"我今天把'别扭'摆开了,心想一定会有好事,果然你们就来了。人老了就靠回忆活着,你们来让我这个病秧子正好回忆一下当年的事,你们不来我和谁说去? 都是老皇历,孩子们不愿意听。"

任多秋安慰了大勺几句,让他注意身体。大勺说自己来日不多,村医已经指出了他的大寿时限。任多秋说:"村医就那么神? 是和你开玩笑吧。"大勺说:"我俩打过赌的,我要是活过他说的时限,他给我送辆半成新的轮椅。"

两人离开大勺家,奇怪的是街上没有狗,也没有鸡鸭鹅,到处静悄悄的,不见一个行人。乡村的安静不应该是这个样子,太安静了令人恐惧,任多秋说,应该是"鸟鸣山更幽"那种感觉才对,这种状况让人想到"死气沉沉"一词。常寒松说,这很正常,家畜不允许散养,街上自然见不到。年轻人大多出去打工了,即使在家里也会上网打游戏,谁还上街? 任多秋叹了口气,道:"徐华当年来得正是时候,要是现在来双河,面对空荡荡的村落还会有激情吗?"

两人步行到村口,出租车司机正放大了车载音响在听打击乐,哐哐当当,每一个音节都好像砸在心脏上。这时,那个牧鸭的老汉回来了,几百只吃饱喝足的白鸭十分兴奋,嘎嘎叫着挤满了乡路。任多秋迎上去,想和这个老农再聊几句。

"谢谢您呀,给我们介绍了国梅和大勺,两个老乡很热情,记性也好。"

老汉道:"国梅说话有谱,大勺好吹牛,他的话你们挑着听。"

"我想问您,您看徐华烈士的牺牲是不是值得?"任多秋不放过任何一个采访机会,很会见缝插针。

老农想了想,目光越过任多秋的头顶,投放到河边朝阳的北坡上:"你们看到甸子里有许多金针菜了吧?徐华他们就像金针菜的种子,在这苦寒的北地生根发芽开花,他们毕竟做了一回种子,开过一回花,比起那些在粮囤里发霉、烂掉的所谓良种更有意义。一粒种子,能开出这么大一朵花已经值了,至少没浪费。"

"听您说话好像不是个农民吧?"任多秋很惊讶。

"我上过中专,毕业后被分到县农机厂工作,后来厂子倒闭,我就回双河来当鸭司令,这里是我出生的地方。"老汉笑了笑,"人啊,忙的时候都想讨清净,真要是清净下来,一般人是受不了的。"

"养鸭不好吗?"任多秋有些疑惑,在他看来,老汉牧鸭自由自在、无拘无束,应该惬意。

"不能说好还是不好,"老汉说,"就是一天天过日子,今天像昨天,明天像今天,什么时候过不动了,也就拉倒了。"

任多秋琢磨着老农的话,是啊,老汉的日子少点什么呢?如果年复一年、日复一日就这样放鸭,说是悠闲,其实更像一种单调的重复。

老农说:"你们明年再来看看,那个时候徐华墓会修好,可以到草甸子里采一把金针花献给徐华。"

回到驻地后,任多秋通过报社找到了省报当年撰写徐华事迹通讯的那位老兄的电话。电话接通后,任多秋说了去双河的见闻,在肯定了徐华烈士一番后,又说感到有些问题需要请教一下他这个通讯作者。对方说什么问题请讲。任多秋说:"有三个问题:一个是很多人质疑徐华的牺牲不值,您怎么看?一个是徐华精神的挖掘有没有超时代价值?再一个是毕克功和常克勋对宣传徐华有哪些意见?"

对方说:"这不是新问题,其实在徐华牺牲十周年时就有人提出来,现在无非是剩菜热炒罢了。我先说第一个,任何牺牲都应该从道义层面去考量,而不能患得患失问值不值,很多人为自由而牺牲,而他自己并没有得到自由,你能说不值吗？换句话说,当年那些冲锋陷阵的战士,难道是为了几块钱的赏金和无法变现的军功章而去流血牺牲的吗？显然不是。在徐华看来,集体利益至上,国家利益至上,为了集体和国家利益,关键时刻可以献出生命,这是理所当然的事,所以他去做了。我觉得,你可以怀疑甚至质疑一个恶人的信仰,但你不能嘲讽那些为信仰牺牲的人。任何一个为信仰而死的人,在人格上都至高无上,那些在他脚下徘徊的人没有资格去诋毁他。"

任多秋说:"不一定是诋毁,也许是一种惋惜。"

"不管以什么理由来看待,徐华都是一个值得纪念的殉道者。殉道者是一个时代留给未来的舍利子,那些政治蜥蜴可以成为变色龙,而舍利子却不会失去令人敬仰的宝光。

"第二个问题回答是肯定的,超时代价值就是永恒价值,这一点徐华具备,从某种意义上说我们每个人都应该是真理的供品。有些人喜欢做事后诸葛亮,以放马后炮为荣,殊不知人的认识永远有局限性,以今天的标准去衡量昨日之事,这不是历史唯物主义。徐华跳下激流的那一刻不是作秀,不是为了捞取政治资本,谁都知道命都没了,还要政治资本何用？我认为那是出于一种保护集体财产的本能,因为他受到的教育就是这个样子,原来的课本上不是有一个孩子为了阻止坏人偷辣椒被害死了吗？集体财产不容侵犯这个概念已经深扎在心里,正是这种观念让他义无反顾地跳了下去。当然,这样的举动,现在那些精致的利己主义者不会理解,他们觉得亏,不划算,是无谓的牺牲。我想说的是,如果没有这样的牺牲,再伟大的真理也会黯然无光,因为真理之花,是被牺牲者的鲜血浇灌出来的。"

对方很激动,电话扩音器被震出了共鸣。任多秋将手机远离了一下耳朵。他已经感受到了,这位新闻同行是一个战士,一个不屈的战士。他又问了对方最后一个问题:"当年主抓这件事的毕克功怎么看这件事？地区当时还有一位领导叫常克勋,好像两人之间有些不同看法,您知道这个情况吗?"

对方沉默了片刻,放缓了语气道:"毕克功和常克勋在宣传徐华这事的方向性上是一致的,如果说有分歧,主要是在宣传方式上观点不同。毕克功站位高,在政治上有远见卓识,对材料要求也就高大上一些。而常克勋比较务实,他主张从群众能够接受的角度来组织材料。一个注重高度,一个注重接受,当时我还不能理解,后来经过反思明白了,毕克功讲政治气魄,常克勋讲接受美学,两者完全可以统一起来,可惜我这个主笔人水平不够,没有很好地领会领导意图。现在再来看,如果当时能吸纳常克勋的意见,宣传材料会更客观一些。"

放下电话,任多秋摘下眼镜擦了擦镜片说:"采访了四个人,我似乎看清了徐华的模样。"

"什么样子?"常寒松也有思考,但不会像任多秋这样善于提炼。

"一个奔向理想的朝圣者和拓荒者。"任多秋说,"拓荒者最大的希望是什么? 就是我们今天所看到的一片片良田。"

"是啊,北地不能忘记他们。"常寒松点点头道,"我想象中的徐华正站在一片田野前微笑,身后是一望无际的大豆和玉米,像绿色的海洋,而徐华像一条舢板迎面驶来。"

"绿色,是属于生命的颜色,包括那些逝去的生命。"任多秋说,"从这个层面上讲,迁移后徐华墓的遗址不修也罢,开垦成一片良田更有意义。"

第十二章　妫山

榻上呓语:我与未来的自己在黄昏里相遇,未来的我疲惫而木然,用竹梢扫帚在墓园清扫落叶,扫帚划过地面如同钟摆在晃动。山上传来布谷鸟的叫声,似乎想唤醒什么。殉道中的悲号与歌声没有本质区别,倾听歌声,也应该关注呜咽。

老爷子的这段呓语与妫山有关,因为在自传提纲中写到了七名长眠在妫山下的女知青。自传提纲中是这样写的:

　　一座活火山,七盆女儿坟,如果白雪能化作冬夜里的棉被,七个长眠在妫山的姑娘就不会感觉到北地的寒冷了。

关于妫山,任多秋生出一些联想,北京有妫河,北地有妫山,但妫河与妫山之间,似乎遥不可及。妫山如同一个被流放宁古塔的秀才,孤独地矗立在天寒地冻的北地,而妫河则静静地流淌在北京延庆的深山里。

在北地,任多秋一直试图在脑海里勾画出老爷子灵魂的模样,但每一次勾画都似是而非。魂是不能静伏于某一处的,没招安之前它会随时起义,到处打游击,采访的地方越多,这个模样与老爷子的形象差距越大,让老爷子变得越加陌生起来。任多秋特意查阅了《说文解字》,书中对"魂"的解释再简单不过,就是一缕阳气。

妫山是个农场,初创时与格拉秋农场一样也是个劳改农场,后来劳改数量日减,由一些内地迁徙人口填充起来,改成了国营农场,这当中最主要的职工成分是当年参加生产建设兵团的官兵和城市知青。

从省城到妫山不下四百公里。在火车上，常寒松说："妫山太小了，就是一个不起眼的休眠期小火山，既不险峻，也不高大，却在老爷子心里占有一席之地。"

任多秋道："老爷子在乎的应该不是山，而是人。"

常寒松说："我给寒柏打个电话，农场系统他熟。"

电话打通，寒柏说，妫山已经划归地方，但关系还是有一些的，会马上派人过去为他们打前站。

寒柏派了一个叫韩雪的女接待科长来妫山协调采访。韩科长穿藏蓝色职业装，一看就是个八面玲珑的干练女性。她先一步驱车赶到妫山，已经安排好宾馆，正在大厅微笑着迎候。

韩科长问清了任多秋的采访意图，提议说，采访知青其实不用找别人，直接找安养员就行。任多秋问安养员是怎么回事。韩科长说安养员就是北大荒留守知青，他们因残、因病没能回城，有的回去了又因病被接回来，都集中在二院颐养天年。

任多秋觉得这个建议好，便决定妫山之行就做两件事：一件是采访安养员，一件是了解七位女知青烈士的事迹。在研究了老爷子的自传提纲后他发现，老爷子并没有到过妫山，那么触发他抒发感慨的到底是什么？

韩科长几个电话便搞定了去二院采访一事。任多秋当然不会忽略采访她，问她如何看当年在妫山劳动的这些知青。韩科长未加思索就说："他们都是战士，与天斗、与地斗、与人斗的战士。"任多秋问："有没有具体一点的印象呢？"韩科长道："我小学二三年级的老师就是个上海女知青，说话软软的，很好听，长相也俊，我们都喜欢她，她回城的时候很多同学都哭了。我会唱的第一首成人歌曲就是这个女老师教的《重上井冈山》，印象太深了，老师一边弹风琴一边教唱，那情景镶了镜框一样挂在记忆里。"

"看来你对知青有感情。"任多秋说。

"不是我们这一代,北地至少两代人对知青难以忘怀,知青是真正的拓荒者,想忘也忘不了。每当有当年知青回访的时候,我们都像亲人一样来接待,眼泪汪汪的场面十分感人。这个时候往事真的成了一壶老酒,感情会超越一切,没有谁再去计较对与错、爱与恨,重逢充满了对过去、对当下、对未来的珍惜。"

常寒松一边回放相机中的照片一边说:"韩科长当年一定是个文学青年吧。"

韩科长笑了:"我担任过管局宣传部文艺科长,和文学搭点边。"

任多秋道:"知青中出了许多作家,他们的作品影响很大。虽然知青文学总体上属于伤感文学的范畴,但也有很多早期作品不伤感,充满了激情和斗志。"

"是的,我认识几位知青作家,他们没有忘记北地,对北地心存一份感恩,尽管他们在此吃了不少苦,可是话又说回来,那个艰苦的年代谁没有吃苦呢? 留在城里无业可就会幸福? 数不尽的回乡青年不是更苦吗?"韩科长显然对这个问题有过思考。

二院是一座靠近精神病院的康养中心,是当地残联领导提议、经上级决定实施的一个知青关爱项目。他们把散落北地、生活无法自理的留守知青都接到此处,让这些命运多舛的人有尊严地安度晚年。

"这是善举。"任多秋说,"老爷子起草自传提纲时可能还不知道此事,如果知道,一定会写上几笔。"

康养中心罗主任是个态度很和蔼的中年人,说话慢条斯理,告诉大家说这里的每位知青都可以见,只是有的病情很重,无法交流。主任说的病当然是指精神疾病。任多秋问:"他们患病的原因是不是有共性?"

罗主任摇摇头。罗主任是副主任医师,讲话比较专业,他认为这些知青发病固然有生活环境因素,但更主要的是偶发因素刺激所致,具体原因比较复杂,还没有科学辨析,就好比说一个人体内潜伏着一条蛇,大部分时间都在蛰伏,突然一声惊雷把它震醒,便开始在体内乱窜。但不管怎么说,如果不来北地,他们中有的人也许不会被诱发。

罗主任提到了一位叫晓媛的杭州女知青,当年她和一位男知青恋爱结婚,已经生下一个女儿,有一天丈夫丢下她们母女去了台湾,她精神受到刺激,患上了精神病。她和丈夫结婚已经是 1980 年,1978 年知青就停止下乡,如果不发生这种变故,这个杭州女知青很可能会在西子湖畔度过美好的人生。

任多秋说:"我们去见几位吧,我很想知道从精神病患者的视角来看历史会是怎样一种形态。"

"每个患者都是一面镜子。"罗主任说。

见的第一位安养员叫张颖,1966 年北京下乡女知青,丈夫也是知青,因感情问题而导致精神分裂。这是一个看上去目光很坚定的女人,以她的年龄本应该目光中有许多岁月沉淀的杂质,像需要清洗的机器、需要擦拭的玻璃,但她的目光十分单纯,单纯得有些可怕。试想,当一个老年人的目光忽然变得像婴儿的眼神一样时,你的第一感觉会怎样?任多秋打了一个寒战,在病人面前坐下来,他不想站着说话,那样对患者缺少一种起码的尊重。工作人员刚刚擦过地,消过毒,病房里弥漫着一种药水和潮气相混杂的气味。门口摆放着一辆轮椅,是靠墙一位老妇人用的,那位老妇人腿有残疾,不能行走,需要护理员用轮椅推到院子里晒太阳。精神病人每天要晒太阳,防止骨质疏松。

"你是北京知青?"任多秋问。

"北京的。"张颖的回答带有京味,任多秋心里抽动了一下。

"在这里还好吗?"

"好是好,就是战友不来看我。"

"你的战友在哪里?"

"在 28 团。"

任多秋扭头看了看韩科长,韩科长说,28 团就是现在红兴隆 291

农场,当年属于兵团三师。

"你的战友没有返城吗?"任多秋问。

"都在28团,就是不来看我。"

韩科长在一边道:"她还活在过去的日子里,这是精神分裂的明显特征。"

"想回北京吗?"

"不想。"

"为啥不想呢?"

"他们不想我,我凭啥想他们?"

"你最想见的人是谁?"

"姜薇薇。"

任多秋再次扭头看看韩科长,韩科长摇摇头,她也不知道姜薇薇是谁。一边陪同的罗主任说,姜薇薇很可能是她年轻时的闺密,病人总是念叨这个名字。任多秋想,想找到姜薇薇不会很难吧,到291农场打听一下应该能找到,如果姜薇薇能来看看她,说不定对病人的康复有好处。

"为什么想见姜薇薇?"

"她能保护我。"

任多秋心里明白了,精神病患者普遍有某种不安全感,认为自己生活在一个危机四伏的环境里,这个时候最想的往往就是能提供保护的人。

任多秋忽然想,老爷子忏悔的是不是当年没有给这些知青提供更多的保护呢? 这些知青都是些大孩子,刚刚步入社会就被一列绿皮车送到了北地,心中不可能没有对陌生环境的恐惧。

"吃穿有什么要求吗?"

"没有。"

"还记得当时来北大荒的情景吗?"

"记得。戴红花,唱歌,写日记。"

"你写过日记吗?"

"写过,都登报了。"

一旁的罗主任说,这就是胡话了,她总是以为自己的日记登在报纸上,有时看到报纸就在上面找自己的名字,有可能当年她在记日记上下了很大功夫,如果能找到这些日记,也许会有助于对她病情的分析。

"你的日记呢?"

"在出版社,六本。"张颖做了个动作,却伸出拇指和食指做了个八的手势。

任多秋感到一股热流涌到了胸口,一个精神分裂的人,不想吃不想穿,此时此刻关心的却是日记的发表和出版,她把发表和出版看得无比神圣。他由此想到了自己那些一挥而就的文章,是不是认真考虑过读者的虔诚与期待?

"还想丈夫吗?"任多秋不忍心,但还是问了个痛心的问题。

张颖愣了一下,把右手的拇指和食指弯成一个圈儿,套住自己的一只眼睛看着任多秋,然后说:"他掉海里去了,海底的房子透不过气来,我想把他捞出来,没有网。"

任多秋不由得替那个绝情的男人悲哀,被一个精神病人可怜,算是可怜到家了。

见的第二位安养员叫黄光,北京知青,一个起源学爱好者。黄光1969年下乡,在农场痴迷于起源学研究,一直在写专著。他总是用异样的目光看别人,至今也不认为自己有病,他觉得到安养中心是有人在迫害他。他曾有一个志同道合的知青,两人几乎天天在一起研讨所谓学术问题。这个知青返城后死了,黄光认为是被害了,就频频写上访信,指控他怀疑的每个人。黄光喜欢抽烟,但院里有规定,抽烟限量,每天只有饭后可以抽一支。因此,与黄光见面交流选在了午饭后他抽烟的时间。罗主任说抽烟的时候黄光好说话。

任多秋对这个研究起源学的精神病人特别好奇,谈话便从起源学开始。

"听说你写了一本起源学著作?"

"保密。"黄光斜视着任多秋回答。

"研究过上山下乡吗?"任多秋问了一个最接近黄光实际的问题。

"流星。"黄光的回答很简单。

"为什么是流星?"

"每个人都是流星,你我都是滑落北大荒的流星。"

"这是从起源学得出的结论吗?"

"不要套我话,这是人类学。"

"你对人类学也感兴趣?"

"还有政治学、天文学。"

"你的理想是什么?"

"用箭射掉所有的宇宙飞船。"

"为什么要射掉飞船?"

"飞船盛着人类的野心,野心会带来灾祸。"

任多秋愣住了,好像有一位著名物理学家说过类似的话,已经不能读书的黄光不可能知道这位物理学家,那么他的观点从何而来?

"除了射掉飞船,还想干什么?"

"我要设计一个超级工程,宇宙级的,就是在塔克拉玛干沙漠上打一个洞,直接打到地球另一端,让沙子流过去。"说到这,黄光用半截烟头在嘴唇前做了个嘘的动作,小声说,"这是绝密,不能走漏风声,他们知道后会用混凝土把洞堵住。等沙子都流走了,沙漠就会变成良田,你不知道,塔克拉玛干沙漠下面储藏了大量淡水,开发出来那里将是与北大仓对应的西大仓,而且水草丰茂,旱涝保收。"

黄光这段话说得很有逻辑性,似乎不像出自一个精神病人之口。

任多秋问:"还记得当年是怎么来的吗?"

167

"记得,和弟弟妹妹一列火车,我们一家六个孩子都来了。"

任多秋回头看了看罗主任,罗主任点点头,是的,黄光兄弟姊妹都来了。

"他们都回北京了?"

黄光点点头。

"你怎么不回去?"

"不回,回去住着太挤。"

"战友中你最喜欢谁?"

"小西瓜。"

罗主任解释,小西瓜就是那个和他一起研究起源学的荒友,回京后因病去世了。黄光因为对小西瓜感情太深,所以不相信小西瓜去世这一现实,怀疑有人谋害了小西瓜。

"你为什么觉得有人会害小西瓜? 小西瓜得罪谁了吗?"

黄光已经将烟抽到了烟蒂,他看着自己从拖鞋中露出的脚指头道:"因为小西瓜知道很多秘密,他们要杀人灭口。"

"小西瓜知道什么秘密呢?"

"我们为啥来这里,我们为啥要挑粪,我们为啥要搞大批判,我们为啥要唱歌,这些小西瓜都一清二楚,小西瓜是我唯一的学生。"

"你们还是师生关系?"

"好朋友必须是师生关系。"

黄光烟抽完了,他将烟蒂拧灭在烟灰缸里,对一个傻站在一边的安养员说:"我们说的事不要揭发,谁动员你也不要说。"

那个安养员半张着嘴,很恭敬地点着头。

常寒松利用这个时间,抓拍了几张照片。常寒松觉得黄光是个有特点的人,他抓拍了一个黄光用力拧烟蒂的镜头,镜头中黄光一副狰狞状,好像拧的是仇敌的脖子。

任多秋感到很奇怪,一个精神病患者为什么要服从另一个精神病

168

患者？难道他们之间存在着另一种沟通方式？黄光回病区后，他就这个问题请教罗主任。罗主任说："目前还没有权威说法，也没有科学根据证明精神病患者之间能正常交流，因为精神病的类型十分复杂，但我个人认为他们之间有一个属于他们的交流纬度，常人对此无法理解。我举个例子说吧，比如还不会说话的孩子，他们之间就可以交流，至于交流了什么我们不知道。"

不愧是研究起源学的，任多秋想，抽烟的空当就会对别的安养员发号施令。他问罗主任："黄光平时是不是没有信任的人？"

罗主任说黄光提防所有人，斜视所有的报刊，对穿制服的人保持警觉。每次吃药都会反复数几遍手中的药片，看到别人吃他才吃。但对吃饭他不怀疑，他怀疑药，怀疑报纸，怀疑穿制服的人，饭菜端上来他却狼吞虎咽，大概是本能使然。

任多秋问："黄光的病主要问题在哪里？"

罗主任有些惋惜地说："黄光一直生活在妄想里，他对未来有一个自己的设计，而且自认为设计得很科学很完美，相信世界一定会按着他的设计发展，因此鄙视所有不认可他的设计的人。从这个病人身上我们不难发现，一个过于自信的人，一定是精神出了问题。"

"我倒觉得黄光有些话有道理。"常寒松说，"患者一直在思考，我们不能因为不接受他的思考结果就否定他的思考。"

"一个精神病人的思考其价值是有限的。"罗主任说，"这里很多安养员都在夜以继日地思考，可是这种思考有什么意义？精神病院里的思考与囹圄里的春秋大梦一样，是无人阅卷的考试。我常常和朋友开玩笑说，思考取决于环境和条件，如果一个食素之人在大谈肉的鲜美，未免滑稽可笑。"

大家都笑了。是啊，罗主任整天面对一大批思考着的病人，对思考会变得仇视。

见的第三个安养员是李春，1968 年哈尔滨下乡知青。

罗主任说李春是不幸的,但又是幸运的。不幸是因为一个女人,幸运也是因为一个女人。

原来,高大魁梧的李春下乡不久就谈起恋爱,女方是一个扎着两条辫子、人见人爱的十七岁姑娘,李春对她爱得死去活来。1971 年,有了回城指标,李春将指标让给了女友,女友回城后却与他断绝了关系,其中原因外人不得而知,但感情上的刺激让李春患上了精神病,在精神病院一住就是七年。这是一出悲剧,一场不合时宜的初恋葬送了李春一生。那个和李春分手的女孩子虽然只有十七岁,却有三个男知青因为她精神失常,用当时知青们的话说叫"魔怔"———一个上海知青,一个北京知青,再一个就是李春。李春病得最重,那两个后来没了消息。也许那是一个天真纯洁、不谙世事的女孩子,她将自己剪了花边的一寸照片同时给了三个男知青,让三个男知青同时误解这便是突如其来的爱情。病情轻的时候,李春会从怀里拿出那张花边已经磨飞的照片向别人炫耀:"瞧,这是我女朋友。"照片中的姑娘确实很美,像山口百惠。1978 年李春从精神病院出来,家中没有能力接纳,医院只好把他送回到农场。回到农场的李春生活没有着落,成了一个流落街头的疯子。这时,另一个女人出现了,这个人便是康姐,一个从山东嫁到农场来的贤惠媳妇。康姐见李春可怜,就主动照顾起无亲无故的李春,让这个不幸的人免得流落街头。康姐照顾了李春三十年,巨大的付出可想而知,如果没有康姐这个善良的女人,李春活不到今天。

李春是一面镜子,照出了北地女人的情怀。

李春坐在床上,低头看着自己的膝盖,他不喜欢和生人说话。不发病的时候,李春像一只安静的老猫,眯在角落里很少动。罗主任说想和李春交流,必须找一个他感兴趣的"刺点",就像穴位一样,找到"刺点"他才会有反应。

听了罗主任的介绍,常寒松想到包里有一本知青题材油画集,觉得这熟悉的画面也许能成为"刺点"。

任多秋将画册递给李春道："想看看这本画册吗？"

院里经常有各界人士来参观慰问，安养员对于陌生面孔已经习惯，只是李春很少与陌生人交流，显得有些另类。李春接过画册，封面上，一个穿军装的女孩正倚着一棵白桦树看信，女孩脖子上一条红围脖红得耀眼，衬出雪地的洁白。看到这幅画李春眼睛马上瞪圆了，画面像磁铁一样吸引了他，他右手托着画册，老干姜一样的左手在画面上抚来抚去，把女孩的脸擦了一遍又一遍。

"是她。"李春头也不抬，嘴中喃喃地说。

"是谁呀？"任多秋问。

"女朋友！"李春语气肯定。说完，李春在上衣兜里摸索着，摸出一张已经破损的照片，向任多秋展示了一下。任多秋想接过看看，李春生怕被抢去一样又将照片放回兜里。任多秋看到照片上是一个穿着白衣的女孩子，两条黑辫子一前一后，灿烂的笑容像绽放的百合。虽然没能细看，但基本可以判断这是一个极标致的姑娘。

"你们很久没见了吧？"

"她回哈尔滨了。"李春答非所问。

"你喜欢这里吗？"

"喜欢。"

"为啥喜欢呢？"

"这里有康姐，康姐是我亲姐。"

罗主任说李春清醒的时候知道感恩，曾把楼下花坛里的扫帚梅采了一把带回房间，说要送给康姐。

"听说你中学学习成绩很好，不下乡就会上大学，是这样吗？"

"我想考东北林学院，我喜欢树林。"

"为什么喜欢树林呢？"

"树林里安静。"

"你恨分手的女友吗？"

"不恨。"

这个回答让任多秋感到意外,李春对辜负自己的女友没有怨恨这不符合常理。由爱生恨,这是男女深度交往的一般规律,更何况这场初恋毁掉了李春的一生。

"为什么这样宽容她?"

"她说到时候会来找我。"

这句话让任多秋很难过,这是一句再虚假不过的敷衍,如同"下辈子再嫁给你"一样可笑,可是李春却当真了,而且深信不疑。到时候,到什么时候呢? 他忽然觉得,精神病人最大的优点就是执着,轻易地相信一个谎言,也许对于他们来说,执着地活在没有被戳穿的谎言里是一种幸福。

"你最怕什么?"

"天气。"

"为什么怕天气?"

"天阴的时候,会有许多长虫到处爬。"

大家都禁不住哆嗦了一下。罗主任说,精神分裂症发病原因不明,一般与环境因素和遗传基因有关,每次李春犯病,天气就会变坏,农场老百姓把他当成了天气预报,非常准。天气可以影响生理功能,生理功能的改变又会影响人的精神状态,这是一般说法,结论令人难以信服,西医对此没有答案,中医倒是有所阐释,但现在中医式微,重视不够。

"你现在最想做的事是什么?"

"等。"

"等什么?"

"等她来看我。"

任多秋眼角有些湿润,他无法再对话下去。罗主任说:"这是李春入院以来说话最多的一次,因为你们带来的画册让他有了说话的欲望。李春说出的句子都很短,但意思很清楚,说明思考和表达相一致。"任

172

多秋问罗主任:"医学如此发达,难道精神分裂症永远无法治愈?"

罗主任点点头:"我刚才说了,这个病和天气有关,天有病谁能治?"

走出李春病房,来到空阔的院子里,花坛和围墙边扫帚梅开得正旺,一只雀鹰在蓝天上盘旋。任多秋问:"这些安养员共同的特征可不可能概括出来?"罗主任说:"这不难,在这里工作的每个人都知道,安养员们共有的特点是恐惧。恐惧是精神之癌,治疗精神病应该从消除恐惧入手,但恐惧是无法消除的,谁没有恐惧感呢?古代一些国家军队征战,为什么要带随军牧师?就是为了消除战士对死亡的恐惧。"

"说得对,"任多秋说,"有个老领导在晚年梳理往事时意识到了这一点,他为没能保护好这些孩子而感到内疚。当年五十五万知青拥入北地,像大水漫灌一样,如果对这些知青不光是说教,而是多一些疏导和保护,李春这样的病人也许就会减少。"

罗主任说是的,哪怕一个管局配一个心理医生也行。

站在康养中心楼前,常寒松拍了很多照片,他发现从各楼层开着的窗子里探出许多黑乎乎的人头,因为光线,无法看清他们的五官。

的确,精神疾患会让人的五官变得模糊。

次日上午,韩科长带两人去妫山。

韩科长说去妫山可以找史三乐,史三乐是农场当年的宣传干事,退休后在家写小说,听说在写一部反映知青生活的长篇小说,写了好几年,还没有杀青。因为都是文学爱好者,史三乐和韩科长很熟,韩科长去接了他,大家一道去妫山脚下的七知青墓。

从场部到七知青墓并不远,不一会儿车子便直接开到了墓地前。下车前常寒松说:"是不是看墓地看多了,怎么有些压抑感呢?"任多秋说:"七知青墓必须看,老爷子专门写到的地方能不看吗?"

高高的荒草掩映着七座一字排开的水泥墓,每座墓前都立有一块墓碑。与徐华墓形成对比的是,七知青墓有人打理,墓前有个铺着地砖

173

的小广场,两侧还有宣传栏。一个姓杨的烈士墓基因为水泥脱落露出了红砖,红砖缝隙里长着苔藓一样的植物,有几处竟然开出了米粒大小的白花。七座墓碑上都镶嵌着一枚烤在瓷板上的半身照片,照片上的姑娘看上去个个朴实、美丽。姑娘们不会想到死后能有这般待遇,将照片烤瓷在圆盘上,这在她们牺牲的年代是想想都会犯错误的事,现在已经是再普遍不过的事情了,城乡每一座公墓的墓碑上,大都贴有容貌各异的照片,这些照片构成了另一个可以还原却不能重启的世界。

"七个姑娘本来不该牺牲,"史三乐说,"打山火是有说道的,她们不懂,什么也没想就冲上去了,结果被回头火卷了进去。"

任多秋问:"是一场什么山火呢?"

"应该是农民烧荒引发的山火,这样的山火经常发生,但那次威胁到了农场粮种库,所以广播里号召大家快去扑火。扑火过程不用更多描述,无非用树枝、扫帚扑打,那个时候没有风力灭火机,也没有防火服,头发一落火苗就会着,危险性极大。扑火时最可怕的是回头火,明明看到这里扑灭了,一个火球飞来大火立马又着了。火龙最会杀回马枪,扑火牺牲的人十有八九是被回头火夺去了性命。这些女知青哪懂这些呀? 像战士打仗冲锋一样就上去了。草甸子都是没膝深的干草,火龙钻过来怎么得了? 她们看到大火转向后,刚要歇息一下擦擦汗,结果一道回头火从沟里蹿出来,一下子把她们裹在火眼中间。打扫火场时我亲眼看到了姑娘们的遗体,主要是因大火耗尽氧气窒息而死,她们蜷缩在塔头沟里,回头火从她们身上一扫而过,便带走了她们鲜活的生命。"

"如果有人对她们进行一些扑火知识培训,也许就能避免这种牺牲,对吧?"任多秋问。

"话可以这样说,但见到火不往上冲那怎么行? 那个时代没人愿意当胆小鬼。"

"这是我们应该检讨的地方,毕竟生命才是最宝贵的,任何时候都要生命第一。"任多秋在草丛里摘了一朵不知名的野花放在那座基座有些水泥脱落的墓碑上,这座杨姓女烈士墓列在首位,照片上是一个青春洋溢的漂亮姑娘。

"我不同意您这个观点,"史三乐说,"有些时候不能过于强调惜命之说,如果惜命成为借口,打起仗来就不会有人愿意冲锋陷阵。"

史三乐是个爽快人,一点不隐瞒自己的观点。他接着说:"有什么可检讨的呢? 难道她们听到广播在房间里无动于衷就正确? 现在有些人,永远不会理解烈士的思想境界,因为他们视任何牺牲都是一种愚蠢行为。"

任多秋脸红了,没想到这个史三乐还是个老愤青,急忙解释说:"我不是否定她们做出的牺牲,我是为七个年轻的生命难过。"

韩科长说史老师正在写知青题材的长篇小说,看来是入戏了。

史三乐说:"知青被有些人丑化了,知青承受了苦难,但绝不是灾难。绝大多数知青在北地是阳光的,经过历练,对生命和信仰有了深刻认识,人们不能脱离当时的境遇来大发议论,知青们的命运和牺牲值得尊重。就说牺牲的这位小杨姑娘吧,出去扑火前正在记日记,日记记到一半时广播传来扑火通知,她连日记本都没合就冲出去了。我看了她没写完的日记,那是真实的思想写照,从她的日记中,我看到了一颗火热的心在跳动。小杨没写完的那页日记上是这样的:

"'今天,是我调到猪舍的第四天,在这四天中,自己还算行吧……今后,还应该继续努力学习、学习、再学习,更好地把——'

"还有一件事。扑救山火当天,农场团委正在讨论一个叫小檀姑娘的入团申请。小檀是一个放牧员,正赶着羊群从野外归队,看到火情后直接奔向火场,结果不幸牺牲。一个姓施的姑娘在诗中写道:

> 我们不贪图舒适的生活,
> 我们向往着火热的斗争。

我们深深爱上了农村的一草一木，
更爱上了艰苦创业的战斗生活。

"说实话,在读到这首诗的时候,虽然诗中有浓厚的时代气息,但我清晰地感受到她们磐石般的价值观。"

任多秋说:"您认为她们的人生是充实的?"

"毋庸置疑。"史三乐用力点了点头,灰白的头发因为没有梳理,像一朵巨大的蒲公英伞。

"如果回望这段历史的话,我们应该汲取什么?"任多秋不想被过多的感慨影响思考,他认为老爷子的呓语代表了反思。

"我们应该提供更好的保护,这一点做得不够好,尽管农场已经尽到了最大努力,但现在看还是不够。但我们不能苛求当时的人们,那个历史条件下大家都在过苦日子。"史三乐说,"重新审视知青,审视者不能以救世主自居,只会放马后炮的人在人格上是可耻的。"

任多秋下意识摸了一下脸,欲言又止。

韩科长说:"史老师对知青太有感情了,其实当年史老师就是知青。"

任多秋没想到这位说话带有火药味的人是知青,就问他是哪个城市的。史三乐说是鸡西知青。

提到鸡西,史三乐讲了另外一个知青救火的事情。那一次是修配厂发生火灾,知青们自发前去救火,来自鸡西的战友李国华壮烈牺牲,一个上海女知青被烧成重伤。那是一个长相酷似邓丽君的姑娘,因为严重烧伤而毁容。多年以后,当这位女知青的孩子听了妈妈给同学们做的报告后,这个曾埋怨妈妈逞强救火的孩子转变了看法,他被妈妈深深地感动了,孩子变成了孝子,妈妈在他眼里是最可爱的妈妈。

"我认为这是一位活着的烈士,"史三乐说,"如果这七个烈士活着,我相信她们不会后悔,因为她们献身不是为了自己,她们做到了舍生取义,通过生命铺就的台阶使自己站在了精神的珠穆朗玛峰上。"

从七知青墓归来,韩科长提议找个地方坐坐,请史三乐讲讲创作体会。两人同意了,与史三乐交流有种酣畅淋漓的感觉。史三乐把大家带到一个私人书画室,一问,书画室的主人是哈尔滨知青,姓黎,瘦高个儿,秃顶,当年没有返城,留在农场教育系统工作,退休后办了这个书画室。黎老师是个网红,每天在网上发一首诗,他自己称之为每日一诗,粉丝量不少,点击率更高。

大家坐下来闲聊,自然是有关知青的话题。

韩科长说这两位老师是专门来了解当年知青生活的,史老师、黎老师都是老知青,有什么感受可以和大家分享。

黎老师好奇地问:"很久没人在意'知青'这个词了,你们怎么会有兴趣?"

"并不是所有人都会忘记这个词,因为知青已经载入历史。"任多秋解释说。

"他们是给一位老领导写传记,妫山这一章无法回避。"韩科长在一旁解释说。

"很多人的传记都会提到妫山,"黎老师说,"妫山是历史凝固的现实,像一块松墨,只要蘸水研磨,就能书写文章。"

任多秋问:"黎老师为啥没有回哈尔滨呢?"

"为什么要回去呢?我觉得这里没什么不好,在哈尔滨我没有能力办起这么大一个书画室。"

史三乐说:"是啊,适合自己的地方就是最好的地方。"

任多秋又问:"对于知青这段经历,两位最大的感受是什么?"

史三乐和黎老师对视了一眼,黎老师说:"就拿我写书法做个比方吧,虽然我现在写章草和狂草,但基础是正楷,知青对于我就是写楷书那一段时光。"

史三乐说:"那段时光是我人生中流汗最多的青春年代,人总要有

177

个大汗淋漓的阶段,汗水不能储蓄,没有流出来的汗只会变成体内的垃圾。我从来不埋怨那段日子,也不后悔自己所流的汗,我觉得每一次后悔都是一次自我伤害。"

黎老师指了指墙壁,墙上挂着一幅放大的黑白照片,上面是穿着背心短裤的一排男女青年。黎老师说:"那是我们农场男女篮球队,我当时是中锋,我们是总局冠军,每个队员都有不少拥趸,不亚于今天的明星。我把这张照片挂在墙上,就是为了时时给自己勇气,在球场上我没输给谁,在生活和工作上也不应该当输家。"

"殉道者都是战士,"史三乐说,"十字架不应该由战士来背负,我和老黎以及妫山下那七个女知青都是没有辜负自己的战士。"

任多秋心生感慨,妫山之行接触的韩科长、史三乐和黎老师,都对知青生活感慨颇多,那段在有些人看来不堪回首的日子,在他们的记忆里却斗志昂扬。

中午,黎老师坚持要请客,原来除了书画室之外,他还开了个类似于农家乐的知青餐馆。餐馆是平房,里面贴着 20 世纪六七十年代的宣传画,红砖地、石灰墙、热土炕,几个穿着 65 式绿军装的服务员,这一切都给人一种穿越感。菜单上没有高档菜,几乎都是那个年代的农家菜。

韩科长车上有农垦局陈年北大荒酒,普通的玻璃瓶,酒瓶铁盖已经锈蚀。

两位老知青尽管年纪不小,但喝酒很爽快。韩科长劝起酒来也是一套一套不重复。常寒松喝了不少酒,但很清醒,没想到任多秋却喝多了,坐在饭桌边竟然抹起眼泪来。

谁也没有问任多秋为什么流泪。

第十三章　卧虎山

榻上呓语：我看到自己站在奈河桥上向一个老兵敬礼，老兵还礼，目光却投向彼岸，彼岸开满了曼陀罗，花丛中有一个似是而非的背影，正在俯身嗅着花香。

老爷子的自传提纲中提过四座山，格拉秋山、妫山、宝山和卧虎山，卧虎山是唯一一座山势不是截锥状的火山，从空中俯瞰，这座孤零零的大山确实形同卧虎。老爷子提到这座山，是因为一个叫付玉顺的退伍军人。

老爷子对家人讲过老兵付玉顺的事，他无意中在报纸上看到了关于付玉顺事迹的报道，有感而发，讲了许多关于这位军人的往事。常寒松记得老爷子在评价付玉顺时引用了几句诗：食客号三千，见危几人从。乃知夫子贤，义高薄苍穹。这几句诗出自何处常寒松没有查找，但可以肯定是对付玉顺的至高褒奖。

付玉顺当年参军其实很偶然，这要感谢他的老板杜掌柜。

杜掌柜是山东牟平人，出身于厨子世家，当年闯关东孤身一人来到北地。伪满洲国垮台后杜掌柜在北地青山镇开了个元宝馄饨馆，铺面不大，勉强维持生计。当时东北虽已解放，但土匪流氓甚多，馄饨馆每天都有吃白食的登门，哪一绺子也惹不起，只要扎枪上系一条红布条就惹不起。杜掌柜艰难支撑着门面，直到解放军剿除匪患，日子才算太平下来。年近而立之年的杜掌柜娶了家在老山头的女孩大珍，生下了杜光、杜明两子，过上了平常日子。付玉顺与大珍同村，是个吃百家饭长大的孤儿。大珍嫁到青山镇那天，拉满娘家客的马车快出村时，大知宾清点人数,发现车上客人是双数,送亲吉利人数应是单数,这样新娘子送到后回来的人便是双数。眼看马车都要出村了,大清早上哪里去找充当娘家客的人?忽然有人看见了早起拾粪的付玉顺。付玉顺每天天不亮就拉着爬犁上街拾粪,这天爬犁上的粪筐还空着,他正在四处寻找猪狗粪,听到马车上一个长辈喊,玉顺快上车,上街里当娘家客吃喜酒去!付玉顺听话,把爬犁、粪筐往杖子边一推,紧跑几步跳上了马车。这一跳,改变了他十七岁的人生。

这是付玉顺第一次上街。

北地将进城叫上街,付玉顺发现街上要比老山头热闹得多,喝完喜酒便不愿意再跟着马车回村,开始在街上流浪。付玉顺想,反正家里那个破马架子快要塌了,在街上讨饭也比回老山头强。大冬天里付玉顺在青山镇街上流浪了三天,被上街买菜的杜掌柜发现了,把他领回家。大珍知道付玉顺是个命苦的孩子,在村里素无劣迹,两口子一商量,就留他在馄饨馆里当伙计。杜掌柜给他做了套新棉袄棉裤,换下那身破烂旧衣,又带他去澡堂子洗澡理发,一收拾,付玉顺马上就变了个样。大珍说:"你在这里干几年,攒点钱再回老山头说个媳妇过日子。"

付玉顺勤快,人也厚道,杜掌柜和大珍拿他当弟弟待,馄饨馆生意不咸不淡地维持着。两年后抗美援朝战争爆发,馄饨馆平静的日子被拦腰打断,街上人心惶惶,都说美国鬼子要打过来了,那些吃白食的国民党军也要回来。杜掌柜说:"咱北地这是咋了?小鼻子占完大鼻子占,大鼻子走了美国鬼子又要来,这日子还让不让人过?"付玉顺说:"掌柜的你别管什么大鼻子小鼻子,咱开咱的馄饨馆就是了。"杜掌柜说,吃白食的堵门,生意就难做了。杜掌柜和付玉顺命运的改变就在一碗馄饨上。这天,一个接兵的解放军首长到馄饨馆吃饭,夸馄饨好吃,没放虾皮却能吃出虾米味来,就问杜掌柜原来是做什么的。杜掌柜说祖上几代都是厨子,他这一代闯关东,勉强开了这个小店,小店能开下去要感谢解放军,刚开那年红布郎当队天天来吃白食,馄饨馆本小利微,没有解放军剿匪这小店早关门歇业了。首长说,要想保卫胜利果实,就必须打败侵略者,赶走那些吃白食的。

首长在吃完馄饨付账时说:"杜老板你可以到部队来,年龄大一点没关系,入伍后可以当个司务长,给连队管管吃喝拉撒睡的事情。"杜掌柜问司务长是个什么兵,首长说司务长不是兵,是正排级军官。杜掌柜就想,自己管吃喝拉撒睡这样的事不外行,打仗主要是打粮草,干脆参军吧,等打完仗回来开个大馆子。付玉顺听杜掌柜说要参军,就说:"你去哪我去哪,我这辈子就跟定你了,死也不离开。"杜掌柜想,当司务长是该有个勤务兵,就决定带付玉顺一起参军。杜掌柜是个做事不拖泥带水的人,第二天就将馄饨馆盘了出去,把大珍和孩子安顿回老山头,然后和付玉顺到招待所找那位首长。首长没想到杜掌柜来真的,说:"杜掌柜你可想好了,打仗就会有流血牺牲,想升官发财别到部队来。"杜掌柜说:"我想好了,为了将来能开上大馆子,我一定要当兵,我经历过'满洲国'的日子,亡国奴的滋味不是人受的。"

来接兵的那位首长就是老爷子。老爷子兑现了承诺,力荐杜掌柜在自己所在部队担任了新兵连司务长,付玉顺则在这个连的炊事班当炊事员。杜掌柜很快就明白,志愿军里的司务长不能配勤务兵,不过炊事班归司务长管,付玉顺还是整天围着杜掌柜转。

不幸的是,杜掌柜在一次执行任务中腿部受伤被俘,之后便没了音讯,据说在巨济岛战俘营负责做饭。交换战俘时,一团政委毕克功被抽去参与交接工作,老爷子就让毕克功留意一下杜掌柜,说杜掌柜回来后经过教育可回部队继续做后勤工作。交换战俘结束,毕克功告诉老爷子,战俘名单里根本没有杜掌柜这个人,唯一的可能是去了台湾。后来老爷子找到与杜掌柜同在战俘营的人了解情况,他们说几个坏人在杜掌柜胳膊上刺了反动标语,裹挟他去了台湾。

跟随杜掌柜参军的付玉顺一直在部队做炊事员,立过两次三等功,停战后回原籍老山头务农。常克勋在行署工作时见过付玉顺,知道付玉顺的一些情况。当时单身一人的付玉顺头发已经过早地花白,动作却保持着军人姿态。

老爷子在自传提纲中这样写道:

> 没给老兵付玉顺安排一份工作,我愧对自己的士兵,这个像威虎山一样的士兵,比大山更可依靠。

因为从年龄推断付玉顺也是八十多岁的老人,常寒松对去卧虎山下的老山头采访心里没底,担心见到的是一座长满荒草的坟茔。

"万一付玉顺不在,就顺便拍拍卧虎山的风光好了,此山一听山名就气势非凡,有威武之气。"常寒松说。

地处卧虎山南麓的老山头坐落在石龙河与讷谟尔河交汇处,村子很大,有四百余户。到村里一打听,才知付玉顺还健在,独自一人居住在大珍留下的老宅里,像杜家留守的一个老仆人,不离不弃地守着一正两厢三栋土坯房。

也是凑巧,杜掌柜的两个儿子杜光、杜明恰好从县城回村来看望付玉顺,因为负责照顾付玉顺的亲属给两人打电话,说老人心率有点失常,走路不稳,两人便专程赶回来探望。杜光、杜明都在县城开饭店,家安在城内。母亲大珍去世前留下话,让两个儿子一定要为玉顺叔养老送终,两个儿子记住了母亲的话,将付玉顺当成亲人对待。他们进城开饭店,动员付玉顺也进城,被老人婉拒。付玉顺说:"我和掌柜的打过包票,替他照顾好家人看好家,街里我就不去了,我要在老山头守着这老宅子。"任多秋和常寒松来之前,镇卫生院的大夫刚好给付玉顺量了血压、心跳,说老人心脏有问题,还是尽早去县里检查一下。老人说没事,就是昨晚没睡好,白天补一觉就缓过来了。老人坚持不去城里,杜光、杜明也不好强求,就让大夫开了一些口服药。

见到付玉顺,老人气色不佳,神情有点恍惚,在炕上靠着一摞被子望着对面的石灰墙发呆。做了介绍后,杜光说:"真是巧了,你们来得正好,平时家里只有玉顺叔一人,我俩一周才能回来一次。没办法,开饭店是个绑身子的活儿,实在脱不了身,好在玉顺叔不挑,许多事自己能照顾自己。"其实,杜光、杜明也是当了爷爷的人,兄弟俩能这样牵挂付玉顺实属不易。

任多秋说:"付玉顺老人的事迹我们在媒体上看过,特感人,今天来是想详细了解一下。"

杜光说:"我们杜家能有今天,多亏了玉顺叔,玉顺叔是天底下最好的人了,为了照顾我们家,玉顺叔一辈子没成家,他把一生都给了我们杜家。"

杜明接上说:"如果不是亲身经历,我不相信世上有这样的人,用一生的时光来兑现自己的承诺,而且矢志不渝。我想你们要是能把这故事编成戏曲,一定能传唱开,玉顺叔的一生是对忠义最好的诠释。"

任多秋想,兄弟俩对付玉顺的夸奖应该是真实的,那么这位退伍老兵究竟做了什么让兄弟俩如此感恩? 是不是真的像媒体上介绍的那样?

任多秋的采访从来都有自己的逻辑,他喜欢从头捋清脉络。

"杜掌柜是怎么被俘的呢? 他是司务长,岗位不在前线,是不是发生了意外?"

也许付玉顺从未回答过这个问题,听后先是一愣,但很快就恢复了刚才那种迟钝常态,目光依旧停留在对面白墙上,好像那墙面是一面播放影片的银幕,他正在期待一场久违的放映。任多秋知道问这个问题多少有些尴尬,也许在历次运动中这个问题不止一次被问及,但这是个关键问题,它决定着付玉顺的付出是否立得稳。

"那是我们去前线送馄饨。"付玉顺开口说话,声音像秋风刮过收割后的大地一样苍凉,他似乎不想回避这个问题。"是的,送馄饨。"他重复了一遍。

任多秋想到了这一点,司务长、炊事班上前线应该是送饭。

付玉顺接着说:"那个时候双方在谈判,没有大的战斗,但双方小动作都在搞,我们叫'抓舌头',他们叫'狙击'。那天晚上团首长在前线指挥所开会,电话打回来说首长开了一天的会,晚上能不能做点稀的吃。因为停火,后勤补给刚刚上来,有面粉和白菜,还有几罐荤油。杜掌柜就亲自上手包了馄饨。两桶馄饨包好煮熟后,杜掌柜叫上我和一个姓周的战士,挑起馄饨往前线送。炊事班到前线指挥部并不远,就隔着一条长满油松的深沟,沟里我方埋了地雷,我们知道记号,走起来也放心。我们谁也没想到会在我方防区遇到敌人,也不知敌人通过什么渠道知道了我们埋雷的记号,他们摸到我们认为最安全的地方也来抓舌头。敌人有一个班,已经呈半圆围上来。杜掌柜说坏了,敌人不开枪显然是想活捉的。杜掌柜说:'咱们三人朝三个方向跑,或许能有人跑出去,要是糗到一起就死定了。'他让小周往东,我往北,他往西,估计敌人不会分兵。我在往回跑之前杜掌柜和我匆匆说了一句:'我要是回不去,一定帮我照顾好大珍和孩子。'我点点头,说:'放心吧掌柜的,有我一口吃的就饿不着嫂子和孩子。'我们分头跑后,果然敌人没有分三组去追,只是分了东西两组追上来。小周没有武器,在敌人围上来的时候故意踩响地雷,和两个鬼子同归于尽。杜掌柜有一支手枪,但子弹很少,打光后受伤被抓。我因为往回跑,没有遇到危险,迎头碰上赶来的战友,我们马上返回去救杜掌柜。到了沟底,只找到小周的遗体和两桶撒了一地的馄饨,杜掌柜不见了,我们知道他被抓走了。"

"上级追究责任了吗?"任多秋觉得这是个问题,在很多机关,追责本身又是一个自我免责的过程。

"没有。"付玉顺很肯定地说,"这是在我方阵地内,我和小周都是非战斗人员,身上没有武器,遇到那种情况只能那么处理。杜掌柜的手枪不过 25 发子弹,打光了就只能肉搏。要是有颗手榴弹,杜掌柜一定会和敌人同归于尽,但司务长是军官,腚后不背手榴弹。"

"请您帮助照顾大珍和孩子是杜掌柜唯一一次托付吗?"

"是第二回。"老人伸出两根手指,指头很粗,像两根山药,"我俩参军前的那个晚上也说过。掌柜的说:'玉顺你一个人没牵挂,参军正合适;我是拖家带口的人,心里放不下大珍和孩子。'我说:'你可以不参军,你这种情况没人逼你。'掌柜的说:'士为知己者死,我一个厨子能让首长看上,不能给脸不要脸,再说鬼子要真占了东北,馄饨馆也开不成。'我说:'掌柜的你放心,像你这样心善的人,命大福大造化大,老天爷会保佑你。'掌柜的说:'我要是牺牲在战场上,你要帮我照顾好家事,家里房子虽破,却是最后归宿,这算是我对你的托付。'我记住了杜掌柜的交代,那天在沟里分头突围,杜掌柜又嘱咐了我一遍,我知道杜掌柜这是把家人扶到了我背上,我就是累吐血也得背起来。"

杜光说:"哪是累吐血,玉顺叔是把一辈子都搭上了。"

杜光插话讲了一段经历:"三年困难时期,全家几天揭不开锅,我和弟弟饿得眼放绿光,是玉顺叔利用在生产队喂马的机会,匀了点马料回来,我们全家才没被饿死。"

老人显然听到了杜光的话,喉咙里咕隆了几下,小声说:"我对不起那两匹马,偷拿了本该它们吃的料,就因为这个,我赶车的时候从来都是空甩鞭子,舍不得抽打一下。那两匹马待我也亲,喜欢让我给它们梳毛,那是两匹白马,一根杂毛没有。有次换了个车老板赶车拉地,那家伙用绝户鞭抽马,被我踹了两脚,我警告他再用绝户鞭抽马,我就对他白刀子进红刀子出。"

"什么叫绝户鞭?"任多秋第一次听说这种鞭法。

"那是最毒的一种鞭法,心疼牲口的车老板不会使,只有心胸歹毒的狠角色才会用。绝户鞭特厉害,一鞭下去,再厉害的马也会老实,因为绝户鞭抽的是耳根和肚子。"

杜明说:"还有件事我记得很清楚,当年有人要批斗母亲,说父亲是投降派,让母亲交代问题。玉顺叔听到了消息,头天晚上去了那个领头的社员家里，质问他：'旧社会你我谁苦？'对方说：'你是孤儿，当然你苦。'玉顺叔又问：'我是党员，你是不是党员？'对方说：'我写了申请，还没批。'玉顺叔再问：'当时在战斗现场是我了解情况还是你了解情况？'对方说：'当然你了解情况了。'玉顺叔就训斥他：'你个鳖孙，子弹打光受伤被俘怎么叫投降？照你这么说，只要被抓的就是投降派，那洪常青是不是？'洪常青是电影《红色娘子军》中的党代表，战斗中负伤被俘，在大榕树下让南霸天给烧死。玉顺叔刚好看过这部电影，就举了这个例子。对方说：'杜掌柜不是去了台湾吗？'玉顺叔说：'去台湾自有去台湾的任务，打入敌人心脏的人多了，这是军事秘密。告诉你，我就是奉命回来保护杜掌柜家人的，你们来横的，我就找首长汇报去，看上级怎么收拾你！说轻了是迫害军属，说重了就是反革命！'玉顺叔这么一说，把对方给吓住了，玉顺叔根正苗红，又单身一个，村里造反派文化低，头脑也简单，揪斗我母亲的事就没人敢提了。"

老人耳朵很好，插话道："这件事我是有后台的，后台是我们团长，团长转业到地方来公社检查工作，点名要见我。在公社会议室，我一看到团长就哭了，我说杜掌柜家日子太苦，我没照顾好，两个儿子都成人了，却没啥营生干，愁人呢。团长说杜司务长的事应该有个结论，不能老这么悬着。又说他来看我，我不说自己的困难，却只想着杜司务长家的事，说明我很讲革命友谊。团长问两个孩子有什么特长。我说和杜掌柜一样，喜欢掂大勺。团长又问我有什么要求，我说首长把杜掌柜两个孩子的事办好我就心满意足了，我一个光棍儿汉没啥要求。团长说：'玉顺你帮杜司务长抚养孩子的任务已经完成，也该考虑自己的事了，不能打一辈子光棍儿。'我说算了，还是给杜掌柜家当勤务兵吧。团长纠正说：'你不是给杜司务长家当勤务兵，你是为革命当兵。'因为有了这次见面，我才敢对想揪斗大珍的人那么说，我真想了，实在不行就上地区告状去。过了些日子，公社通知大光，让他到县革委会食堂做饭，大光就吃上了供应粮，大明留在老山头照顾家里，这事儿亏欠大明了。"

杜明摇摇头:"亏欠啥呀,家里总该有个挣工分的劳力。"

老人接着说:"大光的事应该是团长办的,可团长没告诉我,为啥没告诉我也不清楚,我想这就是做好事不留名吧。"

常寒松问:"你说的团长是哪位?"

"常克勋,就是招我们当兵的那位首长。"老人记性很好。

常寒松端起相机嚓嚓嚓按下快门,拍下了付玉顺提到自己首长时那副骄傲的神情。老爷子是付玉顺一生遇到的最大的干部,而且在关键时候解决了他无法解决的问题,这应该是付玉顺心里最高兴的事。

任多秋仍然按照自己的逻辑提问:"您为什么不考虑个人问题呢?首长也建议您考虑。"

老人摆摆手,道:"找不得,有了老婆就要归老婆管,没法子再帮大珍干活了,一个人自己说了算嘛。"

"从来没想过吗?"任多秋紧追不放。

"日子不那么紧巴后,杜掌柜来信劝我找个老伴,我一辈子听杜掌柜的话,就这话没听,我没法一心两用,有了老伴就不能全心全意照顾嫂子了。"

杜光解释说:"两岸关系缓和后,父亲给家里写信介绍了那边的情况,父亲在台北又成了家,开了一个饭庄谋生。父亲知道了玉顺叔几十年来一直照顾妈妈和我们兄弟俩后非常感动,几乎每隔两个月就会写信回来,信里嘱咐玉顺叔不要苦了自己,尽快成个家。爸爸给玉顺叔寄钱,玉顺叔都给了妈妈,一分不留。玉顺叔说他是杜掌柜的兵,就是给杜掌柜卖命的,收了掌柜的钱心里会不安。玉顺叔还说当初要是没有杜掌柜收留,说不定早就冻死了,人得懂得知恩图报。"

杜明说:"当年邻村有个丧偶的大嫂听说了玉顺叔的事,托人来提亲。玉顺叔对她说:'跟我成家行,但成家后我主要心思还得照顾杜掌柜家。'话传回去,那个大嫂再没联系,当时自己家过日子都难,哪有余力去照顾别人?"

187

"杜掌柜回来过吗?"任多秋问。

　　"没有。"杜光说,"但我同父异母的弟弟回来过,捎回了爸爸的话,爸爸一条腿伤残,肩膀上又被刺了骂国家、骂共产党的文身,没法回来。爸爸不想让妈妈看到他不好的一面,他很自尊,他说等自己百年之后会分出一半骨灰撒到卧虎山上陪伴妈妈,陪伴玉顺叔。爸爸是 1997 年去世的,我同父异母的弟弟抱着爸爸的骨灰回来,我们到卧虎山上栽了棵油松。那个地方是玉顺叔选的,是山坡上一块椅子形小洼地,站在那里能看到老山头全貌,爸爸的骨灰就埋在油松树下。这棵油松长势喜人,现在已经长成了碗口粗,每年清明扫墓我们都会在树上系一条红绸带。"

　　"本来要埋个坟的,"付玉顺说,"卧虎山是景区,政府不允许埋坟,我就说栽棵树吧,这叫树葬。选油松是因为杜掌柜打仗那个沟里长的就是油松。"

　　"杜掌柜骨灰归来时,您老母亲还健在吧?"任多秋问杜光。

　　"母亲是父亲去世十年后走的。安葬父亲骨灰那天,妈妈也去了,第一捧骨灰是妈妈捧到树坑里的。妈妈没有流泪,捧着一捧骨灰久久不肯撒下去。妈妈说:'掌柜的,你还是挺有本事的,都残疾了还能在台湾找个媳妇,我支持你。等我死后骨灰就不往树下埋了,将来让玉顺来陪你,你们俩一个长官、一个护兵,到了阴曹地府也能横着膀子晃。'妈妈是为玉顺叔着想,她希望这对官兵死后能在一起。"杜光说,"妈妈说完这些话后玉顺叔接着说:'掌柜的,我听嫂子的,等我死后还来给你当勤务兵。'"

　　任多秋被感动了,主仆之间忠义之人不少,从古代田横五百士,到近代民国大公子袁克定的老仆人,但这毕竟是传说,现实版例子很少见,没想到在卧虎山下遇到了。从交谈可以看出,付玉顺不是个愚钝之人,他甚至很有些小聪明,比如吓唬那个想揪斗大珍的造反派就动了一番脑子。付玉顺在炕上静静地坐着,除了不时插话外,其他时间只是呆呆地望着对面那面白墙。任多秋顺着白墙往上看,才发现墙壁最上方有一张年画,那是一张很旧的年画,画面上是电影《英雄儿女》的镜头,头上缠着绷带的王成拉响爆破筒正要跳入敌阵。任多秋想,老人一定在这幅画中看出了某些令他凝思的往事。

"百年之后还要给杜掌柜当勤务兵?"任多秋望着老人似乎有些空洞的双眼问。

"忠臣不事二主,老辈人说得在理儿。"老人语气十分坚定地说,"人这一辈子,啥都可以换,就是主子不能换,换了就不是忠臣。"

任多秋一时无语。

杜光觉得这话不大合适,就说:"玉顺叔,我爸是您的领导,不能叫主子。"

"还不都是一回事?"老人没有改变想法的意思。

任多秋问:"您怎么看你们团长?"

"团长是好人也是坏人。"老人依旧望着墙壁说,"说他是好人吧,暗里帮忙给大光安排了工作,让大光到街里上班。到街里上班可是人人羡慕的好事,当年我就是坐着接亲的车去了街里,一去就不想再回来。大光在县里食堂上班挣工资、吃供应粮,这是托团长的福。"

"那怎么又是坏人呢?"常寒松问。他心里很紧张,不知道老爷子在卧虎山下有什么过错。

"团长也有不对的地方,我心里一直记着两件事,到现在也没解开这两个扣儿。一个是当年参军前,团长在馄饨馆里一边喝汤一边对我说:'小伙计,你当兵吧,你不是还没娶媳妇吗?参军打完仗给你领个美国大妮回来。'参军后我才知道,这是糊弄人,到哪里去找美国大妮?可是当时我信了,心里老想着美国大妮长啥样呢。"

杜光说:"玉顺叔呀,那是首长和你开玩笑,你咋当真了呢?"

"当大官的不能随便开玩笑,团长说得有鼻子有眼,谁都会当真的。"

"那么，第二件事呢？"常寒松问。第一件事他放心了，老爷子这话确实是玩笑，因为当时解放战争的老兵特多，很多人都到了应该成家的年龄，部队里就流传着这样一句调侃的话：打败侵略者，领个美国大妮回家当老婆。

"第二件事是团长派人来老山头调查杜掌柜。他专门派了一个小组，仨人，带队的是我们原来部队一团的毕政委。毕政委把我找到大队部谈话，说：'你们老团长常克勋给我打过招呼，要把杜司务长的历史问题搞清楚、做结论，我们就是为这事来的。我来是打个照面，见见你，接下来这几天会有调查组的另两位同志详细了解情况。'我说：'杜掌柜带我参军就是常团长动员的，我们的事他一清二楚，还调查个啥？'毕政委很严肃地说：'调查是对你和杜司务长负责，也是对你们团长负责。'毕政委厚厚的眼镜片让我看不清他的眼神，只觉得眼镜里大圈套小圈，一层层看着眼花。毕政委走后，留下的这两个人就开始调查，找社员谈话，查邮局包裹记录，了解我都在大队里干了些啥营生，还查我为啥不娶媳妇。他们走了很长时间后，公社公安特派员才告诉我，当时怀疑我是台湾特务，我不娶媳妇是担心暴露，怀疑杜家是特务活动据点，好在杜掌柜没往回寄过包裹。我当时就对团长一肚子意见，杜掌柜就是个开馄饨馆的厨子，他参军是你动员的，现在你又来怀疑他，这不是没碴儿找碴儿吗？"

任多秋问："毕政委来调查，怎么能说是你们老团长常克勋派来的呢？毕政委不归常克勋领导，两人平级。"

"那次团长来说过，要给杜司务长的事做个结论。他不说，人家毕政委怎么知道老山头和我付玉顺？"

任多秋对两兄弟说："老人肯定误解常克勋了，常克勋说要做结论是让你们家享受军属待遇，不是来调查你家是不是特务老窝。毕政委当时在地区革委会负责这方面工作，很可能常克勋和他打过招呼，让他过问一下这件事，他才亲自来看，因为毕政委当时负责战俘交换，他应

190

该记得杜掌柜去了台湾。当然,这事也不能怪毕克功,那个年代每个人的敌特思维都绷得很紧,抓特务已经成了孩子们的游戏,对这样的情况,组织上不可能不深挖细查。杜掌柜当了俘虏已经不光彩,去台湾更是变节之举,毕克功来调查也是职责所系。"任多秋话锋一转,看着常寒松道,"问题是毕克功调查杜掌柜恐怕不是目的,也许是醉翁之意不在酒。"

"也许吧。"常寒松点点头道,"老爷子怎么会有这样一个咬牙较劲的同学!"

两件事都说完了,老人把目光从墙壁缓缓地移到任多秋脸上,毫无表情地说:"都过去了,不管啥人都过去了,我现在心里头只有卧虎山上那棵油松,我想上山看看,腿脚不灵,爬不动,昨晚我还梦到那棵树往外淌松胶呢。"

任多秋问杜光:"令堂如何评价玉顺叔?"

"母亲是个一心向善之人,从青山镇回来就开始吃素,后来我才明白,母亲吃素不是为了信仰,纯粹是生活所迫,当时也吃不起荤腥,母亲吃素减轻了玉顺叔的压力。母亲家虽在老山头,但亲戚很少,什么家务活都得自己干,家里日子很难,1954年玉顺叔退伍回乡一切才好起来。玉顺叔的房子是复员时政府安置的,当时玉顺叔提出的要求是离我家近一些,这样照顾我家方便。玉顺叔帮助母亲扛起了生活的担子,却严守老嫂比母之礼,从不逾越规矩,这也是玉顺叔照顾我家几十年而村里没有闲话的原因。母亲去世时说了这样一句话,假如人有来生,自己宁可嫁个士兵,也不再嫁给军官。我和弟弟都认为这句话是对玉顺叔最高的褒奖。"

"令堂骨灰真的没有埋到那棵油松下?"

"母亲的坟在祖茔里,这是母亲一再交代的,我们只能按母亲的愿望办。母亲下葬那天有点毛毛雨,老茔的墓穴周围很泥泞,坟包圆起来后玉顺叔扑腾跪下去,对着新圆起的坟包说:'走好,嫂子,我付玉顺能和掌柜的交差了。'这句话把在场送葬的人都说哭了。我和弟弟扶起玉顺叔,发现老人家像瘫了一样不能自持。我想,玉顺叔是靠一份使命在活着,活在一种责任里,一旦使命和责任完成了,浑身的力气也就不会再高度集中了。也就是从那天开始,玉顺叔的眼神不再那么亮了,表情也开始发木,看什么东西总是出神。但玉顺叔脑子有条理,眼前的事也许记不住,过去发生的事却一清二楚,连细枝末节都能描述出来。今天你们来访,玉顺叔说了不少话,都是他的知心话。"

常寒松叹了口气道:"两位多灾多难的老人去世后没能合葬,这是一出悲剧。"

任多秋说:"夫妻没能合葬的名人、伟人不少,原因各异,像这种情况的恐怕绝无仅有,母亲宁可把自己的位置让出来给一个护兵,这在过去是可以写进方志的。我给老爷子写传记,此章一定不会缺席。"

常寒松提议去卧虎山看看,大家表示赞同,遗憾的是付玉顺老人爬不动山,无法和大家一起去。在场四个人,没一个年轻的,杜光便打了个电话,叫来村里两个年轻亲戚,让他俩轮流背着老人上山。老人听说要上山,脸上忽然间现出笑容,这笑容挂了一路。

村里没有鲜花可买,上山前杜光特意到供销社买了两尺红布,然后撕成布条带着,在树上系红布条是北地一种表达心愿的方式。车开到山下,上山没有台阶,是一条游客踩出的羊肠小道。

埋葬杜掌柜骨灰的那棵油松在靠近山顶的一块向阳洼地上,远远就能看到这棵挂了不少红布条的油松。油松很苗壮,树干鳞皮粗粝,树枝透着油光,松针呈墨绿色。这是画家们常常入画的一种松树,形美色正,是陵园绿化的绝配。

到了树下,气喘吁吁的年轻人放下老人,老人便急不可待地扑过去,摸索着树干寻找什么。杜光问玉顺叔:"您找什么呀?"老人说:"我昨晚梦到淌松胶的那个地方呢? 树流松胶是因为有了伤口,我要找到伤口包扎好。"

大家围着松树打量,果然在上部树杈处发现溢出不少金黄色松胶,那根树枝已经有些干枯。

"就是那儿,这是杜掌柜托梦给的我呀,真灵! 当年在朝鲜杜掌柜失踪那天晚上,我也做了个梦,梦见杜掌柜负伤,喊我给他右腿包扎伤口,后来我听说杜掌柜就是那条腿中了枪。我的梦一向准成,昨晚梦到有树胶,今儿个果然就看见了。"老人让背他的年轻人爬上树去,把枯枝折下来,然后用红布条缠住那个外溢松胶的伤口,自言自语道,"也许是啄木鸟干的好事,啄木鸟想啄出洞来存橡子。"老人告诉杜光,要给树喷点药水,防止患上坏皮病。

大家把红布条挂在树枝上,油松树顿时像鲜花盛开一样艳丽起来。

老人说:"你们到山顶望望风景吧,我在这里和杜掌柜说说话。"

大家心领神会,便一起登上山顶。登到卧虎山最高处,常寒松兴奋起来,这座山的形状太神奇了,简直就是一只巨大的猛虎趴在绿色的平原上。高昂的虎头、呈弓状的虎身以及弯曲的虎尾,他们站立的地方恰好是虎背,适合观察卧虎山全景。常寒松拍了许多照片,每一张都可以做屏保壁纸。他对任多秋说,老爷子一定登上过卧虎山,这座山给了老爷子诸多启示,否则他不会如此在意这样一座孤零零的山。任多秋说如果有启示,一定在这个"卧"字上,猫科动物绝大多数时间是卧着,绝不像豺狼狐狸那样到处流窜。卧是养精蓄锐,也是一种以静制动,诸葛亮的别称不是叫卧龙吗? 卧龙与卧虎都是潜龙勿用。

杜光提到一件事,说1979年冬天,部队在卧虎山挖战备工事,结果发现挖不成,因为挖去土层后下面就是火山灰,一挖就塌,后来就没有再挖,有人就说卧虎山原来是一座没有骨头的山。常寒松摇摇头道,这是卧虎山对自己的最好保护,若不是这样,山就会被掏空内脏,变成一副空皮囊了。

大家几乎绕着山顶转了一圈,山坳里有成片的芦苇,芦苇中间是个不大不小的天池,天池里有几只水禽在觅食。常寒松用长焦镜头拉近一看,是几只漂亮的鸳鸯。

走了一个多钟头后,杜光建议回去,说山上风大,别让玉顺叔着凉。

大家原路返回,远远地看到付玉顺老人在松树下坐着,背倚着树干,面朝老山头方向。杜光叫了两声玉顺叔,老人没有答应。

人们走近再看,老人双眼紧闭,嘴唇微微张开,低头瞌睡一样。杜明靠近又叫了两声,发现情况不对,摸了摸老人颈动脉,扭头哭着说:

"玉顺叔走了!"

第十四章　麦海

麦海乡一乡连四县，麦海村四湾一面坡。

这是老爷子自传提纲中写的一句话。老爷子三下麦海，对这个有着丰收寓意的地名情有独钟。他在自传提纲中这样写道：

三下麦海与一个叫花千里的女人有关，保护了花千里，麦海的麦浪才不会成为怒涛。

老爷子所保护的女人，是毕克功要查办的对象。

当时毕克功在地区革委会政工组，常克勋在政法组，政治运动归政工组，处理敌我矛盾在政法组，分工虽然有些粗线条，但还算明确，没有乱到葫芦搅茄子的程度，也就是说，毕克功想动用司法手段来定案抓人，需要报到政法组走程序。

毕克功要查办花千里，是因为这个女人对村里开展学习小靳庄活动说三道四，利用宣传画美化孔老二。毕克功对这件事做了批示，要求成立专案组，大挖特挖深挖。任何一场运动都离不开典型，"批林批孔"运动也是如此，花千里的暴露正好弥补了这个缺憾，所以毕克功亲自给常克勋打电话，希望运用专政手段抓好这个反面典型。如果仅仅打个电话也就罢了，问题是政工组又专门发来公函协调此事，这样政法

195

组就不得不认真对待。公函到了组长案头,这位现役军人对毕克功将手伸到政法组的做法很不高兴,提笔批了这样一段话:

> 按照《关于正确处理人民内部矛盾的问题》这一最高指示精神,把握政治方向,站稳阶级立场,认真调查,严肃处理,促进"批林批孔"运动深入开展。请克勋同志阅处。

这段文字挑不出任何毛病,但实际上已经定了性,这是人民内部矛盾。领导批示往往有很大学问,阅处、酌处和阅办,含义有很大区别。另外批示中是不是要结果,弦外之音是什么,需要认真研究。关于花千里这个案子,组长并没有要结果,说明它在组长心里不挂号。也难怪,政法组要处理的杀人放火强奸案件多得很,谁愿意在一个有关小靳庄、孔老二的农村妇女身上浪费时间精力? 常克勋当然理解组长的批示,但因政工组专门发了公函,不得不有个交代,这样他便有了三下麦海调查处理花千里的一段经历。

老爷子在麦海都做了什么自传提纲里没有多写,任多秋在认真研究了老爷子这句诗一般的呓语之后认为,花千里一定是个富有魅力的女人。去麦海当然要寻找花千里。

在任多秋和常寒松的印象里,老爷子还从没有对谁有这么高的评价,包括蓝水瑶。把一个女人和一个地方的文化联系起来,花千里是唯一一个。两人都清楚,根据年龄推断,花千里很可能不在人世,但花姓是当地大姓,后人应该还在麦海。

麦海位于朝阳山西麓,科洛河源头。站在长满茂密油松和柞树的朝阳山高处朝西南望开去,是一望无际的平原,这是松嫩平原北端,因为适合种植小麦,故有"麦海"之称。任多秋说这里很像新疆的江布拉克①，来了有不想走的感觉。常寒松也觉得老爷子能来这里三次，必定有愿意来的理由。一个人喜欢某个地方，要么是因为人，要么是因为景，老爷子很可能是两者兼而有之才来，否则以他的身份完全可以派别人来。

不得不佩服任多秋，来北地才十几天，这家伙就练成了一双猎犬的鼻子，能凭嗅觉辨别方位。两人下车走进幽静的麦海村，没有向路人打听，只是观察了一下民房，任多秋便直接奔向一个套着红砖花墙的宅子，上前叩响门闩。不一会儿，一个老妪推门出来问找谁。任多秋说找村支书。老妪点点头，侧身把两人让进院子。这情景把常寒松惊呆了，任多秋是怎么知道这是村支书家的呢？当着老妪的面不好多问，便跟着老妪进到屋内。

屋内光线特足，阳光从宽大的玻璃窗照进来，洒满一面火炕。火炕上铺着苇席，苇席已经磨得发亮，透出暗红色。炕中央放了个白柳条编成的烟笸箩，里面有黄烟、卷烟纸、打火机。一个秃顶、戴着花镜的老者正靠着被垛看报纸。见到有客人来，老者坐直了身子，放下报纸指指炕沿说，坐吧。任多秋猜出这一定就是村支书了。任多秋从兜里掏出一盒中华烟，抽出一支很恭敬地递过去。老人将烟挡回去，用一种生冷的语气说："你们为菱角湾来的吧？这事不成，我和镇上、县上都说过，只要我老刁头儿还在，谁也别想打菱角湾的主意。"

任多秋从对方刚才的话里知道了书记姓刁，急忙解释说："我们从北京来，不知道什么菱角湾的事，我们是来打听一个人的。"

刁支书意识到自己误会了，从炕上下来，穿上布鞋，抱歉地笑了笑说："这几天一直有上面的人来做动员，说要开发菱角湾，想把那片湿地开发成稻田，我顶着呢，麦海可以开发的地方那么多，为啥非要毁掉菱角湾呢？菱角湾是北地之眼，眼不能瞎。"

---

① 江布拉克：位于新疆奇台县半截沟镇南部山区，在哈萨克语中意为"圣水之源"。风光绮丽多姿，是古丝绸北道重要景区之一。

任多秋对最后一句话产生了兴趣,北地之眼？这不像出自老农的话,就问:"怎么叫北地之眼呢?"

"这是花姑的话,我在嚼她的馍。"

"花姑是谁?"任多秋问。

"就是花千里,我们都叫她花姑。"

任多秋心中一喜,没想到歪打正着,一句话就引出了花千里。他对刁支书说:"我们就是来了解花千里的,花千里和这个北地之眼有啥关系呢?"

刁支书是个很油的村干部,见啥人说啥话。任多秋问到花千里和菱角湾,他立马来了精神,带着一丝怒气说:"菱角湾万万动不得,科洛河从朝阳山流下来,流到菱角湾就不愿意往下走了,在草甸子里打转转,形成了些大大小小的泡子,泡子里长满菱角,老百姓就把那片大甸子叫菱角湾。菱角湾在麦海人眼里是个瘆人的地方,都说菱角湾水忒馋,犯邪,夏天湾里能看到水面漂着几尺长的黑鱼,像死猪一样半翻着肚皮,曾有个放牛的光棍儿汉下水去捞,那死鱼却一翻肚皮没入水里,而下去的人则被菱角秧缠住溺水而亡。于是有传言说菱角湾的漂筏都是吊死鬼变的,水下有索命绳,专牵下水的人。但花千里不这么看,花千里说菱角湾是北地之眼。眼睛在,麦海才有灵气;眼睛若是瞎了,麦海就不是麦海了。花千里根据啥这么说我不知道,反正我知道菱角湾动不得,花千里的话不会错。"

任多秋问:"花千里她老人家还健在吧?"

"总有外地人来找花千里,以为她是大仙,其实人家是个民间艺人,画匠,画箱子、画柜子、画炕琴、画家谱祖宗,用现在的话说是非遗传人。她出名是因为创作树皮画、麦秸画,当年很多领导用她的特色画当礼品送人。"

任多秋明白了,花千里原来是个民间艺人。

"花姑去世多年了,八十四岁那年走的,墓地就在菱角湾旁一片棠棣树林里，一座孤坟，村民叫花姑坟。村民的墓区在山坡上，只有花姑埋在菱角湾，让菱角湾更多了些说法。花姑去世后，因为村里有不许乱葬的规定，她的女儿小燕就来问我，说能不能把坟埋在菱角湾，我说别人不行，花姑没问题，没人敢和花姑比。花姑没有儿子，丈夫早逝，有两个女儿，大燕和小燕，大燕在城里当老师，小燕在麦海小学当校长。"

任多秋有些遗憾，花千里要是活着多好，一定会有许多故事可以挖掘。他故意设了个埋伏问："听说花千里一生有许多坎儿，是吧？"任多秋来北地学会了许多方言，知道农村把人遇到劫难叫"坎儿"，渡过劫难叫"过坎儿"。

刁支书点点头道："是有挺多坎儿，小的不说，大坎儿应该有三回。"

任多秋抽出两支中华烟，递给刁支书一支，另一支自己含在嘴上，然后把香烟放到炕上，从烟笸箩里拿起火机给刁支书点上，自己也点着了，吸了一口便夹在指间不动了——任多秋不抽烟，带烟是为了联络感情。他对刁支书道："您慢慢讲，我们这次来麦海就是采访有关花千里的故事。"

刁支书吸了口烟，眯着眼睛道："花姑的事问我算是问着了，我老刁一辈子谁也不服，就服花姑，花姑简直像观世音再世一样神奇。

"花姑第一回大坎儿应该是土改那年，1947年。麦海大地主刁世雷被镇压，这事与花姑没关系，花姑却被牵连上了。花姑从小就跟一个女叉玛①学画画，因为家里穷，买不起颜料，就在家里创作桦皮画、烫画。当时，土改镇压地主恶霸的指标是每村三个，通知下来后贫协的几个头头儿开会商量，年轻的贫协主席花宝山提议杀刁家三口，就是刁世雷、刁世雷的弟弟，加上狗腿子账房刁世雨。参会的另一个人和刁家有世仇，主张斩草除根，刁家一个不留，免得将来被报复，这样睡觉也安

---

① 叉玛即巫师，由"萨满"一词演绎而来。

稳。还有一个参会的说上级定了仨指标,是不让大开杀戒,最多杀三个,杀全家就是个事儿了。花宝山是花姑的侄子,一时拿不定主意,晚上就悄悄来问花姑。花姑说凡事适可而止,土地和浮财都分了为啥还要杀人? 人头不是西瓜,不能说切就切。花宝山说刁世雷必须死,不杀刁世雷对上对下都没法交代,那些分到浮财的人也会偷偷把东西送回去。花姑说非要杀人也要等秋天,杀错了季节会遭天谴。花宝山听了姑姑的意见,就把刁世雷关到秋天再执行。对刁世雷执行死刑头一天,县工作队队长叶梅来到麦海,她是特意来监督执行的。叶梅是现役军人,战场上真刀真枪打过仗,见过的血和流水一样,对执行死刑这样的场面完全能镇得住。花宝山将执行死刑的地点选在菱角湾,菱角湾草茂土松,行刑后随便挖个坑就埋了。谁知头天晚上村里出事了。傍晚,花姑路过关押刁世雷的那间谷仓,见看守谷仓的民兵六子正在那里抠嗓子,就问他怎么了。六子说:'宝山哥派人给刁世雷送断头饭,给我也捎了一份,我心里就觉着别扭,不想吃却又饿,闻着碗里炖的小鱼挺香,就不管是不是断头饭,先吃了再说。我忘记小米干饭不能就着鱼吃这个古训,一吃嗓子眼儿真就卡了鱼刺,鱼刺上不去下不来,又疼又痒痒。'关押刁世雷的那间谷仓十分简陋,原本是刁家的下屋,就是一个木板房,村里没监狱,把刁世雷关押在这里也是没办法的事。谷仓木门没上铁锁,外面门闩用麻绳系着,六子戳支步枪就在门前站岗。大概关在谷仓里的刁世雷听到了花姑说话,在里面大声呻吟起来,花姑问里面咋了,六子说:'该不是也卡鱼刺了吧? 我开门看看。'六子就解开麻绳,训斥刁世雷为啥叫唤。刁世雷说喉咙卡了鱼刺,难受。花姑说:'你俩等着,我回家拿些醋来,醋能化鱼刺。'花姑回去端了一碗陈醋,让六子到街中心,面朝西方含上一大口醋仰脸闭眼别动,需要含半袋烟工夫。花姑又打开谷仓门,让刁世雷也这么做。刁世雷就是趁六子背朝谷仓闭眼含醋的当口,老鼠一样悄悄溜了。等六子咽下嘴里的醋回头看时,谷仓门开着,花姑坐在门口一动不动,知道坏事了,问刁世雷哪去了,花姑不说话,问了几遍,花姑一把抱住六子就哭起来。好一会儿六子才说:'花姑你别抱着我,我得去抓刁世雷呀。'花姑放开手,六子端着枪出去四处张望,谷仓北面就是黑黢黢的山林,房前屋后连个鬼影都没有。六子朝天放了一枪,不一会儿,叶梅、花宝山,还有几个民兵听到枪声都赶来了,大家分头去找,折腾了半夜也没找到。刁世雷就这么跑了,次日的死刑没了执行对象。

"叶梅怀疑是六子和花姑放了刁世雷,花宝山不相信,那时花姑还没结婚,为啥要冒杀头的危险救一个地主?六子三代贫农,刚刚翻身解放,没有理由当叛徒。事情的结果是六子在那间谷仓被关了三天禁闭,花姑被工作队找去审了三次,回家病了好几天。这事便拉倒了。其实花宝山也怀疑是姑姑放了刁世雷,只不过他不能说出自己的怀疑,一旦他和叶梅意见达成一致,花姑就性命难保。

"这应该是花姑经历的第一道坎儿,差一点就搭上性命。

"第二道大坎儿出现在 1974 年,说来也怪,1947 年和 1974 年,好像时光在倒流。这一年花姑差点被抓。花姑是个家庭妇女,天天给四乡八邻家里画箱子画柜。麦海人喜欢臭美,新打的柜子、箱子、炕琴,都要请花姑画上花鸟。花姑画工好,画得吉祥喜庆,当地家家户户都有她的画。1974 年 1 月,开展'批林批孔'运动,公社要画宣传画,文化站里没有能画的,就请花姑来画宣传墙。文化站不给钱,说画完之后剩下的颜料、油漆都给花姑带回去。应该说这个条件比给工钱还好,花姑就去了,宣传墙画得很快,只用了两天工夫,公社砖房两面相对的山墙就画好了。公社干部看了都说好,夸画得像年画一样。但地区一个姓毕的领导来视察却发现了问题。公社领导把这位大干部领到宣传墙前参观,本想讨几句表扬,没想到大干部看完脸马上就阴了,问是谁画的。公社领导说一个叫花千里的妇女,是个民间画家。大领导说:'花千里这个名字怎么这么古怪?听起来不像无产阶级应该取的名字。'就让公社领导把花姑叫来,他要亲自问问。花姑被叫来了,在公社一间满是灰尘的会议室,花姑和这位大干部有了一次交锋。花姑后来几次提到两人当时的对话,说这次对话有硫黄味儿。那个戴着厚厚眼镜的大干部铁着脸问:

什么时候开始学画的?
从小。
跟谁学的?
一个叉玛。
叉玛就是跳大神的吧?
她不跳大神,是个瘫子。
为什么要把孔老二画那么漂亮?
我心里的孔老二就长那个样子,你要是有照片我可以照着画。
你对'批孔'有意见?
我是个农村妇女,不懂政治。
可是你在美化孔老二。
那你说孔老二该长什么样子?
你立场有严重问题,需要做深刻检查。

"大领导找花姑谈话话不投机,公社干部看见领导从会议室出来脸都绿了。大领导现场开会做了指示:第一,要把墙上孔老二的脸涂成灰色,不能是大红脸,有反面人物是大红脸的吗? 第二,要组织社员对花姑进行批判,批判她美化孔老二的险恶用心。并说这事还不算完,要进一步处理。大领导回去后,一个调查组进驻麦海。你们知道,调查组谁也惹不起,花姑处境十分危险,只要调查组做出的结论歪一歪,花姑就死定了。好在花姑遇到了一个姓常的大干部,这个大干部也找花姑谈话,谈了三次,谈了什么你们可以去问小燕。麦苗半尺高的时候,调查组撤了,我们都觉得是这个姓常的大干部保了花姑。"

任多秋和常寒松都知道,"批林批孔"到 1974 年 7 月基本就消停了。

"第三道坎儿就是菱角湾了。实行包产到户后,一个来自牡丹江的商人想承包菱角湾,花姑知道后找到当时的村干部表示反对,花姑说菱角湾包不得,包出去村里子孙后代会遭殃。村干部问为什么,不就是一片水泡子吗? 花姑说这些水泡子像人的胃肠一样留住了科洛河水,一旦胃肠坏了,科洛河水穿肠而过,麦海就完了。村干部让花姑讲讲道理,花姑说那个承包菱角湾的商人无非想开荒种水稻,种水稻就要开渠,把水排出去,把甸子变成半水半旱的稻田,雨季来的时候,朝阳山上下来的科洛河水会像刷子一样把田里的土刷到渠里去,冲到下游,长此以往,麦海只能在石板上种麦子了。村干部觉得花姑说得有道理,就停止和那个商人签合同。那个商人是个黑白两道走得通的社会人,心里恨透了坏事的花姑,有天就带着俩人到花姑家找事。他们不走院门,把花姑家的杖子蹬倒,然后踏着杖子闯进来。杖子上盘着豆角秧,杖子一倒豆角秧就扯断了,这些人是故意来闹事。花姑家当时养了三条狗,都是通体黑色,平时很温驯,没见这狗咬过人。听到有人来,花姑把狗叫到屋里关上门以防伤人,然后自己来到院子里问他们为啥要蹬杖子。来人说:'你一个老娘儿们管那么多事干啥? 好好在家待着不行吗?'花姑说:'我干啥和你们有啥关系? 你们赶快离开我家,要不我可不客气。'来人哈哈大笑,说:'一个老娘儿们还吓唬我们,找死呀!'其中一个过去一脚蹬倒了窗台前的酱缸,弯腰捡起一块石头要砸缸。这时,花姑转身拉开了屋门,三条大黑狗旋风一样冲出来扑向来人。三只黑狗似乎有分工,一条扑向一人,领头来的那个人冷不防被狗扑倒,让狗咬住了半边脸和一只耳朵,疼得杀猪一样号叫。砸缸的那个被狗咬住了膀子不松口,抢着狗在转圈。另一个跑到杖子上,被狗叼住了屁股,双手抱着脑袋直叫唤。黑狗辟邪,哮天犬就是黑狗,黑狗连鬼都不怕,还怕几个流氓? 这次人狗大战的结果是三个来犯者完败,领头的那个被

203

狗毁容,半个耳朵被狗撕下后找不到了,脸上也留下一道深深的伤口。膀子和屁股被咬伤的两个吓了个半死,后来据说一看到黑狗就腿肚子转筋。派出所出警后发现三人都带了凶器,明显是来找碴儿的,花姑不负法律责任,连医药费也不用出。当然,花姑窗前一缸大酱白瞎了。这道坎儿看起来容易过,其实也有点后怕,派出所民警悄悄告诉花姑,说:'你得感谢黑狗嘴下留情,要是真把人咬死,狗的主人难免负法律责任。'

"这三道坎儿摊到一个农村女人身上都是大事,花姑能摆平也相当不易,我知道老花家在麦海没啥权势,很容易叫这些坎儿绊倒。"刁支书讲完了,在讲述过程中抽了三支烟,屋内弥漫着不浓不淡的烟味。

任多秋问:"花千里对您这个村干部有过帮助吗?"

"那当然有,"刁支书说,"不瞒你们说,当年从谷仓逃走的刁世雷就是我爷爷,这真是三十年河东,三十年河西,风水转得这么快。当年我爷爷是花姑放的,花姑解开绳子,给我爷爷使了个向山林方向快走的眼色,我爷爷便悄悄出了谷仓,撒丫子往林子跑了。朝阳山林子连片,人进了林子就像鱼进了大海,会变得无影无踪。我爷爷经常接济山里的鄂伦春族猎人,和当年这些住撮罗子的少数民族兄弟多有交集,也知道他们在高岭一带的驻地,跑进林子后便直奔高岭而去。我爷爷运气不错,没遇到狼群,并很快找到了鄂伦春族人居住的撮罗子。一个经常到刁家换盐和火药的老猎人收留了他,让他改姓莫,并换上了猎户的衣裳,不要洗脸剪头发,平时就在撮罗子里看家。新政府对少数民族兄弟一向高看,从不打扰他们的生活,我爷爷就这样随着猎人部落一直生活到 1953 年。当年政府动员鄂伦春族人从山上下来定居,结束世世代代游猎的生活。就在这年,我爷爷因年高生了病,去世前写了两封信。一封给家人,主要是说这几年多亏鄂伦春族兄弟照顾,方能苟延残喘至今,希望后人能替他报答救命之恩。同时嘱咐家人今后遇到什么大事,要去求花千里点拨,花千里是麦海的活菩萨。第二封信是写给花千里的,说自己虽然家产不薄,却没能留下一张照片,央求花千里凭记忆给他画一张像留给刁家后人,算是留个念想,这是再造之恩,生死不忘。我的父辈们觉着两封信里有秘密,爷爷有照片,怎么能说没有呢?活菩萨不是救命菩萨吗?再造之恩、生死不忘这些话指什么?父辈们都不笨,马上就想到了这是指花千里的救命之恩。不搞运动之后,我问过花姑,她承认是自己放了刁世雷,当时觉得刁世雷没啥血债,就是家里地多牲口多,对长工也厚道,就想了个法子把刁世雷放了。她说:'你们刁家要谢谢六子,六子心软,按规定刁世雷要绑起来的,六子看蚊子太多,把刁世雷叮得满脸大包,没有上绑是为了让他自己驱赶蚊子。'很可惜刁家没法报答六子了,六子土改后参军南下,在湘西剿匪牺牲。"

"就因为爷爷有交代,你才重视花千里的提醒,不同意开发菱角湾?"

"就是这个理由。"刁支书说,"好在上头也开始重视生态了,不用像花姑那样养狗看家,我们不签字,没人敢硬来。"

"花千里和姓常的那位大干部谈话都说了些什么谁能知道?"任多秋问。

"他们谈了什么我不清楚,也不好问花姑,但大燕、小燕肯定知道,因为 1974 年大燕、小燕都上学了,花姑回来肯定会和她俩讲。当时都以为公社要开大会批斗花姑,花姑也有了思想准备,但谈过之后这事消停了。我知道花姑对这件事只说了一句话:这个世上总有讲道理的人。"

"麦海为什么会成为'批林批孔'的典型?这个运动好像与农村关系不大。"任多秋说,"这样的典型应该出自文化单位才对。"

"麦海民风淳朴,什么工作都不甘落后,被上面选了当典型再正常不过,不想这个典型没当多久就叫花姑的一幅画给断送了。后来公社领导还说,花姑做了一件好事,要是继续当这个典型,后来就丢人现眼了。"

"花姑真有那么高的觉悟吗?"任多秋觉得这是一个很重要的问题,也就是说花姑的行动是有意识还是无意识,如果无意识,那只能算是意外巧合。

"我听小燕说过,教花姑画画的叉玛是个格格,出自清朝大户人家,特别崇尚孔孟之道,对萨满文化有很深入的研究,之所以被人称为叉玛,是因为她总给人讲叉玛故事。花姑从叉玛身上学到了许多传统文化知识,对'批孔'心有抵触,就不忍心丑化这个大圣人。"刁支书说,"你们去学校找找小燕,她知道的比我多。"

离开刁支书家时,刁支书把炕上半盒中华烟还给任多秋:"你的烟,别落下。"

任多秋把烟推回去道:"烟您留着抽吧。"

刁支书把烟硬塞回来:"麦海人不兴这个。"

走出刁家院子,常寒松问:"你咋知道这是村支书家?"

"说不清,"任多秋说,"就是一种感觉,好像有一股风往这里抽我的身子。"

麦海小学在村子北侧,一排向阳的红砖房。上午,学生正在上课,操场静悄悄的。校园大门没设门卫,就那么敞开着,大门边有一口架着辘轳的水井,青石砌成的井口有许多深深浅浅的凹痕。

校长室在教师办公室旁,任多秋轻轻敲了敲门,一声脆生生的"请进"传出来。两人进到办公室内,一个头发花白但肤色白润的女人起身相迎,想必这就是小燕校长。任多秋做了自我介绍并说明来意,小燕校长很热情,请两人到沙发落座,给每人面前放了一瓶矿泉水。任多秋注意到矿泉水商标上有"菱角湾"三字,估计这是来自菱角湾的天然水了。

"两位想了解我母亲什么事呢?"小燕校长问。

任多秋说,主要想知道当年常克勋来麦海两人都谈了些什么,老人家怎么看常克勋这个大干部。

小燕点了点头道:"这不难,母亲对我和姐姐都提起过常克勋这个人,也说过两人谈话的内容。我觉得母亲很伟大,看人特准,当时谈话回来就说这个姓常的日后会有大出息。后来真让母亲说中了,常克勋从白河到省城,然后进京当了部长。

"常克勋找母亲谈了三次话,这是在调查组多次谈话之后谈的。母亲当时被谈得有些光火,这次听说是大干部谈,便准备好了唇枪舌剑干上一回。母亲甚至对姐姐和我做了交代,一旦被送进学习班,就让我们到邻村舅舅家去吃饭,还特意磨了一袋面粉做口粮。

"两人谈话气氛一点也不紧张,常克勋让母亲讲讲孔子是个什么样的人。母亲就说:'孔子不是帝王将相呀,充其量就是个民办老师,尽管当过一段时间官,但很快就辞了。孔子教学,既教有钱人,也教穷人,批他干啥?他有个叫颜回的学生,家徒四壁,连窗户都没有,用瓦罐来挡风,吃了上顿没下顿,但孔子最喜欢他,这样不嫌贫爱富的老师上哪里找去?他主张正义,看到有违反纪律的事就出头去管,这不是反潮流吗?他主张活学活用,赶辆破车带一众学生去周游列国,吃了那么多苦,等于搞了十四年教学实践。我们今天能读到《诗经》,那些骂奴隶主为大老鼠的批判诗,都是孔子编纂的呀,孔子修订《春秋》,让那些有狼子野心的人感到害怕,这都是好事。为啥要把这样一个死去两千多年的老头和那个搞阴谋的林彪连到一起?批一个人,要让人口服心也服才成,你们要想批,就把批的理由找足找准,别一身破绽不能自圆其说。'

"常克勋说,'批孔'是一个象征,主要是批一种复辟思想。

"母亲说那就是含沙射影了,有话好好说,这样拐弯抹角多影响团结。

"第一次谈话常克勋只是听。常克勋是军人出身,对孔孟学说了解不多,母亲讲孔子学说等于为他补了一课。

"第二次谈话,两人主要谈萨满文化。常克勋问了母亲的老师,问

207

了萨满文化的精髓。母亲说如果把萨满理解成迷信那就太狭隘了,萨满除了一部分中医经络和草药知识外,最重要的是心理暗示,靠暗示来激发人自身的免疫力、抵抗力,从而达到祛病目的。比如一个人病了,找来萨满跳神,跳神时借请来的神仙之口说无大碍,身上的病魔已被驱走,你很快就会好,来自神灵的说法对患者是莫大的安慰,患者会觉得自己真好了,状态马上就不一样了。所以说萨满能够治好一些非器质性疾病是有道理的。母亲说她的老师做过统计,得病被吓死的要占三成。母亲讲了自己经历过的一件事,邻家一个老太太整宿睡不着,来找母亲诉苦,说再睡不着就要到菱角湾上吊去。母亲说:'你睡不着是因为灵魂出去溜达了,你把魂招回来就能睡好。'她问怎么招,母亲说叉玛有个招法,就是每天晚上在自家门前的街上来回走六趟,不能停,嘴里要小声说'回来吧,回来吧'。这个法子果然好用,第二天她就来告诉母亲说睡了一个踏实觉。当时常克勋觉得奇怪,问为什么这个法子很灵。母亲扑哧一声笑了,说家门前那条街是麦海村主街,从东到西有八百步,来回走六趟是多少步?一个老太太走那么多步,不累得倒头就睡才怪呢。母亲的话把常克勋逗笑了,说:'你这人挺坏的。'

"这次谈话常克勋问了母亲的老师。母亲说老师姓金,是个旗人,不知什么原因举家从外地搬迁到麦海和公婆住在一起,老师有个儿子在日本,从来没有回来过。金老师的腿为何致残,是枪伤还是刀伤,她从不对外人说。金老师家里书特多,全用柳条箱子装着,有十几箱,还有满文、日文书。她丈夫在远洋船上工作,常年在外。金老师在家里画画,画攒多了丈夫探亲时都会拿走。母亲跟她学画,也跟她读书。母亲没有上过正规学校,文化知识都是金老师教的。母亲特崇拜金老师,说自己身上有金老师的影子。'文革'时期有外调的干部来找过金老师,但那个时候金老师已经年龄很大了,说自己脑子糊涂,啥事也记不住了。有个外调干部曾和村干部说:'你们这么偏僻的地方竟然落着一只金凤凰,了不起。'后来母亲猜测,金老师很可能是大清朝的遗少,到麦海是避难。事实上金老师一家的选择是对的,动乱年代的麦海风平浪静,金老师家里那十几箱书得以保全,她本人也没有遭受批斗。

"第三次谈话谈了画画的事。常克勋问母亲为什么喜欢上画画,那些麦秸画、桦皮画、烫画的灵感来自哪里。母亲喜欢这个话题,说自己虽然画箱子、画柜,其实每一张画都是画自己的内心。北地没有牡丹,但她最喜欢画牡丹。金老师说画画的最高境界是画出自己想要的样子,而不是花草原本的样子。这句话母亲琢磨了好几年才明白,画画并不是画得越像越好,而是画得越真越好,如果说像是皮毛,那么真就是筋骨,好画家要画出筋骨来。这个很难把握。母亲画的牡丹有一种动感,就是追求风中牡丹的样子,而那些静静绽放的牡丹,缺少一种真的味道。母亲给人画家谱也是这样想的,人家的祖宗母亲肯定没见过,都死去上百年了,那个时候也没有照相机,谁知道老祖宗长什么样子?可是母亲给他们画的家谱他们都说像,为什么像呢?母亲的诀窍就是照着他们后人的眼神来画,人遗传中最不容易改变的有两样东西,一样是疾病,另一样就是眼神,尤其不经意中露出的眼神。母亲照着他们后人的眼神画,尽管家谱上的人穿着长袍马褂,但他们的后人能从眼神中找到自己的影子。

"母亲的话让常克勋十分佩服,说麦海村真是藏龙卧虎。

"母亲画树皮画和麦秸画是从动物那里得来的灵感,作画前她会把脑子里的动物打碎,然后在画面上一点点拼出来,这样作画必须做到胸有成竹,否则拼出来的就不是好画。母亲说自己最不忍心作的是烫画,在桦树皮上烫画心里很难受,觉得桦树把皮都剥下来供你烫画,你烫不好对不起那棵树,桦树一旦剥了皮是活不了的,所以每张画都是一棵树的命。母亲在烫画时,听到烙铁发出嗞嗞的声音,就觉得这是桦树在哭泣,心便会揪紧。所以母亲特看重桦树皮烫画,也明白了俄罗斯人为什么喜欢用它加工圣母像。

"这次谈话,常克勋向母亲要了一幅桦树皮烫画,画很小,画面是一只兔子。"

常寒松心里咯噔一下,父亲书房里确实有一张很小的烫画,上面是一只惟妙惟肖的獭兔,原来这画出自花姑之手。

小燕校长说:"常克勋这幅画没有白要,留下了五块钱,母亲收下了,但这五块钱一直没花,贴在另一幅烫画后面。"

花千里的故事讲完了,小燕校长提议可以到她家里看看母亲的作品陈列。母亲去世后,两姐妹把母亲的房间布置成了母亲作品陈列室,以此来纪念母亲。

走进这间陈列室,两人发现花千里的作品果然不俗,有一种与众不同的风格,这风格是一种整体粗粝、原生态和局部精致的完美结合。常寒松手里的相机咔嚓咔嚓响个不停,突然,常寒松停下来,呆呆地看着墙上一幅二尺见方的肖像烫画。小燕笑了笑说:"这就是当年找母亲谈话的常克勋,母亲谈话回来创作了这幅画,母亲很用心,连眼角的细纹都烫了出来。你们看,常克勋的眼神是不是内容很丰富?我和姐姐都猜想,这个领导一定是爱上母亲了,当然,母亲也特别喜欢他,那五块钱就在这幅画的后面贴着呢,这五块钱虽不能再流通,但据说收藏增值了许多倍。"

任多秋用复杂的目光看了常寒松一眼,点点头道:"是增值了。"

第十五章　双泉

榻上呓语：一窝黄口乳燕嗷嗷待哺，我站在屋檐下甚至无法长吁短叹，我问自己，你什么也不能做吗？我回答说，他们应该去寻找属于自己的虫子，挤在巢里没有未来。

关于这句呓语应该置于哪个地方任多秋和常寒松有过争论，任多秋认为是三年困难时期老爷子任职的地方，因为呓语中透出了饥饿感。常寒松则认为这句话应该与教育有关，仅仅是饥饿老爷子不会感慨这么深，三年困难时期，谁没有饿肚子呢？两人反复研读自传提纲，终于找到与教育有关的一句话，但这句话只是叙述，没有任何评价：

携一路风尘赴双泉中学处置学生乐果中毒一事。

任多秋觉得常寒松说得有道理，这句呓语应该是针对学生乐果中毒一事，而事发地点就是这里提到的双泉中学。老爷子时任白河地区主管文教卫生的副专员，学校发生食物中毒事件他自然要去处理。

查阅有关资料，双泉中学这次学生乐果中毒一事没有任何记载，教育系统怎样处理、卫生系统什么态度、中毒学生怎样、责任人受到什么处分一概不知。任多秋心里自言自语，老爷子自传提纲白纸黑字写着的事，过往资讯里怎么没有任何蛛丝马迹呢？常寒松揶揄道："这样的消息给你们，你们能发？"任多秋摇摇头，含糊其词地说："其实找好角度处理成果还是可以报的。"

两人在白河地区行政地图中找了半天，才在一条不起眼的国道旁找到了双泉这个地名,双泉中学肯定在这里了。再找教育资料,结果令人失望,双泉中学是一所农村初中,学校规模很小,难道事情会发生在这样一所学校?

两人决定去双泉镇。

双泉,顾名思义,是一个泉水资源丰富的地方。驱车来到这个地处讷谟尔河之滨的小镇,会发现路旁竖有许多关于矿泉水的广告牌。什么世界三大冷矿泉之一,什么泉中极品,什么祛病神水,等等,这些说法并不为过,双泉这个地名存在了至少两百年,泉水祛病也并非虚传,因为从双泉北上不到二十里,便是著名的五大连池矿泉城。双泉镇所辖村庄多与"泉"字有关,比如宝泉村、龙泉村、临泉村等等,"泉"字能入地名足见人们对泉水的钟爱。小镇没什么风景,也无古迹,普通得像北地随意遇到的一个乡镇。任多秋觉得可惜了地利,教育和文化一定要有地气,地气不是风水,而是一个地方历史文化的积淀,有了这种积淀自然就会养育出文章士子,反之,薄地凡夫难成气候。当然,这种积淀并不是一定都无形,有形的人文遗存也是重要标志,比如书院、文庙、名人故里等等。

双泉中学就在国道旁,汽车导航指点丝毫不差。

这是一所三排红砖瓦房依次排列的农村中学,操场广阔,四周不见树木。因为是周六,学校没有师生。学校保安是个脸色黑红的中年人,着装整齐,像军人一样扎着一条宽腰带,腰带上挂着警械。任多秋做了自我介绍,问他能否联系一下学校领导。保安听说是北京来的记者,表情立马由散淡变得庄重起来,说吴校长家就在院外家属区,他马上打电话通报一下。保安打通了吴校长电话,声音很大地说,记者又来了,这回是北京的。对方让保安把会客室打开,请客人到会客室稍候,他随后就到。任多秋很纳闷,什么叫又来了?难道前面有人来采访过?

会客室并不简陋,很整洁的棕色皮质沙发,茶几、茶具也干净,看得出这是一个管理精细化的学校。不一会儿,吴校长来了,还带了负责教学的教导主任。吴校长身材矮胖，脸庞周正，穿一件灰色休闲西装，左眉上方有个瓢虫大小的红痣。教导主任是个中年女性，黑裙白衬衣，齐耳短发，十足的教师形象。吴校长介绍说主任姓邹，是本校毕业考上师专又回来任教的，是地区骨干教师，之所以带邹主任来，是因为邹主任更了解学校教学、教改等情况。吴校长说白河地区正抓双高普九，上级三天两头来检查，邹主任已经好几个周六没休了，他说自己是学体育的，主要精力用在抓行政管理上，教学上的事都在邹主任身上。上次省里记者来采访，他自己回答提问答非所问被曝了光，这次业务问题就由邹主任回答。

任多秋心里明白了，看来这个吴校长挺聪明，当校长的不一定什么都懂，接待记者在业务问题上容易露怯。他担心对方误会，急忙解释说这次来不是采访双高普九，主要想了解一下历史上学校发生的一些事情，采访内容不见报，是给一位老领导写传记用。他没有提给谁写传记，因为盲访往往会有意想不到的收获。任多秋同时表示，如果学校想在他们报上做点宣传什么的，他可以介绍跑北地片儿的记者来。

吴校长明显轻松起来，说："你们是国家级大报，我们这种乡镇中学的消息若是能上去不亚于一步登天，年终考核肯定加分。"任多秋没想到自家报纸在基层有这么高的地位，就写了电话号码给吴校长，说随时可以联系。

铺垫到位，任多秋就请吴校长介绍一下1979年学校都发生了些什么事情。吴校长说那个年代他还没上学呢，可以问当时的教导主任老刘，等会可以去他家，他家就在校园外。

不过，吴校长对那个时期的双泉中学还是知道一些情况的。"1979年县里搞农村中学合并，把双泉、团结、药泉三个乡镇中学合并到一起，重新组建双泉完中。当时高中是两年制，高一两个班共计一百余名学生，来自双泉之外的学生都住宿。宿舍是由教室改造而成，用木板打成双层上下铺，一个教室里大概能住五十多人，每个铺位六十厘米宽，学生躺下去像沙丁鱼罐头一样紧密。冬天学生自己生炉子取暖,没有煤,烧苞米芯,早晨醒来被子上一层霜,睫毛上也挂满霜,没办法,当时就那么个条件。这届学生学习特能吃苦,人人希望通过高考这座独木桥走出农村改变命运。学生都很用功,晚上在教室点煤油灯自学,自习下来,个个鼻孔里全是黑灰,像从煤窑里挖了一夜煤出来一样。现在来看可惜了那批学苗,那时候要师资没师资,要学习资料没学习资料,学生只能放羊一样自然生长,如果条件好的话,也许会有一批学生考出去,实际情况却是三个乡镇的考生高考初考就全部落榜。后来提起这茬学生,我们觉得双泉中学亏欠了他们,说白了就是耽误了人家,我现在也这么认为,本来很有前途的一批孩子只能窝在家里种地打工。"

"师资和学习资料是怎么回事?"任多秋觉得这似乎不应该是问题,三个乡镇中学合在一起,老师不也是同样合并吗?

邹主任接话说:"当时那次合并目的是保县里的重点中学,县里的一、二、三中也缺老师,所以把专科以上学历的老师都抽到了县城任教,剩下来的老师其实胜任不了高中教学。双泉中学的师资主要学历是中师和普师,按国家规定普师毕业只能教小学,但在双中这些老师只好鸭子上架挑大梁教高中。高中语文课本里有莎士比亚戏剧,中师、普师毕业的老师都没学过,没法教学生,只能让学生自学。当时高中学生主攻任务是高考,可是双中办学指导思想还是农高那一套,高一了还在开农业常识课,给学生讲什么时候秋翻、庄稼怎样轮茬等等。这是我后来查资料看到的,我和吴校长的感觉一样,确实对不起那一百多个孩子。"

"您从本校毕业,应该听到过一些有关这批学生的事情吧?"任多秋没有直接说乐果中毒事件,他希望由学校的人自己提出来,贸然揭伤疤会让人难堪。

"听过不少,那批学生中有几个一年后转走去了县城,后来考了出去,算是幸运者。其余的就全军覆没。有个叫丁国安的学生,物理、数学特别好,因为他在双泉中学学到的知识无法支持高考,结果名落孙山。在县里参加完高考,丁国安骑自行车回到双中,在校园里转了半天,最后用粉笔在山墙的水泥黑板上写下了五个大字:我恨你,双中!有个后勤老师看到了这一幕,担心他想不开,一直悄悄跟着他。丁国安写完这五个字后,来到校园后面的露天泉眼边一遍遍用冷泉水洗脸。那个时候校园后有一大片草地,草地上有许多汩汩流淌的泉眼,学生们洗漱就到这里来抬水,冬天泉水也不冻,水特别凉,能凉透骨缝。丁国安蹲在泉边放声大哭,他已经猜到考试结果了,十年寒窗,到头来颗粒无收,如何面对供养自己的父母? 考大学毕竟是农村孩子走出去的最佳途径,这些过江之鲫般的孩子渴望着通过高考来改变人生,实现化蛹成蝶,可是太难了,高考这座独木桥不好走,这些赤着脚丫闯关的孩子无一幸免地跌落下去成了落汤鸡。我也是从农村考出来的,我特别理解丁国安那种绝望心境。"

任多秋问:"1979 年全国教育应该步入正轨了,为什么双泉中学还会这样,还给学生开高考不考的课程?"

"我们也纳闷儿,为什么我们会比全国慢半拍? 现在来看问题出在地区,当时的领导思想比较传统,还在坚持旧方针,主张在乡镇搞农高,导致课改没跟上主流步伐。这一点从高考录取率就可以看出来,1982 年我们北地一个几十万人口的县,从文科考生录取看,只考上一个本科、六个专科,这个比例有多小,一算就出来了。"

常寒松张大了嘴半天没合上,他知道地区主管教育工作的正是老爷子,看来这笔账要记在老爷子头上了。他觉得当时地区领导分工不科学,老爷子虽然当过卫生局局长,但抓防疫和抓教育是两回事。

"这些学生够可怜的,明明赶上了教育的春天,却置身高山之阴,没有享受到春风的吹拂,错过了青春花季。"任多秋说,"我是 1978 年参加高考的,那个时候我们学校已经非常正规了,老师、学生都全力以赴像临战一样备考,不可能再上翻地、轮茬这样的农业课。"

邹主任说:"要不怎么说思路决定出路呢,一个人挡道让两届学生

215

落伍,再加上教育资源配置失衡,导致学生成绩差距越来越大。当然这不是小人物要考虑的问题,我感到难过的是那批学生,他们正是我父母那一辈。我父母是初中毕业,当时考双泉中学没有考上,因为双泉高中的录取率不到百分之十,想想看这个分母有多大。"

吴校长说:"没考上也不是坏事,考上了也是白白浪费两年好时光,那样的话你会晚出生两年。"

"可是他们的人生就那么定格了,"邹主任说,"本来会有诸多可能。"

任多秋很清楚,教学质量永远取决于师资,对于农村教育来说师资问题仍然是最大的症结,四十年前是师资,四十年后还是师资,农村中学累吐血也没法留住好老师,名校毕业生连县城都养不住,遑论到农村就职。

四十年,双泉中学也在萎缩,由完中变成了初中,竞争不再是高考,而是中考。吴校长说:"中考压力不比高考轻啊,前年有个没考上重点高中的女学生就喝了农药,十几岁的孩子,比做工还苦还累。我们压力也很大:减负,成绩上不去;不减负,学生承受不了。一个字:难!"

任多秋说:"两位都年轻,没有亲历 1979 年的事,吴校长说的刘主任应该是亲历者吧?"

吴校长说:"是的,刘主任当时是教导干事,学校情况都在他肚子里呢,我们给他起了个外号,叫'史官刘'。"吴校长给史官刘打了个电话,说马上带人登门拜访。对方却说他要过来,还会把工作日记一起带着。放下电话,吴校长说:"史官刘六十多了,从参加工作开始记日记,一年一本,天天不落,学校想了解过去的一些事都找他,他的日记就是一本清清楚楚的'双中史记',他说将来不在了,就把几十本日记捐给学校。我对他的日记不感冒,我虽然学体育出身,但知道日记不仅仅是备忘,更要记下体会和感受。可是刘主任记日记不这样,一句发挥没有,双中大事小情他都记得一清二楚,学生数量、教师任课、班子调整、上级来检查等等都记得头头是道,十足一本豆腐账。"

"日记非小事,有时候一本日记会葬送前程,史官刘这么记很安全。"任多秋说,"我的中学老师就是因为日记而惹上了麻烦,他在日记里写自己如何喜欢一个女老师,写了很多潜意识的话,没想到日记被好事者偷看,传得沸沸扬扬,结果学校介入调查,他挨了个行政处分。他自己受到处分也就罢了,不承想还连累了那个无辜的女老师,人家根本不知道他在日记里发泄单相思,最后只好调到其他学校工作。所以说那个时代记日记容易招来麻烦,小心一点是对的,当然现在这个问题不存在,这是社会的进步。"

史官刘敲门进来,这是一个眉梢上扬、头发乌黑、胸脯高挺的神气老头,一进门就拱拱手道:"翻箱底找日记耽误了一会儿,让各位久等啦。"任多秋注意到史官刘手里拿着两本蓝皮日记本,是80年代流行的那种本子。

吴校长简单介绍了任多秋和常寒松后,对史官刘赞扬了一番,说刘主任热心公益,退休了还资助两个贫困学生读书,他的事迹登过《白河日报》。史官刘摆摆手说,不算啥,做点善事而已,权当对自己的一种救赎。

任多秋记住了他用的"救赎"一词,职业敏感使他觉得这个词后面有文章。史官刘带的两个蓝塑料皮日记本,封皮已经破损,有个地方用透明胶布粘着。

史官刘落座后目光盯住常寒松胸前的相机道:"这是尼康相机吧?我当年要是有部相机就好了,那样我的日记就有图有真相了。"

"相机当时是奢侈品。"常寒松说,"1979年我家里只有一部海鸥120相机,135相机连想都不敢想。"

任多秋问:"刘主任1979年前后担任学校教导干事,肯定很清楚那段历史了,您如何评价那个时期的双泉中学?印象最深的是什么?"

史官刘想了想,慢悠悠地说:"怎么评价呢?那段时期的双泉中学

217

就是一个过渡。你知道 1958 年很多地方建小高炉吧？小高炉建成后要炼钢铁，结果因为炉温、原料等问题，出炉的都是些烧结铁，可惜了原料。当时双泉中学就像小高炉，毕业生就像烧结铁，没成啥钢材。至于印象最深的事嘛，是经手处理两个学生偷吃牛肉一事。具体情况我还记得，那时候学校到邻村之间有个土坝，土坝中间有个流水豁口，有天晚上生产队的一头牛陷在了豁口里，结果淹死了，有两个学生从厨师孙小头那里借了菜刀，趁着夜色偷偷跑到豁口处，从死牛腿上割下一块肉，去北边草地里烤着吃。两个学生烤肉吃没叫孙小头，孙小头就来了气，怎么，借菜刀找我，吃肉却把我甩了，一气之下就举报到我这儿。我找来这两个学生，对他们进行了严厉批评。这事说小就小，说大也就大，我私下批评过也就拉倒了，但孙小头不干，扬言要告到校长那里。校长要是知道这件事就大了，我便找来孙小头，说他往外借菜刀本身就是同案犯，不管吃没吃到肉，性质不会变，孙小头没敢再生事。这件事是我压下的，现在来看可以解密，这是我印象最深的一件事。"

任多秋见史官刘没提乐果之事，便引导说："1979 年有没有地区领导视察过双泉中学？"

"来过两个大干部。"史官刘说，"一个是省公安厅副厅长，来学校调研学生安全问题；一个是行署副专员，来处理学校食堂学生误食农药问题。这两位领导帮助学校办了一些事情。"

任多秋心里一震，果然学校的人自己把问题说出来了。他迂回了一下，先让史官刘介绍公安厅领导来学校的事。

史官刘记忆果然好，把公安厅领导来调研的事说得一清二楚。当时城乡社会治安普遍不好，一些穿喇叭裤的社会小混混常来学校滋扰女学生，甚至将女学生拉出校园彻夜不回。这些案件集中反映到了省公安厅，省厅领导分头下来调研。因为双中出现过类似案件，公安厅一个姓杨的副厅长就来到双泉中学。大领导一来，学校老师、学生纷纷反映周边治安恶化情况，这事引起领导重视，没多久县里就搞了一次集中拉网行动,把那些滋扰学校的小混混都抓了起来,还拉到校园里示众,从此小混混就不敢来滋扰学生了。学校老师一直记着这位领导,他视察学校的一张黑白照片在这个会议室挂了许多年,直到学校再度整合取消了高中,照片才移到了资料室。

"看来双中很重感情。"任多秋赞扬说。

"另一个领导就不一样了,此人是副专员常克勋,他来双中是调研学生误食乐果一事。"

常寒松抬头看了看史官刘,眉头蹙了蹙。

"学生乐果中毒案其实不该发生,这件事我内疚了一辈子。"史官刘开口便是自责。

"当时学生苦啊,正是长身体的时候,但一日三餐都是稀的,现在想想那哪里是学生食堂? 劳改犯还有两个窝头吧。但当时住宿学生伙食就是那么差,早晨小米粥,中午和晚上大楂子粥,不仅学生如此,住校的两个老师也这样吃。我还记着一个男老师给食堂写过一首打油诗:'一日三餐全是粥,苞米楂子稀溜溜,一吹一层浪,一抽道道沟。'这首打油诗写的是当时学校食堂真实情况,喝粥有时还没有咸菜,咸菜靠学生自己从家里带。我听一个校工说,他家里拉烧柴找了两个学生帮工,完活后给两个学生一人一斤挂面,两个学生晚上到教室点着炉子,用脸盆把两斤挂面煮着吃了,一点盐都没有,却吃得汤水不剩。对食堂的这个状况,学校力不从心,因为学校食堂是靠学生自己带的小米和苞米楂子来加工的,多数学生带来的小米是陈米,有的已经霉变,食堂只能用这些原料下锅。"

"食堂没有补助吗?"任多秋问。

"没有,完全是自办。"史官刘说,"如果有补助,就不会这么艰难了。

"乐果事件的发生说起来让人心酸。事发前天晚上,学校几个老师有事要加班,食堂就煮了五碗挂面,其中三碗被老师吃了,还剩两碗就放在打饭窗口里侧的案板上，那两个老师大概要晚一些过来。打饭学生自然会看到这两碗白面面条，想想看，在天天喝稀粥的情况下，这两碗面条会有多么大的诱惑力！当时学校食堂简陋，也没有什么可丢的，门窗都是象征性地挂着锁。做饭师傅孙小头去隔壁休息时，食堂出了问题，两碗面条被偷吃了。两个加班老师没吃上饭，校领导批评我工作没做好，我很生气，是谁偷吃了呢？我去问孙小头。孙小头是个鬼头蛤蟆眼的机灵鬼，说偷吃面条的很可能是上次偷割牛肉的丁发、孙小奇两个学生，说这俩学生是刺儿头，打饭时一双贼眼就盯着那两碗面条瞅。我知道这两个学生，其中一个还是班长。我当时就说了句气话，说他们胆子也真大，要是面条里有耗子药咋办？我这句无意中的话被这个猪队友当真了，第二天还有老师加班，他在老师吃完饭后，就在案板上放了一碗，并在面条里拌上了乐果。乐果是什么？是一种杀虫农药，能药死人的。好在这家伙放得少，要是放多了会出人命。那碗面条果然被偷吃了，是三个学生分着吃的，三个学生都是学生头头儿，有丁发、孙小奇，还有一个姓岑的。结果三人都中毒了，被送到公社卫生院洗胃，学生们当晚就闹事把食堂砸了，孙小头躲起来了，否则小命难保。

"这件事学校不敢隐瞒，层层上报到地区。因为事情性质严重，地区主管教育的副专员常克勋便来了。这个大领导在学校了解了两天，找老师谈，找学生谈，谈得十分认真，但也就是一个谈，半毛钱的事也没解决。人家公安厅那位到学校也就不到两个钟头，就把小混混骚扰女学生的事给办了，这个常专员来了两天，啥结果没有，我们白汇报了。"

"那么，常克勋都谈了些什么？"常寒松问。

"他和老师谈、和校领导谈我不知道谈了些啥，但和学生谈是我陪同去的，我在日记里原原本本记下了谈话的内容。"史官刘停下来，翻开蓝皮本察看。

"找的第一个学生是高二二班的徐连起。这是一个腼腆、见到生人说话就脸红的大男孩。他进来后没等问话就说：'我没偷面条，我就是饿死也不会偷饭吃,我爹告诉我,饭可以讨,但不能偷。'常专员问:'你爹是干啥的?'徐连起说:'我爹是铁匠,永丰大队的。'常专员问:'你怎么看偷面条吃的那几个同学?'徐连起低下头道:'他们是饿的,那天傍晚打篮球,打球之后肚子饿得扛不住,就去找吃的,要是不饿,谁会偷吃的?'常专员问:'就没想到那面条是药耗子的?'徐连起说:'药啥耗子?那是孙小头故意使坏。孙小头不是个东西,看哪个女学生顺眼,打饭就多给一勺干的,男同学他就给打稀的,我们都知道他一肚子坏水。'孙小头个高头小,有点不成比例,同学们私下就叫他孙小头,他的真名没人知道。常专员说:'你们在这里读两年高中,考上大学的可能性有多大?'徐连起摇摇头,说:'不知道,但既然考上了高中,总得试一试,家里都盼望着能考出去,不过我自己没啥信心。'常专员说:'作为一个高中生,要对高考形势、对自己的学习情况有个综合分析,然后再确定自己的人生目标,就好比运动会百米比赛,如果你的最好成绩是十四秒,想在有限时间里打破十一秒纪录,这个目标就是一个空中楼阁。'我当时不太清楚常专员为什么要这么讲,他对所有谈话的同学都讲了这番话,要知道这话不是鼓励,目的是劝学生放弃。

"找的第二个学生姓方,名字我没记全,这是个家在焦德布林场的男学生。这个同学一进办公室就哭了,说大领导来了,快给我们换换老师吧,数理化三门课现在任课老师公开对学生说自己讲不了,课后练习题也不会做。小方说自己在小学、初中一直是林场子弟学校第一名,谁想到了高中是这么个情况,自己的理想是考东北林学院,这么混下去一点指望也没有。常专员说:'换老师不是你想的那么简单,现在师资力量青黄不接,到处都缺老师,这个情况恐怕三年五载都难以解决。现在最重要的是学生们尽快稳定下来,不要为乐果的事再闹,青年学生要有自尊,偷东西是个什么行为谁都知道。'小方说:'领导您知道饿的滋味吗?那个滋味双中每个同学都有体会。有次食堂蒸了一回馒头,您知道男同学平均吃了几个?九个,九个二两的馒头,还有的同学没吃饱。

我们知道偷吃不好,要是能扛住,谁会去偷吃的?'听了学生的话我都被感动了,可是常专员却铁石心肠一样无动于衷,还给小方同学讲长征吃皮带、野菜的故事。谈完话,小方同学在走廊对我说了句揪心的话,过去几十年了,这句话还经常在耳畔响起。小方同学说,真该让这位大干部的孩子来这里读几天书。"

常寒松欠了欠身子,想说话又忍住了。

常寒松上中学一直在白河一中,是省重点中学,对这些农村中学发生的事情闻所未闻。都什么年代了,怎么还会出现这个问题?当年他读过一篇有名的小说《塔铺》,是写农村中学复习备考的艰苦,以为那是虚构的故事,没想到现实中真有这种情况。

"我挺佩服这个姓方的同学,他不怕领导敢说真话,而且敢质问领导,这也许是当初反潮流教育的结果吧。好在这位常专员不温不火,也没有训斥小方同学,这一点我觉得领导有涵养,没涵养当不了那么大的官。

"第三个学生叫赵军,来自三合大队。赵军对历史感兴趣,能给同学绘声绘色地讲历史课本以外的故事,在同学中颇有号召力。常专员问他怎么认识同学乐果中毒一事。赵军说:'偷东西吃肯定不对,孔乙己只是偷书,并没有偷茴香豆,我想鲁迅先生要是来双中写一篇题目叫《乐果》的文章,三位同学就出名了。'赵军这是在调侃,我都听出来了,明显是对学校食堂不满意。常专员说:'年轻人要学会忍耐,不要动不动就走极端,食堂是给同学服务的,把食堂的锅碗瓢盆砸了,同学们到哪里吃饭去?问题要慢慢解决,中毒的同学要一点点治疗,极端举动容易毁掉一生,如果你们读两年高中,大学没考上,履历里却留一个被公安处罚的污点,将来参军、招工、入党都会受影响。'常专员这么一说,赵军有点蔫,说是啊,要学会忍,像齐威王那样,大不了忍上两年。"

任多秋觉得这个赵军有点意思,就问史官刘赵军后来做了什么工作。

222

"赵军在农村,前些年我还见他在市场上卖韭菜,问他是否还对历史感兴趣,他说现在扣了两处大棚,主要种韭菜,一年卖几茬。历史对于他来说还不如种韭菜的肥料,没什么价值了,拿历史当饭吃的人中不乏'骗子',因为他们会根据自己的需要装扮历史。历史本来不是这个样子,就比如双中乐果事件,学校和公安的结论是误服耗子药,而我们每个同学心里都清楚,是孙小头那家伙在使坏下毒,可是真相不会载入学校历史,若干年后再研究这起事件,就是三个学生误吃拌了耗子药的面条,这就是所谓的历史。

　　"第四个谈话的学生是中毒最轻的孙小奇。和孙小奇谈话是在公社卫生院的病房里,经过洗胃折腾的孙小奇有气无力地躺在病床上,目光空洞,傻傻地盯着滴流瓶出神。在走廊,一个认识我的护士悄悄对我说,这孩子的胃壁洗得气球一样薄。我心里想,胃是个很神奇的器官,竟然能像气球一样伸缩。进到病房,我搬了一个板凳放到病床前,让常专员坐下来谈话。常专员没有问孙小奇偷吃面条的动机,动机是心理活动,问起来比较难堪,常专员这一点把握得很好,给孩子自尊心留有余地。常专员问:'一碗面条三个人吃,你们是怎么分的?'孙小奇眼里噙满了泪,说:'是我先吃的,吃了两口,然后再是小岑吃,大概就吃了两三口,最后是丁发,丁发只吃了一口,连面条汤都喝了。我们仨丁发最大,我最小,好事都先让着我。'常专员问去食堂是谁的主意,孙小奇说:'没谁出主意,我们在球场打完篮球,到后面泉水边去洗脸,正好路过食堂,透过碎掉玻璃的窗户看到了那碗面条,我们没有破窗破门,丁发胳臂长,从窗户探进去就端到了那碗面,就这样把面条吃了。'常专员问得很细:'没用筷子吗?''没有,'孙小奇说,'是我顺手撅了两根蒿秆当筷子。'常专员没多问,又说了一通高考形势和自我判断的话,然后就离开了。我记得在我们离开病房时孙小奇央求常专员:'要是抓人的话,请领导开恩把我们仨关到一起。'

　　"常专员谈了十多个师生,我觉得他主要是给学生泄气。后来我明白领导意图了,他认为这些孩子在这里吃苦受罪是徒劳的,还是该干吗干吗去,不要白白在这里浪费时间。后来高考结果也证实了他的判断,双中参加高考的考生无一上榜,这是他预料之中的结果。我统计了一下,在常专员谈话之后,有许多学生退学不再读书,最后坚持到底的只有二十七个同学,不得不说常专员比我们看得都准。需要说明的是,教育局给了双中政策,中途退学的到时候也发高中毕业证,这应该是常专员此次视察后做出的决定。"

"可是双中并不认可他,"吴校长说,"他没为双中解决任何问题。"

常寒松问:"学校当时提出了什么要求?"

史官刘说:"我们提的要求其实想解决也不难,从地区角度只要关照一下我们类似的农村中学就可以,不要让我们自生自灭。我们要求一是给住宿学生一点伙食补贴,因为那一届中学生开始实行十年制了,只要地区说话,县里、公社都可以办到。换句话说,如果没有钱,给调拨一点粮总可以吧。二是给我们调拨一点高考复习资料,那时县里的重点高中都有外地复习题、参考题,而我们学校一份练习题也没有,让学生有点模拟考题做做,学生考试心理就会稳定一点,免得发挥不正常。这件事现在看来别说是个高级领导,就是邹主任也能很轻易做到。常专员将问题认真记在了本子上,但也就是做了个记录而已。我想既然领导都白纸黑字记在本子上了,怎么会不了了之呢?但果然就不了了之了。后来我对大干部做记录从来不抱幻想,觉得不过是做做样子。我儿子后来也当了干部,给一位司局级领导当秘书,我和他说起此事,儿子笑我幼稚,儿子说领导一天要忙多少事?日程都是以小时来安排的,要解决的问题一般是列入程序的问题,不能临时动议。我说不想解决就别拿本子记呀。儿子说,领导做记录是表示一种态度。我明白了,常专员当时做记录也就是一个态度而已。我们学校虽然小,但也有自己的态度,公安厅领导视察那张照片我们挂了多年,常专员来学校的照片我们没有去照相馆放大,因为放大一张要十几块钱,舍不得。"

"我想，这里面也许有什么误会，"任多秋说，"常专员是个很务实的领导。"

"务不务实不是自己说的，把自己说得再好，老百姓不认可便成了自我吹嘘。我是这件事的亲历者，至少我还有内疚之心，而常专员却是一副心安理得的样子，冷静得很。这件事最后处理结果是辞退了食堂做饭的孙小头，公安也没深究他的刑责，因为孙小头一口咬定食堂里耗子多，那碗面条是用来药耗子的。当然，我和校长都知道孙小头在撒谎。三个中毒的学生都退学了，我知道在他们心里，双中是一个永远醒不来的噩梦。"史官刘态度相当公允。

"您感到内疚是因为没有戳破谎言吗?"任多秋问。

"不是，我内疚是因为我无意中说的那句话对孙小头起到了提示作用，让他萌生了往面条里放乐果的歪主意，尽管调查时孙小头没这么说，但我心里很清楚，我当时那句气话肯定起了不好的作用。乐果事件之后，我不再吃面条，见到面条就能闻出一股乐果味儿，再一个就是力所能及地资助几个贫困家庭的孩子，我知道他们读书不易。我这么做是在救赎自己，作为教导干事我愧对那一百多个学生，他们有的人本来可以受到更好的教育，成为对社会更有用的人才。"

邹主任说："那批学生中有个提前转到县里的张姓学生考上了大学，现在是省城一所大学的教授。有年春节回家我们在一起吃饭聊起双中，聊起常专员给学生讲的要审时度势，这位同学说领导就是领导，看问题能看到根子上，假如领导真的能给双中调拨来复习资料，双中哪个老师能讲解? 无非加重了一层学生负担，要知道 1981 年高考全国只录取二十六万，录取率那么低，双中考生怎么会有希望? 要是像现在全国每年录取六七百万，常专员是不会那样谈话的。明明知道努力也是白费力气，还要给人家鼓劲打气，那才是不负责的行为。"

"是的。"史官刘说，"事情过去几年后我也理解了常专员的良苦用心，但思想和情感这个弯很难拐，如果他肯解决第二个问题，那个数理化很不错的丁国安,说不定就有希望考中。双泉中学当年哪怕考上一个,一百多个学生两年的稀饭就没有白吃。高考对于大多数学生来说,一生只有一次,错过了就永远错过。"

"常专员的做法有问题。"常寒松很肯定地说,"帮助双泉中学提高教学质量才是关键,调研是为了解决问题,而不是动员学生退学,如果我是这里的老师,我也会有意见。"

任多秋未置可否,问:"除了那个姓张的同学,还有没有其他复读考出去的学生回来过?"

史官刘说:"有一个到县里复读后来考出去的学生回来过一次,在校园里默默转了一圈,恰好遇到了我。他说还记得学校后面有间土坯房里住着个喂牛的老头儿,姓什么忘了,老头儿一肚子伪满时期的奇闻逸事,会说日语和英语,还有一把养出了茶山的紫砂壶。他说在双泉中学学的唯一一句英语就是这老头儿教的:'你是由,我是哀,咱俩再见古德拜。'"

大家谁也没有笑,心里都觉得酸酸的。因为1982年高考,英语已经以百分之七十计入总分,一个连ABC都没学的复读生能考出去,是一件多不容易的事。

常寒松问:"学校哪里有当年的参照物可以拍几张照片?1979年的老房子还有没有?"

吴校长说那时的痕迹都没有了,物非人也非,如果说有参照的话就是刘主任了,他是双中的"活化石"。

常寒松觉得有道理,就拍了几张史官刘的照片。他请史官刘翻开日记中有乐果事件的那一页,单独拍了几张特写,然后大家在一起合影。

告别时吴校长对任多秋说:"如果写传记提到双泉中学,就替我们向1979级学生道个歉吧。"

常寒松抢过话说:"该道歉的不是你们。"

第十六章　小临沂

榻上呓语：未来的我告诉我，能否变回自己不取决于你怎么想，而取决于你怎么做。我欣赏这样两句话："再大的事，都是一把毛嗑；想翻好地，要会使四股叉。"

在看到老爷子呓语中"想翻好地，要会使四股叉"这句话时，两人不懂"四股叉"为何物，便打电话请教北地小酒馆的老板娘。老板娘说"四股叉"是一种有四根铁齿的叉子，多用于翻地和叉草摞垛，是农村家家必备的农具。两人觉得老爷子关注一种农具不会那么简单，"四股叉"一定有不为人知的学问。

关于小临沂，老爷子自传提纲中的那段话可谓简明扼要：

> 赴松嫩平原西部小临沂推动联产承包责任制，遇到一难题，小临沂负责人出奇地固执。呜呼，撼山易，撼琅琊之风难！

老爷子能发出呜呼感慨，小临沂必须去。

去小临沂必须弄清楚老爷子提到的琅琊之风，除此之外还要搞清楚四股叉的学问。任多秋知道，历史上以琅琊为名的地方有三处——滁州琅琊山、青岛琅琊台、诸城琅琊国，老爷子说的琅琊之风显然与这些地方无关，小临沂这个地名已经告诉人们，这里的琅琊之风是从山东临沂刮来的。

小临沂拒不分田之事发生在 20 世纪 80 年代头几年，当事人大都健在，任多秋对这次采访信心十足。

小临沂的历史像猞猁尾巴,短而粗。20世纪50年代之前,小临沂一带是不见人烟的荒原,辽阔的荒甸下面,是永久冻土层。国家从山东临沂移民北地,才有了这个107户的小村。临沂人素以吃苦耐劳见长,多年前任多秋到郯城搞调研,曾听过这样几句印象深刻的话:给临沂人一支镐,就会刨遍整座山;给临沂人一张网,就能捞干整条河;给临沂人一支笔,就能写尽天下字。移民到北地荒原的临沂人果真创造了奇迹,在很短时间内就建成了一个牛犊般的小临沂。

　　老爷子到小临沂视察时已经升任白河地区行署专员,他的老搭档毕克功也担任了白河地委副书记,也就是说老爷子在仕途上一步跨栏变成了毕克功的领导,可以想象毕克功会是一种什么心情。任多秋想,毕克功一直和老爷子暗中较劲,20世纪80年代以前基本上是毕克功占上风,80年代以后风向就变了。

　　两人驱车来到小临沂。与其他乡村的冷清相比,小临沂却像三月的蒲公英一样生机勃勃,村中各种店铺人气很旺,五花八门的摊铺构成了露天大集,街道上的游客在导游小旗子的引导下往来穿行,整个村子几乎成了一个热闹的景区。让任多秋惊奇的是,街面上没有一个城管,也没有戴着红袖箍巡逻的大妈。村委会是一栋两层半高的西式建筑,像某个欧洲城市火车站。对面是几个庙宇式建筑,像文庙,又像纪念馆,仿古建筑两侧是连片联排别墅,任多秋手搭凉棚看了看别墅区,说别墅虽不错,但不应该都盖成一个样子,都一个样子回家容易走错门。常寒松说这样建别墅不仅省设计费,也节省建筑材料。任多秋摇摇头道,他们不是为了省钱,很多人认为同样的模式是一种美,像士兵站成一排,看上去威风。

　　在小临沂想找村里的带头人王忠付并不难,这个从人民公社时期就担任小临沂大队书记的山东汉子是个家喻户晓的人物,据说办公室里光是荣誉证书就装满了一柜。王忠付生于1955年,现在仍是小临沂村书记兼村办企业集团法人。保安听说要找王忠付,很客气地说王总刚陪客人出去,他联系一下柳秘书,说完便到值班室打电话。不一会儿,从二楼下来一个穿套裙的漂亮女子,女子笑容可掬,很有礼貌地问:"二位找王总?"任多秋自报家门,说是想采访一下王总,很抱歉事先没有约。女子自报家门是集团办公室柳秘书,集团与媒体关系向来很好,随后马上电话汇报,说这就带他们去见王总,王总在不远处的宾馆接待客人,想请二位一同吃个便饭。

任多秋看看常寒松,心想今日够顺的,竟然蹭了顿午饭,吃饭虽然无所谓,但饭桌是个难得的交流平台,有些话在饭桌上聊会很自然。

王总接待客人的宾馆叫"诸王颜宾馆",任多秋想了半天也想不到诸王颜是谁,小声问常寒松,常寒松说大概是出资人的名字,农村喜欢这样留名。前面带路的柳秘书回过头道,宾馆的名字一会儿王总会解释,诸王颜宾馆是村办三星级涉外宾馆,今年计划升四星。

柳秘书直接把两人带到餐厅楼层的沂水厅。任多秋看了看表,刚刚十一点,午饭有点早。进到厅内发现,餐桌上并没上酒菜,两个身材都很胖的汉子在沙发上喝茶。见客人进来,没等柳秘书介绍,其中一个方头大脸的汉子就站起来说:"北京来的记者朋友,欢迎,我是王忠付。"汉子又指指沙发上的人说,"这位是九三油脂公司孙总。"两人坐下来,柳秘书倒过茶后也坐下来候着。

任多秋说:"很抱歉,王总,没打招呼就来了。"

"哈哈哈,现在记者都聪明,打过招呼的采访抓不到真东西,搞突然袭击才有意想不到的收获。"王忠付快言快语,一看就是个不喜欢做表面文章的人。他将身子往后靠了靠,收住笑问:"说吧,是不是有人向你们举报小临沂了?举报我王忠付搞家长制吧?"

任多秋知道对方误会了,这次北地之行经常有人误会,看来在基层干部眼里,媒体就代表监督。

"我俩来小临沂是想了解当年推行联产承包责任制的一些情况,与举报无关。"任多秋说,"了解当年的情况也不是写报道,而是为一个老领导写传记找些素材。"

王忠付又哈哈笑起来:"当时我还不到三十岁,记性不差,有些事情原话还记得呢,你们一会儿随便问。"接着他盯了常寒松好一会儿,身子往前倾了倾道,"我怎么见你面熟?我们一定在哪里见过。"

常寒松来之前和任多秋交换过意见,在小临沂不必隐瞒自己的身份,便说:"我可能在电视上见过你,你没有见过我,但你一定见过我父亲。"

"你父亲?"王忠付愣了一下,"你父亲是——"

"常克勋,当年白河行署专员,他说和您有过交集。"常寒松很平静地说。

王忠付腾地站起身:"您是常专员的公子?啊呀失礼失礼!"一把抓住常寒松的手用力摇了摇,"您老父亲是个好领导呀,他老人家还好吧?"

"病了,"常寒松说,"这次我俩来北地,就是受老爷子之托打捞一些当年的记忆。"常寒松说话很有分寸,有一个陌生人在场,他回避了招魂一说。

"什么病?我们公司有一种矿泉锗口服液保健品,对老年病有特效。"王忠付道,"把地址给我,我马上安排人发。"

常寒松说:"谢谢王总,父亲患了阿尔茨海默病,给父亲东西需要他本人同意,等我回京禀报后再发不迟,要不老爷子会生气的。"

王忠付点点头说:"常专员是这么个性格,做官清廉,军人作风,到小临沂下乡蹲点,就愿意吃我娘摊的煎饼,吃完还留下两块钱。我娘说这是老八路作风,接待这样的干部心里舒坦。"

"您老母亲在沂蒙山一定参加过革命吧,"任多秋说,"我去过沂蒙老区,那里有数不清的红嫂,都是对革命有功的大嫂。"

"您这话我娘愿意听,我娘当年是村妇救会主任,1949年前入党,我父亲1957年抗洪牺牲成了烈士,1958年政府移民,我娘带头报名,拖

230

家带口地来到北地成了北大荒人。"

任多秋脑海里浮现出一幅图景，十几个妇女在冰冷的河水里扛着门板搭成人桥，让进攻孟良崮的战士奔跑着过河。这幅图景是他对沂蒙老区妇女的基本印象。有次报社组织采编人员到沂蒙老区学习，在听解说员讲过这个真实的故事后，他问学员这些妇女奋不顾身是为了什么。有的说为了理想信念，有的说为了新生活，还有的说是为了对敌人的仇恨。他说："这些都有可能，但我认为最关键的一条是为了解放，怎么去理解解放，有兴趣的可以写篇文章。"让他遗憾的是这篇作业没有一个人完成。

任多秋说："我知道王总家谱的底色了。"

"那是毫无疑问，王家底色到任何时候都不会变。"王忠付让柳秘书叫服务员上菜，招呼大家上桌。落座后，王忠付指着孙总道："孙总准备来小临沂搞个葵花子油加工厂，我觉得这是个好项目。"

任多秋问："小临沂产葵花子？"

常寒松说："老爷子不是写了吗？'再大的事，都是一把毛嗑'，毛嗑就是葵花子。"

王忠付说："小临沂过去不种毛嗑，是我母亲当妇女队长时试种后推广开的。当时主要为了榨葵花子油，没想到小临沂的毛嗑却种出了名，成了待客送礼的香饽饽。"

孙总补充道："小临沂毛嗑成了地理标志产品，这些年周围乡镇都在大面积种，产品都在小临沂交易，就冲这个地利，我们公司准备在这里投资建厂。"

王忠付说："一会儿孙总要开车，中午就不碰酒了，晚上可以到家里喝，想喝啥酒都有。"

大家简单吃了点便饭，席间，王忠付果然提到了宾馆名字的由来，原来诸王颜是三个名人之姓，诸是诸葛亮，王是王羲之，颜是颜真卿，三个人都与临沂有关，宾馆名字由此得来。饭后，王忠付安排了房间让两人休息,说下午在一楼茶室好好摆摆龙门阵。

孙总告辞时对两人说:"和小临沂打交道丁是丁,卯是卯,感觉忒踏实,你们写文章应该写写这一点,现在流行忽悠、包装、促销,一个企业要是连瓶放心油都不能给消费者,其他的越说越假。"

"这就是您来小临沂办厂的原因?"任多秋问。

"是的,我想在小临沂生产纯正的葵花子油,不用调和,就是纯油。"

孙总说完开车走了。王忠付望着远去的吉普车对两人说:"孙总父亲也是临沂人,当年石油会战来到萨尔图,他父亲退休后来过小临沂,说了一句话,我还记着。他说,山东棒子了不起,插进荒甸子就能长成树。本地人习惯称闯关东的山东人为'山东棒子',我们给本地人起了个外号叫'臭糜子',为什么叫'臭糜子'说不清楚,但'山东棒子'能代表一种性格。孙总父亲的话改变了我对'山东棒子'这个绰号的认识,原来我觉着这是糟蹋山东人,孙总父亲这么一说,我倒觉得这个叫法挺好的。"

中午,两人到村里去散步。常寒松想起毛嗑的事,想去拍照,就问一个路人村里哪里有毛嗑地。路人指了指村北,说出了村子都是,一千多亩呢。常寒松很兴奋,千亩向日葵该是多么壮观的一幅景象!他在南方拍过早春的油菜花,黄色的花海令人有种飘起来的感觉。现在正是向日葵开花的季节,想必这景观会让人跳起来。

穿过两条街道便是村北一条宽马路,站在马路上北望,顿时感觉满世界都向你敞开了怀抱。这是一片葵花的海洋,硕大的花盘重重叠叠,产生出一种三维效果。葵花开放特别自信,自信得无所顾忌。常寒松过了一把拍照瘾,还特意让任多秋站在葵花地里当模特拍了几张。他问任多秋最喜欢什么花,任多秋说因为历代文人吟诵梅花的诗文多,受这个感染他喜欢梅花。常寒松说他最喜欢葵花,可能是受老爷子影响,老爷子说葵花是一种有信仰的花。

两人从葵花地回来,发现柳秘书正在大厅等候,说王总已经在茶室等候多时了。两人快步来到茶室,见王忠付正在有板有眼地泡茶。北地少喝绿茶,流行喝铁观音和熟普洱,王总泡了普洱,茶汤呈枣红色,骨瓷茶杯里如同液态玛瑙。柳秘书将两人领到后离开了,茶室里只有他们三人。王忠付分好茶后,望着任多秋道:"说吧,具体想了解当年什么事?"

任多秋扶扶眼镜说:"据我了解,小临沂是当年极少数没把耕地分掉的大队,一直到今天还保持着集体经营,当年推动家庭联产承包责任制时,常专员亲自来督办也没能分得了,能说说这件事的来龙去脉吗?"

"哈哈,这个不算个事。"王忠付笑着说,"小临沂顶着不分田有特殊情况,与政治无关。"

"可是全国都在搞大包干呀,大包干是破除大锅饭的灵丹妙药。"任多秋不解。

王忠付说:"包有包的好处,不包也有不包的情况,啥事不能一风吹。小临沂1958年移民来东北时,在济南火车站广场上开过一个会,当时主事的是我叔,他是上级任命的移民队长。我叔对大家说:'背井离乡的人最怕遭人欺负,为了不遭人欺负,咱这107户不管姓什么,今后都要像一家人一样抱团,不能跑单帮,有地大家种,有饭大家吃,不饿一人,不富一家,这样就没有谁敢欺负我们。'在火车站107户人家虽然没有歃血为盟,但男女老少一起朝着故土的西南方叩首起誓。大家都记住当时的约定,像家人一样有地大家种,有饭大家吃,不饿一人,不富一家,常专员来推广分田单干自然就会碰上软钉子。

"我担任大队书记的第三年,地区发了一号文件,要求所有生产大队都实行家庭联产承包责任制。这个名字挺难理解,说白了就是包产到户,把生产队的地分给社员,变集体为单干。一阵风刮过,全县都分了,就剩下小临沂这个大队没动。当时我也有压力,公社一遍遍催我,县里开会也点小临沂的名,一个县领导批评我们公社领导,说全县就差小临沂这一块嘎拉哈了，就是用牙咬也要咬碎它。公社领导是个'文革'时挨过批斗的干部，做事前怕狼后怕虎，他把我叫到办公室说：'忠付你知道胳膊拧不过大腿，别把事闹大，闹大了不好收场。'我说我开了三次社员大会，没人同意散伙。公社领导说：'过两天地区领导要来蹲点，点名要到全县插白旗的小临沂，你可别成反面典型。'我说多大的干部来了也得讲理吧。公社领导说：'你还年轻，没吃过亏。'我知道公社领导一度想撤我职，派人到村里找党员了解过，党员都明确反对，说如果来硬的他们就去北京上访，小临沂有个党员的亲戚在北京工作，说能把上访信捅到最高层。公社领导打消了这个念头。后来我问那个党员，说：'我咋不知道你有亲戚在北京工作？不该欺骗公社领导。'他说这是真的，他表妹在中组部招待所当服务员，见大领导比见公社领导方便。

"常专员果真到小临沂来蹲点。听完县里的汇报他说：'小临沂是最后一个堡垒，我要看看这堡垒为啥这么硬。'常专员肯定纳闷儿，一个小小的百户村庄怎么就能拖全省大包干的后腿？难道有什么政治背景？公社领导说小临沂书记还不到三十岁，是烈士后代，政治上没问题，主要是社员一根筋，说死不拆帮。公社领导还举了 1961 年县里修水库的例子，当时以大队为单位包工包活，按人头发半个月的粮食。别的大队基本干足了十五天，只有小临沂用了十天就把活干完了，然后每人背着五天的粮食回家了。那年粮食短缺，五天粮食够全家放开肚皮吃两天。公社领导问过监工的技术员，技术员说小临沂把人分成三班，实行三班倒，活一点没停，提前五天干完了。常专员听后觉得小临沂组织生产很像部队打仗，用战术，有章法。

"常专员到小临沂来蹲点当天我们就进行了一次长谈，他上下打量着我道：'你这根顶门杠好年轻呀，有胆量。'我说：'我算啥顶门杠？就是个替大伙儿说话的人。'常专员说，这么年轻就当了书记，应该前途一片光明，可别跌跟头。我知道这是常专员关心我，当时选拔吃供应粮的干部允许从大队里提,在大队干得好就可以上公社,再上县城,上升渠道是通的,陈永贵一个大队书记,不都当了副总理吗?我说:'领导啊,我不是抗上,我这张嘴不属于自己,属于全村183个壮劳力。那时候全大队一天能记12个工分的有183人,我们称壮劳力。'常专员说:'你晚上别回家了,我拉了两张行军床,你陪我在大队部说说话。'常专员把秘书和司机都放走了,由我陪他在小临沂和社员同吃同住同劳动。混熟了,我觉得常专员这个当过兵打过仗的人没架子,好接触,身上有种亲和力。他问我:'在小临沂你最听谁的话?'我当时啥也没想就说我最听我娘的话,我爹牺牲后是我娘把我拉扯大的,我不听娘的话听谁的?常专员夸我孝顺,说听娘的话没错。

"白天干活,不谈家庭联产承包的事,到了晚上,在一盏煤油灯下,我俩各自躺在行军床上开始聊天,两张床头对头,说话彼此听得很清。往往是聊着聊着我就睡了,常专员啥时候入睡的我不知道,早晨醒来向他道歉,常专员说:'你先睡是对的,要是我先入睡你就睡不着了,我打呼噜像跑火车。'

"常专员来小临沂的第二天晚上,问我社员为什么都反对搞家庭联产承包。我给他讲了1958年移民路上发生的那件事。当年在济南火车站那个高高的钟楼前,107户男女老少正坐在地上歇息,突然几个混混儿抢了移民队伍里一个妇女的包裹,这些小混混儿根本没把这些灰头土脸的乡下人放在眼里,看到包裹里只有一摞煎饼,便扔掉包裹皮,几个人开始分煎饼。这时候我叔站起来,吆喝了一声:'女人孩子别动,男人跟我来收拾这几个杂种!'说完一个箭步跨过去,抓住那个分煎饼的小混混儿的后脖领,像抢小鸡一样扔了出去。另外几个小混混儿要上,社员们一拥而上把他们按在地上。众人将几个小混混儿反剪双手拎到一堆,让他们跪在地上,小混混儿吓得要死,就差把头插进裤裆里。过往的旅客纷纷鼓掌,一个警察赶过来,问明了情况,看过我叔带的介绍信,说:'你们闯关东不容易,我二叔、三叔都去闯关东了,在一个叫密山的地方。你们到了关外人生地不熟，要想不被欺负，最有效的办法就是心齐，心一齐，虎豹豺狼都不怕。'警察的话提醒了我叔，就在济南火车站广场上他给大伙开了个会，要求大伙到关外无论遇到什么事一定要抱团，不能跑单帮，有地大家种，有粮大家吃，大伙面朝西南家乡方向齐刷刷跪下三叩首，大家起誓以后代代相传，永不改变。

"我给常专员讲过这个故事后，他思考了一会儿才说，国家搞家庭联产承包，是顺应民意，是让社员多得实惠的好事，这件事咱们省已经晚了两年，不能再晚了，大方向不能变，这是原则。

"我说：'这件事您肯定说不通我，我不能违背誓言让乡亲戳脊梁骨。'

"让我感动的是，常专员没有怪我说话没深浅，大干部就是有大涵养。那天晚上我睡得也晚，听到常专员的床一直在响，也不知道他在想什么。

"第三天，常专员到我家来拜访我娘。两人谈得很拢，我娘炒了一大盘毛嗑摆在炕上，常专员边嗑边聊，好像老友重逢一样。两人谈话我没在边上，后来我娘告诉我，常专员问她为啥小临沂人这么抱团。我娘说，一个队伍、一个集体就像一个人一样是有体性的。小临沂的体性决定了这100多户社员是分不开的，这种抱团从离开沂蒙山那天就自然形成了，因为不抱团就会被欺负。常专员说他知道沂蒙山，他所在的部队参加过孟良崮战役，他现在还记着支前煎饼的那股香甜味，沂蒙人宁可自己饿肚子，也要倾其所有支援子弟兵，部队干部战士都特别感激那里的老乡。我娘没上过学，文化程度就是解放区识字班的水平，但我娘看问题有深度，她说沂蒙人的正义感不是那几年才有的，是胎里带的，要是部队不代表正义，沂蒙人也不会那么掏心窝。

"常专员对'胎里带的'这句话不理解，我娘就讲了三个临沂名人的故事来解释。第一个人是诸葛亮。这是谁都知道的历史名人，诸葛亮虽然足智多谋，但绝不多变，一旦确定目标，至死不会更改。他毕生都在兑现自己承诺刘皇叔的话,虽然没干成统一大业,但他鞠躬尽瘁、死而后已的负责任精神,成了临沂人宝贵的精神财富。第二个人是王羲之,晋代大书法家。王羲之书法入木三分,讲究毅力、功力和恒心,临沂人不见风使舵,不朝三暮四,是受王羲之的魂魄影响。第三个人是颜真卿。颜真卿也是大书法家,以七十三岁高龄去敌营晓谕叛军而遇害,他明知去敌营凶多吉少,但还是去了,一去不复还,这是何等临危不惧!我们临沂妇女能用乳汁救伤员,跳进冰河搭人桥,是有颜真卿的影子在。

"常专员深有感触地说:'这三个虽然都是古人,但听你讲述,我觉得他们好像就在身边。我明白了,是琅琊之风把他们从古代吹过来的。'我娘说小临沂人都知道,胎里带来的东西轻易不能变。

"常专员说,虽然叫琅琊之风,其实是临沂之魂。

"我娘说:'您也是老八路,就别难为小临沂了,小临沂死也不会拆帮。'

"常专员说:'我觉得小临沂就像一个汉字,可以行楷隶篆随意写,却拆不得,少不了笔画,这便是胎里带的另一层含义。'

"我娘说是啊,移民来时是一口锅,现在却要砸锅分勺各顾各,济南火车站前大伙磕的那三个头不是白磕了?

"常专员知道,不愿意分是因为小临沂日子过得好,那些穷队都争着分,哪怕一家一片犁铧也要分,生产队养懒汉的情况伤了大伙的心。但小临沂是个例外,种粮没耽误,副业也搞得不错,很可惜这个经验不能复制,其他大队没小临沂这么团结。

"那天,常专员在我家吃了顿煎饼卷大葱,蛋花汤。饭后常专员对我娘说,有些问题的解决需要先摊煎饼,然后卷起来一口口吃掉。

"常专员在小临沂蹲点,和许多社员在田间地头交流过。有一次,我陪他到村里年龄最大的颜廷玉家家访。老颜头已经七十九岁,正在院子里翻土。院子里种菜必须翻一遍土,否则土壤板结,蔬菜长不好。

老颜头在用一把四股叉一下一下地翻土,每翻一叉土都把土坷垃拍碎,让翻过的土变得松软。

"常专员要过四股叉,在手里掂了掂,四股叉并不比铁锹轻,四根钢齿已经磨得发亮,便问老颜头为什么不用锹翻土。老颜头用浓重的临沂口音说,土里头有曲蟮呀,用铁锹翻土会把曲蟮斩断。我告诉常专员曲蟮就是蚯蚓,老人很爱惜蚯蚓,因为蚯蚓能让土壤疏松,改良土壤,提高地力。常专员用四股叉翻了一垄地,果然发现土中有不少蚯蚓。老颜头说:'曲蟮是好东西,我能活到现在没叫尿憋死,多亏了曲蟮。'

"常专员不解,问我是怎么回事。我说老颜头曾因膀胱和前列腺有病,无法排尿,有人给了个偏方,到院子里挖几条蚯蚓捣碎滤水喝。老颜头如法炮制,果然就能排下尿来。老颜头由此对蚯蚓特别看重,翻地生怕伤到它们。

"从老颜头家回来,常专员对我说:'政策是什么?政策就是工具,有时候是铁锹,有时候是四股叉,不能因为过去一直喜欢用锹,用顺手了就忘记还有四股叉。'

"我开玩笑说:'我们农民就是在土里找食的蚯蚓,我们最怕一锹切下来。'

"这天晚上常专员和我头对头仰卧在行军床上,他问我,如果公社不让我当书记怎么办。我说我不在乎,大不了回小队种毛嗑。他说,年轻人要学会讲策略,政策和策略是党的生命,这话要好好体会,比如面前有堵墙挡着去路,非要翻墙而过吗?明明马路上亮着红灯,却不管不顾硬要闯,安全就无法保障了。我觉得常专员话里有话,这天晚上我失眠了,翻来覆去睡不好,闭上眼就看到前面有红灯。

"常专员在小临沂蹲点五天,第四天傍晚,晚饭后我娘炒了一包毛嗑送来,毛嗑还是热的,嗑起来格外香。常专员说到外面坐坐吧,我俩来到大队部门前,坐在一条青石上嗑毛嗑。大队部地势较高,朝南几乎可以看到小临沂全貌。村庄里尚有炊烟在升起,空气里弥漫着锅巴的煳香味,这是一种久久不肯散去的米香,闻起来有股黍米酒的味道。常专员给我讲了一个故事。故事发生在民国时期西部某地,当地孩子习惯将父亲叫'大',韩复榘手下一个来自鲁北的团长娶了个唱秦腔的姨太太,女优伶不想嫁给这个团长,但团长要横来硬的,她就如实相告,说自己还有个三岁的孩子,不便嫁人。团长说不打紧,只要孩子管他叫爹就行。女的没办法,只好带着孩子嫁过来。可是这个三岁孩子从来不管团长叫爹,张口闭口叫'大',团长怎么吓唬也不成。一天团长酒后回来,孩子叫'大'把他叫烦了,他一脚踢出去,结果把孩子踢死了。这个故事说明什么呢?称呼很重要,称呼不对是要出人命的。

"我当时没理解常专员为什么讲这个故事,我说在我们老家有的地方管父亲叫'伯',叫'大'的好像没听过。常专员说这个姨太太是西北人,那里有的地方习惯这么称呼。常专员说:'明天我就回去了,你既然主政一个大队,就要明白当领导的基本功,这个基本功是啥?就是吃透政策,把政策的每个字、每个标点都研究透,这样就会少犯错误。'

"常专员蹲点结束后,我把这个故事说给我娘听,我娘说:'常专员这是仙人指路呢,你好好琢磨一下吧。'

"从那天开始,我找来上三级文件逐段逐字研究,我发现上级文件并没有要求像铁锹一样一脚踩下去,倒是很像四股叉,每一股之间都留有充分余地。我就想起常专员讲的故事,终于琢磨出一个法子来,对全村五个小队简单重组,成立五个公司,将村里的 1.68 万亩耕地承包给农业公司,其他四个公司承包全大队相关副业生产。我快刀斩乱麻,开了会,把原来的小队长改任成公司经理,一切安排得妥妥当当,大家都说这样好,由社员变成职工,叫起来也好听。不久,公社领导打来电话找我,让我赶快到他那里去一趟。我急三火四地赶到领导办公室,发现领导屋里坐着一个文质彬彬的中年人。公社领导说:'忠付啊,你可不能给领导添乱呀,你是全地区最后一面白旗,你把常专员都影响了。'我没想到来者是新华社记者,他列席地委委员扩大会,会议研究推进家庭联产承包这个议题,地委副书记毕克功发言很有指向性,说全地区唯一一面白旗是我们地委领导蹲的点,这说明我们作为领导干部在实行家庭联产承包责任制上认识还要提高,在工作上还要加大力度。公社领导说,这位记者同志就是来调查这件事的,为什么专员蹲点的小临沂会成为白旗单位。

"我说:'你们掌握的情况有误,我们小临沂不仅不是白旗,我们认为还是推行家庭联产承包的一面彩旗呢。你们想想看,一分了之多容易,谁都会干,而上级要求的是联产承包,这四个字都吃透了没有?我们小临沂是吃透了上级精神的,我们在联产和承包上做足了文章,成立了五个公司来承包,结果社员的劳动积极性得到很大调动,个个都铆足了劲等着年底拿承包奖。我也了解了其他一些村,家底分光吃光,根毛不剩,需要大队为社员干点事的时候只能干搓手干瞪眼,我觉得他们就是没吃透文件精神,简单机械地执行政策,结果没有取得预期效果。'

"我这番话把公社领导和那位记者镇住了,他们没想到小临沂原来不是顶着不落实,而是在摸索一条落实文件的新路子。那位记者简直如获至宝,说他一直在找这方面的典型,可是找来找去,都是一分了之的简单操作,像小临沂这样结合实际把政策落实下去的还没有。记者跟我回到小临沂,就每个专业公司承包的产业做了调查。采访结束时,这个记者握着我的手说:'地委扩大会上毕书记的发言是不了解情况,你们真的不是白旗,你们是一面崭新的红旗。'记者说他回去要办两件事,一件是写份内参,一件是写篇报道公开发表,让更多人知道小临沂,也算是给常专员正名。我觉得常专员压力肯定很大。

"其实,我心里很清楚,没有常专员的启发我想不出这个办法。那位记者的报道一出来,小临沂和我王忠付一夜之间成了名人。"

王忠付讲完了,任多秋和常寒松几乎没顾上喝茶,一直在认真听。这件事能反败为胜太不容易了,可以想象当初老爷子的压力有多大,既要贯彻好上级要求,又要对得起小临沂百姓,两头焊接需要智慧和胆识。好在老爷子遇到了一个聪明人,如果遇到一个猪队友,恐怕就要付出政治代价了。

"您是否还记得常专员来小临沂那几天,对什么最感兴趣?"任多秋问。

"毛嗑,"王忠付说,"常专员喜欢新炒的毛嗑,那几天每天都嗑一大盘,我娘炒的。"

"还有什么?"任多秋又问。

"再就是煎饼了,那几天的派饭几乎都在我家吃煎饼,有一次吃着煎饼我发现常专员流泪了,我以为是噎着了,给他端水,他摇摇头,说是想起当年在沂蒙山打仗的事了。"

"还有吗?"任多秋总觉得还有什么没问出来。

"还有就是琅琊之风了,常专员说和我娘交谈能感到一种从历史深处吹来的风,这就是琅琊之风。"

任多秋不再多问。

常寒松提议到村后的葵花地,请柳秘书给他们三人拍张合影。常寒松让王忠付站在中间,王忠付想推辞,常寒松却说,他完全有资格站中间。王忠付不再推辞,他和任多秋分站两边,柳秘书按下了快门,照片中三个人开心地微笑着,每张脸都是一朵葵花。

第十七章　月牙泡

榻上呓语：我用毕生的精力在织网，却希望自己是一条漏网之鱼。

月牙泡是白河学院校园西边一个天然湖泊。它原本是黑龙江的一个江汊子，后来与主河道脱离连带关系，独立成一个月牙形大泡子。常寒松上小学时班级曾组织到月牙泡春游，记得月牙泡里的水蛭特别大，像一个个黑色的胶皮鞋掌，看上去令人浑身起鸡皮疙瘩。月牙泡东岸是草地，西岸是连片的白杨树。北地绿化树种少，就那么可怜的几种，像反复读过的文章，已经难觅新意。但这片白杨树颇有韵致，尤其夕阳西下的时候，白杨树倒影照在水面上，很有些诗情画意。除了月牙泡，校园四周都是耕地，男女学生总不能跑到苞米地里谈情说爱，对于白河学院的学生来说，月牙泡是不得不去的地方。每年新生入校都会有人抱怨，为啥要把学校建在远离市区的地方？学校又不是集中营，与世隔绝的环境能培养出性格开朗的学生吗？

这是常寒松印象里的月牙泡和白河学院。

任多秋在游览了月牙泡之后说，月牙泡看起来像黑龙江的一个私生子。

不愧是文章高手，任多秋一句话就把月牙泡的地位说得再清楚不过。

白河是北地行政中心，入住白河宾馆后，两人到江畔游览，看到流经市区的黑龙江江道竟然如人工运河一般平直，这样直的江段能在下游甩出一个月牙泡来，算是一个奇迹了。

月牙泡没有进入老爷子的自传提纲，提纲里提到的是白河师专，也

242

就是白河学院的前身。对这所白河地区最高学府，老爷子写了这样几句话：

> 阻止一个错误的发生要把准脉动，武断的阻拦有时会适得其反，研究人、说服人、控制人是一门必修课。开渠，才能因势利导；筑坝，容易水漫金山。白河师专的精神污染风波尽管没有节外生枝，却值得深思。

任多秋在核对了时间后说，老爷子这段文字很明确是指白河师专开展的清理精神污染一事，这事被老爷子定性为风波。

常寒松认为 1983 年老爷子已经是专员，不具体分管文教工作，能出面干预发生在白河师专的一件具体事件，肯定事出有因。

任多秋道，没错，这个时候地委副书记是毕克功，如果没猜错的话，这是两人又一次掰手腕。

常寒松明白了，一定是在处理这起风波上老爷子和毕克功观点相左，老爷子不得不亲自出手。毕克功执行文件喜欢层层加码，比如说规定交八百斤公粮，到了他这里就会再加一百斤，也正是因为这个，毕克功抓工作力度大，他的口头禅就是"见旗就扛，有星就摘"。这是老爷子在谈起这位老搭档时说的，常寒松记得有次北地一位领导来北京家中拜访，其间谈起了毕克功，老爷说了这段话，此话很显然是表扬。

关注月牙泡是任多秋的主意，他认为精神方面的活动需要物质依附，白河师专的文学爱好者们如果"精神出轨"，不可能与月牙泡无关。

不过，在游览过月牙泡之后任多秋颇感失望，他说白河师专学生真的好可怜，一池毫无诗意的死水能给人多少文学灵感？学校应该花点钱在泡子里种点荷花、睡莲什么的，不要让它变成一个蚊虫滋生的大池塘。

常寒松觉得这问题系归属原因所致，要是在校园内，说不准就成了北地的未名湖,但月牙泡属于附近村屯,学校无权改造。

到白河师专采访,理应找当年团委或学生处的老师。两人到校办问了一下,当时的老师大都退休,只有一个叫刘虹的副校长还在,刘虹副校长当年是外语系的团委书记,她父亲是行署副专员。校办老师给刘虹打了个电话,征得同意后把两人领到刘虹校长办公室。

刘虹是一个颇有知识分子气质的女校长,满头银发像是染成的一样,光洁的皮肤上没有一丝斑点,亮晶晶的金丝眼镜放大了双眸的亮度。

任多秋自报家门,说明来意。刘虹校长微笑着说:"哦,国报名记,您的文章我读过,署笔名的不知道,署任多秋真名的我曾做过剪报,我对'任多秋'这三个字印象太深了,明明讲不通的道理,经你一评马上就能自圆其说,这可是本事。"

常寒松说任主任是大笔杆子,还是著名的传记作家。

"我知道,"刘虹校长说,"任主任巨笔如椽,威名远赫。"任多秋听出了对方的调侃,他已经见怪不怪,被人有意无意调侃已经成了家常便饭。其实他在写评论时已经考虑到了读者的接受度,但不能为了迎合读者就去改变基调,基调是万万改不得的,高音就是高音,不能拿中音或低音来代替。他和他的同事都感到评论难写,难写的要害在于牵一发而动全身,同事们普遍羡慕文艺部的记者,人家嬉笑怒骂不犯毛病,自己就不行了,落实到文字上,每一句话都要慎之又慎,不能有瑕疵。

"两位想了解当时什么事情呢?"刘虹校长起身给每人拿了一瓶矿泉水,坐下来问。

"想了解1983年白河师专开展的清理精神污染一事,据说当时有点小小的风波。"任多秋说,"先声明一下,这个采访不对外报道,是为了给老干部常克勋写传记用。"

"没问题,我是这起风波的见证者,"刘虹校长说,"我可以骄傲地告诉您,白河师专在这件事的处理上是开明的,没有难为一个老师,也没有处分一个学生,回过头来看,我们做对了。正像一位伟人说过的,谁与青年作对,谁就会走向历史的反面,白河师专没有走向历史的反面。"

"能介绍一下当时的经过吗?"任多秋发现对方健谈,对接下来的深度采访充满了信心。

刘虹校长依旧微笑着说:"好吧,我也很愿意回忆一下青春岁月,人开始怀旧,说明与青春渐行渐远。"

通过刘虹校长的讲述,两人对白河师专那段历史有了了解。

时间正是老爷子写到的 1983 年,那些'81、'82 级入学的大学生思想活跃,青春勃发,他们一进校园就组织了各种社团,有文学社、摄影社、书法社等等,其中最活跃的就是五味子文学社。文学社办了个内部交流的诗刊《月牙泡》,刊发诗社成员自己的习作。学生文学社团本身没有什么,无非一个松散的文学组织而已,一两个星期活动一回,在一起交流创作体会,赏析经典作品,到校园外面的月牙泡搞个野餐,等等。谁也没想到一项清理精神污染的活动兜头而至,五味子文学社不幸成了清理对象。当时有位姓牛的副校长,在学校大会上点了五味子文学社的名,认为《月牙泡》诗刊上发表的诗作思想感情不健康,格调晦暗,必须清理。在会上牛校长还念了一首诗做例证,那首诗是英语系一位女同学写的,题目叫《月牙泡》:

> 本应该是一双明眸
> 却单单剩下一只
> 是谁偷走了白河另一只慧眼
> 留给我如此单调的世界
>
> 渴望你的泪水能够清澈
> 如同京城的水木清华

245

我们这些被缪斯遗忘的孩子

　　能看到月光的倒影

　　牛校长念完这首诗，台下同学们嗡嗡议论起来，这首诗很难说有什么精神污染，无非是处于青春期学子的一些伤感。让牛校长没想到的是，本来只有几十个同学才知道的《月牙泡》诗刊，经他这样一批，一夜间全校闻名，散会后其他专业的同学纷纷找这个铅印的小册子，大家像当年传阅手抄本一样追捧这本内刊，很多同学张口就能背下上面刊发的诗。

　　既然牛校长定了调子，事情总要有个结果，清理工作以简报信息形式报上去，引起了地委毕书记的注意，毕书记在简报上批了十六个字：

　　高度重视，露头就打，严肃查处，以儆效尤。

　　批示下来，牛校长顿时紧张起来，他原本是做个姿态，作为白河最高学府对这项工作应该有所呼应，但也没想把事情搞大，这才把清理《月牙泡》诗刊以简报信息形式报上去。没想到毕书记对此做了批示，这无疑烧香引出了佛，牛校长不得不硬着头皮把这出戏唱下去。他召集团委和学生处老师开会，要求不折不扣地落实毕书记批示。牛校长50年代末被打成右派，下放到无名一寒村劳动，吃了许多苦头，种地、喂猪、盘炕、脱坯、打桦子，他自己说北地农村的活他都会干，就是流放到西伯利亚也能生存。很多老师见过牛校长冬天一个人在院子里捶乌拉草，乌拉草刚打回来像三叶草一样硬，须用木棒槌将它一点点捶软才能絮鞋穿。牛校长咚咚咚捶打乌拉草的举动令人诧异，这好像不是一个高级知识分子要做的活计。或许是一朝被蛇咬，十年怕井绳的原因，不想重蹈覆辙的牛校长才把这件事看成比教学还紧要的任务来抓。

　　那么问题就来了，《月牙泡》诗刊这些诗怎么分析也够不上反动，顶多是意象晦涩一些,没有学生在诗中去触碰敏感话题,虽然有几首是歌颂爱情的,表述直白一些,但与色情扯不上。团委的几个老师觉得五味子文学社是不幸成为靶子的。过来的人都清楚,一场专项行动布置下来,总该有一个目标对象,《月牙泡》就是不刊发那几首诗也会被当作靶子来打,除此之外很难找到其他目标。团委书记说这件事肯定要有个说法,咱们正式做个决定,五味子文学社解散,发下去的《月牙泡》收缴销毁,这事也就完了。至于诗刊能收多少算多少,收上来的都拿到水房锅炉里烧掉。处理意见报上去,上面很不高兴,据说毕书记发火了,认为不处理人就不叫严肃处理,处理结果必须落实到人头上。上头指示传下来,牛校长也为难,但不得不落实,以儆效尤就是处理个别教育大多数,要处理就处理挑头的,让学生们懂得当头头儿是要有代价的,文学社社长、副社长难辞其咎。当时文学社社长是一个姓吴的学生,两个副社长一男一女,男的姓何,女的姓曹。团委书记找三个学生谈,结果谈崩了,他们认为《月牙泡》刊发的习作没问题,没有一首政治上有错误,牛校长点名的那首是情感诗,写青年人成长的困惑而已。谈不通,处分就不能硬下,学校这一点还是对的,不武断,处分学生,要让学生心服口服。比如学生在校园打架受到处分,学生也认也签字,像文学社这种事如果处分不当出现什么极端事件,学校会吃不了兜着走。

情况再次报到牛校长那里,牛校长指示,说不通就谈,直到谈通了为止。牛校长说当年自己被找去谈话,一谈就是几天几夜,最后只好服软,他们谈个把小时怎么会有效果?要谈,换着人谈,车轮谈,不达目的绝不停谈,历史上许多重大问题就是谈下来的。接到牛校长的指示,团委和学生处的老师分了三个谈话组,一天天地找三个学生谈。但谈话并没有按照牛校长设计的轨迹发展,因为谈话者和被谈话者年龄相仿,很多谈话老师就是本校毕业留校的,相互之间有许多共同点,后来谈话就变成了谈文学,谈对流行作品的评价。当时路遥的小说《人生》正火,师生就探讨对高加林怎么看,对巧珍怎么看,对人生的追求和价值怎么看,他们把谈话当成了文学讨论。

这个时候,地委毕书记来学校检查工作,特意听取了学校清除精神污染工作汇报,说白河师专五味子文学社的事在处理上不能敷衍塞责,学校是教书育人的地方,这里的学生出去是要当老师的,当老师的世界观有问题就会谬种流传,必须在学校把精神世界打扫干净。毕书记要求,学生要处理,指导老师要做检查,上上下下都要检视问题,挖根源,找原因,确保此类事情不能再度发生。毕书记的意见还是批示中那十六个字。学校两位党政一把手只是原则表态,主管这项工作的牛校长则当即表态,一定从重从严处理此事,决不能让这种灰暗的东西在校园中存在。牛校长对团委书记下了死令,三天时间谈下来,谈不下来连指导老师带学生一起处分。文学社指导老师有两位:一位姓卢,是哈师大中文系毕业刚分来的青年教师,才华横溢,风流倜傥,是许多女学生的偶像;另一位姓柳,原本是上海下乡知青,考入本校毕业后留校当老师。柳老师三十几岁,身上多了些中年人的世故圆滑。文学社遭批后,卢老师明确表示无法理解,说这是用极左思维来处理学术问题。柳老师则主动找各级领导做检查,说自己工作不到位,没有引导好学生创作。如果说卢老师是初生牛犊,那么柳老师就是一只聪明的猴子。柳老师有个观点,遇到需要过关的问题首先自我剖析,因为能不能过关关键看态度。团委书记找了卢、柳两位老师,让他们各写一份检查,卢老师脖子一拧:"写检查? 凭什么?"柳老师则连连点头,说:"我写我写我写。"团委书记下过乡,资历丰富,他说写一份检查无非谈谈认识,报上去也没有人看,写就写吧。卢老师说:"这是个人格问题,谁爱写谁写,反正我不写,大不了我另寻庙门。"卢老师原本就是支边而来,不愁工作调转,所以口气很硬。团委书记很会做工作,让卢老师回去,单独把柳老师留下,说:"柳老师你替卢老师写一份吧,这个东西你个把小时就能搞定,因为卢老师硬是不写的话,上面追究下来你也会受牵连,你俩是一根绳

248

上的蚂蚱。"就这样，柳老师替卢老师写了一份检查。卢老师大概不会想到，这份别人写的深刻检查一直存在他的人事档案里，直到他调到一所著名大学任教，负责管理档案的老师看到这份东西，觉得不像卢老师的行文风格，才把这份检查从档案里剔除。当然这位老师只是告诉了卢老师，没有违规把检查交给他本人，那份检查要么被人收藏，要么已经被销毁。

牛校长内定的处分是记过，他也清楚靠几首格调不高的诗无法给重处分。但是谁都知道，这个记过所代表的是精神追求有问题，属于思想意识范畴，这样的学生毕业后哪一级组织敢重用？

就在毕书记来学校视察后第三天，行署常专员来了。常专员不是为了清除精神污染而来，他来调研如何将白河师专和一所中等师范学校合并。地区计划把两所学校合并，申办一所本科学院。常专员的车开进学校，在进入学校办公楼时，驻足看到了学校宣传栏上一张关于解散五味子文学社的公告，里面有"为了清除精神污染，净化校园文艺生活"的字样。常专员没有说什么便走进办公楼。在谈完主要工作后他忽然问："你们楼下宣传栏里解散文学社的公告是怎么一回事呀？"这一问，学校领导慌了，连忙做检讨，党政主要领导小心翼翼地介绍了情况，接下来主管教学和学生工作的牛校长汇报了将如何处理，说处分决定已经拟好，就等着上会走程序。

常专员要学校找本诗刊他看看。牛校长公文包里有，马上递了上去。小册子不厚，常专员翻看很仔细，大家都屏紧呼吸偷偷盯着常专员。看完小册子后，常专员看了看表，觉得还有点时间，就问："你们校领导谁抓这件事？"牛校长头上顿时出汗了，站起来说是他抓。常专员让其他同志都回岗位去忙，说要和牛校长单独谈谈这个事情。大家都离开了，会议室里只有常专员和牛校长，两人谈了些什么无人知晓，但这次谈话之后，五味子文学社的事便不了了之。

刘虹校长介绍完这段历史后，笑着说："这个世界上的事总是充满

249

意外和巧合,眼看着一幕悲剧要上演,突然间就翻了戏牌子。其实,我也是文学社的参与老师,只是没有挂名而已。我一直关注这件事的处理,我甚至求父亲去找毕书记说说情,不要给学生处分,这样会影响学生一辈子。担任行署副专员的父亲有些为难,说毕书记这个人特严肃,什么事都喜欢上升到一定高度去分析,这个情他无法讲。没想到比毕书记官大的常专员来了个歪打正着,把这个难题解了。我把这件事告诉父亲,父亲神秘地笑了笑,什么歪打正着,天下哪有这么巧的事?"

"牛校长健在吧?"任多秋问。

刘虹校长摇摇头:"几年前去世了。说到这位老领导,必须承认他是一个复合型人物,这个复合型是指他人性具有鲜明的两面性,我们是否需要聊聊他?"

任多秋道:"当然要聊聊,牛校长是关键人物,常专员只和他一人交谈过。"

刘虹校长说:"每个人会有多副面孔,这不奇怪,但牛校长只有两副,一副是谦谦君子,一副是卫道酷吏。学校年轻教师几乎都挨过他的训斥,有的青年教师见到他都绕道走。他训人最常用的口头禅是'真该送你到农村锻炼锻炼'。教师们开始不知道这话的含义,后来听老同志讲这话隐含着牛校长当年在无名一寒村经受的苦难便有点害怕,觉得在牛校长眼里,自己已经是需要到无名一寒村尝尝下放滋味的人物了。实际上牛校长是个悲剧性人物,他吃了常人无法忍受的苦,这些苦便成了他衡量其他人的砝码。他觉得这个世界上所有的人都对不起他,对那些工作上一帆风顺的教师他总会下意识地挑剔,而他则从批评和折磨别人中寻求一种心理安慰。牛校长的这个性格特点很多老师都知道,但没有谁会说,因为在白河师专他是一个德高望重的长者。牛校长1956年建校之初就在这里工作,是学校元老级人物,被打成右派下去劳动了二十年,平反后又回到学校,这个经历令人肃然起敬。两位学校主官对他也格外看重,他分管的事他们一般不多过问。实事求是地讲,牛校长在业务上很厉害,他已经是副校长,还坚持给学生上课,而且他的课也颇受学生欢迎,这是他的另一面。"

任多秋对老爷子和牛校长的谈话内容感兴趣,就问:"常专员和牛校长两人那次谈话都谈了些什么有人知道吗?"

"牛校长后来说起过谈话的事,但不是对本校的人,是对已经调走的卢老师说的。牛校长退休后到卢老师所在城市度假,在卢老师招待他的酒桌上,牛校长主动说起了这件事。牛校长说常专员根本没提五味子文学社,只是问他当右派的经历,他讲了在农村的艰苦,粮食不够吃,井水缺碘,很多人患上了大骨节病,最大的问题是没有书可读,就那么在穷乡僻壤中苦熬,在苦熬中进行自我反省,觉得当年发表意见太幼稚,被打成右派也不是没有原因。他说对这段生活他不后悔,因为他深刻体验到了农村真实的生活,生活本来就不光是鲜花和掌声,年轻人都应该受点磨难,苦难是金,经过磨难后再干什么就会有底气。他的话常专员并不完全赞同,常专员说:'大凡经历过磨难的人,都希望别人也去经历一回,这种想法过于残酷。你想想看,人生有限,时光宝贵,为什么要别人再去吃一遍你遭受的苦呢?'常专员说他接触过不少摘帽平反的同志,总想着在别人身上把这种不平找回来,这是找不回来的,许多被摧残过的人,摧残起别人来会变本加厉,这种心理是有害的。常专员说:'你不能总是回味自己吃过的苦,偶尔回味一下尚可,如果总是沉湎于此不能自拔你就会很痛苦。你说你吃了不少苦,可还是幸运的,你下放那年我正在一个劳改农场任场长。农场有无数像你这样的人,他们吃的苦是你无法想象的,和他们相比,你毕竟和老婆孩子在一起。'牛校长说常专员的话一下子戳在他的神经上,他确实有这种潜意识,觉得自己吃了苦遭了罪,你们却一生太平无事,这不公平。常专员说这是一种靠摧残别人寻求心理平衡的心理说得太对了。牛校长对卢老师说,从那次谈话后,自己思想发生了很大变化,不再苛求老师和学生,老师都说他变得和蔼了,不像以前总是一副阶级斗争嘴脸。牛校长说五味子文学社的事能不了了之,真的要感谢常专员,因为那次谈话他就下了决心,不再处分指导老师和学生,有什么事他顶着。后来地区教育局打来一个电话问了问情况,就没人管了。清除精神污染这项工作从上到下很快像旋风般刮过去了。"

"看来是常专员这次谈话改变了牛校长。"任多秋说。

"是的,当时我们就发现了这个问题,那次谈话后牛校长不但没有再过问处分老师、学生的事,后来还帮写《月牙泡》的那个女同学推荐了一个毕业接收单位。这件事是我经的手,当时那位姓曹的女同学面临毕业,她是学英语的,按规定要分配回所在的县当英语教师。但这个女同学特别爱好文学,对英语一点兴趣都没有,她来找我,希望我能帮她想想办法。当时要想改变分配计划,必须通过所在县的教育局,这是一件很难办的事,因为各市县都缺老师,一个也不想放。我实在没办法,就去找牛校长,我说:'牛校长,您在大会上念过一首诗还记得吗?'牛校长说:'当然记得,我还记着有这样一句:是谁偷走了白河另一只慧眼,留给我如此单调的世界。仔细想想,这首诗写得不错,的确如此,一只眼睛看到的往往是单调的世界。'我说:'您在大会上一念,人家毕业分配成了难题,她们县教育局已经放出风来,这位曹同学如果回来,就把她分配到莲花山去。您知道莲花山乡连公路都不通,一个女孩子怎么在那里生活?'牛校长沉默了,操起电话想了想又放下了,说:'你先回去,这件事我会想办法。'过了两天,牛校长让我带小曹到他办公室,牛校长问小曹:'你今后真想从事文学工作?'小曹点点头。小曹不漂亮,但聪明,知道该怎样和领导说话。牛校长说:'我当年也是文学爱好者,特别崇拜马雅可夫斯基和郭小川,但我后来远离文学了。为什么? 因为我大学同学有几个专门从事文学的都犯了错误,而那些从事教学的同学却都在运动中得以保全,所以我索性就不写文学作品了。'小曹说:'那个时代已经一去不复返了,另外请校长放心,我即使从事文学也不再写《月牙泡》那样的朦胧诗了,我会写昂扬向上的作品。'牛校长又问:'你们文学社的同学是不是背后都在骂我这个老头子呀?'小曹说:'没有,后来这件事平息了,同学都说您讲文学上的人道主义,雷声大,雨点小,是个爱护老师和学生的好校长。'应该说这位姓曹的女同学真是个人物,她说的那些话我这个老师都自愧不如,看来文学也锻炼人,她让我记住了一个概念:文学上的人道主义。我想这个概念肯定触动了牛校长,让牛校长心甘情愿地为她联系接收单位。牛校长说:'你的想法我知道了,毕业分配的事我会安排。'离开牛校长办公室,小曹趴到走廊一角哭了,我问她为啥哭,她说:'你不知道刘老师,刚才我的心脏都要从嗓子眼蹦出来,我差点就吓死了。'我说:'我看你挺老到的。'她伸出手,亮出手心里的一枚发卡道:'您看,发卡都湿了,全是汗。'毕业分配报到证下来,小曹被分配去了《白河日报》社,应该是那届毕业生里分配最好的。"

"这个牛校长真会办事,"任多秋说,"弯儿转得够快。"

"我也想过这个问题,关键是看谁和他谈的话。如果是你我,牛校长就当成了耳旁风,但是常专员说话有分量呀。这就让我想到了一句古话:人穷休入众,位卑莫劝人。对于牛校长这样的领导,只有位高权重的常专员说话他才能听进去。"

任多秋说:"按理说常专员在处理精神污染这件事上很智慧,也很圆满,是一个皆大欢喜的结局,没有值得遗憾之处,那么他在自传提纲中为什么还写到需要深思呢? 这么做有什么不妥吗?"

刘虹校长笑了,刘虹说话的间隙总是微笑,这是一种职业性的笑容,笑得无法挑剔。她说:"一般机密保密期是二十年,现在这些事过去几乎两个二十年了,可以解密,何况有的当事人已经不在了。这件事看似简单,实际挺复杂。我老父亲当时只字不提,退休以后好多年,我回家偶尔提起这件事,老父亲才说出了当时的情况。是在一次会议上,毕书记汇报了全区清理精神污染工作,白河师专自然就成了典型。毕克功表扬了白河师专在这项运动中的态度,提到了牛校长,说牛校长要

253

深抓严查,从重处理有精神污染倾向的老师和学生,其中还提到了有个年轻男老师,留长发、穿花衬衣,给学生带了个不好的头。当时与会的领导都同意毕克功汇报的处理意见,只有常专员在最后讲话时浇了瓢冷水。常专员说:'精神污染集中表现在高等院校相对集中的一线大城市,表现在意识形态活跃的思想文化新闻界,是属于危及心脏部位的污染。像我们这样的边陲四线城市,只有一所大专,这类问题虽然存在,但成不了气候,我们重在防范,至于处理老师和学生,要慎之又慎,我们一定要汲取历史教训,不要再犯与历史相似的错误。'毕克功解释说,处理意见是白河师专牛校长提出的,地委没有画杠画线。常专员接着说:'当前地委和行署最主要的工作是落实一号文件,抓好家庭联产承包责任制的推广,我们是农业大区,而不是教育大区,要争取在这项工作上出成绩、出经验。至于教育方面,一切要围绕着将白河师专做大做强,申办成本科院校来谋划。如果白河师专成了一个有精神污染的学校,会给申报本科院校工作带来无形的阻力,教育部的同志会说,你们连专科都精神污染,哪敢批你们本科?'常专员说完,会场陷入沉默,最后地委书记说了一句话,这件事可以等等再说。我父亲说了事件的背景我才如梦初醒,原来常专员那次是有备而来。"

"您父亲提到后来发生的事了吗?"任多秋知道这件事不会完,以毕克功的性格,不会就此罢休。

"提到了。"刘虹校长这次没有笑,说,"好险,毕书记已经做好了向省里去汇报的准备,对那天常专员的讲话逐条加以反驳。但毕克功是个组织原则性很强的干部,他没有在会议上与常专员争执,据说会后去找了地委书记,而且明确表示要到省委去评理。"

"这就是个问题了,地委主要领导之间出现大的分歧,对两位领导都不好。"任多秋说,"毕书记这么做完全符合他的性格,一般的领导干部,谁会与领导对着干?"

"但最后毕书记没有去省委,原因是上级叫停了这项工作。"刘虹校长又微笑着说,"一场短命的运动,差点造成你死我活的斗争。"

任多秋明白了,老爷子的忐忑原来在这里。

"当年参加五味子文学社的老师和同学对这件事有什么评价吗?"任多秋想起了那个档案里夹着一张深刻检查的卢老师。

"我们现在已经是白河学院了,师专那段历史成了过去。不得不说这是一所健忘的新学校,校史馆里对本科之前的历史几乎是一笔带过,都不愿意回忆那段日子,不仅仅是1983年的那个小小的插曲,包括之前的几十年,也许是因为那时候学校太过寒酸,提起来怕丢人吧。参加五味子文学社的老师和学生曾经回来过,因为找不到当年的任何痕迹,都失望地离开了,没人议论,也没有人感慨,就好像什么都没发生过一样。时间是最好的改正液,不论墨迹还是血迹,最后都会还原成一张白纸。不过,我个人高兴的是,那个被调到南方一所著名高校的卢老师已经是国内一流教授,现在桃李满天下。小吴在中原一座城市当宣传部长,小何在一所传媒大学任院长。那个被牛校长推荐到报社的小曹,是一家省报的著名评论人,和您的职位很相似。他们谁的精神也没有被污染,倒是成了体制里的优秀分子。"

任多秋说:"如此说来,这些人该感谢常专员,感谢牛校长。"

刘虹校长道:"最应该感谢的是这个时代,如果不是天空晴朗,谁能保证冰雹不落到自己头上?"

"该问的话似乎问完了。"一直沉默的常寒松说,"校园外那个月牙泡太可惜,为什么不能改造一下?"

刘虹微微笑了笑:"这个问题学校考虑过,有两大障碍影响了决策:一个是月牙泡属于附近一个村,村里出租给私人在养鱼;另一个是那个地方草高林密,我们学校俄罗斯留学生多,他们太愿意亲近自然,有个留学生饮酒后下水游泳不幸溺水,那里成了事故易发地。改造月牙泡的方案没有考虑,不过保卫处最近提出一个计划,准备在校园和月牙泡之间架一道铁丝网,让学生在校园内活动,防止发生意外。"

两人感谢了热情的刘虹校长,下楼离开了这座崭新的校园。

"要拦铁丝网了。"任多秋说。

"是的,现在的铁丝网可以带高压电,比过去先进多了。"常寒松说。

第十八章　朝元鼎

榻上呓语:一个风烛残年的老妪站在窗前告诉我,遗忘不该忘却的事情就像一个人丢掉了帽子,是光头还是平头会一目了然。我的确遗忘了许多事情,也无法为自己的遗忘买单,错过便是一生。如果来世还能为官,我要练就一副好记性。

朝元鼎是西焦德布山的别称,因为与大汉朝某个年号吻合,听起来大气磅礴,叫起来格外庄重。朝元鼎是一座休眠期活火山,三十多万年前喷发过,海拔不足五百米,圆顶截锥状,顶部有火山口,里面长满杂树。朝元鼎往东约六里,有一东焦德布山,却没有东朝元鼎的说法,可见朝元鼎的名字为西焦德布山所独享。东西两山矗立在小兴安岭之西、松嫩平原之东,远远望去像北地的两峰乳房。

常寒松几年前来过这里摄影,对两山有些浮皮潦草的记忆。他曾向当地人讨教过有关焦德布和朝元鼎名字的来历,当地人说法不一,有人说焦德布可能来自当地一种鸟,这种鸟整天德布、德布地叫,山因此而得名。至于朝元鼎名字是怎么回事,则无人能说得清。任多秋认为,焦德布应该是少数民族语言,而朝元鼎则是汉族居民对大山的形象描述,因为西焦德布山状如宝鼎,加个"朝"字无非以示敬畏。

朝元鼎下有一林场,叫焦德布林场,林场不大,职工也少,老爷子提到的朝元鼎三姊妹就生活在这个樟子松环抱的林场。

老爷子自传提纲里写有这样一段:

一次遗忘,一生后悔,朝元鼎三姊妹就在不远处望着我,目光含泪，一言不发。刚上任专员不久，克功批转过来一封群众来信，是朝元鼎三姊妹要求解决退休身份的申诉信，阅后置于文件柜，本想空闲时再做处理，不想因政务杂乱而忘记脑后。平心而论，此事绝非对克功憎其余胥而不办，实在是忘却了。两年后在整理文件时忽见此信，责成人事局遣人去调查办理，不想三姊妹已有两位不在，唯余一个刘芳也在病榻之上，此事虽已办结，但并不圆满。不该，不该，不应该！

从这段文字看，老爷子显然是动情了，而且对毕克功表示了歉意。

去朝元鼎！任多秋很有信心地说，老爷子灵魂的装甲在朝元鼎开窍了，直抒胸臆的三个"不该"在提纲中唯一一次出现，足见老爷子痛彻心扉。虽然除刘芳外还不知另两位女性的名字，但这个问题好办，一旦找到了刘芳的后人，就会找到另外两姊妹的后人，朝元鼎三姊妹肯定是个命运共同体，任多秋这样认为。

焦德布林场是个世外桃源般的静谧之地，因为实行天然林禁伐已经多年，次生林正在形成气候，伐木工人转向了育林和林区多种经营，林场兴起了生态旅游热，许多职工住宅办成了对外经营的林家乐，这种状况多少对冲了人口外流带来的凋敝。林区空气是甜的，如同滤过一样的，纤尘不染。任多秋说："我们索性在此住上一夜，权当洗洗肺了。"常寒松说正想明天一早去爬朝元鼎拍日出，住一夜最好。

出租车通过一条桦树林中的水泥路，曲曲弯弯地驶进了焦德布林场。车在村口停下，两人步行进村。村中的水泥路白得刺眼，路上没有画线，也没有交通标志，路灯是太阳能节能灯，很新。与其他村落不同的是，这里充满狗吠鹅叫，多了些原生态的东西。离路口不远有一个叫"六安居"的林家乐，牌匾上写着"餐饮住宿"字样，两人便走了进去。六安居主人是个五十多岁的中年女性，微胖，双下颏，正闲坐在吧台里绣十字绣，看有客人进来，笑眯眯起身相迎。任多秋问了一下住宿价位,双人间一宿80元,含早餐。再看房间,实木地板实木床,新换的被褥,挂着蚊帐,电视、网络都通。任多秋说就住这里了,"六安"的名字也吉利。两人办了入住手续,洗漱一番后来到前台与女主人唠嗑。

女主人姓金,祖籍安徽金寨,父母当年在密山垦区的一个农场工作,后来被调到焦德布林场。她出生在焦德布,丈夫和孩子在五大连池市做生意,她留在林场经营林家乐,因为几乎没有本金,林家乐收入还不错。金老板说焦德布林场是个度假的好地方,这里的空气装进易拉罐就能卖钱,在这里住上一段日子,有咽炎的不用治就会好。

聊了几句后,任多秋问她知不知道朝元鼎三姊妹的事。她很惊讶地问:"你怎么知道朝元鼎三姊妹?"

任多秋如实相告,他俩就是为了寻找朝元鼎三姊妹的后人而来,因为要给一位老领导写传记,老领导提到了这三位女性。

"真是太巧了,我妈妈叶迎春就是三姊妹之一呀。"金老板拍了一下巴掌,"你们来六安居来对了。"说完,金老板把还没绣完的十字绣展示给两人,"喏,这就是我妈妈叶迎春,当年六安国高的校花。"

两人颇感意外,好像冥冥之中有神助一般,怎么一下子就与要找的人碰了个满怀!任多秋接过十字绣看了看,虽然没有绣完,但一个少女头像轮廓已经成形,能看出是一个很标致的女人。

"你们说的老领导是什么人呀?他怎么会认识我妈妈?"金老板好奇地问。

"是这样的,当年三姊妹上访的事是这位领导批办的,他觉得三姊妹命运坎坷,应该照顾解决,但因事耽搁,解决时已有两位姊妹去世,为此老领导心有愧疚。我们来采访主要看看三姊妹后人都过得怎么样。"任多秋做出一副很轻松的样子,当记者的经验告诉他,无意中的采访往往最有效,真相怕严肃,一旦正经起来,谎言就会大行其道。

"难得有人还记得她们。"金老板说,"妈妈她们吃了许多苦。"

任多秋让金老板详细介绍一下三姊妹的来历。金老板放下十字绣,双手十指交叉,坐在椅子上,望着玻璃窗,开始讲述三姊妹的故事。

"当年,地区一个姓毕的书记到林场来调研,见了我妈妈、沈茹阿姨和刘芳阿姨,在听了三人的坎坷经历后,毕书记摘下厚厚的眼镜擦了擦眼泪说:'你们朝元鼎三姊妹的事肯定要有个说法,你们是开发建设北地的有功之人,不能因为组织调动把工作都搞丢了。'三姊妹中刘阿姨会写文章,毕书记走后她写了一篇小文章投给了《白河日报》,不久文章登出来了,其中有一个标题焦德布人都记得——《下访干部的泪花与朝元鼎三姊妹的心坎》。因为报纸不能写领导干部名字,文章中用的是'下访干部'四个字,但全林场人都知道这是在写毕书记。文章见报后,'朝元鼎三姊妹'的名字就传开了。"

任多秋请金老板讲讲三姊妹的详细情况,金老板说,可以去找刘阿姨的儿子老袁,老袁在德都邮局上班,退休后回林场养老。老袁喜欢舞文弄墨,正在写关于朝元鼎三姊妹的一本书,她带他们去问他。

隔着四户院子便是老袁家。老袁家是三间红砖房,绿色木质门窗,房顶以白色鱼鳞铁做瓦,看上去银光闪闪。任多秋注意到袁家院子里架着几垄豆角、黄瓜,还种着一片黄花菜,黄花开得正艳。一条黄狗趴在门口,见了生人,警觉地抬起头望望。金老板唤了几声,黄狗又趴下去,目光却冷冷地注视着两位生人。老袁听到声音推门出来,金老板三言两语地做了介绍,老袁很热情地把三人让到屋内。

老袁的家进门是厨房,然后分东西两间。西屋没有盘炕,被设计成一间书房,里面有书桌、实木沙发和两个摆满书的书架。任多秋走过去看了看,大都是传记和史书,看得出来老袁藏书有自己的选择。听说来者是了解朝元鼎三姊妹的事,老袁神情有些兴奋,说:"你们稍后,我去院子一趟,马上就来。"片刻间,老袁端着一个瓷盘回来,盘中是新摘的西红柿,"这是纯种笨柿子,城里吃不到,你们尝尝。"两人各尝了一个,果然味道不同,常寒松说吃出了某种童年的记忆。

"想保住笨柿子很难,大概只有自家院子这块巴掌大的田地了,"

老袁说，"笨柿子没有种子也就没了明天。"

任多秋不想讨论种子话题，尽管老袁摘的笨柿子很好吃，他习惯性地开始提问："听金老板说您在写一本朝元鼎三姊妹的书，何时能杀青？将来出版后我们报纸可以推介一下，我和常老师对朝元鼎三姊妹的故事特感兴趣。"

老袁双目有神，脖子细长，脑袋瓜像个捶乌拉的木榔头，给人硬邦邦的感觉。他说："写了大半了，我写作慢，有时候一边写一边流泪，没法写快。"

"能给我们介绍一些情况吗？"

"没问题。讲是给人听，写是给人读，讲比写容易。"老袁提了提气说，"朝元鼎三姊妹的故事可以拍一部电影，不，是拍一部电视连续剧，上映后肯定会赚大把的眼泪。"金老板插话说："眼泪就是票房，也就说能赚钱。"

老袁说："三姊妹的故事是真实的，朝元鼎这个前缀其实并不全面，如果要加，加上'六安'两字更确切，因为三姊妹都是安徽六安人。三姊妹中老大叫叶迎春，就是金老板的母亲，老二叫沈茹，我母亲刘芳最小，1949年，三姊妹都在六安的一所中学读书，是三个志同道合的同学加闺密。这期间，南下解放军攻占了六安城，解放军严明的军纪和对百姓的和蔼让三姊妹有了好印象。当然，那次解放军很快撤退了，六安真正解放是在1949年1月。三个对生活充满理想的女学生本来应该有着光明的前程，谁也没想到她们人生的第一个大跟头栽在一个叫贾鸿章的年轻老师身上。据母亲讲，贾鸿章是个特别英俊的青年教师，从来都是一身白色西装、白色皮鞋，像个电影明星。贾鸿章是浙江慈溪人，和蒋介石老家奉化相隔不远，他最崇拜的偶像就是老乡蒋介石。中学生都是十五六岁的孩子，政治上没有辨别力，尤其是情窦初开的女学生，很容易被贾鸿章风流倜傥的外表所迷住。加之贾鸿章有一架相机，喜欢给女学生拍照，那个时代拍照是一件很奢侈的事，六安中学很多女学生的照片都是贾鸿章拍的。贾鸿章拍照一律免费,但在洗出来的照片一角会印上'三民主义青年团'七个字。没学生注意这几个字,学校当时也有三民主义课,学生知道这是孙中山先生倡导的一种主义。不幸的是三姊妹中的叶迎春对贾鸿章产生了爱慕之心。我实话实说了金老板,你别不高兴,说实话不是什么丢人的事,如果当时换了我,我作为女孩子肯定也会爱上这个贾鸿章。我母亲说没有哪个女孩子能抵抗住贾老师的眼神,他只要看你一眼,你就会受到电击一样僵住不动。贾鸿章和叶迎春出去约会过,贾鸿章还给叶迎春写过诗,单纯的叶迎春不知道贾鸿章原来另有所图,他让叶迎春动员另外两个闺密一起加入三青团,贾鸿章是三青团六安中学分部的头头儿。叶迎春回来和沈茹、刘芳说了这件事,谁只要加入了这个组织,就可以经常和贾鸿章老师在一起,贾老师会吹口琴,吹的都是外国名曲,听他吹口琴感觉是在天上飞。三人几乎没有商量就决定加入。加入三青团手续再简单不过,就是在3月29日那天,大家集中到一起举了举手,照了张相,然后就过去了,其实每个人还有张表格,由贾鸿章代填。就是这样一件事给三姊妹种下了祸患。”

金老板说:“我娘到老也没有说贾老师不好,贾老师也是个牺牲品。”

“这个说法我赞成。”老袁说,“贾鸿章后来去了香港,从事音乐工作,改革开放后还回六安打听过三姊妹,知道三姊妹去了北大荒还写过一封信给叶迎春,说自己无意中害了三姊妹。这封信不写还好,叶迎春看到这封信人就变得魔魔怔怔,好些日子才缓过来。当然,沈茹和我妈妈对这件事看得不再那么重,叶迎春不同,叶迎春和贾鸿章是谈过恋爱的。

“三青团到了1938年9月就取消了,三姊妹没有参加该组织的任何活动,到了1949年1月六安解放,学生档案转到新政权手里,三姊妹就有了案底。好在新政权没有难为这些孩子,但在内部还是有所控制,当时百废俱兴，正是用人之际，按理说三个高中毕业生会有很好的人生舞台，但档案里那张登记表像一张道士画的符，堵住了三姊妹的人生之路，她们都在不同的小学教书，日子过得不咸不淡。三姊妹是有追求的热血青年，她们渴望改变自己的人生。为了表示自己的信念和追求，三人都在解放六安的九旅中选择了自己的心上人，也就是说三姊妹都嫁给了解放军干部。尽管当时部队有要求，一般不允许干部与驻地女青年谈恋爱，但三个人同时找来，感动了部队首长，首长不仅特批了这三桩恋爱，还给她们举办了一个小型的集体婚礼。这很可能是六安最早的一次集体婚礼，也说明三姊妹能领风气之先。

"部队继续南下后，三姊妹开始了新的生活。三姊妹的丈夫们从南方辗转到东北，跨过鸭绿江参加抗美援朝作战，1958年，三人所在部队集体转业开进北大荒，由此开启了人生第二战场。三姊妹也从六安调到了北地。三姊妹所在的地方叫密山，她们在那里做了几件很有轰动性的大事，有的还登了报。第一件事是给王震将军提意见。王震将军到密山视察，三姊妹在将军接见军人家属时提出，农场不重视女同志，大型机械为什么不能让女同志开？北大荒就是南泥湾，女人要顶半边天。王震将军非常欣赏三姊妹的气魄，会上讲话时夸赞了她们，说在农垦大军中，三姊妹的作用胜过七仙女，这是'三姊妹'最早的出处。

"第二件事是三姊妹大战狼群。有年冬天，农场组织男职工去一个新开的垦荒点刨水渠。在三江平原垦荒，一般冬天要在沼泽地里刨出排水渠，来年春夏时水才能排出去，再将沼泽翻成耕田。沼泽地夏天无法施工，到处是水泡子，甚至还有漂筏，想挖也不成，只有沼泽封冻后才能施工。一到冬季农场就会组织刨渠会战，人们在雪地里搭起毡帐篷，架起篝火，轰轰烈烈刨水渠。男人都去了垦荒点，家里大事小情自然要落到留守女人头上。三姊妹当时负责看管农场羊圈。羊圈里有几百只羊，一场大雪过后，羊圈里少了几只羊，能看到雪地上的血迹和拖拉的痕迹。三姊妹知道这是遭狼了。在此之前，三姊妹谁也没见过狼，

263

没打过枪,只是在军训时简单学过射击要领,现在面对狼群来袭,怎么办? 到工地送信让男人回来? 叶迎春说:'咱不是和王震将军说过要男女一致吗? 现在遇到几匹狼就害怕,会叫男人笑掉大牙。' 当时农场半军事化,一边垦荒一边备战,有些岗位职工是配发武器的,考虑到羊圈会有野狼来吃羊,三姊妹都配发了步枪。荒原上的狼大都成群,狼吃到羊尝到了甜头,自然会再来,因为冬季雪原上食物匮乏,狼在抓不到狍子和野鹿的情况下,就会冒险来偷袭牲口。

"农场羊圈孤悬居民点外,靠近一道长满苔条的缓坡。那夜正是十五,月光明亮如昼,三姊妹与来袭狼群进行了一场大战。狼群恋战,打中一只后,会暂时退去观察,发现没有强有力的对手出现后还会再上来,很有前仆后继的精神。她们在打死打伤第四匹狼之后,头狼被激怒了,群狼不再退却,而是疯了一样发起冲锋。事先,叶迎春受电影情节启发,准备了几挂十响一咕咚过年放的鞭炮,还准备了几个蘸了煤油的火把。眼看狼群冲过来,她们点燃了鞭炮扔出羊圈,接着把点燃的火把也扔了出去。狼怕火,见火就逃,不战而退。如果三姊妹不急中生智点燃鞭炮扔出火把,三个人会很危险。这一战,三姊妹打死四只狼,受到农场嘉奖,三姊妹大战群狼的事迹上了《农垦报》。

"第三件事是三姊妹照顾小兵的事。农场有个年轻职工叫顾小兵,不幸被开荒的链轨拖拉机轧断了双腿,截肢后生活无法自理。顾小兵家在宾县,父母已经不在人世,孤身一人在农场生活的顾小兵就成了一大难题。三姊妹主动请缨,义务照顾这个伤残青年。三姊妹用了三年时间,像母亲一样不辞辛苦地照顾失去双腿的顾小兵,一直到他安上假肢生活能够自理才算完成了这项义务。三姊妹义务照顾小兵的事也登过报,在当地传为美谈。顾小兵后来结婚,生了两个很有出息的儿子。三姊妹搬到焦德布林场后,顾小兵还和妻子专程来林场探望三姊妹,那时三姊妹正处于人生低谷,顾小兵很难过,找到当时林场当权派,说了三姊妹义务照顾自己的事情,可是林场的头头儿也没办法。运动就像发大水,人只能随着大流走。三姊妹曾加入过国民党三青团,有登记表,有照片,这是铁板钉钉的事。"

金老板插话道:"死档案决定大活人的命运,这算啥道理?"

老袁叹了口气,无奈地摇了摇头,接着往下讲。

"三姊妹要是不离开密山,也许就不会发生后来的事,所谓'树挪死,人挪活'这句话并不适用每个人,我认为正是这次不应该的调转改变了三姊妹的命运,让她们再一次栽了跟头。当时,小兴安岭一带组建大批国营林场,没有人,上级就从建三江所属农场调来一批。三姊妹的丈夫们在这次调拨之列,三姊妹自然就跟随来。新建的林场,男人忙于伐木,女人无事可做,只能在家闲着。不久,那场史无前例的运动来了,运动像大暴雨,把小小的焦德布林场淋了个透心凉,给人的感觉是这座休眠了几十万年的朝元鼎要塌陷一样。第一拨受到冲击的是三姊妹的丈夫们,三姊妹的丈夫们都是林场管理干部,他们保留着军人严肃认真的作风,干工作不怕得罪人,对工作任务像军事目标一样管理。运动一来,有人说这三个干部像军阀一样对待职工,就有人去查档案,这一查查出了问题,原来这三人都在国民党部队当过军官。叶迎春的丈夫金国盛在国民党军当过副连长,沈茹的丈夫江玉龙在国民党军当过参谋,我的父亲袁水清在国民党军当过排长,虽然三人所在部队是起义部队,军官是解放干部,但有当过国民党军官这一条在运动中就足够严重了。三姊妹的丈夫们被隔离审查,三姊妹自然不肯罢休,她们就给农垦部写信,给王震将军写信,给地方革委会写信。那个年代无论你把信写到哪里,最终都转回了林场。林场方面又开始审查三姊妹,一查,便查出了三青团的事,三姊妹也没有躲过审查这一关。后来,三姊妹人虽然被放出来,工作却没了,成了家庭妇女。

"三姊妹毕竟是三姊妹,她们的丈夫们变得心灰意冷,她们却不,从1971年就开始写信申诉,她们相信一定会有重见天日那一天。三姊妹写信从来都在三个名字前加上'三姊妹',因为这是王震将军给起的名字。为了给自己鼓劲儿，有一年夏天三姊妹一起登上了朝元鼎盟誓：只要有一个人活着，就要往上找，哪怕再被关起来也不停；如果有大领导来，就去拦轿喊冤，要么鱼死网破，要么水落石出。母亲告诉我，她们是在朝元鼎上一个测量用的支架下商量这件事的，因为她们觉得自己没有任何劣迹，那张表格也不是自己的笔迹。三姊妹总是写信，林场方面也有压力，就一次次找三姊妹丈夫们谈话。三姊妹丈夫们虽然恢复了工作，但都背着个没做结论的包袱，随时都有再进去的危险。三个丈夫失去了作为战士的精神，他们已经被无休止的反省检查弄得身心俱疲，不希望三姊妹再闹出点什么事来。但他们说服不了各自的妻子，三姊妹发誓誓死要争口气，讨回尊严。运动结束后组织上找三人谈话，说当时审查她们是事实，但对她们并没有做什么决定，可以理解是运动中人人过关的例行审查。叶迎春不干了，说：'我们在里面挨骂挨冻得了一身病，你却说是例行审查？'负责谈话的人说：'我也被审查过，运动中有头有脸的哪个没挨过审查？受到审查是常态，没受过审查却有点不正常。'三姊妹不接受这个处理意见，觉得事情不能这样不了了之。但林场方面也没办法，如果当时有个开除决定或者打成历史反革命什么的，这事就好办了，可以名正言顺地平反，问题是当年稀里糊涂没有任何处理决定，也就没法平反落实政策，就像警察抓错了人，审问一番发现抓错了，说声对不起放人就是，你还能让警察怎么办？

"三姊妹一直没有放弃，头拱地往上找。后来叶阿姨得了胃癌，沈阿姨患上了白内障，我母亲的风湿病也越来越严重。有一天，叶阿姨忽然收到了顾小兵的来信，顾小兵说他爱人有个远房亲戚在白河地区当领导，说她们可以直接给他写信。这位领导就是时任白河地委副书记的毕克功。三姊妹给毕书记写了一封长信，可以说是字字血、声声泪，相信是这封信打动了毕克功书记。很快，毕克功书记就来到焦德布林场调研三姊妹的情况。当时叶阿姨的胃癌已经到了晚期，毕书记坐在炕沿上握着叶阿姨的手说了许多安慰的话。叶阿姨说：'我们三姊妹没有别的要求,把给我们弄丢的还给我们就行了。'叶阿姨说的是工作,到了 20 世纪 80 年代初,三姊妹的诉求就一条:恢复工作。毕克功没有明确答复,说这件事肯定会有个说法的,会按照政策办。其实,毕书记就是想办也难,因为三姊妹的事够不上冤假错案,自密山来到焦德布三姊妹就没有上过班,这种情况增加了问题解决的难度。毕书记来到双目几乎失明的沈阿姨家,沈阿姨看不清毕书记的模样,抚摸着毕书记的手说:'这么大的干部来了,说明还有人记着我们三姊妹,我好像看到窗帘拉开了一道缝儿。'毕书记说事情总会解决的,有关部门会调查处理。毕书记来到我们家,我妈妈是三姊妹里身体最好的,妈妈讲了自己的一段经历。我父亲被抓走后,妈妈病了,冬天躺在炕上发烧,这时候林场来人要她到场部去,妈妈已经起不了身,来人回去报告了,当时主事的头头儿说,起不来就连褥子带人抬过来。场部又来了人,到炕上抬褥子,发现褥子已经冻在炕上了。来人用铁锹把褥子铲起来,把我妈妈抬到场部里来了。我妈妈昏沉沉的样子,没法审问,场里的头头儿就让我妈妈待在场部里面的一间宿舍里反省,让场部一个做饭的大嫂负责看管。那间宿舍里有火炕,每天做饭都烧炕,那个做饭的大嫂也在房间里住,这样住和吃的问题基本解决了,妈妈才度过了那个寒冷的冬天。后来我妈妈说人满九恶,必余一善,她认为场部那个头头儿是在设法救她,怕她有病后冻死饿死才把她抬到场部后屋来。我妈妈讲完这段经历,毕书记不住地点头,说毕竟是人民内部矛盾,性质不可混淆。毕书记没有许诺什么,临走时迟迟没有上车,站在我家门前的马路上久久地望着西面的朝元鼎,没有人知道他在想什么。现场的人看到毕书记摘下眼镜擦了眼泪,很显然,毕书记为三姊妹流泪了。事后,我妈妈便写了那篇文章。

"两年后,地区人事局来了两位同志,说是受地委领导委派专程来研究解决三姊妹工作之事,听到这个消息我妈妈哭了,我从来没看到过妈妈如此号啕大哭。我知道妈妈的哭是为了叶阿姨和沈阿姨。两年当中,先是叶阿姨胃癌不治带着遗憾走了。叶阿姨走之前让家人叫我妈妈过去,断断续续地说,最近她老是做梦,梦到自己的事有人管了,说王震将军发话了,三姊妹的事不办他要发脾气。王震将军的脾气发不得,一发那是要动枪动刀的,所以她琢磨着三姊妹的事要出头了。叶阿姨还说有件事她很为难,老金和贾鸿章都在那边等自己,老金拿着一把锹,贾鸿章捧着一把油菜花,她不知道该先接哪一个。"

这时金老板插话说:"父亲先母亲三年去世,是中风的,母亲与贾老师的事从来没有瞒过父亲。贾鸿章老师也在香港去世了,死后魂归故里,埋在六安。"

老袁继续讲述:"妈妈对叶阿姨说:'你谁的东西也不要接,你走到他们面前时假装跌个跟头,谁上来扶住你你就跟谁走。'叶阿姨摇摇头,说:'姊妹们都知道我心里有贾老师,可是我更放不下老金,尽管跟着老金我吃尽了苦头,可他是我男人呀。'叶阿姨又说,'三姊妹的事,哪怕就剩你一个也要继续找,往上找。'叶阿姨走了,和老金合葬在朝元鼎下。

"沈阿姨也在这一年走的,家人扶她来给叶阿姨送葬时,她说了一句不该说的话,当时很多人都听到了,觉得这话不该说,据说葬礼上活人说话死人都能听到,而且会记住不忘,也不知有没有科学根据。沈阿姨颤巍巍地说:'姐姐,到那边别怕,妹妹很快就来陪你。'沈阿姨在叶阿姨走后三个月也跟着去了。沈阿姨走之前给我妈妈写了一个纸条,说是纸条,其实是很大一张方格纸,上面写了一行大字,沈阿姨眼睛不好,只能写大字。纸条上写着:'芳妹,三姊妹之事有了着落,别忘到坟头告诉姐姐。'妈妈接到这个纸条后把它仔细折叠起来,压在三姊妹的一张黑白合影下面,那张合影是她们在密山大战群狼后照的,穿着不带领章、帽徽的军装,看上去精神抖擞。妈妈知道,姊妹仨对人世唯一的希望都像山一样压在自己肩上,自己无论如何也要活到事情有结果那一天。

"地区人事局的同志处理这件事没有复杂化,他们听了我妈妈的介绍后,没有走冤假错案平反这条道,而是通过落实知识分子政策给我妈妈办理了退休手续,给叶阿姨和沈阿姨两家各一个接班指标,这样,金老板和沈阿姨的儿子都解决了工作问题。朝元鼎三姊妹的事有了着落后,我妈妈专门到叶阿姨和沈阿姨坟前念叨过一次,把沈阿姨写的那张纸条在坟前烧了。妈妈念叨时特意提到了顾小兵和毕书记,认为事情能有着落,要感谢顾小兵和毕书记。"

"您妈妈认为是毕书记解决了她们的问题?"任多秋问。

"当然是毕书记解决的,毕书记当时是分管组织工作的副书记,他说话有分量。三姊妹的后人们一直感恩毕书记,祈祷他能够仕途通达,后来毕书记果然到省里当了大领导,这样为民办事的好干部,升到北京去也应该。"

金老板说:"眼泪能为百姓而流,说明心是肉长的。要我说,眼泪是检验有没有百姓心的试金石。"

任多秋心里很为老爷子抱不平,明明是他做的好事,账却记在别人头上。不过,毕克功在这个问题上确实应该加分,正像沈茹所说,是他的到来把密不透风的窗帘拉开了一道缝儿。

离开老袁家回到六安居,金老板说:"我给江小平挂个电话,让他从林业局回来,晚上我整几个菜,让老袁和江小平陪你俩喝两盅。"任多秋问江小平是谁。金老板说是沈茹的儿子,现在是县林业局工会主席,江小平的父亲江玉龙也活着,但脑子不好使了,在县里一家养老中心养老。

晚上,江小平驾车从县城赶回来,没进家门,直接来到六安居。与老袁性格不同,江小平话语不多,好像总是在思考什么。人到齐后,大家围坐在饭桌前边吃边聊。席间,常寒松提出了一个疑问:"三姊妹为什么会同时选择嫁给解放干部?"江小平说,这件事他问过母亲,在嫁给父亲前妈妈不知道父亲是解放干部,妈妈说与那些没有上过学的部队干部相比,三位爸爸身上确实文化气息多一些,因为他们都是高中毕业。当然,如果妈妈做了另一种选择,命运也会随之改变。

"那么,当时为什么不找工作问题?"任多秋觉得有点奇怪,工作没了不是小事。

老袁说:"当时情况特殊,一方面国家困难,机关事业单位、城镇居民都在下放,三姊妹又处于哺乳期,另一方面当时领导做了承诺,一旦有了机会就会安排,而且会连续计算工龄。她们太听话了,因为领导频繁变化,此事没有接续上。"

金老板说:"其实这件事想解决并不难,因为有些干部喜欢踢皮球,踢来踢去踢到了场外。要是多几个毕书记这样的干部就好了,在领导那里一粒芝麻,在老百姓头上就是一轮碾盘。"

任多秋给每个人敬了一杯酒,他觉得三姊妹的后人挺大度的,能想得开,而且每家生活都不错。他说:"生活对三姊妹如此不公平,她们在世时是有很多抱怨,1949 年前的高中生,就数量而言不亚于现在的博士,如果她们不来北地,一定会有更锦绣的前程。"

"不是这样。"江小平很干脆就给予否定,"她们没有更多抱怨,从我懂事开始我就看到,她们聚在一起时更多是谈过去,谈垦荒时的奇闻逸事,谈怎样打狼,谈如何帮助那个没有双腿的顾小兵,有时还谈论贾老师,当着孩子们的面她们从不提申诉之事。我们三家后人经常在一起,共同感觉是父辈的苦难都自己咽了下去,不把这种苦味传给孩子,他们担心自己的经历会影响孩子对社会的认识。"

"真是三个知晓大义的女性。"任多秋说,"老袁这本书值得写,写出一代人的付出,从历史的角度看,没有哪个人的付出是应该的,所有的奉献都是自我牺牲。"

江小平问:"两位为什么会对几十年前的朝元鼎三姊妹感兴趣?要写传记的老人是毕克功书记吗?"

任多秋和常寒松迅速对视了一眼,从常寒松眼神中他读出了不想公开老爷子身份的想法,便说:"我们这次来与毕克功没有关系,是另一位你们不熟悉的老领导无意中提起此事,老领导没有忘记朝元鼎三姊妹,后悔这件事办晚了,要是三姊妹都健在时办就好了。"

任多秋觉得江小平了句公道话,三姊妹的后人能这样看问题很令人欣慰,看来父辈们没有在他们心田里种下怨天尤人的种子。因果是可以打破轮回的,唯一的武器是善,三姊妹和她们的丈夫们,传给子女的更多的是善。

老袁说这部书出版的时候,三家后人相约一起回趟六安,在三姊妹上学的那所中学搞个新书发布仪式,让母校知道遥远的北地还有这样三个大别山的女儿。任多秋觉得这个主意好,说如果可以,到时他从北京赶去六安,他还会邀请报社安徽分社的同志前去站台捧场。历史虽然很多笔墨用来书写大人物,但历史的主体永远是小人物,大人物身上散发的是光辉,小人物身上透出的是温情。

五个人聊了很久,夜已经很深,外面忽然传来奇怪的叫声,叫声很大,引来一阵狗吠。江小平说像狍子在叫。老袁仔细听了听,说是狍子。金老板说林场安装有线电视,村后挖了很深的线桩坑,应该是有狍子掉进去了。老袁说:"我去看看吧。"向金老板要了手电筒,自己一人出去了。大家接着聊天,聊为什么东西焦德布两座山一座名气大,一座默默无闻。江小平认为这是东焦德布周边没人居住所致,而西焦德布脚下有一个林场,所以西焦德布多了个"朝元鼎"的大名。任多秋觉得这个解释有道理,再美的山川也是因人而有名。老袁回来了,弄得一身泥土,说果然有只狍子掉进线桩坑里了,他费了好大力气才把狍子薅出来放掉了。老袁说这要感谢林场家犬必须拴养的规定,要是狗不拴,这只狍子就给狗撕碎了。

第二天一早,常寒松叫醒任多秋去爬朝元鼎。

朝元鼎少有人登,无踏步可循,两人找到一条上山的毛道作为登山路线。好在朝元鼎相对高度低,既无嶙峋怪石,也无险沟深壑,就是窝头状的一座元鼎山。与大多数火山一样,朝元鼎半腰下有草无树,半腰上有树无草。任多秋觉得奇怪,草与树难道不能共生?

至山顶,发现这是一座与药泉山十分相似的火山,火山口中蒙着一层绿雾,只是少了一座庙宇,也许在不久的将来,这里会建起一座庙宇,那样的话朝元鼎就名副其实了。常寒松寻找各个角度抓紧拍照,朝元鼎日出是早已构思好的作品,他要拍一组别样的火山日出。

任多秋在山头闲步,忽然就发现了一个木制三角形测量架,架子有三米高,木头已经风化,但还算稳固。想想三姊妹在此盟誓的情景,任多秋心里不免有些酸楚,三姊妹选择在朝元鼎最高处来盟誓,是想让谁听到呢?这个世上谁有耐心总是听别人的倾诉?但倾诉又必不可少,那么怎么办?唯一的选择就是对着苍天诉说,这就是为什么人在倾诉到动情的时候总会说这样一句话——天哪!

两人下山时,忽然听到了一阵脆生生的鸟叫:德布,德布……

第十九章　马路弯

榻上呓语:我不止一次嘱咐自己,灿烂时的微笑不与人分享,痛苦时的眼泪就无人同情。蹩脚的川戏演员即使扯下脸皮也赢不来掌声,真正的演出如同螃蟹蜕壳,必须经过一番皮肉的撕裂挣扎。

马路弯是白河一条街道的俗称。20世纪二三十年代马路弯就颇有名气,因为那里有个十分火爆的戏楼。马路弯戏楼有个脂粉气很重的名字——北地春大戏楼,很让人联想到倚红楼、群芳阁之类的销金窟。北地春是三层土木建筑,雕梁画栋,古色古香,在白河建筑中颇有点鹤立鸡群的样子。北地春大戏楼除了礼拜一休息外,每周六天营业,演出的大都是二人转、拉场戏等大众口味的地方戏。观众都知道北地春老板会做生意,一般的地方戏演出门票十分低廉,几个铜板就成,老板主要靠池座消费的茶点赚钱。一旦有大地方的京剧名角来演出,票价便会高得离谱,一般观众只能在街上望"楼"兴叹。戏楼虽然名字阔气,但一直到20世纪50年代戏楼停业,也没人习惯叫这个名字,老少妇孺都喊"马路弯戏楼"。市民若是相约消遣会这样说:走嘞,去马路弯看戏去。常寒松小时候跟哥哥寒柏到马路弯闲逛过,记得那个胳膊肘子街道有家小店专卖高粱饴和爆米花,五分钱一块高粱饴或一包爆米花,吃爆米花就高粱饴,吃到嘴里先脆后糯,特甜。

老爷子在自传提纲中提到马路弯不是因为戏楼,而是因为设在那里的信访办,老爷子刚刚提任地委书记时,位于马路弯的信访办出了一起命案。老爷子自传提纲里那段话原文如下:

灯下读明史,有感于崇祯那句"诸臣误我",感慨不已,再一想,哪一重臣不是你崇祯所用?以史为鉴,将心比心,本人甫任书记之初,听信克功举荐,任用陈香为信访办主任,不想此女虽善交际,却不善化积弊,导致大型群访事件发生,惊扰省府。此乃仕途一败绩,人冤不能理,吏黠不能禁,错在我一人,不能迁过于陈香。事后常思,若有肺石立于门前,则马路弯直矣!

这段话写得很考究,可见下了一番功夫。任多秋对这段文字的解读如下:一、老爷子当上地委书记,听从毕克功推荐,任命了一个叫陈香的女干部担任地区信访办主任;二、这个女干部善于协调关系,但不善于处理矛盾,不适合该岗位;三、陈香上任后发生了一起大型群体上访事件,惊动了上级,造成不良影响。

常寒松赞同任多秋的解读,但对文中"肺石""人冤""吏黠"等词语不能理解。任多秋提出去马路弯实地踏访,常寒松说信访办早就搬了,去那里恐怕也没什么可看的。任多秋说还是去一趟,现场感受一下老爷子说的"若有肺石立于门前,则马路弯直矣"这句话的含义。常寒松说,这句话像是哪出戏里的台词,老爷子随意引用,彼马路弯非此马路弯。任多秋认为,解析老爷子此语,必须把马路弯这个大问号直过来。常寒松说那就去看看,不过他觉得还是先找到陈香聊聊。北地之行,常寒松主要考虑的是老爷子的人设和自己的摄影,其他问题都托付给了任多秋。他已经想好,采访结束后马上印一本北地掠影给老爷子看,也许这本影集能唤醒老爷子对北地的记忆。

陈香一定要采访,老爷子自传提纲中写到的用人失误一共两人,陈香是第一个。任多秋已经把陈香列为关键人物。

常寒松在当地有些熟人,他绕开了当时地委办的熟人,而是想起曾在地委组织部当过干部科长的闫晓春,一个关系不错的中学同学。电话打过去,闫晓春说,想问干部情况找他就对了,常书记在任时管干部的组织部长叫牛琴,他是干部科长,具体工作都是他在做。这样吧,中午在沿江宾馆俄罗斯餐厅见。放下电话常寒松说,闫晓春是很神的一个人,通《易经》,懂奇门遁甲,据说相面特准。任多秋笑了,说自己愿意接触这样的高人,不管是真有本事还是假有本事,就凭能把《易经》、奇门遁甲读进去就值得佩服,他是学哲学的,读这些古籍都未免头疼。常寒松说,他俩多年未见,到底有些啥本事他也不知道。

白河不是大都市,两人步行就可以去沿江宾馆。走在人流稀少的街道上,任多秋说:"地域文化差异真有意思,南方谈事去茶楼,北方谈事进酒楼。据说进茶楼的谈事成功率高,因为越谈越清醒;进酒楼的谈事履约率低,因为喝醉了容易忘。"常寒松摇摇头:"那是埋汰北地人,其实北地人豪爽仗义,咬钢嚼铁,答应你的事大都能办,只是性格上糙一点。比如我这个同学晓春,在从老干部局长职位上退休前,还像个江湖中人,办事喜欢大包大揽。"

沿江宾馆俄罗斯餐厅没设包房,是一个弧形的卡座长廊,欧式装修,墙上挂着一些俄罗斯田园风光油画,看上去每一幅都似曾相识,由此可以确定是复制品。闫晓春定了居于中间的一桌,正在那里点菜。闫晓春很亲切地拥抱了常寒松,说:"你这家伙总是一副公子哥儿的派头,像个不食人间烟火的高人。"常寒松笑了笑:"我知道同学们当年都看好我走仕途,但我偏偏搞上了摄影,这让很多对我有所期待的同学感到失望。"闫晓春说他统计过,他们那个年级,从政者中最高级别才是正处级,而其他年级正厅级都好几个,这说明常寒松没带好头。

常寒松介绍了任多秋,说任主任既是著名理论家、作家,还是司局级干部,这次专门为老爷子写传记而来。他之所以要提任多秋的级别,是因为闫晓春看重这个。

面包、红汤、鱼子酱、烤鱼,几样俄罗斯菜上来后,闫晓春没有点俄罗斯酒水,而是点了几瓶哈尔滨啤酒,说俄罗斯酒喝不服,还是国产酒喝着顺。好在三人都不嗜酒,点酒也不过是佐餐。闫晓春说:"你在电

275

话里说要了解当年几个干部的情况,想了解谁呀?"常寒松说:"信访办在马路弯办公时他们班子里的几个人。"闫晓春想了想,笑着问:"你怎么想起陈香了? 那可是白河一枝花呀!"常寒松道:"真是一枝花现在也谢了。"

闫晓春不愧是干部科长出身,对那段历史了如指掌。

"陈香是白河师专毕业的,高个儿,长发,有两条跳高运动员一般的长腿。她毕业后被分到了地委机关,先是做秘书,后来当了接待科长,那时还没有成立接待办,接待科长整天就在领导左右搞接待。陈香是个很抓眼球的女人,如果操场上有几百人,你站在前面只要扫一眼,就会被她吸引住,一副明眸皓齿不必说,重要的是她的目光内容丰富,别的女人瞳孔中有一个亮点,她的瞳孔中最少是两个,有时会更多。陈香唱歌动听。有一次接待北京某区客人,对方带队的区领导有歌唱天赋,兴致上来了,即席唱了一首颇有难度的《走上这高高的兴安岭》,陪同的女同志还起身伴了舞。白河方面出面接待的是毕克功书记,谁都知道毕书记是个一本正经的人,哪里会唱歌? 但对方带队的唱了,白河方面按理说要对等回应。毕书记厚厚的眼镜片蒙上了一层白雾,正在一筹莫展时陈香站起来了,说:'我给远道而来的贵宾唱首歌吧,电影《蹉跎岁月》主题歌,叫《一支难忘的歌》,希望能唤起在座各位一些青春的回忆。'

"那首歌的歌词我还能记住一些,应该是这样的:

> 青春的岁月像条河,
> 岁月的河啊汇成歌,汇成歌,汇成歌。
> 一支歌,一支深情的歌,
> 一支拨动着人们心弦的歌,
> ……

"陈香身高、形象特别适合唱女中音,她音准好,情感投入,一首歌唱毕,竟然把北京带队的领导眼中唱出了泪花。那位领导说他就是知青,曾在北地山河农场下过乡,这首歌让他回忆起当年的难忘岁月。这位领导对毕书记说:'你们白河有人才,像陈科长这样的人很难得,要珍惜人才呀,你们不用我就要挖人了。'也许是说者无心,听者有意,毕书记把这话记在了心里。毕书记高度近视,很可能没有发现陈香的美貌,但陈香的歌声他听得真切,听歌的时候他也被感动了。尤其唱到'一支歌,一支高亢的歌,一支蹉跎岁月里追求的歌'时,他情不自禁鼓起掌来。毕书记不是一个容易动感情的人,陈香这首歌给他留下了深刻印象。很快,毕书记就向组织部交代,了解一下陈香的情况,这个任务自然就落到了我的头上。我到地委办公室了解一下,大家对陈香反映普遍不错,主要优点有这么几条:有才,善于协调,眼中无难事。当时大家还反映了一条,我没有写进考核材料,大家说陈科长酒量特别大,接待客人一向来者不拒,却从来没见她醉过。我把这些情况向牛部长做了汇报,牛部长直接让我去向毕书记汇报,牛部长说:'这是毕书记亲点的干部,你直接去汇报吧。'

"毕书记分管组织,我经常向他汇报工作,所以我去汇报也不唐突。毕书记是个严肃有余的人,听汇报喜欢刨根问底。毕书记在听我汇报时摘下了眼镜,一直揉着两眼之间的鼻梁。我汇报完了,毕书记问:'陈香同志生活作风怎么样?'这一问把我问住了,我真没有了解这方面的情况,只知道陈香爱人在白河师专当美术教师,其他情况没有了解。我想毕书记关注这个问题是有道理的,既然陈香人美歌好,私生活是不是检点呢?毕书记是个对干部求全责备的领导,如果陈香在这方面有瑕疵,毕书记就不会举荐她。但生活作风不好考核,也没法考核,我就壮着胆子说:'以我们考核干部的经验看,生活作风不好的人在单位不会有很高的威信,地委办公室的同志对陈香的评价是一致的,应该没有问题。'毕书记说:'知道了,你们要注意保密。'

"后来,毕书记就向你父亲正式推荐陈香,推荐的职位是地委和行署信访办主任。当时信访办主任是副处级,陈香属于提职。陈香是你父亲担任地委书记后提拔的第一批干部之一,数量不多,好像只有三位。地委大院都觉得陈香提职是水到渠成,因为历任接待科长都得到了提拔,像陈香去的这个岗位没有丝毫油水,所以她的提职连一点议论都没有。"

闫晓春说得有些嘴干,举杯敬了两人一杯,问这样介绍行不行。常寒松看看任多秋,任多秋点点头道:"非常好,您讲的许多细节,我都记下了。"

一般来说,听众越是上心,讲故事的人就会越来劲。任多秋的话让闫晓春的讲述更加眉飞色舞。

"陈香的优秀毫无疑问,但用在信访办这个位置上还是有点不妥,这一点我当时没有认识到。让陈香去信访办,主要考虑她具有很强的协调能力,但我们都忽视了信访办的协调是一种贴地皮的协调,与领导机关的协调不一样。陈香的长处是协调比她高的领导和机关,至少也是平行机关,对下协调就不是长项了,陈香对上访者的协调有点秀才遇到兵的感觉,根本无法伸展手脚。

"陈香的两个副职都是照顾性安排的干部。副主任刘洁,一个患有更年期抑郁症的女干部,不用接待来访者,她自己本身就是一个需要抚慰的女人。刘洁认为自己的抑郁是长期做信访工作导致的。陈香刚一上任,刘洁就在她办公室谈了两个下午,边谈边哭,说自己简直不想活了,看到窗子就想往外跳。刘洁过去一直从事计划生育工作,因为处理一起孕龄妇女结扎出了意外,给她造成很大心理压力。刘洁向陈香说起此事,眼泪一直在眼圈里打转,说明明做了绝育手术,那个女人却又怀上了,真是邪门儿,而且是宫外孕,差点丢了性命。那个妇女做完手术后身体一直不好,不能正常劳动,便不依不饶地一次次来上访。陈香也觉得不可思议,结了扎的输卵管怎么还会排出去? 理由只能是没扎紧，没扎紧就是医疗事故。刘洁说做了医学检查，输卵管扎了死扣，连空气都过不去，卵子怎么会钻过去？刘洁因为抑郁无法接访，陈香便少了一道屏障。另一个副主任老齐是个酒蒙子，早饭都要喝二两。老齐患有酒精依赖症，他说这病百分之百是工伤，因为到信访办之前他任行署招待所所长，所长这个活儿吃喝就是工作，结果陪酒陪出了酒精依赖症。陈香瞧不起老齐，那么点酒量还能称得上会喝酒，和她比连个小手指头都算不上。陈香不敢让老齐接访，一个带有酒气的领导接访容易出问题，就让他管点行政上的事。陈香曾劝老齐上班时别喝，结果老齐离了酒上午就会仰在椅子上睡觉，病歪歪的，打不起精神来，倒是喝点酒才像打了鸡血一样活跃。陈香希望老齐换个单位，老齐不同意，说就是信访办好，在信访办工作能找到人生的自信和自豪。为什么呢？因为和那些上访的人比起来，自己很有成就感，这些上访的人都有各自的不幸。老齐说自己好酒出了名，没哪个单位愿意要，就在这儿退休吧。这样两个副职让陈香很无奈，也很郁闷，接待上访时脸色就有些难看。"

闫晓春说到这里，任多秋似乎明白了老爷子写的"吏黠"是怎么回事了。

闫晓春喝了口啤酒继续往下讲。

"陈香最不想见的是白河亚麻厂爆炸伤残职工上访。白河亚麻厂上访户有73人，都是当年爆炸事故的幸存者，因为烧伤整形技术不到位，个个面目狰狞，陈香一见到他们就想到了电影《夜半歌声》里的沈丹萍，心里禁不住发怵。白河亚麻厂的粉尘爆炸曾经轰动一时，这场爆炸致死致伤者甚多，上访的73人都是皮肤被严重烧伤的职工。他们上访的诉求现在看来并不高，要求工厂给每人买一台电风扇，因为当时没有空调。这些烧伤的职工确实可怜，秋冬季还好对付，进入春夏简直生不如死，因为体内汗腺给伤疤封住，汗排不出体外，春夏季节就会感到体内像有无数条虫子在爬在咬，尤其是三伏天，浑身针扎一样疼。他们到信访办上访,要求厂里买电风扇。前两次陈香没有出面,第三次在他们强烈要求下,陈香见了他们,答应给协调。但亚麻厂资金紧张,一时拿不出钱来,协调无果。眼看就到了 8 月,73 人又来了,领头的是亚麻厂原保卫干事大桩。大桩见到陈香后被这个女主任惊呆了,也许在大桩的视野中从来没有见过这么好看的女人,大桩很自然就伸出手来想和对方握手。令大桩没想到的是陈香没有和他握手,而是在大桩对面坐下来,问他有什么问题,大桩感到自己受到了侮辱。据陈香后来回忆,说大桩没有汗毛孔的脸当时就紫了,像涂满了紫药水。大桩说了买电风扇的要求后,威胁说明天中午还来。陈香没有料到事情会激化,来就来呗,信访办哪一天没人来? 第二天中午,信访办门前出了大事。73人中有个叫娟子的未婚女职工因为忍受不了毁容和浑身奇痒的折磨,对大桩说:'这生不如死的日子啥时候是个头啊? 妹妹不熬了,等我死了你扎一台纸电扇到我坟前烧了吧。'说完没等大桩反应过来,就一头向信访办的铁门撞去,结果撞断了颈椎,120 赶到现场检查后宣布死亡。这件事激化了矛盾,上访者炸庙一样激愤,大桩一声呼喊,人群抬着娟子便冲进了信访办。他们把陈香堵在办公室里,将娟子的遗体摆放在信访办大厅,有人去买了蜡烛,还买了汽油和镐把,信访办其他干部一律被赶出楼去,楼内只有上访者和陈香。事情显然闹大了,地委毕书记、常务副专员、政法委书记、公安局长和马路弯所在区领导悉数赶到现场。地委办公室给在外县开会的你父亲打了电话,你父亲中断会议马上往回赶。"

常寒松明白老爷子说的"人冤"了,看来这些上访者确实可怜。

闫晓春的讲述始终保持着绘声绘色的状态:"上访者情绪特激动,扬言如果不答应他们的要求,就要把信访办点着,72 人和这座三层楼一起同归于尽。他们的要求有四条:一是马上买电风扇,每人一台,解决夏季皮肤瘙痒问题;二是撤换亚麻厂厂长,说厂长无视伤残职工死活,这样的厂长比资本家还坏;三是厚葬娟子,发给娟子父母抚恤金;四是处理陈香,说这个冷漠的女人傲气十足,是个没有同情心的阔小姐。应该说第一、三条还可以商量,第二、四条就有些出格了,这是毕书记在现场迟迟不能给予答复的原因所在。亚麻厂爆炸事故发生后,厂级班子已经做了调整,现在厂里经营困难,没有钱买电风扇也是事实,怎么凭这个就撤换干部?陈香一直在协调电风扇一事,信访办本身就是个协调机构,协调不成就处理干部,谁还愿意到信访办工作?"

"人在里面押着,救人自然是当务之急。"常寒松说,"我听说过亚麻厂伤残职工上访,但不知道有扣押人质这么严重,还不把陈香吓死啊!"

"是啊,这些人脾气都不好,万一拿着陈香撒气就会出第二条人命。公安局局长建议强行破门救人,不能再等。公安局知道那个大桩的情况,因为烧伤后原本要结婚的女朋友吹了,大桩曾扬言报复,吓得女方全家离开了白河,这种情况下不敢确定大桩会不会做出极端举动来。毕书记说常书记马上就回来,还是请常书记拿主意。傍晚六点,你父亲驱车赶了回来,车直接开到了现场。你父亲没有同意公安局局长的建议,说这些上访者本身都是因公伤残的职工,不是亡命徒,不能来硬的。地区劳动局长和大桩一直隔着窗棂在谈条件,大桩高声喊:'你们来这么多警察干什么?反正我们生不如死,活着也是遭罪,你们干脆架上机枪把我们都扫了吧。'

"谁也没想你父亲会做出这样一个决定,他让人去商店买来两大纸箱面包和几箱水,然后让劳动局长回来,自己过去和大桩谈。在谈之前他把面包和水从窗户一件件递进去,说工友们肯定饿了,先吃个面包喝点水吧。大桩问:'你是地委常书记?'你父亲点点头,说:'我是常克勋,白河地区最大的干部了,有什么诉求我们可以谈。'大桩说娟子死了,难道一条命还不如一台电风扇?你父亲说:'这件事我们没做好,我们有责任,我正式表态,电风扇明天就去采购。'大桩又说:'新换的厂长不把我们当人看,好像我们是亚麻厂的累赘,我们被烧伤能怪我们吗?'你父亲说:'亚麻厂领导对你们关心不够,地委会批评他们,但你们要理解,现在的厂长当务之急是恢复生产,抓紧出产品赚利润,厂里只有赚到了利润,你们的医疗费、你们的工资、你们买电风扇的钱才有地方出呀。要是把他们都一撸到底,谁去收拾亚麻厂爆炸后的烂摊子?我可以告诉你,亚麻厂现有领导班子成员,无一例外向地委提出过调动工作的要求,是地委动员他们严守工作岗位。好了,现在你提出把他们都撤了,他们知道了会感谢你。'你父亲这样说,完全出乎大桩意料,在他眼里,厂领导都活得很滋润,哪知道也这么不容易。大桩想了想,没有提娟子的厚葬问题,而是说起了陈香,说陈香这个干部架子大,瞧不起他们,连手都不和他们握,嫌弃他们脏、丑,这样的干部简直就是冷血动物。你父亲说:'陈香同志可能是工作方法有不当之处,但地委选这样一个干部是经过认真考虑的,据我所知,陈香同志为电风扇的事亲自协调了三次。你们可能不知道,信访办就是个受理、分拨单位,陈香手里没有钱,她工作就靠一张嘴。你们今天这个举动会让陈香同志很伤心,一方面为死去的娟子悲痛,另一方面也为自己的工作得不到理解而伤心。你是一个男人,扣住一个女人这件事对吗?你真想扣的话,我进去,你把陈香同志放了。'应该说你父亲很有谈判技巧,他没有提一个'法'字,而是一点点在矮化冲突,要知道,大桩他们是不怕吓唬的,正所谓民不畏死,奈何以死惧之?你父亲说:'娟子的死是不幸的,我们都很悲痛,我可以决定此事特事特办,按照当初爆炸时职工死亡标准来处理娟子后事。大桩低下了头,摆摆手,带着坐在走廊里的 71 个工友慢慢走出大楼。120 救护车拉走了娟子。你父亲来到陈香办公室,发现陈香正手持一把裁纸刀做出准备拼命的样子。见到你父亲,陈香扔下裁纸刀蹲在地上痛哭起来。人们进到楼内才发现,占领办公楼的工友们一直在走廊里坐着,没有进一间办公室,包括陈香的办公室。陈香的办公室门开着,陈香说她看到走廊里所有人看她的目光都充满仇视,令她不寒而栗。

"这件事得到了妥善解决,没有谁受到处罚,包括大桩,你父亲的观点很明确,这种事不能来硬的。"

"事件之后陈香还继续担任这个职务吗?"任多秋问。在任多秋看来,选择一个美女当信访办主任不是高明之举。

"陈香在信访办主任位置上坐到次年8月。"闫晓春说,"毕书记已经感觉到陈香不适合这个岗位,当时我们也做了调整方案,准备让陈香去文化局。报到寒松父亲那里,寒松父亲给叫停了,说干部工作不能太随意,不能今天提明天免,要给组织时间,也要给干部时间。就这样,拐过年来才调整了陈香的工作。"

"陈香对这段工作经历怎么看? 是不是会恨老爷子?"常寒松关心陈香的态度。

闫晓春说:"对了,你们可以去和陈香谈谈,她每天下午都去老年大学搞朗诵,你们若是想见,下午我带你们去。"

两人很高兴,采访陈香获取第一手材料是打开马路弯之门的钥匙。

常寒松和闫晓春又聊了些上学时的事,任多秋不再感兴趣,他在想,老爷子给陈香留了一年时间,这一年想解决什么问题呢?

任多秋没有想到,老年大学很可能是这个时代最为活跃的地方之一,这里是消费老年时光的最佳场所,可以怀旧,找回自己当年的影子,可以附庸风雅,赢得新的赞扬和掌声。陈香带头成立了一个秋之声朗诵团,把一些有朗诵天赋的老干部集中到一起,大家切磋朗诵,然后把视频挂到网上,圈了不少粉丝。

朗诵团有十几位老干部,陈香刚给他们发放了一篇新作品,是老领导毕书记写的《回白河》。陈香说这首诗是毕克功书记去年夏天回白河省亲写的,感情充沛,文笔流畅,准备录成视频发到网上,让更多的白河人能欣赏到。

退休后的陈香风韵犹存,一颦一笑都显示出知性女人的优雅。她在朗诵团录音室接受了采访。当闫晓春说两位是想了解马路弯那个时候的事情时,陈香佯装生气地对闫晓春说:"都是你当年做的好事,那么多好位置不安排我去,偏偏把我往火坑里推,看来你还欠一瓶伏特加。"

闫晓春说:"这么多年了,你还在记仇。"原来陈香刚退休那年,闫晓春还在老干局当局长,安排了一个饭局为陈香祝贺。席间,陈香频频向他敬酒,每次敬酒都会软软地说一句:"晓春,走一个。"结果不知走了多少个,怎么离开酒桌的都不知道。当天喝的是俄罗斯伏特加,次日头疼了一整天。

陈香问:"两位想了解什么?请讲。"

任多秋说:"那次亚麻厂群访事件,本来地委组织部已经考虑将您调到文化局,却被常书记拦下了,又让您留任了一年,这是出于什么考虑?公开的理由晓春局长告诉我们了,我们想知道背后有没有其他考虑。"

陈香点了点头:"考虑肯定是有的,常书记是个深谋远虑的人,他找我谈过,他在摆一盘大棋,事关全局的大棋。"

哦,任多秋愣了一下,看来自己的预感没错,留任陈香果然有更深一层原因。

"亚麻厂群访事件发生之前,信访办主任是个闲差,因为平反案件、落实干部政策由组织部负责,到信访办的都是些鸡毛蒜皮的小事,领导不重视,老百姓也不待见,所以刘洁、老齐这样的干部才可以在这里混日子。这件事发生后,常书记对信访工作有了一个新的判断,这个部门将来会越来越重要,会关系到党委、政府工作大局,所以要早些谋划,早做部署。常书记的判断是正确的,后来信访办果然被上下重视起来,不仅级格上去了,干部配备也不再是照顾安排性的。

"常书记找我谈过两次话,谈话内容我现在还能记得。常书记问我:'知道肺石吗?'我说不知道。常书记就给我讲了古代官衙门边要设一块石头供冤民敲击告状用,那块石头就叫肺石,后来演变成击鼓告状,鼓叫冤鼓。我们现在社会进步了,却没有一个下情上传的通道或机制,信访办就应该发挥肺石、冤鼓的作用。怎么来解决这个问题?首先,肺石、冤鼓要能敲响,耳聋眼瞎的人、麻木不仁的人,不能在这里滥竽充数。其次,肺石、冤鼓不能远离官衙,马路弯终归属于商贩云集之处,市侩之气浓厚,应当搬到庄严肃穆之地才对。

"我觉得常书记很了解实情,分析也正确,就建议说如果我不调动,可否考虑一下两个副职。常书记答应了。这件事要感谢晓春,他终于做了一件对得起我的事,把信访办的刘洁和老齐做了适当安排,两人也都满意。地委又安排了两个年轻干部过来,我的压力就减轻了。"

闫晓春说:"给你配两个年轻副主任是毕书记圈定的,毕书记为你的事都起了针眼,牙疼了一个多月,你今天带人朗诵毕书记的诗算是感恩吧。"

陈香说:"是我让毕书记失望了,群访事件发生后他觉得没法向常书记交代。"

任多秋问:"常书记还和您说了些什么?"

"常书记提到了我拒绝和大桩握手一事。常书记说:'衙门旁的肺石和冤鼓,能拒绝残疾人敲吗?公器最忌讳的就是选择性利用,你拒绝握手,便刺伤了大桩的自尊,说实话当时我最担心的是你的安全,担心你受到侮辱和伤害。当我进到楼内我被感动了,我觉得这些伤残职工真的很好,他们不是暴徒,无非就是要一台电风扇而已。'

"常书记还说,安排我到信访办不是一个周到的考虑,说我上任后上访率翻了一番,找原因,一个民间顺口溜似乎说出了玄机:马路弯,马路弯,养养眼,聊聊天。啥意思?就是说访民到马路弯看美女养眼,这美女当然就是指我陈香。"

闫晓春插话道:"机关里也这么议论,说信访办要是安排一个母夜叉,很多人就不去上访了,去了晚上会做噩梦。"

陈香接着说:"很快,地区信访办搬到了行署大院东门,挂了红字、黑字两块牌子,我同时兼任两办副主任。后来人们都说,是陈香让信访办成了香饽饽。其实,真正的原因在常书记这儿,白河地区信访工作之所以做得好,主要是常书记重视。"

任多秋问:"您说常书记和您谈过两次话?"

"是的。"陈香点点头,"第二次是一年后我工作调整,常书记又找我谈了一次话。常书记说:'当初安排你到信访办工作是我的一次失误,为此,白河地区被省政府通报了,这个责任由我来负,对你,我只能将错就错,让你在信访办补一补弱项。组织部说你善于协调,这个评价是不全面的,真正善于协调的干部能将上、中、下都协调到位,而你在基层这一块却是短板。'常书记以'王'字写法为例,让我永生难忘。他说'王'字是三横一竖,上面一横代表上级,中间一横代表同僚,下面最长的一横就是基层群众,那一竖是我自己,我只有正确地把三横穿起来,这个字才能写正确,而我常常忽略了最长的这一横。常书记希望我在文化局局长这个新岗位上,把这一横写实、写长。"

任多秋心里顿时对老爷子生出几分敬意,老爷子这么做等于挽救了一个干部,如果当时迅速撤换了陈香,这个干部很可能从此就会一蹶不振,而培养一个干部又多么不易!大开杀戒一时是痛快,可是痛快之后如何疗伤呢?看来老爷子深谙惩前毖后、治病救人的道理。

"您怎么看常书记?"任多秋问。

"常书记是一个运筹帷幄之中、决胜千里之外的帅才。"陈香说,"但常书记有一个缺点,一个隐藏很深的缺点,我从没对别人说过,今天就犯点自由主义了。"

"是什么?"大家都等着她说。

"死不认错,"陈香说,"哪怕定错的事他也会坚持,然后在不知不觉、不留痕迹中悄悄改过来。"

大家没有说话。

任多秋想了想又问:"您怎么评价毕克功书记?"

"毕书记是个有信仰的人,他那双高度近视的眼睛其实看得很远很远,他的血平时会很凉,一旦热起来就会持续高温。去年他回来我接待他,感觉他这个年龄了还是个老愤青。他写的那首《回白河》中有这样一段:

我不羡慕高楼大厦

因为它们终将成为废墟

我不羡慕香车宝马

因为它们带来的是无休止的攀比

我羡慕那些高尚的殉道者

哪怕卧雪眠霜

他们仍然矢志不渝

我鄙视那些背叛者

哪怕高官厚禄

他们也卑躬屈膝

……

"你们听听,这是一个年过八旬的老人写的诗吗?多像一个年轻人写的。我们朗诵团的团员都说,毕书记这首《回白河》,让大家不约而同地想起了一首歌——《革命人永远是年轻》。"

"如果两位老领导做个比较,您更欣赏哪一位?"任多秋提问总是出难题。

"哈哈,您这位记者很难对付哟。"陈香笑着说,"不过无所谓了,人到了这个年龄,不妨说点真话。对两位老领导我都十分尊敬,这一点是前提,单就我个人而言,我更喜欢毕克功书记,因为你能感觉到他爱什么、憎什么,这样交往起来心里有底。常书记城府太深,深不可测,我有点害怕,尽管他是一个很有魅力的男人,如果让我选择,我会选择

287

安全。"

常寒松点点头道："陈局长这个感受是对的，别说您，就是我们这些子女，也感到老爷子城府太深，如果不是这份自传提纲，他经历的很多事我们都不知道。"

闫晓春神秘地笑了笑："生活不是艺术，不能简单地用感情去过滤。我认为常书记是一个真正的成功者，我指的不是职级，不信你们可以看看常书记从政的轨迹，一直是牛市 K 线。"

陈香讲完了，闫晓春说今晚他请客，好见证一下陈局长的酒量。

陈香来之不拒，说好呀，她带四瓶伏特加。

这顿酒后，任多秋和常寒松都认为，马路弯没有必要去了。

第二十章　刺猬沟

榻上呓语：全部希望都凝聚在种子里，消灭种子，便是消灭未来。种子往往被那些偏执的人保护并拥有，有人称这种人为疯子，殊不知疯子有疯子的境界，袁刺猬这个疯子的境界常常令我汗颜。

刺猬沟是个好地方，有稼穑经验的老农会说，有刺猬的地方有仙气。

刺猬沟地处小兴安岭西麓，北靠朝阳山，南临小边河，一条贯通东西的国防公路把这个村落穿在了地图上。刺猬沟叫沟，其实并没有沟，但田里多刺猬却不假。刺猬多了，便常常往村里钻，冬天有农妇到柴垛里抱薪烧火做饭，冷不丁就会拖出一只球成一团的刺猬来——是田里的刺猬跑到柴垛下冬眠。

一个叫袁五仁的农民选择了在刺猬沟繁育豆种，他自己说是看中了这里的刺猬才来，村民因此称他"袁刺猬"。袁五仁与刺猬之间似乎真有些关联，他对这个外号并不反感，干脆也这么自称。

袁五仁不是刺猬沟人，20 世纪 70 年代初拖家带口地来到刺猬沟大队，找到大队领导要求在此落户。当时大队书记叫马德全，看着介绍信好一会儿才问他为啥来刺猬沟，为啥介绍信抬头上没填"刺猬沟大队"五个字。刺猬沟因为过于偏僻，已经有七八年没人迁入了，马德全正为户数减少而苦恼，忽然来了一家要求落户的，这让他很兴奋。袁五仁说自己从克山迁出时还没有想好落到哪里，就一路走一路看，看到这里农田中全是黄灿灿的大豆，加上"刺猬沟"这个名字也好，就觉得应该留在这里，哪怕讨饭也不再走了。马德全说总该有个更具体的原因吧。袁五仁说,具体原因很简单:一个,他是搞大豆育种的,技术在大豆产区能用得上;再一个,他在村口看到一窝刺猬,从田里出来,慢悠悠过公路,他就想,如果刺猬见到人就逃掉,说明这里的刺猬怕人,刺猬不怕人,是因为人不伤害它。一个连刺猬都不欺负的大队,肯定也不会欺负他这个外来户。马德全一听哈哈大笑起来,这个人真会说话,行,落户吧,村西头有个五保户刚去世,两间土坯屋空着,他若敢住就给他啦。这样,袁五仁一家五口就在刺猬沟落下了脚。

这些情况是袁刺猬的长子袁少山说的。

任多秋能找到袁少山是一个巧合。袁少山是白河一家种子公司的经理,是北地种子行当的大佬。为了去刺猬沟采访,任多秋想起多年前他们报社记者写过一篇大豆育种方面的报道,好像提到了刺猬沟,因为这名字很好记,听起来感觉满沟都是萌萌的小刺猬,便给这个记者打了个电话。记者说当年采访的袁少山就是刺猬沟人,他父亲叫袁五仁。因为袁少山的公司就在白河城内,任多秋和常寒松一早就去白河种子公司找袁少山。袁少山很热情,听任多秋介绍了采访意图后,说:"难得你们媒体还能记得我父亲,我父亲一生就为种子活着,每年夏天我看到大豆开花,都好像看到父亲蹲在豆地里微笑……"聊了一会儿,袁少山接到电话有跨国业务要谈,便安排了一辆车送他俩去刺猬沟,说晚上回来饭桌上再接着聊。

来刺猬沟路上,任多秋心里一直有只刺猬在蠕动,感觉这只刺猬好像一枚正要萌发的红毛丹,毛茸茸的,不敢触碰。

老爷子自传提纲中的原话如下:

我当时很难理解刺猬沟的袁五仁会那么强烈反对美图一号的推广,美图一号对于农民增产增收大有好处,推广这一新品种不对吗?袁五仁是种子繁育土专家,靠种子成了万元户,也许他不容忍自己的固有利益被挤占,疯子一样反对新品种的推广。当我回归了平民身份,看到网络上关于种子问题的诸多讨论时,我对当年自己的决策产生了怀疑,袁五仁也许比我这个地委书记远看了五十年。当然,这只是也许。

从已知资料来看,袁五仁是个性格有些古怪的土专家,在刺猬沟繁育出大豆良种黑丰一号至黑丰五号,为当地大豆增产做出过贡献,并因此被评为县劳模。20 世纪 80 年代中后期,袁五仁变得有些疯癫,强烈抵制地区农业部门推广的美图一号,竟然做出到试种田里毁苗的违法举动,受到治安处罚。美图一号是老爷子力推的大豆高产品种,袁五仁死活不认,说美图一号害国伤农,不可推广。老爷子没来过刺猬沟,但见过袁五仁给地委、行署领导写的强烈要求停止推广美图一号的信。老爷子问过农研所的专家,专家的答复是,美图一号和黑丰五号之间存在利益之争,黑丰五号的繁育者强烈反对也在情理之中,地委和行署自然会站在农研所一边。

那么,老爷子晚年为什么会对当时的决定后悔呢?

任多秋心里很清楚,问题的症结就在种子上。

常寒松说,推广美图一号势必影响袁五仁繁育的豆种销售,他情绪激动可以理解。

任多秋认为事情也许没那么简单。

汽车驶进刺猬沟,一下车,常寒松环顾一番周围道,这地方叫刺猬沟有些名实不符,从地势上看叫"刺猬岗"或"刺猬坡"更确切。

北地村落给人的感觉就像散放的牛群,如果用无人机从空中拍摄,刺猬沟肯定像一幅牛群在绿野中安静吃草的图片,全村皆是一色的红砖房,赭色铁皮瓦,家家户户都有一个方方正正的由木杖子夹成的院子,杖子上爬满各种豆角秧、黄瓜秧或倭瓜秧。常寒松说在北地行走会发现这样一个现象,种植决定贫富,种植大豆和小麦的地方都比较富裕,而种植苞米和杂粮的地方就相对贫困。任多秋认为这就是水土所致,能种大豆谁也不会去种杂粮,大豆属于经济作物,袁五仁拖家带口一路行走,寻找什么? 就是寻找适合种大豆的水土,也许那句古话可以缀上一句:一方水土养一方人,一方水土也养一方庄稼。

刺猬沟村主任叫马奎,是老书记马德全的儿子。马奎穿戴不俗,一看就是个生活条件优渥的人。袁少山事先给马奎打了电话,办公室茶几上摆着黄瓜、草莓、圣女果和榛子,说明马奎做了准备。马奎说这些都是本地地产,没打农药,可以放心吃。任多秋说食品最安全的地方在农家,进到超市里的蔬菜如果不可追溯的话总让人顾虑重重。

任多秋告诉马奎他们此次采访是为了写作,不是翻陈年老账,别有什么顾虑,请马奎介绍一下袁五仁的情况。

马奎说:"五仁叔的事就像刺猬身上的刺,数也数不过来,你想听哪一段呢?"

"和种子有关的事,"任多秋说,"听说他因为抵制某个品牌的种子受过治安处罚。"

马奎笑了:"很多人都对这件事感兴趣。五仁叔绝对是个人物,了不起的人物,死了好多年人们还没有忘记他。不少记者知道他不在,还来刺猬沟采访,打听他的过去,你们这是第几拨我都记不清了。五仁叔出名是在近几年,网上把他当年抵制外来种子的事抖搂开,人们才知道在刺猬沟还曾有这样一个疯老头。我们县长在农村农业工作大会上说,袁五仁要是多活二十年,一定就是北方的袁隆平。袁隆平搞水稻,袁五仁搞大豆,两种农作物都举足轻重。可惜五仁叔去世太早,没到七十就走了。五仁叔走的时候很奇怪,似乎天有异象,晚霞把刺猬沟都染红了,他晚饭喝了碗米粥就提着烟袋到田里去了,田里有他的窝棚,家人已经习惯他在田头过夜。他没有在窝棚里睡,就在他育种的那块豆地旁,背靠一个小土丘坐着走的,身边点着一盘蚊香,早晨了,那盘蚊香还没有燃尽。那座土丘像坟,但又不是坟,五仁叔走后人们发现土丘下有个洞,是刺猬洞。"

"因为什么病去世的?"任多秋问。

"据说是心血管有毛病。"马奎说,"五仁叔在家里留下一张纸条,上面写着几行字:'我心脏不好,不知哪天就去和刺猬做伴了,刺猬沟的人要像对待孩子一样来对待种子。'"

"他是在提示村民反对种植美图一号?"

"是的。"马奎说,"五仁叔固执倔强,又容易生气,他心脏不好就是从气上来的。五仁叔一直让村民种他繁育的黑丰五号,说黑丰五号不管丑俊总是自己的孩子。这么说吧,黑丰五号确实不错,能将大豆产量提高三成,很可惜当时没人推广。农科院那些专家瞧不上土专家繁育的种子,报社、电视台的记者就更不用说了,不会跑到刺猬沟来宣传报道一个农民。

"五仁叔死在刺猬洞旁边之后,村民中开始流行几种传说。一种说法是头天晚上五仁叔做了个梦,梦到一只刺猬跑到他跟前作揖,乞求他不要伤害自己的孩子。刺猬作完揖后就领着五仁叔来到地头那个土丘前,说洞里有它的七个孩子,五仁叔若是把洞毁了,它们母子就无家可归了。五仁叔原本想把地头那块荒地开垦出来扩几分地。刺猬托梦乞求后,五仁叔没有开那块地头,他倒毙在土丘前,是警示别人不要来打这个土丘的主意。还有一种说法是白天五仁叔看到一只獾子在土丘边嗅来嗅去,猜想是獾子发现了洞里的刺猬,为了保护这窝刺猬,五仁叔晚上来给刺猬守门,结果发病去世了。两个说法里都有刺猬,这大概与五仁叔外号叫'袁刺猬'有关。"

"袁五仁被处罚是怎么回事?"任多秋问,"处罚有依据吗?"

"这件事怪五仁叔,我父亲清楚这件事的来龙去脉。上级推广美图一号,因为有五仁叔挡着,村民谁也不种。上级就在一块集体留用地上种了一亩美图一号,想年底用产量说话。这亩美图一号试验田刚出苗,就被人用锄头锄光了。上边当然重视,派警察来村里查。一群人正在现场分析商议时,五仁叔扛着锄头过来了,说:'你们再种我还锄。'警察问他为啥毁苗,五仁叔说这是毒苗,害人,不锄掉会祸害子孙后代。警察和他谈了一会儿话,觉着这个老头子脑子有问题,就向上级反映说毁苗是精神病人所为,构不成刑事案。但地委主要领导发话了,说这是破坏生产行为,必须依法处理。警察就将五仁叔拘留了五天。警察说袁刺猬魔怔了,他们也没钱给他做精神病鉴定,就由村里监护吧。警察对我父亲说,袁刺猬亏是锄了豆苗,要是锄了谁的脑袋也不负刑事责任,他是魔怔。这话传出去后,推广美图一号的人都绕着刺猬沟走,谁都担心自己头上挨一锄,试种的事在刺猬沟就没再搞。"

任多秋问:"发话的地委主要领导是谁知道吗?"

"常克勋,当时的地委书记,美图一号的主要推手。"马奎说,"这个人后来当了大官,据说推广美图一号让农民致富是他的一大政绩。"

常寒松说:"你们聊吧,我到外面走走,趁着光线好去找刺猬拍几张照片。"

常寒松并不是想回避,老爷子下令处理人很正常,他出来是想去找刺猬,他还没有拍过刺猬特写,想想刺猬的样子觉得很刺激。

在村口,他遇到一个穿迷彩服的老年妇女正赶着几只大鹅从野外回来,就问她到哪里能找到刺猬。老妇人头发有些乱,脸上布满尘土。

"刺猬?刺猬沟的刺猬都让大强子给烤了。"老妇人愤愤地说,"大强子这是作孽!"说完就去撵鹅了,老妇人小步快跑,一套迷彩服穿在身上很肥大。

"大强子烤刺猬?"常寒松有些糊涂,记住了"大强子"这个名字。

从村委会到村口有百十步,村口便是连片的豆地,地里没有劳作的人,连只翱翔的鸟儿也不见,墨绿的田野与蓝天白云相接,像新创作的油画一般入眼。他希望找到一处田埂,或者袁五仁死去前所倚靠的那处土丘,因为是机械化耕作,豆地里已经没有这些东西了。没有这些东西,刺猬自然也就没有了栖身之处。

齐腰深的大豆地没什么可拍的,他转身回村,换了一条街闲逛,竟然走到了村中心一处小广场。广场呈圆形,直径五十米左右,应该是村民活动的地方。广场北面有一处铁皮搭起的凉棚,旁边竖着一块白地红字的招牌"强子烧考"。招牌字迹已经斑驳,"烤"字的火字旁已经脱落,成了"考试"的"考"。他想起刚才老妇人的话,心想这一定是大强子烤刺猬的地方了。他走过去,凉棚里果然有铁焊的烧炭烤炉,但好像很久没用,烤炉里有层厚厚的泥土,烤炉下面的砖地缝隙里长出了不少野草。

农村没有城管,不用担心这些设备被没收。他想,农村有农村的自由和便利。

招牌后面有一眼井,是老式的辘轳井。井台旁有一个圆木凿成的水槽,应该是供牲畜饮水用的。他想,现在家家都有自来水,谁还会到井台来饮牲口呢?

他正在瞎想,一个老汉牵着头黑驴来到井台。老汉摇起辘轳,打了两桶水倒进水槽饮驴。驴很健硕,体毛油亮,两耳似矛,辔头上还系着一团红缨。

"真是一头好驴!"常寒松端着相机拍了两张,站在一旁夸赞说。

老汉瞪了他一眼:"走眼了,伙计,这是骡子!"

常寒松有些尴尬,驴和骡子真的不太好分。老汉问:"来吃烤刺猬的吧?大强子歇菜了。"

"怎么叫歇菜了?这里还有强子烧烤的招牌呢。"常寒松说。

"刺猬沟的刺猬都烤光了还不歇菜?"老汉说,"你们这些城里人吃啥不好,偏偏吃烤刺猬,要是袁刺猬还活着,不剐了大强子才怪呢。"

"大强子是刺猬沟人?"

"外来的,是一个乡干部引进的农家乐项目,临街有个庙一样的房子,那就是大强子的农家乐,现在关门了。大强子来刺猬沟看到这里刺猬多,就发明了烤刺猬这道菜,一下子火了。他派人四处抓刺猬,多的时候凉棚笼子里有上百只刺猬。本村人没有吃的,都是些城里到乡下玩的人尝鲜,很多是大强子的狐朋狗友,村里人看着来气,却不敢拦,大强子是道儿上人。"

"刺猬能烤着吃?"常寒松从来没有听过这种吃法。

"他们把活刺猬放到炭火上烤,微火中刺猬先会缩成一团,然后是吱吱叫,声不大却吓人,最后成了一个焦团,他们用刀挑开,撕下肉蘸着辣酱吃。我们看着恶心,他们却吃得有滋有味。我去找马奎告状,马奎说没有法规规定不能烤刺猬。我说袁刺猬生前留过话,刺猬沟的风水全靠刺猬,把刺猬都烤着吃了,不是坏了刺猬沟的风水吗? 马奎应该是得了人家好处,不敢出面管。马奎向乡干部反映群众对烤刺猬有意见,乡干部说大强子饭店解决了村里六个妇女的就业问题,对刺猬沟有贡献,抓几只刺猬不算什么。领导这么一说,我们就知道这事没辙了。可是人管不了天会管,不知什么时候开始,刺猬沟逮不到刺猬了,刺猬好像得了袁刺猬的号令一样,一夜之间销声匿迹,大强子派人牵着猎犬找遍田间地头也逮不到一只。很快,大强子生病了,超声波一照是食道癌,医生怀疑与他经常吃焦煳烤肉有关。"

"大强子病了?"常寒松觉得这个大强子年龄不会很大。

"去年封冻前大强子去哈尔滨治病,到现在也没回来。"老汉语气中没有丝毫同情。

真是报应! 常寒松心里觉得解气,烤什么不好,偏偏要烤刺猬。他问:"袁五仁反对伤害刺猬是因为什么呢?"

老汉饮过了骡子,牵着绳转身要走,听常寒松问这个问题,就停下脚步说:"这事你得去问马德全,他明白。"

老汉走了,常寒松才想起忘了问人家姓名。

回到村委会,任多秋和马奎也聊得差不多了,任多秋问:"拍到刺猬了?"

常寒松摇摇头:"拍到烤刺猬的烤炉了,有人说刺猬沟的刺猬都叫大强子给烤着吃了。"

任多秋望着马奎问:"真的?"

马奎点点头,道:"刺猬不见了有两个原因:一是大强子过度捕杀;二是除草剂使用得过滥,把刺猬喜欢吃的蝈蝈蛄都杀死了,食物链断了,刺猬只能走道儿迁去别处。"

"刺猬沟没有刺猬岂不是咄咄怪事!"任多秋摇摇头,指着常寒松说,"我们这位大摄影家这次来还想拍几张刺猬特写,看来要失望了。"

常寒松说:"我刚才遇到一个老汉,他说袁五仁反对捕杀刺猬,我问原因,他说马主任的老父亲知道,不知他说的是真是假。"

马奎点点头:"我父亲和五仁叔是老朋友,五仁叔的事他比我清楚,你们想见的话我带你们回家。"

"这是求之不得的好事,"任多秋说,"快领我们去拜见老人家,有些问题我正想向老人家请教呢。"

马德全身体硬朗,正坐在院里一张藤椅上晒太阳听收音机。马奎介绍了两位客人,特意强调说这是少山的朋友,是来了解五仁叔的。老人直起身,和两人握了手,让马奎从屋里拎出两个马扎,请两人坐下说话。任多秋说,老人家多晒太阳好,补钙。老人欠欠身子道:"晒日头是老习惯了,过去衣裳缝里要是长虱子,一晒虱子就会自己爬出来,使劲一抖就掉。"

马奎笑着说:"您这是老观念,现在谁还长虱子?"

任多秋问:"听说袁五仁不让村民伤害刺猬,这里面有什么说道吗,大叔?"

"当然有啦,"老人回答得很干脆,"一窝刺猬能吃掉一坰豆地害虫,比杀虫药管用。刺猬还吃老鼠和蛇,五仁说刺猬是豆地里不挣工分的赤脚医生,伤害不得。五仁要是活着,看到城里来的浑小子烤刺猬,不扑上去动刀子才怪。烤刺猬,那是烤五仁的心肝肺!"

常寒松明白了,在袁五仁眼里刺猬是益兽,是农民侍弄豆地的好帮手。

任多秋问："袁五仁为啥要抵制美图一号呢？您还记得这件事吗？"

"当然记得了。"老人说，"美图一号是啥玩意？用五仁的话说就是骡子。五仁认为黑丰五号是好马和好马交配生下的宝马良驹，是千里马。美图一号呢，是好马和好驴交配生下的骡子，骡子再好也就是一茬儿货，五仁当然要反对老百姓种美图一号，虽然美图一号比黑丰五号产量高。"

"哪个产量高就种哪个，没毛病呀。"任多秋有些不解地说。

"那不行呀，美图一号农户自己留不了种，只能年年买人家的种子，对于农户来说，这等于命根子掐在人家手心里。五块钱的种子，人家卖五十你也没咒念。"老人头脑很清醒，记忆也好。

任多秋觉得袁五仁看得的确够远，那个时候就把种子当成了战略物资来认识。有些杂交种子的确如此，就像膘肥体壮的骡子无法代代延续，而中国几千年的农业文明，都提倡自己留种子。他记得在报社值班时看过一份资料，大意是说大豆种植始于中国，19 世纪大豆传入美国，而美国通过改进种子现在成了世界级的大豆生产国。美国人喜欢在种子上做文章，而且也尝到了甜头，他们通过控制种子，控制了世界主要大豆产区的种植。对于这个情况专家们一直有争议，支持、反对各执一词。但任多秋本人持反对态度，饭碗还是端在自己手里放心，粮食绝对是决定大国胜负的最后砝码。

马奎插话说："五仁叔大概没想到，他最反对的事，他的儿子却干得热火朝天，袁少山就是通过专卖外来种子发了家。"

任多秋问："袁少山为什么会走向父亲的反面呢？"

"还不是一个'利'字？"老人说，"外来种子不用自己繁育，拿来加个价就倒手，来钱快嘛！"

马德全这句话说在了点子上，一切都是逐利的原因，抄近路、走捷径,在一些人眼里,抱别人孩子来养比自己生要省事省成本。任多秋点点头:"听说袁五仁后来有点魔怔,派出所都懒得处理,是这样吗?"他想通过老人之口证实一下袁五仁是否真有病。

"假的,"老人说,"他没病,那是装疯卖傻。"

任多秋明白了,袁五仁用装疯卖傻来规避处罚。

"您老有经验,黑丰五号和美图一号到底有什么不同?"任多秋又回到种子问题上。

老人扭头看了看院子,院子里种着西红柿,大大小小的柿子还没有红,却散发出一种西红柿特有的味道。老人说:"看到这柿子吗?大大小小不一样,黑丰五号种出来的大豆就这样,美图一号不是这样,每个豆粒都一般大小。用黑丰一号磨出的豆腐不论用卤水还是用石膏点,都有一种锅巴味;用美图一号加工的豆腐,白嫩,没味儿。美图一号也有好处,出油高,油的颜色清清亮亮,炒菜油烟少,可是吃起来不香,不起油花。"

马奎说:"我父亲生活经验丰富着呢,我都赶不上。"

常寒松在老人说话的时候,抓拍了几张照片,背景是扎了架子的西红柿秧,老人气场非同一般,灰衬衣显然是熨过的,新剃的光头,两只眼袋蓄满了泪水,眉毛有点像白眉大仙,说话喜欢做手势,手势简单有力,是一种拍板的架势。这是长期担任村级领导形成的做派,常寒松知道,村级领导虽然不算干部,但全村大大小小的事情都要过手,权力不容小觑。

"您怎么看袁五仁?"任多秋问。任多秋采访每个人都会问类似问题,他不一定采信对方的评价,但他必须知道对方如何评价。

"五仁性子像刺猬,脑子像疯子。"老人说,"五仁总是操不该操的心,结果早早就没了。不像我,钓鱼、种菜、听戏匣子,没事四处溜达,到现在活得好好的。"老人说完笑了,挠了挠光头道,"当然喽,五仁死后出了名,现在没人叫他袁刺猬和袁疯子,都叫他种子专家。但不管叫什么,他都听不见喽。"

天色向晚,两人告别老人和马奎,驱车回市内。上车前常寒松对马奎说:"村里上山找几只刺猬回来养着吧,刺猬沟总得有只刺猬吧。另外把那个强子烧烤炉拆掉,烤炉在那里不协调不说,太影响村容村貌。"

马奎说:"先不急,乡干部说大强子已经病危,这个时候咱不能落井下石,等大强子走了再拆掉不迟。少山和我说村里别引进些乱七八糟的项目,他准备回来建一座楼,刺猬沟不能连栋高楼都没有,楼房才是新农村的标志。"

常寒松摇摇头,楼房怎么成了新农村的标志呢? 但他没有纠正马奎的说法,好奇地问:"袁少山回来投资吗?"

"是的,"马奎说,"少山户籍还在刺猬沟,村里还有他的二十一亩责任田呢。"

轿车在松嫩平原的田畴间行驶,望着窗外郁郁葱葱的大豆田,任多秋问:"对于北地来说最令人担心的是什么?"

常寒松想也没想就回答说:"风不调雨不顺,农民毕竟还要靠天吃饭。"

"我觉得不是,"任多秋说,"老爷子在自传提纲里表达的是一种深深的忧虑,袁五仁只是他表达的一个载体而已。"

"忧虑什么呢?"

"种子。"任多秋说,"你想想看,一旦这千里黑土地没有种子可种,那将会是一幅什么情景? 我理解国家为什么要搞'三子'工程了,种子、苗子和崽子决定着未来。"

晚上,两人来到袁少山安排好的饭店,袁少山还没有到,两人便在院子里散步。常寒松说:"去刺猬沟没能拍成刺猬很遗憾,我在想,袁五仁对刺猬偏爱难道仅仅因为它能吃害虫? 有没有点其他原因呢?"

"肯定有,在袁五仁心里刺猬是有仙气的,深扎泥土之中,内圆外方,顺应天时,这同样也是做人之道。"任多秋说,"刺猬沟应该建个刺猬祠,告示后人和动物要和谐相处。"

"这是个好主意。"常寒松说,"一会儿我向袁少山提提这个建议,花不了几个钱,会成为刺猬沟一个难得的景观,还可以将袁五仁的事迹陈列其中。"

正说着,袁少山的车开进了院子,他还带了一个俄罗斯女孩,高挑身材,金发长腿。袁少山介绍这是他的助理,专门过来作陪。

席间,任多秋说了去刺猬沟的经过,一再感谢袁少山的安排。

常寒松却没有恭维,讲了在刺猬沟看不到刺猬,并说了大强子烤刺猬的事。袁少山说大强子的事他知道,此人病入膏肓,已经来日不多。刺猬沟没有了刺猬他知道一些,大强子这等饕餮之徒是个原因,更重要的原因是滥用农药,刺猬吃了被药死的虫子也会中毒而亡,这些小东西自身没有什么疾病,但对药物格外敏感,少剂量的杀虫剂就可以要它们的性命。

"您父亲一直劝诫村民不要伤害刺猬,老书记马德全说,您父亲要是看到大强子烤刺猬会和他拼命,是这样吗?"任多秋问。

"是的,父亲内心柔软,外表刚硬,有点刺猬的特点。"袁少山说,"但这只是表面现象,父亲真正担心的是他的黑丰系列会像刺猬一样越来越稀少,最后退出种植,在父亲眼里,刺猬是种子的象征。"

"刺猬的确像种子,比如板栗,比如红毛丹,还比如榴梿,这种外表带刺的种子,繁殖都不是很容易。"任多秋说,"您父亲很可能是由刺猬联想到了育种的不易。"

袁少山在敬了几杯酒后,脸色变得红润起来,他说:"不瞒你们说,我对不起父亲,没有继承他的遗志。尽管我非常敬佩我的父亲,但我没有别的选择,市场就像一锅沸腾的开水,只要跳进去什么都会煮熟,幼稚和天真获得的只能是失败。这一点我的助理知道我,我有些时候签完一笔合同会大醉一场,每次都是助理陪我。我不好色,从来都是礼貌对待助理,之所以让她陪,是不想让公司里的国人看到我的痛苦,助理毕竟是外国人。我常常会梦到刺猬,在梦里有只刺猬会黏着我,刺我。当我把刺猬捧在手里时,刺猬会打开,露出一张熟悉的脸来,那是父亲的脸。父亲一句话不说,只是在轻轻咳嗽,仿佛在提醒我什么。父亲想提醒我什么我能猜得到,我感到自己的心被刺出血来,血流不止。"

"你签完一笔合同应该是好事,为什么会感到痛苦呢?"任多秋不解。

"是家父的嘱托在起作用啊。父亲告诉我不能干绝庄户种子的勾当,看看我自己,不就是在干这个勾当吗?农民买了我一年种子,就要年年买我的种子,因为他们种出来的玉米和大豆没法自留种子。从留和买这个角度看,我干了父亲拼命反对的事。更何况我的公司也决定不了种子的断与供,种子一概外进,人家要是不给我,我的客户就会没种子可种,想想后果,有时会吓出一身冷汗。"

任多秋和常寒松都张大了嘴,袁少山讲出了一个道理,对于农业而言,谁垄断了种子,谁就决定着未来。

"把刺猬烤着吃了,刺猬就不会繁殖,那个大强子干的事固然可恶,可是我干的勾当也不光彩。"袁少山喝了口矿泉水说,"可能是我太在意父亲的话了,父亲的话是我一生卸不掉的包袱。我挺佩服有些政客,昨天还在信誓旦旦,今天就翻脸骂祖宗,我做不到,我觉得父亲的坚守是有道理的,他不是疯癫,而是为了种子自然延续不顾一切去抗争。我永远不会忘记小时候父亲给我讲过的一个故事,叫《希望的种子》,故事是他 20 世纪 50 年代参加育种短训班听一位苏联种子专家讲的。二战时期,列宁格勒被德军包围,军民严重缺粮,饿死了很多人,包括前线将士,城里能吃的几乎都吃光了。在郊区有一座楼,是一家种子研究所。研究所里有五十多位育种专家,专门研究小麦的遗传基因、杂交、花粉传授,同时还进行高光效生理、培育良种和病虫害抗体等科学研究,为集体农场提供大量良种。很多高层和市民知道,研究所的种子仓库里存有十多吨优质麦种。上级下达了指示:种子是战后生产的源泉,是未来的希望,一粒都不许动,不管是谁都无权动它,这是组织交给你们的战斗任务!研究所五十几位科学家,十几位年轻的拿起武器上了前线,剩下三十二位科学家一边搞实验,一边保卫种子。其间,饥民来所里欲哄抢,所长对饥民说:'这批种子连前线正在流血的将士都不敢动,谁吃了它们,就吃掉了赶走德军之后人民的希望!我们和你们一样,宁愿被饿死,也绝不吃一粒种子!'有饥民冲进了伙房,打开大锅一看,一锅热气腾腾的清汤,里面漂着甘蔗渣和玉米秆粉,这就是科学家们的早餐。所长指着院子里一排坟茔说,他们都是为保护良种、保卫希望而活活饿死的科学家。饥民们不再骚动,他们默默离开了研究所。种子科学家一个接一个被饿死,所长饿死了,死前把仓库钥匙交给了副所长,留下的遗嘱是保卫种子。当列宁格勒保卫战胜利时,三十二位留守的种子科学家,只剩下副所长塔莉亚、研究员古德里安、副研究员丹妮亚,研究所的菜地里整齐排列着二十九座坟墓,而仓库里的种子却一粒不少。父亲给我讲的这个故事像一部电影大片,常常在我脑海里播放,每当我看到农作物种子的时候,我总会这样想:种子就是希望。"

那位俄罗斯女助理用汉语补充了一句:"这不是故事,是真实发生的事情,那位饿死的所长叫普罗列夫。"

任多秋被袁少山的讲述深深地感动了,种子当然就是希望,没有种子,春天只会空走一场。

"你就没想到自己做点什么吗?"任多秋觉得袁少山不应该无所作为,他毕竟有一定经济实力,既然认为自己没有继承父亲的遗志,就应该想方设法来弥补,给死去的父亲一个交代,酗酒是懦夫的表现,酒精化解不了纠结。

"我有个想法,准备与省农大合作,在刺猬沟建个博士后工作站。我想好了,建一座八层楼,因为父亲讲的那个《希望的种子》就是一栋八层楼。在这个博士后工作站,搞本土大豆和小麦种子繁育。我们繁育的种子将坚持让马和马交配生产千里马的思路,保持种子纯正的血

303

统。我不敢保证能成功,但我会坚持做下去,我知道只要我这么去做,父亲就不会在梦里变成刺猬刺我。"

任多秋认为建立博士后工作站的确是个好主意,良种繁育离不开科学,袁五仁时代那种土办法行不通了,通过专门人才和先进设备来加快种子研究这是正路,袁少山的选择没错。

"如果林业部门许可,我还准备建一个小型刺猬养殖场,对养殖刺猬进行野化,然后放归山野。"

常寒松兴致勃勃地说:"可不可以建个刺猬祠或者刺猬馆?若能建成的话,将是全国第一家刺猬科普基地。"

袁少山眼睛一亮:"好呀! 这个可以和养殖场配套,建个刺猬祠也是对父亲最好的纪念,父亲外号就叫'袁刺猬'。"

任多秋倒满一杯酒,举杯对袁少山说:"老百姓常说一句话,种子即良心。你有这样一份情怀,令尊地下有灵也就欣慰了,你没有忘却他的嘱托。"

"其实,父亲培育的黑丰系列在当时已经实现增产三成,要不父亲不会成为县劳模。很可惜美图一号这个程咬金半路杀出来,把黑丰五号给取代了,父亲是满腹悲愤地离开了这个世界。我相信他预感到了土丘下那窝刺猬会遭遇不测,才在夜里到那个土丘去守候的,谁能想到那盘没有燃尽的蚊香只能驱走蚊虫,对大强子的烤炉却毫无用处。"

晚饭结束,常寒松问:"您父亲是不是特恨当时的地委主要领导常克勋?因为是他批示要严肃处理的。"

"父亲没有怨恨,他听说地委领导有了批示后说过这样一句话:官越大胆子越小。"

常寒松马上就想到了刺猬,刺猬的胆子就特别小。

第二十一章　伊林密

榻上呓语：我不敢跨入那条河，那是一张巨大的蛇蜕，没有生命的迹象。是我杀死了它，我甚至不如那个变成螃蟹的法海，法海只是把白素贞压在砖塔下，而我却要了青蛇的性命。

好心办成了坏事，好心就算不上好心，就像接生婆薅断了新生儿的脖颈，手中的头颅就变成肇事的证据。

伊林密是一条美丽的河，在群山中蜿蜒流淌，玉带般怡人夺目。

秀山多矿藏，读过《山海经》的人都会知道这个道理。伊林密河流经的地方也多宝藏，有金、铜、铁、钼等等，因为气候严寒，无路可行，这些矿藏都沉睡在山里，没人来打它们的主意。这种宁静在常克勋担任白河地委书记最后几年里被打破，一家大企业要到伊林密投资开发钼矿。

在发展经济的亢奋期，省、市、县层层确定发展指标，年年排名，会会调度，名次打狼①的地方主官就只有把头埋进裤裆里的份儿。

常克勋着急，刚刚由副书记提拔为专员的毕克功更着急，因为经济工作指标背在毕克功身上。

在毕克功提职问题上常克勋投了赞成票，这一点毕克功心里有数，如果地委书记反对，他就当不上专员。省里宣布毕克功担任专员后，他特意来到常克勋办公室，没有道一声，坐在那里搓了搓手，然后说："克勋，你我一个教室、一座兵营、一个劳改农场滚出来的，彼此心照不宣，

①　打狼：东北话，意思是最后一名。

305

不能因为你这次帮了我，我就会迁就什么。你我无私争，都是工作上的分歧，在大是大非问题上我还会坚持自己的看法，望你能理解。"

常克勋太了解毕克功了，把毕克功提起来搭班子他是做好了斗争准备的，毕克功这个人讲道理，不苟且，即使争个脸红脖子粗也无所谓，风雨过后自然会有晴天。他说，对立不怕，只要对立后能做到统一就行。

常克勋没有想到毕克功上任才一个月，就和他在鹿鸣春钼矿项目上意见无法统一。

这些是《白河日报》总编辑老何对任多秋讲的。老何与任多秋都是媒体人，相识多年。老何退休后与过去的同道多有联系，不知怎么听说任多秋来白河采访，便找上门来要尽地主之谊。两人聊到了常克勋和毕克功，聊到了任多秋想采访的伊林密，白河不大，作为《白河日报》原总编辑信息量还是蛮多的。

常寒松说："每个媒体人都是一座信息库。"

任多秋道："媒体人脑袋里都藏着一窝小蛇，天冷时小蛇盘成一团冬眠，天一放暖，小蛇就会四处乱窜。有些人退休后思想甚至会比在岗时活跃，颇有些多年和尚下山的恣肆，几乎没有不敢说的话，就是那窝小蛇从蛰伏中苏醒了，老何就是这样一个人物。"

老何上唇留横须，法令线似两条八字形刀痕，说话底气十足，像丹田处有个气泵。"伊林密的事我最清楚不过了，我对那个项目不感冒，从卫星地图上看伊林密河源头那个鹿鸣春钼矿，就是小兴安岭腰间一块牛皮癣，要多难看有多难看。"

因为老何列席地委委员会议，对鹿鸣春钼矿上马一事很清楚，他说这个鹿鸣春钼矿项目一端到桌面上就有争议，项目是上还是下的矛盾主要集中在常、毕两个主官身上。

"鹿鸣春钼矿如果建成，将是北地最大的钼矿，效益相当可观，而且能为当地安排三千人就业。常克勋看重该项目的原因正在此处，就业乃民生之本,三千人稳定就业,对于白河地区百姓来说无疑是一大福音。

"当时在会议上,首先对这个项目提出质疑的是毕克功,他明确反对上这个项目,理由有三:一是尾矿药物容易污染伊林密河;二是露天开采劈山毁林,破坏生态;三是地方配套基础设施投入太大,白河财政不堪重负。"

老何说:"毕克功的理念太超前了,当时还没有生态保护的说法,国家环保总局是 1998 年才成立的。常克勋当时在会上没有拍板,两个一把手出现分歧,不能简单地搞少数服从多数,必须缓议。他决定暂时搁置这个议题,会后和毕克功再沟通。沟通的情况并不好,无论怎么说毕克功就是不同意。据常书记的秘书后来回忆说,毕克功甚至说了狠话:'不能因为面子问题就干祸害子孙后代的事,你我都是打过仗的人,命都不在乎,还在乎面子吗?'常书记说自己在乎的是三千人的饭碗,不是什么面子,计事当以全区计。两人面红耳赤,谁也不肯妥协。常书记就说:'咱俩别争了,把情况向上级报告,按上级意见办。经济工作应该你老毕在前面,这件事你带着报告去省里汇报吧。'常书记嘴上这么说,其实心里已经有谱,因为在引进这个项目前,他已经到省里做了充分沟通,得到了上级领导的支持,而且省领导已经口头答复将钼矿列为省重点项目。"

"果然,毕克功去省里碰了一鼻子灰回来,对常书记说:'你定吧,反正我保留意见。'鹿鸣春钼矿就这样上马了。"老何说,"我陪毕克功到伊林密考察过,从河的源头一直考察到伊林密河汇入地呼兰河,全长不过百余公里,毕克功看得十分仔细。伊林密河沿岸风光秀丽宜人,草绿花艳,是大自然对北地最美的馈赠。毕克功对我很信任,有些话不与秘书说,却喜欢和我交流。一次我俩在河边草地里漫步,他习惯性摘下眼镜擦着镜片说:'开山献宝藏这句话不要轻易说,开山就等于杀山,我们太贪婪了,把山剃光头,然后开膛破肚,谁知道山会不会报复?山

也是有生命的,它们的生命比人类要长得多。'

"我不能接话,我知道这是领导在思考,领导自言自语是一种思考中的设问,不需要谁来接话。

"草甸子里有大片芍药,毕克功弯腰摘下一朵芍药花,走到河边将芍药花轻轻放到河水中,那朵红白相间的芍药花随着流水缓缓地流走了。毕克功扶扶眼镜,长吁一口气道,流水落花,无可奈何。

"我看出了毕克功的痛苦,他是不想优美的大自然因开矿而遭到践踏。

"'我有预感,'毕克功自言自语道,'这个钼矿将成为白河的肿瘤。'"

任多秋对老何的讲述深信不疑,老何是媒体人而不是作家,不会去凭空虚构,毕克功在鹿鸣春钼矿上固执己见符合他的性格。但这并不能说老爷子就是错的,如果按当时上级号召,老爷子坚持上这个项目没有错,毕竟振兴经济是第一位的,否则也不会得到省里的支持。

"项目推进顺利吗?"任多秋问。任多秋知道,有些项目虽然上马,但如果职能部门层层设置障碍,也可能把项目拖黄,对于一块待煮的唐僧肉来说,任何一个职能部门都会从自己的文件中抽出一把菜刀来。

"据我所知这个项目推进颇为艰难,投资方三天两头就来地委告状。常书记对此做了五次批示,批示转到行署那边,毕克功也会批示一句按常书记批示办,但中层这些人很会察言观色,他们在会上都看到了书记和专员之间在这个项目上有分歧,便不温不火地推着干,这明显就是懒政了。常书记很有城府,他没有发火,而是带着组织部长和纪委书记下去搞调研,调研了半个月,常书记开始出手。

"首当其冲的是交通局局长陈向西。

"陈向西在鹿鸣春项目中负责在森林中修建一条通往矿区的公路,路通了,采矿设备才能运进去,这条路直接决定项目的进程。项目协调会上,陈向西拍着胸脯表态,要花十二分的力气来修这条公路。北地修路季节有限，能施工的时间就半年多一点。项目方反映修路进程太慢，政府答应过的配套没有及时兑现。常书记便带人到现场调研。那次，地委宣传部点名让我参加，我有幸跟常书记下去了一次。因为事先没有告诉交通局，这次调研便有些微服私访的意思。在中巴上常书记还开玩笑，说搞工程项目就像打仗，必要时要到前线看看，不能老是听汇报。中巴沿着伊林密河溯流而上，直奔钼矿所在的大河源头。路上，常书记考大家，问谁知道钼这种东西是干什么用的。结果没人能回答出。常书记说：'你们知道味精吗？钼就像钢铁工业的味精，是难得的战略资源。'

"按照地图标识，还有几十公里的路程，但中巴被一个横拉的八号铁丝拦住了，铁丝两端系在两棵桦树上，铁丝上连块红布条都没系，更不用说警示牌了，好在司机眼尖，在距离铁丝一米远的地方将刹车踩死。司机下车后，一个戴着鸭舌帽的中年人从树荫下走过来，边走边打着后退的手势说，回吧回吧，封路。司机说车上是领导，去视察公路建设。中年人说专员来了也不行，前面没有路，车子过去没法掉头。常书记说：'咱们下车走过去看看吧。'便第一个下了车，摸了摸那道铁丝，对中年人说，这里要挂个警示牌，要不很危险，如果有骑摩托的驶过来会出人命的。中年人说：'没人来，一个月了，你们是第一拨，这里狍子、野猪不少，人却难得见到一个。'常书记就问：'不是有工程队在修路吗？'中年人说：'工程队？没见过，里面就一个道班，五个老兄在干活。'常书记从铁丝下钻过去，后面的领导也一个个弯腰缩头钻过去。我在钻这道铁丝的时候想到了胯下之辱，当时我就想陈向西这下子完了，他的伎俩瞒不住了。常书记带人往前走了三里左右，果然见到有五个穿黄马甲的工人在河套里往公路上运沙子。运载工具是一头毛驴，毛驴驮着两个扁篓，在河套里装了沙子，然后再运到路基上卸下堆成沙包。五个道班工人很敬业，他们在公路边储存的沙包大小、形状都一致，能看出有专业素养。见到来了这么多人，修路工人猜出是领导视察,就停下来看光景。常书记走过去问:'这路啥时候能修到老锅盔呀?'老锅盔是伊林密河发源地,也是规划中这条公路的终点。一个年龄大的工人说,只要有愚公移山精神,总有一天会把路修到老锅盔。常书记问:'就你们几个人在修?'工人说:'不是的,交通局要求我们三班倒,十五个人倒班干,这是地委书记挂牌的急活儿。我们三班倒没问题,可是苦了这头毛驴,要是有台小四轮就好了,用毛驴驮沙子,这是解放前的干法儿。'常书记往前走了走,全是没膝深的蒿草荆棘,回头问:'修路也不放线吗?图纸在哪里?'工人扑哧一声笑了,说:'您这个领导真逗,图纸能给我们吗?图纸是挂在办公室给领导看的,想看图纸您到交通局去。'工人说完接着干活去了。这几个人干活不偷懒,河套里两人装沙子,路上两人负责卸,这个年龄大的负责牵驴。我注意到了那头毛驴,浑身毛戗戗的,驮背篓的脊背沾满泥污,是汗水和尘土混合造成的。

"调研没法进行了,中巴掉头往回走,回来的路上没有一个人说话,车内空气好像凝固了一般。进了地委大院,常书记让我到他办公室,对我交代了一项任务:把这次调研情况写个侧记,如实写,写辛苦的三班倒工人,写写那头毛驴,也可以写写工人那句话,以愚公移山精神把路修到老锅盔。常书记说报道要快,最好明天见报。我接到任务心里很激动,这是地委书记第一次给我布置任务,一定不能掉链子。我熬了一个晚上,写出了一篇《来自修路一线的报道》,把白天看到的情景,用文字呈现给了全区读者。报道见报后,报社的电话几乎被打爆,都是谴责交通局的。陈向西也给我打来电话,说:'何老弟你咋能害我?我哪里对不起你了?'我说我写的都是实情。陈向西说:'你这篇报道已经判我死刑了,我完了。'陈向西是个脚踩两只船的主儿,没想到一只脚踩偏了。据常书记秘书说,报道出来当天,毕克功亲自来见常书记,很诚恳地做了自我批评。毕克功是个诚实的人,他没有想到会是这个样子。报道出来第二天下午,地委开会对陈向西交通局局长职务做了调整,让他去了'五四三'办公室当主任。陈向西对此很感谢,他原本担心会受到处分或降级,看来常书记没有对他赶尽杀绝。

"第二个撞到枪口上的是林管局局长胡明。

"胡明被免职是因为采伐手续久拖不办。路没有修通,但采矿区可以先进行采伐,采伐指标要由地区林管局来下。胡明是提拔大学生干部时上来的,大学专业是哲学,分析问题头头是道,在同僚中有'小诸葛'之称。在鹿鸣春钼矿这个项目上他错误分析了形势。当时正在传常书记要到一个大市任市委书记,属于重用,他就想,既然毕克功反对上马钼矿,常书记一走,不论毕克功能不能接任地委书记,这个项目都凶多吉少。从林管局局长的职务出发,他也不赞成这个项目,因为要采伐大量的红松,红松可是林区的宝贝。县林业局的采伐报告上来后,在他案头迟迟没批,理由是路没有通,采伐的原木无法运下山。其实胡明这个理由是站不住的,就像煮不熟饭埋怨柴火湿一样,你胡明要做的是去找干柴,而不是在那里等着日头把湿柴晒干。伐下来的红松可以在伊林密河放排,这是伐木工都明白的道理,怎么能骗过常书记? 常书记听过胡明汇报,胡明口才极佳,汇报工作喷珠吐玉,不愧是高学历。常书记没有多问胡明林业方面的事,而是和他探讨了理论、哲学方面的很多事情。据说这次谈话后常书记马上就把组织部长叫到办公室,说他发现了一个人才,可惜现在人岗不适,应该尽快做个调整。他就说了胡明的理论功底,超常的口才,说这是一个非常优秀的意识形态领域领导人才,让他在林管局实在是大材小用,对着树木怎么讲理论? 组织部长心领神会,很快做了干部调整方案,将胡明转任到地委讲师团任团长。

"我们都知道这次调整的真实原因是什么,但没有谁去议论。这次调整之后,鹿鸣春钼矿项目推进明显加快。那个陈向西过了一年退居二线。胡明在讲师团岗位上做得还算可以,但从来不下去讲课,也不写文章,开始痴迷于收藏,现在是白河收藏协会会长,他收藏最多的是各种志书,据说能开个小型图书馆。"

任多秋听完这两人的情况后,把话题拉回到毕克功身上,陈向西也好,胡明也罢,这些人物老爷子在自传提纲中根本没涉及,他要深入挖掘的是毕克功。他问老何:"毕克功在这个项目上都做了些什么呢?"

"毕克功去项目工地现场办公三趟,这三趟我都参加了,我发现毕克功每趟强调的侧重点都不一样。

"第一趟毕克功过问的是安全。他在施工现场召集项目方有关人员开会,行署相关部门的头头儿们也参加。那是一个秋风乍起的上午,毕克功站在一块展示图板前发表讲话,他说:'我听了你们的汇报,工作推进值得肯定,同志们克服困难赶工期很不容易。但是,你们的汇报没有提安全半个字,这是不行的。我这次就是为了安全而来,施工安全要确保万无一失,安全这根弦无论何时都要绷紧,安全第一不能只在口头上。我见到工地上还有人在抽烟,这怎么行? 草干风大,一粒火星就会引发山火,马上进入防火期了,林区防火是头等大事,一旦发生山火,那将是了不得的大灾难! 我在这里把丑话说到前面,安全出了事要严肃追责,谁讲情也不行。'我觉得毕克功这话是有所指的,施工方认为鹿鸣春钼矿是一把手工程,很多事都可以放一马,毕克功这话就是敲打施工方的。

"第二趟毕克功强调要少伐树木。他登上老锅盔亲自察看了伐树情况。鹿鸣春钼矿是露天矿,需要伐清树木,但矿区周边的沟沟岔岔也给捎带着伐光了,站在山上四顾,如同置身黄土高坡,给人一种凄凉感。他对负责伐木的领导说,能不剃光头最好不剃,都剃光了水土容易流失,山上的土都冲到伊林密河里去,伊林密河就成了小黄河。跟随的新任林管局局长说:'我们没有发放这么多采伐证,肯定有超范围采伐问题。'毕克功说下不为例,以今天为结点,严格按照批复的采伐面采伐,绝不能以开矿为借口随意扩大采伐面积。

"第三趟是为了保护伊林密河而去。伊林密河虽然短,却是下游三个市县的自来水取水源,河水水质直接关系到百万人口的健康。他察看了钼矿废渣井,就问钼矿负责人:'废渣井如果发生外溢怎么办?'负责人说可以筑坝拦住。毕克功问:'如果流到河里去也是筑坝吗?'负责人说目前没有别的办法,只有筑坝拦截,然后分流。毕克功眉头紧皱,摘下眼镜擦了擦然后戴上,紧盯着矿渣井说,要确保万无一失,万无一失,钼矿生产固然重要,老百姓的生命健康更重要,牺牲健康挣的钱只能是医疗费。毕克功给钼矿负责人讲了附近一个县石料加工厂的教训,因为缺少防护,很多工人都患上'矽肺',丧失了劳动能力,这个血的教训不能在钼矿重演,否则就是人民罪人。负责人说:'我们会加倍注意安全,但生产上的事情谁也不能打包票,打包票那是忽悠人,因为有些因素不可预料也不可抗拒,比如地震、山体滑坡、山洪暴发,这些情况都不是我们能控制的,我们尽全力按操作规程办就是了。'我看到毕克功摇了摇头,他知道矿领导说的是实话,如果发生不可抗拒因素,神仙也束手无策。

"我认为毕克功三次去鹿鸣春钼矿调研指导的问题都戳中要害,可见这个高度近视的专员其实挺有远见。当然,常书记对他强调的三个问题也很认可,在地委委员会议上给予了肯定。"

任多秋问:"常书记坚持上这个项目,除了经济因素外,有没有其他考虑呢? 毕克功说的面子问题存不存在?"

老何说:"事情过去了,很多问题已经水落石出,用阴谋论来解释常书记上这个项目显然站不住。我估计毕克功曾怀疑常书记是为了地区生产总值好看,为了积攒上升的政绩而坚持上这个项目,但据我看不是这样,事实上常书记真的是考虑就业问题。当时白河各市县社会治安普遍不好,虽经严打,但根子没有解决。正所谓闲生是非,社会上无所事事之人太多,治安怎会好? 在政法口工作过的常书记深知这个道理,安居乐业社会才会稳定,抓住就业,就抓住了治安的牛鼻子。各县市普遍存在的是遗留的知青就业问题,县里到了 1978 年才停止中学毕业生下乡,以前下乡的在 20 世纪 80 年代初陆续回到县城。县城根本无法消化这些知青,数量众多的大男大女无业可就,成为社会治安一大隐患。这个情况如何解决?钼矿恰好能缓解这个矛盾。常书记和建矿方达成的一个很重要的协议就是,用工一律在白河招录,而且要优先录用那些尚未安置的回城知青。我问过劳动部门,三千名职工中有六成是回城知青,可见这个项目实现了常书记的目的。毕克功后来也说鹿鸣春钼矿解决了就业难题,这个说法是公正的。”

任多秋说:“晚年常书记总是陷入自责、愧悔和胡思乱想的反省,为当年执意上这个项目而深深自责,他甚至不想听到‘伊林密’三个字。实际上他并没有做错什么,却像犯了不可饶恕的罪过一样怀疑自己走过的人生,我不理解,他有什么后悔的呢?”

“晚年忏悔是人性的复苏,如果对自己所犯过失心安理得,那便是不可救药了,用佛家的话说叫万劫不复。常书记能忏悔,说明良心未泯,初心洁净。”老何的话带有一定概括性。

现在鹿鸣春钼矿是知名企业,在北地赫赫有名,今天看这是一大政绩。任多秋和常寒松都不理解,老爷子为什么对这个深藏大山之中的钼矿不能释怀。

“那是因为鹿鸣春发生过一次尾矿砂泄漏事故。”老何说,“那次事故没有公开报道,但代价是沉重的,约两百万立方米伴有尾砂的污水进入了伊林密河,整条河被严重污染。虽集中全区力量进行封堵,在河中设置了多道拦截坝,减缓降低矿浆下泄速度和浓度,但污染还是不可避免地造成了一条玉带般的河变成了水泥般的砂浆河。我到现场看过,你能想象到河里的鲇鱼、黑鱼会自己上岸吗?鱼离开了水必死无疑,但这些鲇鱼、黑鱼宁可上岸晒成鱼干,也不愿意在砂浆里窒息而死,何况砂浆里还有一股浓浓的药水味儿。

“这次尾矿泄漏,使整条伊林密河变成了一条死河,死河是极其恐怖的,矿砂所到之处,连芦苇都不能存活。芦苇是能净化水质的,再脏的水也能被它净化成清水,但那只限于有机质污染,而这是充满化合物的尾矿砂浆,成片的芦苇很快枯死了,伊林密河水中生物几乎死绝了。这种毫无生命迹象的情景持续三年才有所恢复,一直到现在,这条原本与世无争的河流还在默默地独自疗伤。生态渐渐恢复的伊林密河发生了很大改变,就像一个人大病之后性格脾气变得暴戾,先是有些鱼类不见了,比如雅罗鱼、狗鱼都没了踪迹,河底原本有很多河蚌,也不见了,最令人担心的是水耗子绝迹了。当地人都说水耗子逃走,说明它不再吃这条河里的鱼,伊林密河已经变成了一条有害之河。没有数据显示这次尾矿泄漏都毁灭了什么,也许常书记通过内参知道详情,我所知道的就是当地居民经常会患上一些奇怪的皮肤病、消化道疾病。这件事没有公开,包括毕克功在内,没有谁对这件事进行剖析和灾害评估。事故过去,行署召开了一个小规模表彰会,对抢险救灾表现突出的先进人员进行了表彰,却没有一人因此事受到处分。新闻单位的通稿这样定性:鹿鸣春钼矿尾矿泄露是一次连降暴雨形成山洪所导致的尾矿井倾斜垮塌事故,是不可抗拒的自然灾害所致。"

"事实果真如此吗?"任多秋有些怀疑。

老何说:"我没有相关数据,事故发生时常书记恰好在北京参加为期一年的领导干部培训,家里工作由毕克功主持,毕克功说自己真是晦气到家了,刚主持工作四个月就摊上了大事。毕克功在处理这起事故时没有诿过于人,他向省里写了一份检查,检查中没有提当时自己反对上马钼矿的事,也没有写他下去检查特别强调要注意尾矿泄漏,他表示要在吸取教训的基础上,重点把善后工作做好。

"当时白河上下都在传毕克功会把钼矿关掉,出了这么大的事故,闭矿停产是最通常的手段,就像一家有病、普遍吃药成为屡试不爽的事故处理举措一样,毕克功完全可以利用这个时机把这个当初他极力反对的项目给关掉。但他没有这么做。有一次我问他为什么对鹿鸣春钼矿如此宽容,完全可以一劳永逸地解决掉,是担心常书记有想法?毕克功摇摇头说:'不是这样,我和老常虽像一对冤家,但彼此之间不存在什么担心。我们从学生时代就在一起,像运动场上的一对摔跤手,从部队到地方,一直摔到今天,有时他领导我,有时我辖制他,都习以为常了。不关闭钼矿的原因很简单:一方面是考虑三千个家庭的饭碗,砸了他们的饭碗,不就断了他们的生路吗?另一方面,现在关厂会叫老常瞧不起,老常在家的时候我关可以,我俩可以吵架,那是光明正大的摔跤,人家脱产学习我再关,像背后下死手。'毕克功的话给我留下了深刻印象,他的做法很有点当代宋襄公的风度。但这风度实在不敢恭维,是机械的仁义至上。"

任多秋笑了:"怎么还和宋襄公联系上了?"

老何说:"这是历史教训。泓水之战中宋襄公领兵与楚国打仗,双方军队在泓水遭遇,楚军开始渡河。宋襄公的下属目夷建议说:'我们趁敌人渡河之机消灭他们。'宋襄公说:'我乃仁义之师,岂能趁人渡河时开打?等楚军过河列阵完毕再打不迟。'结果准备好的楚兵以多胜少,大败宋军。我觉得毕克功就像宋襄公,抱着死理不放,这是他可爱的一面。"

"尾矿泄漏事故发生后,常书记过问了吗?"任多秋问。

"这个我就不知道了。我听常书记秘书说,毕专员去党校看常书记时,两人在房间里吵了起来,吵的焦点是尾矿井究竟能不能做到绝对安全。毕克功认为,只要不停止生产,尾矿泄漏是迟早的事,就像一个水缸,不停地往里倒泔水,总有倒满的那一天,尾矿砂浆靠自然消解,几代人也做不完。常书记说任何事都有利弊两个方面,不能因为尾矿泄漏就不生产钼矿,钼矿是重要战略物资,都不生产,国家需要怎么办?常书记说,可以封闭一个山谷,建起一座大坝,统一排放尾矿。毕克功说:'你这个建议理论上可行,但实际操作起来危险性更大。老锅盔一带海拔高,你在高处建一座大坝来排放尾矿,那等于在下游城乡百姓头上高悬一把达摩克利斯之剑。'常书记说:'你这样瞻前顾后,仗就没法打了。'两人争吵了很长时间,等从房间出来到餐厅吃饭时又像没事一样,秘书以为在走廊里听错了。

"毕克功后来对我说,那次见面后常书记在党校给他打了一个电话,说不行就把钼矿关停了吧,白河在地区生产总值上难看咱们认了,只要把三千工人分流好就成。毕克功是这样回答的:'克勋呀,钼矿上马你说了算,钼矿下马我说了算,当时上马是个错误,现在下马也是个错误,钼矿就像个不该出生的私生子,既然生下来了,无论如何也要把它养大才是。常书记在电话那边沉默了好一会才说:'那你看着办吧。'

"说实话,我和常书记、毕专员两人关系都不错,他们有事愿意和我聊,当然我和毕克功聊的时候会多些。毕克功工作讲规范,却没有什么大作为,人们对他抓经济工作多少有些议论。毕克功考虑问题有个思维定式,一个呈批件到他案头,他先想到的是怎么不行,而不是考虑怎样能行,所以下面都不敢向他报件请示。我们报社曾想设一个报道员新闻奖,需要财政出一点资金,我亲自去找毕克功,他盯着请示仔细看了许久,找出了一个错别字、一个用错的标点符号,然后问了三个问题:设奖的上级依据在哪里? 以前为什么没有设? 设立之后评奖中会不会有矛盾引发上访? 我说:'就是一个报道员新闻奖,本来我们报社可以自己评,因为需要财政支持才来请示您。'毕克功说:'意识形态无小事,你想设的话必须从上面找到依据。'这件事后来就不了了之。我们私下就说:什么事想整黄,去找毕克功;什么事想干成,绕过毕克功。"

任多秋哈哈笑起来,老何这张嘴够损的,看来,官员得罪谁也不要得罪媒体人,媒体多擅辩之才,唇枪舌剑会让你体无完肤。

一般情况下常寒松很少插话,他在想是否去鹿鸣春拍几张钼矿照片,也想看看尾矿井到底长什么样子,并怎么还会倾斜? 他问:"当年鹿鸣春钼矿这起尾矿泄漏事故的真正原因是什么? 估计现在已经解

317

密,不需要再藏着掖着了吧。"

老何说:"现在当然真相大白了,其实是钼矿为了节省成本,在尾矿井的处理上简单化,没有充分考虑泄漏问题。当时的矿领导认为,尾矿井都可以不建,直接将矿渣排到山沟里。客观地讲这也不怪厂方,那个时候环保意识普遍没上去,别说伊林密河,就连长江中下游也建了不少造纸厂、染料厂、化工厂,所有废水不都直排长江吗?也没有谁管。"

"这么看,这是一起责任事故。"常寒松说,"责任事故却没有追究责任,用一场表彰会来做收口,够奇葩的。"

任多秋道:"这也是没法子的事。"

"那么,现在钼矿发展怎样?"常寒松惦记着去鹿鸣春拍照,只问自己关心的问题,"如果想拍照的话,哪个地方取景最好?"

"鹿鸣春虽然是北地第一大矿,但选矿工艺还是老办法,尾矿污染问题依然存在。"老何说,"大矿周围还开了一些私家小矿,从卫星地图上看,伊林密河就像一条在脓疮中蜿蜒爬行的不幸之蛇。如果真要拍照,切忌从空中俯瞰,选择平视也许可以避开那些石灰色的尾矿井。"

"我不去拍照了,"常寒松说,"我不想拍小兴安岭的脓疮。"

一个老何,几乎把伊林密河的秘密都说清楚了。

任多秋翻到老爷子自传提纲中关于伊林密河的一段,原文是这样写的:

梦中的伊林密河不再温顺静美,她会变成一条蟒蛇来盘我,勒得我透不过气。我质问她为何加害我,她说是我杀死了她,要我还她性命。我能感到她铠甲一样的鳞片,感到她冰冷的躯体,还能感到她怒视我的眼神。蛇眼如电,摄人魂魄,吓醒后我想,我真的是杀死伊林密河的刽子手吗?伊林密河现在仍然在日夜流淌,但是

318

今天的伊林密河已经不同昨日,因为河中许多生物没有了。我在想,当我们把大山挖得支离破碎的时候,是不是想过大山的痛苦?我原以为山是没有生命的。当我看到西部某地山体滑坡的影像资料时,我懂得了这样一个道理:大自然是不可欺侮的。正如一位伟人所说,我们不要过分陶醉于对大自然的胜利,对于每一次这样的胜利,自然界都报复了我们。

第二十二章 铁西

榻上呓语:毁灭有价值的东西,那是悲剧的导演,我忽然发现自己也是一个蹩脚的导演。如果铁西是面镜子,照出的是我的急功近利,我不想人们用铁西今天的高楼大厦夸赞我,言不由衷的表扬比骂人还刺耳。

铁西,顾名思义是铁道以西。国内很多城市都有铁西,大一些的可能是区,小的也许是街道,反正一提到铁西,很多人都会感到似曾相识。

位于北地深处的白河也有个铁西,这里不是区,也不是街道,而是一个集中了几十家工厂的工业区。常克勋在白河地委任职时,铁路还没通,只有一段伪满时期残留的路基,路基上钢轨、枕木都在当年苏联红军撤退时被一遭扒走,但这并不影响此地叫铁西。什么都能够被掠夺,唯有名字拿不走。

老爷子研究铁西工厂改革,跟班的地委副秘书长叫朗连平。

朗连平是哈工大铸造专业毕业的,1968 年和同班同学史运来一同被分配到白河。两人到白河地区人事局报到后,朗连平因为在大学里是班长,又是党员,就被地区革委会政工组选去当秘书,史运来则被分到了地区工业局机关。史运来对坐机关不感兴趣,他想当工程师,便向人事局提出申请,希望到一线工厂工作。人事局领导很好通融,便把他改分到全地区最大的国营企业白河锅炉厂。史运来还劝朗连平,到工厂伺候机器比到机关伺候人省心,机器不好可以改造升级,领导不讲理你有一肚子理没处讲。朗连平他们那代大学生大都有工农情结,对坐机关办公室兴趣不大。朗连平说:"我也想去工厂,可我是党员,不得

320

不服从组织分配,不像你,可以讨价还价提条件。"十八年后,朗连平担任了地委副秘书长,仕途一帆风顺;史运来在锅炉厂也发展不错,担任了总工程师,获得了一抽屉荣誉证书。但从地位上看,朗连平当初服从分配没吃亏。

史运来是朗连平介绍给老爷子的。史运来这个昔日同学陷入了难以自拔的苦恼,朗连平对此不能无动于衷。企业转换经营机制后,白河锅炉厂跌跌碰碰走进市场,体制和机制都严重行政化的白河锅炉厂变得步履维艰,连年亏损,由过去的利润大户变成了政府包袱。史运来找到朗连平诉苦,说白河锅炉厂的锅炉无论设计还是节能都是北地数一数二的水平,为什么就竞争不过那些乡镇企业呢?朗连平说,是人家经营机制灵活。史运来摇摇头说:"啥机制灵活,无非是敢大把大把给回扣,而我们国有企业不能给也不敢给呗。"史运来认为,这几年一些白手起家的不良企业,拎着现金到国企来挖人才,生生把国企这块蛋糕给分空了。

朗连平说:"我帮你调出来吧,'文革'前的大学生是香饽饽,用人单位争着要。"

史运来不同意,说自己喜欢工厂,再说总工跑了,厂子还怎么活?史运来说自己每当在班车上看到铁西一根根大烟囱在蓝天上播云吐雾的时候,心里就会有一种莫名的冲动,总想着铸造出个品牌来,这是上大学时心中埋下的种子。朗连平说:"我当初也有这种情怀,学铸造的嘛,就想铸造出个大国重器来。现在我不这么想了,就是让我去设计我也没灵感了,我现在满脑子公文。"

1986年的冬天冷得出奇,白河自由市场上从尚未解体的苏联易货来的裘皮卖得格外火,很多商贩发了财。离新年还有两周,白河爆出一个震惊全国的新闻:白河锅炉厂宣布破产!这不是一个简单的消息,它标志着国有企业的铁饭碗从此不保。

这段序曲是朗连平对常寒松说的,常寒松认识朗连平,知道他了解铁西的情况，便给他打了电话。朗连平说自己在三亚，等些时日才能回，电话里他滔滔不绝地讲了很多，最后说，详细了解铁西还得找《白河日报》的老何，老何是当年锅炉厂破产拍卖新闻的执笔人，这则新闻当年引起巨大轰动，老何由此获了个好新闻奖。

任多秋给老何打电话，问起白河锅炉厂的事，电话那头沉默了一会儿才说："反正我退下多年了，说点真话也无妨。说实话，选择白河锅炉厂祭改革之旗有点不太公平，因为白河锅炉厂是有订单的，技术也不落后，但地委做出了决定，别人就不好再说什么。"

老爷子拍板白河锅炉厂破产拍卖，这个二踢脚放得够响。任多秋想，真有些敢为天下先的胆识。

老何说："当年锅炉厂的总工史运来到地委上访过，常书记接待了他，两人谈了些什么外人不知道，但史运来后来不找了，改行当了警察。"

任多秋知道老爷子在自传提纲中提到了史运来，说："副秘书长朗连平把史运来领到办公室后，他说服了这个一直为锅炉厂之事上访的工程师，现在想想看，当年说服的理由很勉强，恐怕现在连自己都说服不了，不知怎么就说服了这个名牌大学毕业的高才生。老爷子还提到，白河锅炉厂破产后，省城某区的动力锅炉厂成了行业老大，经过壮大已经是上市集团公司，如果当时换一个思路设计改革，白河锅炉厂也许不会遭肢解，那样毫无疑问白河锅炉厂会成为地区财政的支柱性企业。从字里行间看，老爷子对白河锅炉厂的消亡充满惆怅，认为与自己施政不当有关。铁西不应该是个住宅区，那里应当是工厂连片的生产区，是白河最大的税源，很可惜，那些热气腾腾的厂区都被推平，搞了房地产开发。"

任多秋很清楚，白河锅炉厂是铁西的一个缩影，铁西由盛到衰，就像一个人从青壮年进入老年再走向死亡，这期间那些原本充满自豪的管理者和产业工人会经历怎样的人生落差，完全能想象得到。任多秋决定去采访史运来。

任多秋在电话里请老何帮忙联系一下史运来。老何把史运来的电话号码发过来,说:"你们自己联系吧,我怕见老史头。"

任多秋很纳闷:"你怎么害怕史运来?"

老何说:"还不是因为当年我写的那篇报道,我那个好新闻奖是站在锅炉厂废墟上领的奖杯,荣誉的背后是锅炉厂职工的眼泪。"

放下电话,任多秋心里暗暗夸老何,老何是个有良心的媒体人!在反思过去上自己不如老何。

任多秋让常寒松打通了史运来的电话,说要了解当年白河锅炉厂破产拍卖一事。史运来犹豫了好一会儿才答应见面,但他不让去家里,提出可以到中心广场边散步边聊。

常寒松喜欢去广场,这样可以抓拍一些镜头,在书房里聊天太正式了,拍出的照片总给人一种摆拍的虚假感。

上午10点,两人如约来到中心广场,史运来先到了,坐在条椅上喂鸽子。几十只广场鸽围着他翻飞盘旋,有的鸽子甚至落在他肩头和手臂上。年过七旬的史运来穿一件红格子衬衣,戴一顶米色礼帽,浅色牛仔裤和白色旅游鞋,看上去年轻不少。

常寒松上前打过招呼,把任多秋介绍给他,特别说了任多秋所在的报社。史运来把手中的鸽食全部扬出去,掏出手帕擦了擦手,然后起身和两人分别握手。史运来身材瘦高,皮肤呈古铜色,右眼下有个明显的黑痣。从装束和身材来看史运来喜欢运动,身上几乎没有赘肉。

"我们边走边聊吧。"史运来说,北地夏季短暂,趁着好天气多走走,天一冷就不便散步了。

任多秋和常寒松一左一右陪着史运来在广场上开始遛弯儿。广场呈椭圆形,铺着花岗岩防滑地砖,广场中心没有雕塑,只是用红色大理石拼了个不伦不类的图案,说不准像百合还是像紫荆花。史运来说:"广场没有中心雕塑等于没灵魂,这是设计上的败笔。对了,你们想了

323

解白河锅炉厂什么事？这些陈年旧事我本不想提，但既然是老同学朗连平介绍你们来找我，我只能从命了，谁让我欠他一个人情了。"

任多秋想，史运来当年从锅炉厂出来一定是朗连平帮的忙。

"我们想知道当年怎么就选了白河锅炉厂做破产拍卖试点。"

史运来停下脚步，指着西边一片老旧的居民小区说："看到了吗？那里就是铁西，我刚改行的时候那里还有许多高高的大烟囱，最高的那根有98米，当时是白河最高的建筑，烟囱上有五个白色大字：'工业学大庆'。那根烟囱就是白河锅炉厂的标志。也许是这根烟囱太高了，国企改革就第一个当了靶子，这也应了以色列那句谚语：露头的钉子挨锤。"

任多秋笑了，知道史运来这是开玩笑，就问："当时厂子确实经营不下去吗？"

"厂子亏损这是事实，要不怎么说黄鼠狼专咬病鸭子呢？当时厂子负债率为60%。"史运来摇了摇头说，"不过对这种统计我现在仍有异议，事实上白河锅炉厂一直给地区上缴利润，忠实地执行计委下达的生产计划，更何况我们有一大批人才和设备都被无偿调拨去了西部搞三线建设，这些怎么统计？不看过去的付出，孤零零拿出现在一个负债率来说事，这是职工想不通的地方。"

"据说锅炉厂当时还有订单？"任多秋问。

"是的，北方锅炉需求量大，除尘效果好的锅炉特别受欢迎，订单不少，但厂子缺少流动资金，原料制约了生产。但这不是根本问题，根本问题是体制机制太死，像头末梢神经麻痹的老黄牛，拉不动犁了。"

"听说您为此还去地委上访过。"任多秋提出了采访的核心问题。

"我不反对改革，但反对不负责任地破产拍卖。你想想看，改革是要激活企业活力，要在体制机制上做文章，就像一头病牛，有病就该好好治病，你一刀捅了然后分光吃掉，这是最不动脑子的笨办法。我听省里一个同学讲，省政府大楼用的就是白河锅炉厂生产的除尘锅炉，供热效果蛮不错。一个原本能救活的企业，因为暂时的资金流问题就被肢解，锅炉厂的职工心里难过呀。大烟囱被爆破那天，上百个老职工就站在这里，朝着轰然倒下去的大烟囱默哀了一分钟，那一刻，每个人眼里都含着热泪。"

"职工习惯了以厂为家，家没了，感情上肯定过不去。"任多秋问，"职工分流有安置费吧？"

"有一点钱，当时叫买断工龄。"史运来说，"我没有要，我选择了调出。地委常书记和我谈过话后，朗连平给公安局局长写了一张二指宽的纸条，我就去当了一名交警。"

"这是一个很奇怪的选择，您哈工大毕业，高级工程师，为什么要去做交通警察呢？"

"想法很简单，就是心里放不下铁西，因为当交通警察可以在铁西街巷里转，还有就是我听说很多职工失业后蹬'倒骑驴'拉脚养家，我当个交警也能给他们些方便。当了交警后我日渐预感到，老铁西正在消失，一种滑坡式的消失，我这个整日在街上巡逻的交警成了这一进程的见证者。我尤其注意铁西的大烟囱。你知道，每个工厂都会有属于自己的一根烟囱，像寺庙都会有自己的旗杆一样，烟囱是企业的'鼻子'，人是不是呼吸，一摸鼻子便知，工厂也是，是不是生产，一看烟囱便清楚。改行当年，我站在这里朝西望过去，铁西有三十三根高高低低的大烟囱，夕阳西下的时候，这些冒着白烟的烟囱是一道不错的风景，因为阳光能把白烟染成金色，尤其是寒冬季节，这图景给人无尽的温暖。但很快这些烟囱一根接一根倒下了，就像被割倒的高粱，倒下去的烟囱无法再给夕阳配图，真后悔当年没买个相机把那个景象照下来，现在惋惜也没用。最先倒下的是我们白河锅炉厂那根九十八米的烟囱，'工业学大庆'那几个白色美术字很漂亮，厂子效益好时宣传科的人每年都上去用白漆刷一遍，那几个字很帅，看起来也提神。爆破中这几个好看的美术字并没有被炸碎，而是像被抽掉了筋骨的皮囊一样坐化在腾起的黄尘里。接下来是隔壁的农机厂,农机厂烟囱也很高,上面也写有标语:'农业的根本出路在于机械化。'因为字多,到了'机械化'三个字就被厂房挡住了,在广场这里看不见,只能看到'出路',然后就没有了。这个烟囱被爆破的时候我就想,农机厂的出路果真没有了。再接着是纺织厂,纺织厂的烟囱不入流,是个铁管子焊接成的,细高个儿,带有三根拉线,铁烟囱上有八个白色大字:'提高警惕,保卫祖国。'这个标语是 1969 年珍宝岛事件后写上去的,是伟人的手写体,看上去特潇洒。铁烟囱不能爆破,需要从上到下一层层切割。我在这里执勤,看着这个铁烟囱被切割了好几天,等于按照标语的顺序逐字切了去。最不好爆破的是白河防爆器械厂的烟囱,那个没有任何标语的烟囱一次没有爆破成功,烟囱像比萨斜塔一样立在原地,只能冒险进行二次爆破。据说第二次爆破时无法掌控抛掷距离,一块小混凝土块弹起来砸中了一个女记者的脚面,这个女记者是北京来的,为此跛脚了小半年。铁西区这三十三根烟囱每一根倒掉的情景我都记在日记里,最后一根烟囱倒下那年,我回到局里做内勤,不再去广场执勤。铁西的蜕变就是一根根烟囱被爆破的过程。"

史运来讲述了一个人和三十三根烟囱的故事,故事很文学,任多秋想,史运来内心反感爆破烟囱,但又阻止不了这种爆破进行,因此就多了些伤感。他试探着问:"您觉得并不是所有的烟囱都应该拆掉,对吗?"

"这个问题当年地委常书记和我谈过,他讲透了一个道理,从此我不再评论这些烟囱。"史运来说,"常书记打了个比方,说要想改变用碗吃饭的习惯,最好的办法是把碗打碎,然后厨房里只摆盘子,食客无法选择,就只能用盘子吃饭。现在我们要做的就是砸碗,用消灭碗来改变人们吃饭的方式。常书记这么说我就明白了,这不是保不保留锅炉厂的问题,而是严肃的盘碗之争。至于这些烟囱,它们代表中式大食堂,而不是小巧的西餐厅,被淘汰的命运不可逆转。"

"您同意常书记的观点?"任多秋问。

"不同意。"史运来回答得很干脆,"但我明白了常书记的话外之音:要明白时代大趋势,一个人不能与时代拔河,只能顺应时代。我们锅炉厂是 8 月 3 日破产拍卖,这一年的 12 月 2 日,国家就通过了《企业破产法》,小型地方国企就像台风扫过的麦地,倒伏逐渐成了常态。"

"那天您和常书记谈话还谈了些什么,可以说吗?"

"这个没什么保密的,常书记提了个特别大胆的建议,由我承包锅炉厂,因为前两年河北一家造纸厂已经开始搞承包制,1985 年 7 月新华社还推出了长篇通讯。常书记说我是总工,懂技术、会管理,我来承包职工也能接受。我没有答应,我觉得心里这个弯转不过来:过去加班加点是给国家做贡献,大家苦点累点心甘情愿;我承包了,大伙再加班加点就是为我老史干活,有点拧。现在人们当然不会想这个幼稚的问题,在当时却不能不想,我是国企领导,不是资本家呀。常书记还提出一个更大胆的建议,让我贷款将厂子买下来,说国家鼓励私人贷款,买下这个厂子保准赚钱。我一听差点吓死,我史运来哪里敢背巨额贷款买厂子? 真要是亏了,砸锅卖铁也还不上呀。现在来看胆子不够大,真要是贷款买了,我一夜之间就是千万富翁。

"我很清楚常书记这两条建议只是说说而已,他知道我一个搞技术的胃口有多大。在明确表示我不能承包和无法贷款后我问常书记,厂子在私人手里能赚钱,为什么在国家手里就搞不好。常书记摇摇头,很无奈地叹了口气说,从本质上讲人都是懒惰的,有了依靠就会产生惰性,人人都是主人就人人不会负责。常书记还举了一个东岸羚羊的故事来说服我。有位动物学家在非洲奥兰治河流域考察,发现生活在东岸的羚羊繁殖能力比西岸的强,并且奔跑能力有很大差别,东岸羚羊奔跑速度每分钟要比西岸羚羊快十三米。对此,动物学家百思不得其解,因为羚羊的生活环境和食物都相同。这位动物学家通过考察发现,原来河东岸有一个狼群,羚羊奔跑速度不提高就会被狼吃掉。常书记说我们破产拍卖锅炉厂，就是想在国企中放一条鲇鱼或一匹狼，锅炉厂是计划经济时代的标杆企业，选择它下手会更有警示作用。

"常书记还问我对下一步安置有什么想法，我说如果可能就去当个交警吧。常书记很奇怪，说：'你是哈工大铸造专业毕业的，为什么选择当交警？'我说：'我喜欢在大街上走动，白天走走看看，晚上回家画画图纸，白天当警察，晚上画图纸，这不违规吧？'常书记笑了，说：'不会的，你是总工，不画图纸是人才浪费。'我说其实我还想留在锅炉厂当总工，我的许多设计上的新想法还没实现。常书记说白河锅炉厂对地方经济是有贡献的，走到这一步他也不希望看到。"

从史运来的描述中任多秋隐隐约约感觉到了老爷子为什么会有悔意，或许可以选择另一家国企来实施破产拍卖，拿锅炉厂祭旗有点可惜，何况锅炉厂还有史运来这样优秀的工程师。

锅炉厂的资质很难批，如果有合适的地方买家，也许能救活这个企业，据说后来的买家不是搞工业的，导致企业没有置之死地而后生。任多秋感到奇怪，这样一个企业就毁掉了，有点可惜。

史运来说："城建局请专家做了一个城市规划，规划未来的铁西区是高档生活区，不保留工厂，原有企业要逐步迁到南地营子。南地营子是郊外一片荒地，是规划中未来的工业区，整个一张画中大饼，南地营子到现在还是荒地，所谓铁西的高档小区现在已经成了待改造的老旧社区。我想过，我在有生之年肯定还会看到铁西第二次爆破拆除，但愿那个时候能实现高档小区梦。白河锅炉厂破产后，省城一家锅炉厂成了北地行业老大，到现在企业效益也不错，可原来他们名气不如我们。"

任多秋问："是动力锅炉厂吗？"他记得老爷子在自传提纲中提到这家企业，相信史运来一定知道这家企业。

"是的，那是一家股份制企业，我和他们很熟，是他们公司的外聘专家。"史运来说，"他们主打燃气锅炉，定位准确，售后服务也好，我去这个厂子参观过。我们在运作破产拍卖的时候，人家却搞了目标管理，也就是区里定一个利润指标,其他事情不再过问,一切由企业说了算,不像我们,谁都想在锅炉厂有话语权,结果研究来研究去就研究出一个破产拍卖的主意,这样的主意还用研究吗?一个审计师就可以提出来。当然,常书记和我谈完后我才明白,拿锅炉厂当典型是另有意图。我想如果我们企业还在,也会研制上马燃气锅炉,很可惜我们倒在了门槛外。如果说白河锅炉厂倒掉有什么益处的话,那就是我们的工程师和技术人员催生了七家乡镇锅炉厂,真应了那句话:大船搁浅,小船逃生。我们的技术力量流入乡镇企业,办起了七个都赚钱的小锅炉厂,他们起的名字都带着白河锅炉厂的大号,叫白河锅炉厂某某分厂,这么叫也没人管,因为白河锅炉厂不存在了,没人再去维护权益。"

"我有点想不通,你们当时的厂长为什么要同意这个破产方案?你们也可以学动力锅炉厂搞目标管理呀。"

"我们厂长姓董,是上级派的,年纪很大,执行上级决定态度坚决,这也是锅炉厂被选中的原因之一吧。破产拍卖后,厂级领导都有了妥善安置,大部分平调到其他企业任职,董厂长回到了市经委担任副主任,一年后退休回家。说到董厂长,这个老兄挺不容易的,锅炉厂的职工都骂他,说他是败家厂长,好好的锅炉厂毁在他手上,有的职工甚至把他堵在马路上当面啐他。那几年他天天憋在家里,连到中心广场遛弯儿都不敢来。我理解他,知道破产不是他的主意,职工错怪了他。董厂长是患肺癌去世的,住院期间我去看他,他对我说:'你去当警察很好,能照顾一下那些蹬'倒骑驴'的兄弟,我后悔到经委当了一年副主任,要是当年就退休和职工一起回家,就不会挨这么多骂了。'我还劝他:'你是末任厂长,大伙不骂你骂谁?'董厂长说:'大伙骂我我认,我先到阎王爷那边去办个锅炉厂,等着接收大伙,这边欠大伙的到那边还吧。'你看看,董厂长这个人是不是不错?"

史运来缓缓地踱着步,不时抬头望望西边那片老式住宅楼,目光中流露出不甘,也许在他的视野里,铁西应该是成片现代化的厂房车间,高高耸立的烟囱和一辆辆进进出出的集装箱车。但他看到的情景不是这样,这些住宅楼都在七层以下,典型的 20 世纪 80 年代鸽子笼设计,因为防盗,家家户户又安了铁栅栏,看上去灰暗、陈旧,提不起精神来。他想,这种老旧小区成为爆破对象的命运同样不可逆转。

史运来说:"现在的铁西是真正意义上的铁西,日伪时期那段路基上已经修建了一条地方铁路,这条铁路像一把切刀,将铁西从繁华的白河城区切了出去,如同在白条鸡上切掉那个丑陋的鸡屁股。铁西现在是个街道,市容较差,城管整天忙得不亦乐乎,建设平安社区的任务艰巨而繁重。

"今天的铁西如果来一次爆破,我会举双手赞成,但这是不可能的,铁西已经成了这座城市的'肛门',不会有人愿意擦屁股。"

这是个很有新意的比喻,任多秋想,城市就像一个人,无论怎样健美,肛门总是要有的。

"有个问题我不理解,你怎么就能舍弃专业心安理得地当警察?"

"我没有舍弃专业,我一边当警察一边搞设计。我给动力锅炉厂设计了好几种锅炉,七个乡镇锅炉分厂的产品许多也出自我手,当然我也是收了设计费的,设计锅炉是我的第二职业。我搞设计除了爱好之外,还想赚点钱,赚了钱做什么?你们想不到,我有一天在这里数烟囱,当三十三根烟囱剩下十八根的时候,我忽然想,以什么方式能把这三十三家企业留下来呢?每一根烟囱倒下去,就像一个人生命的死亡,不可能再复活,于是我就想搞一个小型铁西工业博物馆,把三十三家企业的资料保存下来,给后人留一个了解铁西历史的窗口。这件事进展很慢,也挺不容易。我就对自己说,不着急,慢慢来,从照片到实物、厂区模型,还有影像资料,街道支持我,专门腾出几间房子给我用。我的老同学朗连平也支持,说如果他还在位,一定划拨一块文体用地给我建个像样的工业博物馆,他说工业博物馆是城市文明进程的一个重要标志。我的这个老同学站位就是高,总是以班长的口气和我说话,不过我挺佩服他,每一次他说的都能应验。令我没想到的是,这一想法也得到了老领导毕克功的支持,已经转任省政协副主席的毕书记让文史委来白河搞铁西工业博物馆的调研,他在调研报告上做了很长一段批示,我这个小打小闹的铁西工业博物馆便在市里正式立了项。"

任多秋没想到史运来能提到毕克功,就问:"毕克功当年对锅炉厂破产持什么态度?他和常书记在这个问题上是不是有分歧?"

"有没有分歧我不知道,但我知道毕克功对铁西这片工厂有感情。锅炉厂拍卖前一天,我拿到调令在办公室发呆,走廊里很多人都在收拾东西,就像打了败仗要溃退一样。我神情恍惚地从办公室出来,在办公楼前踱步,我知道这也许是最后一次在工厂里踱步了,明天谁举牌子,谁将是这个院子的新主人。院门两侧各有一棵油松,应该是建厂时栽下的,油松枝干苗壮,针叶茂密。我就想,新的主人会不会把这两棵树给砍了呢?我知道董厂长还没有走,就让收发室的老大爷上去叫厂长。一脸倦容的董厂长从办公楼出来,他心情也不好,问我有啥事。我说今晚应该把这两棵松树挪走,新主人也许会砍了当柴烧。董厂长说挪到哪儿去呢?还能挪到野外去吗?我说是啊,往哪儿挪呢?白河之大,竟然栽不下两棵油松。我和董厂长默默地站在松树前,心里都不是滋味,路灯照在松冠上,把原本的绿照成了墨色。

"'你们要挪什么?'身后传来一个有些嘶哑的声音。

"我俩几乎同时回头,看到了背着手走过来的毕克功。毕克功因为戴着厚厚的近视镜,镜片反射出来的光是两个白点。董厂长认出了来者是毕专员,急忙上前打招呼。我站在那里没有动,毕克功不认识我,上前打招呼也是白打。

"毕克功说晚上出来散步,心里惦记着锅炉厂,就从江边走过来了,听到我俩在商量要挪东西,就过来问问。也许他担心的是厂子在拍卖前转移什么固定资产,特意来微服私访。

"我知道有些话厂长不好说,就直言道,门口这两棵油松如果不挪走,会影响工程车进院,锅炉厂新主人不会留这两棵树,砍了可惜,想挪又没地方挪。

"毕克功走到一棵油松前,伸出双臂抱了抱,没能抱过来。他想了想,向身后黑影处招招手,一个小伙子跑过来。毕克功交代说,给民政局局长打个电话,让他组织人手、车辆,今晚务必把两棵油松挪到烈士陵园去,要保活。

"秘书去打电话了,我和董厂长对毕克功顿生敬意,这效率等于现场办公。

"毕克功问董厂长:'知道明天想买下厂子的是谁吗?'

"董厂长摇摇头。

"'是刘波。'毕克功说。

"董厂长说,刘波是建筑公司经理,买锅炉厂干什么呢?当然了,公开拍卖,谁出的钱多谁摘牌。

"听到刘波的名字,我心里咯噔一下,原来是这个家伙!

"刘波是个喜欢惹是生非的顽主,当年锅炉厂招工,他在录取名册之列,但政审这一关没有过,刘波因赌博受过公安机关处罚。刘波来厂里找,说:'我的人生梦想就是能进锅炉厂,现在你们让我对人生失去梦想了,我和你们没完。'锅炉厂有保卫科,当然不怕这小子耍混,刘波来过几次,讨了些没趣,也就不来了。谁知刘波通过办拆迁公司和搞基建发了大财,成了白河街面上的大老板,他做梦都想进却没进来的锅炉厂,竟然成了他的囊中之物。世间之事如此滑稽,谁会预料得到?"

任多秋说:"看来毕克功对锅炉厂破产拍卖心里不是很情愿。"

"我看出来他心情比较复杂,在离开的时候,他反复说了几遍'税源'二字。他想得对,铁西是白河主要工业税源。

"下半夜,民政局组织车辆和人力,把两棵油松挖走了,移栽到白河烈士陵园正门两旁。两棵油松能以烈士陵园为归宿,叫人心里有些发酸。民政局局长果然做到了两棵油松保活,但很少有人知道这两棵油松的来历。"

和史运来聊了很久,因为对方没有邀请,任多秋不能贸然提出去看铁西工业博物馆的请求,博物馆尚未开业,大概也不适合外人看。在告辞前,任多秋问了一个深层次的问题:"您如此坚守铁西到底为了什么?"

史运来未加思索就回答说:"铸造。"

"铸造?"任多秋有些不解。

"是的,前面我说过,学铸造的人都想铸造属于自己的作品,而我,除了铸造有形的东西外,还想铸造一种无形的东西,这东西我自己有时也无法说清楚。古人有一句话:'君子不恤年之将衰,而忧志之有倦。'我属于志之不倦之人。"

"能否再解读一下这句话呢?"任多秋一时没有想明白。

"哦,我还是打个比方吧。"史运来停下脚步道,"当年的铁西于我,是一块开垦不久的土地,我像一粒种子播种到这里,几十年来我成长了,有了收获,和铁西结下了深厚的情谊,身心上的根须太多太深,无法像萝卜一样拔走。我之所以数那些烟囱,不是因为那些烟囱多么美,谁不知道烟囱是污染之源?但我觉得烟囱是工厂呼吸的鼻子,鼻子在,就有脸面,铁西就会生生不息。虽然那一页不得不翻过去,但我想我有责任让昔日辉煌的铁西留在人们记忆里,其实这不是铁西的问题,这是对两代人理想和血汗的祭奠。"

任多秋感到胸口一阵发热,是啊,铁西,有多少人曾经在这里绽放过青春之花、生命之花,没人统计。

任多秋和常寒松拦了个的士要送史运来回去,史运来婉拒了,他说自己还保留着当交警的习惯,喜欢在街巷走走,现在路上车多,遇到没有交警的拥挤路段,还会上前疏导一下,他说这几年最欣慰的是城里没有"倒骑驴"了。当年,白河街道上那些蹬"倒骑驴"拉脚的,大都是他的工友。

回到住处，常寒松建议找老何聊聊，老何作为报社总编辑，对当时的国企改革曾深度介入，也许知道老爷子的难处。

任多秋点点头，他已经隐隐感觉到铁西应该是老爷子的失魂落魄之地，因为铁西的改造并不成功，用一片住宅区来替代三十三家工厂，这道算术题的答案谁都能算出来。老爷子晚年回忆起这件事心有不甘不是没道理，一个资产负债率刚刚三分之二的企业，生生就给破产了，这种操作太简单化，企业资产负债率到了百分之七十才是警戒线。

任多秋把老何叫到了宾馆。老何提着一兜香瓜，说："你要把白河的老账都给翻出来吗？有些账已经烂掉了。"

任多秋说："我可不想当'吃瓜群众'，我就问你一句话，当年国企破产拍卖为何选中白河锅炉厂？"

老何说这件事众说纷纭，但都知道是常书记拍的板，会上没有人反对，包括和常书记观点常常相左的毕克功也没有反对。当时的气氛很严肃，常书记强调说这是一个对改革的态度问题，当时流行这样一句话，"不换脑筋就换人"，毕克功不会在政治上犯糊涂。

"就没有具体理由吗？"

老何说："我记得当时是经委主任做的汇报。经委主任是个年轻人，高学历，口才佳，讲话喜欢夹杂几句外语。他说选中白河锅炉厂有两个重要条件：一是锅炉厂班子有执行力，不会出现职工稳定方面的问题；二是锅炉厂规模大，警示意义强，有杀牛给猴看的意味。他还提到了一个理由：锅炉厂破产后，技术人员和熟练工人再就业容易，许多新兴乡镇企业会高薪聘用，这会相应减少改革成本，减轻政府压力。就这样，常书记拍板了。拍板之后就散会了，每个人都耷拉着脑袋走出会议室，只有一个人兴奋，那就是你们报社的一个女记者，她觉得抓到了一个极具轰动效应的大新闻。这位女记者后来在采访一家企业烟囱爆破时脚被砸伤，我去医院看过她，她说都怪自己往前多迈了几步，忽略了爆破抛掷距离。我说距离没问题，问题是爆破方加大了药量。"

任多秋想起来了,这个受伤的女记者确实是他们报社跑线记者,这个敬业的女记者当年写了许多国企改革的重头报道。

老何去卫生间洗了三个香瓜,给任多秋和常寒松一人一个,自己也拿着一个扬扬手说:"吃瓜吧,从年龄上说,咱们都是'吃瓜群众'了。"

任多秋道:"吃一口才知道瓜是甜是苦。"

任多秋在用力啃瓜的时候,常寒松按下了相机快门,笑着说:"我给'吃瓜群众'拍了张特写。"

第二十三章　凤鸣街

榻上呓语：当歌曲和传说都已沉寂时，唯有建筑还在张嘴说话，我毁灭了建筑，却没能封住说话的嘴，夜深人静之时耳畔总是响起一首幽怨缠绵的萨克斯曲，曲子的名字叫《人鬼情未了》，我知道，我或许动迁了许多原本已经沉睡的灵魂。记得有个抽雪茄的外国老头说过，人造房子，房子也造人。

凤鸣街是白河城区年纪最大的一条街，东西向，三里长，路面青石铺就，主道六米宽，两侧各有一丈宽的人行道，这样算起来，人行道竟然不比车道窄。凤鸣街东始于黑龙江江岸，西止于圆葱头教堂，黑色的铸铁铁艺路灯不过一人半高，厚厚的玻璃灯罩，夜晚灯光昏黄暗淡，颇有点布拉格城堡壁灯的味道。

凤鸣街两旁的建筑尽是色泽凝重的木刻楞，这些建筑一律用粗大的松木垛成，有好看的雕花木窗，窗里大都衬着白纱窗帘，让窗户上的每一块玻璃都有了油画般的质感。木刻楞屋顶一般是绿色或赭色带瓦楞的铁皮瓦，带有别致的天窗，天窗虽窄小，却像个袖珍房子一样也尖顶起脊，立着高高的避雷针。如果从天窗进去，应该是木刻楞最神秘的阁楼了。

凤鸣街是老爷子晚年的一块心病，这从他的自传提纲中可以看出来：

悔不该同意克功提交的凤鸣街改造方案，悔不该将那些珍贵的木刻楞一拆了之，悔不该炸掉那座圆葱头教堂……

改造前的凤鸣街像一个童话,常寒松脑海里经常海市蜃楼一般浮现那里的街景。常寒松说:"我脑海中的凤鸣街是一幅幅黑白老照片,虽然色彩单一,但特别耐品。"

任多秋问:"凤鸣街给你最深的印象是什么?"

"感觉就是一个字:旧。"常寒松说,"木头房子,青石铺成的马路,包括磨损严重的马路牙子,都很旧。你去过省城的中央大街吧,凤鸣街的石砖马路和中央大街的石砖路一样,据说是同一个俄国设计师设计的,每块栽在马路上的方形石砖要一块银圆呢。印象里那是一条从不缺少阳光的街道,因为是东西向,早晨,带着晨露的石砖路面上会洒上一层明亮如银的朝晖,傍晚,一路夕阳则像秋天里飘落的银杏叶,金灿灿的,煞是好看。街两旁的木刻楞大都建有门斗,门斗窗台上多摆放着盆栽的月季花或洋绣球,月季花红艳如炭火,和木质建筑特别搭配,能给人许多暖意。房子相互间隔较大,中间栽有丁香和棠棣树,棠棣果一粒粒紫红泛黑,却无人采摘。最显眼的是西边的圆葱头教堂,那是一座体量并不大的东正教堂,有一大两小三个绿色圆葱穹顶,每个穹顶上都有一个高高的金色十字架。记得教堂周围栖息着一群乌鸦,经常在穹顶上方盘旋,乌鸦的叫声令人烦,但没人去驱赶,白城人讨厌乌鸦却从不伤害它,这是个很有趣的现象。圆葱头教堂没有名字,白河地方志里有这座教堂的黑白照片。"

"很有异域特色的一条老街。"任多秋说。

"是啊,很可惜改造了。改造旧东西是很多人的嗜好,问题是改造之后远不如改造之前好,这一点我的相机镜头就是一块试金石,有些老建筑无论你从哪个角度拍,成像都美,而许多新建筑就不成,想把它们拍得美一点特困难。老爷子之所以后悔改造凤鸣街,应该是审美上的醒悟,如果不改造的话,凤鸣街将是一条古朴的民俗风情街,是白河一道难得的风景线。"

"为什么要改造呢?"任多秋紧锁眉头,他对大面积的城市改造一向不敢苟同,新的就一定是好的吗?

"也许老何能说清楚。"常寒松说,"与见证白河锅炉厂的拍卖一样,老何也是凤鸣街改造的见证者,他还写过长篇报道《老街新貌话白河》,老爷子把这张报纸拿回家,保存了很长时间。"

可以从这篇报道入手来解密凤鸣街改造。任多秋心中一动,秘密往往隐藏在内幕里,打探内幕是记者的职业本能。任多秋忙不迭打电话让老何来宾馆,告诉他要聊聊 80 年代的凤鸣街。

老何来了,进屋就说:"你们频繁找我谈话,宾馆前台还以为是纪委办案呢,白河不大,容易出流言蜚语。"

任多秋笑着说:"谈完后我俩到餐厅请你喝酒就没人怀疑了,办案人员只请喝茶,没有请喝酒的。"

"开个玩笑,"老何说,"你们正好给了我一个梳理往事的机会,这些天我也萌生了写本回忆录的念头,人到晚年,总该给自己一个交代。"

常寒松心里嘀咕,人老了怎么都想写回忆录呢?

闲聊了几句,开始转入正题。任多秋让他讲讲凤鸣街的事。

老何讲问题一向先总后分,他认为凤鸣街改造当时就有争议,如果说是个败笔的话,这笔账应该记在毕克功头上。毕克功有一种二锅头般的民族情绪,认为凤鸣街是白河的耻辱,是被殖民的标志,凤鸣街的存在除了做反面教材,再没有其他意义。

老何的回忆有条不紊,似乎早就打好了腹稿。

"当时的白河到处是建筑工地,建筑公司来自天南海北,叽里哇啦的南方话充斥大街小巷。这本来是一过性反应,却让小城决策者产生了一种不切实际的想法,认为白河很快就会是北地深圳。白河领导层对白河未来的愿景成了一个热气球,各行各业都在给这个热气球注入豪情,大干快上的冲动让当时的白河领导很有些飘飘然,觉得自己已经走在国际化的路上了。我注意到那个时候街面上的广告牌,一个小小

338

的三层建筑却命名国际大厦，一个原本行业的招待所，改头换面就成了国际大酒店，白河电影院也更名为五洲影院，明明举办个地方性小活动，因为邀请了几个黑人留学生参加就用'国际'来冠名……说实话，现在我可以放马后炮，在当时我也很陶醉于这种撑竿跳一般的发展态势，我本人是个白河跨越式发展的吹鼓手。"

"不只是白河这样，当时普遍存在一种发展焦虑。"任多秋说。

"北地深圳的目标虽好，但累吐血也够不上。深圳是举全国之力在打造奇迹，源源不断的资金是强大推力，白河有什么？几个南方工程队那是来赚工程费的，白河的财政解决吃饭都捉襟见肘，哪里有余力上项目？白河属于苦寒北地，没有气候优势，想建北地深圳太不切实际。

"但白河的决策者对此信心百倍，坚定不移要建北地深圳。要实现大目标，就必须设定阶段性目标，也就是说定期要有形象进度，这样凤鸣街不幸被列入了改造计划。"

"改造凤鸣街到底是老爷子还是毕克功的主意？"常寒松有点急。

"常书记和毕克功在城市改造大方向上是一致的，都觉得要有形象进度，经过短期改造至少要给人眼前一亮的感觉。但两位主官在改造哪一地块上思想没能统一。常书记主张集中力量改造沿江一线，同时修建一条江堤带状公园。理由是沿江带状公园建成，就如同上海有外滩、香港有维多利亚港一样，城市特色就出现了。毕克功却盯住了凤鸣街，理由是凤鸣街是白河一条横向主路，窄窄的老气横秋的主路与北地深圳不匹配。本来毕克功的主张很难通过，但高度近视的毕克功在凤鸣街发现了一种小动物，这种小动物帮了他大忙。

"这种小动物就是毕克功说的疑似白蚁。'疑似'这个词当时很少用，在我的印象里毕克功是使用这个词比较早的领导干部。

"毕克功带着城建局的人到凤鸣街做入户调查，发现了三个问题：一个是凤鸣街木刻楞建筑里的居住者大都是老年居民，许多是中俄混血人，妥善安置这些人养老，政府义不容辞；另一个是这些房子没有集中供热,冬季需要烧壁炉取暖,烧柴取暖是落后的标志;再一个是在一些木刻楞里发现了疑似白蚁,白蚁这个东西很厉害,会把木质建筑一点点挖空,是公认的危房制造者,木刻楞有白蚁等于患上了癌症,难以治愈。

"常书记对凤鸣街改造还是比较慎重的,他带着地委副秘书长朗连平和我去凤鸣街做了一次调研。那次调研,常书记觉得凤鸣街的气息不对,大到一座城,小到一处建筑,都是有气息的,这种气息决定着依托者的精神,凤鸣街的木刻楞让人恍若走进了 19 世纪的西伯利亚,充斥着一种腐朽、霉烂的味道。我注意到常书记站在圆葱头教堂正门前,回头望着这条直通江边的青石街,缓缓地点了点头。

"常书记秘书后来说,在改造凤鸣街方案上会前,常书记找毕克功谈话,两人的谈话内容并不保密,因为城建局局长老刁也在场。

"常书记问:'你下定了决心拆掉凤鸣街?'

"毕克功说,蓝城公司看中了凤鸣街,觉得那个地段好。这是个机会,抓住了,白河城市建设会上一个台阶。

"常书记看了看刁局长,刁局长是老资格中层干部,在商业局局长岗位上交流到城建局任局长,此人很有主见,看问题如同打算盘,习惯用盈亏数字来说话,在中层干部中有一定威信。刁局长说,蓝城公司主要看中了凤鸣街的动迁成本低,那些木刻楞一辆吊车就吊走了,房屋间距又大,如果动迁其他路段,动迁成本要提高三倍以上。应该说刁局长说到了点子上,商人追逐的肯定是利益。

"常书记说,那些木刻楞虽旧,却是白河最古老的房子,是城市凝固的记忆。

"毕克功道,老房子在露天环境里不会永远存在下去,任何建筑都是有寿命的,像凤鸣街的木刻楞,从理论上讲寿命最长也不会百年,因为木头会腐烂。若是石头建筑就另当别论,古希腊、古罗马,还有古埃及,留下的古迹都是石头的,没有一处是木头的,拿木刻楞当古迹只会一遍遍重建,而重建的就是赝品。

"毕克功说这些话说明他做了功课,对古代文物做了些研究。但他的话被常书记抓住了破绽,常书记摇摇头说:'木质建筑不是不能长期保留,据我所知应县木塔就是辽代的,一直保留至今嘛。'

"毕克功愣住了,他不清楚应县木塔,望着常书记,一时不知说什么。

"常书记道,应县木塔在山西朔州,始建于公元 1056 年,木塔用红松木料 3000 立方,不倾不倒,避雷避火,是世界木质建筑的瑰宝。当年明成祖朱棣率军北伐住宿应州,登塔观看城中景色之后,亲笔题写了'峻极神工'四字,木塔名气因此大了起来。

"毕克功说:'应县木塔我没有研究过,我想木塔能保存千年,肯定无病无灾,而凤鸣街的木刻楞却患上了癌症。'毕克功说了发现木刻楞有疑似白蚁一事。常书记有些怀疑,白蚁应该生活在亚热带,北地属于高纬度,怎会有白蚁存在?

"很可能是木刻楞内部的小环境所致,毕克功说,木刻楞屋内常年湿润,木头缝隙里一直有苔藓,白蚁在室外和混凝土建筑中无法生存,在木刻楞这个小气候里,就可以构建起自己的世界。

"常书记说,如果真有白蚁滋生,即使不动迁,这些建筑也会被白蚁毁掉。

"毕克功说,等到那个时候蓝城公司也走了。

"常书记说他需要了解一下再做决定,毕竟改造凤鸣街事关白河人的记忆,要动迁必须理由充分,不能让后人戳脊梁骨。

"这次谈话后,常书记又亲自到凤鸣街做了一次入户调查。刁局长和我陪同,我估计领导两次指定我参加凤鸣街调研,是为了将来写报道,让我早些介入情况。我常常想,常书记为什么能官至正部?这与他善用媒体有关,他每次下乡检查、工作调研,都会让我这个报社总编随从,他几乎不用报社跑线记者,有事喜欢直接找我,这样做的好处是报社的社论、大型报道从来没有跑偏过。

　　"我们来到一户姓郭的人家。郭家只有一对老夫妇,都从白河群众艺术馆退休。老郭母亲是中国人,父亲是俄罗斯人,他二代混血,黄发碧眼的特征比较明显。老郭是手风琴表演艺术家,曾到北京演出过,在当地有些名气。老郭太太是一个鄂温克族的鹿笛演奏演员。退休后两位老人在这座木刻楞里琴瑟和鸣,生活很是安逸。老两口有个孩子在外地工作,一年回来一次,平时老两口就带着各自的乐器到圆葱头教堂前和一些老人拉拉琴,唱唱《红莓花儿开》《喀秋莎》等50年代的老歌。圆葱头教堂前那块空地,像个私人晒谷场那么大,周边是一圈高大的杨树,老年人聚堆休憩就在树荫下。

　　"常书记和老郭坐下聊天,老郭很健谈,用自制的格瓦斯招待我们。我记得他家的皮沙发很讲究,罩着镂空的白纱,阳光透过薄纱窗帘照进来,温暖柔和。室内地板上铺着一块米色方毯,应该是俄式地毯,地毯旁有个矮矮的根雕花架,花架上是一盆月季花,月季刚刚开了几朵,尚有许多花蕾含苞待放。这是一个温馨之家,进到屋内我就有这种感受。其实,对家的理解就是一种感觉,有些地方一进去客场感便挥之不去,怎么也找不到家的感觉。老郭的房子不是这样,每一样摆设看上去都那么亲切,包括一只趴在窗台上睡觉的花狸猫。

　　"常书记问:'郭老师这房子住得习惯吗?'老郭说,这房子冬暖夏凉,住着舒服。常书记说:'要是给你换个集中供热的楼房怎么样?'老郭摆摆手:'不行,住楼房我就没法拉手风琴了,会影响楼上楼下的邻居。'郭太太也说:'住楼房我的鹿笛也没法吹了,吹鹿笛要在有树的地方,楼房里上哪儿找树去?'常书记问:'有人发现这木刻楞里有白蚁,白蚁会掏空这些圆木,让房子变成危房。'老郭说:'这个我们不清楚,屋子里有老鼠和蚂蚁是真的,是不是白蚁我不懂,我怕蛇,只要不是蛇就好。'常书记又问:'这房子是父辈传给你的吧?'老郭说是岳父留下来的,当年岳父在白河做皮货生意,修建了这座木刻楞,银子是岳父出的,但设计施工的是一个俄罗斯女建筑师,也就是圆葱头教堂的设计者,凤鸣街三分之一的木刻楞出自这位俄罗斯女设计师之手。常书记说他知道这个俄罗斯女设计师的一些情况,这个人叫加莉娜,对白河城市建设有贡献。

"离开老郭家的时候,老郭问常书记房子是不是要动迁。

"常书记微笑着说,正在论证,关键是看这里的住户愿不愿意。

"老郭说:'常书记放心,我听政府的,政府做事肯定是为我们好。'

"常书记被老郭的话感动了,紧紧握着老郭的手说:'谢谢您,有您这样的市民,我们工作就有了底气!'

"我们又拜访了两家,情况确实如毕克功所说,这里居住的都是一些退休或无业的老者,上次调研所感受到的那种沉沉的暮气更加浓郁。当然,让人感觉好一点的地方也存在,比如家家院子里种的茄子、辣椒、韭菜等蔬菜,看上去很有生机。我对常书记说,这要在欧美,应该是修剪齐整的草坪。常书记说这是国情嘛,另外北地也不适合种草坪。

"我们走进一户院子里立了个铁鸡笼的人家,鸡笼里养着几只芦花鸡。鸡笼的一端有个柳罐斗形的装置,用蒲草编成,应该是供鸡下蛋的窝。户主姓韩,有些驼背,穿一套蓝色建设装,系着一条灰色布围裙,正在屋里用白柳条编筐。刁局长介绍了常书记,老韩直起身,撩起围裙擦擦手,想握,迟疑了一下又缩回去。与其他人不同,老韩家里没有任何装饰物,屋里悬挂的都是工具,进到屋内好像走进一个工具展览馆,什么木匠用具、钓具、冰镩、锹镐锤锛、马鞍、辔头、赶车的鞭子等等,简直无所不有。常书记问他在编什么,老韩说编须笼,好到江汊子里打鱼。老韩说自己无业,靠收废品生活,老婆子在市场上卖菜,日子还不错。屋后那个木板搭的仓房就是装废品的,里面还有一辆三轮车。老韩说自己虽说收废品,但很注意院子卫生,没有乱堆乱放,街道领导还夸过自己。常书记和他聊了一会儿,知道老韩是满族,镶黄旗,祖上有功名,到了他父亲这代家道中落,但这不是坏事,因为家境贫苦,几次运动都没伤着皮毛。这栋木刻楞是祖上传下来的,与加莉娜的设计不同,这栋木刻楞门窗没有雕花,屋前没有探出长檐,但木刻楞下的石基很厚重,房子没有任何走形迹象。老韩说:'领导来检查卫生的吧? 放心,你这么大的官来检查卫生,我不能给凤鸣街脸上抹灰。'老韩把我们当成检查卫生的了。我当时就想,废品收购容易影响周边环境,卫生是大事,来检查的人不会少。常书记说:'我不是来检查卫生,是来看看这些老房子居住是不是需要改造,如果改造,你是支持还是反对?'老韩想都没想就说:'我不想上楼,上楼我的生计就断了。'常书记问:'怎样安置你才会同意搬迁呢?'老韩说只要给一个能存放废品的地方就好说。

"凤鸣街规模最大的一栋木刻楞是朱掌柜旧居。人们知道这座建筑的名字,但对它的主人知之甚少。朱掌柜名叫朱万山,清末闯关东从山东昌邑来北地,一直在老金沟淘金,有了积蓄后在凤鸣街置办了这处家产。朱掌柜人慈心善,当年江东六十四屯惨案发生时,朱家的舢板在江里救上了七个人,并收留在家里一段时间。这七人后来给朱家送了一块刻有'再生爷娘'的牌匾以谢救命之恩。朱家故居是两进院子,前屋会客,后屋居住,院子里铺了青砖,因而无法种菜,青砖缝隙里却长满了龙葵。朱家木刻楞没人住,由本地一个亲戚间或来打理。围着院落的板杖子还算整齐,看出有新补的白森森的木板。常书记对我说:'你尽快搜集资料,编一本关于朱掌柜的书,就叫《朱掌柜传》吧,不用公开出版,但内容要翔实,文本要厚重,最好图文并茂,印好后给我。记住,印刷装帧要精致。'我得令后集中力量用了两周时间,印出了一本《朱掌柜传》,专门送给了常书记。"

任多秋问:"是这次入户调查让常书记下了改造凤鸣街的决心吗?"

老何说:"不是,让常书记下决心的有两件事,一件是和毕克功发生了一次争执,另一件是凤鸣街意外发生了一次火灾。

"发生争执的事是常书记私下和我说的,常书记和我说这些的目的我不好揣测,我隐隐感觉他是想表达一种无奈。那天,他把我叫到办公室,对我说:'小何呀,你从一个记者的视角看,凤鸣街该不该动?'我当时不好回答,因为我知道常书记在犹豫不决,但我必须回答呀,我想了想就说:'动可以动,但不要全动,保留几栋木刻楞作为城市发展的化石也不错。'常书记又问:'你说木刻楞里真有白蚁吗?'我说这个问题不难,可以请专业人员检测。常书记摇摇头,苦笑了一下说:'我只能信其有了。'常书记说,'克功对这件事很执着,他和我袒露了心迹,说自己一到凤鸣街心里就添堵,因为凤鸣街百分之九十的建筑是当年俄国人建的,殖民色彩浓厚,应该来一次脱胎换骨的改造。克功还说在白河锅炉厂破产上他支持了我,在凤鸣街改造上我应该支持他。他说得有道理,一个班子,工作应该相互支持。'听常书记这么讲,我知道常书记想妥协了,但决心还没有下,迟疑的原因是担心文化上的损失,凤鸣街是这座城市的发祥地,把凤鸣街抹去,等同于抹平了这座城的肚脐。事情过去三十年,我才明白常书记眼光就是比一般人远,他的担心是有道理的,对待一座城市的遗存应该持慎重态度。其实,白河不缺建设用地,可以从北、西、南三个方向外拓,为什么非要动迁凤鸣街呢?在老城区动大手术不是最佳选择。但蓝城公司看重的是地段,他们对外拓不感兴趣,地产商瞄准的永远是地段。

"常书记找我当天夜里,凤鸣街发生了一次火灾。失火的是老韩家,起火点在老韩装废品的木板仓房。消防队勘察结论是,老韩收到仓库的废品中混进了未熄灭的烟蒂,傍晚时引发火灾。一个独立存在的板房起火并无大事,问题是起火后老韩进仓房救火,废品中的有毒塑料燃烧后散发的毒烟将老韩熏倒中毒不治。这件事让常书记最后下了改造凤鸣街的决心。

"在决定凤鸣街改造的会议上,常书记说了这样一句话:'修建沿江公园是锦上添花,改造凤鸣街乃雪中送炭,两者相较还是后者要紧,

就先改造凤鸣街吧。'

"会议做出决定后毕克功颇有感慨地说，这是一个历史性的决定，是正确而明智的，可惜稍稍晚了些时日，若是能早一周，这场火灾就不会发生。

"我觉得毕克功这话说得不够大气，火灾是个意外，拿意外做文章实属不该，说了也没有意义，倒有点马后炮的味道。我理解毕克功的心情，凤鸣街改造项目卡在常书记这里将近两个月，他心里有点火上房。"

任多秋弄清了凤鸣街改造的决策过程，觉得老爷子的做法几乎无可挑剔，从老何的介绍可以听出来，老爷子实际上是一种妥协，他明明知道木刻楞里没有白蚁，但还要信其有，说明他想成全毕克功的方案。老爷子太了解毕克功了，既然凤鸣街的建筑与他的思想意识格格不入，他知道即使没有整体改造，以专员拥有的权力也会化整为零，一栋栋定点清除，毕克功是个一旦咬住猎物就不会松口的角色。

"接下来的动迁还顺利吗？城市改造最难啃的骨头是动迁，容易卡脖子。"任多秋说。

"动迁不会顺利，"老何说，"主要有两大障碍。一个是圆葱头教堂怎么办，圆葱头教堂不是木刻楞，是永久性建筑，动迁开始后，有人跑到教堂前阻止施工，甚至引发了一场冲突。来闹事的大都和宗教有些渊源，宗教问题无小事，不得不慎重处理。最后，常书记给城建局局长老刁出了个主意，让老刁用八号铁丝将教堂围起来，铁丝上挂着三块牌子，分别写着这样的标语：'有砖瓦脱落，请勿靠近。''危楼待修，注意安全。''随时可能坍塌，保持安全距离。'这三块牌子挂出后，情形有所改变，动迁人员做工作也有了统一口径。毕克功夸刁局长像《沙家浜》里的刁德一，鬼点子挺多，老刁说刁德一只是个参谋长，他是背靠大树好乘凉。

"圆葱头教堂在维修的名义下被拆除了。拆除教堂用毕克功的话说是必需的，因为在新的设计方案里那个地方是中俄边贸大市场，市场是经济繁荣的重要标志,必须摆上位置。至于那三个'洋葱头',如果需要的话可以异地重建,甚至可以原样复建。

"在拆除圆葱头教堂时出现了一点小意外,在现场观摩的毕克功脚受伤了。那天,毕克功穿一双软底运动鞋,戴着安全帽在现场听刁局长汇报,之后到工地里转了转,出来时不小心踩上了木板上的一枚铁钉,铁钉穿透软底鞋,将右脚扎伤。

"凤鸣街改造后,我执笔写了那篇今天读起来有点脸红的《老街新貌话白河》。当时写得挺亢奋,有点指点江山的感觉,心里充满了记录历史的自豪感,现在回头看就不是那么一回事了。令人过于亢奋的事情往往会换来极度的萎靡,这篇通讯等于把我剥光了暴露在凛冽的北风里遭受历史的鞭挞,白纸黑字摆在那里,想抹也抹不掉。我本是文人,但我的嘴好像长在别人身上,后来我一度希望那天踩上铁钉的是我,果真如此,那篇通讯就不会由我来写了。"

"你为什么要后悔?"任多秋不解。

"历史是面镜子,能照出我写的新貌在哪里。凤鸣街是没了,可新貌却和我当年的描述大相径庭,所谓中俄边贸大市场,今天看只是一个门可罗雀的建材市场,代替木刻楞的那些住宅小区简直就是铁西居民楼的翻版。如果当初知道是这样一种新貌,那篇报道打死我我也不会执笔。"

任多秋摇摇头说:"愿景和现实永远有距离,你不必为此自责,如果像你这样,我任多秋被打死十次都不为过。此一时,彼一时,很多时候书写者并不是历史的主角。"

老何说:"到我这个年龄了再不知道悔悟,那良心就叫狗吃了。"

"接下来动迁还遇到了什么?"任多秋问。

"凤鸣街动迁遇到的最大障碍是朱掌柜旧居。圆葱头教堂虽然也难,但没有房主,朱掌柜故居就不一样了,房产本上是有户主的。街两旁的木刻楞都拆掉了,包括常书记去过的老郭家。动迁老郭家的时候我在现场，常书记和我对这个手风琴表演艺术家印象不错，常书记就给我打电话，让我到现场看看，一旦老郭情绪激动好帮助安抚。我到现场的时候，一辆铲车已经高擎挖斗停在老郭家门前。老郭牵着太太的手从屋里走出来，他太太手里拿着一支鹿笛，老郭则抱着那只花狸猫。我很纳闷，老郭应该抱着心爱的手风琴才是，怎么会抱着猫呢？我又想，手风琴等重要家什可能都搬走了，家里只剩下这只不愿意走的猫了。老郭出门后，径直来到铲车旁，向驾驶室里的师傅摆摆手，师傅探出头来问他有啥事。老郭说：'这房子里还有一家住户，你铲的时候留点心，别伤害它们。'师傅将铲车熄火，问：'怎么还有人在里面？'老郭说：'不是人，是黄二大爷，在这屋子住了近百年，它们若走，你要放它们一条生路，别碾压它们。'师傅吐了下舌头，道：'啊呀妈呀，我可不敢招惹黄皮子。'老郭家木刻楞被铲倒的时候，并没出现黄鼠狼，老郭很失望，抱着猫走了。老郭夫妇一步三回头，我发现老郭那双蓝色的眼睛里充满泪花。

"朱掌柜旧居的实际产权人是宁波一个私营企业家，他接到动迁通知赶回来，坚决不同意动迁。政府答应多给他两倍补偿也说不通。这是一个名气很大的民企董事长，他说自己不缺钱，凤鸣街这栋木刻楞是他朱家在北地的根，动迁老宅等于斩断了根脉，对他来说，故乡就是这么一处老房子。他说每年在宁波老外滩吃年夜饭的时候，全家都要站成一排朝东北方向拜上三拜，拜的就是这栋木刻楞，把它拆了，他们全家还朝哪个方向拜？

"问题僵住了，刁局长去向毕克功汇报，说实在不行就强迁，不能因为一处朱掌柜故居就耽误改造工期。毕克功问了情况后，就让执法部门组成一个联合工作组和朱先生谈。但工作组工作毫无进展，朱先生是见过大世面的人，本身又是所在省的政协委员，对司法条文的理解比工作组还透，工作组回来复命只能告饶。朱先生曾在剑桥留学，是一个国家级协会的副职，那副派头和气场，引经据典的谈吐，工作组的人根本不是对手。

"毕克功萌生了强迁的念头,但考虑到对方的身份没有贸然行事,便让刁局长来向常书记汇报。常书记听了汇报后认为,不到万不得已不要采取强迁手段,一旦事情闹大,对白河投资环境影响甚大。

"常书记处理复杂问题的能力值得佩服,明明是一步死棋,生生让他走活了。常书记让朗连平去请朱先生,在自己办公室里请朱先生喝咖啡。地方官邀请,朱先生自然要给面子。据说两人谈了一个下午,至于谈了些什么外人不知,但朱先生在离开的时候紧紧抱着一本书,正是我编的那本《朱掌柜传》。谈话第二天,朱先生在动迁协议上签了字。

"常书记解决了朱掌柜旧居动迁问题,毕克功沉默了一整天,他不知道常书记凭什么没多花一分钱动迁款就拿下了这根硬骨头。常书记不表功,事情做完了就不再多说。毕克功通过刁局长知道我编了一本书,就打电话找我要。我带着《朱掌柜传》来到毕克功办公室,毕克功接过书,几乎贴在书上翻阅了好一会儿,然后合上书长叹一口气道:'我这个政委出身的专员却不会打感情牌,惭愧,惭愧!'我问:'毕专员您当过政委?'毕克功点点头道:'当年我和常书记在一个师,我是一团政委,他是二团团长。打感情牌本来是政委的长项,没想到在凤鸣街动迁上,我这个政委输给了团长。你可以把我的话捎给常书记,我就不当面夸他了。'

"我这才知道原来书记和专员是战友。"

任多秋说:"他俩不仅是战友,还是中学同学,两个不分胜负的学霸。"

常寒松插话说:"一对老冤家,一双好朋友,他俩之间的事说不清道不明。"

任多秋问:"你现在也认为凤鸣街改造是失误吗?"

真理多走一步就是谬误,改造凤鸣街想法没错,但有两个问题值得反思:一是不该被开发商绑架,二是不该操之过急。有些东西不能急三火四地去干,这一代办不了就留给下一代做,不要期望在自己这一代把什么事都干完,事实上你也干不完,就像当年周总理不同意挖掘秦始皇陵,科技还没发展到那一步嘛,留给子孙后代去做不是更好? 凤鸣街如果保留到今天去改造,绝对不是现在这个样子,而当时的思路是一张白纸好画最新最美的图画,导致不分青红皂白一律清地。遗憾的是画技对不住清出来的白纸,结果成了胡乱涂鸦,留下一堆垃圾。老何对这个问题思考很深,他说,将近二十年了,他从来不到凤鸣街去逛,就是希望当年的凤鸣街的印象不被置换。

任多秋觉得老何说得有些道理,急于求成的心理真的害人不浅,欲速不仅不达,而且容易伤脚,他想起钉子刺进毕克功脚心的情景,一定钻心地疼。

谈完后,任多秋请老何到餐厅吃饭。饭桌上任多秋说:"常书记晚年和你一样也进行了反思,认为凤鸣街应该保护,他说晚年最后悔的事就是改造凤鸣街。我就想,老爷子所说的北地招魂,会不会与凤鸣街那座圆葱头教堂有关?"

"不会的,常书记真想招魂的话,也是找城市之魂——文化传承。"老何不假思索地说,凤鸣街改造虚化了白河沿革,擦掉了城市最初的胎记,实际上切断了白河的文化脐带。

任多秋点点头,痛快的爆破过后,必然是一片废墟,城市之魂则化成一缕青烟,不知飘向何方。

常寒松说:"其实我觉得改造是可以的,有拆有留,区别对待就好了,至少应该保留圆葱头教堂和朱掌柜旧居。"

老何摇摇头:"这件事蓝城公司说了算。"

"那么,力推凤鸣街改造的毕克功怎么看这件事?"任多秋问。

"毕克功从来不认为凤鸣街改造是败笔,到现在看法也没有变。"老何说。

第二十四章　宝山

榻上呓语：我鄙视自己，怎么学会了令人上瘾的文字游戏？批示冠冕堂皇，放之四海而皆准，却解决不了芝麻大一丁点问题。不得不说，文字游戏中不仅有经验的套路、熟稔的捭阖以及全身而退的智慧，而且有放大聪明的机会。当游戏结束时，石头还是石头，露丑的却是游戏者。

确切地说，宝山是一组群山的统称，最高的山峰居北，叫东南山，然后依次向南不规则展开，构成一座高山统领着高低七十二座峰峦的壮阔景观。雾气弥漫的天气里站在东南山山巅向南俯瞰，七十二座山峰若隐若现，有种万国来朝的气势。宝山是许多人眼里的北地明珠，是红松的故乡，有着小兴安岭最古老的白桦林，往东翻过群山便是懒洋洋流淌的黑龙江。

宝山所在的行政区是宝山乡，宝山乡人口不过三千，却颇为富庶，富庶的原因是宝山产玛瑙。宝山玛瑙素有"北国南红"之称，一直是行家收藏的热门。宝山不仅有玛瑙，其他山珍之利也让外地人眼红，山珍中最有名的便是红松子。宝山人待客不吃什么葵花子、南瓜子，客人上炕坐定，主人便会端上一盘现炒的红松子。红松子个个开口，如同主人在笑，主客双方嗑着松子、喝着花茶、烤着火盆，脸上会泛出油彩般的红光，当地人说这是一种福相。宝山人认为不出油、不放光的脸是穷脸，长了张穷脸不要紧，只要到宝山来，用大把大把红松子是能补成福脸的。

常寒松听朗连平说过这样一个故事，"文革"时期某年腊月，天嘎

351

嘎冷,县一中几个造反派学生到校长家准备揪斗已经靠边站的老校长,天冷不便出门,老校长炕上放了火盆,全家都围着火盆在取暖。几个学生在来路上冻得直哆嗦,进屋后又是跺脚又是搓手,老校长说:"先上炕烤烤火吧,干革命哆哆嗦嗦成什么样子?"几个学生便脱鞋上炕盘腿烤火。老校长从炕头拖来一盘新炒的红松子,学生们边烤火盆边嗑松子吃。老校长说:"你们知道关于野外烤火还有一首歌吗?"学生都说不知道,老校长就给他们轻轻哼唱了抗联战士的《露营之歌》:

> 荒田遍野,白露横天,夜火熊熊,敌垒频惊马不前。草枯金风疾,霜沾火不燃。战士们!热忱踏破兴安万丛山。奋斗呀!重任在肩,突封锁,破重围,曙光至,黑暗一扫完。朔风怒吼,大雪飞扬,征马踟蹰,冷风侵人夜难眠。火烤胸前暖,风吹背后寒。壮士们!精诚奋斗横扫嫩江原。伟志兮,何能消灭?团结起,赴国难,破难关,夺回我河山。

老校长哼完这首歌,眼里盈满了泪水。他脱下袜子,将一双赤脚展示给学生看,学生发现校长的两只脚上一共才有七根脚指头,问怎么少了三根。老校长说这是在抗联打仗时冻掉的,当时战斗环境异常艰苦,根本没有后勤补给,有的战士甚至冻掉了耳朵。学生们彼此看了看,都不说话了,烤了一会儿,把一盘松子吃光,脸红扑扑的,都下了炕。领头的学生说:"咱揪斗也该找个脚指头全的吧。"说完就走了,再没来揪斗老校长。

后来有老师问老校长,是脚指头感动了学生?老校长摇摇头道,错了,功劳在这宝山红松子上,宝山红松子是一味药,能扶正祛邪,让人灵魂开窍。

常寒松将故事说给任多秋,任多秋对宝山松子的向往甚至超过了玛瑙。"真想吃一把宝山红松子,感受一下灵魂出窍的快感。"任多秋说,"然后再带一些回去给评论部的同事们,让他们也都体验一下。"

出发前,两人依旧对宝山做了些功课,功课集中在一个叫林风的人身上。林风当年三番五次给老爷子写信,引起了老爷子对宝山的重视,老爷子在林风的信上做过三次批示,足见对来信的重视。老爷子在离开白河到省城赴任前,还到宝山所在县做过调研,找来林风做了短暂交流,这件事被老爷子写进了自传提纲,可见宝山是老爷子记忆之树上的一个树瘤。

林风是地方名人,不仅他有名,他的爷爷林清、父亲林源也都是名人,出名的原因与玛瑙有关——林家祖孙三代都是玛瑙守护者。

宝山玛瑙不能随便挖,就像老金沟的黄金不能随便淘一样,不管什么政府都会把宝藏管起来。林清是宣统元年奇克特卡伦①首任长官,从垦荒者中招录的看山官,有证明身份的官文。看山官名似公干,却无俸银,地位甚至不如今天的协警,协警尚有一份补贴和衣裳,而看山官只有一纸文书。林清的责任是看管宝山,不只是看管林木,主要是不让人乱挖玛瑙,挖一块玛瑙会毁坏一片林地,而且进山的人一多容易发生山火。林清当年是从辽西柳条边来的,人实诚,重信守诺,在乡邻中颇有声望。

民国五年,逊河稽垦局专员金毓麟考虑到林清以往做看山官的表现,专门下发一道官文,授权林清之子林源协理宝山私挖乱掘玛瑙之事。由清朝到民国,林风的爷爷和父亲都是有官身的,那两纸文书一直保留到20世纪60年代,后来林风担心惹上麻烦才忍痛塞入灶坑烧了。林风对此后悔不已,两纸文书若是留到现在,应该是珍贵的文物。

林清护宝人的角色干到民国吴俊升执掌黑龙江时期,吴俊升在皇姑屯被炸死那年,年事已高的林清让儿子林源接班上任。林源有民国五年金毓麟的官文,当看山官顺理成章,伪满时期和1949年前后,当地

---

① 卡伦:中国清代的哨所。

人习惯成自然,以为林家看山官乃世袭,没人怀疑其合法性。1949年后政府给林源确定了新名分,由看山官变成了护林员,开始发放生活补助。林源干到1958年,当地公社林业站考虑到历史和现实诸因素,口头任命林风为宝山护林员。

看山官的家脉传至第四代中断了,林风之子林修文死活不干这个在他看来没出息的职业,他开了一家叫"林家铺子"的玛瑙工艺厂,成了先富起来的一拨人之一。任多秋与县地志办联系时,地志办的同志特意说:"你们要想买宝山玛瑙就到林家铺子去买,林家铺子不诳人。"

任多秋掐指一算,林风1958年当护林员,年龄应该比老爷子小不了多少,林风是写信人,如果能采访到他,就会弄清老爷子说的文字游戏。

找到林家铺子并不难,就在县城最繁华的大十字。

林家铺子铺面不大不小,装潢雅致,营业厅里外两间。外间按首饰珠宝商店布局设计,五十平方米左右,四面安放着玻璃柜,柜里陈列着各种玛瑙雕件、摆件、手把件,有几个外地客人正在挑选。里间没设门,墙边有两排展柜,里面一色的红玛瑙摆件,一看就是精品。屋中央有一组红木沙发,围着一个宽大的茶台,有个长着张马脸的人正在沙发上看书。两人直接来到里屋,任多秋已经猜出这就是林修文,便问:"您是林先生吧?"

林修文站起身,道:"是我,二位是……?"

任多秋掏出一张名片递给他,说想采访一下林风先生。

林修文客气地让座,倒茶,起身从一个恒温柜里端出一盘香喷喷的宝山红松子。任多秋眼睛一亮,不好意思马上就抓,对方让了让,才伸手抓了一小把,嗑了一粒,果然香甜味美。这盘松子让谈话变得轻松起来,林修文好奇地问:"你们是国家级大报,怎么会想到采访我父亲?他不过一介草民。"

任多秋道:"林风先生和一位老领导有交集,老领导最近提到他,好像林风先生当年有个什么诉求没有解决好,老领导觉得有些遗憾,我们此行就是想知道这件事的来龙去脉。"

"这事我知道,"林修文说,"这个老领导是白河地委书记常克勋,我父亲曾三次上书于他,他也做过批示,但事情还是不了了之。"

"林风先生和您说过这件事?"

"是的,这是父亲的一块心病。"林修文说。

"没有实现信中上访诉求,令尊肯定会有想法。"任多秋点了点头。

"每年清明节我陪父亲去给先人扫墓,父亲总会默念这样一句话: '没能看好宝山,我愧对你们啊。'"

"常书记不是做了三次批示吗? 怎么问题还没有解决?"

"父亲说领导做批示有时候就是表示一个态度,见到我父亲千万别提常克勋批示的事,父亲甚至动过骂,说批示没回响就是'屁'示。"

"林风先生上书内容您知道吗?"任多秋问。

"我只知大概,"林修文说,"无非是从风水和动植物保护角度计,希望领导出面保护宝山五龙背,不要在五龙背开矿采挖玛瑙。"

五龙背? 这是新地名,老爷子在自传提纲中只提了宝山,没有提五龙背。任多秋记下了这个地名,问:"五龙背是怎么回事?"

"这件事我父亲能说得更清楚。"林修文喊了店里的一个伙计,让他开车回去接老人,小伙子很麻溜地起身走了。林修文说:"五龙背开矿让我父亲痛心不已,因为原本山清水秀的一幅江山图画被糟蹋得满目疮痍,这哪里是开发? 这是祸害宝山呀,简直是杀鸡取卵,生生把五龙背给开膛破肚,结果玛瑙也没有了。"

"现在五龙背没有玛瑙了?"

"是的,开矿采了七年,再也采不到了。父亲说玛瑙就像老山参,是有灵性的,你不好好待它,它就会悄无声息地转移,这就是采参人为什么找到老山参后要先用红绳拴住,然后再燃香跪拜,对宝物要有一份敬畏之心。"

"五龙背是谁开发的呢？经过审批了吗?"任多秋觉得没有地方部门批准，想挖掘一座山是不可能的。

"是招商引资来的一家公司，背景很神秘，他们声称在宝山开采玛瑙，在县城建玛瑙工艺品厂，要把玛瑙生意做大，做出品牌。这个项目没错，我父亲还建议了几处开采地段，但他们偏偏相中了五龙背。五龙背是父亲的眼珠子，开挖五龙背就是断宝山、断北地的龙脉。

"父亲说祖父曾传下偈语:畏五龙，护宝山，守道义，戒多贪。因为是口口相传，这个'畏'字有两种解释，一个是'敬畏'的'畏'，一个就是'为了'的'为'，我认为是后者。但不管怎么说，两种说法都是讲要善待五龙背，保护五龙背。父亲对我说:'其实你曾祖父已经知道了五龙背有玛瑙，看山官自然要保护那里的宝藏。'我们林家重祖训，我曾祖父和祖父能在兵荒马乱中得以保全，很重要的一点就是护宝不贪宝。在我之前，我家里没有一件玛瑙，哪怕一串念珠都没有，这一点连打家劫舍的胡子都十分佩服。"

"常克勋书记对令尊上书是怎样回复的呢?"常寒松插话问。

"这个我知道。"林修文说，"父亲给常克勋写信后，心里着急，天天盼着回音，一有空就到宝山邮局候着。宝山邮局只有一个很小的营业部，三五个人就转不开，工作人员见父亲老是在这里徘徊就劝他别等，因为每天县里的邮件都由班车捎来，而县城通往宝山的班车只有一趟，班车来过再等也是白等。父亲说:'还是等等吧，说不准就有电报拍过来，省得你们送了。'父亲没能等来常克勋的回信，却等来了乡长登门传达的口信，常克勋对信的批示是四句话:

"'要重视群众意见，一方面搞好经济发展，一方面注意环境保护，把两者统一起来。'

"这个批示很有水平，到什么时候也不过期，放之四海而皆准。批示传达给了我父亲，事情也就算有了结果，开发五龙背的推土机仍在隆隆开进。

"于是父亲写了第二封信。第二封信发出的时候,五龙背已经开始伐树了。父亲对施工人员说:'你们再等等,上级会有新指示的。'伐树的都是公司雇的本地人,他们知道父亲在保护五龙背,就劝父亲说:'胳膊拧不过大腿,你就别瞎操心了。莫说开挖五龙背,就是把宝山都挖个底朝天碍着你啥事?'公司雇当地人伐木是日工,一天十块钱,村民不会看着大团结不去赚,伐木当然不会停。过了大约一个礼拜,乡长又来了,说地委常书记又批示了,这次批示还是四句话:

"'请县乡两级主要领导阅,开采宝山玛瑙要尊重科学论证,希望当地政府协调开采单位,共同做好采后复绿工作。'

"这个批示差点把我父亲的鼻子气歪了,他问乡长:'这批示你们如何落实?'乡长说等采矿结束再搞好绿化呗。父亲说:'那不是给死人穿寿衣吗?'乡长说:'你别写信了,老林,你还真以为写封信能解决问题呀?'父亲说:'不写信又能咋办?眼看着五龙背遭祸害?'乡长说:'你这是遇到一个好说话的书记,要是换了别人,信在秘书手上就被拦下了。'

"父亲不信邪,又写了第三封信,在这封信里父亲写了一段狠话:'为官者,要为百姓立命,领导大人身居高位,为百姓所立之命何处?要知道,命只有一条,对人、对山、对河、对川都同理,命若断送,是没处买后悔药的。'这封信发出的时候五龙背已经开始挖掘了。父亲看着被剥皮剔骨一般的五龙背,心里只能暗自流泪,他觉得没能看护好五龙背是自己的一桩罪过。第三封信挂号发出后,很快有了批示,乡长阴着脸来到我家,说:'老林你惹祸了,你这封信等于过去的大字报呀,常书记肯定生气了。你自己看看常书记的批示吧。'

"'一个好项目首先要取得群众支持,让有误解的群众知道项目为什么好,对于固执己见者要从维稳出发进行批评教育,直至有所转化。'

"这个批示就比较严肃了,要求当地政府做好我父亲的思想转化工作,不要再写信。乡长说:'老林呀,你知道地委书记是多大干部吗?

人家对你一个平头百姓的信连续做出三次批示，这是空前绝后的事呀，你就别写了，再写就是给乡里、县里添乱。'乡长很为难，县里把批评教育转化的任务交给了乡里，乡里必须做好安抚工作。应该说乡领导也对开发五龙背有抵触情绪，因为当地百姓传言，五龙背一开，宝山乡的龙脉就断了，一个龙脉被斩断的地方能好吗？乡长说：'你就是写一百封信也是白写，生米已经煮成熟饭，识趣吧。'

"我父亲没有再写信，他知道五龙背保不住了，就对我说：'你改行吧儿子，五龙背不在，你还护什么宝？'就这样，林家传了三代的差事到了我这里中断了。当然，不干护林员是我自己的想法，主要觉得没啥出息，就开了这个林家铺子。父亲是品鉴玛瑙的行家里手，有他坐堂，我这个铺子生意一直不错。父亲要求我不忘守道义、戒多贪的祖训，不赚不义之财。本店所售玛瑙件，一年之内都可以原价退货，卖的有底气，买的也放心。"

任多秋觉得林修文挺诚实，说话论事没有一般珠宝商那种虚妄。他对玉器工艺品店是有所忌惮的，有次出差曾在一个产翡翠的旅游点看好了一个小物件，老板胖胖的，满脸满头冒油的样子，说这个东西拿回北京价格至少要翻番。他五折买了这个小物件。出差回来，一个懂玉的同事看到了，就问他多少钱买的，他说了价格后，同事说再出差这种东西不要买，水太深。他去一家玉器店鉴定，结果是自己吃了大亏。此后，每每走过珠宝玉器店，他都会下意识地摸一下后裤兜里的钱夹。

林风被接来了。老人家鹤发童颜，穿一件绿夹克，手里提着旅游水壶。

做了介绍后，任多秋好奇地问："您老到店里怎么还带个水壶？"

"哦，"林风看看手里的水壶道，"人靠水活着，喝的水要干净才是，这壶里是大桶水，现在宝山的自来水不放心。"

任多秋说了来意，林风声音低沉地说："现在说这些还有啥意思？五龙背已毁，玛瑙也被挖干了，满山矿坑都张着嘴。"

任多秋问："为啥五龙背在您心里这么重要？"

林风打开水壶喝了口水："这里面是有说道儿的，可能你们会说是迷信，但我觉得不是，我爷爷的告诫不是无缘由的，五龙背真的不该挖，挖了五龙背，宝山的龙脉就断了。"

"怎么能证明龙脉断了呢？"任多秋追问。

"龙脉就是水线，龙脉一断水就会变质。宝山的井水原本是甜的，开挖五龙背以后，宝山的水就发涩了，改成自来水还是涩，这就是证明。"

任多秋张大了嘴，这种说法他还是第一次听说。

"我不知道你们去没去过五龙背，宝山最北面那座山叫东南山，站在东南山上往南看，宝山七十二座山峰构成了一条盘旋的长龙，东南山当然是龙首，自东南山往下数，数到第七座，那个元宝形的山就是五龙背。为啥叫五龙背呢？因为山的西侧有五条沟壑，像山的五根肋骨，每根'肋骨'末端各有一眼山泉，一年四季泉水长流，冬不冻，夏不干。五个泉眼特怪，一般来说五个山泉流出的水会在山涧里汇成一条小河，但这五个山泉不一样，像是五条亮晶晶的小龙，在石涧里爬出不到一里地，又钻入地下不见。我祖父听鄂伦春族猎人说，这五个山泉非同一般，每个山泉的水都很神奇：头道沟的泉水甜，喝了通胃肠；二道沟的泉水带气泡，喝了睡觉香；三道沟的泉水颜色泛红，能治风湿病；四道沟的泉水泡出的茶像墨汁；五道沟的泉水最奇，煮饭不馊。五龙背除了山泉神奇外，让我祖父惊讶的还有五龙背的地势。我祖父是堪舆行家，辽西老家柳条边缺水，老百姓打井都找我祖父看地势和水线，我祖父划定的地方几乎井井见水。那个时候打井全凭人力，井打上三四丈深是常事，要是打在干碗上就白费力气了。祖父说站在东南山看，五龙背正是宝山这条'龙'的七寸，堪称宝山命门。祖父知道五龙背有玛瑙，但他一直秘而不宣。宣统时官府需要玛瑙，派人到宝山挖掘，祖父把人引到远离五龙背的'龙尾'部一座叫麻花岗的地方，那里也有玛瑙，但不如五龙背的玛瑙品相好。朝廷在那里派人挖了两个夏天,清朝皇帝退位了。祖父就说,谁让他们来挖'龙尾',断了'龙尾'的朝廷自然长不了。

"祖父年龄大了无法上山后,对父亲说了那四句偈语。我父亲是个视忠孝为大义的人,他对五龙背的秘密一直守口如瓶。父亲曾对我说,龙是蛇化的,人称蛇为小龙是有道理的,蛇有七寸,龙自然也有七寸,龙蛇的七寸怎么能动呢?所以说五龙背是万万挖不得的。我父亲看山官的角色从1928年到1958年,整整三十年,在伪满时期看山没有一分俸禄,就是白干,可是我父亲没有撂挑子,主要就是为了守护五龙背。当地人知道我父亲有官府委派的身份,所以父亲出面管理山中之事大家还是听的,山民有什么纠纷也都愿意找父亲评理。宝山一带有不少鄂伦春族游牧猎人,因为历史原因分成两个部落,部落之间矛盾很大,常常发生械斗事件。只要我父亲在场,部落间剑拔弩张的紧张气氛就会缓解,双方都会给我父亲面子,我父亲会说鄂伦春语,能把道理讲通。在鄂伦春族猎人眼里,我祖父和父亲是官府的化身。

"五龙背是有过危险的,父亲为此伤透了脑筋。那是伪满时期,北地来了不少'开拓团',其中到孙吴的'开拓团'里有个搞玉石生意的人叫阿丘,此人打探到宝山出玛瑙后,就带了一帮人,手持伪满奇克县公署公文,到宝山挖玛瑙。他们到宝山,肯定绕不过我父亲这一关。父亲知道阿丘不好惹,就将他们带到了麻花岗,告诉他们这是大清时留下的玛瑙矿,出产的玛瑙是给朝廷官员做朝珠用的。阿丘很鬼,在麻花岗安营扎寨后就想到其他山头打探,他虽然配了枪,却不敢贸然行事,就让父亲带他逐个山头转悠。父亲告诉他这里有些山头是鄂伦春族猎人的传统领地,猎人经常布陷阱、下狼夹子,有时猎人还会用火枪和弓箭攻击进入他们势力范围的人。阿丘将信将疑,他有张军事地图,指着上面的东南山和五龙背说要到这两个地方看看。父亲知道一旦阿丘去了五龙背就会出大麻烦,便悄悄和鄂伦春族朋友商量,在次日要走的山中小路上暗中设了几处狼夹子,并做好了记号。父亲领着阿丘上山,半路上阿丘果然就踩中了狼夹子,锋利的铁齿箍进脚踝,阿丘疼得死去活来。是父亲把阿丘背回麻花岗的,父亲说:'这是踩上了狼夹子,要是去了东南山被鄂伦春族猎人误会了,你我小命不保。'阿丘知道了深入宝山腹地的危险,就老老实实在麻花岗挖玛瑙。麻花岗是祖父和父亲喂'狼'的一块'肉',想不叫狼撵你,最好的办法就是扔给它一块肉。麻花岗这块'肉'的确起到了保护五龙背的作用,这个作用一直发挥到20世纪80年代。

"五龙背被盯上都怪地区物探大队。物探大队本来是进宝山找铜矿和钼矿的,勘探中意外发现了五龙背上有玛瑙,而且是品质绝佳的红玛瑙。物探大队一共发现了五处产玛瑙的地方,其他地方我不在乎,反正宝山这条'龙'已经伤痕累累了,好几座山在开铜矿,山林被伐,就像龙遭揭鳞,对此我无能为力,我只要保住五龙背,给先人、给宝山乡亲一个交代。但是,我的力量太微不足道了,我根本无法保护五龙背。县里知道五龙背产优质玛瑙后,策划了招商项目,要发展玛瑙经济,很快就引进南方一家公司来搞开发。我叫天天不灵,叫地地不应,才想到给地委领导常克勋写信。因为我听一个叫莫盘锁的鄂伦春族医生提到过他,说他是一个为民请命的大干部,有事可以找他,不管能不能办成,肯定会有回信。莫盘锁说得没错,确实信信有回音,可是这回音没什么价值,就是一个姿态,像大领导站在高处振臂一挥说大家辛苦了一样,怎么解决辛苦就没了下文。我要常克勋发话是保护五龙背,这件事并不难,因为随便找个理由就能叫停五龙背的开发,物探大队发现了五个地方,另外四个可以开采。但他没有发话,三次批示十二句话,没有一句是带扣的,都是可左可右、可上可下的松紧带。我心灰意冷,知道自己无力回天。"

林风头脑相当清楚,从历史到当下一口气讲了许多。任多秋觉得眼前这位白发老人不像一个农民,颇像仙风道骨的隐士,从他的言谈举止中能看出他祖父林清和父亲林源的影子。

"听说常克勋书记找您到县里谈过一次话，都谈了些什么还能记住吗？"任多秋问。

"是有这么一次，县里派车来宝山接我，说有个领导要见我。我当时还挺纳闷儿，我不认识什么领导，谁要见我呢？在招待所门口，巧遇鄂伦春族医生莫盘锁，莫盘锁说是常书记来了，他俩刚见过面，说常书记高升了，要去省城当副省长，他要见我是因为我给他写过信。我说：'找你什么事？'莫盘锁说：'我们是老朋友，找我是叙旧告别。'听莫盘锁这么说，我心里像有把火镰唰地擦过去，一下子把火绒点燃了，我想如果我当面提提建议，说不准五龙背开矿的事就会叫停。

"但是我高估了这次谈话，我们的谈话没有任何探讨问题的意思，是一次我接受常克勋训话的过程。

"常克勋说：'老林呀，我对你三封信的批示想必你都知道了吧。我今天请你来是想和你交流一下，你反对在五龙背开矿采玛瑙，这种保护自然的理念可以理解，也应该鼓励，正因为这一点我才做了三次批示，并要求开采之后一定要复绿。你可能会问，我为什么不下指示停止在五龙背开矿？你要知道，任何决策都是要有根据的，不能感情用事。关掉五龙背项目的依据是什么？我认真研究了你列出的两大理由——风水和动植物保护。首先说风水吧，这个问题不能拿到桌面上说，什么七寸，什么龙脉，我一个唯物主义者能信吗？动植物保护倒是有些道理，但当保护与开发产生矛盾时，应该两害相较取其轻嘛，不能因为保护就什么也不能动。'常克勋说了这些，把我要说的话都给堵回来了。我想了想就说，我信中提到的风水不是迷信，我祖父是能看地势、察水线的，他在辽西柳条边就给人打井选址。我祖父认为五龙背是宝山乡水线源头，如果在五龙背采矿，会破坏宝山的地下水线，当地百姓吃的水就会发生成分改变，很可能出现地方病。

"常克勋说这个问题很好解决嘛，宝山乡政府所在地现在就是用自来水，自来水取水都是地下深井，地表采矿不会渗透那么深，另外可以对水进行化验,缺碘补碘,缺铁补铁,不会因为饮水导致地方病。

"常克勋把我最重要的一条理由轻而易举地化解了,我知道五龙背完了,哪怕我祖父在世也改变不了五龙背皮开肉绽的命运了,也许宝山这条'苍龙'的大限就该如此,五眼山泉也到了油尽灯枯的时候。我说:'谢谢您领导,您这么大的干部能接见我是我的荣幸,不瞒您说,您是我这一生中见过的最大的官。但说真话,见到您这样的官我就知足了,这辈子也不想再见什么更大的干部了,我一个目光短浅的农民就算自讨没趣吧。'常克勋说:'老林你这是对我有意见喽,怪我打官腔吗?'我说:'五龙背是我的心头肉,保护五龙背是我祖父和父亲对我的嘱托,五龙背没保住,就是说出花儿来我心里也不舒坦。不过我还是要谢谢您,您本来用不着理我这个土坷垃一样的农民,您不但做批示,还亲自接见我,我刚才听莫盘锁说您马上就升了,在这个时候能想到我,我感激不尽。但我还是要撂下这样一句话:五龙背开矿贻害无穷。'

"常克勋站起身和我握了握手说:'我能理解你的心情,但我满足不了你的要求。至于会不会像你说的那样,一切让历史去见证吧。'

"我估计常克勋后来肯定知道了宝山水污染情况,上级有很多渠道知道这个情况。五龙背采矿导致宝山一带地下水被污染,过去甘冽的井水变得苦涩起来,最为严重的是宝山从来没有的克丁病也出现了病例。五龙背的玛瑙被采挖一空后,这种情况变得越来越严重。据专家讲,玛瑙对五龙背山泉水的过滤净化起到了重要作用,千万年以来五龙背的地质结构形成了较为完善的自然过滤和矿化系统,五眼山泉自然涌出又流入地下,构成了宝山地下水线的源头,现在这个自然过滤和矿化体系被破坏了,一些有害矿物质被翻出来激活又渗透到地下,导致地下水受到了污染。历史确实证明了,我祖父的说法不是迷信,是宝贵的经验。"

任多秋明白了,老爷子之所以后悔,是因为历史证明他错了,不该为了短期利益而去破坏五龙背。

"玛瑙真的能矿化地下水吗?"任多秋问了个专业问题。

"我不敢胡说,古人说玛瑙多出北地,非石非玉,坚而且脆,刀刮不动,辛、寒、无毒,可治眼疾,这个是有根据的。玛瑙被奉为佛家七宝之一也不是没来由,最有说服力的就是五龙背玛瑙被挖没了,五眼山泉便干涸了,下游的井水不再好喝,不是玛瑙的原因还能是什么呢?"

"后来五龙背复绿了吗?"

林风摇摇头:"招商引资来的那家公司已经撤走了,复绿倒是没问题,但没有乔木,矿址上长满了苔条和各种灌木,红松蔽日、松子飘香、泉水叮咚的五龙背早就不在了。专家说五龙背想恢复到开矿前的植被,至少需要两百年。"

林风指了指茶台上那盘红松子道:"你们吃点吧,这应该是东南山松子,要是五龙背的松子,能吃出牛油果的味道来。"

任多秋和常寒松没有再问什么,两人同时伸手去捏盘中的宝山松子。

第二十五章　西瓦窑

楣上呓语：西瓦窑是一个时常被拉直的问号，初衷与结果、得失与成败，肯定是仁者见仁，智者见智。蜥蜴之变为避害，天色之变为风雨，那么人之变为了什么呢？

西瓦窑之所以出名，是因为一棵大柳树，这棵大柳树比西瓦窑一带任何一栋房屋都老，有人说一百六十岁，还有人说两百岁。有好事者请来林业专家做鉴定，结论说这是一株旱柳，树龄在一百五十到两百年之间。这个结论让专家贻笑大方，人们都说，这样的专家也太好做了。当然也有人怀疑，没听说柳树能活两百岁。反对的人便说，要不怎么叫神树呢？正因为区别于其他才称神，新疆的胡杨能活八百岁呢。大柳树水缸一样粗的树干上挂满红布条，青石砌成的树围上，常年摆放着一个酱瓷香炉，香炉里满是烟蒂、香灰。附近人家有上梁、开业、升学等大事，都会来此上三炷香，跪拜叩首以图吉利。

因为这棵柳树声名远播，白河地区在西瓦窑一带规划经济开发区时就取名"大柳树开发区"。名虽俗气，但白河人能接受，毕竟大柳树在当地民众心中是吉祥的象征。

如同家里添丁生子取名权归家长一样，白河首个开发区的名字自然由老爷子定夺。有关部门起了三个名字备选，一个是"北地经济开发区"，一个是"大东北经济开发区"，再一个是"东北亚经济开发区"。老爷子说："凡事要考虑区情，北地乃苦寒之地，属于欠发达行列，过去穷人之家生子为了好养，都起些烂名、贱名，我看我们也起个谦虚一点的名字好，免得让人说三道四。开发区不是设在西瓦窑吗？听说那里有棵大柳树,干脆就叫'大柳树开发区'好了。"大家都觉得不错,倒不是这个名字多么低调,关键是西瓦窑那棵大柳树有"神树"之称,神树能祈福辟邪,象征着祥瑞喜气。

在白河的采访任多秋盯住了老何,老何这个"白河通"也真起作用,只要任多秋开个头,他就能往下捋。任多秋问老何,老爷子所说人之变是指谁,这个人是不是用错了。

老何说,此人应该是大柳树开发区首任管委会主任徐发,但涉及干部问题只有核心人物才能知晓,不能随意猜测。"因为你要写入传记,为了稳妥起见,我介绍你俩去见时任组织部副部长的牛琴,干部考察任免都要经她手。"

牛琴这个名字两人并不陌生,闫晓春曾经提起过。

老何说牛琴是当时白河女干部中的才貌俱佳者,本来有希望步入厅官行列,因为一个限量版 LV 包引发议论,后来被调整到群团单位任职,在妇联主席岗位上直至退休。

"看来白河女干部不乏优秀者,"任多秋说,"信访办的陈香也不简单。"

"牛琴是颠覆我对女人看法的异性,我原来以为女人的性感和美丽可以画等号,熟悉了牛琴之后我觉得自己错了,真正的性感是一种气场,会不知不觉形成一种引力波。你们去采访就知道了,牛琴尽管徐娘半老,但依然摇曳多姿。"

任多秋开了个玩笑:"何兄,我不是来相亲的。"

"打个预防针也无妨。对了,牛琴现在是心理咨询师,很高端的职业。"老何说,"牛琴工作能力拔尖,不到三十岁就担任了组织部副部长,可惜在西瓦窑干部问题上吃了挂落。"

"因为什么?"任多秋感到意外。

"舆论传言,不足为信。"老何说,"据坊间议论,好像因为一个 LV 包,没办法的事,姿色对于女干部来说是双刃剑,很多时候舆论堪比滔滔黄河,一旦身陷其中,浑身是嘴也别想洗干净。"

任多秋明白,这是一个俗不可耐的话题。

"牛琴谈问题相当客观中肯,不偏不倚。"老何说,"作为心理咨询师,她有一大批老年粉丝。"

常寒松说:"我还从来没有拍摄过心理咨询师,这种从业者目光一定很犀利,如果她同意,我准备拍几张特写。"

"没问题,"老何说,"你只要说自己是常书记的公子,牛琴肯定会笑脸相迎。"

"为什么?"常寒松不解。

"这要去问你的哥哥常寒柏。"老何卖了个关子。

牛琴的心理咨询工作室在一座临街写字楼的五楼,是个套间,里间的门紧关着,门口处还立了块湘绣屏风,显得神秘莫测。外间便是工作场所,四只米色真皮单人沙发,围着一个圆圆的茶色玻璃茶几,茶几上除了三只带托盘的白瓷杯外,中央还有一个透明玻璃樽,清水养着三枝观音竹。

牛琴果然气场逼人。随体的米色衣裙,爽朗干净的五官,端庄有致的体态,年过五旬的女士在体型上能像年轻人一样凹凸有致,至少说明她是一个非常自律的人,因为要想保持这样的状态,除了抵御美食诱惑外,还要不吝汗水多锻炼,偷懒一月,腰粗一寸,很多缺乏自律的女性因此随波逐流,任其膨胀。任多秋所在的评论部就有这样一个女同事,越胖越嗜甜食,四十不到就患上了糖尿病。

牵上线老何便告辞了。老何聪明,知道采访这种事多一个外人就多一层不便。

任多秋说明来意,牛琴一边倾听,一边好奇地看了常寒松几眼,似乎对他胸前的相机特别感兴趣。

没等进入正题,牛琴便开口说:"任主任印堂愁云聚拢,睡眠怕是不好吧?"

任多秋点点头道："觉少,醒来特早。"

"睡前要换脑筋,可以找本难读的书来翻,比如黑格尔、费尔巴哈的哲学书,也可以读儒释道经典,但一定要读难懂的书,这样读书才有效果,如果读那些能读进去的书会适得其反。"

任多秋笑了:"我在大学学的是哲学专业,德国古典哲学著作真能读懂。"

牛琴愣了一下,笑着说:"那你就无可救药了。"

牛琴对大柳树开发区的前世今生几乎了如指掌。

"确定大柳树开发区的名字没有异议,因为白河人都知道这棵树的传说,但在选任首任管委会主任上,常书记与毕克功有分歧。组织部提出几个建议人选,酝酿时都被毕克功否定了。毕克功对人选要求很高,提出只能干好,不能干孬,反对把开发区当成干部试验田,言外之意是要用稳健型干部。常书记的观点不是这样,他认为对于市县一把手的确应该首选稳健型干部,但开发区不同,开发区本身就有实验性,只有用那些开拓型、敢闯敢试的干部才能杀出一条血路。

"问题是白河家底薄,输不起。毕克功对此忧心忡忡。

"常书记在书记碰头会上强调,求稳怕乱是白河干部保守的死穴,大柳树开发区要在观念上有个突破,真正起到开发区的前导作用。

"在管委会主任难产的情况下常书记想到了一个人。

"此人叫徐发,在下面一个县里担任主管科教文卫工作的副县长。给常书记留下印象的是徐发的学历和年龄。徐发公开的学历是美国利哈伊大学博士,年龄三十出头,这样的高学历在北地干部队伍中可谓凤毛麟角。徐发是来自高校的挂职科技副县长,属于帮扶性质干部。常书记到这个县检查工作时听过他的工作汇报,汇报十分精彩,用常书记的话说汇报例证新颖,思路诡谲。常书记用'诡谲'来形容,说明徐发的很多点子在他的意料之外。常书记问了几个问题,徐发回答时用了不少新词,这些词常书记十分陌生,不久去北京培训,从那些大腕级教授嘴中听到了这些新词,觉得徐发是个人才。常书记有意起用徐发,就让组织部去考察一下。毕克功听说后专门给常书记打来电话,说徐发这个人胆子太大,给他一条缝儿能豁出一道沟来,还是谨慎使用为好。常书记说:'我们听听组织部的意见吧,你我都不要犯主观主义。'"

牛琴讲话声音很柔,听起来像和风拂过,可以想象在青春当季之时会多么可人。任多秋想,如果不是那个 LV 包,眼前这个女人可能会在更高职位上施展身手。

"坊间传说因为这个人选您也受到了一点牵连,是吗?"任多秋问。

牛琴说,她很少回忆当部长的往事,那段经历就像一曲二胡独奏《葬花吟》,如泣如诉中会伴着纷纷坠落的花瓣雨。"你无法想象,当一个女人月夜里独自站在宽敞的院子中,仰望蟾宫充满梦幻的时候,忽然间落入一个莫名其妙的陷阱,四周和天棚都是黑幕,而又找不到逃遁之门,那个时候心里会是一种什么滋味。要是常书记晚走一年这一切都不会发生,常书记高升,我却陷落谷底,人生就是这样魔幻。当然,现在的我早就没有了抱怨,我甚至感谢命运,如果不遭遇这段曲折,我不会萌发考心理咨询师的念头。可以这么说,我是先把自己医好了,才开始去医别人,生活中想不开的人太多了,但缺少拯救者。"

任多秋指了指常寒松道:"对心理咨询师这个职业我俩都感到陌生,寒松觉得这个职业者的眼神肯定与众不同,想给你拍几张特写。对了,他是常书记的二公子,著名摄影家。"

牛琴的眼睛像按下开关的射灯,瞬间闪射出异彩:"啊呀,我说看着眼熟呢,果然和常书记有些像。我见过你哥哥常寒柏,你可能不知道,如果不是你父亲棒打鸳鸯,我很可能就成你嫂子了。"

常寒松吃了一惊,这事从来没听说,老爷子和寒柏都守口如瓶。

常寒松说:"我中学毕业就去北京上学,地委大院里的人认识不多,主要是中小学同学和常到家里去的几位,像朗连平,还有老爷子的秘书、司机。"

"看来我今天要本色出演接受采访了。"牛琴微笑着说,"本来想敷衍一下,既然常书记的二公子来了,我还是说得详细一点。"牛琴眼睛神采奕奕,精巧的金丝眼镜增强了这种亮度。因为太亮,任多秋不敢与其对视。

牛琴讲述往事时目光慢慢由明亮变得迷离,时而像朦胧的月光,时而又像归巢的小鸟。

"考察徐发的任务自然落在了我身上。常书记专门对我做了交代,每当有重要人事变动之前,常书记都会提些要求,一般是强调考察结果一定要真实,要给地委决策提供准确依据,等等。这一次找我去常书记却没有这样说,他说对干部要辩证地看,有些干部优点、缺点都突出,怎么评价? 这就需要考察者有一种辩证思维,要综合岗位、能力、性格、学历、经历等方方面面加以判断。常书记说:'小牛呀,我是信任你的,希望你能对组织负责,端出一个有水平的盘子来。'端盘子是干部工作行话,意思是提出干部调整方案。

"说实话,我对徐发印象并不好,那是一个荷尔蒙分泌过剩的男人,一双大眼睛里满是磨亮的鱼钩,他注视我的目光是多角度的,像多普勒扫描,我能感到一种燥热、一种入侵。但我理解常书记的意图,一个组织部部长如果不能领会书记意图那你就死定了。凭感觉我知道常书记十分欣赏徐发,我还有些纳闷儿,徐发尽管衣冠楚楚、相貌堂堂,但处事太飘,有点不靠谱。女人对男人的感觉一向很准,反正如果让我选择男人,徐发这种人连候补资格都没有。

"徐发和我见面时说的话让我极度反感,好像听到一个演员在说蹩脚的台词。他说:'牛部长,你这样的人才应该到省直机关工作,省直机关平台高,平台决定未来嘛。'

"我心里想,你并不了解我,从哪里得出了人才的结论? 我回答他说:'徐县长从省直来白河,却让我从白河去省直,是想和我轮岗吗?'

"徐发的言过其实由此可见一斑,真不知道老谋深算的常书记为

370

什么会欣赏他。徐发上任后我问过常书记为什么看好徐发,常书记说,若是按常规选个四平八稳的干部,开发区和别的县市区不就一样了吗?用徐发是用他的国际视野、超常思维。"

任多秋问:"这与您考察的结论一致吗?"

"是一致的,常书记的第一感觉没错。徐发是美国利哈伊大学博士,发表过许多学术论文,视野和思维的确超前。当时我们的考察结论完全符合常书记预期,我承认考核中选择性采纳了一些东西,是为了和领导意图相吻合,但总体上对徐发的勾勒还是真实的,不存在虚假。我在书记碰头会上汇报了考核情况,会上谁也没有说话,毕克功也没有提出反对意见,只是提出,徐发人事关系不在本地,想使用的话最好到本人所在大学进行延伸考察。常书记说这个建议好,当即让我亲自带人去省城延伸考察。我带考察组去了徐发所在的大学,结果十分完美,甚至比县里考核情况还要好。

"常书记当着我的面给毕克功打电话,说对徐发的延伸考察不错。毕克功在电话里说:'克勋,你知道我是政委出身,指挥打仗我不如你,选人用人却不一定比你差。孔夫子有句话,叫'众恶之,必察焉;众好之,必察焉',这句话用在了解干部上很有道理。你记不记得我们一团有个叫郝大牙的副团长?脾气臭,满嘴脏话,大家都不喜欢他。军里要调他去炮团,政治部来人了解情况,结果除了我之外,其他人都说郝大牙如何如何好,没有谁说他的缺点,考核不错,老郝就去炮团上任了。事后我就问大家,你们这么做对吗?为啥不跟组织讲实话?你猜大家怎么说?大家说政委呀,我们要是说了郝大牙的缺点,咱一团这颗大牙还能拔掉吗?徐发的同事都夸他好,我不敢说是不是有想让徐发赶快调走的意图。'

"放下电话,常书记看着我说:'小牛呀,毕专员有点担心呢,人是你考核的,可不能让我坐蜡。'我说:'徐发肯定不是十全十美,但选人用人不能求全责备,徐发的国际视野和超常思维还是应该肯定的。

"当着我的面,常书记在办公室踱步足足有三分钟,突然止步问我:'抛开工作视角,你从一个女性角度凭直觉判断一下,徐发到底可不可用?'

"我没想到常书记会这样问,我晚婚,当时还没有男朋友,常书记这样问,我的脸一下子热起来。我想了想,很肯定地说,徐发是个危险人物。

"常书记听后微微笑了,点点头说:'和我想的一样,你回去吧小牛。'

"我走到门口,常书记又叫住了我问我:'你在和我儿子谈恋爱吗?'

"我心里咚咚直跳,那时朗连平刚介绍我和寒柏认识,我们见过两回面,彼此感觉还不错。常书记这样问,我一时不知如何回答,就支支吾吾做了否定。常书记很严肃地说:'那就好,你和寒柏不合适,他配不上你,你们在一起不会幸福。'

"我点了点头,觉得既然常书记这么决定肯定有道理。

"很快,地委开会任命了徐发为大柳树开发区管委会主任。

"常书记到省城赴任前,让我陪他去了趟西瓦窑,常书记走之前就去过两个地方,一个是宝山,一个就是西瓦窑。常书记带我去的目的很清楚,就是向开发区班子成员表示一种态度,组织部门是支持徐发的。我知道常书记已经听到了关于徐发的种种传言,有点不放心徐发,便专程去做些叮嘱。

"徐发上任后在基本建设上大刀阔斧,开发区负债滚雪球一样膨胀起来,行署大院里议论纷纷。白河人对债务的惧怕超乎常理,说穿了还是小鼻子小眼小家子气。

"常书记问徐发:'听说你举了不少债?'

"'确切地说是融资。'徐发回答。

"'白河底子薄,凡事要量力而行,举债总是要还的。'

"坐在椅子上的徐发两腿并拢，双手按住膝盖说:'常书记，您是不是担心我在基础设施上贷款额度高了些? 您放心，这些都是可控负债。负债经营在经济学上司空见惯，通过银行借款、发行债券、租赁和商业信用等方式来筹集资金加快开发区建设是成型的经验，大柳树没有钱，又要发展，靠什么? 只能靠融资。好在西瓦窑不缺土地，别的地方土地只能种庄稼，在西瓦窑土地可以种金子，开发区现在"七通一平"①完全铺开，明年秋季就会有一个翻天覆地的形象变化。'

"常书记被徐发的话感染了，点点头道，说得通。

"徐发接着说，制约白河经济发展的虽然有北地气候这个地理原因，但干部观念保守也是一大障碍，大家畏债如虎，缩手缩脚，不敢花别人的钱办自己的事。美国人一文不名就敢贷款买房子，结果住着房子一年年还房贷，而国人攒钱买房子，等攒够了钱买下房子，自己也老了，享受房子的时间屈指可数，这就是一个观念问题。

"常书记说，就怕攒钱的同时房价也在涨，到老也买不起呀。

"徐发说，正确! 大柳树要等有了钱再搞'七通一平'，三年五年也搞不成，转换思路天地宽，办法总比困难多，他的打法说好听点是白手起家，说不好听点是空手套白狼。他想，既然常书记信任他、选择了他，他就甩开膀子大干一场，让西瓦窑改天换地，成为北地明珠!

"'这话我爱听，'常书记说，'穷则思变嘛。'

"徐发说:'美国人有句谚语:办事不愁没法子。我是一个单枪匹马闯进博弈场的人，进来时一文不名，离开时也许会腰缠万贯。人生就是一场博弈，与对手搏，与事业搏，与命运搏，那些未搏先输的人最可怜，因为他浪费了生命所赐的机会，输了不可怕，胆怯才可耻。'

"我听着这话心里不舒服，什么博弈，不就是赌博吗? 人生就是赌博这不是什么新鲜观点，常书记却听得津津有味。

---

① "七通一平"是指在基础建设中前期，完成道路通、给水通、电通、排水通、热力通、电信通、燃气通及土地平整工作。

"常书记说:'我在省里等你的好消息。'说完又对我说,'牛部长呀,徐发是个不按常规出牌的干部,肯定少不了争议,组织部要给这样的干部撑腰,多创造些宽松的工作环境。'

"徐发听常书记这样说,一双热辣辣的眼睛盯着我,说:'那我以后就把牛部长当依靠了,希望牛部长别嫌弃我。'

"我心里不舒服,但还是硬着头皮说,组织部一定会为徐博士、为大柳树开发区全力做好服务。

"常书记对徐发是过于信任了,所谓负债经营,必须考虑投入产出,当你只投入却没有产出的时候,你的负债就是头上的雷。

"公平地说,如果徐发这种打法在南方,消化融资也许不成问题,因为做好配套的土地很快就会通过招拍挂出手。但大柳树开发区在北地,在白河,在西瓦窑,在一个根本没有地利可言的苦寒之地,别说你搞了'七通一平',就是建好了标准厂房,投资者也不一定愿意来。徐发的融资成了无法消化的债务,毕克功责成审计局算了一下,就是把白河的财政都搭上,不吃不喝,也要五年时间才能还清大柳树的外债。此时常书记已经调走,毕克功刚刚接任,大柳树债务这个待爆之雷成了他上任伊始的'礼物'。首先发难的是银行,大柳树把白河的几家银行都拖进了泥淖,银行所能追回的只能是'七通一平'后长满蒿草的裸地。银行不会种地,拿着抵押又出不了手,只能捶胸顿足当'地主'。其次是一些内地企业奔丧一样跑来,他们说当初被徐发忽悠了,原本期望借助开发区炒一回热地,赚点快钱,没想到却被套住了,大把大把的钱都埋在了地里,除了地什么也拿不到。

"毕克功找徐发谈话,问他如何扭转这个局面。徐发却满不在乎,说:'开发区就像北方的大炕,烧火时热,撤火时冷,现在的低潮不代表将来也是低潮,我们只要稳住阵脚,等待上级政策调整,问题自然就迎刃而解。'毕克功是个务实的人,说:'远水解不了近渴,你还是说如何解决当前这个困局吧。'徐发说,西瓦窑老百姓有句土话,叫'虱子多了

374

不愁',这些债务不去理它们就是,反正都是以土地抵押的。

"这次谈话后,毕克功把我叫到办公室,告诉我说徐发这人人品有问题,欠债不还心安理得,这样的人不可重用,让我考虑一下大柳树管委会主任换人问题。毕克功还告诉我说,纪检机关接到举报,说徐发给我买了一个限量版 LV 包,是有次徐发组团出国到对岸,在海参崴与我相遇,给我买了这个包。我觉得很窝囊,就像脊背上被人吐了一口痰。我怎么会收徐发的东西?拎着徐发买的包还不浑身刺挠?问题是这件事没法解释,我在对岸买包时,因为是用现金购买,信用卡上没有痕迹,发票也弄丢了,一时无法说清。这件事组织上没有调查,似乎是保护我,但这恰恰害了我,满机关都在传我收了徐发一个包,有些传言甚至下了道儿,我有口难辩。调整徐发是我在组织部最后一次端盘子,徐发被安排到科协当主席,另从市县调来一个书记接任徐发。继任者满口牢骚,到处说西瓦窑是个火坑,自己不在大柳树上吊死算命大。

"调整徐发前,毕克功让我去省里向常书记做汇报。常书记听了我的汇报沉默了许久,说:'我离开白河了,白河的干部不易过问。'我看出常书记神情黯淡,不知他在想什么。大柳树债务危机轰动全省,他不可能不知晓,我认为他是赞成调整徐发的。常书记对我说:'小牛呀,你当时的感觉是对的,徐发这个同志的确很危险。'常书记还问了我 LV 包的事,我当时就哭了,我说:'不瞒您说,常书记,我后来谈了个对象,是做边贸生意的老板,腰缠万贯,什么样的包买不起?怎么会要徐发的东西?'常书记说:'你是受徐发牵连了,有些人恨徐发,你不幸就成了一个发泄的牺牲品。'后来毕克功告诉我,地委准备调整我的工作,初步意向是让我到省里驻白河的一个二级单位工作。毕克功给常书记打电话沟通情况。常书记说:'克功呀,牛琴同志是个自尊心很强的女干部,把自己的政治前途看得很重。她对象是个做边贸生意的大老板,我认为说她接受徐发的 LV 包不合逻辑,据我所知她很讨厌徐发,认为徐发是个危险人物。对干部要负责,我建议你们还是平向交流

375

安排为妥。再说了,因言废人不符合你这个政委的思路。'毕克功虽然固执,但常书记为一个干部如此表态还从来没有,犹豫再三后,他改变了调整方案,将我交流到群团单位任职。"

任多秋问:"当时提拔徐发是失误吗?"

"我到省里汇报时,常书记已经流露出后悔之意。我记得常书记背着手站在窗台前望着窗外,外面飘着清雪,那是一场初雪,雪站不住,落到窗外就化掉了。常书记说:'你当初不该迎合我,如果你明确反对,也许就不是现在这个样子。'我说:'这件事我有责任,我不该揣摩您的心理来考察干部。不过徐发的确有国际视野和超常思维,这一点您和我看得都没错。'"

"是啊,这是一个橘生淮南还是淮北的问题。"任多秋说。

"我从省里回来不到一周,研究干部不让我参加了,要求我回避。在我回避的这次会议上,我被交流到社科联任职,从此就与群团结缘,一直在这个圈子里晃荡。徐发和我是同一次会议做的调整,他到了科协。毕书记找被调整干部谈话时,我在室外遇见了徐发,徐发像没事一样和我打招呼,没有任何愧疚。我觉着这真是个无心无肺之人,我被你牵连了,你至少要说声对不起吧。"

任多秋问:"徐发能接受这种安排?"

"徐发在新岗位上工作不满月就辞职去了南方。"

"他走了,债务纠纷怎么办?"任多秋觉得似乎不能这样让徐发走。

牛琴笑着说:"毕克功这个人虽然认真,但也不是一点情面不讲,他没有在徐发身上做文章,审计结果也证明徐发没有把钱装入自己腰包。徐发提出辞职时,他给常书记打过电话,问徐发要走,放还是不放。常书记说无论放不放,法律责任必须厘清,尤其要做离任审计。毕克功说做过了,没啥问题。就这样,毕克功很快在徐发的辞职报告上签了字。"

"徐发走的时候没有领导和他谈话,白河干部很快就忘却了他曾经的存在,尽管他遗留了许多债务难题,但债务的红字仿佛也会随着时间推移而褪色,变成死账、呆账。一年后,白河干部在电视上看到徐发时,他已经是南方一家上市公司的总裁。后来毕克功在省里开会遇到常书记,对常书记说,当初用徐发并不错,徐发的确有能力,就是过于超前。常书记说,超前也有个度的问题,太过于超前,西瓦窑成为'麦城'就在所难免。

"有一次毕克功见到我,问我在群团单位工作怎样。我说挺好,群团工作有一定自由度,在新单位我结了婚,相夫教子,等于转到另一个频道。我说的是实话,我的人生就像一条河,在一个没想到的地方突然改变了流向,这个转折虽然与徐发有关,但我不再记恨徐发。当年在海参崴他的热情和殷勤没有错,毕竟我帮助过他,他也不会想到他过分的热情和殷勤会让别人产生误会,结果就有了那封匿名信。"

任多秋不关心牛琴和徐发的纠葛,他还想知道牛琴为什么没有成为常寒松的嫂子,忍不住问:"常书记为什么要阻止你和常寒柏谈恋爱?"

"我哪里知道呀?"牛琴说,"这要去问他老人家。其实我和常寒柏有眼缘,那个时候没有短信、微信,只能写信,寒柏给我写过一封信,写的全是大道理,简直像政治课文,我觉得真是虎父无犬子。也许是因为常书记的关系吧,我第一次见常寒柏就有一种亲切感,正应了那句话,人生所有的相逢,都是为了偿还而来。虽然不是一见钟情,但好像认识了很久。那时常寒柏在农垦系统也干得风生水起,我们完全可以正常发展下去。但我是讲组织原则的,原以为朗连平介绍我和常寒柏认识背后有常书记的意图,常书记明确反对后我很识趣,就给常寒柏写了封信,中断了我们的关系,此后再也没有联系过。"

任多秋想,这事有点奇怪,莫名其妙地开始,莫名其妙地结束,这个朗连平岂不是乱点鸳鸯谱?

牛琴脸色微红,问常寒松:"你嫂子从事什么职业?"

"医生。"常寒松说,"老爷子建议我们兄弟俩最好不找从政的媳妇,他很清楚,女人一旦从政,照顾家庭的时间就会有限。"

"常书记不同意我做他儿媳等于救了我,否则我一辈子都会被他管。"牛琴开了个玩笑说,"我相信你哥哥很长时间不会忘记我,因为我们彼此都是有了些阅历才相遇的,眼神儿能透露心底的秘密。"

任多秋知道该打住这个话题,就问:"西瓦窑现在发展还不错,我和寒松去看过,高楼林立,街道宽阔,是白河比较繁华的商贸区。遗憾的是不见了那棵大柳树,开发区在大柳树原址上又栽了一棵,树龄也就二三十年。"

"江山有代谢,往来成古今,人和树都会新陈代谢。"牛琴明显对大柳树不再感兴趣,她说,"不谈西瓦窑了,说点我的感觉,恕我直言,脸色和神情告诉我,你俩都需要心理疏导。"

"怎么说?"任多秋很惊愕。

"你俩心头有一个迷雾云团,导致眉心没有舒朗之气。"

任多秋和常寒松相互看了一眼,牛琴果然厉害,一面之识就能看出问题。的确,这次北地之行快到了老爷子自传提纲的尾声,招魂一事尚无着落,好比撒下渔网捕鱼,网上来的却是蛤蜊和虾蟹,两人心里确实有点焦。

"那么该如何调理呢?"任多秋问。

牛琴说:"想化开心头疑云并不难,可以像我这般转换频道呀,没有哪一道彩虹是单色的,眼睛老是盯着一样东西容易审美疲劳不说,时间一久反而会生厌,过于强调专注,不符合人的生理和心理。西瓦窑不只有一棵大柳树,还有榆树、杨树和松树,只有那些想不开的人才会在一棵树上吊死。"

任多秋觉得牛琴这番话好像受了徐发的影响,是徐发给了她心理咨询的灵感吗?

"不把任何结论当结论,将往事清零是人生一大**解脱**,"牛琴说,

"人生何必自讨苦吃?"

牛琴在说这番话的时候,常寒松以最快的速度抓拍了她几张特写。

"你拍我是想发给你哥哥吗?"牛琴故意嘟着嘴问。

"不,"常寒松说,"我要给老爷子看,他一定还记得你。"

第二十六章　老鳖湾

榻上呓语:我想和所有的动物交朋友,但几乎所有的动物都退避三舍,秋风呜咽中,一群拖家带口的老鳖围着我,似要讨还什么。人欠人账可以还,人欠动物的账想还也没有机会。

老鳖湾原本是白嫩高速十八公里处一个天然湖泊,距小岗子镇约八百米,因白河改道而形成。老鳖湾水面近四平方公里,呈椭圆形,西侧有条泛着浪花的小河淌入,应是水源。东端有一个形似鳖吻的出口。出水口再往下,是附近的村民修的灌渠,灌渠两边是方格状的稻田。

老鳖湾不仅形状似老鳖,而且湖中真有老鳖,有人看到湖边白色的沙滩上有成群的老鳖晒日头,如同一只只倒扣的水瓢。附近小岗子镇的老人说,老鳖湾有两样东西不能吃,一样是倒鳞鱼,吃了这种鱼身上会长癣,很难治愈,只有到五大连池去烀泥才会好。倒鳞鱼的确存在过,《柳边纪略》上对这种鱼有过记载,言其"鱼皆逆鳞,人不敢食"。另一样东西就是老鳖。据说老鳖湾原本是没有鳖的,大清康熙年间,吴三桂的大周土崩瓦解,其朝中文武百官大都被发配到北地给披甲人为奴,流人中有个叫范斗的五品官,是个名儒,效仿春秋大夫臧文仲养龟自娱,但北地天寒,乌龟养不活,他便养了几只老鳖排遣流放寂寞,反正龟鳖习性相近,无非壳硬壳软之别。范斗的窝棚就搭在老鳖湾旁,一日大风骤起,窝棚被揭顶,养老鳖的水缸也被刮翻,里面的几只老鳖逃进了老鳖湾,由此成了湾中众鳖始祖。范斗的窝棚被揭顶,老鳖失踪,心中抑郁,不久生了大病。他在窝棚倒塌的地方用青砖建了一个很小的老鳖庙,庙建成之日,一脸胡须的范斗背倚小庙,面朝湖水坐在那里去世了。消息在民间流传开，人们就觉得老鳖湾的鳖不能捕，有打鱼者误捕上来也会旋即放生，村民觉得老鳖湾的鳖是范斗托生而来，有灵性，吃不得。

小岗子人春夏有到老鳖湾玩耍的习俗，这习俗在伪满时被剥夺了。小岗子有条叫"小札幌"的街，街上驻有从日本札幌一带迁来的"开拓团"，他们把老鳖湾当成专属领地，到了夏季，他们穿着兜裆布在沙滩上、湖水里嬉戏，当地人只能望"湖"兴叹。伪满垮台后，小岗子人才重获到老鳖湾玩耍的权利。清代流人范斗建的那个不到一人高的老鳖庙一直保留到20世纪80年代初，老鳖庙没有牌匾，庙名也是村民口口相传，庙中有一石条，石条上摆着个掉了一只耳朵的粗瓷香炉。白嫩公路修路前夕，不知何方神圣在小庙门楣上镶了一块土坯大小的白色理石，上面刻了"黄仙祠"三字，小庙便稀里糊涂易名了。任多秋听到这个故事时心中不免感慨，信仰是多么神圣的东西，没想到一块牌匾就轻易给改变了。

村民都说，若是老鳖庙不易名，老鳖湾不会被填，老鳖也不会绝迹。

不管怎么说，许多村民还是怀念那段老鳖在白沙滩上晒日头的时光。高速公路需要全封闭，白嫩高速连同老鳖湾服务区都有铁丝网拦着，附近村民进不来，也上不了路，这条难见几辆车跑的高速路对于附近村民来说是一幅美妙的画，看看可以，想进入画中却没门。

老鳖湾原本要保护的。

老爷子上任伊始曾到老鳖湾调研过，他和当地县乡两级领导说，老鳖湾是块宝地，将来可以建旅游度假区，要做足老鳖和倒鳞鱼的文章。还说北地叫"王八坑"的地方不少，但像老鳖湾这么有详细历史传说的还没有，一定要保护好，谁想打老鳖湾的主意必须向他报告。有了地区一把手的死令，老鳖湾原貌得以维持，碧绿的湖水，白色的沙滩，还有环湖生长的柳树丛和山丁子树。老鳖湾美丽的风光照也多次上电视，这里成了白河人休闲的不二之选。

381

这些情况常寒松都清楚,他小学、中学时代学校多次组织到老鳖湾春游,他还记得湖中有野鸭、鸳鸯、鸥鸟和白鹤,这些水禽不怎么怕人,甚至会靠近人群讨吃的。常寒松后来想,白河人对鸟类的保护意识其实是有传统的,应该源自北方少数民族共同信奉的萨满教,在萨满眼中天上飞的鸟类可以通神,只能保护,不可伤害。

但是,老鳖湾还是给毁掉了,老爷子离任前在一纸请示上画了一个圈,签上了年月日。这个铅笔画出的椭圆形圆圈决定了老鳖湾消亡的命运。按老爷子自传提纲中的说法,这是在他主政白河期间签批的最后一个请示。这份请示上有毕克功批示的一句话:

拟同意,报克勋同志阅示。

按程序,这份填湖修路的请示用不着到老爷子案头,但老鳖湾所在县领导记得,当初老爷子到老鳖湾视察时有不许动湖的严令,才在请示中注上了这么一条,毕克功看到这句话就把请示件批了过来。这样批件不符合毕克功的性格,但省里已经传出常克勋要高升,他作为继任者到地委大院接任的消息,不知他怎么想的就这样批过来了。请示写得很明白,白嫩高速如果按直线设计,必须经过老鳖湾,填湖修路,同时填出一个老鳖湾服务区。填湖的理由是节省投资,不占耕地,道路是一条直线。

老爷子看到请示后没有动笔,他决定到现场看看,陪他去现场的是副秘书长朗连平。常寒松讲到朗连平,任多秋说应该见见这个人,不知他回没回来。常寒松打通了朗连平的电话,朗连平很兴奋地说:"寒松呀,我刚从三亚回来,正要打电话,晚上请你吃饭,你的电话就过来了,真是心有灵犀。"常寒松说:"关于老鳖湾的事,任主任正要采访你。"朗连平说:"那就晚上六点江畔餐厅见,我叫上老何、牛琴怎么样?"常寒松说:"这两位我们都见过了,一起坐坐也好。"

放下电话后,常寒松问这样安排行不行,任多秋说不错,这样的饭局相当于一个小型座谈会。

　　年过七旬的朗连平是个精力旺盛之人,他说自己是一只长脖老等①,冬栖三亚,夏居白河,春秋两季外出旅游,尽情享受人生。朗连平前妻因车祸过世,续弦是国旅的一个导游,出门旅游享受 VIP 待遇,这是他喜欢到处走的原因。

　　五人饭局,朗连平订了个十人包房。菜品也硬,黑龙江的鳇鱼和鳌花、鲫花,加上自带的两瓶茅台,让这桌饭的档次升至顶格。见到任多秋和常寒松,满头银发的朗连平上下打量了常寒松好几眼才说:"寒松呀,你这脸怎么像从青藏高原下来的?"常寒松笑笑说:"我是搞摄影的,不能待在屋子里,到处跑,承接的紫外线就多。"朗连平又问了老爷子的情况,说他准备秋天去北京看望老领导。常寒松介绍任多秋,说这就是赫赫有名的大笔杆子、作家,报上许多重要社评都出自他手。朗连平说:"知道知道知道,久仰久仰久仰,我退休前经常学习任主任的文章,不愧是理论大家。"

　　老何来了,带着一本政协文史委编写的内部小册子,是国家搞"三套集成"时政协文史委组织编写的内部资料,辑录的全是白河的历史故事。任多秋觉得这本小册子不错,有参考价值,尤其里面有几篇介绍老鳌湾前世今生的文章,还配了一张老鳌庙的黑白照,照片虽模糊不清,但从残破的样子能看出这不是一个新建筑。

　　牛琴最后一个到的,能看出来之前刻意化了妆、做了发型。牛琴一到,就把几个老男人的目光一下子牵了过去。朗连平说:"牛主席是个逆生长的女人,全白河找不出第二个。"老何说:"牛主席是谁呀? 当年可是决定几百男人命运的人。"

　　常寒松看着老何,不知此话怎样理解。

———————————

　　①　长脖老等即苍鹭。

朗连平说:"寒松是个实在人,不像搞媒体的,虚虚实实,真假难辨。我替老何解释一下吧,老何这话是在夸牛主席,因为牛主席在担任组织部副部长时,是负责干部调整端盘子的人,决定着全地区五六百个县处级干部的使用,我和老何都是上过牛部长盘子的人。牛主席虽然比我俩年纪小,但私下我们都以大姐相称,是名副其实的大姐大。"

牛琴说:"老皇历亏你们还记得这么清。我过去给你们服务,退休后依然服务。人一老,气易盛,想不开的事就多,我的工作室可以帮你们摆脱这些烦恼。"牛琴总是有鲜明的角色意识,角色意识是一个人不错位、不出格的重要前提,这让任多秋心里很敬佩。

老何道:"现在老年人因为孤独心理疾患多,什么孤独症、抑郁症、阿尔茨海默病等等都需要调理,牛主席是老同志的福音。"

任多秋插话:"何止老年人,现在连中小学生也需要心理疏导,在一个连泰山石都能快速解构的时代。焦虑感会呈几何级数陡增,对此,有些人甚至选择了逃避,想疏离社会,但行不通,你总不能逃离地球吧?"

"知音啊!一句话说中要害。"牛琴高调夸赞任多秋,让任多秋有点腼腆,能心安理得地接受一个杰出女性的夸奖,需要千锤百炼的心理素质,对于整天写文章的任多秋来说,这样的场面并不多。

五个人围桌而坐,朗连平给每人斟满酒,然后问任多秋:"任主任想了解老鳖湾被填一事吧,为什么对这件事感兴趣呢?"

没等任多秋回话,常寒松抢过话说:"不是任主任感兴趣,是老爷子后悔填了老鳖湾,任多秋要给老爷子写传记,这件事的来龙去脉不搞清楚没法落笔,说白了,就是弄清楚当年老爷子那个圈是怎么画上去的。"

朗连平说:"这件事我一清二楚,请示批件上还有我的拟办意见呢,牛主席和老何也大致清楚。这样吧,任主任能不能采访到真实情况,就看喝酒表现了,喝一杯,我就给你抖个包袱,怎么样?"

任多秋没想到朗连平这个年龄了还是酒桌上的"好战分子"，便响应说："我尽力就是，喝高了你们别笑话就成。"

一杯酒下去，朗连平放下酒杯扳着手指头说："常书记之所以画圈，无外乎三个原因：一是降低修路成本，高速公路是用钱铺出来的，一公里上千万，填湖修路，路是直的，如果绕过老鳖湾要多修四公里，勾股弦的道理大家都清楚。二是填湖是迟早的事，在修路前行署那边已经有过几个老鳖湾建设规划，最后都因为常书记那条禁令没有通过，与其调走后被人否定，还不如自己在位时主动改变，这样至少面子上不难看。三是保护老鳖湾的意义到底在哪里？常书记对自己当初的决定产生了怀疑，就为一湖老鳖就把一个四平方公里的湖当成禁区值不值？应该说基于这三点，常书记大笔一挥，在请示上画了圈。"

"还有一个原因，"老何说，"老鳖湾出了一次事故，影响很不好。填湖前一年，白河实验小学，就是寒松的母校组织学生到老鳖湾春游，那天无风无浪，学生在老鳖湾里划船却发生了意外，小船倒扣在湖里，淹死了五个学生，老鳖湾由此成了凶险之地、伤心之地，有人希望把它从地图上抹去。这起事故发生后，撤了教育局局长和小学校长，教育局下发通知，禁止学生去老鳖湾春游。"

"风平浪静怎么会出意外？"任多秋觉得不可思议，"小学生不会自己划船，肯定有老师陪伴。"

老何说："说来奇怪，是坐在船右舷的两个小学生发现湖里有东西，像锅盖那么大，圆圆的，在水面浮着。一个学生说快来看，老鳖出水了！这一喊，船上十多个学生都拥到小船右侧，一下子把船压翻了。虽然老师跳下水救上来几个，但还是有五个学生不幸溺水身亡。后来这事越传越玄，说是大儒范斗想收弟子，便化作老鳖来招生，因为淹死的五个学生学习成绩都非常好，恰好是班级里的前五名。五个学生的家长相互商量后，就把五个孩子合葬在湖边一处向阳的坡地上，北地有不给未成年孩子封坟的习俗，但合葬可以。坟前立着一块碑，碑上刻着五个小学生的名字。"

任多秋问:"老鳖湾真有那么大的鳖?"

"这个不好说,"老何摇摇头,"都是小学生的说法,也许他们看到的不是老鳖。不管怎么说,这起事故坚定了常书记在那份请示上画圈的决心。"

"你们说得都对,但都不深刻。这样吧,任主任,我们再走一杯,我告诉你另一种实情。"牛琴说。

没人拒绝牛琴的提议,包括老何也想听听牛琴会怎么说。

牛琴说:"翻船事故也罢,降低高速公路投资也好,其实还有一个不为大家所知的原因,那就是老鳖湾如同一道门,这道门若是打开了,屋里的东西就保不住了,常书记真正担心的是这件事。而这个屋就是指离老鳖湾八百米的小札幌。小札幌是伪满时期的产物,属于当时服务日本关东军的配套街市,当年有慰安所、酒吧、歌舞场,还有日韩餐馆等等。日本投降后,小札幌的污垢被洗涤一清,但建筑还在,划归了当地县第二副食品公司。我陪常书记去县里调研,听常书记说小札幌这条日本风情街一定要保留,将来对日招商引资是块好招牌。但事情只能悄悄地做,不能大张旗鼓地宣传,因为容易引发议论。所以常书记强调要保护老鳖湾。谁都知道,如果搞开发,必须老鳖湾和小札幌一起搞,因为距离太近了;反过来说,保住了老鳖湾,也就保住了小札幌。"

"小札幌仅仅是关东军配套服务设施吗?"任多秋在老爷子的自传提纲中没有见到"小札幌"这个词,听起来很陌生。

"不是,"老何插话说,"小札幌那里原来有个日本'开拓团'驻扎,日本投降后'开拓团'也都回去了,那个地方就变成了一个小镇,叫小岗子镇,人口不多,镇里有不少日本遗孤后人,和日商联系比较密切。"

牛琴说:"常书记考虑问题就是有预见性,他不让宣传小札幌是对的,小岗子镇所在县的王竹县长就是没有处理好这个问题丢了乌纱帽。"

"还有这种事?"任多秋睁大了眼睛。

牛琴说:"这件事轰动全国,你应该知道。王竹也是为了招商引资,在老鳌湾东面的山坡上建了一个日本战后遗孤感恩碑,碑不大,上面刻着日本遗孤的名字和他们的中国养父母的名字,碑周围安装了铸铁栏杆,栽了些松树,这件事被一个记者给曝光了,引起很多人的反感。从南京来了两个年轻人,用铁锤砸掉了石碑一角,还在石碑上泼了红漆。事情闹大了,当时是我带联合调查组去调查处理的。

"王竹不理解,说记者报道有误,他们立碑怎么成了纪念侵略者了? 这是日本遗孤出钱立碑感谢中国养父母的。王竹给我们讲了一个真实的故事。当年孙武是日本关东军的一个重要军事基地,苏联红军对孙武关东军据点、堡垒进行轰炸后,貌似强大的关东军很快就土崩瓦解。这年秋天,有一对日本工程师夫妇带着一个五岁的小女孩樱子从孙武霍尔漠津逃出来,想到小岗子找'开拓团'的一个亲戚,结果在小岗子街上受到苏军拦截盘查。夫妇俩知道凶多吉少,就把孩子委托给了一户当地人家,他们知道,被苏军俘虏后都要被送到西伯利亚战俘营关押,那里自然条件恶劣,能活下来的概率微乎其微。小女孩的父母会汉语,他们找的那个当地人是个木匠,姓肖,家里有三个男孩,肖木匠把樱子当女儿来养。樱子父母一去再无音讯,樱子在肖木匠一家的照顾下留在了小岗子。中日邦交正常化之后,樱子回了日本,几年后举家回来感谢肖木匠,那场面真是感人,樱子在大门口就给肖木匠跪下了。樱子说肖木匠待她比待自己亲儿子还好,因为家里不富裕,哥哥们经常喝大楂子粥,她却有窝头吃,她几次看到肖木匠独自蹲在木匠棚里啃豆饼充饥。肖木匠去世时樱子回来了,就是那次樱子到县里找到王竹,问可不可以出钱为这些养育遗孤的中国父母立一块碑,王竹觉得这个主意好,体现了民间友好。就这样,他同意了樱子的建议,没想到让媒体给炒作得走了样。

"我觉得王竹说的是实话,这件事没有什么大问题,如果有,就是

387

没能及时请示报告。

"当时王竹红着眼睛说:'牛部长呀,我就是一个农机学校毕业的中专生,摆弄农机我是明白人,外交官摆弄的大事我哪里明白啊!如果说我有点小心思,那也是为了招商引资。'

"不过,王竹的觉悟显然不适合主政一方,作为县长,做事情首先应该从政治上去考量。碑这个东西能随便立吗?树碑立传就等于立了一块靶子。毕克功为此专门找我交代了两条处理原则:一是消除影响,二是处理相关责任人。我的建议是调整王竹的工作,不做纪律处分,因为一旦给纪律处分,错误事实就必须立得住。王竹之事也是事出有因。我想,既然王竹是学农机的,就让他去农机学校当校长好了。王竹接受了这一安排,说县长这个差事不是人干的,稀里糊涂就踩上了地雷。王竹调走后,立碑一事很快平息,影响也逐渐淡化。我觉得是这件事给了常书记一个提醒,小札幌保不住了,如果明确提出保护小札幌,同样会引起舆论风波。在小札幌一事上毕克功多次说没啥保留价值,强调不能被历史捆住手脚,县长、镇长不是博物馆馆长,必须创造性处理好保护与发展的关系。"

创造性处理好?任多秋脑子里打了个问号。

老何补充道:"毕克功有时看似保守,实际上是另一种激进。"

"常书记在综合考量之后才画了那个圈,"牛琴说,"常书记思考问题比较全面,肯定经过了一番利弊权衡。有些人不知道,以为领导画圈很随意,其实领导不是阿Q,阿Q画圈没啥智商,领导画圈可是有大学问的。"

牛琴的话赢得了老何和朗连平的叫好,他俩在位时几乎天天画圈,知道画圈的不易。

"在画出这个有学问的圆圈前,常书记是否征求了其他人意见?"任多秋问。

朗连平想了想道:"好像没有,不过常书记带我去了一趟小岗子。

388

那是一次微服私访,连秘书都没带,就是我和司机陪着。"

任多秋心中暗喜,常寒松知道的情况只是朗连平陪老爷子去了趟老鳖湾,至于都调研了些什么就不知道了,朗连平主动提起此事,和自己采访的话题不谋而合。

"那次去老鳖湾,我发现常书记心情并不好,眉头紧锁,脸色晦暗。汽车停在小岗子街口,我俩先在小札幌转了一圈。小札幌破败不堪,看上去像贫民窟,有些没人居住的房屋屋顶上甚至长出了小榆树。日本建筑多用木料,容易腐朽,街两旁年久失修的房子没一处囫囵的。我们走进一个大门敞开的人家,房主是个耳朵很背的老妇人。常书记想和她聊聊家常,老妇人听不清,总是答非所问。常书记大声问她这房子该不该保留,说了三遍老妇人才听清,说有啥好保留的?'满洲国'的时候这里是窑子,脏!我俩又走进一家开杂货铺的人家,店老板是个眼圈发暗的中年人,常书记问他生意咋样。店主气哼哼地说,平时连个鬼影都没有,生意怎么会好?常书记问为啥人这么少,店主说老鳖湾淹死人以后就少有人来了,大家都怕淹死鬼。屋里传出哗啦哗啦的码牌声,常书记问:'大白天就打牌?'店主说:'不打牌干啥?地里也没啥活儿,打牌就是打发日子。'

"在看到了小札幌的凋敝之后,我俩步行来到老鳖湾。夏天的老鳖湾风景没说的,我始终认为从自然景观上看老鳖湾不亚于西湖、太湖这些风景名胜区,西湖、太湖水太黏稠不说,它们有白沙滩吗?老鳖湾水清亮亮的,能看到三四米深的湖底,看到湖底水草间成群的柳根鱼。老鳖湾的沙滩简直是一绝,像大粒盐一般白,站在湖边沙滩上望着悠悠湖水,有一种踩在云端的感觉,醉人的景色仿佛能把人融化掉。我记得常书记自言自语地说了这样一句话,真是舍不得啊,这样的地方不多了。

"我说要不就别填湖了,我回去查查,看是哪个鬼工程师设计的,北地这么大,为啥偏偏要穿过老鳖湾,跟老鳖有仇还是咋的?

389

"常书记说,连平呀,这样设计是有道理的,是追求公路的景色美,在湖上驾车与在庄稼地里开车感觉能一样吗?这个设计师蛮浪漫,一定是个自恋的家伙,他不会考虑湖中老鳖的感受。

"在湖边,遇见了那个小小的黄仙祠,从祠内香炉满满的香灰可以断定,小庙香火不错,看来这个张冠李戴的小庙安放着当地百姓太多的寄托。

"我们还看了那座五学生坟,坟上长满酸木浆,孩子坟父母是不会来扫墓的。我想,五个孩子用尚未成熟的生命改变了老鳖湾的现状,其中难道真有范斗的作用?

"常书记没有去看日本遗孤碑残址,尽管残址与五学生坟相距很近,常书记的目光甚至没有往那里扫一眼。看完五学生坟,常书记走到湖边沙滩上,说坐下歇歇吧。他坐在沙滩上看着湖水出神,一直坐了半个小时才起身回返。回到办公室,常书记就毫不犹豫地画了那个决定老鳖湾命运的圆圈。"

任多秋心里在想象当初老爷子的神情,无奈?失望?还是放弃?老爷子肯定预料到了日后小札幌的命运,如果说老鳖湾的牺牲是因为修路,那么小札幌的拆掉则意味着价值不再。老爷子后悔的是面对一条老街走向毁灭却无法保全,这是一种颇具悲剧感的伤痛。他端起一杯酒,忘了和众人打招呼,独自饮了。

牛琴看到了任多秋反常的举动,主动起身给他斟满酒,举杯道:"任主任不要伤感了,世上所有的事物都不能摆脱生与死的过程,你的伤感换不回老鳖湾的复活。我敬你一杯,借这杯酒挥发掉内心的疑云吧,放下,才会提升。"

任多秋端杯和牛琴碰杯,欣然接受了牛琴的敬酒。

"小札幌后来怎样了?"任多秋放下酒杯问。

朗连平摇摇头:"结果可想而知,县里通过招商引资在小札幌搞了鄂伦春风情一条街,老旧的日式住宅被扒掉,建了些撮罗子、蒙古包和青砖瓦房,想法很好,但游客寥寥无几,因为谁都知道那些建筑是复制品。再说了,因为老鳖湾大部分被填,小岗子没有了沙滩和湖水,游客自然不会跑到那里看什么撮罗子。"

老何说:"填湖建的那个老鳖湾服务区还是很高档的,里面有一块牌子介绍老鳖湾,告诉旅客这些混凝土之下是当年波涛浩渺的老鳖湾。据说小岗子有个生意人,从江汉地区运来一些甲鱼,就在服务区打着老鳖湾的旗号销售,生意还不错。"

"常书记当了副省长之后来过吗?"任多秋想,既然老爷子惦记着老鳖湾,对这里的发展不会不管不问。

"没有。"朗连平说,"常书记在省里任职两年多,回过白河两次,一次是指挥扑救那场史无前例的森林大火,一次是白河边贸联检大厅落成使用。两次都是我陪同。晚上我俩在江边散步,常书记问起小札幌的事,我告诉他小札幌拆了,在原址上建了鄂伦春风情一条街。常书记长长地叹了口气,说他到日本北海道访问时说起小札幌,日本客商很感兴趣,说如果小札幌能保存下来,他们可以投资搞北海道雪国餐饮一条街。北海道有许多老人愿意到中国旅游,大都选择北上广深,北地是冷门,如果建好了肯定能火。我说那就把鄂伦春风情一条街改造了吧,反正游客也不多。常书记再次叹了口气,别折腾了,再建也是复制,赝品永远无法和真迹相比。"

朗连平问常寒松:"该问的都问清楚了,是不是该好好喝酒了?"

常寒松道:"这么好的酒刚才应该酹一下,让那些老鳖不要再去打扰老爷子,梦里老鳖总闹妖多烦人,我们补一下咋样?"大家都表示赞同,用筷子在杯中蘸了酒酹了酹,补上了本该在开杯前进行的仪式。

任多秋说:"我敬各位一杯。说实话,白河人很了不起,20 世纪 80年代就有生态保护意识,从伊利密到宝山再到老鳖湾,都有这种意识的火花在,如果早了解到这些,我会写一篇重磅文章。看来我也要像老爷子一样对过去进行反思,为什么该做的文章没有做,不该做的文章却写了那么多。"

话语诚恳,无法拒绝,大家都无声干了自己的杯中酒。

牛琴说:"任主任,你总是这样忧国忧民,眉心那团云是不会散的,我劝你换一种平民心态来看待一切。现在你既不坐庙堂,也不在江湖,就是一个写传记的作家,应该专注小事,从筋头巴脑中咀嚼滋味。"

任多秋望着牛琴说:"这句话好,我过去聚焦整体多,关注具体少,写传记恰恰不能这样,要把具体描述好。"

常寒松提出一个新问题,谁见过老鳖湾里的倒鳞鱼?

朗连平和牛琴都说没见过,老何说见过这种鱼的照片,是一个水产专家的摄影作品。老何说,倒鳞鱼是火山堰塞湖独有的鱼种,20世纪50年代末,有人在北地各火山堰塞湖和火山口天池做过普查,可惜都没能发现,最后只在老鳖湾找到了这种鱼,鱼不大,像鲫瓜子,眼睛带红圈,背鳍和鱼尾都是赭红色。老百姓说此鱼有毒,人吃了会发热而死,专家不信,却不敢试,以此喂猫,猫不吃。朗连平很遗憾地说:"老鳖湾被填,倒鳞鱼也成了老鳖的殉葬品,着实可惜。"

"我很想知道毕克功对填湖修路是否有过反思。"任多秋说,"如果毕克功能和常书记保持一致,常书记就会有拒绝的勇气,从你们介绍的情况看,常书记是在孤军奋战。"

朗连平点点头:"真理持有者往往是孤独而悲怆的,常书记感到遗憾的是,自己的想法不能成为部下的共识,这当然包括毕克功。毕克功是常书记很多想法的反对者,从毕克功的角度看,他自有反对的理由,我揣摩常书记内心很无助,在白河他没有知音。"

"这话不对,我应该算是懂得常书记的下属,他对我也信任。"牛琴说,"当然,这是我的感觉。"

朗连平道:"你、老何,还有我,对于常书记来说都起不到助力作用,他需要的是班子成员里有共鸣者。"

"常书记和毕克功之间的关系特别微妙,彼此是对方肚子里的蛔虫。"老何说,"不过两人之间的确没有私仇。"

朗连平点点头:"毕克功在离开白河后对老鳖湾被填有过反思,主要是小岗子没有发展起来。毕克功几乎是踩着常书记脚印走的,这对老冤家几十年在一起里套外挂,如同性格迥异的双胞胎。常书记赴京上任,毕克功被提拔到省里接任副省长,不在一个省了,按理说两人应该解套,但实际是相互间还在较劲。毕克功因年龄问题由政府转到政协后,曾到小岗子搞过一次视察,看到小岗子不冷不热的样子感到很遗憾,说当初白嫩高速绕着老鳖湾走就好了,有一池湖水在,小岗子就活了,他没有提小札幌,我认为这话是毕克功对填湖的反思。毕克功很少讲违心的话,他从来没有把填湖责任推到常书记头上,他最大的优点是出了问题不甩锅。"

这一晚大家是在回忆中度过的。酒力勃发之时,朗连平请牛琴为常书记唱一首歌,让寒松把大家对老领导的祝福带回去。牛琴落落大方,说:"好吧,我真的很想念老领导,就清唱一首《那就是我》吧。"牛琴站起身,酝酿了一下感情,双手挽在胸前,用标准的女中音开始清唱:

　　我思恋故乡的小河

　　还有河边吱吱唱歌的水磨

　　哦!妈妈,如果有一朵浪花向你微笑

　　那就是我,那就是我,那就是我

　　我思恋故乡的炊烟

　　还有小路上赶集的牛车

　　哦! 妈妈,如果有一支竹笛向你吹响

　　那就是我,那就是我,那就是我

　　我思恋故乡的渔火

　　还有沙滩上美丽的海螺

　　哦!妈妈,如果有一叶风帆向你驶来

那就是我,那就是我,那就是我,那就是我

我思念故乡的明月

还有青山映在水中的倒影

哦! 妈妈,如果你听到远方飘来的山歌

那就是我,那就是我,那就是我

　　牛琴唱罢,大家的眼圈都红了。牛琴的歌字正腔圆,感情饱满,有极强的感染力。任多秋感到自己是一只旋转的陀螺,牛琴的每一句歌声都像鞭子一般抽在神经上,让自己更加飞快地旋转。

　　任多秋心里纳闷儿,怎么北地的女人都唱得这么好? 陈香会唱,牛琴也会唱。他忽然感到一阵眩晕,知道大事不妙,自己喝多了!

第二十七章　文化街 14 号

榻上呓语:梦中所有的曲子都悲怆伤感,优美的音乐总是与我背道而驰。想听《小拜年》,声声却是《哭七关》,满脸冷泪里我似乎明白了,《午夜怨曲》的作者正是我本人。

文化街是白河年龄仅次于凤鸣街的老街道,比凤鸣街要宽,却极短,只有六十米,被称为"猞猁尾巴街"。街两旁都是些门窗逼仄的小店铺,给人感觉像是在鬼鬼祟祟偷窥路上的行人。文化街 14 号是一栋民国时期的老楼,白河剧团所在地,因为有三层高,算是这条街的地标了。文化街原本叫魁星街,因为街上有文庙旧址、新华书店和经营文具的商店,20 世纪 60 年代兴起改名潮的时候被改成了文化街。常寒松对文化街的印象一般,他告诉任多秋这条街就像一本毛了边的线装书,不仅老旧,还带有一股樟脑味儿。

老爷子在自传提纲中提到了文化街 14 号,还提到了名角儿小鹿笛。"小鹿笛"是艺名,本名叫栾良玉,是北地二人转首屈一指的上装,老爷子主政白河时,小鹿笛是白河剧团团长。小鹿笛二人转、单出头唱得好,管理上却是外行,剧团经营惨淡,靠有限的财政拨款度日。这样一个边缘单位本来不应该引起老爷子注意,财政拿点钱也无所谓,20世纪 50 年代那么困难都拿了,难道 80 年代了还拿不起吗? 谁也不知道什么原因,白河剧团改制的事一下子却摆上了老爷子的案头。老爷子在自传提纲中流露出,其实自己也不想拿白河剧团动刀,但想到"置之死地而后生"这个道理,一狠心还是改吧。谁知道"后生"不成,死掉却实现了。晚年老爷子觉得当时的决策过于冷硬,一只在笼子里养了多年的画眉鸟,日日夜夜为你唱歌,忽然有一天你说不喂了,也不想听了,放归大自然吧,你说这只画眉还能活吗?

白河剧团的确是老爷子下令改制的,改制也不是休克疗法,而是分三步走,先是停了专项拨款,然后全额改差额,第三步就是自收自支。老爷子想通过一点点断奶的方式,把剧团彻底推向市场。

文化单位想办好格外费力气,老爷子一直这么认为,养不好就不如不养。即使在今天,老爷子也认为剧团走市场的思路没错,只是事情的发展没有按设计好的路线走,就像憋了多年的水库开闸放水,本来水流应该一路向下奔向良田,谁知突然拐了个弯一头涌进沼泽地。带有诸多人记忆的白河剧团走向分崩离析,不管怎么说都令人唏嘘不已。

任多秋说:"老爷子在那个年代就触及文化事业单位改革,称得上改革先驱。"

"先驱容易马失前蹄,"常寒松说,"老爷子对当初的决策有所反思就很说明问题,《哭七关》那曲子听着揪心。"

"《哭七关》是哭丧曲吗?"任多秋对二人转曲目不了解,他从常寒松整理的《榻上呓语》中才知道有这么一首曲子。

常寒松说:"我也不清楚,听名字能猜出个大概,去采访小鹿笛正好请她介绍一下。听朗连平说小鹿笛还经常在江边练声,专业没有扔。"

"喜欢唱的人是挡不住的,只要前奏响起,马上就会哼哼。当编辑的也一样,在饭店看到菜单上有错别字也想动笔修改,眼里容不得病句、错字。小鹿笛没丢专业很正常,毕竟才六十几岁。"

"六十多岁也是老鹿笛了。"常寒松说,"我中学时听过她唱二人转,扮相、唱腔都特棒,绝对是白河一枝花,据说她找对象挑花了眼,三十多岁才嫁人。"

这不奇怪,明星大都晚婚。任多秋应一本婚恋杂志之约写过一篇探讨明星婚恋困境的文章,发表后许多报刊转载,文中写道:"谁都知道一旦名花有主,掉粉便是必然,所以许多明星不得不隐瞒恋情甚至婚姻,在观众面前留一份纯情,而网络的发达揭开了这层隐私的面纱,大数据时代人人都成了'透明人',有些明星便不得不真的晚恋晚婚起来。"任多秋的结论是明星有明星的不易,拥趸者应该理智对待偶像。

联系小鹿笛自然还得麻烦朗连平。小鹿笛回话很爽快,说随时可以接受采访,一点问题没有。常寒松颇有感慨,当年想见小鹿笛一面比登泰山还难,真是此一时彼一时。

小鹿笛退休后在一家私人艺校当顾问,有单独办公室,采访地点就在小鹿笛办公室。

常寒松见到小鹿笛时惊愕地睁大了眼睛,嘴半张着,好一会儿没有合上。任多秋知道这一定是吃惊小鹿笛形象上的变化。如果不见年过六旬的小鹿笛,常寒松对这个明星的印象将定格在 20 世纪 80 年代下半叶,那时的小鹿笛是众多男孩子的梦中情人。任多秋听老何说,二人转因为泼辣奔放、唱词艳丽,许多青春期男孩子听后会长时间沉浸在曲调营造的情境里,北地诸多男女青年的情感启蒙要归功于二人转。任多秋有点后悔,不叫常寒松来就好了,毁掉一个男人心目中的女神形象,最残忍的做法是让他们在人生的黄昏里相遇。

小鹿笛体态保持得不错,妆化得浓了些,年过六旬还文眉、涂口红,染成褐色的头发盘起来,上面别着一个玫瑰色蝴蝶形发卡。

相互介绍后,任多秋道:"我们随便聊,您别把我当记者,当成一个二人转票友最好。"任多秋是担心对方紧张,先打个预防针。

小鹿笛说:"对于我来说,接受采访是家常便饭,这一生接受过多少次采访我自己都记不清。"

任多秋觉得自己真是糊涂了,人家是白河名人,见识非同一般,当红的时候走到哪里都是前呼后拥。

常寒松端着相机,却没有抓拍照片,跷起二郎腿坐在一边安静地听二人说话。常寒松是个少言寡语的人,这次和任多秋来北地,从这位理论大家身上学了不少谈话技巧，任多秋的循循善诱很厉害，哪怕是一个很小的切口，也能挖出干货来。

小鹿笛说："我挺纳闷儿，您为什么要了解一个解散多年的剧团？白河剧团在这座城市已经是个昨日之梦，醒来便意味着消失。"

任多秋没必要隐瞒，就说了老爷子在晚年对当年白河剧团改制的事有所反思。

"你说的是常克勋？"小鹿笛声音陡然升高。

"是的，退休后我们习惯称他老爷子。"

小鹿笛脸上的皮肤突然颤抖起来，如同中风一样在微微抽搐。任多秋关切地问："您不舒服吗？"

小鹿笛舒了口气，脸上的皮肤慢慢恢复了常态，摆摆手说："别提常克勋，一提起他我这气就不打一处来。"

任多秋觉得自己触到了矛盾的焦点，20世纪80年代后期剧团改制，过去了三十多年还这么刻骨铭心，可见撕裂的程度有多么严重。

"我一辈子都不会原谅常克勋，"小鹿笛说，"他毁掉了白河的戏曲事业。"

常寒松放下二郎腿，警惕地望着小鹿笛，小鹿笛这话很重，再怎么改制也是工作，不是个人恩怨，怎么弄得像有深仇大恨似的？

"作为地区一把手，精神头儿应该用在抓经济上吧，常克勋这家伙也不知哪根神经短路，竟然盯上了文化街14号，如果相中了我们这栋老楼，我们腾地方就是，犯得上把我们赶尽杀绝吗？我们这栋老楼抗日将军马占山曾住过，有纪念价值，很多有权有势的单位打过歪主意，我都给顶回去了。可是常克勋我顶不动呀，他对我们这个穷剧团是用了手段的，先是减少拨款，由全额改差额，两年后就让我们自收自支，我这个团长成了末代团长，没脸见两百多号职工呀！"

小鹿笛眼圈红了，眼泪好歹没有流下来。任多秋注意到她涂了眼影，一旦流泪，脸颊将一塌糊涂。

"那会儿全国剧团都是事业单位,好像不存在改制问题。常书记为什么要将白河剧团改制?"任多秋也有疑问。

"谁知道他怎么想的?我问过文化局局长,局长支支吾吾也说不清楚,后来我干脆直接去找行署专员毕克功。毕克功观看过我们的二人转,对剧团工作有过两次批示,大意是剧团可以排练一些反映改革开放新生活的二人转,不要总是唱《王二姐思夫》这些陈年曲目。毕专员见到我很客气,张口就说:'我知道你为啥来,你别说了,这件事已经决定了,没法儿改了,除非常书记改变主意。'我说:'你不管我就去找常克勋,你看过《刘三姐告状》吧,我今天为了两百号职工要一路告下去。太欺负人了,专拣软柿子捏,我们隔壁就是群众艺术馆,怎么不去改他们?'"

小鹿笛说起老爷子总是直呼其名,连职务都不带,而对毕克功却称呼职务,这让任多秋听起来有些不自然,想必一旁的常寒松也会感到刺耳,这个时候不便提醒,她愿意怎么叫就怎么叫吧。

"毕专员劝我别去,说常克勋是个一旦做出决定就坚定不移抓落实的人,去也是碰钉子。我不信邪,他常克勋还能吃了我不成?我直奔地委大院。常克勋在五楼,我先去四楼找朗连平,让他带我去见常克勋。大楼里的人都认识我,见到我都笑着打招呼,我如入无人之境一样咚咚咚敲开朗连平办公室。朗连平和我很熟,私下吃过多次饭,他说刚接到毕专员电话,说我要来找书记,情绪挺激动。我说:'我激动啥?我那二百号职工才激动呢,你快带我去见常克勋。'朗连平说:'你稍等,我去请示一下。'过了一会儿,朗连平回来说常书记让我上去,517 房间。我往 517 房间走的时候心想,常克勋就是个牛鬼蛇神我也不怕,我一定会把要说的话说完,反正我就一个唱二人转的,管不了那么多,不行就跳槽走人。

"常克勋这家伙架子很大,我敲门进去他头也没抬在那里批文件,只是说了声坐吧。

"我没有坐,站在他的办公桌前,冷冷地看着他。他的头发已经花白,衬衣领子也不是很白,左侧脖子上有个豆粒大小的肉赘,我当时就想,你当书记有啥神气的?等你退下来,不信不去看二人转。我这么想是有原因的,常克勋似乎挺讨厌二人转,朗连平曾劝他到文化街14号看演出彩排,他说他欣赏不了二人转,一听浑身起鸡皮疙瘩。你说哪有这样的领导?自己不喜欢就不让剧团活,他想没想过有许多人是打心眼儿里喜欢,'宁舍一顿饭,不舍二人转',这句话难道没听过?

"常克勋批完了文件,合上一个红夹子,问我:'是栾良玉同志吧,找我有事?'

"你看这话多假惺惺,还同志呢,都把我们开除出正规军了,还同什么志!

"我说我小鹿笛哪里得罪领导了吗?如果有得罪,请领导收拾我好了,撤我的职也行,别拿文化街14号那两百号职工开刀,他们需要一份体面的工作养家糊口。

"常克勋愣了一下,欲言又止。此人还算有涵养的,没有马上发火,他微笑着说,有话坐下说。他从办公桌后起身过来,到沙发上坐下,示意我坐到对面,然后慢条斯理地对我说,对剧团改制有抵触情绪吧?

"我说当然有,没听说谁打了饭碗还高兴。

"常克勋说:'现在改革开放,二人转也迎来了发展的春天,应该激活机制,在市场大潮中放手一搏。你要明白,改制是对你们好,因为二人转受老百姓欢迎,下乡演出能赚到钱,你们多赚多分这是好事。改革还能催生名角儿大家,你想想看,常香玉成名前有事业编吗?侯宝林在天桥演出有事业编吗?你们喜欢的事业编如同一张懒床,躺上去的人就不喜欢起来。你是出名了,你想想你是怎么出的名?是汗水浇出来的。所以你要做好职工的思想工作,改革是为了让大家都学会游泳。'

"我说让别人学游泳好了,我们不想下水,我问了全团二百号职工,没一个愿意改,职工说我们干了大半辈子,从入职开始就是正规军,干啥让我们去当游击队？职工想不通。

"常克勋说，改制总是有阻力的，当初包产到户北地还顶了两年呢，可以先试试，是对是错，让实践去检验吧，大不了再改回来。

"我说：'你硬要改我就辞职。'

"常克勋一听就严肃起来，说不要和组织耍小孩子脾气，改制要按计划进行，我辞职组织不会批，真要辞的话也要等改制完成之后。

"我是哭着离开常克勋办公室的，我觉得常克勋是个冷血动物，他无论当多大的干部都不会可爱，因为他太自我、太没有文化。现在二人转已经是国家非物质文化遗产了，常克勋当年的改制，等于在毁灭非遗传承呀！"

任多秋说："剧团推向市场影响演出了吗？"

小鹿笛点点头："没有发育好的市场像一把跑调儿的三弦，把大部分演员的腔调带歪了。最大的问题是人心散了，调走的调走，改行的改行，留下的都是些无处可去的老弱病残，我能丢下他们不管吗？我太难了，那段日子我瘦成了一把干柴，连女人的生理特点都差点消失掉。我甚至想带着这些无依无靠的职工去堵常克勋办公室，让他看看这是不是他想要的结果。结果一股火上来我病倒了，是乳腺癌，这是要命的病啊，我不得不撂下工作去治病。我为什么恨常克勋？他几乎要了我的命，让我切除了单侧乳房。当时我不能对别人讲，怕羞，现在可以解密了，我在舞台上曼妙的身段有虚假的地方，并不是完全真实的自己，这让我失去了不少自信。你们男人不懂，女人的身体器官唯有本真才能产生自信，一旦弄虚作假就会提心吊胆。"

小鹿笛是个极感性的女人，说话快言快语，毫不在乎曾经患病的经历。她从抽屉里拿出一张照片，是一张黑白照，照片是她和一位男演员抱着奖状的合影，奖状上写着"省文艺会演一等奖"。

她将照片展示给任多秋，指着男演员说："这是我的搭档姜小东，我们行话叫'下装'，艺名'小狍子'，唱戏时总穿一件腚上补着白补丁的灯笼裤,人缘好。改制后剧团带死不活,小狍子买断工龄回家了。我因为在外地治病,一年多没见到他,不知道他回家后日子过得怎么样。我在南方住了一年多,病愈后回到白河,朋友告诉我搞边贸的孟老板父亲去世,在乡下老家搭了灵棚办丧事,问我去不去吊唁。我和孟老板熟悉,用今天的话说孟老板是我的'铁粉',剧团困难时我还找他化过缘,人家父亲去世我必须去慰问。我这一去啊,差点也跟着棺材里的老人走了,因为我在灵棚里看到了不该看的人。你猜我看见谁了?看见我的下装小狍子,他带着剧团下岗的三个女演员正跪在灵前唱《哭七关》。一开始我没听出来,还在想孟老板家亲戚竟然唱戏这么好,简直可以和白河剧团的专业演员比。《哭七关》是剧团保留曲目,是催泪大杀器,只要台上一唱,台下没有不抹泪的,是最好的孝道教育曲目。我越听越熟悉,忽然发现这不是小狍子的声音吗?我当时头就大了,感到一阵眩晕,因为我发现这披麻戴孝唱《哭七关》的正是小狍子和剧团的三个女演员。小狍子可是剧团响当当的台柱子,三个女演员刘芬、马丽和胡玉洁虽然年过四十,却是唱单出头、拉场戏的好手,是拿得起放得下的好演员,怎么就来这里给老板哭丧了?我闭上眼睛强忍着等着他们唱到第七关,第七关的唱词格外揪心:

> 哭呀嘛哭七关哪啊七七四十九天
>
> 烧完了百日转眼就来到周年
>
> 三个周年满无人问暖寒
>
> 除了逢年和过节
>
> 儿女送纸来到坟前
>
> 祝愿您老骑马走大路
>
> 一路平安到西天

"音乐声停止,四个披麻戴孝的演员站起身,都戴着墨镜,如同四个僵尸。他们回过身来看到了我,刘芬、马丽和胡玉洁愣了愣,马上捂着嘴跑开了。我了解她们,平时都是仰脸走路的小媳妇,这样的场面的确尴尬。小狍子站在我面前没动,缓缓地摘下墨镜,脸上挂着泪痕,刚才唱的时候是真哭了。小狍子爹娘过世早,他十二岁进戏校,是真正的童子功。与舞台上打情骂俏不同,舞台下的小狍子沉默寡言,总是一副心事重重的样子。我很喜欢这个下装,他从来不借唱戏之机占便宜。要知道唱二人转这种尺度较大的戏,玩笑过头儿一些是难免的,有的男演员喜欢利用这个机会吃上装的豆腐。

"小狍子说:'我给你丢人了。'声音很小,像蚊子在飞。

"我本想骂他几句,但还是忍住了,我猜得到自己治病这一年多小狍子生活会多么难,接任我的剧团负责人关系在文化局机关,人家是临时守烂摊,能来当这个'维持会长'就不错了。小狍子媳妇没工作,有类风湿,孩子上学,还有个老岳母一块生活,养家之难可想而知。我问他:'日子很苦吧?'说完眼泪就下来了,我知道这话问得没道理,明知故问,可是在那个尴尬情况下,我能问什么呢?小狍子说:'你病好了?'我说:'好了,咱想办法把剧团再弄起来。'小狍子摇摇头:'你不知道吧,文化街 14 号已经易主了,剧团搬到群艺馆楼上了,给了五个房间,连个排练厅都没有,楼下人家办公,楼上没法拉三弦。'我就问文化街 14 号做什么用了,小狍子说,卖给一家杭州来的企业开丝绸商店了。

"我想安慰小狍子几句,张了张嘴却没说出来。我看到那口厚重的黑漆棺材很大,似乎能躺下好几个人。在来乡下之前,我没有见过这么大的棺材,对棺材的印象局限在电视里的考古节目上。我突然问了一句,乡下还允许土葬吗?

"小狍子愣了一下,呆滞地摇摇头,没有回答。

"死者儿子是个很有公益情怀的企业家,他告诉我自己从小喜爱文艺,最崇拜《智取威虎山》里的小常宝,因为这个他特别喜爱体态丰满的女孩。他说曾想把白河剧团买下来,剧团里有许多优秀演员,撂荒了挺可惜,询问了几次都没谈成,主要是演员们不想把自己变成民营身份。"

任多秋回想了一下,那个年代国家对文化经营单位的改革还没那么大力度,老板想买也买不成,他能做的就是资助,想当剧团法人肯定不成。

"这件事对我的伤害如同患上第二次癌症。我大致了解了一下,很多演员后来都到歌舞厅去演出,在那种乌烟瘴气、酒味弥漫的场所赚点点歌费,倒不是这样的钱不能赚,关键是没了尊严,没有了艺术的神圣。团里有个叫田田的年轻女演员在一家舞场唱歌,几个喝醉的地痞闹事打起架来,把田田吓坏了,好几年精神不正常,在北安精神病院住了小半年,后来改行卖起了服装。田田原本是个很有前途的二人转演员,天赋好,人也正派,如果剧团不被折腾,将来很可能获牡丹奖,牡丹奖可是我们这个行当的最高荣誉。"

任多秋觉得当时急于把剧团推向市场有点操之过急,等于条件不具备时把一群旱鸭子一股脑赶下水。按理说一向稳如磐石的老爷子不会这样做决策,是什么导致他对文化街 14 号产生了动手术的念头呢?他问小鹿笛:"常书记一次也没来文化街 14 号,这次改制是不是有其他因素?"

小鹿笛说:"没有得到证实,我问过朗连平,他也说不清楚,但肯定是有原因的。文化局局长批评过我一次,说再给上级领导安排演出,在曲目上要动动脑子,不能随便唱。我有点糊涂,说:'我怎么就随便唱了?'局长说:'有一次省领导来,你们派人到招待所唱二人转,你们唱了些啥?那个老领导是平反的老干部,运动激烈的时候老婆为了自保和他离了婚,他平反后老婆想复婚,他说什么都不同意,最后他的老上级,职位更高的大领导发话,他才勉强准备复婚。'领导正为这事闹心,我们却给他唱了个《马前泼水》,结果领导回到省城,这婚愣是没复成。领导原夫人也在省直机关工作,认识常克勋,专程来白河兴师问罪,本来说好要复婚的,怎么来了趟白河就变了卦? 常克勋不清楚,让朗连平了解情况,结果找到了原因,是那出《马前泼水》惹的祸。据陪同的人说,看完《马前泼水》,老领导站起身狠狠地把茶杯摔在地上,怒气冲冲地说:覆水难收这个道理老子还不懂吗? 就这样,复婚的事泡汤了。这个女人在白河闹了好几天,提出让常克勋再安排一曲二人转把丈夫的心思给唱回来。这当然是无理要求了,但这件事让常克勋很恼火,对朗连平说,文化街14号成事不足,败事有余。这好像是气话,真假不知,但从常克勋决心对剧团改制来看似乎不是空穴来风。"

"老爷子心眼儿没那么小。"常寒松插了一句,"老爷子和毕克功有过节儿,但每到上面来考核干部他都会举荐毕克功,这一点就能证明老爷子不记仇。"

"寒松说得对,因为一出《马前泼水》让常书记产生将剧团改制的想法有点牵强,一个曲目让领导茅塞顿开,恰恰证明了你们唱得好嘛。"

小鹿笛说:"所以我才说没得到证实嘛,常克勋不喜欢二人转这个不假,虽然他自己不说,但很多人都知道。其实毕克功也不喜欢二人转,毕克功当面和我说过,说二人转必须改,剔去那些让人面红耳赤的东西。我说毕专员呀,二人转就像麻辣烫,剔掉了麻和辣谁来吃呢? 二人转在北地唱了三百年,田间地头炕沿下一直这么唱过来。毕克功并不强求,说:'那你们就唱吧,会有人收拾你们。'我后来想,毕克功一定知道了常克勋的想法,他是在提醒我们赶快改变路数,保住演员们的铁饭碗。"

该问的都问了,两人起身告辞,任多秋一再感谢小鹿笛接受采访。

小鹿笛送两人出来,相互握别时任多秋说:"晚年的常书记在反思,觉得文化街14号这件事没有处理好,实际上他有些后悔。"

"他怎么后悔我也不会原谅他,一个领导不做事不可怕,可怕的是做毁灭文化的事。我们都知道,老鳖湾是他批准填掉的,凤鸣街也是他下令扒掉的,尽管他一路高升,但他走过的脚窝里满是泪水和唾沫,这样的官做得再大,也不叫人佩服!"

任多秋和常寒松没有接话,小鹿笛的话太难听。

回到宾馆后常寒松没有吃晚饭,说要到文化街去拍拍街景,尤其想看看文化街 14 号现在到底是个什么样子。据朗连平说这条街变化不是很大,几次城市改造都没有被列入计划,原因一是住户密度大,动迁成本过高,二是有些政协委员提出建议,文化街应该保持清末民初建筑原貌,给白河人留一个怀旧的地方。

任多秋说他也没有胃口,就一起去文化街走走。

白河的夏夜凉爽宜人,适合室外散步。任多秋知道常寒松在小鹿笛那里受了刺激,小鹿笛对老爷子的怨恨显然不是孤立的,二百个职工及其家人会有同样的情绪,长期主政一方,付出心血无数,到头来却落了个骂名,这是比掉了魂儿还要严重的事。

文化街是一条没有行道树的街,街两旁立着木质路灯杆,上面缠绕着一团团、一缕缕的黑色电线,不知是电话线还是有线电视线,像蛛网一样密集。街上店铺很多,但门面都不大,早早地打烊了。两人来到 14 号,果然是一栋青砖老楼,从闪烁着霓虹灯的广告牌看,是一家电子游戏厅,不时有年轻人出出进进,看来那个杭州丝绸店也没能开得长久。任多秋举起相机刚拍了一张,一个穿着白汗衫的光头快步走过来,问他俩干什么。任多秋说是游客,来参观老街。光头说:"你们拍楼可以,拍人我可要砸你的相机。"任多秋问为什么,光头说有人举报游戏厅有学生,拍照发在网上,真是闲得慌,学生就不能玩游戏吗?

常寒松不想和这样的人多说话,他知道北地有些男人性子暴,一言不合容易挥拳头,就说:"我俩只照建筑,对人没兴趣。"说完,拉着任多秋离开了。

文化街 16 号是新华书店,左面半边门脸上挂着眼镜店的招牌,右侧又隔出一个门面,招牌上是四个粉色大字:"成人用品"。书店已经锁门,想必开着门也不会有多少人光顾。再往南走,是一块篮球场大小的空地,地被分成七八块,种着豆角、茄子、葱、蒜等蔬菜,任多秋走近细看,发现空地边缘有块石碑,上面刻着"文庙遗址"几个字。看来留着这块空地是想恢复文庙用,可能出于某种原因,文庙恢复还没有被提上议事日程。任多秋问常寒松文庙大约毁于何时。常寒松说自己懂事的时候,这里还有个石牌坊,上面有"斯文在兹"四个字,后来石牌坊被推倒就成了遗址。任多秋说,城市里能留下这样一块空地已经不容易了,不知是不是老爷子的功劳。

再往前走,看到有一家灯光昏暗的咖啡厅,"猎人咖啡",这个名字好有室外感,常寒松说喜欢这个名字。任多秋说那就进去坐坐,感受一下文化街的文化。常寒松说:"走,进去喝杯啤酒当晚饭。"

任多秋左右看了看,有些遗憾地说:"文化街要是打造成酒吧咖啡一条街多好,在白河住了这些天,发现这里夜经济尚未开发,作为边贸大市,应该做足夜经济这篇文章。"

咖啡厅里客人不多,背景音乐低回缠绵,任多秋叫不出曲子名称,但知道这是一支名曲。让任多秋感到新奇的是,咖啡店墙壁上挂满了狍子头、鹿角、狼皮、弓箭、马鞍等实物,咖啡桌也是没有上漆的实木,保持着松木本色。女招待穿着鄂温克民族服装,笑盈盈的,很有素质。

"有点意思。"常寒松说,"几天来总在江边转悠,没发现还有这个地方。"

担心影响睡眠,两人没有点咖啡,要了四瓶啤酒,在一处临街的座位上坐下来。任多秋觉得有点奇怪,人一旦走进咖啡厅这种地方,马上就会松弛起来,不知是灯光的作用还是音乐的作用,抑或是咖啡气息的作用,反正进来一坐下,骨头就有点发酥。真佩服列宁,他怎么能在中央咖啡厅写作鸿篇巨制呢?看来伟人就是伟人,普通人骨头酥软的时候,伟人却会钢铁般坚硬。

"别不开心,真话都会刺耳。"任多秋看着常寒松说,"小鹿笛对老爷子不敬是误解,任何改革都是需要付出成本的。"

"换了我我也不敬,老爷子这是干的啥事呀? 不去抓经济,和一帮唱二人转的较什么劲?"常寒松对老爷子当初的做法不理解,觉得费那么大力气搞剧团改制有点得不偿失。

"小鹿笛抱怨的时候我就在琢磨这个问题,我也觉得奇怪,但很快想通了,老爷子在下一把先手棋,这是政治家才有的胆识和勇气。"任多秋说。

"怎么讲?"常寒松端着一杯啤酒停下来,等着任多秋进一步解释。

"我作为一个老记者,一个搞理论的评论员,老爷子这套把戏瞒不住我。你知道小岗村吧? 那是第一个按手印包产到户的村子,农村改革的典型。你知道沈阳防爆器材厂吧? 那是国有企业第一家破产拍卖的集体企业,是国企破产的典型。你听说过'傻子瓜子'吧? 那是个体经济最早的致富典型。如果白河剧团改制能够成功的话,那就是文化事业单位第一个改革的典型,所以说老爷子在下一盘大棋,韬略非凡,意义重大呀! 可惜改制不是很成功,这不是他的毛病,是他的想法没有得力的人去实施,老爷子孤掌难鸣。"

常寒松听明白了,老爷子抓剧团改制,这是前所未有的创举,目的是蹚出一条路来。

"你看看现在,文化经营单位的机制是不是按着老爷子的路子走了? 老爷子了不起,比别人多看了至少三十年!"任多秋用食指叩着桌子道,"什么是政治韬略? 这就是。毕克功不如老爷子的地方就在这里,尽管他心有不服,但我觉得两人的差距已经分得很清了。"

"人家毕克功并没有反对剧团改制嘛。"常寒松替毕克功说话。

"毕克功不会反对,想必以他的阅历和经验已经看出了老爷子的动机,只是心照不宣而已。再说老爷子要到省里任职已经不是秘密,毕克功很清楚改制后的下半盘棋将由他接着下,所以他不会反对。"

"会这么复杂?"常寒松摇摇头,大口喝掉了杯中的啤酒,"既然是一件正确的事,晚年的老爷子为什么要后悔呢?"常寒松还是不理解。

任多秋端起酒杯望着杯中的啤酒花说:"人的复杂就在于此,没有纯粹的利,也没有纯粹的弊,利弊总是相互交织,有时候做了一件正确的事情也会后悔,不是单纯地看对与错,好比赌场上赢钱的人,尽管他赢得合理合规,但一旦发现输家身无分文悬梁自尽,他也会心有不安。"

常寒松电话响起来,是朗连平打来的,说到宾馆接他俩吃饭却找不到人影,是不是跑到牛琴那做心理咨询了。常寒松说,在猎人咖啡闲坐呢,朗连平说好,那地方他熟,马上就到。

朗连平到了,又叫了一些啤酒,问白天采访小鹿笛怎么样。

"小鹿笛恨死老爷子了,"常寒松说,"她不知道我的身份,说起来毫无顾忌,就差骂街了。"

朗连平没有用杯,打开一瓶啤酒直接吹,像个壮汉一样充满豪气。他一口气吹了半瓶,放下酒瓶摆摆手道:"老爷子绝非剧团改制始作俑者。"

任多秋愣住了:"怎么,还有更深的背景?"

"那是一个大人物来白河视察,清早,老爷子和毕克功陪他在江堤散步,我和警卫跟在七八步远的身后,那个大人物说:'经济改革已经步入正轨,其他改革还任重道远,尤其是文化改革,你们白河能不能蹚条路出来呢?'老爷子不能不接这个活儿,尽管知道这是一个烫手的山芋。"

任多秋摘下眼镜道:"于是文化街 14 号就成了目标?"

"是的,"朗连平说,"改革不能没有代价。"

任多秋发呆片刻,才若有所思地道:"老爷子的反思,其实是某根神经的复苏。"

第二十八章 四道通

榻上呓语：鱼过千层网，网网都有鱼。北地四十载，自己不过是个笨拙的渔夫，因为贪心，有时网眼过密，捕捞了虾子鱼孙，有时漏洞太多，放过了江洋大盗。

大凡经贸特别活跃的地方，人都会磨砺得圆滑精灵。有"白河通衢"之称的四道通就是这样一个地方。

四道通的干部牛气冲天，这是白河宾馆所有服务员的共识。白河地区召集县区领导干部开会一般都在白河宾馆，晚上没有什么娱乐活动，人们会在房间里打牌或到餐厅喝酒，不用问，每个牌局坐庄者和饭局做东人肯定来自四道通。

四道通在宣统年间是直隶厅，地位与白河直隶厅相当。四道通人常说，大清时期我们与白河是肩膀一般高的兄弟，而且论起来四道通应该是大哥，因为四道通人口比白河多。

尽管四道通很牛，但外界口碑像长满蛎壳的礁石，斑斑点点不成样子，周围县市一直流传着这样一句顺口溜："四道通，四道通，有了门路就能走得通。"这句顺口溜让主政四道通的钱运强十分恼火，觉得这是暗示四道通办事凭关系，意在抹黑四道通。因是坊间流言，无法追查出处，呼风唤雨的钱运强也只能用骂人来出气。

但坊间流传的顺口溜明显夸大了四道通的本事，有些事注定还是走不通的，比如惊动朝野的"三虎二狼大案"，四道通就是变成八道通也跨不过这道坎儿。

"三虎二狼大案"是省地县三级联合专案组所办，横行四道通多年

410

的十几个小流氓被一网打尽,大都送去了地狱。因为这些流氓主犯是五个干部子弟,被社会上称为"三虎二狼"。"三虎"中有人大常委会主任宋小平的儿子宋果、副县长迟大槐的小儿子迟龙标、县政协副主席陈国栋的儿子陈超;"两狼",一只是司法局局长田树森的儿子田成,另一只是公安局副局长郭耀武的儿子郭多。"三虎二狼"五个纨绔子弟沆瀣一气、欺男霸女,把四道通祸害得乌烟瘴气。一天,这班小衙役在饭店欺负女孩子,被县司法局一个干部阻拦,结果发生冲突,司法干部遭到群殴。当时司法局干部可以佩带枪支,遭群殴的干部忍无可忍拔枪还击,击中一个持刀流氓的大腿,这一枪便崩开了"三虎二狼"的盖子。衙役老子们自然咽不下这口气,联合起来迫害这个司法干部,司法干部被逼无奈向省政法委书记写信,说自己做好了鱼死网破的准备。省政法委书记是个疾恶如仇的老干部,当年带领抗联部队在四道通打过仗,对四道通一带的民风十分了解,当即做出批示,由省里牵头组织联合专案组进行彻查。最后,"三虎二狼"都锒铛入狱,他们的老子也被处理,横行霸道的"三虎二狼"除了宋果因精神病免于刑责外,其他都在法院告示上被挑了红钩。

结案第二年,四道通政府、人大、政协换届,老爷子对四道通能否顺利换届心存疑问,就让组织部下去调研,摸摸四道通班子状况实情。组织部副部长牛琴奉命带人去四道通调研了三天,提出了"四道通暗流涌动,换届变数很大"的调研结论。

组织部的结论自有根据。

上届政府换届,四道通原政府一个姓骆的副县长落选,落选原因不明。

上届县委换届,四道通一个叫史国强的常委落选,落选原因也不明。

届中,地委派了一个不占指数的副县长,是一位省领导的秘书,谁也没料到在县人大常委会上落选,落选原因也不明。人大常委会上发

411

生落选事件让老爷子很吃惊,一个县的人大常委不过二十几个,这么点人都不能统一思想,说明了什么?

这次四道通政府、人大、政协三个班子要大换血,绝不能出现大的偏差,老爷子思忖再三,决定亲自出马,看看四道通的地头蛇到底有多厉害。当然,这个想法他没有和任何人说,老爷子知道事以密成的道理,四道通的干部手眼通天,哪怕他在书记碰头会上流露一点想法,也会跑冒滴漏出去。

唯一知道老爷子想法的是牛琴,老爷子单独和牛琴谈话时说:"四道通是白河门户,门户不净,形象何在? 有人告诉我,说四道通好比龙潭虎穴,招安才是上策,我就有点不理解了,当今社会是谁的天下? 没听说正要让邪,一定要把四道通的风气匡正过来,如果四道通换届再出现大的纰漏,不管什么原因,都说明我这个一把手在领导上不够有力。"

这些情况皆出自牛琴之口。

关于四道通换届一事任多秋与牛琴在电话中有过一次交流,时间虽然不算短,但牛琴的概括能力让他很惊讶。牛琴说,孔子有一句话叫"成事不说,遂事不谏,既往不咎",不管怎么说,四道通当年换届是成功的,这件事已经没有总结或反思的价值了,特殊历史条件下的特殊操作,一切都是为了平衡。

任多秋仔细琢磨老爷子自传提纲中关于四道通换届工作的那句话,觉得既往不咎不行,有些事情必须掰开杏肉看杏核。

那句话是这样写的:

> 任何易通过的方案,都是妥协的结果,有时候平衡就是让步,这让我如鲠在喉。

"老爷子说的'鲠'是谁? 这个问题能不搞清楚吗?"
必须去当面请教牛琴,牛琴是四道通当年换届迷宫的一把钥匙。

任多秋让老何约牛琴,老何开玩笑说:"你不是找由头去见面吧?"

任多秋说:"为了写传记,就这一个由头。"

老何道:"我担心你成为牛琴的患者。"

任多秋笑了:"我又没有抑郁症。"

老何摇摇头:"从某种意义上说,去看医生的都是病人。"

老何替他拨通了牛琴的电话,说任主任要去当面请教当年四道通换届的事。牛琴很爽快地答应了,说来吧,采访结束后可以免费给他调理一下。"任主任这个人挺好的,不装,我见过许多所谓名人,牛烘烘地穿着'皇帝的新装'招摇过市,其实不过是只被人瞧光景的猴子。"

放下电话老何说:"牛琴担心你穿着'皇帝的新装'自以为是。"

任多秋苦笑了一下道:"谁都有一套'皇帝的新装',只是想不想穿罢了。"

老何道:"我不陪你俩去了,你们聊什么与我无关。"

任多秋很佩服老何的自知之明,到了这个年龄,多一事不如少一事。

两人来到牛琴工作室,正遇牛琴送一患者下楼。患者衣着考究,神情严肃,手里还拎着一个咖啡色文件包,好像是来公干一般。牛琴送客回来说:"你们知道这人是谁吗?"两人摇摇头。牛琴说:"这是常书记在任时的地委宣传部部长周正呀,都八十多了还一本正经,什么都看不惯。周正是老何的顶头上司,老何现在见他还腿肚子转筋呢,那时候周正三天两头剋老何一顿,有几次发火把《白河日报》摔到了老何胸脯上。"

"此人脾气够暴。"任多秋想,都混到了厅局级,装一副有涵养的样子总可以吧。

"周正心不顺,看什么都走形,来我这里几次,调理效果不是很好,主要是太爱钻牛角尖。"牛琴拢了一下短发,摇摇头说,"周正总觉得自己还在位,别人都该听他的,一个人在家看电视,生起气来竟然能把茶杯掼到电视上。我问他干吗发这么大火,他说正在播出的电视剧胡编乱造,应该处分电视台台长,处分编剧、导演,演员也应该封杀。这是典型的角色惯性。"

任多秋马上就联想到了自己,是啊,自己是不是也有角色惯性?看文章总喜欢画来勾去挑毛病,一篇报道自己读过,便是一片红蓝铅笔痕迹,像淋上了番茄酱,其实退下来后再这么做已经没有意义了。

"我知道你们肯定会再来问四道通换届一事,"牛琴说,"四道通换届常书记亲自出手,写传记应该有这一笔。"

任多秋说:"老爷子提到四道通换届时用了一个成语'如鲠在喉',怎么去理解这个'鲠'呢?"

牛琴泡了茉莉花茶,骨瓷茶杯里飘出茉莉的幽香,白色的花朵在草黄色的茶汤里舒展开来,如同优雅的主人。她在沙发上并腿坐下,两膝偏向一侧,神情自然,目光柔顺,没有急着回答问题,心里在组织语言。

"这个'鲠'搞清楚了,对四道通换届的反思就有了落脚点。"任多秋补充说。

"这个'鲠'我清楚,四道通换届虽然由于常书记亲自出马没有出大的纰漏,但没有完全实现常书记的意图,常书记斟酌再三,不得不做出妥协。"

"一个地委书记会在所辖县的换届中做出妥协?"任多秋觉得不可思议,官帽子掌握在自己手里,有什么可妥协的呢?

"这需要从头说起。"牛琴说,"四道通政府班子主要领导换人是换届前毕克功提出的,毕克功与四道通县委书记钱运强也沟通过,想让行署经合委的一个年轻人去接任县长,我们向常书记汇报,常书记说这件事先放一放,待换届时一揽子解决。

"四道通换届主要人事安排常书记心里是有谱的,现任县长刘全可以改任县人大主任,原人大主任宋小平因为儿子涉'三虎二狼'案,不宜继续提名。县长可由副县长侯向东担任。提拔侯向东是我们考核后提出的建议,相比较其他班子成员,侯向东还算德才兼备。调整刘全也是我们的建议,刘全在四道通有个'老泥鳅'的绰号,从这个绰号就能分析出刘全的特点。在四道通,只要钱运强发话,刘全从来都不说二字,他的口头禅就是一切按运强书记指示办。书记是抓全局的,政府有许多具体部署要落实,什么工作都让书记拿指示,还要你这个县长干什么? 毕克功说刘全是滑头,尸位素餐,政府班子几乎形同虚设。"

"老爷子是一把手,在四道通实现自己的用人意图应该不难。"任多秋说,"老爷子提出意向让下面落实就成。"任多秋虽然没在县区工作过,但三级换届报社都有报道任务,对此并不陌生。

"换届是相关各方利益的博弈与重组。"牛琴说,"钱运强是坐地干部,作风硬朗,说一不二,政治经验不可小觑,'三虎二狼'案件他自己连根汗毛都没挂上,不能不说是个本事。毕克功曾建议在换届前调整钱运强的工作,来个调虎离山。常书记觉得不妥,钱运强即使离开四道通,仍然可以左右四道通的选举,总不能把当地干部都交流吧?

"我赞成常书记的意见,四道通的事最终还是要靠四道通干部来解决,关键是协调好各方,疏通渠道。据我了解,四道通实际上有三方面力量。最强硬的当然是钱运强那一方面了,主力是乡镇街道主官,关系盘根错节,里挂外套,像蚂蚁窝一样神秘莫测。常务副县长老范是一方面,老范是公安局局长出身,政府的二把手,关系主要在政法系统,因为'三虎二狼'案,他的许多小弟兄被处分,暂时处于下风。还有一方面就是宋小平。宋小平的影响力主要在企业界,他弟弟在县工商银行当行长,与企业老板过从甚密,宋小平平时敢为人大代表抽头挣口袋,在代表中有号召力。三方面力量哪一方发力,都足以把换届这潭水搅浑。"

"这么复杂?"任多秋打了个寒战。

"这是四道通,不是普通小县。"牛琴说,"四道通人扛上是出了名的,民风彪悍,老翁老妪在路过村子的公路上拉根麻绳就收费,连县政府的车都敢拦,你来查处吧,老人往路上一躺,来个碰瓷赖上你。

"常书记是个敢啃硬骨头的领导,能亲自出马说明他不回避矛盾。常书记去四道通调研点名要我陪同。他大概知道我能不折不扣地贯彻他的换届意图。常书记找干部谈话前,再次问我侯向东的情况。我说,侯向东是军转干部,身上有股军人的正气,四道通当下最需要的是正气;另外侯向东在下属中威信很高,有一定群众基础,三方面力量都能接受他。常书记说他和克功专员都是当兵出身,对军人还是了解的。我感觉常书记采纳了我的建议,认为本次换届会重点关注侯向东。

"刘全来见常书记时,目光像两只老鼠,总是不安分地躲躲闪闪。常书记问他如何看四道通几大班子现状,刘全显然有所准备,张口即来,对四大班子各列出六条优点,在充分列举了优点之后,每个班子还不忘提上一条不足。县委班子的不足是理论学习有待提高,政府班子的不足是抓经济建设改革举措还不多,人大班子的不足是自身建设还有许多文章要做,政协班子的不足是深入基层不够。听上去刘全的看法符合一分为二的哲学观,但这些不足放到哪个班子上都通用,属于提问题缺点的标配答案。常书记问刘全如何评价老钱,刘全目光斜视着写字台边的一盆仙人球,停顿了一下说,钱书记是四道通掌舵把方向的,像四道通这种经济活跃地区,需要一个强有力的掌舵人。常书记又问他俩配合怎样,刘全说:'没问题呀,我知道司令二鼻子谁大,不僭越,不抢功,钱书记挥手我前进就是了。'

"与刘全谈话时间很短,我看出常书记不想深谈。刘全走后,常书记脸色不太好看,冷冷地看着我说:'牛琴同志,你们当初怎么选的?我们是给四道通配县长,不是给某个人配助理!'我一时无语。常书记摆摆手道:'对了,这事不怪你,那时你还没到组织部。'

"常书记和钱运强谈话时,钱运强谈了自己的想法,说提拔侯向东他不反对,但必须异地交流,在四道通提起来不行,会导致县里闹宗派主义。我知道钱运强会反对提拔侯向东,因为侯向东在四道通哪一方也不靠,属于独行侠,钱运强对侯向东多有戒备。钱运强希望刘全能留任,说四道通几大班子能团结和谐,刘全发挥了黏合剂作用,如果非要调整刘全,就建议外派一个年轻县长来,也好改善一下班子的年龄结构。钱运强很聪明,他这样建议说明他不想提拔自己的人,给人一种大公无私的错觉。其实别说常书记这样经验丰富的老领导,就是我也十分清楚,上级派一个年轻县长来四道通,无疑就成了钱运强的小跟班,钱运强依然会大权独揽。

"与老范谈话有点直来直去,老范想当县长的意图毫不掩饰。老范说自己虽然是常务,但这些年一直在干县长的活儿,因为刘县长是个甩手掌柜的,他连财政供养多少人都说不清楚。老范列举了刘全的八大缺点,说明平时他对刘全的所作所为有一本账。老范记忆力超群,四道通哪条战线他都如数家珍,常书记问的几个边边角角的问题也没能难住他,比如说非税收入占财政的比重,比如私营企业吸纳就业的比例,等等,老范张口就能给出一个准确的数字。

"我看出常书记在安排人选问题上有些迟疑,就好像原本心头有篇文章,随着谈话越来越深入,这篇文章勾勾画画、修修改改,已经变得面目全非。换届不同于平时调整干部,换届必须走选举程序,一旦选砸了会覆水难收。常书记费了不少脑筋,他逐个找班子成员谈话,每次谈话都由我在场记录。常书记谈话的目的无非是统一思想,可是思想这个东西很难统一,很多时候嘴上一回事,心里却是另一回事。这也不难理解,四道通有句土话:'坐谁家炕,想谁家事,屁股决定脑袋。'

"与四道通领导干部谈话是一件很累的事,因为你不得不时刻分辨他的话外之音。谈话中大多数人都表现出一种担忧,说选举可能会出事,出大事。至少有四个县委常委表示自己毕竟只有一票,对于大会选举是杯水车薪。有三个副县长、两个人大副主任直接提出来,要想保选举,就必须突出县委的主导作用。我当时就想,县委的主导作用是什么? 不就是顺着钱运强这根旗杆往上爬吗?

417

"和政协主席老谷的谈话比较轻松。老谷头上寸草不生,亮光光的,像有一层厚厚的包浆。因为年满五十八岁,按照七进八不进的换届组阁原则,老谷换届后就要回家抱孙子了。老谷在劳改农场工作过,与常书记很早就熟悉。他说:'四道通换届您怎么出马了? 您是北地老帅,老帅不能轻易离位,下棋的都懂这个道理。'常书记说:'你是让我困在田里呀,那还不成聋子瞎子?'老谷说,四道通这样的地方还是不来为好,一个'三虎二狼'案件搞得臭名远扬。两人聊起了这起惊动高层的案件,老谷认为高衙役犯罪根子在高俅身上,四道通小衙役出事当父母的脱不了干系,四道通很多县级领导认为自己稳如磐石,谁也动不了,根本没有敬畏之心,孩子为非作歹闯下大祸也就顺理成章。常书记说四个一把手,就宋小平的孩子涉案,说明其他三个一把手还是注重家教的。老谷笑着摇摇头道:'不是这么回事,老钱、刘全和我的孩子都不在四道通,老钱的孩子在日本,刘全的孩子在白河,我的孩子在北京,这才是没下水的主要原因,出事的孩子都在四道通上班。'老谷这样一说,常书记才明白了原委,说:'老谷,还是你聪明,让孩子远离父母独立生活。'老谷说孩子考到北京读书,毕业就没回来,四道通毕竟是县城,再热闹也没法和大城市比。出事的五个孩子都没能考上大学,要是能出去读书,也就不会走上断头台了。常书记问他怎么看宋小平。老谷说,老宋工作没的说,不幸的是生了彪儿子,谁都知道宋果在四道通街上有个绰号叫'宋彪子',那几个地痞带着他玩有两个目的:一个是宋果爹官大,出了事好护着;再一个宋果是个半傻子,出了事好让他顶包。好在专案组不是白吃干饭的,一个傻子怎么能当流氓团伙主犯?就给宋果做了精神鉴定,宋果这才保住了小命。

"常书记原来还以为宋小平对儿子宋果犯罪审理会施加影响,因为钱运强话里话外透出这么一层意思,老谷这么一说他就明白了,宋果原来是个彪子,让人家当了挡箭牌。

"常书记问如何才能确保换届顺利。老谷突然把目光朝向我说:

'牛部长,我下面说的话您别记,是随便聊聊。'我说:'不记就是,你放开说。'老谷说打个比方吧,一座老庙里面有几尊泥塑,来烧香磕头的不少,这个时候,泥塑是不能砸掉或迁走的,因为泥塑在,大鬼小鬼还不敢出来,泥塑一倒就会炸庙。

"常书记听懂了老谷的弦外之音。

"常书记最后找了侯向东,侯向东坐有坐相,行有行姿,两道剑眉十分威武。谈话中他有些话没明说,也和老谷一样打了个比方,说四道通这个地方春天好刮鬼旋风,鬼旋风怎么形成的? 如果大地里只有一股风,无论是什么方向的风,都不会形成鬼旋风,只有出现两股以上不同来风的时候才会刮起鬼旋风。四道通要想克服鬼旋风,必须让东南西北风都往一个方向刮。

"常书记与侯向东谈完后站在窗前久久不语。因为是初冬,大大小小的锅炉房开始烧锅炉供热,那个时候还没有大面积集中供热,数不清的锅炉一点火,整个县城都烟尘弥漫,充满一股焦化味儿。离县委五六百米的地方,有一根高高的烟囱往外冒着白烟,与其他黄烟滚滚的烟囱相比,这白烟就如同清流一般。常书记让我叫来钱运强,指着那根烟尘问那根烟囱怎么冒白烟。

"钱运强没想到书记会问这个问题,想了半天才说:'是不是这个锅炉房的煤好呢? 有些锅炉房图便宜,买了些大头煤,煤石多不说,还冒黄烟。'

"常书记摇摇头说:'应该是那个锅炉房安装了先进的除尘器。这个问题你想一下,如何通过除尘把四道通的天空变得晴朗起来。'

"常书记话里有话,相信钱运强也听出来了,他说马上就安排检查,制订改进供热锅炉计划,力争明年就把这件事办了。钱运强是个执行力很强的干部,只要他表了态,肯定会有个交代。常书记对我说,老钱在四道通形成了复杂的关系网不能全怪他,二十多年在一个县当领导,就像海龟一样,壳上不可能不长满马牙,马牙长到一定程度会伤害海龟,甚至要了海龟的性命。我不知道什么是马牙,问了常书记才知道,马牙是一种叫藤壶的海洋节肢动物。"

"这个比喻好!"任多秋伸出拇指道,"用藤壶来比喻小喽啰太形象了,有些关系是环境因素自然形成的,就像海龟并不希望背负藤壶一样,但这些讨厌的家伙一旦附着上是甩不掉的,会成为一辈子的负担。"

牛琴接着说:"常书记决定找几个名册外的干部谈话。

"第一个是宋小平,已经停职的人大常委会主任。宋小平剃着平头,方头方脸,典型的车轴汉子。宋小平担任过物资局局长,出手大方,据说在火车站曾经给过一个老乞丐一张大团结。宋小平在企业家代表中的影响力与他的仗义分不开,企业家们有事都愿意找他帮忙。宋小平没想到常书记会找他谈话,一进屋就来了个江湖动作,单腿跪地、双手抱拳道:'我给组织添麻烦了,犬子犯罪,痛心疾首!'

"常书记眉头蹙了蹙,让宋小平起来,说:'你这个动作有点大,下回不要这样。'

"宋小平坐下来,低头不语。常书记问他对换届有什么想法和建议,宋小平说,四道通的事稳定最要紧,领导干部子女出事后社会上议论纷纷,这个时候换届气氛就比较紧张。宋小平已经知道自己不被提名,表态说如果组织需要,自己会戴罪立功,从正面多做代表的工作。

"'你对刘全怎么看?'常书记问。

"'刘全是个聪明人,他那么做是在保护自己,在四道通这个大泡子里,如果不当泥鳅就会被晒成鱼干。'宋小平大概觉得自己无官一身轻,说话不再藏着掖着。

"常书记让他谈谈侯向东。宋小平说向东是个正经人,是班子里唯一不选边站队的,向东尊重老钱,但和老钱始终保持距离,分寸把握得不错,没有成为老钱眼里的沙子。宋小平表态支持侯向东当县长,向东当县长,说明天地良心还在。

"宋小平对侯向东的评价出乎常书记所料,因为宋小平代表一个方面,他能肯定侯向东说明侯向东的群众基础确实不错。后来我分析,正是这次谈话让宋小平的命运发生了转折,我觉得宋小平说的话改变了常书记对他的印象,在听了太多的假话之后,心里产生了一种被赝品裹挟的麻木,此时宋小平的真话便像金子一样闪光。所以说和大领导谈话一定要说真话、说实话,你说了假话,一旦领导明白过来你就死定了。

"常书记问了宋果的事。我原以为宋小平会涕泪横流,儿子虽然免于刑责,但已经臭名远扬,这对于一个本身就精神有缺陷的年轻人来说,几乎是被判了死刑。但宋小平很冷静,他一再检讨是自己没有教育好儿子,从小过于溺爱孩子,结果害了儿子也害了自己,现在追悔莫及。宋小平拿自己的生命担保,说宋果做精神疾患鉴定他一点没参与,完全是专案组委托精神病院做的。

"宋小平走后常书记突然问我:'你怎么看宋小平?'

"我说,凭直觉看宋小平不是奸诈之辈。

"常书记点点头,没头没脑地说了句:'机器出了故障,不要简单地抛弃,能维修还是要维修的,干部也一样,知错能改,善莫大焉。'

"在原定谈话名单之外,常书记又找了上次落选的县委常委史国强。史国强那次如果当选,就是县委常委、常务副县长,没想到老范这个程咬金半路杀出来,让他错过了机遇。史国强落选后保留级别,到县里一个大型水库做主任,整天兜里装着半导体,独自在大坝上垂钓。史国强来见常书记并没换衣裳,就穿着水库配发的蓝色工服。常书记问他当年县委换届选举到底是怎么回事,史国强苦笑了一下说,还能是怎么回事?没站对队呗。常书记问他对这次换届有什么看法,史国强沉吟片刻,很诚恳地说:'就凭书记找我谈话这个举动,作为局外人我就说几句实话。四道通换届要想不出问题,必须平衡好各方力量,削强补弱,任何一方独大之后都会把水搅浑。'常书记又问了些四道通经济社会发展上的问题,没想到这个一根鱼竿从早钓到晚的所谓局外人,谈问题颇有见地,十分系统地讲了四道通工农商各业发展的路数,尤其提到作为北地大豆主产区应该做足大豆深加工的文章,不能将优质大豆一卖了之,要拉长产业链,建浸油厂,提纯色拉油,集中销售豆粕,对外叫响'四道通大豆油'品牌。史国强侃侃而谈,常书记频频点头。我陪常书记谈了这么多人,和史国强谈话常书记点头次数最多,我在谈话记录上不停地画'正'字,谈话结束后数了数,满满六个'正'字。

"和史国强谈完之后,常书记又找了上次落选的骆副县长。老骆落选后被安排在相邻一个县担任政协副主席,我打电话特意把他叫到四道通来。老骆见到常书记后,絮絮叨叨如同祥林嫂,说自己一心扑在工作上,不懂得处理人际关系,没想到换届就成了牺牲品。他说大会选举前有个镇党委书记对他说有人在下面搞小动作,让他找找钱书记,他没在意,心想自己没啥毛病,难道还会落选不成?谁知道真就落选了。'有人告诉我大会闭幕那天午宴,代表们酒席间齐声高唱《团结就是力量》,我才觉得这事原本有所预谋。我没得罪钱运强、宋小平、老谷和老范,他们凭啥合伙收拾我?'常书记问他:'你现在还没整明白?'老骆说他百思不得其解。

"老骆走后,常书记问我怎么看老骆。我说老骆是个屈死鬼。

"常书记叹了口气道,事情过去多年,还搞不清为什么死的,可见此人糊涂。

"常书记在四道通住了三天,离开那天上午,他提出要到四道通监狱看看,让钱运强率四大班子领导陪同。

"四道通监狱是北地最大的监狱,始建于日伪时期,后来改建扩大,成了一座省属监狱。在坐满领导干部的中巴上,常书记问大家最近是不是来过监狱。大家都摇头,谁愿意到监狱来?再说监狱行政关系隶属省司法厅,地方不分管,没事自然不会来。常书记说,有两种地方会让人反思一些问题,一个是监狱,一个是火葬场。车上没人接话,只有马达在响。

"监狱管理井然有序,监狱领导汇报了工作后,常书记问:'迟大槐、陈国栋、郭耀武、田树森四个犯人在一个监区吗?'

"监狱领导说都在刑期三年以下的二监区,但不是一个监舍。

"常书记提到的这几个人,因包庇儿子、干预司法、恐吓被害人等不同罪名,都被'双开'判了实刑。本来应该到省城监狱服刑,据说县里做了疏通,便留在了当地监狱服刑。

"常书记又问:'他们在做什么工活?'

"监狱领导说都在车间糊火柴盒,任务计件,这四人除了迟大槐有末梢神经麻痹干活慢,其他人都能完成计件指标。监狱领导说车间有单独参观通道,隔着单向可视玻璃能看到车间里面的劳动情况。

"常书记对大家说:'我们走一遭吧,看看四位你们昔日的同事。'

"这是一次触动灵魂的参观,走过玻璃通道的时候,每个人都放轻了脚步,目不转睛地扭头在车间里寻找。车间里糊火柴盒的犯人很安静,都在无声地忙碌着,几个腰带警械的管教在来回踱步。大家看到了迟大槐,头发已经全白,正戴着花镜在一点点抹胶水。迟大槐原本一头乌发,也没发现他眼花,现在却成了末梢神经麻痹患者。陈国栋剃着光头,两个眼袋像两只鼓囊囊的猪尿脬。郭耀武腰板很直,嘴角抿得很紧,工作的样子好像在擦枪。田树森佝偻着腰,几乎要伏在案上,他糊得很快,两手像土拨鼠一样忙碌。

"大家走过四十米长的参观通道,常书记没发表讲话,率领大伙上车离开了监狱。下车前常书记对钱运强说:'你们回去开个生活会,大家谈谈感想,开会时地委组织部要派联络员参加,会后把发言情况报给我。'

"大家都明白了常书记带大家参观监狱的意图。我觉得这个时候常书记不讲话是对的,留给大家思考更好一些,因为敬畏不是讲出来的,是做出来的。

"钱运强安排四大班子都如期开会,我也按要求派了联络员参会。

我参加了钱运强主持的县委常委生活会。会议开得不错,常委们发言也诚恳,这次去监狱参观给大家的触动不亚于一次电击。会上钱运强说:'四道通从清朝中期开始就匪患不断,1947年上级派来的县长就遭土匪杀害,20世纪60年代闹派系,武斗,四道通也闹得最厉害,这种风气不能再继续下去了。这次换届,常书记亲自来调研说明了什么?说明对我们不放心,担心换届出岔子。我在这里说句狠话,换届谁出问题我就收拾谁,上级要问责我的话,我先把你们撤了再说,四道通必须讲规矩、知敬畏!'

"钱运强的话说得很到位,但谁都听出来,就是希望大家都听他吆喝。"

常寒松听牛琴讲了许久,忍不住插话问:"这个钱运强到底是个什么样的人?"

牛琴道:"不能简单给钱运强下结论,此人具有旧时代藩王的特点,喜欢腚坐锅台手把瓢,四道通想要稳定,短期内的确离不开他。这一点常书记也看出来了,常书记的想法是优化政府班子,而钱运强又不同意在本县提拔侯向东,事情就有点曲折了,三个班子换届,要害在政府班子,政府毕竟是一线干事的。"

牛琴接着说:"我不知道常书记都和谁酝酿过,我想至少和毕克功是沟通了。一天,地委办公室来电话,让我和部长去常书记办公室,那一次,常书记把四道通换届底牌最终摊出。原县长刘全调回白河待安排,四道通县长提名史国强担任。宋小平继续提名县人大主任,常务副县长老范提任县政协主席,其他人选则同意了组织部提出的方案。

"我没有提出异议,我们部长是个原则性很强的人,他问继续提名宋小平的理由。常书记说,四道通因为受'三虎二狼'负面影响,经济在下滑,留任宋小平主要是支持史国强抓经济,再有就是为了保证换届成功,宋小平能保证史国强的得票率。

"我把钱运强叫到地委,和部长一道和他谈了地委的决定。钱运强蒙了,这个安排完全出乎他的预料,他额头上沁出不少汗珠,脸色像喝了酒一样红。钱运强没有说更多话,表态完全拥护地委决定,将全力以赴确保大会选举成功。"

"为什么要安排史国强?他是曾经落选的常委,他上来很多人会有所忌惮。"任多秋说,这种政治上的回马枪很要命,有些墙头草干部恐怕要遭殃。

"常书记认为史国强经过落选挫折已经真正成熟了,在闲差上思考了许多问题,人垂钓于坝上,心徘徊于庙堂,这和古代的高士有些相似,再次出山一定会判若两人。"

任多秋觉得老爷子真是很了不起,这种人事布局的确达到了削强补弱的目的,三方面势力各得其所,作用力相互抵消,史国强就不再是众矢之的。

四道通换届选举很成功,地委提名的干部全部当选,三个一把手更是高票,用老谷后来的说法是,这也许是一次空前绝后的换届了,常书记踩准了平衡点。

任多秋问:"既然是最成功的一次换届,常书记为什么还感到遗憾呢?"

牛琴摇摇头道:"常书记最想用的人是侯向东,但这次换届侯向东没上来,只让他小进一步,担任了常务副县长。还有老范,这个上进心极强的干部已经引起了常书记反感,但为了大局着想,还是让他做了县政协主席。"

任多秋明白了,老爷子觉得是自己的妥协牺牲了侯向东。他问:"以常书记的地位和权力,用得着这样妥协吗?"

"当然也可以霸王硬上弓,但存在着较大风险。你知道,省里正准备推荐使用常书记,这个时候若是四道通换届捅出娄子来会产生不良影响,也正因为这些因素,常书记很不开心。换届结束我去他办公室汇报工作,他对我说了这样两句话:'岂能尽遂人意?但求无愧我心。'你

425

们这次来采访,我忽然明白,常书记这话有点违心,其实他心里觉得有愧。"

任多秋想起了自己写过一篇文章,任何妥协都是以愧疚为代价。

"该说的都说完了,"任多秋对常寒松说,"给我和牛琴同志照张相吧,我要认这个心理老师,传记出版前,我会来征求牛琴同志的意见。"

牛琴微笑着说:"你确实有心理问题需要疏导,这间工作室随时对你敞开。"

任多秋被感动了,颇有感悟地说:"我来北地之前思维是单向度的,这其实是个心理问题。"

"不要担心,这个世界上没有什么是不能疏导的。"牛琴说。

第二十九章　阿穆尔

榻上呓语:我讨厌某些所谓的真相,这些真相像蛰伏的蛇,让一个怕蛇的人去捉蛇未免过于残忍,问题是如果还原了这样的真相又能如何? 结果只能是让蛇盘上你,令你无法解脱。

阿穆尔乃北地重镇,地处黄金驿道中段,以盛产樟子松闻名。说起阿穆尔,很多人的回忆会充满忧伤,因为这个森林中的城镇遭过两度劫难,一次是火,一次是水。火与水的伤害,让后人对这个始建于 20 世纪 50 年代的小镇唏嘘不已。

那次大火曾经轰动全国,据后来官方公布的数字,大火烧毁森林一百万公顷,吞噬了一百九十三条人命。阿穆尔不幸成为重灾区。对于火灾,老爷子没有多写,因为那是上层直接指挥的重大战役。老爷子在自传提纲中提到的是水灾,这场水灾的施救完全是白河地区自家之事。阿穆尔水灾,让老爷子对往昔的反思呈现出发散状,任多秋有些抓不住重点。常寒松想去当年阿穆尔水灾现场看看,问老何,老何说现场就别去了,一点痕迹也没有,大坝早就复原,河道也早变了模样,那场水灾的大事小情都在他肚子里,所有的新闻报道都从他手里过的,想问什么他都知道。

任多秋说那就好,他想知道老爷子为什么会反思这场水灾。

老何说:"采访完阿穆尔,你俩的北地之行就该画句号了,因为水灾之后不久常书记就赴任省城了。"

任多秋掰着指头算了一下,来北地正好一个月,老爷子的自传提纲止笔于阿穆尔,北地之行确实该收官了,便点点头说:"这是收官采访,给我们好好画个句号。"

老何道:"我实话实说就是。"

"阿穆尔水灾到底是怎么一回事? 当时媒体几乎没有报道,"任多秋说,"我们报社连条消息都没发。"

老何嘴角撇了撇:"没发消息就对了,常书记在部署抢险救灾时特别强调了新闻报道工作要跟上,对此我们专门成立了一个应对小组,应该说引导效果很不错。"

老爷子果然善用媒体。任多秋心中不得不佩服。

"至于这场水灾嘛,现在回头看,天灾人祸五五分,天灾没法追究,人祸值得反思,应该做到举一反三。"老何先给出了一个总体评价。

"阿穆尔镇有座大潮水库,水库并不大,连中型水库都算不上,危险的是水库下游有五个村子,水库就像一个水盆顶在五个村子几千村民的头上。那几天连降暴雨,大潮水库水位直线上升,很快达到警戒线。本来县里要求大汛来临之前要开闸放水腾出库容,但因为大潮水库对外承包搞发电和养鱼,承包人没有执行这个通知,水库一直保持高水位。承包人这么做也是情有可原,几年前县防汛指挥部也说要下大雨,需要提前腾出库容,结果水放了,雨没下,给发电、养鱼造成了不小的损失,现在这个水位好不容易才储起来,放水就是放钱哪。这次上面电话打过来,承包人以为又是一句'狼来了'的谎言,便没太在意,心想雨下大了再说。这天晚上,水位持续上涨,看守水库的管理员却在酣睡。下游离水库最近的一个村子的村民有些担心,来大坝上察看,发现险情后大惊失色,急忙叫醒贪睡的管理员。管理员起来想开闸放水,闸门已经打不开了,因为水库闸门自上次放水就再没打开过,早已锈死。管理员给县水利局打电话求救,水利局派人带着设备正在赶来的路上时,大坝已经不保。大潮水库山崩一般决堤,导致水库下游大潮、鱼台、转山、南沟、边河五个村被淹,几十米高的水头像山一样压下来,许多房屋眨眼就无影无踪。当时上报死亡九人,失踪二十多人,后来官方统计

428

数字是死亡四十六人。

"垮坝惨剧发生后,救援相对滞后,救援队伍三天后才赶到,这也是有原因的,山高林密,道路不通,一个救灾资源有限的县想组织大范围救援谈何容易?最后还是地委行署出面,组织民兵预备役部队、各县市应急队伍奔赴灾区,救灾工作才有了转机。

"灾后的情景确实让人揪心。"老何表情很难看,鼻翼两侧的法令纹变得深不可测。

"有个白发苍苍的老太太,天天沿河边扒拉蒲草,走几步,扒开蒲草找找——她在找被大水冲走的儿子,儿子刚过而立之年,是家里的顶梁柱。

"还有个瘫痪的大娘不相信老伴会淹死,房屋进水后,老伴背着她来到一处高坡上,然后又回去拿药,大娘高血压、糖尿病很重,要定时服药。老伴刚下去,一股水头黑旋风般刮过来,瞬间就把老伴吞噬了。大娘说老伴水性好,淹不死的,天天盼着老伴回来。我们都知道,垮坝后的大浪颇有排山倒海之势,什么样的水性也受不了,何况一个老人。因为老伴遗体没有找到,大娘直到冬天去世也不信老伴已经不在了。常书记下乡慰问受灾群众时看望过大娘,大娘说,老伴可能游到松花江去了,让常书记托人到松花江里找找,因为老伴喜欢钓鱼,大潮水库被人承包不让钓鱼,他准备到松花江去钓鱼,松花江是活水,没人承包得了,江里的鱼也没有土腥味。"

任多秋心里不是滋味,但还是问:"暴雨导致垮坝是不可抗因素,确实属于天灾,那一半人祸应该是指水库管理问题吧?"

老何说:"常书记之所以反思,肯定是反思人祸部分。一方面,把公益性水库承包出去发电、养鱼是不是正确?既然是承包,水闸维护也应该在其中吧,关键时候水闸打不开,结果出了大事。相邻一个乡也有这个问题,人家采用爆破方法降低了泄洪渠来放水,大坝就没崩塌。另一方面,汛情如此紧张,水库值班管理人员却在蒙头大睡,村民叫了两次才起来察看水势,可见懈怠到何种程度,如果早预警、早处置,就不会死那么多人。还有,救灾工作现场出现了扣押记者的行为,造成恶劣影响,这就更不该了。"

"还出现过扣押记者的事?"任多秋觉得自己信息不灵,这么大的事却不知道,又一想,毕竟过去这么多年,那个时候自己入职不久,互联网尚未兴起,没有获取资讯的渠道。

"是的,阿穆尔镇工作人员扣押了两个到灾区采访的记者,这两个记者投诉了好多年,好歹没弄出大动静来。"

任多秋说:"一般来说地方发生事故都会提防媒体介入,无非是怕有片面报道,其实大可不必,水库垮坝事故有什么真相怕挖? 真相是老天爷下雨,还用得着扣押记者吗?"

老何竖起大拇指道:"不愧是大媒体出来的,一下子能抓住要害。你说对了,记者是来挖真相的,他们鼻子很灵,嗅到了不该嗅到的味道。

"大潮水库的承包人叫罗立光,阿穆尔名人,在齐齐哈尔搞建筑工程发了家,不知怎么就盯上了大潮水库。他通过县水利局承包了水库,投资安装了两套水力发电机组发电,又在水库养俄罗斯鲟鱼。罗立光有经商天赋,承包水库年年大赚。他在大坝下半山坡上建了个二层小白楼,名义上是水库管理办公室,实际是个装修雅致的会所。会所主要用途是接待有头有脸的人物,县里各部门领导没有没在小白楼吃过饭的。在小白楼吃饭没有山珍海味,清一色的水库全鱼宴,三花五罗,应有尽有,主菜肯定是红烧鲟鱼。很多在这里吃过饭的人都惦记着做回头客,因为这里的鱼确实鲜美。可以肯定地说,小白楼是罗立光的交际场,这里如同一张蛛网的圆心,将远近亲疏的关系一层层编织起来。"

任多秋说:"一个私人会所与垮坝有什么关系?"

"关系大着呢。"老何说,"常书记有自己的情报渠道,垮坝造成了两名处级干部意外失踪,而且是重要部门的干部,此事疑点甚多。"

任多秋吃了一惊:"垮坝死了两个处级干部老爷子没有提。"

老何说:"常书记应该是猜到了什么,但他没明说,也没有下指示彻查,就由事发所在县做结论。这件事的结论保密了五年,直到毕克功也高升到省里,两名领导干部失踪的事才被人提及。这两个干部,一个是地区水利局副局长,一个是县里分管水利的副县长,头天晚上罗立光在小白楼请这两位吃全鱼宴,结果两人不胜酒力,当夜就睡在小白楼二楼客房。牌瘾很大的罗立光被朋友叫去镇里打麻将,没在小白楼住,幸运躲过一劫。垮坝发生在早晨六点,两人睡得很沉,小白楼一楼有个女服务员,正在卫生间洗脸,听到坝上有人喊要溃坝了,披头散发就跑出来了,没时间到楼上去叫人。女服务员刚跑到高坡上,大坝就垮了,小白楼像倒塌的积木一样,碎成块状被吞噬了。两个干部死在小白楼里只有女服务员一个见证人,女服务员吓傻了,站在雨水里一个劲儿哭。水灾之下,人人忙着自救和救人,没谁留心这个女服务员。倒是罗立光心眼多,他听到消息很快就赶回水库,把女服务员带走,送到外县一个工地当记工员,一年多没回阿穆尔,两位干部的事外人毫不知情。

"后来搜救人员找到了两人的遗体,县里做出的结论是下乡途中遭遇山洪不幸遇难,定性因公殉职。

"我当时不知道有两个领导干部失踪的事,是朗连平到救灾现场找到我向我传达常书记指示我才知道。我记得朗连平传达了两句话:'准确引导舆论。不许节外生枝。'我有点不明白,问朗连平到底是怎么回事,朗连平悄悄说了两个干部失踪的事,据罗立光说,这两位领导不到早上五点就离开了小白楼,擎着伞到水库下游察看水情,小白楼被冲走时里面空无一人。

"关于扣押记者的事并非意外。镇领导和我说,有两个自称记者的人鬼鬼祟祟在垮坝现场活动,被工作人员控制了,镇里准备安排车把他们送到县里。我专门嘱咐了一句,要礼送出境,切忌粗鲁对待。但实际上两个记者吃了不少苦头,工作人员告诉我,镇里用一台二八胶轮拖拉机把他俩送走的。山路颠簸,估计拖拉机跑到县城,两人的胃肠都会颠倒过来。我批评了镇里负责这项工作的领导,说他们这么做是错误的,记者是无冕之王,不该招惹,一旦情况报道出来,会给白河惹麻烦。那个络腮胡楂很重的干部说:'没啥事,他们的采访本叫我撕了,相机胶卷也让我抽出来曝光了,他们没啥证据。'我一听觉得事要闹大,就告诉他,再来外地记者一定要好好接待,不能这么搞。这个干部气哼哼地说:'他们是南方的报纸,却跑到北地来搞事,就是欠收拾。'

"我批评镇里粗暴对待记者的当天下午,朗连平打电话给我,让我马上赶到县委招待所101房间,说常书记听取救灾汇报,点名要见我。

"我从阿穆尔赶到县委招待所,常书记刚刚听完县里的汇报,对我招招手,让我到他房间谈。谈话只有我俩,连秘书都没叫。常书记说:'小何,咱俩探讨个观点。'我就想,我作为救灾宣传组负责人,工作尽职尽责,没有什么瑕疵呀,常书记要和我探讨什么观点呢?

"我坐下来,茶几上摆着这几天集中报道灾情的《白河日报》,还有几份宣传组救灾简报,常书记一定是阅过的,有的地方用红笔画了杠杠。

"常书记说:'我曾经和别人谈过这个问题,今天再和你探讨一下。你们媒体人喜欢探寻真相挖掘内幕,有人为了探寻真相甚至付出了生命,这种执着是不是正确?'

"我说当然是正确的,大众希望知道真相,媒体肩负着向大众说明真相的责任,这既是职业操守,也是媒体应有的良心。

"常书记并不同意我的观点,他靠在沙发上微微摇了摇头说:'大众所谓对真相的探求,是一种猎奇心理,如果为了猎奇而办媒体,那就偏离了媒体应有的功能。真相是什么?不同人眼里的真相是不同的,比如说当年在惩处汉奸时,有的地方为了节省子弹,改用大刀斩首,个别在现场的文人就说斩首场面过于血腥,都什么年代了,还要把人脑袋砍下来,有违人道主义原则。杀人现场是真相无疑,但是此真相后面还有彼真相,彼真相就是这个被砍头的汉奸双手沾满了抗日烈士的鲜血,

背负了多条人命,他甚至杀死了几个堡垒户家的幼儿,你说该不该杀呢? 抛开因果,只对某种情景大发慈悲,是一种廉价的泛爱。'

"常书记论述一般的言谈把我镇住了,我觉得脑子里有团云雾在旋转,似乎有雨滴落在绷紧的神经上,难道我编的救灾报道出了偏差吗? 不应该呀,我用心把关,所有报道都做到言之有物,既不夸大,也不掩饰,常书记这番话因何而发呢? 我心怀忐忑地听他继续讲下去。

"'小何,如果我带兵上前线打仗,你是一个随军记者,一场恶仗正在胶着状态,你会报道什么?'

"我不假思索就说,当然要报道那些不怕牺牲的官兵如何奋勇杀敌了,这是随军记者的职责,否则让记者上前线干什么? 还不如换个炊事员上去。

"'对头,'常书记道,'你的理解完全正确。可是我看了你们最近的报道,大量篇幅在描述灾情的悲惨,文字、照片都是,那些黑白照片让我想起了30年代的黄泛区,黄泛区的出现是百分之百的人祸,是当局为了阻挡日本侵略者扒开了花园口大坝,而阿穆尔呢? 溃坝主因是暴雨,两者有本质区别,你们如此渲染灾情,与战地记者把镜头只对着那些战死的遗体描述牺牲的痛苦有什么区别? 尽管灾情和遗体都是客观现实,但过度渲染的意义何在? 让老百姓都去骂老天爷吗? 骂老天爷又能解决什么问题? 那么唯一的出气口就是政府了,政府便成了受气的对象。我这样说,不是说当地政府没问题,相反,我认为他们有深刻教训需要汲取,可是,非常时期要有非常之举,面对救灾大战,凝聚人心、稳定群众是第一位的。你知道吗? 你们今天的报纸出来后,阿穆尔镇政府被灾民堵住讨说法,说是镇政府失职导致了垮坝事故发生。'

"我觉得脑子里那团云雾正在凝成汗水从额头上冒出来,我原本秉持的新闻思想被常书记这么一说,显得幼稚而机械。

"'真相不等于真理,为所谓真相而牺牲是一种赌博:如果真相接近于真理,是赢家;如果真相与真理相悖,就会输得很惨,甚至会成为反叛。'常书记的话语很有哲理,显然是经过了深思熟虑。

"我检讨说:'我没把握好宣传的基调,鼓舞人心的东西少了,地委派我来是给救灾鼓劲而不是泄气,您这么一说,我明白了自己的差距。'

"'你不要有负担,'常书记安慰说,'我从来不反对媒体监督,被监督是好事,让你不敢胡来,但是监督者有立场之分。立场决定了监督是善意还是恶意,善意的监督当然要欢迎,恶意的监督就是鸡蛋里挑骨头,你做什么都不对,这样监督目的就值得怀疑了,即使不从政治上分析,至少有一点可以肯定,是为了博眼球而搞的监督,由此,他们会根据需要对那些采访内容进行剪辑,这个伎俩并不新鲜。'

"我完全听懂了常书记的话,那个时候年轻,有些疑问忍不住就说出来了。我说了在下面听到一些议论,一个是水库承包人背景可疑,一个是两位领导干部死得不明不白,那两个被礼送出境的记者就是在打探这两件事。

"常书记说:'为了一条裂纹不惜打破砂锅,这是新闻工作的误区,称职的记者应该想办法把裂纹的砂锅锔起来,而不是再砸上一块石头。你想想看,大潮水库的承包撑破天会有多大问题?现在流行承包,什么事都是一包就灵,如果承包人按期上缴承包费,承包就没有问题。至于发电和养殖,那是承包人的权益,我看了水库承包协议,里面没有规定水闸由承包人维护,水闸和大坝的维护是水库管理方的责任。不能因为承包人是老板就应该顶包戴罪,仇富心理是一种根深蒂固的社会病,对此媒体不该推波助澜。'

"我觉得常书记太了解情况了,连水库承包协议都看了,可见工作多么细致。

"常书记接着说,事不避难,义不逃责,该扛的担子要扛起来,不该背的锅不能背。

"我赞同常书记这个观点,世界上没有哪个组织会包揽一切。

"'至于你提到的那两个干部,淹死已经很不幸了,为什么还要给他们披上一件脏衣服走？他们有什么违法乱纪行为吗？作为地区和县里领导到阿穆尔下乡，在小白楼吃了顿饭然后住了一宿，就这么简单的一件事，为什么要像鼹鼠一样去深挖呢？又能挖出什么来？我问过县里的同志，阿穆尔镇没有饭店，也没有招待所，干部上班都是自己带饭，去阿穆尔下乡的干部镇里都会安排到那里就餐，标准是每人十块钱，不算超标。从严格要求来看，这样似乎不是很合适，因为每人十块不是个小数目，但也构不成大吃大喝，到那里无非是吃水库里养的鱼。把这样一篇文章做大，老百姓势必会觉得这俩嘴馋的领导该死，人们的怨气是释放了，可是谁想到死者和他们的家人会背上多大的包袱？给组织带来的不良影响怎么才会消除？'

"我后背阵阵发凉，这些问题我一概没有想过。我不认识那位副县长，但水利那位副局长还是见过几次面的，那是个长着一副老农面孔的干部，喜欢自己卷旱烟抽，穿衣戴帽不是很讲究，这副形象很难和贪官污吏联系起来。一顿饭两条命，如果再被闲言碎语所埋葬，他们的家人将情何以堪！

"我说：'书记，我知道该怎样来把握舆论口径了，您放心吧。'

"常书记并没有表扬我态度转变如此之快，他神情里透出一种不易察觉的忧虑，我从他的眼神中看到了，他的目光迟疑不定。常书记是个颇有定力的人，出现这种迟疑让我无法理解，难道常书记说的和想的还不一致吗？

"我们正在谈话，秘书敲门进来，对常书记悄悄耳语几句。常书记脸色有些难看，拿起茶几上的报纸快速浏览，突然盯着一段文字眉头皱起来，道：'小何，你闯祸了。'

"我接过报纸细读那段文字，上面写着南沟、边河两个村因为没人提醒，村民几乎是在睡梦中遭遇山洪。两个村的村干部不干了，他们来镇里讨说法，因为洪水进村前，两村的村干部一边敲锣一边挨家挨户告诉村民赶快逃命。报纸上的说法让两村的村干部很伤心，他们为了叫

435

大家逃命,家财被洪水一扫而光,没想到却换来这么个报道。

"我觉得好委屈,记者稿子上来,我还特意问了情况是否属实,记者说是引用采访对象的原话,肯定没问题。稿子这才发出来,不想却引发了村干部上访事件。

"常书记说:'有没有这种可能呢? 比如说记者采访的那个人,恰恰没有听到敲锣,也没有人去家里告诉他,一个村两百多户,肯定有没敲到的门,这样的采访,为什么不去问问村支书、村主任呢?'

"我对常书记不能不说实话,因为很多记者不想和村干部接触,他们觉得村干部不会说实话,到普通百姓那里才能找到真相。

"'还是为了所谓的真相!'常书记严肃地说,'把片面的事实当真相,然后将真相当真理,导致了荒唐报道的出现。一个人没有听到锣声,就能代表村干部没敲锣吗? 记者对村干部先入为主,把他们和村民对立起来,在这种想法的支配下报道当然不会全面。你去向上访的村干部解释一下吧,这件事镇里干部说不清楚,哪个记者写的可能都不晓得。'

"我觉得自己给救灾添了麻烦,赶紧驱车赶往阿穆尔镇政府。好在村干部不是很多,两个村加起来才十二个,正在会议室里和镇领导嚷嚷。镇领导知道这两个村的村干部并没有渎职,他们几乎一夜未睡,接到通知后马上就上街敲锣。只怪洪水下来太急,如果疏散通知提前到五点半,两村不会有人遇难。

"我站在这些村干部面前,没有说话,先向大家鞠了一躬。村干部们愣住了,不知道我是谁,为啥要鞠躬。我当着镇干部的面解释了报道不准确的事,向大家致歉,并表示明天报纸将发表一条更正启事,为大家正名。

"这次事故对我是个教育,以前对村干部偏见和误解太多,以为村干部就会使蛮劲,易动粗,遇事不好通融,实际不是这样。我表态后两个村的干部们都不嚷嚷了,表示能发个启事就好,省得让别村干部戳脊梁骨。

"其实,他们哪里是什么干部? 就是被选为村委会委员的村民,一年有微不足道的一点补助,说白了就是农民,但他们表现出的大度令我感动。

"两个村上访的村干部回去后,我叫来那个写报道的记者,让他马上去两个村再做一次采访,要多问几个人,同时搞清楚上次参访的人为什么会那样说。

"记者去了,晚上回来告诉我,是他搞错了,村民都证实村干部上街敲锣并分头挨家挨户通知了。的确有几户没有通知,那是因为这几户的房子建在山坡上,洪水是漫不过山坡的,村干部就没爬上山坡告知。还有一个原因,就是被采访的那个村民对村委会有意见,因为他是上届村主任,这一届被选下来了,带着情绪说了那些话。记者很后悔,说自己不但犯了盲人摸象的错误,而且还伤害了吃苦受累的村干部。

"我没有批评这个记者,我知道被批评的应该是我。

"这便是阿穆尔水灾的大致经过。"老何说,"我很感谢常书记,他没找我碴儿,要是换了毕克功我就惨了。这不是猜测,是毕克功亲自对我说的。毕克功当上书记后有次见到我,说:'阿穆尔那件事要是换了我,你《白河日报》总编就别当了,常书记要到省里上任,心情不坏,算你运气好。'当然,我很清楚,要是真换了毕克功,以他的原则性,我恐怕真要栽跟头。"

任多秋长舒一口气,按照老何的说法,老爷子在阿穆尔水灾处理上没有什么失误,也就不会有大的遗憾。他就问老何常书记调走后提没提到过这件事。

老何捏着下巴想了想说:"我们报社的几位领导去省里看望过常书记,常书记没有提阿穆尔水灾的事,但在送我们下楼的时候,他叫住我,说了一句意味深长的话:'作为媒体人,探寻真相大方向没有错,不过要审时度势。'"

任多秋愣了一下，难道那个时候老爷子就开始反思了？不会的，他想，一个副省长工作那么忙，怎么会翻来覆去想一件已经过去的事？但从老何的讲述中可以明显感觉到，老爷子在往下压事，不想让溃坝在舆情上产生次生灾害。

老何说："我回来想了好几天，常书记是想告诉我什么呢？是鼓励我们在采访中去探寻真相吗？这与他在水灾时的说法相矛盾呀。说句实在话，这个问题我在位时一直没想通，退休后有天读闲书，忽然看到了诗人徐志摩这样一段话：

"'如果真相是一种伤害，请选择谎言。如果谎言是一种伤害，请选择沉默。如果沉默是一种伤害，请选择离开。'

"我觉得常书记在告诉我，作为记者，如果需要在场的话，还是应该选择真相。"

任多秋问："阿穆尔垮坝就这样不了了之？"

"那怎么会？"老何说，"对于处理结果，阿穆尔上下还是比较满意的。阿穆尔镇镇长被记大过；主管副镇长和水利站站长被免职；县水利局局长受到警告处分；那个承包水库的老板罗立光，私下赔偿两个死者家属不少钱，水库承包被终止，大潮水库管辖权收归县里。那个从小白楼逃出来的女服务员后来精神出了问题，一到雨天就犯病，总是大喊大叫。罗立光还算有良心，一直把这个女孩留在公司食堂做饭，工资虽不高，但总算给了女孩一条活路。"

收官采访结束，任多秋和常寒松并没有松口气的感觉，因为心底那个谜尚未揭开，老爷子北地招魂要招的到底是什么？采访中好像摸到了，又好像都不是。

常寒松说这次来北地还有个心愿，那就是想到嘎仙洞去看看，对那个神秘的山洞他格外向往。

老何说："嘎仙洞值得去，那是北地命穴，我打电话让朗连平弄台越野车，你们明天去吧。"他打电话落实好车辆，然后起身做了个扩胸运动准备告辞,走到门口道,"任兄,传记出版后快递给我,我要看看你寻找的真相。"

老何走后,任多秋问:"老爷子是怎么提起阿穆尔垮坝这件事的,你还能记得住吗?"

常寒松说:"这句呓语是老爷子说北地招魂前一天说的。那天,他靠着枕头看电视,电视上正在报道北地桦甸的一个叫大河水库垮坝的新闻,老爷子看完了报道,忽然抬手就打了自己一个耳光,耳光很重,把义齿都打掉了。我过去抱住他的手,他便说了那几句话。"

任多秋在手机上搜索了一下,搜到了桦甸大河水库垮坝一事,他看完了几条链接后,嘴巴张得几乎能吞下拳头。

天哪,大河水库溃坝简直就是阿穆尔垮坝的翻版!

第三十章　尾声

楣上呓语:如果你对曾经做过的错事无动于衷甚至心安理得,那是你因麻木带来的福分。我敬畏北地命门,因为它像一只远古的眼睛在凝望我,我不敢与它对视,尽管我已经竭尽全力。

"终于可以了却你来北地的第二个心愿了。"任多秋对常寒松说,"我还记得一个月前我们商议来北地的时候,你说此行要了却两个心愿,第一是为老爷子招魂,第二就是到嘎仙洞拍照。其实,你就是没有这个心愿我也会主张来,因为老爷子在《楣上呓语》中提到了北地命门。现在我们就站在嘎仙洞洞口,你可以对着镜头竖剪刀指了。"

两人临近傍晚到达半山腰的嘎仙洞。上山的路极平坦,朗连平找的吉普车是新车,司机开车也稳,没有上盘山路的眩晕感。兴安岭的夏季梦一样美,莽莽林海,云雾弥漫,车子恍若在绿色的波峰浪谷中穿行。路上,不时有野鸡从车前飞过,那些雄性野鸡色彩艳丽,雉翎飘飘,颇有凤凰来仪的姿态。任多秋感慨天然林禁伐带来的生态变化,从车窗一路望出去,茂密的森林像快进镜头一样纷纷闪过,路上甚至看到桦树林中有一大两小三头黑熊和一只火狐狸。常寒松不失时机地按下了快门,照片中黑熊有些虚,那只火狐狸却十分清晰。

嘎仙洞是北地拓跋鲜卑的发祥地,洞内十分开阔,洞壁平滑,洞内高达二十米,看上去会让人联想起文学作品中描述的那个威虎厅。洞内西壁上,有北魏太平真君拓跋焘派遣中书侍郎李敞来祭祖时刻的铭文祝词,共十九行,二百零一个字。任多秋站在铭文祝词的宣传栏前,仔细品读这古老的祝词:

维太平真君四年癸未岁七月廿五日,天子臣焘使谒者仆射库
立官中书侍郎李敞、傅𩇕用骏足,一元大武,柔毛之牲,敢昭告于皇
天之神:启辟之初,佑我皇祖,于彼土田,历载亿年。聿来南迁,应
受多福。光宅中原,惟祖惟父。拓定四边、庆流后胤。延及冲人,
阐扬玄风。增构崇堂、克揃凶丑,威暨四荒,幽人忘遐。稽首来王,
始闻旧墟,爰在彼方。悠悠之怀,希仰余光。王业之兴,起自皇祖。
绵绵瓜瓞,时惟多祜。归以谢施,推以配天,子子孙孙,福禄永延。
荐于:皇皇帝天、皇皇后土。以皇祖先可寒配,皇妣先可敦配。尚
飨! 东作帅使念凿。

读完一遍,任多秋兴奋起来,急忙喊在门口拍照的常寒松进来,指
着祝词说:"找到了,找到老爷子那句话的出处了。"常寒松念着祝词,
念到后面忽然声音就变了调儿:"'归以谢施,推以配天,子子孙孙,福
禄永延。'这不是老爷子的《榻上呓语》吗? 原来出自这里呀!"

"这下好了,"任多秋说,"我找到了传记的文眼,难怪老爷子称嘎
仙洞是北地命门,原来奥秘在此。"

常寒松问:"这四句文言是什么意思?"

任多秋想了想回答道:"大意是说回来感谢先祖为我们营造的福
祉,并像上苍一样保佑子子孙孙永远享受福禄。"

常寒松举起相机,把写有祝词的宣传栏拍下来,对任多秋说:"你
在这里慢慢转,我到外面拍照去。"

常寒松来到洞口,洞口前小广场视野绝佳,朝下看,是柞树、桦树掩
映的弯弯曲曲的木栈道,朝西望,是一个海市蜃楼般的村庄。乍一看,
村庄房子间隔很大,显得散淡而疏朗,这样的容积率在城市或郊区是不
敢想象的;再细看,会发现这些房子排列有序,街道自有布局,颇有形散
神不散的巧妙。正是夕阳西下,村庄里户户都在晚炊,缕缕白色的炊烟

在村庄上空相交汇,形成淡淡的云团,飘落在绿色的田畴间。夕阳给这图景罩了一层金箔,让视野变得如同一幅自然主义古典油画,浓墨重彩,暖意融融。常寒松不断按下快门,心中觉得嘎仙洞之行太值了,这等美景他处难觅,可遇而不可求。

任多秋从洞中走出,说洞中尽头有一段经过了人工雕凿,解说员说原本鲜卑人要打造一处石窟寺的,因为信仰出了问题,工程半途而废,如果当时石窟寺能够建成,嘎仙洞就会和云冈石窟、龙门石窟齐名,成为天下名胜。

"信仰能出什么问题?"常寒松不解。

任多秋说:"刚才读祝词,里面不是有一句'延及冲人,阐扬玄风'吗?这里有一段曲折的信仰变化。公元446年,崇信佛法的北魏太武帝转奉道教,举国开始灭佛运动,佛教遭到重创。六年后,太武帝驾崩,文成帝即位后又下诏复兴佛教,云冈石窟和龙门石窟便是这个时候开凿的。但远在数千里之外的嘎仙洞石窟寺在一番折腾中流产了,留下一段空空如也的石洞。"

常寒松回头看了看三角形的洞口,觉得有点不可思议,庄严的信仰竟然也能折腾。

任多秋问他是否拍到了满意的照片。常寒松指指远处的村庄,蛮有信心地说:"拍到了,田野、村庄和炊烟,这幅照片的构图有望冲顶普利策摄影奖,我想好了,照片的名字就叫《北地炊烟》。"

"好题目!"任多秋竖起拇指说,"可以先在我们报纸上发表,我亲自配段文字,获奖也就有我一份。"

两人哈哈大笑起来。

夜晚回到白河,常寒松沉浸在游览嘎仙洞的兴奋里,放下背包就带着相机去了一家照相馆,连夜把北地之行精心挑选出的三十张照片扩印出来并装订成册。任多秋看了相册夸奖道:"果然是大家,出手不凡,这三十幅都可以印到书里。"

442

两人决定次日结束北地之行返京。

第二天早餐时常寒松的手机响了,是常寒柏从北京打来的,说是医院通知他从北地返京,老爷子状态不是很好,如果采访结束就抓紧回京。

医院通知寒柏回京这不是个好消息,常寒松想,必须马上回京向老爷子复命。

离开白河时,朗连平、牛琴和老何来送行。在机场,大家客套了一番后,牛琴转向任多秋说:"你真的需要心理调理,你内心纠结无法摆脱的时候可以给我打电话,我会尽一个心理咨询师的义务。"说完,把一张带有自己肖像的名片双手递给任多秋。

任多秋接过照片,好像自己忽然间病了一样,心里生出一阵委屈感。

"每个人都需要心理调理,"老何说,"但绝大多数人只能自我救赎。"

回到北京,两人没有回家,打车直接奔向医院。由北地到北京,感觉好像进入了另一个世界,京城到处是高楼大厦,街道上的滚滚车流与北地的清静形成了巨大反差。

在医院走廊里,两人遇到了坐在长条椅上一脸愁容的常寒柏。常寒柏说:"你们回来了,进去和老爷子说说话吧。"常寒松问:"老爷子认人了?"常寒柏点点头,小声说:"老爷子这种状态很反常,医生悄悄告诉我,这十有八九是回光返照。"常寒松心里咯噔一下,他想到了这种可能,一直没有说,一个长期患阿尔茨海默病的人忽然变清醒,预后可想而知。

任多秋陪常寒松进入病房。宽大的病房里没有多余摆设,连一盆鲜花都没有,带有四轮的病床置于窗前,床的一端已经摇起,穿着条纹病号服的老爷子靠在枕头上在看电视。见寒松进来,老爷子看了半天,才说:"你哥来了,从北地来。"

常寒松点点头,眼泪止不住就滚落下来。两年了,这是父亲第一次认出自己。老爷子把目光投向任多秋,寒松说:"这是任多秋主任,报社的,我请他为您写传记。"老爷子点点头说:"知道,你不是有个笔名叫苍生吗?"

任多秋大吃一惊,苍生是自己十年前用过的笔名,用这个笔名发表过半年的社评,没想到老爷子还能记住。

"后来你就改了,叫什么我记不住了,但苍生这个名不合适,你一个坐办公室的文人,代表不了苍生,你代表不了,我也代表不了,所以说叫苍生就有点骗人了。"

任多秋用力点点头:"我发现这个问题了,很快就不敢用了。"

老爷子把目光又投向常寒松,问:"你在忙些什么?"

常寒松想了想,觉得还是趁老爷子清醒把问题说开好,就俯下身子说:"我去北地办您交代的事去了,任多秋主任陪我去的,整整三十天,我们刚下飞机。"

"我交代你什么了?"老爷子睁大了带有血丝的眼睛。

"您一个月前对我说'北地招魂',一连说了三遍,我就想您一定在北地尚有牵挂,就专程去北地替您了却这桩心愿。我俩采访了许多您在白河工作时的知情人,了解到了您有可能感到遗憾的一些事。我和寒柏商议,在您写的自传提纲的基础上,请任主任执笔来写您的传记,然后正式出版,算是向您尽点孝心。"

老爷子眼珠转了转,一脸疑云地问:"北地招魂? 你们都去了哪些地方?"

常寒松靠着病房坐下来,从包里拿出那本相册,一页页翻给老爷子看,每一页都详细加以解释,任多秋则插话补充。任多秋的补充往往能画龙点睛,老爷子不时点点头。照片中北地的人和景物一定唤起了老爷子不少回忆,任多秋发现老爷子的脸色随着照片的内容呈现出四季变化,有几张照片他示意先不要翻过去,戴上花镜看了个仔细,甚至伸出手,试探着去触摸照片上人物的面庞。相册最后是《北地炊烟》那张,老爷子微微抽搐了一下,身子往前探了探,常寒松急忙将相册往前推了推。老爷子看这幅照片时间最长,足足有三分钟,忽然,老爷子眼

444

角流出了眼泪，他摘下花镜，点点头说："这张，你照得最好。"

常寒松用湿巾给老爷子擦拭了一下眼角，惴惴地问："您老让我去北地招魂，能告诉我招什么魂吗？"

老爷子摇摇头："我是彻头彻尾的唯物主义者，哪里会信什么鬼神？你不是搞摄影的吗？照片当然要有灵魂，让你到北地去找出北地之魂，是找魂，不是招魂，你听错了。"

任多秋和常寒松面面相觑，心里恍然大悟，一字之误，境界不同。

"你这张嘎仙洞的照片好，好在炊烟上，有炊烟就有人气，有炊烟就象征着生生不息。我们开发建设北地，吃了那么多苦，流了那么多血汗，不就是为了村村有炊烟吗？炊烟在，北地就在呼吸，魂就没丢。北地了不起啊，嫌弃和遗忘北地是不公平的，北地宁可耗光用尽，也要赡养年轻的共和国，这是长子担当啊！"

"是啊，炊烟是人间烟火的标志，"任多秋说，"很难想象一个没有炊烟的村庄会多么可怕。"

老爷子指着照片中的炊烟说："我说的北地之魂就在这炊烟里。"

医生进来，让老爷子不要说话太多，请两人退出病房。老爷子招招手，示意常寒松把相册留下。

来到走廊，三人商议下一步打算。常寒柏建议，请任多秋晚上把传记的大致结构、章节和观点列出来，趁老爷子清醒，明天上午向老爷子做个汇报。任多秋说这样好，一定要抓住这个时机，传记他已经有了腹稿，只是如何评价毕克功还想听听老爷子的看法，晚上他会整理出来，明天早上八点三人在医院碰头，一起向老爷子汇报。

次日八时，三人刚刚在走廊集合好，神情凝重的护士从病房里走出来，轻声对三人说，常部长刚刚走了，走得很安详。

445